Victor O'Reilly
Henkerspiel

Victor O'Reilly

Henkerspiel

Roman

Aus dem Englischen von
Hartwig Tooth

Piper
München Zürich

Die Originalausgabe erschien 1991 unter dem Titel »Games of the Hangman« bei Grove Weidenfeld, New York.

ISBN 3-492-03550-7

Gesetzt aus der Erhardt
Satz: Uhl + Massopust, Aalen
Druck und Bindung: Mohndruck
Printed in Germany

Für Alma und meine Kinder Kira, Christian, Shane, Evie und Bruff – mit viel Liebe.

Für Sterling Lord, meinen Agenten – einen Menschen, der aus gutem Grund weithin gemocht, geachtet und bewundert wird.

Für Amanda Cowley (Sterling Lord Literistic), Rose Marie Morse und Marc Romano (Grove Weidenfeld) in Anerkennung der vielen harten Arbeit im Salzbergwerk.

Für Tony Summers, den besten aller Freunde, wenn Not am Mann ist, und der mich mit Sterling bekannt gemacht hat.

Für die Schweizer im allgemeinen und die Berner im besonderen – die, wie Sie sehen werden, alles andere als langweilig sind.

»Von alters her waren die meisten Samurais eigensinnig, willensstark und mutig.«
Mishima über Hagakura

»Den Himmel oder die Hölle ausloten – was macht das für einen Unterschied? Lotet das Unbekannte aus, um etwas Neues zu finden!« *Baudelaire*

Prolog

Fitzduanes Insel, vor der Westküste von Irland – 1981
Als sie Ruedi sagten, daß er hängen müsse, wurde er blaß und schwankte.

Später wirkte er gefaßter, und die anderen begriffen, daß er sich in das Unvermeidliche gefügt hatte. Er hatte keine Wahl. Entweder nahm er das Urteil an und tat, was er zu tun hatte, oder er wurde grausam umgebracht – und mit ihm Vreni und die restliche Familie. Deshalb konnte er nur diese eine Entscheidung fällen. Das Hängen würde schnell und schmerzlos sein, hatte man ihm versprochen.

Er hatte einen Punkt erreicht, wo er nicht mehr weiterwußte, wo ihm das, was die anderen taten und planten, plötzlich Grauen einflößte, mochten sie noch so gute Argumente haben. Nein, er konnte nicht weitermachen. Sein Körper rebellierte dagegen, er fühlte sich krank, ihm war übel. In seinem Kopf herrschte ein wildes Durcheinander aus schrecklichen Bildern und Erinnerungen. Hoffnung und Zuversicht waren in ihm gestorben. Man hatte ihn gewarnt, daß er auf keinen Fall mit dem Leben davonkommen würde, wenn er auszusteigen versuchte.

Eine Zeitlang spielte er mit dem Gedanken, zu fliehen oder sich den Behörden zu stellen oder sich irgendwie zu wehren, aber er wußte, er war sich absolut sicher, daß sie es ernst meinten und ihre Drohungen wahr machen würden. Entweder sein Leben oder das von Vreni, Marta und Andreas.

Aus vielerlei Gründen war ihm die Aussicht auf einen raschen Tod willkommen. Schuldgefühle plagten ihn, und er sah keinen Ausweg. Er wußte, daß es für das, was er getan hatte, keine Vergebung gab, und daß er sich selbst nie vergeben könnte.

Die anderen leiteten alles in die Wege: Sie sagten ihm, wohin er zu gehen und was er zu tun hatte. Das Seil baumelte schon an der alten Eiche, als er eintraf. Es war dünn und blau und von der Art, wie sie es im Draker-College alltäglich für die unterschiedlichsten Zwecke benutzten. Kaum zu glauben, daß ein so alltäglicher Gegenstand sein Leben beenden sollte. Man hatte ihm versichert, alles sei genau kalkuliert und der Tod würde auf der Stelle eintreten.

Die anderen – es waren vier – umstanden den Baum, warteten ab, beobachteten ihn. Keiner machte Anstalten, ihm zu helfen. Er mußte es allein hinter sich bringen.

Er kletterte auf den Baum, was nicht ganz einfach war, denn es hatte kurz vorher geregnet und die Rinde war deshalb naß und glitschig. Er stellte sich auf den dicken Ast und legte sich die Schlinge um den Hals. Fast wäre er ausgerutscht. Er straffte das Seil und hielt sich daran fest. Seine Hände zitterten, seine Haut war feucht.

Er sah zwei Augenpaare, die zu ihm hinaufblickten. Eine Welle der Verzweiflung und Einsamkeit schlug über ihm zusammen, und er sehnte sich nach einem freundlichen Gesicht. In wenigen Sekunden würde er sterben, aber das kümmerte niemanden. Niemand würde jemals die wahren Gründe erfahren. Der Mann in Bern lieferte ihn so unweigerlich an den Strick, als wäre er persönlich anwesend und nicht fünfzehnhundert Kilometer von diesem schauerlichen, tropfnassen Wald entfernt.

Ruedi mußte plötzlich an seinen Vater denken und an die Zeit, als die ganze Familie glücklich gewesen war. Ruedi sah das Gesicht seines Vaters vor sich. Er lächelte. Es war alles wieder so wie früher. Er machte einen Schritt ins Leere, seinem Vater entgegen.

Es war keine Sache von Sekunden. Der Mann in Bern hatte genaue Anweisungen gegeben: Es durfte nicht zu schnell gehen. Ruedi brauchte ziemlich lange, bis er tot war.

Die Zuschauer – erschrocken, entsetzt, erregt – warteten, bis die Zuckungen, Krämpfe und Würgelaute erstarben. Dann gingen sie.

Dies war nur der Auftakt zu dem, was noch folgen sollte.

Buch I

Der Mord

»Ob ich Irin bin? Ja, und ehrlich gesagt möchte ich nichts anderes sein. Irland ist nicht nur ein Land, es ist auch eine Geisteshaltung. Es bedeutet, mit anderen Nationalitäten uneins zu sein, völlig andere Ansichten über Lust und Strafe, Leben und Tod zu haben…«

Edna O'Brien, Mutter Irland

Kapitel 1

Fitzduane schlief in jener Nacht unruhig, hatte jedoch beim Aufwachen keine bösen Vorahnungen. Es regnete, als er auf die Plattform des Wehrturms stieg und über die Zinnen der Burg hinweg in den frühen Morgen hinausblickte. Wer in Irland aufwächst, überlegte er, hat reichlich Zeit, um sich an den ewigen Regen zu gewöhnen.

Vor über siebenhundert Jahren hatte der erste Fitzduane an derselben Stelle gestanden und so ziemlich dieselben Überlegungen angestellt. Egal wie scheußlich das Wetter war – der Ausblick vom Bergfried rief im jeweiligen Burgherrn auf jeden Fall ein Gefühl der Zufriedenheit hervor, sogar an einem trüben, grimmigen Februarmorgen. Das Land, das er erblickte, gehörte ihm, und die Fitzduanes hatten ungeachtet aller persönlichen Eigenheiten immer eines gemein gehabt: die Was-ich-habe-behalte-ich-Mentalität.

Der Regen ließ nach, der Himmel hellte sich auf.

Die Burg krönte einen schroffen Felsen, und Fitzduane konnte von seinem Aussichtspunkt den größten Teil der Insel überblikken. Die Bezeichnung Insel hatte dieser schmale, windgepeitschte, in den Atlantik hinausragende Finger, dieser aus Torf, Heide, niedrigen Hügeln und kargem Weideland bestehende Flecken gerade eben so verdient, denn vom Festland trennten ihn nur zwanzig Meter. Eine fest in den überhängenden Kliffs verankerte Brücke überspannte den Wasserarm.

Ein Stück weiter landeinwärts gab es einen Süßwassersee, an dessen Ufer eine kleine weißgetünchte Kate stand. Eine dünne Rauchfahne stieg aus dem Schornstein auf. Drinnen saßen Murrough und Oona, das Ehepaar, das sich um die Burg und die Ländereien kümmerte, bestimmt gerade beim Frühstück. Murrough hatte vor fast zwanzig Jahren am Kongo unter Fitzduane als Sergeant gedient.

Der Atlantik brach sich tosend und schäumend an den Felsen, die auf der Seeseite das Fundament der Burg bildeten. Fitzduane genoß das vertraute Geräusch. Er kuschelte sich tiefer in den schweren Regenmantel, denn der böige Wind schleuderte ihm sogar hier oben salzige Gischtflocken ins Gesicht.

Er warf einen Blick auf die Uhr. Zeit zum Aufbruch. Er zog die Dachluke hinter sich zu und stieg vorsichtig die Wendeltreppe hinab. Die steinernen Stufen waren im Lauf der Jahrhunderte von vielen Füßen ausgetreten worden. Der Lagerraum und die Waffenkammer lagen fünf Stockwerke tiefer. Alle Räume hatten ihre alten Namen behalten, und wenngleich an der Decke des Lagerraums schon längst keine geräucherten Schinken mehr baumelten, wäre jeder normannische Ritter, der etwas auf sich hielt, von den Waffen, die in der Waffenkammer eingelagert waren, noch immer beeindruckt gewesen. Falls dieser Ritter zudem etwas von Feuerwaffen und sonstigem modernen Kriegsgerät verstehen würde, so wäre er durch die in den tiefer gelegenen Verliesen der Burg verwahrte Sammlung von Karabinern, Pistolen und automatischen Waffen um so beeindruckter gewesen. Mochte das Sammeln von Kriegswaffen nach geltendem irischem Recht auch illegal sein – Fitzduane hielt in dieser Hinsicht die Familientradition hoch.

Ursprünglich hatte die Burg nur aus dem fünf Stockwerke hohen, rechteckigen Wehrturm mit Plattform bestanden. Der einzige Zugang war eine Leiter im zweiten Stock gewesen. Im Verlauf der Jahrhunderte war das Gebäude dann immer wieder umgebaut, stärker befestigt und modernisiert worden. Jetzt lehnte sich ein dreigeschossiger Anbau mit Schieferdach an den alten rechteckigen Wehrturm. Steinstufen hatten die Leiter ersetzt, und eine Festungsmauer umschloß den Burghof mit seinen Stallungen und Wirtschaftsräumen. Im sechzehnten Jahrhundert war ein Labyrinth von verborgenen Gängen und Lagerräumen dazugekommen.

Der Zugang, schon immer Schwachpunkt einer Burganlage, war durch einen zweistöckigen, in die Festungsmauer eingepaßten Vorturm und ein Vorwerk, die Barbakane, abgesichert. Der Fußboden des ausgekragten Obergeschosses hatte große Öffnungen, todbringende Löcher, durch die man einst Angreifer mit Wurfgeschossen bombardierte und mit kochendem Wasser überschüttete.

Das schwere, stachelbewehrte Fallgitter aus Schmiedeeisen, das früher sekundenschnell wie eine Guillotine heruntergelassen werden konnte, war verrostet und während der Napoleonischen Kriege durch ein neues ersetzt worden. Jetzt hing es, funktionstüchtig und mit geölter Winde, in seiner Halterung und wartete auf eine Attacke, die nie erfolgen sollte. Nach außen hin wurde die Burg auf zwei Seiten vom Meer und dem Kliff abgeschirmt. Den Rest sicherte ein tiefer Wehrgraben.

Duncleeve, seit mehr als siebenhundert Jahren der Herrensitz der Fitzduanes, war nie im Frontalangriff eingenommen worden. Das war irgendwie tröstlich, sagte sich der derzeitige Fitzduane manchmal, doch im ausgehenden zwanzigsten Jahrhundert von bescheidenem praktischen Nutzen.

Die Holzbrücke über dem Wehrgraben erdröhnte unter Pferdehufen. Fitzduane drückte leicht die Knie zusammen, woraufhin Pooka den Weg hinauftrabte, der zum Rand der Steilküste führte. Tief unten brachen sich die Wellen am Fels, und obwohl der Boden naß und rutschig war, ritt Fitzduane sorglos dahin. Die Stute hatte einen sicheren Tritt und kannte den Weg.

Die Insel war reichlich zehn Kilometer lang und hatte an der breitesten Stelle einen Durchmesser von rund vier Kilometern. Von Fitzduane, Murrough und dessen Frau abgesehen, wohnten auf ihr nur die Bewohner der am Ende der Landzunge gelegenen Internatsschule.

Die Schule hieß offiziell »Draker-Weltinstitut«. Das Gelände, auf dem bis zu seiner Zerstörung durch Cromwells Truppen im siebzehnten Jahrhundert ein Kloster gestanden hatte, war gegen Ende des neunzehnten Jahrhunderts von einem exzentrischen deutschen Waffenfabrikanten erworben worden. Dank der im Preußisch-Französischen Krieg gescheffelten Profite konnte er es sich leisten, seine eigenen Vorstellungen von einer irischen Burg zu verwirklichen.

Dem Bau mangelte es an gewissen, durchaus wünschenswerten Details: Herr von Draker vergaß, Bäder und Toiletten einbauen zu lassen. Ungeachtet dieses Versehens nahm er in der nur scheinbar komplett ausgestatteten Burg seinen Wohnsitz. Dann kam es zur Katastrophe: Als er sich eines Tages hinter einem Rhododendronbusch erleichterte, wurde er von einem plötzlichen Regenguß bis auf die Haut durchnäßt – das Wetter in Connemara ist eben mehr als launisch – und holte sich eine Lungenentzündung. Nach kurzem Todeskampf, eine reine Formsache, verschied Draker. Er hinterließ ein großes Vermögen, keine Kinder, eine Frau, die er verabscheut hatte, und die testamentarische Verfügung, daß sein irischer Besitz in eine Schule umzuwandeln sei, in der sich »Studenten aus aller Welt begegnen, kennenlernen, anfreunden und auf diese Weise den Weltfrieden bewahren sollen.«

Wer Draker gut gekannt hatte, war sprachlos angesichts eines so hehren Anliegens. Tatsächlich waren seine letzten Worte zu seinem Anwalt gewesen: »Sorgen Sie dafür, daß mein Geld nicht diesem Weib in die schmutzigen Klauen fällt!«

Das Vermögen der Draker-Friedensstiftung, hauptsächlich mit Waffen und Sprengstoff erworben, wuchs und wuchs. Auch das Draker-Weltinstitut erwies sich in geschäftlicher Hinsicht als Erfolg. Eine ausgewählte Schar von Schülern zwischen sechzehn und zwanzig aus allen Teilen der Welt wurde nach einem leidlich schwierigen Lehrplan erzogen, der mit einer großen Anzahl körperlicher Ertüchtigungen wie Rudern, Klettern, Wandern und dergleichen gespickt war.

Draker wurde nicht zuletzt wegen der isolierten Lage zu einem Erfolg. Nach dem Motto »Aus den Augen, aus dem Sinn« galt die Schule als ideales Abstellgleis für Sorgenkinder (Jungen *und* Mädchen) aus reichem Hause. Man konnte den lästigen Sprößling einfach dort abladen. Dazu brauchte man nur Geld und Beziehungen. Über beides verfügten die Eltern der Draker-Zöglinge zur Genüge.

Fitzduane ließ Pooka im Schritt gehen. Er spürte den vom Atlantik her wehenden Wind auf seinem Gesicht und hatte einen leichten Salzgeschmack auf den Lippen. Allmählich entkrampfte er sich innerlich. Es tat gut, wieder daheim zu sein. Daran änderte auch das schlechte Wetter nichts.

Er war kriegsmüde, und er hatte auch etwas anderes satt, das möglicherweise noch unangenehmer war: die Hetze und den Streß des modernen Reisens. Je älter er wurde, desto mehr war er davon überzeugt, daß Ruhe und Frieden, vielleicht sogar Seßhaftigkeit, einiges für sich hatten.

Fitzduane verbrachte zwei Drittel des Jahres, wenn nicht mehr, außerhalb Irlands. Das fand er bedauerlich, aber seine Einsatzgebiete lagen nun einmal in fremden Ländern. Seit fast zwanzig Jahren war er mal Soldat, mal Kriegsfotograf. Er ging mit Karabiner oder Kamera auf Menschenjagd: Kongo, Vietnam, die arabisch-israelischen Kriege, wieder Vietnam, Zypern, Angola, Rhodesien, Kambodscha, Libanon, Tschad, Namibia, eine Unzahl südamerikanischer Staaten. Seine irische Insel war für ihn ein Heimathafen, ein Ort der Erholung, ein Refugium für seine Seele. Gut, sie hatte kaum Aufregenderes zu bieten, als daß man das Gras wachsen sehen konnte, aber sie war der einzige Ort, wo es weder Mord noch Totschlag gab.

Tief unten konnte er den kleinen Strand, das Bootshaus und die Mole des Draker-College erkennen. Wegen der schroffen Steilküste war jene Stelle fast unzugänglich gewesen, bis Draker ein paar Sprengmeister seiner Firma mitgebracht und vom Schloßgarten bis zum Strand einen diagonal zur Küste verlaufenden Tunnel gebaut hatte.

Fitzduane ritt jetzt den Geländestreifen zwischen den von einer Mauer umgebenen Gartenanlagen des Draker-College und dem Rand der Steilküste entlang. Die Burg, ein grauer Steinkastenxm viktorianischen Stil, erhob sich drohend im Hintergrund. Wasserspeier wetteiferten mit Zinnen, Strebepfeiler kollidierten mit Fachwerk, und ein dem Parthenon nachempfundenes Bauelement krönte den Glockenturm. Die Geschichte Irlands war kompliziert, aber mit Drakers Phantasiearchitektur konnte sie nicht mithalten.

Ein Stück voraus erstreckte sich ein Wäldchen, und gleich dahinter begann die Landzunge. Sofern das Wetter es erlaubte, ließ Fitzduane die Stute Pooka an dieser Stelle manchmal frei herumlaufen und an dem salzigen, windgepeitschten Gras knabbern, während er sich am Rand des Kliffs auf den Rücken legte, die am

Himmel kreisenden Möwen beobachtete und an nichts, absolut nichts dachte.

Es gab Zeiten, in denen man Krieg und Tod vergessen konnte. Vielleicht, überlegte Fitzduane, wird es allmählich Zeit, die Kamera an den Nagel zu hängen und sich nach einer tieferen Beschäftigung umzusehen.

Drakers Leidenschaft waren Bäume gewesen. Ursprünglich hatte auf dem Gelände nur eine einzelne Eiche gestanden, gleich neben einem seltsam geformten Erdhügel. Ortsansässige machten einen weiten Bogen darum. Sie behaupteten, die Eiche sei eine *bilé*, es habe mit ihr eine besondere Bewandnis und niemand wisse, wann sie gepflanzt worden sei. Sie erzählten, in der Zeit vor dem heiligen Patrick und Irlands Bekehrung zum Christentum seien im Schatten des knorrigen Geästs schreckliche Dinge geschehen. Sogar nach dem Erstarken der Kirche im ganzen Land, so sagten sie, habe es auf der Insel noch blutige Opferrituale gegeben.

Draker hatte solche Geschichten als Unfug abgetan. Da ihm kein Mann aus Connemara dabei helfen wollte, den Erdhügel einzuebnen und eine Waldung anzulegen, ließ er einen Trupp Arbeiter von seinem Gut in Deutschland kommen. Die alte Eiche ließ er stehen, jedoch nicht aus Aberglaube, sondern weil er Bäume eben mochte, sogar knorrige und verdrehte Exemplare wie dieses. Der Hügel wurde mit Hilfe von Sprengstoff eingeebnet. Die Arbeiter fanden im Erdreich Knochen und Teile von Schädeln, die durchaus von Menschen stammen konnten. Ein kleiner Wald wurde gepflanzt. Man schaffte junge Bäume aus den verschiedensten Gegenden der Welt herbei, und trotz des scharfen Atlantikwindes und des heftigen Regens gedieh eine erkleckliche Anzahl von ihnen.

Draker erlebte den Erfolg dieser Aktion nicht mehr. Auf den Tag genau ein Jahr nach der Einebnung des seltsam geformten Erdhügels ereilte ihn der Tod. Der Wind, der an jenem Tag das Wäldchen zauste, klang wie Gelächter – jedenfalls wurde das behauptet.

Solche Geschichten sind absurd, sagte sich Fitzduane, doch unbestreitbar ging von dem verwilderten Wald etwas Bedrückendes, Unheilvolles aus. Die von den Bäumen fallenden Regentropfen verursachten das einzige Geräusch in der geradezu gespenstischen

Stille. Durch das dichte Gezweig sickerte spärliches, düsteres Licht.

Im Wald roch es nach Tod und Verwesung. Er mußte Pooka zwingen weiterzugehen. Es war jedesmal dasselbe, obwohl sie den Pfad schon wer weiß wie oft entlanggetrottet war. Das Geräusch der Hufeisen wurde von dem Morast aus feuchtem, verrottendem Laub geschluckt. Der Ort schien menschenleer, und Fitzduane stellte fest, daß er keine Menschenseele erblickt hatte, seit er vor ungefähr einer Stunde die Burg verlassen hatte. In der Mitte des Wäldchens war das Unterholz besonders dicht. Der Pfad stieg leicht an und hatte noch mehr Windungen. Ein Stück weiter vorn konnte Fitzduane den dicken Stamm der *bilé* erkennen.

Jetzt waren Pferd und Reiter mit dem Baum auf einer Höhe. Fitzduane blickte in das Gewirr verknoteter Zweige hinauf. Ein schöner Baum, dachte er. Von beeindruckender Kraft und uralt.

Als erstes sah er das Seil, ein dünnes, blaßblaues Seil. Es hing von einem weit herausragenden Ast herab und hatte am unteren Ende eine Henkersschlaufe, die den langgezogenen, verrenkten Hals eines Erhängten umschloß.

Die Silhouette der gestreckten, reglosen Gestalt war im Dämmerlicht kaum zu erkennen. Fitzduane zog die Brauen hoch und starrte die Leiche zehn endlos lange Sekunden an. Mach die Augen zu und gleich wieder auf, sagte er zu sich selbst. Es konnte doch einfach nicht wahr sein, daß sich jemand hier aufgehängt hatte, sozusagen vor seiner Haustür!

Kapitel 2

Es gab Umstände und Situationen, in denen der Tod für Fitzduane etwas Altvertrautes war. An irgendeinem Kriegsschauplatz hätte er sofort reflexartig reagiert und das Geschehen erst später bewußt verarbeitet. Doch hier, auf seiner eigenen Insel, dem einzigen Ort, der, wie er geglaubt hatte, frei von Gewalt war, sperrte sich sein Gehirn gegen das, was seine Augen entdeckt hatten.

Er spornte Pooka an und ritt weiter.

Die Leiche stank. Hier roch es nicht nach fauligem Laub oder dem verwesenden Aas eines toten Tieres – nein, es stank nach frischen menschlichen Exkrementen, und es gab keinen Zweifel, woher der Gestank kam: Der Tote trug einen olivgrünen Anorak und Bluejeans, die um die Körpermitte naß und durchgeweicht waren.

Während Fitzduane langsam an dem Baum vorbeiritt, gelang es ihm einfach nicht, die Augen abzuwenden. Ein paar Meter weiter ertappte er sich dabei, wie er über die Schulter zurückblickte. Vor ihm erstreckte sich der vertraute Pfad, der in die idyllische Ruhe der Landzunge hineinführte, doch hinter ihm hing der Tote und erfüllte ihn mit der Ahnung, daß nichts so sein würde wie früher, wenn er jetzt kehrtmachte.

Er hielt. Langsam, widerstrebend stieg er ab und band Pooka am nächstbesten Baum fest. Noch einmal blickte er den verlassen daliegenden Pfad entlang, der ihn aufzufordern schien, weiterzureiten und zu vergessen, was er gesehen hatte.

Er zögerte kurz, dann ging er zum Baum zurück.

Der Hals in der Schlinge war verrenkt, der Kopf seitlich verdreht. Der Tote hatte gewelltes, fast lockiges Haar, lang und hellbraun. Das Gesicht war das eines jungen Mannes. Die Haut hatte sich trotz goldener Sonnenbräune bläulich verfärbt. Zwischen den gefletschten Zähnen ragte weit die Zunge heraus. Halbgeronnenes Blut sickerte aus einem Mundwinkel und tropfte vom Kinn. Von der Zungenspitze hing ein dicker Faden aus Speichel und Schleim bis zur Mitte des Brustkorbs. Der Gestank machte den Anblick noch widerwärtiger.

Fitzduane stellte sich dicht unter die Leiche, hob den Arm und ergriff eine Hand des Toten. Er erwartete, daß sie kalt sein würde. Obwohl seine Fronterfahrung ihn anderes gelehrt hatte, assoziierte er Tod noch immer mit Kälte. Die Hand faßte sich kühl an, doch ein Rest von Körperwärme war noch zu spüren. Er fühlte den Puls: zu spät.

Er sah sich die Hand an. An der Innenseite wies sie dunkelgrüne bis schwärzliche, offenbar von der Baumrinde stammende Schlieren und bis zu den Fingerspitzen reichende Abschürfungen auf. Er überlegte, ob er die Leiche abschneiden sollte, war sich jedoch nicht sicher, ob er es allein schaffen würde. Das verknotete Nylonseil hatte sich tief in das tote Fleisch gegraben, und er hatte kein Messer dabei. Einen Augenblick lang dachte er daran, das Seil durchzubrennen, doch er hatte kein Feuerzeug.

Er zwang sich, nüchtern und sachlich zu denken. Die Leiche abzuschneiden hätte zum jetzigen Zeitpunkt nichts mehr genützt. Der Tote wäre davon nicht lebendig geworden. Eine plötzliche Bö ließ ihn leicht hin und her schaukeln. Fitzduane fuhr erschrocken zusammen.

Er versuchte, wie ein Fotograf im Einsatz zu handeln: allein die Bilder für eine gute Reportage zählten, weiter nichts. Aus der Brusttasche seines Mantels zog er eine Kompaktkamera, die er fast immer dabei hatte. Mit der Routine des Profis stellte er Blende, Belichtungszeit und Entfernung ein. Obwohl die Kamera einen Sucherrahmen hatte, vergegenwärtigte er sich im Geiste jedesmal den optimalen Bildausschnitt, bevor er abdrückte. Aus alledem sprach die konservative Haltung des alten Hasen, der Dingen wie automatischen Belichtungsmessern mißtraute.

Er war sich bewußt, wie grotesk sein Vorgehen auf einen heimlichen Beobachter gewirkt hätte, doch ihm war klar, warum er sich so verhielt: Er versuchte, erst einmal Zeit zu gewinnen und die Lage in den Griff zu bekommen. Er wischte sich den Schweiß von der Stirn und machte sich daran, die Kleidung des Toten zu untersuchen. Das war nicht leicht, denn die Leiche stank penetrant nach Kot und Urin und hing zudem ziemlich hoch. Fitzduane kam nur an die unteren Taschen heran.

In einer Seitentasche des grünen Anoraks fand er eine teure Geldbörse aus Saffianleder. Sie enthielt irische Pfundnoten, Schweizerfranken, mehrere Kreditkarten und einen Studentenausweis aus Plastik mit Farbfoto. Demnach handelte es sich bei dem Toten um einen Schüler des Draker-College, den neunzehnjährigen, aus Bern in der Schweiz stammenden Rudolph von Graffenlaub. Seine Körpergröße war mit einssechsundsiebzig angegeben. Nach einem raschen Blick auf den langgestreckten Hals in der Schlinge mußte Fitzduane feststellen, daß die Zahl jetzt nicht mehr stimmen konnte.

Er ging zu der Stelle zurück, an der er Pooka zurückgelassen hatte. Die Stute wirkte nervös. Er streichelte sie und redete leise auf sie ein. Dabei mußte er daran denken, daß vor ihm die unangenehme Aufgabe lag, die Schulleitung davon zu unterrichten, daß sich einer ihrer Zöglinge erhängt hatte. Verwundert fragte er sich, warum er unwillkürlich davon ausgegangen war, daß es sich um einen Selbstmord handelte. Mord durch Erhängen war bestimmt keine leichte Sache. Kam so etwas überhaupt in Betracht? Es wäre viel leichter gewesen, einen tödlichen Unfall vorzutäuschen, indem der Täter sein Opfer von der Steilküste stieß. Doch angenommen, es war wirklich Mord, dann hielt sich der Mörder möglicherweise noch im Wald auf, überlegte Fitzduane. Keine sehr angenehme Vorstellung.

Als sie die feuchte Düsternis des Waldes hinter sich gelassen hatten, wieherte Pooka vor Freude und fiel in leichten Trab. Fitzduane ließ ihr die Zügel schießen, so daß aus dem Trab rasch ein Galopp wurde. Mit donnernden Hufen sprengten sie am Rand des Kliffs entlang und hielten nach einem leichten Schwenk auf das Draker-College zu.

Der scharfe Ritt hatte Ordnung in Fitzduanes Gedanken gebracht. Ihm war klar, daß der nächste Abschnitt dieser Angelegenheit nicht sehr erfreulich sein würde. Sekundenlang spielte er mit dem Gedanken, einfach weiterzureiten. Bis nach Hause war es nicht weit. Andererseits war ihm Rudolph von Graffenlaubs Tod sehr nahegegangen, auch wenn er sich dies noch nicht in vollem Umfang eingestand. Etwas in ihm hatte Alarm geschlagen. Die Tragödie hatte sich hier, auf heimatlicher Erde abgespielt, zu einem Zeitpunkt, wo er seinem Leben eine neue Richtung zu geben versuchte. Das war Affront und Herausforderung zugleich. Sein friedlicher Zufluchtsort inmitten einer bluttriefenden Welt war geschändet worden. Er wollte herausfinden, wie es dazu hatte kommen können.

Fitzduane war seit Jahren nicht im College gewesen. Die wuchtige Eingangstür stand offen. Er trat ein, durchquerte die mit Steinplatten ausgelegte Vorhalle und ging eine breite Holztreppe hinauf. Oben waren hinter einer Tür Stimmen und Gelächter zu hören.

Besteck schlug klimpernd gegen Porzellan. Fitzduane drückte die Klinke herunter.

In dem großen getäfelten Raum voller Bücherregale saßen rund zwei Dutzend Menschen, nach Akademikerart formell und lässig zugleich gekleidet, vor einem prasselnden Kaminfeuer und tranken ihren Morgenkaffee. Fitzduane fühlte sich in seine Schulzeit zurückversetzt und schämte sich fast, nicht angeklopft zu haben.

Eine ältliche, grauhaarige Dame drehte sich zu ihm um und musterte ihn von Kopf bis Fuß. »Die Stiefel«, sagte sie mit dünnlippigem Lächeln.

Fitzduane sah sie verständnislos an. »Die Stiefel«, wiederholte sie.

Er blickte auf seine lehmigen Stiefel hinab. Der Fußboden, auf dem er stand, hatte ein eingelegtes Runenmuster aus Messing, Reminiszenz an die Renaissance der anglo-irischen Literatur und an ein keltisches Irland, das es in dieser Form nie gegeben hatte.

»Würde es Ihnen etwas ausmachen, die Stiefel auszuziehen, Sir?« fragte die grauhaarige Dame etwas ungehaltener und mit eindeutig frostigem Lächeln. »Das tun hier alle – dem Fußboden zuliebe«, fügte sie ein wenig versöhnlicher hinzu.

Fitzduanes Blick fiel auf eine Reihe derber Schuhe, die unter dem Schirmständer neben der Tür ordentlich nebeneinander standen. Verdattert stieg er aus seinen lehmverschmierten Reitstiefeln und stand gleich darauf in Wollsocken da.

»Hallo«, sagte eine muntere Stimme. Sie gehörte einer schon leicht welken, aber immer noch attraktiven Brünetten Mitte Dreißig. Sie war schlank und hochgewachsen, trug eine omahafte Brille mit runden Gläsern und war von der Aura eines Blumenkindes aus den sechziger Jahren umgeben, das mehr schlecht als recht auf den Boden der Tatsachen zurückgefunden hatte. Sie schenkte ihm ein bezauberndes Lächeln, und er fragte sich, ob sie wohl daheim in einem Blumenkasten ihr eigenes Marihuana anbaute und wie so zarte Pflanzen – damit meinte er auch sie selbst – in dem garstigen irischen Wetter gedeihen konnten.

»Hallo«, grüßte er zurück, ohne ihr Lächeln zu erwidern. Plötzlich fühlte er sich müde und ausgelaugt. »Tut mir leid, aber ich muß Ihnen den Tag verderben«, sagte er ruhig und reichte der

Brünetten Rudolphs Studentenausweis. Dann erzählte er, was passiert war. Die Brünette starrte ihn entgeistert an, so lange, daß es ihm wie eine Ewigkeit vorkam – dann zerschellte ihre Kaffeetasse klirrend auf dem Fußboden.

Alle waren verstummt, alle Köpfe zu ihm herumgefahren. In der Stille, die sich im Raum eingestellt hatte, bemerkte Fitzduane nicht gleich, daß die Pfütze heißen braunen Kaffees langsam von seinen Wollsocken aufgesogen wurde.

Fitzduane hätte nicht zum Tatort zurückkehren müssen, das wußte er, aber er tat es trotzdem, weil er sich als Herr der Insel für den weiteren Lauf der Dinge verantwortlich fühlte. Er hatte den toten Rudolph von Graffenlaub entdeckt, also mußte er sich auch um den Fall kümmern.

Etwa ein halbes Dutzend Personen aus dem College begleitete ihn zu der alten Eiche. Rudolph hing noch an dem Ast. Die Leiche schaukelte nicht mehr im Wind, sondern baumelte reglos an dem Seil – zum Glück für empfindsame Gemüter.

Fitzduane sagte sich, daß wahrscheinlich alle Anwesenden bereits Erfahrungen mit dem Tod gemacht hatten, vielleicht sogar mit gewaltsamem Tod. Trotzdem traf sie der Anblick des Gehenkten wie ein Schlag, was wohl nicht zuletzt an den makabren Begleitumständen und der durch sie geweckten Erinnerung an gewisse Opferrituale lag. Die Erschütterung spiegelte sich auf den Gesichtern. Für einen der Lehrer war es zuviel, er verschwand hinter einem Busch, und alle hörten, wie er sich übergab. Das geräuschvolle Würgen wollte und wollte nicht enden. Der eine oder andere schien drauf und dran, es dem Lehrer gleichzutun.

Zwei kräftige junge Männer schafften im Laufschritt eine Aluminiumleiter herbei. Fitzduane mußte daran denken, daß die Schüler des Draker-College einen Großteil des Tages mit allerlei sportlichen Betätigungen unter freiem Himmel verbrachten. Vor Jahren hatte ein ehemaliger Lehrer bei einem Gespräch beiläufig bemerkt: »Wir versuchen, die jungen Wirrköpfe bis zur Erschöpfung zu ermüden. Das ist die einzige Methode, um sie unter Kontrolle zu halten.«

Fitzduane wußte, daß viele der Schüler reichen, aber zerrütteten

Familien entstammten und nicht wenige von ihnen alt genug waren, um bei Wahlen ihre Stimme abzugeben, zur Armee einberufen zu werden oder eine Familie zu gründen, was manch einer bestimmt bereits getan hatte. Alles in allem schien es eine vernünftige Politik, sie auf Trab zu halten, indem man sie an der Steilküste herumklettern oder ihnen beim Segeln den kalten Atlantikwind um die Ohren pfeifen ließ.

Sie warteten in dem düsteren Wald neben der alten Eiche, bis die Polizei und die Ambulanz eintrafen. Das dauerte eine Weile: Auf der Insel gab es natürlich keine Polizeiwache. Die nächste befand sich in Ballyvonane auf dem Festland, und bis dorthin waren es auf der mit Schlaglöchern übersäten Landstraße rund fünfzehn Kilometer. Mehrmals machte jemand den Versuch, ein Gespräch in Gang zu bringen. Alle hielten sich an die stillschweigende Übereinkunft, den Gehenkten mit keinem Wort zu erwähnen. Fitzduane, der sich, wie es sich für einen Unglücksboten gehörte, ein wenig von der kleinen Gruppe abgesondert hatte, lehnte an einem aus dem Waldboden herausragenden, nicht allzu feuchten Felsbrocken und kaute auf einem langen Grashalm.

Er war neugierig zu erfahren, was die Polizei unternehmen würde. Ein Mensch war eines gewaltsamen Todes gestorben, also mußte eine Untersuchung eingeleitet werden. In einem Land wie El Salvador hätte man sich diese Mühe nicht gemacht, dort fakkelte man nicht lange, sondern kippte die Leichen einfach auf Müllhalden. Und erst Kambodscha! Die Roten Khmer hatten so viele Menschen massakriert, daß es auf eine Leiche mehr oder weniger nicht ankam. Doch auf dieser Insel war Fitzduane zu Hause, hier in Irland gab es kaum Gewalt, und wenn, dann nahm sie andere Formen an. Hier galten andere, zivilisiertere Maßstäbe.

Zwei Uniformierte trafen ein, der Sergeant der örtlichen Polizei, den Fitzduane gut kannte, und ein junger Mann mit frischem Gesicht, dem man ansah, daß seine Ausbildung in den Baracken der Garnison von Templemore noch nicht lange zurücklag. Die Uniformhosen aus dickem blauem Tuch steckten in Gummistiefeln, wie die Bauern der Gegend sie trugen, und die gleichmütigen Gesichter der beiden Männer wurden von dunkelblauen Schirmmützen beschattet. Der Sergeant – er hieß Tommy Keane – hatte den Halteriemen seiner Mütze unters Kinn geschoben. Er war ein wenig außer Atem.

Es wäre falsch zu behaupten, der Tatort sei nicht untersucht worden. Allerdings dauerte die Untersuchung nur sechzig Sekunden und bestand darin, daß der Sergeant ein paarmal um den Baum herumstapfte und dabei zu dem Toten hochblickte. Seine Stiefel hinterließen im weichen Erdreich einen akkuraten Trampelpfad und vernichteten unwiederbringlich alle anderen Fußspuren, die es dort gegeben haben mochte.

Fitzduanes Augen wanderten zu der Leiche. Die leicht gespreizten Beine hingen schlaff herab, die Füße steckten in überraschend eleganten, dunkelbraunen Schuhen, die auf militärisch anmutenden Hochglanz poliert waren. Fitzduane fragte sich, ob Rudolph von Graffenlaub die Schuhe am Morgen eigenhändig blankgewienert hatte, und wenn: wozu noch?

Die Leiter wurde an den Baum gelehnt. Der Sergeant prüfte ihre Standfestigkeit, dann befahl er seinem jungen Kollegen, sich unten zu postieren und sie gut festzuhalten. Er stieg hinauf. Aus der Tasche seines Regenmantels zog er ein Klappmesser mit Hornknauf und ließ es aufschnappen. Das Messer in der Hand, ließ er den Blick über die kleine Gruppe schweifen. Seine Gestalt und der Gehenkte unter ihm erinnerten Fitzduane an einen Druck aus dem achtzehnten Jahrhundert, den er irgendwo gesehen hatte und auf dem eine Hinrichtung dargestellt war.

»Hugo, packen Sie bitte mit an«, sagte der Sergeant. »Lassen Sie uns den Burschen abschneiden.«

Mechanisch setzte Fitzduane sich in Bewegung und stellte sich genau unter die Leiche. Mit ein paar schabenden Geräuschen trennte die Messerklinge das Seil durch, und der Tote fiel Fitzduane in die wartenden Arme.

Er preßte ihn an sich, und plötzlich überkam ihn ein Gefühl von Absurdität, stärker, als er es je für möglich gehalten hätte. Der Körper, den er in den Armen hielt, war noch warm, der Kopf mit dem gräßlich entstellten Gesicht baumelte schlaff an dem gestreckten, gebrochenen Hals. An diesen Augenblick sollte Fitzduane später noch oft zurückdenken, und immer würde er das Gefühl haben, daß ihn der körperliche Kontakt mit der Leiche eines bis vor kurzem vielleicht vielversprechenden jungen Menschen dazu gezwungen hatte, diesmal nicht die Rolle eines unbeteiligten Betrachters zu spielen und diesen Toten nicht als einen weiteren Eintrag in eine lange Liste tatenlos hingenommener Gewalttaten abzutun, sondern, sofern irgend möglich, herauszufinden, wie es dazu hatte kommen können.

Andere Hände kamen ihm zu Hilfe, und die kurzen Augenblicke, in denen er den toten Jungen allein in den Armen gehalten hatte, waren vorüber. Man bettete die Leiche auf den Waldboden. Jemand hatte schon eine dicke Plastikplane ausgebreitet. Als Fitzduane die Schultern des Erhängten auf die schützende Folie sinken ließ, drang ein langgezogenes Stöhnen aus dem blutverschmierten Mund.

Alle erstarrten. Sie waren schockiert und weigerten sich, den ungeheuerlichen Gedanken zu Ende zu denken: War Rudolph von Graffenlaub etwa qualvoll erstickt, während sie herumgestanden, sich stockend unterhalten und auf die Polizei gewartet hatten?

Das lange, leise Stöhnen erstarb. Fitzduane hatte dieses Geräusch schon mehrmals gehört, aber deshalb war es nicht weniger unheimlich. »Das war nur Luft«, sagte er rasch. »Sie ist aus seiner Lunge herausgepreßt worden, als wir ihn hingelegt haben.« Er blickte den anderen in die grünlich-weißen Gesichter und hoffte, daß er recht hatte.

Eine halbe Stunde später saß Fitzduane in der Bibliothek des Draker-College, die für die Zeugenvernehmung in Beschlag genommen worden war, dem Sergeanten gegenüber und machte seine Aussage. Sein Blick fiel auf die klobigen Stiefel des Polizisten, an denen der Lehm bereits trocknete, und auf die kreuz und quer über den Boden verlaufenden Fußspuren. Es ging hier also nicht mehr ganz so streng zu wie kurz zuvor.

»Sie sehen ein bißchen mitgenommen aus, Hugo«, sagte der Sergeant. »Ich hätte gedacht, Sie seien an so etwas gewöhnt.«

Fitzduane zuckte mit den Achseln. »Ja, das dachte ich auch.« Er lächelte matt. »Anscheinend ist es nicht dasselbe, wenn es vor der eigenen Haustür passiert.«

Der Sergeant nickte. »Stimmt. Es erinnert einen daran, daß alles nur an einem dünnen Faden hängt.« Er paffte eine alte schwarze Pfeife mit einem silbernen Deckel als Windschutz. Ihr entströmte der Duft von würzigem Tabak. Der Sergeant war ein großer, vierschrötiger Mann, dem nur noch ein paar Dienstjahre bis zur Pensionierung fehlten.

»Tommy«, sagte Fitzduane, »eigentlich hatte ich erwartet, daß der Tatort gründlicher untersucht wird, bevor man die Leiche abschneidet. Ich dachte, der Schauplatz würde abgesperrt und eine gerichtsmedizinische Untersuchung oder so etwas Ähnliches in die Wege geleitet.«

Der Sergeant zog eine graumelierte Augenbraue in die Höhe. Seelenruhig antwortete er: »Hugo, wenn ich Sie nicht so gut kennen würde, hätte ich aus Ihren Worten glatt einen Tadel herausgehört.«

Fitzduane machte eine Geste des Bedauerns. »Denken Sie nicht weiter drüber nach«, sagte er lediglich, doch der fragende Ausdruck verschwand nicht aus seinen Augen.

Der Sergeant kannte Fitzduane gut. Er lachte glucksend in sich hinein, doch dann erinnerte er sich an den Anlaß für dieses Gespräch und setzte wieder eine amtliche Miene auf. »Machen Sie sich nichts vor, Hugo. Sie und die anderen hatten den Platz rund um den Baum schon vor unserem Eintreffen plattgetrampelt. Wissen Sie, ich habe vierunddreißig Dienstjahre auf dem Buckel, und ich habe jede Menge Leute gesehen, die sich aufgehängt haben. Es waren lauter Selbstmorde. Jemanden aufzuhängen, ohne Spuren zu hinterlassen, ist so gut wie unmöglich, und es gibt bequemere Methoden, wenn man jemanden um die Ecke bringen will.«

»Hat man einen Abschiedsbrief gefunden?«

»Nein«, antwortete der Sergeant. »Bis jetzt haben wir keinen gefunden, aber das will nichts heißen. Ein Abschiedsbrief ist eher die Ausnahme als die Regel.«

»Haben Sie eine Theorie, warum er sich umgebracht hat?«

»Nein, noch nicht. Ich muß noch mit ein paar Leuten reden. Nach allem, was ich bisher gehört habe, war der junge Mann ziemlich verklemmt und launisch. Anscheinend hatte er auch Probleme mit seiner Familie in der Schweiz. Er war aus Bern.«

»Das ist die Hauptstadt der Schweiz«, sagte Fitzduane.

»Waren Sie schon mal dort?«

»Nein, ich bin nur wer weiß wie oft auf dem Zürcher Flugplatz umgestiegen. Mein Job ist es, Fotoreportagen von Kriegen zu machen, und die Schweizer sind nun mal ein schrecklich friedliebendes Volk.«

»Hm. Die gerichtsmedizinische Untersuchung findet wahrscheinlich schon morgen statt. Ein, zwei Tage später wird dann der amtliche Totenschein ausgestellt. Sie müssen leider dabei sein. Ich sage Ihnen rechtzeitig Bescheid.«

»Danke, Tommy.«

Sie standen auf und schüttelten sich kurz die Hände. Es war kalt in der Bibliothek: Das Kaminfeuer war ausgegangen. Die Türklinke in der Hand, drehte sich der Sergeant noch einmal zu Fitzduane um. »Es bringt nichts, sich über so etwas den Kopf zu zerbrechen. Am besten vergißt man es so schnell wie möglich.«

Fitzduane lächelte schwach, erwiderte jedoch nichts.

Später, als er nach Duncleeve zurückritt, fiel ihm plötzlich ein, daß er vergessen hatte, dem Sergeanten die Sache mit der verschwundenen Ziege zu erzählen. Gut, ein vermißter Ziegenbock war vielleicht nicht eben ein Fall für die Polizei, doch die Tatsache, daß er, Fitzduane, den geköpften und ausgeweideten Kadaver des Tieres oben in den Hügeln an einer uralten Opferstätte gefunden hatte, warf ein paar Fragen auf. Was mochte beispielsweise aus dem Ziegenkopf mit den prachtvollen Hörnern geworden sein?

Kapitel 3

Sie blickte auf ihn hinab, und da spürte sie, wie er in sie eindrang, sich in ihr bewegte und sie dort unten zart liebkoste. Unwillkürlich spannten sich die Muskeln ihrer Schenkel. Seine Hände streichelten ihre Brüste und glitten über ihren Rücken. Ein köstlicher Schauer lief ihr über die Wirbelsäule. Sie warf den Kopf in den Nacken, preßte das Becken gegen ihn und fühlte, wie er noch tiefer in sie eindrang.

Ihre Körper waren schweißnaß. Sie benetzte mit der Zunge

Daumen und Zeigefinger, schob sie durch das dichte Geflecht ihres Schamhaares, fand die Stelle, wo sein steifes Glied in ihr steckte, umschloß es und ließ die Finger mit sanftem Druck auf und ab gleiten.

Sein ganzer Körper erschauerte, doch er hatte sich gleich wieder in der Gewalt. Während sie die Hand langsam zurückzog, murmelte er: »Das ist unfair!« Aber seine Lippen lächelten, und auch seine Augen lachten, als er sie liebevoll ansah. »Das ist ein Spiel für zwei Personen.« Da mußte auch sie lachen, doch ihr Lachen verwandelte sich rasch in ein Stöhnen, denn sein Finger hatte ihre Klitoris gefunden und streichelte sie genau an der richtigen Stelle, mit dem richtigen Rhythmus und dem richtigen Druck. Es dauerte keine Minute, bis sie kam. Auf die Arme gestützt, drückte sie den Rücken durch und ließ ihr Becken immer wieder mit kurzen Stößen gegen den Unterleib ihres Geliebten schnellen.

Er zog sie zu sich hinab, und sie küßten sich lange und leidenschaftlich. Ihre Finger wanderten über sein Gesicht, ihre Lippen berührten seine Augenlider. Engumschlungen lagen sie da, küßten und liebkosten sich. Sein Glied in ihr blieb hart und steif. Er hatte in diesen anderthalb Stunden schon zweimal einen Orgasmus gehabt und war jetzt innerlich viel entspannter.

Sie rollten sich auf die Seite und lockerten die Umarmung ein wenig, aber unten blieben sie weiterhin vereint. Sie spürte, wie er sich wieder in ihr bewegte, und wieder begannen ihre Körpersäfte zu fließen. Sie fühlte sich wund, ihre Sinne waren erregt, und sie begehrte ihn. Er ist der Schönste, dachte sie. Keiner ist so sexy wie er.

Er war ein großer Mann. Auf den ersten Blick wirkte er gar nicht so, weil er ein schön modelliertes, sensibles Gesicht und zärtliche grüne Augen hatte, doch als er sich jetzt mit dem ganzen Gewicht seines Körpers auf sie rollte, spürte sie, wieviel Kraft in ihm war. Sie zog die Beine an und schlang sie um seine Taille. Er küßte ihre Brüste und saugte an den Spitzen. Noch immer hielt er sich zurück, aber sie fühlte, wie er langsam die Beherrschung verlor. Ihre Finger krallten sich in seinen Rücken, während er immer heftiger zustieß. Sie biß ihm ins Ohrläppchen, umklammerte mit beiden Beinen seinen Hintern und zog ihn geradezu in sich hinein.

Er hob das Becken vor jedem Stoß leicht an, damit sich sein Glied noch stärker an ihrem Kitzler rieb. Sie stöhnte laut und schob ihm den Zeigefinger hinten hinein. Da war es um den Rest seiner Selbstbeherrschung geschehen. Heftig zuckend ergoß er sich in ihr. Als alles vorbei war, kuschelte er sein Gesicht in ihre Halsbeuge und blieb noch lange in ihr. Sie zog ihn fest an sich und streichelte ihn wie ein Kind. Hin und wieder berührte sie die Narben auf seiner Haut.

Engumschlungen schliefen sie mehrere Stunden.

Fitzduane dachte amüsiert darüber nach, wie scharf der Kontrast zwischen dem Bild einer nackten Frau in der Hitze des Beischlafs und dem coolen Image war, das dieselbe Frau, schick gekleidet, gegenüber der Außenwelt kultivierte. Der Gedanke war nicht ohne erotischen Reiz. Er fragte sich, ob Frauen sich ähnliche Gedanken machten, und er hielt es für ziemlich wahrscheinlich.

Morgens wurde Etan wieder zu einer von einem unsichtbaren Panzer umgebenen Karrierefrau: aschblondes, zurückgekämmtes und zu einem Knoten gestecktes Haar, hochgeschlossene Seidenbluse, maßgeschneidertes Kostüm von Wolfangel, perfekt aufeinander abgestimmte Accessoires, funkelndes Gold an Ohren, Hals und Handgelenken, ein Hauch Ricci.

»Zum Glück weiß ich, daß du eigentlich mittelblond bist«, sagte er. »Wir beide wissen, warum ich das weiß, und das ist gut so. Es verhindert, daß die Distanz zwischen uns zu groß wird.« Er wies auf den gedeckten Tisch in der verglasten Veranda. »Das Frühstück ist fertig.«

Er hatte gebadet, sich rasiert und anschließend ganz auf die Zubereitung des Frühstücks konzentriert. Er trug nur einen weißen Frotteemantel. Der Name des ursprünglichen – und vermutlich noch immer rechtmäßigen – Besitzers auf der Brusttasche war so ausgewaschen, daß er kaum noch zu erkennen war.

Aus der Ferne drangen, durch die dicken Fensterscheiben gedämpft, die Geräusche der spät erwachenden Stadt herüber, und durch die Straßen von Ballsbridge, einem teuren Dubliner Vorort, quälte sich der Vormittagsverkehr.

»Ein bißchen Distanz von Zeit zu Zeit kann nicht schaden«,

erwiderte Etan. »Als berufstätige Frau muß ich auf mein Image achten. Jedenfalls lasse ich mich lieber nicht filmen, wenn ich einen Orgasmus habe.«

Als sie sah, wie er die Brauen hochzog, gab sie ihm einen Kuß und setzte sich ihm gegenüber an den Tisch. Ihr Blick fiel auf das Rührei und den Räucherlachs. Der Orangensaft war mit kleinen Luftblasen durchsetzt.

Sie hatten sich vor ungefähr drei Jahren kennengelernt, als Radio Telefis Eireann, die staatliche Rundfunk- und Fernsehanstalt Irlands, ein Kamerateam losgeschickt hatte, um für ein Kulturmagazin einen Beitrag über Kriegsfotos von Fitzduane zu drehen, die im Shelbourne Hotel ausgestellt waren. Fitzduane, der nichts dafür übrig hatte, vor statt hinter der Kamera zu stehen, hatte sich kurzangebunden und verschlossen gegeben. Danach hatte er sich über sich selbst geärgert, weil er das Interview sabotiert hatte, statt es so interessant wie möglich zu gestalten. Er war zu Etan gegangen, um sich bei ihr zu entschuldigen, und hatte nicht schlecht gestaunt, als sie ihn kurzerhand aufforderte, sie abends zum Essen auszuführen.

Sie hatten sich ineinander verliebt und waren außerdem gute Freunde geworden. Vielleicht wäre mehr daraus geworden, vielleicht *war* mehr daraus geworden, aber dieses Thema klammerten sie aus. Aus beruflichen Gründen waren sie oft für längere Zeit getrennt. Etan wurde immer wieder wegen Sendeterminen in den Dubliner Studios festgehalten, Fitzduane mußte häufig ins Ausland. Obwohl Etan sehr an ihm hing und immer stärker das Gefühl hatte, daß dies mehr als eine Affäre war, verstand sie nicht recht, wie ein so zartfühlender, empfindsamer Mann einem so gefährlichen und makabren Beruf nachgehen konnte.

Er hatte einmal den Versuch unternommen, es ihr zu erklären. In seiner Stimme klang nur die Andeutung eines irischen Akzents mit, aber das war typisch für das Milieu, dem er entstammte. Etan sagte sich, daß sie anfänglich wohl vor allem seine Stimme attraktiv gefunden hatte. Seine Selbstrechtfertigung hatte sie ziemlich heftig zurückgewiesen, doch noch immer erinnerte sie sich an seine Worte:

»Im Krieg geht es um Extreme. Gewalt und Schrecken in ihrer

extremsten Form stehen extremstes Heldentum, Mitleid und Kameradschaftsgeist gegenüber. Krieg ist ein nicht zu überbietendes Paradoxon. Er bewirkt, daß du dich bis in die letzte Pore lebendig fühlst – nicht trotz, sondern gerade wegen der ständigen Todesnähe. Oft hasse ich den Krieg, oft macht er mir angst, aber wenn dann mal wieder alles ausgestanden ist und ich eine Weile meine Ruhe gehabt habe, verlangt es mich erneut danach, weil mir dieses Gefühl fehlt, am Rand des Abgrunds zu leben.«

Er hatte sich ihr zugewandt und ihre Wange gestreichelt. »Übrigens«, hatte er grinsend hinzugefügt, »ist es das einzige, wovon ich etwas verstehe.« Dann war er das Risiko eingegangen, sie zu kränken und hatte sie darauf hingewiesen, daß Leute wie sie tagtäglich in der Geborgenheit eines geheizten Studios Reportagen ausstrahlten, die genauso blutrünstig waren wie seine von ihr so heftig kritisierten Fotos. Für ihn sei das durchaus vertretbar, denn schließlich sei nicht jeder, der Fleisch esse, automatisch ein Metzger.

Sie hatte nicht vergessen, daß ihr Temperament mit ihr durchgegangen war und wie frustriert sie sich gefühlt hatte. »Du redest wie ein Drogensüchtiger, der für seine Abhängigkeit vom Heroin rationale Argumente erfindet«, hatte sie ihm vorgeworfen. »Ich kann keinen Sinn darin sehen, daß jemand wie du seinen Lebensunterhalt damit verdient, Menschen zu fotografieren, die sich gegenseitig umbringen. Das ist um so verrückter, als du dabei dein eigenes Leben riskierst. Du bist nicht unverwundbar, nur weil du einen Presseausweis und eine Kamera mit dir herumträgst. Das weißt du verdammt gut. Ich vermisse dich schrecklich, wenn du weg bist, und dann komme ich mir idiotisch vor. Statt mir dich aus dem Kopf zu schlagen, bin ich krank vor Sorge, daß du getötet, zum Krüppel werden oder spurlos verschwinden könntest.«

Er hatte sie zärtlich auf die Lippen geküßt, und sie hatte nicht anders gekonnt, als den Kuß zu erwidern. »Je älter ich werde, desto kleiner wird die Wahrscheinlichkeit, daß es mich erwischt«, hatte er gesagt. »Im Krieg sterben vor allem junge Männer. Das gehört zum System. Man ist vielleicht zu jung, um wählen zu dürfen; aber alt genug, damit sie einen Fallschirmjäger aus dir machen, bist du allemal.«

»So ein Wahnsinn!« hatte sie ausgerufen, und dann hatte sie mit ihm geschlafen, wild und zärtlich zugleich. Auf dem Höhepunkt hatte sie geschluchzt, danach hatte sie ihn mit tränenüberströmtem Gesicht in den Armen gehalten, während er schlief. In ihrer beider Leben hatte sich jedoch nichts geändert.

Als er sie jetzt über den Frühstückstisch hinweg ansah, wirkte er so jung. Trotz des silbergrauen Haares und seiner neununddreißig Jahre ging etwas Jungenhaftes von ihm aus. Sein Gesicht hatte seltsamerweise kaum Falten, und sein wahres Alter ließ sich nur von den Augen ablesen.

Etan trank ihren Kaffee aus und sah auf die Uhr. Noch ein paar Minuten, dann mußte sie ins Studio der RTE. Es lag in Donnybrook, und bis dort war es nicht weit, aber sie mußte den dichten Verkehr einkalkulieren.

Fitzduane hatte sein Frühstück kaum angerührt. Geistesabwesend lächelte er sie an, als sie aufstand, dann starrte er wieder ausdruckslos vor sich hin. Sie stellte sich hinter seinen Stuhl, schlang die Arme um seinen Hals und drückte ihre Wange an seine: So gelassen und liebevoll er sich auch gab – etwas machte ihm zu schaffen.

»Du starrst Löcher in die Luft«, sagte sie.

»Ich denke an den jungen Mann, der sich aufgehängt hat.«

»Ich weiß.«

»Erst haben wir ihn abgeschnitten, dann haben sie ihn aufgeschnitten und ihn anschließend per Luftpost nach Bern geschickt. Er war neunzehn, und anscheinend sind wir alle nur daran interessiert, die skandalöse Angelegenheit möglichst schnell zu den Akten zu legen. Es ist uns egal, warum es dazu gekommen ist.«

Sie zog ihn an sich. »Nein, das ist niemandem egal«, widersprach sie. »Es ist einfach nur so, daß niemand weiß, was man noch tun könnte. Wieso sollte man überhaupt noch etwas unternehmen? Es ist zu spät. Der Junge ist tot.«

»Aber warum mußte er sterben?« fragte er beharrlich.

»Ist das noch wichtig?«

Er wandte ihr den Kopf zu, so daß er ihr in die Augen blicken konnte, und dann lächelte er plötzlich. Er nahm ihre Hand und drückte seine Lippen auf die Innenseite. Es wurde ein langer Kuß. Liebe und Sorge um ihn wallten in ihr auf.

»Vielleicht haben wir Männer auch so etwas wie Wechseljahre«, sagte er, »und die Sache geht mir deshalb so nahe.«

»Was hast du vor?«

»Ich gehe auf Gespensterjagd«, antwortete er. »Ich will die Gründe wissen.«

»Und wie willst du sie herausfinden? Wie wirst du vorgehen?«

»Ich befolge einfach den Rat des Königs aus ›Alice im Wunderland‹.«

Sie mußte lachen. »Und der lautet?«

»Fang am Anfang an, mach weiter bis zum Ende und hör dann auf.«

Etan war bereits seit über einem Jahr Fitzduanes Geliebte, als sie herausfand, daß er schon einmal verheiratet gewesen war. Er hatte es ihr gegenüber nie erwähnt. Sie war davon ausgegangen, daß sein rastloses Leben der Hauptgrund dafür war, daß er noch keine Familie gegründet hatte, doch dann stellte sie fest, daß alles viel komplizierter war. Was sie erfuhr, half ihr zu verstehen, warum er vor einer engeren Bindung zurückschreckte. Es warf auch ein Licht auf die sich steigernde Obsession, mit der er sich auf den tragischen Selbstmord versteifte. Vielleicht sagte er sich zuinnerst, daß er wieder einmal zu spät gekommen war.

In vergilbten Zeitungsausschnitten stieß sie auf den Namen Anne-Marie Thormann Fitzduane. Sie hatte Material für eine Dokumentation über Irlands Beiträge zu verschiedenen Friedensmissionen der UNO gesammelt, und jemand aus dem Archiv hatte ihr ein paar dicke Aktenordner über Einsätze im Kongo auf den Schreibtisch gelegt.

Der Kongo – jetzt hieß er Zaire – war Anfang der sechziger Jahre in die Unabhängigkeit entlassen, von den belgischen Kolonialherren auf seinen neuen Status jedoch schlecht vorbereitet worden. Gut ausgebildete Verwaltungsbeamte gab es praktisch nicht. Einer Handvoll Ärzte stand ein Dreizehn-Millionen-Volk gegenüber. Die Autorität der Zentralregierung brach zusammen, und es kam zum Bürgerkrieg. Massaker, Plünderungen und mutwillige Zerstörungen großen Stils waren an der Tagesordnung.

Eine UNO-Streitmacht wurde mit dem Auftrag losgeschickt, den Frieden und die Ordnung wiederherzustellen. Es dauerte nicht lange, bis die Friedensmission den meisten UNO-Soldaten eher wie ein Fronteinsatz in einem richtigen Krieg vorkam. Kampferprobte Eliteeinheiten wie die indischen Gurkhas verstärkten die UNO-Truppen. Fitzduane, damals ein junger Leutnant, diente unter dem Kommando von Colonel Shane Kilmara in dem Luftlandebataillon, das Irland zu der Operation beisteuerte.

Etan konnte sich dank der Zeitungsausschnitte ein ziemlich umfassendes Bild von den Geschehnissen machen. Sie las unter anderem, daß Anne-Marie, eine Krankenschwester vom Roten Kreuz, und Fitzduane sich irgendwo im Busch kennengelernt hatten, als Fitzduane während einer Patrouille weit ins Landesinnere vorgedrungen war. Wenige Wochen später hatten sie geheiratet. Es gab ein Foto von der Hochzeit, die in der Provinzhauptstadt stattgefunden hatte. Irische Soldaten hatten die Ehrengarde gebildet, die Brautjungfern waren Krankenschwestern vom Roten Kreuz gewesen. Ein Zeitungsbericht sprach von einer ›Wirbelwindromanze‹. Das Paar auf dem Bild sah sehr jung, sorglos und glücklich aus, die Soldaten der Ehrengarde lächelten. Lediglich ihre Uniformen und Handfeuerwaffen deuteten auf das bevorstehende Blutbad hin.

Der Kongo war ein riesiges Land, die UNO-Streitmacht weit gestreut. Fitzduanes Einheit wurde in eine andere unruhige Gegend verlegt, und die Provinzhauptstadt war nun nur noch notdürftig von regierungstreuen Truppen bewacht. Diese meuterten prompt, verbündeten sich mit anderen vorrückenden Rebellen, den Simbas, wie sie sich selbst nannten, und nahmen eine Menge Geiseln.

Den Rest der Geschichte hatte Etan sich von Fitzduane erzählen lassen. Hand in Hand waren sie langsam von seiner Burg zum nahegelegenen See spaziert. Dort hatten sie sich auf einen Baumstamm gesetzt, über den See und den schmalen Landstreifen aufs Meer hinausgesehen und den grandiosen Sonnenuntergang betrachtet. Der Baumstamm war mit feuchtem Moos überwachsen, die Luft schon recht kühl gewesen.

Fitzduane hatte in die untergehende Sonne geblickt, die sein

Gesicht mit ihrem Licht übergoß, und gemurmelt: »Eine Welt aus kaltem Feuer.« Nachdem er eine Weile geschwiegen hatte, war er mit seinem Bericht fortgefahren:

»Der UNO-Generalsekretär war ein paar Wochen zuvor bei einem Flugzeugabsturz ums Leben gekommen. Überall ging es drunter und drüber. Niemand wußte, wie es mit den Geiseln weitergehen sollte. Wir erhielten Befehl, einstweilen stillzuhalten. Die Simbas drohten, die Geiseln umzubringen, und wir wußten aus Erfahrung, daß sie nicht blufften. Kilmara beschloß, auf eigene Faust zu handeln, und forderte Freiwillige auf, sich bei ihm zu melden. Wie nicht anders zu erwarten, trat die ganze Mannschaft einen Schritt vor. Unter Kilmaras Kommando fühlten wir uns, als könnten wir auf dem Wasser wandeln... Also gut, wir machten uns bereit, die Stadt – sie hieß Konina – aus der Luft, zu Lande und vom Fluß her anzugreifen. Ich schmuggelte mich mit ein paar anderen nachts hinein, und wir bildeten in einer Häuserzeile, von der aus wir den Platz mit den Geiseln überblicken konnten, einen Vorposten. Auf dem Platz lagerten ungefähr siebenhundert Geiseln, Schwarze, Weiße, Inder, Männer, Frauen, Kinder. Die Stadt war gerammelt voll mit Simbas. Schätzungen gingen bis zu viertausend. Die meisten zogen plündernd umher, aber mehrere hundert von ihnen bewachten die Geiseln auf dem Platz. Die Simbas hatten gedroht, im Fall eines Angriffs alle Geiseln umzubringen, und im Massakrieren hatten sie weiß Gott genug Übung. Man verglich sie oft mit den *siafru*, den afrikanischen Söldnerameisen, die alles vernichten, was ihnen im Weg ist. Sie glaubten an ihre eigene Unverwundbarkeit und waren in der Mehrzahl Krieger aus Eingeborenenstämmen, aber es waren auch Deserteure von der *Force Publique* dabei, und sie wurden von Medizinmännern angeführt. Jeder Rekrut mußte sich einem Ritual unterziehen, bei dem man ihm angeblich die sogenannte *dawa* verabreichte, eine Medizin, die bewirkte, daß er im Kampf nur ›*Mai, mai*‹ zu rufen brauchte, damit sich feindliche Kugeln in Wassertropfen verwandelten.«

»Aber was wurde aus ihrem Glauben, wenn sie sahen, daß trotzdem einige von ihnen im Kampf fielen?« fragte Etan.

»Die Medizinmänner hatten eine Erklärung parat.« Fitzduane lächelte verdrießlich. »Sie behaupteten einfach, die Gefallenen hätten ein Tabu verletzt und ihr Gesicht verloren. Damit die *dawa* wirke, müsse man ihnen, den Medizinmännern, aufs Wort folgen.«

Fitzduane hielt kurz inne und fuhr dann fort: »Unsere Abteilung hatte Befehl, sich zurückzuhalten, bis der Hauptangriff erfolgte. Dann sollten wir verhindern, daß die Simbas die Geiseln umbrachten, und so lange durchhalten, bis sich die Hauptstreitmacht zu uns durchgekämpft hätte. Wir waren nur zwölf Mann, und deshalb kam alles darauf an, daß wir absolut stillhielten, bis es richtig losging. Uns war klar, daß wir ohne Verstärkung nur ein paar Minuten durchgehalten hätten. Die Simbas waren einfach zu zahlreich. Einige hatten zwar nur Speere oder Pfeil und Bogen, aber die meisten waren mit Sturmgewehren und anderen automatischen Waffen ausgerüstet, die sie der *Armée Nationale Congolaise* abgenommen hatten. Unser Auftrag war also sonnenklar. Egal, was passierte – sofern wir nicht entdeckt wurden, was nicht geschah, sollten wir nichts unternehmen, bis das Gros unserer Einheit das Feuer eröffnete. Acht Stunden lang beobachteten wir, was sich unten auf dem Platz abspielte. Die meisten Geiseln lebten noch. Unter Bewachung hockten oder lagen sie auf dem Boden, aber die Simbas suchten sich ständig ein paar heraus und machten sich einen Spaß daraus, sie zu Tode zu foltern. Die Folterungen fanden in einer kleinen Grünanlage auf der einen Seite des Platzes statt. Dort gab es ein Standbild irgendeines Afrikaforschers, an dessen Sockel die Simbas ihre Opfer fesselten. Wir lagen kaum mehr als fünfzig Meter entfernt in unserem Versteck im zweiten Stock eines Hauses und konnten im Schein mehrerer großer Feuer das Geschehen genau beobachten. Im Feldstecher schien alles zum Berühren nah. Verdammt, wir konnten nichts tun! Wir mußten abwarten, es ging einfach nicht anders. Die Gefolterten schrien und schrien und schrien – die ganze verdammte Nacht lang schrien sie. Männer, Frauen und Kinder wurden wahllos vergewaltigt, und hinterher brachten die Simbas sie auf alle nur erdenklichen Arten um. Sie stellten ein kleines Mädchen, das höchstens vier oder fünf Jahre alt war, zwischen zwei Jeeps, banden Seile an Arme und Beine und rissen die Kleine in Stücke wie eine Stoffpuppe. Einen bärtigen Mann mit einem länglichen Gesicht kreuzigten sie. Dann johlten sie: ›Jésus, Jésus, le Roi des Juifs!‹ Als er nach vier Stunden noch immer lebte, kastrierten sie ihn. Dann vergewaltigten sie ein paar Nonnen, zwangen sie, Benzin zu trinken, schlitzten ihnen die Bäuche auf und zündeten ihr Gedärm an. Das fanden sie besonders spaßig. Der Gestank drang bis zu uns, aber wir konnten nichts tun, wir waren absolut machtlos. Wir lagen dort, bewaffnet mit Granatwerfern, Sturmgewehren, Messern und Klavierdraht, mußten mitansehen, wie Säuglinge massakriert wurden, und durften uns nicht rühren. Oh, wir waren ein gutausgebildeter Trupp, das Beste, was die irische Armee zu bieten hatte. Wir waren diszipliniert, absolut diszipliniert. Und wir hatten unsere Befehle, vernünftige Befehle. Überstürztes Handeln wäre aus militärischer Sicht Selbstmord gewesen. Dann passierte es: Die Simbas entdeckten zwischen den Geiseln eine junge Krankenschwester. Sie war hochgewachsen, rothaarig und schön, und sie trug noch immer ihren weißen Kittel. Alles ging so schnell! Ein junger Bursche – manche Simbas zählten erst dreizehn oder vierzehn Jahre, waren aber besonders grausam – schnappte sich ein Buschmesser und schlug der Krankenschwester, als sei es beiläufig, den Kopf ab. Das war ein rascher Tod. Es war Anne-Marie, und wir hatten erst sieben Wochen zuvor geheiratet.«

Etan hatte nicht gewußt, was sie sagen und wie sie sich verhalten sollte. Die Geschichte, die Fitzduane ihr erzählt hatte, überstieg ihre Vorstellungskraft und war so schrecklich, daß sie einfach nur die Arme um ihn geschlungen, ihn an sich gezogen und reglos dagesessen hatte. Fitzduane hatte lange geschwiegen. Die Sonne, eine matt leuchtende Scheibe, war langsam im Meer versunken. Es war spürbar kühler geworden. In der Ferne sah Etan die hellerleuchteten Fenster der Burg.

Nach einer Weile hatte Fitzduane die Lippen auf ihr Haar gedrückt und sie in den Arm genommen. »Dieses verdammte naßkalte Klima«, hatte er gesagt. Um sich aufzuwärmen, hatten sie in der Abenddämmerung flache Steine übers Wasser hüpfen lassen. Bei Einbruch der Nacht kehrten sie nach Duncleeve zurück. Unterwegs stritten sie sich im Spaß, wessen Steine besser und öfter übers Wasser gehüpft waren, seine oder ihre. Bei den letzten Würfen war es schon fast dunkel gewesen.

Kapitel 4

Das neue Jury's Hotel in Dublin sah aus wie der Präsidentenpalast eines Landes, das erst seit kurzem unabhängig war. Das alte Jury's war für alle Zeiten verschwunden, mit Ausnahme der viktorianischen Bar aus Mahagoni, Marmor und Messing, die kulturbeflissene Schweizer Bankiers im Angedenken an James Joyce mit allem Drum und Dran nach Zürich hatten verfrachten lassen.

Fitzduane bahnte sich seinen Weg durch eine Gruppe japanischer Elektronikfachleute, steuerte auf die Bar zu und orderte einen Jameson. Er beobachtete, wie das Eis im Glas schmolz, und dachte gerade über das Leben, das Streben nach Glück und über Obduktionen nach, als er Günther auf sich zukommen sah. Günther hatte noch immer dasselbe Babygesicht, weshalb einem nicht gleich bewußt wurde, was für ein Hüne er war. Aus nächster Nähe entdeckte man in seinem Gesicht ein paar Falten, die früher nicht dagewesen waren, doch wirkte er fit und durchtrainiert wie immer.

Eine Hochzeitsgesellschaft zwängte sich durch die Glastüren. Die Braut war in mehrere Lagen weißer Kunstfaser verpackt, und der Mann an ihrer Seite hätte durchaus der Oberkellner sein können. Die Schleppe wurde in den Teich geweht und ging langsam unter. Ein ungewöhnlicher Zeitpunkt für eine irische Hochzeit, dachte Fitzduane, aber bei der Figur, die die Braut hatte, konnte er den Bräutigam verstehen.

Der Brautführer zog die Schleppe aus dem Teich und wrang sie über dem Becken des Springbrunnens aus. Er tat dies so geschickt und flink, als wäre es für ihn reine Routine oder als hätte er schon wer weiß wie vielen Hühnern den Hals umgedreht. Die Schleppe sah jetzt aus wie eine durchnäßte Windel, die die Braut hinter sich herzog, hinein ins Familienleben. Fitzduane verschloß vor dem Symbolgehalt der Szene die Augen und trank seinen Jameson aus.

»Du verlierst immer mehr Babyspeck, Günther«, sagte er. »Entweder arbeitest du zu hart, oder du amüsierst dich zuviel.«

»Das liegt an eurem Klima, und außerdem bin ich nicht mehr der Jüngste.«

Er hatte einen unverkennbar deutschen Akzent, aber auch irische Anklänge waren nicht zu überhören. Schließlich lebte er schon seit geraumer Zeit im Lande. Die Regierung hatte ihn einmal bei der westdeutschen Grenzschutztruppe 9 (GSG-9) ausgeliehen, die mit der Bekämpfung des Terrorismus beauftragt war, und Günther war aus unerfindlichen Gründen in Irland geblieben.

»Regnet es in Deutschland etwa nie?«

»Nur auf Antrag«, erwiderte Günther. »Wir sind ein ordnungsliebendes Volk.«

»Kommt der Colonel auch?« wollte Fitzduane wissen. Er klopfte auf die Flugtasche, die an Günthers Schulter hing, und hob sie leicht an, um zu erraten, was für eine Waffe darin war. Er tippte auf ein Schießeisen von Heckler & Koch. Deutsche verwenden gern deutsche Produkte, und Heckler & Koch lag nun mal technisch ganz weit vorne. Die Waffe hatte mit ziemlicher Sicherheit einen Klappkolben und, wie er Kilmara kannte, ein größeres Kaliber als neun Millimeter. Kilmara hegte auf Grund seiner Fronterfahrungen eine Abneigung gegen das Kaliber 9 mm, weil es seiner Meinung nach einen Gegner nicht rasch genug kampfunfähig machte.

»Das Sturmgewehr Modell 33?«

Günther nickte grinsend. »Mein Kompliment. Du bist wirklich auf dem neuesten Stand«, sagte er. »Der Colonel erwartet dich oben. Ihr werdet auf dem Zimmer essen. Vorsicht kann heutzutage nicht schaden.« Er stand auf, ging vor Fitzduane her durch die Bar und dann einen Flur mit gläsernen Wänden entlang zum Lift. Sie fuhren ins oberste Stockwerk. Günther nickte zwei Leibwächtern in Zivil zu, zog einen Schlüssel heraus und schloß eine Tür auf. Dahinter standen noch zwei Männer, die entsicherte Automatik im Anschlag. Günther schob Fitzduane vor sich her in den angrenzenden Raum.

Colonel Shane Kilmara, Sicherheitsberater des Taoiseach, also des irischen Ministerpräsidenten, und Kommandeur der Rangers, der irischen Antiterrorismus-Einheit, erhob sich und trat auf sie zu. Seitlich stand ein Tisch mit einem kalten Buffet.

»Ich wußte gar nicht, daß Räucherlachs so scharf bewacht werden muß«, sagte Fitzduane.

»Kommt drauf an, wer ihn essen soll«, erwiderte Kilmara.

Jedesmal, wenn Kilmara Irlands unausstehliches Klima und die keltische Mentalität vieler Landsleute auf die Nerven gingen, brauchte er sich bloß zu vergegenwärtigen, wie er zu seiner jetzigen Position gekommen war, um wohlig zu erschauern.

Kilmara hatte im Kongo militärische Erfolge verbuchen können. Die Befreiung der meisten Geiseln in Konina war von der Weltpresse als ein Handstreich von geradezu chirurgischer Präzision gefeiert worden, doch die Angelegenheit hatte ein politisches Nachspiel gehabt: Zurück im kalten, verregneten Irland war Kilmara vor ein Kriegsgericht gestellt und für schuldig befunden worden. Er hatte das Urteil widerspruchslos hingenommen, denn er hatte in Konina entgegen anderslautenden Befehlen auf eigene Faust zugeschlagen, und bei dem Einsatz waren achtzehn seiner Männer gefallen.

Dabei war die Operation insgesamt tatsächlich ein Erfolg gewesen. Mehr als siebenhundert Menschen waren gerettet worden, und die Weltpresse hatte überaus positiv reagiert. Kilmara bezweifelte, ob er zu Recht vor ein Kriegsgericht gestellt worden war, und viele Kameraden, darunter die Offiziere, die über ihn zu befinden hatten, dachten wie er. Doch sobald das Verfahren eingeleitet war, stand das Urteil praktisch fest – das Urteil, nicht das Strafmaß. Vielleicht erwartete Kilmara nur eine unehrenhafte Entlassung, vielleicht aber auch das Gefängnis oder gar die gesetzliche Höchststrafe. Nichts dergleichen geschah: Die Mitglieder des Kriegsgerichts machten keinen Hehl aus ihrem Standpunkt, nämlich daß sie ein solches Verfahren gegen einen Mann aus ihren eigenen Reihen für einen unklugen Akt politischer Willkür hielten, und verhängten die Mindeststrafe – einen strengen Verweis.

Kilmara hätte also weiter in der Army dienen können, denn für die meisten Offiziere war das Urteil eine Formsache. Doch dann mußte er einen weitaus härteren Schlag verkraften: Unter dem Vorwand notwendiger Einsparungen wurde das von ihm handverlesene und auf ein Höchstmaß soldatischer Effizienz getrimmte Elite-Luftlandebataillon aufgelöst.

Obwohl das Kriegsgerichtsverfahren ebenso wie die Auflösung von Kilmaras Kommando als rein militärische Entscheidungen des Stabschefs und dessen Offizieren hingestellt wurden, gab Kilmara sich keinen Illusionen darüber hin, wer der eigentliche Drahtzieher war. Er überdachte nüchtern seine Lage und kam zu dem Schluß, daß er einstweilen nichts unternehmen konnte. Sein Widersacher war nämlich kein Geringerer als Joseph Patrick Delaney, der Verteidigungsminister.

»So etwas nennt man Realpolitik«, sagte Kilmara zu dem enttäuschten Stabschef, als er seinen Abschied einreichte. Bereits zwei Tage später verließ er Irland, und viele glaubten, für immer.

Im irischen Establishment gab es manch einen, der über Kilmaras Ausschaltung nicht eben unglücklich war. Er hatte nie ein Blatt vor den Mund genommen, sondern die Zustände in der Army kritisiert und sich von den Medien immer wieder unverzeihlicherweise ins Rampenlicht stellen lassen. Gerade seine militärischen Erfolge hatten ihn zu einem Ärgernis gemacht. Das Establishment im konservativen Irland widersetzte sich hartnäckig jeglichen Reformen. Deshalb ließ man den vorlauten Colonel gern ziehen und hoffte zuversichtlich, daß er nie wieder ein öffentliches Amt bekleiden würde.

Die anderen Kabinettsmitglieder vermuteten, daß sich hinter der unverhohlenen Feindseligkeit des Verteidigungsministers gegenüber Kilmara lediglich die verständliche Abneigung eines Konservativen gegen einen großmäuligen Haudegen verbarg, wobei der Neid auf dessen militärische Erfolge seine Mißgunst noch bestärken mußte. Der wahre Grund, warum Joseph Patrick Delaney alles daransetzte, Kilmara kaltzustellen, war jedoch weitaus ernster und weitreichender. Kilmara stellte nicht nur eine Bedrohung für die ehrgeizigen Pläne des Ministers dar, sondern konnte, sofern es ihm gelang, an gewisse Informationen heranzukommen und sie zu einem Ganzen zusammenzufügen, dessen gesamte Existenz zerstören.

Auf eine simple Formel gebracht, war Delaney ein Verräter. Er hatte gegen eine Bestechungssumme Informationen über die Aktivitäten irischer Truppen im Kongo weitergegeben, wodurch einige Operationen der Ranger scheiterten – und eine Reihe von Männern getötet oder verwundet wurde. Der Minister hatte seine persönlichen Ambitionen über die Moral siegen lassen, und der Rest hatte sich von allein ergeben. Er war überzeugt, daß Kilmara ahnte, worauf er sich eingelassen hatte, doch ironischerweise täuschte er sich. Kilmaras offen zur Schau getragene Verachtung beruhte lediglich auf der natürlichen Abneigung des Militärs gegen einen korrupten, opportunistischen Politiker und Vorgesetzten.

Nachdem Kilmara Mitte der sechziger Jahre seinen Abschied von der Irischen Armee genommen hatte, ging man also wie gesagt davon aus, daß er in Irland nie wieder eine öffentliche Funktion ausüben würde. Doch dann kamen die siebziger Jahre und das Gespenst des Terrorismus ging um, zuerst nur im von den Briten besetzten Nordirland, dann auch auf dem europäischen Festland und anderswo. Gewalt hat bekanntlich, sofern sie nicht rechtzeitig unterdrückt wird, die Tendenz, sich auszubreiten, und macht vor keinen Grenzen halt.

Die irische Regierung reagierte mit Betroffenheit und Sorge, doch erst die Ermordung von Botschafter Ewart Biggs lieferte den Anlaß zu konkreten Maßnahmen.

Im Jahr 1976 wurde Christopher Ewart Biggs, Exagent des britischen Intelligence Service, Verfasser von Thrillern (die in Irland alle von der Zensur verboten wurden) und Träger eines dunkel getönten Monokels, zum britischen Botschafter in der Republik Irland ernannt. Es war, gelinde gesagt, eine umstrittene Entscheidung, und sie führte zu einer Katastrophe.

Am Morgen des 21. Juli nahm Ewart Biggs hinten links in seinem Jaguar Platz, um sich von seiner Residenz im Dubliner Vorort Sandyford zur Britischen Botschaft nahe Ballsbridge chauffieren zu lassen. Der Jaguar wurde von einem zweiten Wagen eskortiert, in dem bewaffnete Beamte des irischen Sonderdezernats saßen.

Ein paar hundert Meter von der Residenz entfernt fuhr der Jaguar des Botschafters über einen Gullydeckel, unter dem zweihundert Pfund Plastiksprengstoff lagen. Die Ladung wurde aus hundert Metern Entfernung per Funk gezündet. Der Jaguar flog in die Luft und landete krachend in einem rauchenden Krater. Botschafter Ewart Biggs und seine Sekretärin Judith Cooke waren auf der Stelle tot.

Die Mordtat jagte den Mitgliedern des politischen Establishments von Irland einen kalten Angstschauer über den Rücken. Wen würden die Terroristen als nächsten umbringen? Würden die Briten zurückschlagen, und wenn ja – wen würden sie aufs Korn nehmen? Die Lage war ziemlich unerfreulich.

Das irische Kabinett trat zu einer außerordentlichen Sitzung zusammen. Ein Sonderausschuß wurde gebildet und beauftragt, ein neues Konzept für den Personen- und Objektschutz auszuarbeiten. Man beschloß weiterhin, dem Premierminister einen Sicherheitsberater zur Seite zu stellen. Für den Posten kam natürlich nur jemand in Frage, der mit geheimdienstlicher Tätigkeit auf nationaler wie auf internationaler Ebene erfahren war.

In Europa, den USA und anderswo wurden diskrete Nachforschungen angestellt, und das Ergebnis war von überwältigender Eindeutigkeit. Im zurückliegenden Jahrzehnt hatte Kilmara bei der Bekämpfung des Terrorismus mit den Spezialeinheiten anderer westlicher Länder höchst effizient zusammengearbeitet und sich dabei einen geradezu legendären Ruf erworben. Seine Verachtung für Bürokraten und Politiker war allseits bekannt. Der Regierungsausschuß bot ihm den Posten deshalb nur ungern an, aber lieber wollte man sich mit ihm abfinden, als von einer Terroristenbombe in Stücke gerissen zu werden.

Kilmara steuerte bei den Verhandlungen einen harten Kurs. Er bestand auf einen hieb- und stichfesten Vertrag und ein für irische Verhältnisse üppiges Budget. Bereits neunzig Tage nach seiner Ernennung hatte er, wie vertraglich festgelegt, eine Eliteeinheit zur Terrorismusbekämpfung auf die Beine gestellt. Im Gedenken an sein aufgelöstes Luftlandebatallion taufte er sie die »Rangers«. Es waren insgesamt nur sechzig Mann, die er zum Teil bei der Polizei und der Army rekrutierte. Viele hatten unter ihm im Kongo gekämpft, aber er holte sich auch ein paar Leute von der deutschen GSG-9 und des französischen *Gigene*. Schließlich gab es da noch ein paar Individuen, über deren Vorleben allein Kilmara Bescheid wußte.

Die Leistungen von Kilmara und seinen Rangers übertrafen alle Erwartungen. Der Erfolg machte ihn jedoch nicht eben umgänglicher. Von den meisten Mitgliedern des politischen Establishments wurde er nur zähneknirschend geduldet, ja er wurde sogar bis zu einem gewissen Grad gefürchtet – vor allem vom gegenwärtigen Taoiseach, einem gewissen Joseph Patrick Delaney.

Aber man kam nun einmal nicht ohne ihn aus.

Sie aßen allein. Zu Beginn ihrer Bekanntschaft, als sie beide in der irischen Army dienten, Kilmara als Kommandeur einer Einheit, Fitzduane als junger Leutnant, war ihre Beziehung durch den Rangunterschied geprägt, doch nach all den Jahren und den vielen gemeinsam im Kongo bestandenen Gefahren waren sie ebenbürtige Waffengefährten und enge Freunde geworden.

Das kalte Buffet erwies sich als ausgezeichnet. Den Wein hatte Kilmara aus eigenen Beständen beigesteuert, und seine Qualität ließ vermuten, daß er auch in diesem Bereich seine guten Beziehungen zu Frankreich zu nutzen verstand.

Nach dem Essen genehmigten sie sich einen Irish Coffee. Bisher hatten sie sich über die gemeinsame Vergangenheit und das gegenwärtige Irland unterhalten. Der Erhängte war in stillschweigendem Einverständnis ausgeklammert worden.

Kilmara zündete sich eine Pfeife an. »Ach, so läßt es sich wirklich leben«, sagte er, »sogar in einem komischen kleinen Land wie dem unseren – trotz Frust, Intrigen, Pfusch und so weiter. Das hier ist meine Heimat, und außerdem sind wir noch eine junge Nation.«

Fitzduane lächelte. »Du klingst heute so versöhnlich«, spöttelte er. »Oder sollte ich ›abgeklärt‹ sagen?«

Kilmara erwiderte brummig: »Vielleicht klinge ich so, aber das ist auch schon alles. Genug davon. Erzähl mir von diesem Rudolph von Graffenlaub.«

Während Fitzduane den Vorfall schilderte, unterbrach Kilmara ihn kein einziges Mal. Er war ein guter Zuhörer und wunderte sich, warum der Tod eines Unbekannten Fitzduane so zu schaffen machte.

»Zugegeben, der Tag hat für dich recht unerfreulich angefangen«, sagte er, »aber eine Leiche dürfte für dich nicht gerade ein ungewohnter Anblick sein. Bei deinem Job siehst du in einer einzigen Woche mehr Tote als die meisten Leute in ihrem ganzen Leben. Ich will ja nicht zynisch sein, aber was macht eine Leiche mehr oder weniger für einen Unterschied? Du kanntest den jungen Mann nicht, und du kennst auch seine Freunde oder Angehörigen nicht.« Er warf Fitzduane einen Blick zu. »Du hast ihn doch nicht etwa selbst umgebracht?«

Fitzduane schüttelte grinsend den Kopf. »Nicht, daß ich wüßte.«

»Na gut«, meinte Kilmara, »worin besteht dann das Problem? Wir Menschen müssen alle sterben, so ist das nun mal. Man nennt es die natürliche Ordnung der Dinge. Was ist am Tod von diesem Rudolph von Graffenlaub für dich so besonders?«

Fitzduane überlegte.

»Natürlich werde ich dir weiterhelfen«, fuhr Kilmara fort. »Aber ich bin neugierig, was für Argumente du dir für dieses ziemlich abwegige Projekt zurechtgelegt hast.«

Fitzduane lachte. »Ich habe keine«, gab er zu. »Es ist eher so ein Gefühl, daß ich mich um diese Sache kümmern sollte.«

»Du und deine Intuition!« meinte Kilmara kopfschüttelnd. »Wenn ich an damals im Kongo denke, kommt es mir manchmal wie Gespensterseherei vor. Also, was hast du auf dem Herzen?«

Fitzduane zog ein paar Notizen heraus, die er sich als Gedächtnisstütze gemacht hatte. »Zuerst einmal würde ich gerne mit dem Mediziner reden, der an unserem fast noch warmen Freund die Obduktion durchgeführt hat. Der Arzt, der das hier in der Gegend normalerweise erledigt, mußte zu einer Tagung, und Harbison war unabkömmlich. Deshalb mußte ein gewisser Dr. Buckley mit dem Auto aus Cork kommen und einspringen.«

»Ich kenne Buckley«, sagte Kilmara. »Ein kleiner Mensch mit graumeliertem Haar. Stammt aus West Cork und ist jetzt im West-Krankenhaus tätig.«

»Das ist der Bursche.«

»Buckley ist in Ordnung«, meinte Kilmara. »Er ist ein erstklassiger Arzt. Wenn es um berufliche Dinge geht, kriegt er die Kiemen nicht auseinander, es sei denn, man kommt ihm mit überzeugenden Argumenten.«

»Die mußt du dir ausdenken«, sagte Fitzduane. »Ich habe ihn auf eigene Faust angerufen und bin kein Stück weitergekommen. Er war höflich, aber unnachgiebig.«

»O ja, die Leute aus West Cork sind ein Schlag für sich«, erwiderte Kilmara. »Das muß an der Landschaft liegen. Ich werde sehen, was ich tun kann. Sonst noch was?«

»Ich hätte gern Kopien von allen amtlichen Schriftstücken – von der Polizeiakte, dem gerichtsmedizinischen Befund und so weiter.«

»Es ist natürlich unzulässig und eindeutig illegal, solche Dokumente einem Zivilisten zu überlassen, aber was soll's. Okay, kein Problem.«

»Ich brauche für die zuständigen Behörden in Bern so etwas wie eine Empfehlung«, fuhr Fitzduane fort. »Rudolph von Graffenlaub war nämlich aus Bern. Seine Angehörigen und Freunde wohnen dort. Ich will hinfahren, um diesen Leuten ein paar Fragen zu stellen, und ich möchte nicht schon am zweiten Tag höflich, aber bestimmt aus der Schweiz ausgewiesen werden.«

Kilmara grinste. »Dafür muß ich meine Phantasie schon eher ein bißchen anstrengen.«

»Und zum Abschluß: Was weißt du über das Draker-College?« fragte Fitzduane. »Ich meine natürlich nicht die Art von Informationen, wie man sie in einem Prospekt nachlesen kann.«

»Habe ich es mir doch gedacht, daß du früher oder später davon anfangen würdest! So, jetzt bin ich mal mit dem Fragen dran: Weißt du eigentlich selber einigermaßen, wonach du suchst?«

Fitzduane lächelte matt. »Nein«, gab er zu, »aber ich werde es spätestens dann wissen, wenn ich es gefunden habe.«

Sie schwiegen eine Weile. Kilmara stand auf, streckte sich und trat ans Fenster. Er spähte durch einen Spalt im Rollo. »Der Regen hat nachgelassen«, sagte er. »Es nieselt nur noch. Wie wäre es mit einem Spaziergang im Herbert-Park?«

»Es ist Winter, wir haben März, und draußen ist es kalt«, protestierte Fitzduane, aber er unterlief seine eigenen Worte, indem er sich seinen noch immer feuchten Mantel anzog. »Außerdem blühen noch keine Blumen.«

»Irgendwo blühen immer Blumen«, sagte Kilmara.

Sie gingen zu Fuß zum Herbert-Park, der verlassen dalag. Die vier Leibwächter rückten ein bißchen auf, hielten sich aber außer

Hörweite. Sie waren unübersehbar schlecht gelaunt. Die Sichtverhältnisse waren miserabel, und hinter jedem Gebüsch konnte sich ein Attentäter verstecken. Es sah dem Colonel nicht ähnlich, sich derartig lange in einer Umgebung aufzuhalten, die mit so wenigen Männern nicht abzusichern war. Der vorgesetzte Leibwächter rief im Hauptquartier der Rangers an und bat um Verstärkung. Er fragte sich, worüber sich die beiden Männer wohl unterhalten mochten, und hoffte, daß es möglichst bald wieder heftiger regnete, damit sie hinter die schützenden Mauern zurückkehrten, wo sie leichter zu beschützen waren.

Sie unterhielten sich über Terroristen.

»Schau dir unsere eigene Brut an«, sagte Kilmara. »Wir jagen sie, stecken sie ins Gefängnis und bringen gelegentlich einen von ihnen um die Ecke, aber ich habe für die Provos und andere Splittergruppen der IRA nach wie vor eine gewisse Sympathie, oder sagen wir besser, ein gewisses Verständnis. Sie wollen ein vereinigtes Irland. Sie wollen, daß die Briten endlich Nordirland freigeben.«

»Und dafür lassen sie in belebten Straßen Bomben hochgehen, die unschuldige Frauen, Kinder und Männer töten! Dafür ermorden sie kleine Halbtagspolizisten vor den Augen ihrer Familien!« entfuhr es Fitzduane.

»Ja, ich weiß«, sagte Kilmara. »Ich rede hier nicht der IRA das Wort. Ich wollte nur sagen, daß ich die Motive dieser Leute verstehe.«

Sie verließen den Herbert-Park mit seinen Teichen und Gartenanlagen und kamen in eine Gegend mit Rasenflächen und Tennisplätzen. Das nasse Gras quatschte unter ihren Schuhen, aber sie achteten nicht darauf.

Kilmara nahm den Faden wieder auf: »Ich verstehe auch die Beweggründe anderer nationalistischer Terrororganisationen wie der ETA oder der verschiedenen palästinensischen Gruppierungen, von denen es weiß Gott genug gibt. Aber es fällt mir schwer, mich in gewisse europäische Terroristen hineinzuversetzen, etwa in die Baader-Meinhof-Gruppe, die Rote Armee Fraktion, wie sich diese Leute selbst nennen, die Action Directe oder die Brigate Rosse in Italien. Was zum Teufel wollen die erreichen? Die meisten Mitglieder stammen aus begüterten Familien. Sie haben im allgemeinen eine gute Erziehung bekommen – vielleicht eine zu gute. Materielle Sorgen haben sie ebensowenig wie nationalistische Zielsetzungen. Offenbar fehlt es ihnen auch an einem geschlossenen politischen Weltbild. Trotzdem rauben, entführen, morden und verstümmeln sie. Wieso? Wozu?«

»Worauf willst du hinaus?«

Kilmara blieb stehen und wandte sich Fitzduane zu. Er schüttelte den Kopf. »Der Teufel soll mich holen, wenn ich es weiß! Ich habe einfach nur das unbestimmte Gefühl, daß sich da etwas ganz anderes zusammenbraut. Wir sitzen hier auf unserer kleinen verregneten Insel, sehen zu, wie unsere Gehirne Schimmel ansetzen und tun so, als müßten wir uns in Sachen Terrorismus nur wegen der IRA Sorgen machen. Ich bin mir aber durchaus nicht sicher, ob die Dinge so einfach sind. Auf den Kommunismus will ich gar nicht erst eingehen, der zerstört sich sowieso selbst, aber auch in den westlichen Demokratien steht nicht alles zum besten. Unser Wertesystem leidet sozusagen an Blutvergiftung, und deshalb florieren terroristische Vereinigungen wie die Rote Armee Fraktion. Auch bei uns steigt mir allmählich ein fauliger Geruch in die Nase.«

Sie gingen weiter. Zur großen Erleichterung des vorgesetzten Leibwächters öffnete der Himmel wieder seine Schleusen: Es goß in Strömen. Der Colonel und sein Begleiter steuerten auf einen Wagen der Rangers zu.

»Ist das auch nur so ein Gefühl oder etwas Handfestes?« fragte Fitzduane. »War das eine akademische Diskussion, oder hat das mit meinem Vorhaben zu tun?«

»Nein, akademisch sollte das nicht sein, aber handfeste Beweise habe ich auch nicht. Es ist nur eine Art Gesamtbild, das sich Stück für Stück aus geheimen Berichten und den Protokollen von Verhören herausgefiltert hat, und in diesem Bild gibt es ein paar Dinge, die mich stören wie ein Haar in der Suppe. Ich bin in diesem Geschäft ein alter Hase, und mein Instinkt sagt mir, daß da etwas nicht stimmt. Aber in deinem Fall verstehe ich nicht ganz, wieso dir dieser Selbstmord so nahe geht. Selbstmord ist eine von vielen Möglichkeiten, der Gesellschaft zu zeigen, daß man die Schnauze voll hat. Und in dieser Gesellschaft gibt es vieles, was dazu führen kann, daß jemand irgendwann die Schnauze voll hat.«

Sie hatten das Auto erreicht. Kilmara blieb stehen. Der Himmel war schwarz. Es donnerte, und der Regen prasselte auf die beiden Männer herab, daß die Tropfen spritzten. Ein zuckender Blitz erhellte kurz Kilmaras Züge. Er öffnete den Mund, um etwas zu sagen, überlegte es sich jedoch anders und knüpfte an das Gespräch an, das sie gerade geführt hatten: »In der heutigen Welt, und damit meine ich nicht nur Irland, sondern den gesamten kapitalistischen Westen, erschöpft sich unsere Vorstellung von Fortschritt in Einkaufszentren und Videorecordern. Wir machen es uns da wohl ein bißchen zu einfach. So hohl und leer kann das Leben doch nicht sein!«

Fitzduane sah den Freund wortlos an.

»Ich habe Kinder«, sagte Kilmara, »und wenn ich ein Wahrsager mit einer Kristallkugel wäre, würde mir das, was ich darin erblicke, vielleicht überhaupt nicht gefallen.«

Sie fuhren ins Hotel zurück und trockneten sich ab. Bevor sie aufbrachen, genehmigten sie sich einen heißen Whisky, den sie in einvernehmlichem Schweigen tranken. Die Zentralheizung war wie gewöhnlich zu heiß eingestellt, aber dafür trockneten ihre Mäntel und Hüte, von denen das Regenwasser auf den Teppich tropfte, um so schneller. Das Zimmer roch wie ein alter Hütehund.

»Ich bin gespannt, worauf du dich diesmal eingelassen hast, Hugo«, sagte Kilmara. »Du und deine verflixten Eingebungen!« Er schwenkte seinen heißen Whisky, in dem eine Gewürznelke schwamm. »Sag mal, nennt man dich immer noch den ›irischen Samurai‹?«

»Ab und zu«, antwortete Fitzduane. »So ein Spitzname kommt bei den Medien gut an. Das ist ein guter Aufmacher für eine Story.«

Kilmara lachte. »Kann sein«, sagte er. »Außerdem paßt der Name zu dir. Du bist ein Mann mit Idealen, Grundsätzen, militärischen Qualitäten und einer langen Ahnenreihe, und du stellst dich gern in den Dienst einer noblen Sache.«

»Ein Samurai ist aber eigentlich ein Krieger, der bereits einem

Meister dient und seine Stellung in der Gesellschaft gefunden hat«, wandte Fitzduane ein. »Er ist eine Art Ritter in einem Feudalsystem, der einem Herrn gehorcht und sich zugleich um seinen eigenen Flecken Land kümmert.«

»Nun, deinen eigenen Flecken Land hast du ja«, meinte Kilmara, »auch wenn er irgendwo am Rand der Welt liegt. Und was den Herrn angeht, dem du zu dienen hast...« Er lächelte. »Eine interessante Überlegung.«

Das Gewitter strebte dem Höhepunkt entgegen. Der Regen trommelte gegen die Scheiben. Zackige Blitze rissen den Himmel in Stücke.

»Ein Wetter, um ans Jenseits zu denken«, meinte Fitzduane. »Bloß leider zur falschen Zeit.«

Eine Viertelstunde später war Kilmara telefonisch mit einem weißgekachelten Raum in Cork verbunden.

Ein kleiner Mann mit graumeliertem Haar und dem Gesicht eines Fischers ließ sich von einem Laboranten den Apparat reichen. Der kleine Mann trug einen grünen Kittel, eine Gummischürze und blutbespritzte weiße Gummistiefel.

»Michael«, sagte Kilmara nach den üblichen Höflichkeitsfloskeln, »ich möchte, daß Sie sich mal eine Pause gönnen und für eine Weile aufhören, auf der nutzlosen Suche nach grauer Hirnmasse mit Ihrer Elektrosäge irische Schädel aufzusägen. Gehen Sie bitte mit einem Freund von mir essen und lassen Sie sich von ihm ein bißchen ausquetschen.«

»Worum geht es denn?« fragte der kleine Mann. Unter der Leiche, die er gerade geöffnet hatte, stand ein Eimer aus rostfreiem Stahl, in den deutlich hörbar dicke Tropfen fielen.

»Um einen jungen Berner, der sich erhängt hat.«

»Aha!« sagte der kleine Mann. »Und wer zahlt das Dinner?«

»Fragt man so etwas einen Freund, der einem anderen Freund einen Gefallen tun will?«

»Durchaus«, erwiderte der kleine Mann ungerührt.

»Also gut. Die Firma.«

»Hm, das ist sehr nobel von Ihnen, Shane. Dann kann ich mit Ihrem Freund ja ins Arbutus gehen.«

Nach dem Telefonat genehmigte er sich ein Täßchen Tee, dann machte er sich wieder über die Leiche her.

Kilmara wählte unterdessen eine Nummer in der Schweiz.

Fitzduane lag in der Badewanne und sah zu, wie seine gelbe Plastikente zwischen den Schaumflocken dümpelte. Der Nachteil an einer Dusche: daß man nirgends seine Ente schwimmen lassen kann.

Musik von Sean O'Riada tönte durch die halboffene Tür. Fitzduane hörte das Telefon nicht klingeln. Er dachte über O'Riada nach, der im besten Mannesalter am Suff zugrunde gegangen war, und auch Rudolph von Graffenlaub kam ihm in den Sinn. Wenn man Alkohol und andere Drogen mit einbezieht, dann ist Selbsttötung gar keine Seltenheit, überlegte er. Tod durch den Strick ist einfach nur viel dramatischer.

Sein Blick fiel auf die Ente. Sie lag verdächtig tief im Wasser. Ihm kam der schlimme Verdacht, daß sie ein Leck hatte.

Er hörte Etan lachen. Sie trat ins Badezimmer und nahm ein Handtuch von der beheizten Stange. »Es ist Shane. Er fragt, ob es dir etwas ausmacht, dich für ein Weilchen von deiner Ente zu trennen. Er hat dir etwas mitzuteilen.«

Fitzduane trocknete sich notdürftig ab und ging ans Telefon. An seinem Haar klebte ein bißchen Badeschaum. Er beugte sich vor und stellte die Musik leiser.

»Na? Noch am Leben?« sagte er in die Sprechmuschel.

»Sehr witzig«, brummte Kilmara. Es war ein nasser Märzabend, und bis zu seinem Haus in West Meath waren es anderthalb Autostunden. Er fühlte sich irgendwie angeschlagen und hatte das Gefühl, daß bei ihm eine Erkältung im Anzug war.

»Was Neues?« fragte Fitzduane. »Oder wolltest du mich nur aus der Wanne holen?«

»Was Neues. Unser Mann in Cork hat zugesagt, aber du sollst ihn abholen. Und unser Mann in Bern meint, manierliche Touristen seien immer willkommen, allerdings hat er erst einmal geschluckt, als er den Namen Graffenlaub hörte. Noch etwas: Falls ich morgen nicht mit einer akuten Lungenentzündung im Bett liege – könntest du dann vormittags mal in der Shrewsbury Road vorbeischauen? Ich möchte mit dir ein bißchen über die Lebenden und die Toten plaudern. Alles klar?«

»Mehr oder weniger.«

Drei Stunden später fühlte Kilmara sich bereits viel besser.

Im Kamin knackten dicke Holzscheite. Ein Omelett *aux fines herbes*, Tomatensalat, ein wenig Käse, ein Glas Rotwein – das alles verfehlte nicht seine Wirkung, zumal wenn es einem von einer Französin aufgetischt wurde. Aus der Küche drang das Surren der Kaffeemühle an sein Ohr.

Er ließ sich in seinen Ohrensessel zurücksinken, und die Zwillinge kuschelten sich noch enger an ihn. Sie trugen flauschige Pyjamas, passende Snoopy-Frotteemäntelchen und rochen nach Seife und Shampoo, eben nach einem frisch gebadeten Sechsjährigen.

Später, als das Gequietsche und Gekreische verklungen war (»Papi, wir können noch nicht ins Bett, unser Haar ist noch nicht trocken!«), setzte er sich zu Adeline, um mit ihr zu reden. Wie immer, wenn er sie ansah oder an sie dachte, fühlte er sich wie ein vom Glück verwöhnter Mann.

»Aber warum muß er sich damit abgeben, Chéri?« fragte Adeline, hielt ihren Armagnac gegen das Feuer und erfreute sich an der schönen, funkelnden Farbe. »Wieso läßt Hugo sich auf so eine Sache ein, ohne einen konkreten Verdacht oder sonst einen Grund?«

»Für die Behörden ist an dem Fall nichts verdächtig«, antwortete Kilmara, »aber Hugo hat seinen eigenen Kopf. Er hat das Gefühl, daß etwas nicht stimmt, und das ist für ihn ausschlaggebend.«

Adeline machte ein skeptisches Gesicht. »Ein Gefühl? Weiter nichts?«

»Oh, ich glaube, es steckt mehr dahinter. Hugo ist ein ziemlich widersprüchlicher Mensch, sanft und knallhart zugleich. Kein Wunder, daß er eine Menge Zeit in Krisengebieten verbracht hat, seit er erwachsen ist. Im Kongo hat er sich bei Einsätzen wie ein geborener Fighter benommen, und wenn dann alles vorbei war, hatte er Gewissensbisse. Das Fotografieren an Kriegsschauplätzen ist für ihn eine Kompromißlösung. Jetzt kommt er allmählich ins reifere Mannesalter, und das ist die Zeit, wo man Bilanz zieht und sich fragt, welchen Weg man zurückgelegt hat und wohin man will. Ich vermute, er hat Schuldgefühle, weil er so viele Jahre davon gelebt hat, das Leid anderer Menschen zu fotografieren, und vielleicht ist dieser Selbstmord vor seiner Haustür der Auslöser, der diese angestauten Gefühle freigesetzt hat. Mag sein, daß er das Gefühl hat, künftige Tragödien verhindern zu können, indem er diesem Drama auf den Grund geht.«

»Glaubst du, daß etwas dabei herauskommt? Wird man ihm nicht überall die Tür vor der Nase zuschlagen? Niemand redet gern über einen Selbstmord, am wenigsten die Familie des Toten.«

Kilmara nickte. »Hm, in jedem anderen Fall hättest du bestimmt recht, aber bei Fitzduane liegen die Dinge ein bißchen anders. Er lacht einen aus, wenn man ihm besondere Gaben bescheinigt, und trotzdem hat er welche. Er kann sich in andere Menschen hineinversetzen wie kaum ein anderer. Es ist mehr als Feinfühligkeit. Wenn ich an solche Dinge glauben würde, würde ich ihn als *fey* bezeichnen.«

»*Fey*? Was heißt das?« Adelines Englisch war ausgezeichnet, und sie wirkte leicht verstimmt, weil Kilmara ein Wort herausgekramt hatte, das sie nicht verstand.

Er fand, daß sie hinreißend aussah. Lachend sagte er: »Oh, das Wort gibt es wirklich, und du solltest es dir merken, wenn du dich mit uns Kelten abgibst.« Er zog das Chambers-Wörterbuch aus dem Regal hinter dem Sessel, blätterte darin und fand, was er suchte. *»Fey«*, las er vor. *»Todgeweiht; von plötzlichem oder gewaltsamem Tod bedroht; auch: hellseherisch, vor allem, was Katastrophen betrifft; geistig leicht gestört; übernatürlich.«*

Adeline erschauerte und blickte ins Kaminfeuer. »Meinst du, daß das alles auf ihn zutrifft?«

Kilmara lächelte. »Ganz so schlimm steht es nicht um ihn.« Er nahm ihre Hand. »Der Kerl ist im Grunde ein Glückspilz.«

Adeline schwieg eine Weile. Dann sagte sie ernst: »Shane, mein Liebster, du hast mir einmal von Fitzduanes Frau erzählt, wie sie ums Leben gekommen ist – das heißt, wie man sie umgebracht hat, und daß er nichts tun konnte, um sie zu retten.«

»Ja, er konnte nichts tun«, sagte Kilmara. »Er hatte seine Befehle, die Feinde waren total in der Überzahl, und außerdem blieb ihm überhaupt keine Zeit. Es muß gräßlich für ihn gewesen sein! Verdammt, ich kannte seine Frau. Sie war wirklich ein Prachtstück, und er konnte nichts tun!«

Adeline sah ihn an. »Ich glaube, sie ist der eigentliche Grund dafür, warum er diese Sache nicht einfach auf sich beruhen lassen kann.«

Kilmara führte die Hand seiner Frau an die Lippen. Er liebte sie sehr, und seine Liebe wuchs, je mehr Zeit verging und je größer die Kinder wurden. Was Adeline über Fitzduane gesagt hatte, traf bestimmt zu. Plötzlich machte er sich Sorgen um den Freund.

Kapitel 5

Auf der Fahrt von Dublin nach Cork versuchte Fitzduane den Zustand der Landstraße zu ignorieren, sonst hätte er noch einen Wutanfall bekommen. Er beschloß, sich lieber noch einmal zu vergegenwärtigen, was passiert war, seit er den Erhängten gefunden hatte.

Logischerweise hatte er seine Nachforschungen im Draker-College beginnen müssen – doch das war leichter gesagt als getan. Rudolph von Graffenlaubs tragischer Tod war für die kleine Gemeinde der Schüler ein ziemlicher Schock gewesen. Man hatte Fitzduane gegenüber nicht den geringsten Zweifel daran gelassen, daß man den peinlichen Vorfall so schnell wie möglich vergessen wollte. Solche Dinge passierten bedauerlicherweise nun einmal, bedeutete man ihm, und Selbstmord sei im übrigen die häufigste Todesursache bei Jugendlichen. Fitzduane, der sich darüber noch nie Gedanken gemacht hatte, informierte sich und stellte fest, daß diese Behauptung der Wahrheit entsprach.

»Rein statistisch grenzt es sogar fast an ein Wunder, daß so etwas bei uns noch nie passiert ist«, betonte Pierre Danelle, der Direktor des College, ein Mann, der Fitzduane von Anfang an unsympathisch war.

»Unsere Schüler sind normalerweise glücklich und zufrieden«, sekundierte der stellvertretende Direktor, ein Abziehbild seines Vorgesetzten.

Die amtliche Feststellung der Todesursache nahm eine knappe Stunde in Anspruch. Sergeant Tommy Keane fuhr mit Fitzduane in seinem Auto zu dem vor zwei Jahrhunderten aus Granit erbauten Gerichtsgebäude. Im Kofferraum lagen das Angelzeug des Sergeanten, eine Kinderpuppe und ein Stück dünnes blaues Seil mit einer Schlinge, die ein paar bräunliche Flecken hatte. Fitzduane empfand das Nebeneinander von Alltag und Tod als makaber.

Während der amtlichen Formalitäten wurde Fitzduane sich schlagartig bewußt, daß alle Anwesenden offenbar nur einen einzigen Wunsch hatten: Sie wollten diese verflixte Angelegenheit so schnell wie möglich hinter sich bringen.

Fitzduane machte seine Aussage. Der Gerichtsmediziner lieferte seinen Befund ab. Tommy Keane legte das polizeiliche Protokoll und das Beweismaterial vor. Der Direktor und ein paar Schüler wurden befragt. Ein hübsches, goldblond gelocktes Mädchen mit rundlichem Gesicht, das Ruedi anscheinend besonders nahe gestanden hatte, fing an zu weinen.

Das Kreuzverhör bestand nur aus ein paar Fragen. Fitzduane hatte den Eindruck, daß niemand eine plausible Erklärung für Ruedis Selbstmord liefern konnte. Alle hatten es schrecklich eilig.

Der Richter stellte fest, daß der Erhängte korrekt als Rudolph von Graffenlaub identifiziert worden sei. Er habe sich selbst das Leben genommen, indem er sich an einem Baum aufgehängt habe. Man habe ermittelt, daß er zu Schwermut geneigt und einen labilen Charakter gehabt habe. Die »Probleme dieser Welt« hätten ihm schwer zu schaffen gemacht.

Anschließend sprach der Richter den nicht anwesenden Eltern sein Beileid aus. Das Wort Selbstmord hatte er kein einziges Mal verwendet – aus juristischen Gründen, wie Fitzduane vermutete.

Auf der Rückfahrt brach Sergeant Keane das Schweigen. »Sie hatten ein bißchen mehr erwartet, stimmt's, Hugo?«

»Ich glaube ja«, antwortete Fitzduane. »Das ging mir ein bißchen zu schnell.«

»So läuft es normalerweise immer ab«, sagte Keane. »Es soll für die Betroffenen möglichst schmerzlos sein. Ein paar fromme Lügen wie die Behauptung, der arme Kerl sei sofort tot gewesen, tun niemandem weh.«

»War er denn nicht sofort tot?«

»Von wegen! Der Richter hat es natürlich wohlweislich verschwiegen, aber das Seil hat ihn langsam erdrosselt. Doktor Buckley schätzt, daß der Tod erst nach vier Minuten eingetreten ist, aber es kann auch länger gedauert haben – viel länger.«

Die beiden Männer schwiegen. Fitzduane fragte sich, ob das blaue Seil noch im Kofferraum lag.

Der diensthabende Leutnant betrat Kilmaras Büro. Der ist ja ganz grün im Gesicht, sagte sich Kilmara.

»Sie haben Anweisung gegeben, über alle weiteren Entwicklungen auf Fitzduanes Insel unterrichtet zu werden, Colonel?«

Kilmara nickte.

»Wir haben gerade einen Anruf von der zuständigen Polizeiwache erhalten. Im Draker-College hat sich schon wieder jemand erhängt.« Der Leutnant warf einen Blick auf seinen Notizblock. »Es handelt sich um eine achtzehnjährige Schweizerin namens Toni Hoffmann. Sie war allem Anschein nach eng mit Rudolph von Graffenlaub befreundet. Der Fall scheint eindeutig zu sein. Sie hat einen Abschiedsbrief hinterlassen.« Er brach ab und schluckte.

Kilmara zog eine Braue in die Höhe. »Und weiter?«

»Es ist grauenhaft, Sir. Sie hat es vor den Augen der Lehrer und der anderen Schüler getan. Das College hat einen großen Saal, und dort fand eine Versammlung statt. Plötzlich war auf der Empore im hinteren Teil des Saals ein Schrei zu hören. Die anderen drehten sich um und sahen das Mädchen oben mit einem Seil um den Hals stehen. Als sie sah, daß alle Augen auf sie gerichtet waren, sprang sie. Es muß schaurig gewesen sein. Der Kopf wurde ihr halb abgerissen.«

»Hat sie etwas gesagt, bevor sie sprang?«

»Ja. Sie rief: ›Denkt an Ruedi!‹«

Kilmara zog auch die andere Braue hoch. »Ich glaube, wir werden ihn nicht so schnell vergessen«, sagte er trocken, dann entließ er den Leutnant. »Die junge Dame hatte offenbar einen Hang zum Theatralischen«, sagte er zu Günther, der alles mitangehört hatte.

Günther erwiderte achselzuckend: »Armes Mädchen! Was soll man dazu sagen? Es klingt nach einem geradezu klassischen Fall von Nachahmung. Ein Selbstmord in einer Gruppe zieht manchmal eine ganze Serie nach sich. Manche Richter sind deshalb der Meinung, daß man Selbstmorde nicht an die große Glocke hängen sollte.«

Kilmara schüttelte sich. »Uff!« sagte er. »Die Geschichte kommt mir allmählich unheimlich vor. Bis zu dem Augenblick, wo unser grüngesichtiger Leutnant mit der Neuigkeit hereinplatzte, war ich fest entschlossen, heute zeitig nach Hause zu fahren und meine Zwillinge zu baden.«

»Und jetzt?« fragte Günther.

Kilmara ließ ein paar Sekunden verstreichen, dann antwortete er grinsend: »Jetzt fahre ich noch früher nach Hause und bade meine Zwillinge.« Er zog den Mantel an, überprüfte die Waffen, die er immer bei sich trug, und ließ sich an der eigens installierten Feuerwehrstange in die Tiefgarage hinuntergleiten. Er würde Fitzduane erst morgen von dem zweiten Selbstmord erzählen. Wer weiß, vielleicht reichte schon der erste, um ihn heute nacht um den Schlaf zu bringen.

Zu Hause wurde Kilmara von den Zwillingen erbarmungslos naßgespritzt.

Cork, Irlands zweitgrößte Stadt, war, seit der heilige Finbar sie im sechsten Jahrhundert gegründet hatte, so oft überfallen, erobert, geplündert und gebrandschatzt worden, daß ihre städtebauliche Beschaffenheit am Ende nur noch einem einzigen Zweck diente: jeden Angreifer so zu entmutigen, daß er auf der Stelle kehrtmachte. In verkehrstechnischer Hinsicht ergaben sich daraus schier unlösbare Probleme, doch wenn an diesem dunklen Märzabend alle Straßen restlos verstopft waren, so war daran auch die Inkompetenz der städtischen Verkehrsplaner schuld. Fitzduane hatte sich für den Privatgebrauch die aberwitzige Theorie zurechtgelegt, daß die Leute, da sie die Stadt nicht verlassen konnten, zähneknirschend geblieben und Kaufleute, Anwälte oder sonst was geworden waren. Der seltsame Singsang, in dem sie sich verständigten, mußte einem Außenstehenden wie Chinesisch vorkommen.

Fitzduane mochte Cork, aber er hatte nie verstanden, wie eine Stadt, die an den Ufern eines einzigen Flusses lag, so viele Brücken haben konnte, und vor allem, warum diese Brücken niemals dorthin führten, wo man hinwollte. Außerdem schien ihre Zahl mit jedem Besuch zuzunehmen, und manche wechselten anscheinend sogar den Standort. Suchten sie sich in finsterer Nacht heimlich einen anderen Platz? Vielleicht hatten die Briten die Stadt wiederholt angezündet – das bislang letzte Mal erst im Jahr 1921! –, weil sie Parkplätze schaffen wollten.

Er atmete auf, als er durch den Schneeregen hindurch endlich den düsteren Klotz des Südkrankenhauses vor sich aufragen sah.

Fitzduane schob die Diapositive in das Magazin des Projektors und schaltete das Gerät ein. Schlagartig wurde die Leinwand in dem kleinen Büro blendend weiß angestrahlt. Fitzduane drückte auf einen Knopf: ein Klicken, ein Surren und wieder ein Klicken. Das Weiß wurde durch verschwommene Farbflächen ersetzt. Er drehte an der Zoomlinse. Das Gesicht des Erhängten erschien stark vergrößert und gestochen scharf.

Buckley hatte eine Art Stablampe in der Hand, mit der er einen kleinen Pfeil auf die Leinwand projizieren konnte. Jedesmal wenn ein neues Dia – klick, surr, klick – auf der Leinwand erschien, machte er davon Gebrauch, um auf bestimmte Einzelheiten hinzuweisen.

»Leider habe ich den Tatort nicht in Augenschein nehmen können«, sagte der Mediziner. »Deshalb sind Ihre Dias sehr nützlich. Eigentlich hätte man sie mir vor der Obduktion zeigen sollen, aber egal. Bei uns ist es üblich, daß die Polizei entscheidet, ob der Gerichtsmediziner sich eine Leiche bereits am Tatort ansieht. Falls die Polizei verdächtige Indizien entdeckt, wird am Tatort nichts verändert, solange keine umfassende Untersuchung durchgeführt worden ist. In diesem besonderen Fall hat sich der Sergeant auf sein Urteilsvermögen verlassen. Ein junger Bursche ist auf dem Gelände eines College, das er besucht hat, erhängt aufgefunden worden – eine heikle Situation und ein ziemlich schockierender Anblick, wie Sie mir bestätigen werden. Es gab keine Anzeichen für ein Verbrechen, und der Sergeant wußte, daß Tod durch Erhängen in den allermeisten Fällen gleichbedeutend mit Selbstmord ist. Außerdem mußte festgestellt werden, ob der junge Mann tatsächlich tot war. All dies bestärkte den Sergeanten in dem Entschluß, die Leiche sofort abzuschneiden, und ich möchte hier betonen, daß er meiner Meinung nach korrekt gehandelt hat.«

Fitzduane sah sich das zu einer Grimasse verzerrte Gesicht auf der Leinwand genau an. Er verspürte den Drang, das Blut und den Schleim abzuwischen, weil sie die Züge so sehr entstellten. »Bestimmt war er längst tot«, sagte er und versuchte, seiner Stimme einen beiläufigen Klang zu geben. »Als ich ihn fand, habe ich ihm den Puls gefühlt, und da rührte sich nichts mehr. Außerdem braucht man ihn ja nur anzusehen.«

Der Arzt räusperte sich. »Ich muß Sie darauf hinweisen, daß Sie angesichts der Position des Erhängten schwerlich in der Lage waren, zu einem eindeutigen Resultat zu gelangen, und die Tatsache, daß Sie als medizinischer Laie keinen Pulsschlag feststellen konnten, läßt noch längst nicht den Schluß zu, daß die betreffende Person tot war.«

»Wollen Sie damit sagen, daß Rudolph von Graffenlaub möglicherweise noch lebte, als ich ihn fand? Obwohl er keinen Puls mehr hatte und so aussah wie auf diesen Fotos?«

»Ja«, sagte Buckley nüchtern, »es ist nicht auszuschließen. Wir haben nachgeforscht, wann er zum letztenmal im College gesehen worden ist, wann es zu regnen aufgehört hat, und so weiter. All dies – und natürlich auch Ihre eigene Aussage – lassen die Schlußfolgerung zu, daß der Junge sich eine halbe, höchstens eine Stunde vor Ihrem Erscheinen erhängt haben muß. Er kann also noch am Leben gewesen sein. Denken Sie nur an die Ertrunkenen, die man durch Mund-zu-Mund-Beatmung wiederbelebt hat, obwohl sie längere Zeit völlig untergetaucht waren.«

Während Buckley dies sagte, versuchte Fitzduane sich selbst vorzustellen, wie er sich über das bläulich verfärbte Gesicht Rudolph von Graffenlaubs beugte, um ihn von Mund zu Mund zu beatmen. Fast glaubte er den Speichel, den Schleim und das Blut auf den verzerrten Lippen zu schmecken. War sein Ekel davor schuld, daß der Junge nicht mehr am Leben war? Hätte er, Fitzduane, das Seil nicht doch irgendwie durchschneiden können?

»Wenn man die Wissenschaft einmal beiseite läßt, sagt mir der gesunde Menschenverstand, daß der junge Mann mit ziemlicher Sicherheit tot war, als Sie ihn fanden«, fuhr Buckley fort. »Außerdem wüßte ich nicht, wie Sie ihn ohne fremde Hilfe hätten abschneiden sollen, wo sie doch, wenn ich mich recht an Ihre Aussage erinnere, kein Messer oder dergleichen dabei hatten. Ein Sturz aus dieser Höhe hätte zudem die Gefahr weiterer Verletzungen bedeutet, und falls in dem Körper überhaupt noch eine Spur von Leben war, wären die Gehirnschäden auf jeden Fall irreparabel gewesen. Sie hätten sozusagen ein Stück vegetatives Leben gerettet. Haben Sie also keine Schuldgefühle! Sie sind unangebracht und führen zu nichts.«

Fitzduane lächelte halbherzig.

»Nein, ich kann keine Gedanken lesen«, fuhr der Arzt fort. »Die Sache ist einfach nur die, daß ich das alles schon wer weiß wie oft erlebt habe. Wenn die Selbstmörder wüßten, welches Trauma sie bei denen auslösen, die ihre sterblichen Reste finden, würde es sich manch einer vielleicht anders überlegen.« Er besann sich kurz und kehrte zum eigentlichen Thema zurück. »Unser Freund hier ist ein klassischer Fall von Tod durch Ersticken beziehungsweise Zuschnüren der Atemwege. Beachten Sie das aufgedunsene Gesicht und die kleinen roten Flecken oberhalb der Einschnürung, vor allem auf Kopfhaut, Stirn und Wangen. Es handelt sich um geplatzte Kapillargefäße. Die an der Basis angehobene Zunge ist geschwollen und ragt weit aus dem Mund. Die Augäpfel sind aus den Höhlen getreten. Sicher ist Ihnen aufgefallen, daß das Würgemal anders als bei manueller Strangulation den Hals nicht kreisförmig umschließt, sondern unterhalb des Adamapfels beginnt und dann schräg nach hinten bis in Ohrenhöhe verläuft. Die Quetschungen des Gewebes in diesem Bereich sind auf dem Foto deutlich zu erkennen. Wie gesagt: Wäre das Opfer mit den Händen erwürgt worden, hätte sich ein ganz anderes Bild ergeben. Tod durch Erhängen tritt normalerweise auf eine von drei möglichen

Arten ein: durch vagale Inhibition, durch zerebrale Anoxie oder durch Asphyxie.«

Fitzduane machte eine verständnislose Geste. Buckley brach ab.

»Verzeihen Sie«, sagte Fitzduane. »Für Sie sind diese Fachausdrücke etwas Alltägliches, aber vergessen Sie nicht, daß ich Laie bin.«

Buckley lachte glucksend. Er nahm eine Pfeife aus dem Ständer, der vor ihm auf dem Schreibtisch stand, stopfte sie und ließ ein Streichholz aufflammen. Eine Weile paffte er geräuschvoll vor sich hin, dann sagte er: »Rudolph von Graffenlaub ist an Asphyxie gestorben. Er hat sich selbst erdrosselt, obwohl das wahrscheinlich nicht seine Absicht war. Von dem Ast, den er sich ausgesucht hat, ist er ungefähr einen Meter achtzig tief gefallen. Ganz sicher bin ich mir da natürlich nicht, weil er vielleicht hochgesprungen ist, um die Fallhöhe zu vergrößern. Laienhaft ausgedrückt, wollte er sich anscheinend das Genick brechen, ähnlich wie bei einer Hinrichtung durch den Strang, bei der der Gehenkte zumeist an einer Halswirbelfraktur stirbt. Aber wenn eine solche Exekution nicht von einem erfahrenen Henker durchgeführt wird, kommt es in den seltensten Fällen zu einer Fraktur. Rudolph von Graffenlaub war ein kräftiger, junger Mann. Seine Wirbel sind bei dem Sturz intakt geblieben. Wie Sie sich gewiß erinnern, habe ich vor Gericht ausgesagt, der Tod sei augenblicklich eingetreten. Das entsprach nicht der Wahrheit, aber es ist in Irland Brauch, die Gefühle der Hinterbliebenen zu schonen. Der wahre Sachverhalt ist in dem medizinischen Befund nachzulesen, den ich dem Richter vorgelegt habe.«

»Was ist mit den Kratzern an den Händen?« fragte Fitzduane. »Auch an den Fingerspitzen waren Abschürfungen. Es konnten durchaus Spuren von einem Kampf sein.«

»Kann sein, aber wenn sich das Opfer gegen einen Angreifer gewehrt hätte, der es an dem Baum aufknüpfen wollte, wären auch am restlichen Körper Spuren von einem Handgemenge festzustellen gewesen. Ich habe die Leiche besonders sorgfältig untersucht, weil ich für einen Kollegen eingesprungen bin und mir keinen Schnitzer erlauben wollte. Außerdem hatte ich in diesem Fall viel mehr Zeit zur Verfügung als sonst, weil ich normalerweise mit

Arbeit überlastet bin. Wie dem auch sei – am Körper des Toten gab es keinerlei Quetschungen oder Prellungen, wie sie bei einem Kampf auf Leben und Tod entstehen. Die Abschürfungen an Händen und Fingern lassen sich auf zweierlei Weise erklären. Erstens: Rudolph von Graffenlaub ist auf den Baum geklettert, und dabei hat er sich die Innenfläche der Hände aufgeschürft.« Buckley brach ab und nahm ein paar Züge aus der Pfeife.

»Und zweitens?« fragte Fitzduane gespannt.

»Zweitens: Als Rudolph von Graffenlaub an dem Seil hing und erstickte, zuckte und strampelte er im Todeskampf. Anfänglich konnte ich mich nur auf die Aussagen von Sergeant Keane stützen, aber von diesen Diapositiven kann ich jetzt eindeutig ablesen, daß Rudolph von Graffenlaub nahe genug an dem Baum hing, um den Stamm berühren zu können. Anders gesagt: Er hat sich vielleicht die Fingerspitzen an der Baumrinde aufgeschürft, als er in seinen letzten Augenblicken mit den Armen um sich schlug.«

»Ich hätte Sie das wohl lieber nicht fragen sollen.«

Buckley lächelte kaum merklich. »Um ganz sicher zu gehen, habe ich unter den Fingernägeln des Toten Stichproben entnommen und sie mikroskopisch untersucht. Das Ergebnis deckt sich mit dem, was ich gerade gesagt habe. Ich möchte Sie darauf hinweisen, daß man nach einem Kampf unter den Fingernägeln des Opfers nicht selten Haut- und Gewebefetzen oder gar Blut findet, das vom Angreifer stammt. In diesem Fall habe ich nichts dergleichen gefunden.« Buckley sah Fitzduane über den Rand seiner Lesebrille hinweg an, deren Gläser durch den Pfeifenqualm blitzten.

Fitzduane zwang sich, nüchtern zu denken. »Na gut. Wenn wir es als erwiesen ansehen, daß es keinerlei Hinweise auf Strangulation, gewaltsames Erhängen oder sonstige verbrecherische Handlungen gibt, wie steht es dann mit der Möglichkeit, daß Graffenlaub sich unter der Einwirkung von Drogen oder Hypnose das Leben genommen hat?«

Buckley grinste. »Eine phantastische Idee«, sagte er. »Wie gesagt, in diesem Fall habe ich mir besonders große Mühe gegeben und Untersuchungen durchgeführt, die ich unter ähnlichen Umständen normalerweise unterlassen hätte. Das liegt nicht nur daran, daß ich mich sozusagen auf fremdem Terrain bewegt habe. Bei dem Toten handelt es sich um einen Ausländer, und deshalb muß ich damit rechnen, daß in seiner Heimat eine zweite Autopsie angeordnet wird. Falls man dort zu einem anderen Ergebnis gelangt als ich, ist die Hölle los. Einem Kollegen von mir ist das passiert. Es war äußerst peinlich. Obwohl es keinerlei Anzeichen für ein Verbrechen und auch sonst keine Verdachtsmomente gibt, habe ich dem Toten vorsorglich eine Anzahl von Proben wie Haar, Blut, Urin und Mageninhalt entnommen und sie zur Untersuchung nach Dublin geschickt. Da die Möglichkeit bestand, daß die Tat unter Drogeneinfluß begangen wurde, habe ich auch toxikologische Tests durchführen lassen.«

»Und?«

»Alle sind negativ ausgefallen. Rudolph von Graffenlaub war absolut sauber und gesund, abgesehen davon natürlich, daß er sich erhängt hatte. Trotzdem kann man die Einwirkung von Drogen nicht völlig ausschließen. Heutzutage gibt es eine kaum zu überschauende Zahl von Substanzen und Chemikalien. Ich stelle hier lediglich fest, daß man in seinem Körper keinerlei Giftstoffe gefunden hat. Um besonders ausgefallene Substanzen zu ermitteln, müßten viel aufwendigere und zeitraubendere Analysen durchgeführt werden. Ich wiederhole: Wir haben keine körperfremden Stoffe festgestellt.«

»Und was ist mit Hypnose?« Fitzduane glaubte zwar selbst nicht so recht an diese Möglichkeit, aber nicht er, sondern Buckley war der Experte, und außerdem hatte er im Kongo so einige seltsame Dinge gesehen.

»Keine Ahnung«, sagte Buckley knapp. »Wer weiß, vielleicht hatte sich in der Baumkrone ein Medizinmann versteckt. Trotzdem, am Hals des Toten baumelte kein Amulett, als ich ihn untersuchte.«

Fitzduane fand das nicht sonderlich witzig. Er wußte, daß Gerichtsmediziner angeblich ein Faible für schwarzen Humor hatten, aber die vergrößerten Fotos von Rudolph waren nicht gerade zum Lachen.

Fitzduanes Reaktion war Buckley nicht entgangen. Er setzte ein ernstes Gesicht auf und sagte: »Nach dem heutigen Kenntnisstand ist es höchst unwahrscheinlich, daß sich ein unter Hypnose stehendes Individuum das Leben nimmt. Der Selbsterhaltungstrieb ist sehr stark. Gewiß, es gibt glaubhafte Berichte über rätselhafte Fälle, die sich in Afrika, Indien oder sonstwo ereignet haben, aber meist ging es dabei um Menschen, die ihr Leben lang präkonditioniert worden waren und fest daran glaubten, daß ein Medizinmann durch Zauberei den Tod anderer Menschen herbeiführen kann.«

»Präkonditioniert?«

»Ja, so nennt man das«, sagte Buckley. »Bei einem jungen Mann, der im Musterland des westlichen Kapitalismus aufgewachsen ist, dürfte das allerdings unwahrscheinlich sein.«

Fitzduane lächelte. »Ja, äußerst unwahrscheinlich.«

Buckley entschuldigte sich für einen Augenblick. Der Projektor wurde ausgeschaltet, damit er sich abkühlen konnte. Im Zimmer brannte jetzt nur noch eine Schreibtischlampe. Fitzduane stand auf und streckte sich. Er hatte fast den ganzen Tag herumgesessen, und nach der langen Autofahrt fühlte er sich steif und müde.

Klick – surr – klick. Die unteren zwei Drittel von Rudolph von Graffenlaub füllten die Leinwand aus. Buckley drückte auf den Knopf seiner Stablampe und richtete den kleinen Leuchtpfeil auf die Jeans, die zwischen den Beinen nasse Flecken hatten.

»Beachten Sie«, sagte er in dozierendem Tonfall, »daß sich Blase und Dickdarm kurz vor dem Tod entleert haben. Vielleicht glauben Sie, das sei ein Hinweis auf eine Vergiftung oder ähnliches, doch das trifft nicht zu. Tatsächlich handelt es sich um einen durchaus normalen Vorgang, der in den allermeisten Fällen die konvulsivischen Zuckungen vor Todeseintritt begleitet. Bei männlichen Personen kommt es außerdem häufig zur Ejakulation. In diesem Fall blieb sie allerdings aus. Polizeiliche Nachforschungen haben ergeben, daß der Verstorbene rund zwei Stunden vor seinem Tod im Speisesaal des College ein Frühstück zu sich genommen hat. Als ich dies im Protokoll las, habe ich mich ein wenig gewundert, weil es nach meiner Erfahrung ungewöhnlich ist, daß Selbstmörder kurz vor der Tat noch etwas essen. Bei der Untersuchung des Mageninhalts stellte ich dann zu meiner Erleichterung fest, daß Graffenlaub nichts gegessen, sondern nur ein bißchen Tee getrunken hatte.«

»Ein weiteres Indiz für Selbstmord, nicht wahr?«

»Richtig. Graffenlaub muß zum Zeitpunkt der Tat einen ziemlich trockenen Gaumen gehabt haben.« Buckley verfiel wieder in den Tonfall eines Vortragenden: »Sicher haben Sie schon bemerkt, daß die Geschlechtsteile nicht entblößt sind, sondern der Reißverschluß der Hose bis oben zugezogen ist. Eine sexuelle Perversion, bei der irgend etwas schiefgegangen ist, kommt also kaum in Betracht.«

»Eine was?« fragte Fitzduane verblüfft.

»Fälle von Hörigkeit, Masochismus und ähnlichen Perversionen gibt es nicht nur in der Hautevolée von London oder Los Angeles. So etwas kommt überall vor, wo es Menschen gibt, also auch im braven, katholischen Cork. Wissen Sie, partielle Asphyxie kann ein sexuelles Stimulans sein. Die meisten Menschen entdecken das rein zufällig, zum Beispiel Schuljungen beim Ringkampf. Ehe man es sich versieht, schließt sich einer dieser Bengel in einem Badezimmer oder Waschraum ein und schnürt sich den Hals mit einem Seil oder einer Kette zu, um sich beim Masturbieren zusätzlich zu stimulieren. Dabei kann es zu Unfällen kommen, etwa wenn sich eine Schlinge nicht mehr lösen läßt oder der *Nervus vagus* abgeklemmt wird. Dann gibt es für meinesgleichen Arbeit. Die Eltern brechen die Badezimmertür auf, und da liegt ihr Johnny erstickt auf dem Fußboden und sieht so ähnlich aus wie unser Rudolph hier, nur daß der Penis aus der Hose hängt und Sperma heraustropft. Oft liegen auch jede Menge Pornohefte herum.«

»Das ist alles Neuland für mich«, sagte Fitzduane, »und dabei hatte ich mich eigentlich nicht für einen weltfremden Menschen gehalten.«

»Hm«, machte Buckley. »Jeder lebt eben in seiner eigenen Welt. Der Durchschnittsmensch weiß natürlich mehr über Fußball als über Selbstmord durch Erhängen.«

Fitzduane folgte Buckleys Volvo quer durch die Innenstadt. Sie kamen durch die Macurtain Street, bogen links ab und fuhren den Hügel hinauf, auf dem das Arbutus stand.

Die Schachtel mit den Diapositiven und eine Fotokopie des gerichtsmedizinischen Gutachtens lagen neben Fitzduane auf dem

Beifahrersitz. Es war wohl kaum noch daran zu rütteln, daß sich der junge Mann aus Bern das Leben genommen hatte. Allerdings war das Tatmotiv noch immer so nebulös wie zuvor.

In Cork ein Auto zu parken, war noch nie leicht gewesen. Der Vorplatz des Hotels war gerammelt voll, so daß das Manövrieren schwierig war und es eine Menge Zeit und Nerven kostete, bis die beiden Männer sich zum tiefergelegenen Hotelparkplatz durchgeschlängelt hatten, wo in einer Ecke noch ein paar Plätze frei waren.

Es fiel kein Schneeregen mehr, aber dafür wehte ein schneidend kalter Wind. Nachdem Fitzduane und Buckley ihre Autos abgeschlossen hatten, standen sie einen kurzen Augenblick lang nebeneinander und blickten auf den River Lee hinab, der unten vorbeifloß. Die Straßenlaternen an beiden Ufern bildeten leuchtende Schnüre, die sich im ölig-schwarzen Wasser spiegelten. An den Kais lagen Frachtschiffe vertäut.

»Viele von meinen Kunden hat man aus dem Fluß gefischt«, sagte Buckley. »Hier in Cork ersäufen sich die Leute anscheinend gern. Letztes Jahr hatten wir so viele Ertrunkene, daß jemand im Leichenschauhaus den Vorschlag machte, auf den Kais eine Selbstmörderecke einzurichten, mit Bojen zu markieren und den Kandidaten Anker zur Verfügung zu stellen.«

»Ich glaube, die meisten hatten einfach nur die ewige Sucherei nach einem Parkplatz satt«, spottete Fitzduane.

Buckley warf einen bedauernden Blick auf den letzten Bissen seines gut abgehangenen irischen Steaks und schob fast feierlich den Rest der gebutterten Ofenkartoffel auf die Gabel, die schwerbeladen ihre einstweilen letzte Reise antrat.

»Alles hat einmal ein Ende«, sagte er, lehnte sich zurück und lächelte Fitzduane wohlwollend an. »Damit will ich auch sagen, daß es sich nicht lohnt, um einen Selbstmord zuviel Aufhebens zu machen. In dem Teil von Cork, für den ich zuständig bin, hat sich letztes Jahr alle vierzehn Tage jemand umgebracht. Immer wieder glaubt einer von diesen armen Spinnern, er müsse es der Welt am Schluß noch einmal richtig zeigen, und alles, was dabei herauskommt, ist, daß ein Staatsdiener wie ich ein paar Stunden lang arbeiten muß.«

»Eine originelle Sichtweise.«

»Aber sie überzeugt Sie nicht?«

Fitzduane nippte an seinem Portwein und ließ sich Zeit mit der Antwort. »Ich habe eine eingeengte Optik«, meinte er schließlich. »Mich interessiert nicht so sehr, wie Rudolph von Graffenlaub sich umgebracht hat, sondern das Wo und Warum. Er hat es praktisch vor meiner Haustür getan.«

Buckley zuckte nur mit den Achseln. Während der nächsten Minuten galt sein Hauptaugenmerk der Käseplatte, doch dann kam er erneut auf den Selbstmord zurück. »Ein seltsamer Fall«, sagte er. »Wir wissen so gut wie nichts über das Motiv.« Er grinste. »Tote sind leider nicht sehr mitteilsam. In den fünfziger Jahren hat man in London einmal fünfhundert Selbstmorde unter die Lupe genommen und herausgefunden, daß in etwa der Hälfte der Fälle körperliche Gebrechen oder Geisteskrankheiten im Spiel waren. Was den jungen Graffenlaub angeht, kann ich Ihnen versichern, daß er sich einer ausgezeichneten Gesundheit erfreute und bei ihm keinerlei Anzeichen für einen Krebs im Frühstadium, eine Geschlechtskrankheit oder ähnliches festzustellen war. Nach allem, was ich über ihn gehört und gelesen habe, scheidet auch eine Geisteskrankheit aus. Bleiben also nur soziale und persönliche Faktoren, wie die Soziologen sagen.«

»Und was heißt das konkret?«

»Ich will tot umfallen, wenn ich es weiß.«

Fitzduane stöhnte gequält.

»Selbstmordstatistiken lassen viel zu wünschen übrig«, fuhr Buckley fort. »Wenn man alles glaubt, was man so schwarz auf weiß liest, hat Irland eine verschwindend geringe Selbstmordrate. Aber wo, frage ich mich, kommen dann all die Leichen her, mit denen ich mich abgeben muß? Sind die Leute in Cork etwa besonders anfällig für Selbstmord?« Er schüttelte den Kopf. »Die Wahrheit ist, daß das Thema den Leuten unangenehm ist, und deshalb frisieren sie die Statistik. Wenn sich in einer Familie jemand umbringt, gilt das als Schande. Noch im Jahr 1823 verscharrte man in London Selbstmörder an einem Kreuzweg, nachdem man ihnen zuvor einen spitzen Pfahl in den Leib gestoßen hatte. Ist das nicht ein hübsches Beispiel für kollektive Mißbilligung?«

Fitzduane stellte sein Glas ab. »Zurück zu Ruedi: Ist Ihnen etwas an ihm oder an der Art und Weise, wie er umgekommen ist, besonders aufgefallen?«

»Irgend etwas?« fragte Buckley.

Fitzduane nickte.

Die Portweinkaraffe war leer. Die beiden Männer verließen als letzte den Speisesaal und gingen nach nebenan in die Bar, um sich zum Abschluß einen Brandy am Kamin zu genehmigen. Fitzduane war froh, daß er im Hotel ein Zimmer reserviert hatte. Ihm war rätselhaft, wie Buckley sich mit soviel Alkohol im Blut noch aufrecht halten konnte. Das Gesicht des Arztes hatte sich noch mehr gerötet, und er befand sich in bester Stimmung. Davon abgesehen merkte man ihm jedoch kaum an, daß er eine Menge getrunken hatte, und er lallte kein bißchen. »Irgend etwas?« fragte er nochmals.

»Alles, was helfen könnte, das Rätsel zu lösen«, sagte Fitzduane.

Buckley nahm den Schürhaken und stocherte im Kaminfeuer herum. Fitzduane, der an seinem Brandyglas noch nicht einmal genippt hatte, wartete ab. Plötzlich stand Buckley auf, zog das Jackett aus, rollte den rechten Hemdsärmel hoch und streckte mit einem Ruck den Arm aus. Für den Bruchteil einer Sekunde glaubte Fitzduane, daß der Arzt ihn schlagen wollte und daß er den Abend leider mit einem Menschen vergeudet hatte, der unter Alkohol zur Gewalttätigkeit neigte.

»Sehen Sie sich das hier an«, sagte Buckley.

Fitzduane warf einen Blick auf den ausgestreckten Arm. Der Kopf einer zähnefletschenden Bulldogge mit einer zerknautschten Militärmütze auf dem Schädel war auf den Unterarm tätowiert. Darunter ein paar Buchstaben und Zahlen: USMC 1945.

»Das Maskottchen der amerikanischen *Marines*«, sagte Fitzduane. »Ich habe es in Vietnam wer weiß wie oft gesehen.«

»Haben Sie keine Tätowierungen?«

»Nicht daß ich wüßte.«

»Wissen Sie, was die Bulldogge bei den Marinesoldaten bedeutet?«

»Darüber habe ich nie nachgedacht«, gab Fitzduane zu.

Buckley lächelte. »Die Bulldogge als Maskottchen der *Marines* geht zurück auf den Spitznamen ›Teufelshunde‹, den die Deutschen ihnen 1918 in Frankreich voller Respekt vor ihrer Kampfkraft gegeben haben. Nun, als ich ein junger Bursche war und es in Irland keine Arbeit gab, heuerte ich kurzerhand bei der US Navy als Sanitäter an und wurde zu den Marinesoldaten abkommandiert. Diese Tätowierung war eine Art Geschenk meiner Einheit, und sie bedeutet mir mehr als das Rote Kreuz.«

»Hatte Rudolph etwa auch eine Tätowierung?«

Buckley knöpfte den Ärmel seines Hemdes wieder zu. »Wenn man jemals tätowiert worden ist, interessiert man sich danach viel mehr für solche Dinge. Tätowierungen sind oft wichtige Symbole. Eine Zeitlang habe ich von den tätowierten Leichen, die über meinen Seziertisch gingen, Fotos gemacht und sie aufgehoben. Aber vor ein paar Jahren habe ich damit aufgehört. Ja, Rudolph hatte auch eine Tätowierung, eine sehr kleine, und sie unterschied sich von allem, was ich bis dato gesehen hatte. Sie ähnelte eher einem Liebessymbol, einem Rangabzeichen oder so ähnlich, und sie befand sich an einer Stelle, wo man sie nur sehen konnte, wenn der Träger es wünschte.«

»Mir schwant Schreckliches.«

»Nein, es ist weniger dramatisch, als Sie glauben, aber trotzdem ganz schön clever«, sagte der Arzt grinsend. »Die Tätowierung befand sich ein Stück oberhalb des Handgelenks, genau an der Stelle, die normalerweise von einer Armbanduhr verdeckt wird. Wie gesagt, sie war sehr klein, maximal anderthalb Zentimeter im Durchmesser, und sie bestand aus einem großen A mit einer Art Blumengirlande rings herum.«

»Ruedi hatte also vielleicht mal eine Freundin, deren Name oder Spitzname mit A anfing.«

»Kann sein«, sagte Buckley, »Trotzdem sollten Sie die Sache lieber nicht zu eng sehen und auch einen Freund in ihr Kalkül einbeziehen. Vielleicht hat Rudolph auf zwei Hochzeiten getanzt, aber er hatte eindeutig gewisse körperliche Merkmale, die auf regelmäßig praktizierte Homosexualität schließen lassen.«

»Können Sie mir das näher erklären?«

Buckley kippte seinen Brandy herunter, zog das Jackett an und blieb stehen. »Der Anus war geweitet und wies Hornhautbildung auf. Wir Gerichtsmediziner können leider nicht vor der Intimsphäre haltmachen.«

Fitzduane zog die Brauen hoch. »Das werde ich mir merken.«

»Übrigens hat man in Bern eine zweite Obduktion durchgeführt und ist zum gleichen Ergebnis gelangt wie ich: Es war zweifelsfrei Selbstmord.«

»Ja, alles deutet darauf hin«, meinte Fitzduane. »Wenn ich trotzdem auf etwas stoße – wäre es dann möglich, die Leiche zu exhumieren und weitere Untersuchungen durchzuführen? Wieviel Zeit bleibt einem in so einem Fall?«

Buckley lachte. »Ein normaler Arzt kann Ihnen da nicht mehr weiterhelfen. Rudolph von Graffenlaubs sterbliche Reste sind eingeäschert worden.«

Kapitel 6

Fitzduane fuhr in seinem Landrover durch das verregnete Städtchen Portlaoise. Ein paar Meilen weiter hielt er vor einem Hotel an, um sich die Beine zu vertreten und Murrough auf der Insel anzurufen. Er war von der Nachricht über den zweiten Todesfall durch Erhängen schockiert, und böse Vorahnungen beschlichen ihn. An Toni Hoffmann, die er das erste und einzige Mal im Gerichtssaal gesehen hatte, erinnerte er sich genau. Als enge Freundin von Rudolph von Graffenlaub war sie aufgefordert worden, dessen psychische Verfassung kurz vor der Tat zu beschreiben, doch als sie dann vor den Richter treten mußte, hatte sie kein Wort herausgebracht. Sie hatte einfach nur mit kreidebleichem Gesicht dagestanden und stumm den Kopf geschüttelt, während Tränen über ihre Wangen strömten.

Der Richter hatte Verständnis gezeigt und sie nach einem ebenso kurzen wie unergiebigen Verhör entlassen. Auf Fitzduane hatte sie den Eindruck gemacht, daß ihr nicht nur der Schmerz, sondern auch Angst die Stimme verschlagen hatte. Doch dann waren weitere Zeugen aufgerufen worden, die mehr zu berichten hatten, und er war von anderen Dingen in Anspruch genommen worden.

Jetzt versuchte er sich gegen die Vorstellung zu wehren, wie sie ausgesehen haben mußte, als sie an dem Seil hing, den Kopf halb abgerissen. Es gelang ihm nicht ganz.

Pierre Danelle, der Direktor des College, war alles andere als zufrieden. Das war bei ihm kein ungewöhnlicher Gemütszustand, denn man konnte ihn beim besten Willen nicht als glücklichen Menschen bezeichnen. Das Wort Misanthrop traf schon eher ins Schwarze. In den Augen der allermeisten Schüler war er schlicht und einfach ein mieser Scheißkerl.

An diesem besonderen Tag fühlte Danelle sich noch elender als sonst, und obendrein war er verärgert. Er hatte die Satzung des College durchgelesen. Sie enthielt mehrere Klauseln aus Drakers Testament, und unglücklicherweise ließen die Verfügungen des College-Gründers an Eindeutigkeit nichts zu wünschen übrig. Um jeglichen Mißverständnissen vorzubeugen, war die Satzung zudem in französisch, deutsch und englisch abgefaßt worden.

Danelles Problem ließ sich in einem Wort zusammenfassen: die Eiche. Der gesunde Menschenverstand forderte geradezu, daß der Baum gefällt werden mußte, denn ein Schüler hatte sich an ihm aufgehängt, und deshalb mußte er vom Schulgelände verschwinden. Andernfalls würde er immer wieder unangenehme Erinnerungen wecken, den Schulbetrieb stören und Elterntage überschatten. Vielleicht könnte er sogar einen anderen Schüler dazu verleiten, sich ein blaues Seil um den Hals zu legen und von einem Ast zu springen. Danelle erschauerte bei der Vorstellung. Ein Selbstmord durch Erhängen war eine Tragödie, zwei ein Alptraum, drei ein verheerender Schlag für die Finanzen des College. Das Schulgeld war nicht gerade ein Pappenstiel, und drei Ausfälle hätten ein großes Loch in die College-Kasse geschlagen.

Der Unheilsbaum mußte also fort. Aber wie? Draker hatte weder Geld noch Mühe gescheut, um das Wäldchen anzulegen, und später hatte er in seinem Letzten Willen klipp und klar verfügt, daß auf dem Gelände des College unter keinen Umständen ein Baum gefällt werden durfte. Diese Klausel war in einer messerscharfen Formulierung in die Satzung der Draker-Friedensstiftung eingebaut worden, und damit die Kuratoren vollends Bescheid wußten, war sie mit finanziellen Sanktionen verknüpft – ein Beleg dafür, welches Vertrauen der Gründer in die menschliche Natur setzte. Selbst im Grab stellte er noch unter Beweis, wie sehr er Bäume liebte. Es ist zum Haareraufen, dachte Danelle. Ein Toter diktiert mir, was ich zu tun habe!

Er beschloß, ein Schreiben an die Kuratoren in Basel aufzusetzen. Bestimmt würden sie einsehen, daß er keinen frisch eingeweihten Galgen in Form eines lebendigen Baumes auf dem College-Gelände dulden konnte.

Einsehen? Den Teufel würden sie einsehen! Die Schweizer Hohlköpfe riskierten doch nicht ihre fetten Gehälter, um einem ohnehin nicht sonderlich populären College-Direktor aus der Patsche zu helfen.

Danelle zermarterte sich das Gehirn, und allmählich nahm ein Plan Gestalt an: Jemand mußte den Baum mit einer Motorsäge fällen. Hinterher konnte man es dann als Unfall hinstellen. Ein Blitzschlag, ein Holzdieb, ein zündelnder Pfadfinder – es gab endlos viele Ausreden. Er beschloß, zu der Eiche zu gehen, um sich an Ort und Stelle ein Bild zu machen, wie alles am besten arrangiert werden konnte. Er zog Gummistiefel und einen wasserdichten Mantel an, denn es regnete.

»Wenn es den Tag des heiligen Patrick nicht gäbe«, sagte Kilmara leichthin, »würden viele Leute hierzulande überhaupt nicht merken, daß es März ist. Den Januar können sie nicht so einfach ignorieren, der fängt damit an, daß ihnen nach Weihnachten die ersten Kontoauszüge ins Haus flattern und die Bank ihnen den Überziehungskredit einfriert. Den Februar mögen alle gern, der ist bei den Normalverbrauchern so beliebt wie die Bilder von Toulouse-Lautrec. Man packt seine Skisachen zusammen und fährt mit seiner Frau in die Berge. Richtig ausgelassen geht es erst im April zu. Die Leute zeugen Kinder wie verrückt, schenken sich Lilien, die sie eigenhändig gepflückt haben, und stopfen sich mit Ostereiern aus Schokolade voll. Aber der März! Der kommt sozusagen durch die Hintertür, druckst eine Weile herum und ist zu nichts nütze. Ich weiß nicht, vielleicht sollte man ihn besser abschaffen. Er ist ein kalter Regenmonat, der überall Pfützen hinterläßt – und er dauert so verdammt lange!«

Kilmara schaltete den Computer ab, und der Monitor erlosch. Irgendwo, in klimatisierter, staubfreier Abgeschiedenheit, befolgte die Zentraleinheit weiterhin brav ihre Instruktionen, sie stimmte Dienst- und Einsatzpläne sorgfältig aufeinander ab und erledigte tausend andere Aufgaben, wie es sich für eine Datenverarbeitungszentrale gehörte.

»Günther«, sagte Kilmara, der sich nebenbei Gedanken über das Personalproblem seiner Organisation und auch über Fitzduanes geplante Reise in die Schweiz gemacht hatte, »warum bist du damals nicht lieber zur Schweizergarde des Vatikans statt zur französischen Fremdenlegion gegangen? Du hättest mehr Sold kassiert, die Uniform wäre bunter gewesen und niemand hätte auf dich geschossen, obwohl in Rom natürlich alles möglich ist.«

»Stimmt, aber ich bin kein Schweizer«, erwiderte Günther. »Und ich lebe nicht im Zölibat.«

»Du versetzt mich in Erstaunen«, sagte Kilmara. »Was hat das alles mit dem Zölibat zu tun?«

»Ganz einfach: Wenn man sich bei der Schweizergarde bewerben will, muß man Schweizer sein, seine militärische Ausbildung in der Schweiz absolviert haben, der katholischen Kirche angehören, sich guter Gesundheit erfreuen, unter dreißig sein, mindestens einen Meter vierundsiebzig messen, einen makellosen Charakter haben – und im Zölibat leben.«

»Aha, jetzt verstehe ich dein Problem«, sagte Kilmara.

Pierre Danelle kam spät, allzu spät zu dem Schluß, daß der vorgerückte Nachmittag die falsche Tageszeit war, um sich im Wald herumzutreiben. Am liebsten hätte er seine kleine Expedition bis zum nächsten Morgen verschoben, und im Grunde stand für ihn längst fest, daß die verdammte Eiche einem »Unfall« zum Opfer fallen mußte, je früher, desto besser. Er verfluchte Draker dafür, daß er seine exzentrische Ritterburg in einer so abgelegenen Gegend Westirlands hatte bauen lassen. Gut, der äußere Rahmen war grandios, vorausgesetzt, man mochte geheimnisumwitterte Landschaften wie aus dem Märchenbuch, aber das Wetter! Es wäre selbst Walküren aufs Gemüt geschlagen. Wenn ein Ire sagt: Ein schöner, milder Morgen, dann heißt das soviel wie: Heute schüttet es mal nicht so, daß man einen Taucheranzug braucht, um nicht zu ersaufen.

Abgesehen vom Wetter – als könnte man hier jemals vom Wetter absehen! – gab es da noch die Iren selbst, diesen bizarren Menschenschlag, der anscheinend weder die englische noch die eigene Sprache hinreichend beherrschte. In irischem Englisch bedeutete ein Wort fast nie dasselbe wie in englischem Englisch. Es gab so viele Nuancen und Feinheiten und Hintersinnigkeiten, aus denen man nie schlau wurde und die meist dazu führten, daß man in Geldangelegenheiten den kürzeren zog.

Das Wort Geldangelegenheiten erinnerte Danelle an die Alimente, zu denen man ihn verdonnert hatte, und auch seine elsässische Schwiegermutter fiel ihm ein. Wenn er es sich recht überlegte, war das Leben in Irland doch gar nicht so übel.

»Vermißt du das Söldnerleben manchmal, Günther?« fragte Kilmara. Er beschloß, sich eine Pfeife anzuzünden. Es war genau die richtige Tageszeit, und er war genau in der richtigen Stimmung.

»Ich glaube, man sollte Fremdenlegionäre nicht mit Söldnern verwechseln«, antwortete Günther. »Dafür war unsere Bezahlung zu mies.«

»Ich dachte nicht an die Fremdenlegion, sondern an das kleine Intermezzo hinterher.«

»Ach so! Darüber redet unsereins nicht.«

»Ich wollte ja nur wissen, ob du dich manchmal danach sehnst.«

»Ich bin ein bißchen reifer geworden, Colonel«, sagte Günther. »Früher habe ich ausschließlich für Geld gekämpft, jetzt habe ich mich höheren Idealen verschrieben. Ich kämpfe für Geld und für die Demokratie.«

Kilmara hantierte eine Weile mit Pfeifenreinigern und sonstigem Zubehör. Pfeiferauchen ist nichts für ungeduldige Menschen. »Was bedeutet dir Demokratie?« fragte er, als er alles unter Kontrolle hatte.

»Die Freiheit, mehr Geld zu verdienen«, antwortete Günther grinsend.

»Ich mag kämpferische Idealisten«, bemerkte Kilmara trocken. »Ein Mensch wie Pearse wäre stolz auf dich gewesen.«

»Pearse? Wer war das?«

»Padraig Pearse – irischer Held, Poet, Romantiker und Träumer. Er war einer der Anführer beim Aufstand von 1916 gegen die Briten, der 1922 zur Unabhängigkeit unseres Landes führte. Allerdings hat er das nicht mehr erlebt. Er ergab sich nach einem Gemetzel, wurde an eine Wand gestellt und erschossen. Er war nicht der einzige.«

»Romantiker und Träumer neigen offenbar dazu, sich erschießen zu lassen.«

»Guten Abend.« Fitzduane stand in der Tür.

»Wenn man vom Teufel spricht...«, sagte Kilmara.

Danelle gestand sich nur widerwillig ein, daß er sich in seiner Haut alles andere als wohl fühlte. Ein solcher Gemütszustand paßte nicht zu einem gebildeten, weltläufigen Verstandesmenschen des zwanzigsten Jahrhunderts. Aber die Stimmung im Wald war, vorsichtig ausgedrückt, unheimlich. Seltsamerweise zwitscherte nirgends ein Vogel, sondern es herrschte tiefe Stille. Danelles Stiefel machten auf dem moosigen Grund keinerlei Geräusch. So lächerlich es war – sein Herz pochte so heftig, daß er es zu hören glaubte.

Von Zeit zu Zeit raschelte es in der Nähe, als würde ein großes Tier, vielleicht ein Fuchs oder Dachs, durchs Unterholz brechen. Danach senkte sich wieder die bedrückende Stille herab.

Danelle wünschte, er hätte einen der Lehrer mitgenommen. Er konnte zwar keinen von ihnen leiden, aber manchmal konnte man sie zu etwas gebrauchen, und heute wäre ihm sogar der unsympathischste willkommen gewesen. Langsam wurde ihm bewußt, worum es sich bei dem beklemmenden Gefühl handelte, das er nicht abzuschütteln vermochte: um Angst, diese uralte Geißel der Menschheit, die man nicht nur in sich trug, sondern die man geradezu riechen konnte.

Im Wald war es dunkler, als er vermutet hatte. Diese kurzen, düsteren Märznachmittage in Irland! Danelle sehnte sich nach einem südlichen Land, in dem es warm, sonnig und trocken war. Vor allem trocken. Ein Regentropfen traf ihn im Nacken, und es blieb nicht der einzige. Danelle erschauerte, ihn fror. Das Gefühl von Angst wandelte sich, wurde mehr als Angst. Während er durch die sich verdichtende Finsternis stolperte, sein Gesicht von zurückschnellenden Zweigen gepeitscht wurde und Gestrüpp an seinen Beinen zerrte, nahm dieses Gefühl allmählich Form an, bis es keinen Zweifel mehr gab: Es war übermächtige, blinde, an Besessenheit grenzende Panik.

Danelle blieb stehen und versuchte, seine Nerven unter Kontrolle zu bekommen. Seine Hand zitterte wie die eines Malariakranken, als er vorsichtig ein weißes Taschentuch herauszog, um sich den kalten Schweiß und die Schmutzspuren abzuwischen, welche die Zweige auf seinem Gesicht hinterlassen hatten. Nachdem er dies ohne Hast getan hatte, fühlte er sich ein bißchen besser. Er schalt sich, daß er sich lächerlich benahm und seine panische Angst völlig unbegründet war.

Er ging weiter. Das Unterholz wurde immer dichter, und der Pfad schlängelte sich eine Anhöhe hinauf. Danelle wußte, daß es bis zu der gottverdammten Eiche, die an allem schuld war, nicht mehr weit war. Das Gefühl von Erleichterung, das ihn durchdrang, nahm ein jähes Ende, als er über eine Wurzel stolperte und der Länge nach in das faulige Laub fiel. Mühsam und mit rasendem Puls raffte er sich auf.

Plötzlich stieg ihm ein so widerlicher Gestank in die Nase, daß es ihm den Atem verschlug. Es roch nach einer Mischung aus versengtem Fleisch und ätzendem Schwefel. So ähnlich mußte es in der Hölle stinken.

Hinter dem Stamm der alten Eiche glaubte Danelle einen Lichtschein wahrzunehmen. Zuerst hielt er es für die letzten Strahlen der untergehenden Sonne, doch dann sagte er sich, daß es dafür schon zu spät war. Außerdem war dieses befremdliche Leuchten ganz anders, es kam nicht vom Himmel, sondern von unten. Am liebsten hätte Danelle auf dem Absatz kehrtgemacht und wäre davongerannt, aber etwas zwang ihn weiterzugehen. Er bewegte sich wie in Trance, zaudernd und behutsam setzte er einen Fuß vor den anderen.

Was er sah, als er den dicken Stamm der alten Eiche umrundete, war mehr, als sein Hirn verkraften konnte. Auf einer Lichtung erblickte er einen großen, aus Steinen gebildeten Kreis. Die Zwischenräume waren mit Blumen und Blattwerk ausgefüllt. Im Inneren des Kreises war eine andere Form zu erkennen: ein riesiges A, dessen Ecken das steinerne Rund an drei Punkten berührten. In der Mitte brannte ein Feuer, und die Flammen leckten an etwas, das einmal lebendig gewesen war und nun langsam vom Feuer verzehrt wurde. Gelbliche Eingeweide quollen aus dem aufgeschlitzten Bauch. Die kleinen, heißen Flammen zischten und spuckten. Aus der Nähe wurde der ekelerregende Gestank unerträglich. Auf einmal loderte das Feuer grell auf und tauchte die unteren Zweige der Eiche in gleißendes Licht. Danelle sah nach oben, und was er erblickte, sollte das letzte bewußt wahrgenommene Bild seines Lebens sein – ein unbeschreiblich grauenhaftes Bild. Durch den Qualm brennenden Fleisches und die beißenden Schwefelschwaden hindurch erblickte er das gehörnte Haupt Satans.

Er war noch immer ohnmächtig, als sie ihn über den Rand des Kliffs stießen und er in der Tiefe auf den von den Wassern des Atlantiks umtosten Felsen zerschellte.

Fitzduane erwachte am nächsten Morgen aus tiefem, traumlosem Schlaf. Er fühlte sich munter und ausgeruht.

Nachdem Etan zur Arbeit ins Studio gefahren war, machte er sich eine Riesentasse schwarzen Kaffee, streckte vor dem Kaminfeuer die Beine aus und überdachte das bisherige Ergebnis seiner Ermittlungen. Wenn du ein Mensch bist, sagte er sich, der die Nase gern in die Angelegenheiten anderer Leute steckt, obwohl man dir von klein auf eingetrichtert hat, es besser nicht zu tun, dann mußt du dich auf allerlei Überraschungen gefaßt machen.

Da war beispielsweise diese Unterredung mit Kilmara gestern abend. Sie hatten dank des Computers die erstaunliche Tatsache zutage gefördert, daß das Draker-College mehr als eine Schule für Kinder der Reichen und Mächtigen war. Von den Namen der insgesamt sechzig Schüler – zur Zeit waren es nur achtundfünfzig – trugen auf dem Computerausdruck nicht weniger als siebzehn den Vermerk »GP«.

»Computerleute haben nur Bits und Bytes im Kopf«, hatte Kilmara gesagt, »und deshalb habe ich von Anfang an darauf bestanden, daß die Spinner den Rangers-Computer mit allgemeinverständlichen Abkürzungen füttern sollten. GP bedeutet »gefährdete Person«. Das ist keine hohe Einstufung. Sie bedeutet lediglich, daß man ein bißchen mehr aufpaßt und sich alles zweimal durch den Kopf gehen läßt, wenn jemandem mit einem GP hinter dem Namen etwas zustößt.«

»Darüber würde ich gern mehr hören«, sagte Fitzduane.

»Sieh an! Habe ich etwa dein Interesse geweckt, Hugo?« frotzelte Kilmara. »Immer mit der Ruhe, mein Lieber. Tausende von Iren sind als GP's eingestuft – Politiker, Geschäftsleute, Diplomaten, Großgrundbesitzer, die in englischer Manier meist durch Abwesenheit glänzen, und viele andere, die nur der liebe Gott und der Computer kennen.«

»Aber warum ausgerechnet diese siebzehn Schüler?«

»Oh, das hat mit ihnen selbst nur wenig zu tun, sondern vor allem mit ihren Familien und ihrer gesellschaftlichen Stellung. Unter diesen siebzehn Draker-Schülern befinden sich beispielsweise ein minderjähriger saudiarabischer Prinz, ein entfernter Verwandter des Kennedy-Clans, zwei Kinder des italienischen Außenministers, der Sohn eines japanischen Automobilmagnaten und so weiter. Mehr brauche ich dir wohl nicht zu sagen.«

»Wie steht es um Rudolph von Graffenlaub und seine Freundin Toni Hoffmann?«

»Unser Spielzeugcomputer meldet Fehlanzeige«, sagte Kilmara. »Das bedeutet allerdings noch lange nicht, daß die beiden keine GP's waren. Solche Einstufungen sind immer ziemlich über den Daumen gepeilt. Ob jemand zu der Zielgruppe gehört, auf die es verbrecherische oder terroristische Organisationen abgesehen haben, ist weitgehend Ermessenssache, und als wäre alles nicht schon kompliziert genug, gibt es in der Terroristenszene regelrechte Modeerscheinungen. Eine Zeitlang nehmen diese Leute Politiker ins Visier, dann wieder Geschäftsleute, und ich würde mich nicht wundern, wenn irgendwann die Männer von der Müllabfuhr an der Reihe wären. Vieles ist einfach nur Show. Je größer das Aufsehen in den Massenmedien, desto besser.«

»Und was tut ihr für die Sicherheit dieser GP's, außer daß ihr ihnen diese beiden Buchstaben verpaßt?«

»Hm, wenn einer von ihnen in einem öffentlichen Schwimmbad ertrinkt, lassen wir das Wasser ein bißchen schneller ab als sonst. Im Grunde handelt es sich nur um einen Beitrag der Regierung zum allgemeinen Medienspektakel. In der Behördensprache nennt man so etwas ›Gewährleistung weitestreichender Sicherheitsvorkehrungen‹. Unsere obersten Bürokraten wollen sich in Wahrheit nur dagegen absichern, daß ihnen jemand den schwarzen Peter zuschiebt, wenn etwas passiert.«

»Warst du schon immer so zynisch?« fragte Fitzduane. »Oder hat man dir vielleicht Salz in die Babynahrung getan?«

Kilmara drehte an seinem Feuerzeug, bis es sich in einen kleinen Flammenwerfer verwandelte, und setzte seine Pfeife in Brand. Nachdem dies vollbracht war, stemmte er sich aus seinem Sessel hoch, ging zu einer Wandtafel und schrieb ein paar Ziffern darauf.

»Du wunderst dich darüber, daß wir nicht mehr tun, nicht wahr, Hugo? Na gut, dann laß dich mal von mir mit Zahlenmaterial bombardieren. Ich runde ein bißchen auf oder ab, aber die Angaben sind genau genug, um dir ein Bild der Lage in Irland und den meisten westlichen Ländern zu vermitteln. Hierzulande kommen auf rund dreieinhalb Millionen Bürger zirka zehntausend Polizisten. Die Beamten sind in Schichten rund um die Uhr im Einsatz und müssen uns nicht nur gegen Terroristen schützen, sondern haben eine Vielzahl anderer Aufgaben zu erfüllen. Bei der angespannten Personallage ist es äußerst schwierig, in Sonderfällen tausend Mann aus allen Teilen Irlands zusammenzuziehen. In den Nachtstunden stehen naturgemäß noch weniger Beamte zur Verfügung. Genau besehen liegt dann die Sicherheit des gesamten Landes in den Händen von ein paar Hundert Polizisten – eine fast beunruhigende Vorstellung. Der Einfachheit halber lasse ich hier eine eventuelle Verstärkung durch die Streitkräfte außer acht. Wie ich vorhin sagte, sind mehr als achttausend Bürger dieses Landes als gefährdete Personen eingestuft, und vergiß nicht, daß dies mehr oder weniger Ermessenssache ist. Vermutlich wäre die Zahl dreimal so hoch, wenn wir unsere Hausaufgaben besser gemacht hätten. Um eine GP leidlich zu schützen, braucht man laut einer

Faustregel mindestens sechs Mann mit Spezialausbildung. Also bräuchten wir in Irland insgesamt etwa achtundvierzigtausend qualifizierte Leibwächter. So viele gibt es aber nicht. Wir können sie uns einfach nicht leisten, und wenn du mich fragst, brauchen wir sie auch nicht. Die Zahl der terroristischen Anschläge rechtfertigt eine solche Zahl nicht. Sie ist gerade eben groß genug, um Leuten wie Günther und mir eine Daseinsberechtigung zu liefern.«

»Amen«, sagte Günther. Geräuschvoll klappte er *Winnie the Pooh* zu, in dem er geschmökert hatte. »Prima Buch. Kein Sex und keine Gewalt. In Pooh Corner gäbe es für einen wie mich keinen Job.«

»Sei still, nimm dir einen Drink und laß uns mal nachsehen, ob wir die kryptische Mitteilung entziffern können, die uns unsere Freunde aus Wiesbaden durchgegeben haben«, sagte Kilmara.

»Wiesbaden?« wunderte sich Fitzduane. »Was hat Wiesbaden mit dieser Sache zu tun?«

Kilmara zog die oberste Schreibtischschublade auf und entnahm ihr seine automatische Dienstpistole. Fitzduane stellte erleichtert fest, daß sie gesichert war.

Kilmara fuchtelte mit der Waffe herum. »Die meisten Leute glauben, daß wir mit solchen Mitteln den Terrorismus bekämpfen, aber das trifft nicht zu.« Er ließ die Pistole in die Schublade fallen und schloß sie mit einer schwungvollen Geste. »Feuerkraft spielt natürlich auch eine Rolle, aber Ermittlungstätigkeit ist die Hauptsache, und dabei kommt man heutzutage nicht mehr ohne Computer aus.«

Er warf Günther einen Blick zu. »Jetzt kannst du weitermachen. Wiesbaden liegt in deiner Heimat, und es ist eines von deinen Lieblingsthemen.«

»In Wiesbaden ist das Hauptquartier vom Bundeskriminalamt«, sagte Günther. »Das BKA, wie es kurz genannt wird, entspricht in etwa dem FBI. Unter anderem ist es für die Bekämpfung des Terrorismus zuständig. Sobald eine terroristische Vereinigung identifiziert und infiltriert ist, erledigt meine ehemalige Einheit GSG-9 die Drecksarbeit. Das BKA hat bei der Jagd auf Terroristen große Erfolge verbuchen können, und das liegt nicht zuletzt an der Computerzentrale in Wiesbaden.« Er grinste. »Sie ist weithin unter dem Spitznamen ›der Kommissar‹ bekannt.«

»Eine ziemlich beeindruckende Anlage«, schaltete sich Kilmara ein. »Ich habe sie mir vor einem Jahr angesehen. Das Gebäude besteht nur aus Glas und Beton und thront auf einem Hügel, der vor langer Zeit bezeichnenderweise eine Hinrichtungsstätte war. Über dreitausend Angestellte füttern das elektronische Monstrum, und der Jahresetat beläuft sich auf Hunderte von Millionen Mark. Man sammelt nicht einfach nur Informationen, nein, man schluckt buchstäblich alles wie mit einem gigantischen Staubsauger: Namen, Personenbeschreibungen, Adressen, familiäre Verhältnisse, Vorfahren, Bekanntenkreis, Lebensgewohnheiten, Ernährungsweise, sexuelle Neigungen, Spracherkennungsmuster – alles, was bei der Menschenjagd irgendwie nützlich sein könnte.«

»Zwölf Millionen Einträge, die ständig auf den neuesten Stand gebracht werden, und die Tendenz ist steigend«, bemerkte Günther stolz.

George Orwells *1984* ist längst überholt, dachte Fitzduane. Es ist nur noch keinem aufgefallen. Er nahm den Whisky, den Kilmara ihm hinhielt.

»Sehr interessant«, sagte er, »aber was hat ›der Kommissar‹ mit meinen bescheidenen Nachforschungen zu tun?«

Kilmara hob sein Glas. »Slinte!«

»Prost!« sagte Günther.

»Olé!« Fitzduane lächelte verdrießlich. Vielleicht war alles nur ein Spiel, aber es machte ihm keinen Spaß.

Kilmara schob eine dünne Mappe über die Schreibtischplatte zu ihm hin. »Eine von zwölf Millionen. Der Inhalt klingt, als käme er frisch aus der chemischen Reinigung.«

Fitzduane warf einen Blick darauf. Auf dem Etikett stand RUDOLPH VON GRAFFENLAUB (verstorben).

Kapitel 7

Der junge deutsche Tourist und seine hübsche italienische Freundin trafen abends mit dem aus Zürich kommenden Direktflug der Swissair in Dublin ein. Beim Anflug warf der Deutsche einen Blick auf seine japanische Armbanduhr. Dank der fast schon peinlichen Schweizer Pünktlichkeit hatte die Maschine keine Verspätung.

In der Ankunftshalle gingen sie zum Avis-Schalter und mieteten für eine Woche zum Spartarif einen kleinen marineblauen Ford Escort. Sie entschieden sich für unbegrenzte Kilometerzahl und Vollkasko und wiesen sich aus als Dieter Kretz, 24 Jahre, wohnhaft in Hamburg, und Tina Brugnoli, 19 Jahre, wohnhaft in Mailand. Die Kaution hinterlegten sie in bar.

Mit Landkarten, Reiseführern und zahlreichen Adressen ausgestattet, fuhren Dieter und Tina ins Zentrum von Dublin und nahmen sich ein Doppelzimmer im Royal Dublin Hotel in der O'Connell Street. Sie aßen im Hotelrestaurant und zogen sich früh zurück. Sogar einem Tauben wäre aufgefallen, wie einsilbig sie sich verhielten, während sie sich auszogen. Sie legten sich zwar splitternackt nebeneinander in das breite Doppelbett, schliefen jedoch nicht miteinander.

Als Dieter am nächsten Morgen aufwachte, hörte er, daß Tina schon im Badezimmer war. Die Tür stand offen. Licht strömte ins Schlafzimmer, dessen Vorhänge sie zugezogen hatten. Dieter schlug die Decke zurück und räkelte sich wie ein Kater. Sein Körper war schlank und muskulös, seinen Brustkorb bedeckte dunkles, lockiges Haar. Ein voller schwarzer Schnurrbart ließ seine Zähne noch weißer erscheinen. Zufrieden betrachtete er seinen Penis, der hart und steif in die Höhe ragte. Pochend und mit feucht glänzender Eichel verlangte er nach Erleichterung.

Dieter stand auf und ging ins Badezimmer. Tina hatte sich das Haar lose auf dem Kopf zusammengebunden und beugte sich über das Waschbecken. Ihre olivfarbene Haut war gebräunt, und abgesehen von einem winzigen schwarzen Höschen war sie nackt. Im Nacken hatte sie daunenweiche Härchen.

Er schob dort, wo sich ihre Pobacken teilten, einen Finger unter den Saum des Höschens, krümmte ihn und bewegte den Finger langsam in der Spalte abwärts. Das Höschen rutschte bis zu den Knien. Tina rührte sich nicht. Sie stützte die langen, schlanken Hände seitlich aufs Waschbecken. Er zog ohne Hast ihre Pobacken auseinander, und gleich darauf stieg ihr der süßliche Geruch von Handcreme in die Nase. Als er mit einem Ruck in den engen Tunnel eindrang, entfuhr ihr ein unterdrückter Schmerzensschrei und sie umklammerte das Waschbecken so fest, daß ihre Knöchel weiß hervortraten, aber dann begann sie, sein Glied zu melken. Soviel Schmerz und zugleich soviel Lust! Dies geschah im Einklang mit dem KREIS, die Satzung schrieb es so vor – und der Meister hatte es befohlen.

Das Paket war ein bißchen länger als ein Schuhkarton, aber viel schwerer. Die äußere Hülle bestand aus mehreren Lagen dicken braunen Packpapiers, das sorgfältig mit glänzendem braunen Klebeband verklebt war. Der Inhalt bewegte sich nicht rumpelnd, wenn man das Paket schüttelte. Was immer darin lag – es war weich gebettet.

Das Paket war an Mr. Dieter Kretz adressiert und morgens kurz nach acht Uhr am Empfang des Royal Dublin Hotels abgegeben worden. Der unauffällige Bote war wie ein Dubliner Taxifahrer gekleidet. Später konnte sich niemand an besondere Merkmale erinnern, außer daß er den typischen Akzent eines Einheimischen hatte.

Das junge Paar ließ sich das Frühstück aufs Zimmer kommen, hängte das »Bitte nicht stören«-Schild an die Tür, was bei Pärchen nichts Besonderes war, und ließ sich erst gegen Mittag blicken. Die Frau am Empfang händigte ihnen das Paket aus, als sie die Rechnung verlangten. Fast hätte sie es vergessen, aber der junge Deutsche fragte beiläufig danach. Lächelnd nahm er es in Empfang und meinte, er werde bestimmt nicht die Zeit haben, um so viele Bücher zu lesen. Er hatte seiner Freundin den Arm um die Schulter gelegt, und er wirkte entspannt und aufgeräumt, ja sogar leicht ermattet vor lauter Zufriedenheit.

Der Hotelbursche brachte ihr Gepäck zum Auto. Das Paket hatte sich der Deutsche fest unter den linken Arm geklemmt. Er legte es in den Kofferraum. Der Bursche fragte sich, wie jemand auf die Schnapsidee kommen konnte, mitten im März in Irland Urlaub zu machen. Aufatmend kehrte er in die Wärme des Hotels zurück.

Dieter, der wie fast alle Deutschen normalerweise nach der Überzeugung handelte, daß Gaspedale dazu da sind, bis zum Anschlag durchgetreten zu werden, fuhr an diesem Tag vorsichtig. Er war zum erstenmal in Irland und nicht an den Linksverkehr gewöhnt. Zum Glück hatte man ihn vor der lückenhaften Beschilderung der Dubliner Straßen gewarnt, und so verließ er sich lieber auf Tinas Talent im Kartenlesen. Trotz des undurchschaubaren Gewirrs von Einbahnstraßen verfuhren sie sich nur ein einziges Mal, bis sie die Ausfallstraße nach Galway und Westirland fanden. Irgendwo an der Strecke mußte das Haus von Colonel Shane Kilmara liegen.

Nachdem sie die Außenbezirke Dublins hinter sich gelassen hatten, erreichten sie den Phoenix Park mit seinen endlos weiten, grünen Gefilden, Europas größte geschlossene Parklandschaft im Einzugsbereich einer Großstadt. Hirsche und Rehe ästen zu Hunderten auf dem hügeligen, von einzelnen Bäumen gesprenkelten Weideland. Allein schon die Weitläufigkeit des Geländes sorgte dafür, daß sich die spärlichen Besucher nicht zu nahe kamen.

Dieter bog von der Hauptdurchfahrtstraße ab, bog in einen Feldweg ein, hielt kurz darauf an und stellte den Motor ab. Ein paar Minuten lang saßen die beiden stumm nebeneinander, nahmen die Umgebung in Augenschein und beobachteten das grasende Wild. Als sie sich überzeugt hatten, daß sie nicht beobachtet wurden, schloß Dieter den Kofferraum des Wagens auf, hob das schwere Paket heraus und zwängte sich damit in den Fond des Autos. Mit einem flachen Taschenmesser, das er aus seinem Koffer geholt hatte, schnitt er die Klebestreifen und das mehrlagige Packpapier durch, nahm den Deckel von dem Karton, entfernte zusammengeknüllte Zeitungen und schlug schließlich ein in Öl getränktes Tuch zurück. Vor ihm lagen zwei kompakte, in der Tschechoslowakei hergestellte Maschinenpistolen des bekannten Modells Skorpion VZ-61. Außerdem enthielt das Paket acht Magazine mit Munition des Kalibers 7.65, Reinigungsutensilien und einen Reiseführer des Irischen Automobilklubs.

Tina schaltete das Autoradio an, und zu den Klängen irischer Volksmusik begann das Paar, die Waffen zu putzen und einsatzbereit zu machen.

Als sie den Phoenix Park verließen, saß Tina am Steuer. Sie fuhr besser als Dieter, und je mehr sie sich an die enge, mit Schlaglöchern übersäte Landstraße gewöhnte, die auf der Landkarte als Fernstraße eingezeichnet war, desto schneller fuhr sie, so daß sie manchmal, wenn der Zustand der Straße es zuließ, fast die zulässige Höchstgeschwindigkeit erreichte. Sie wollten möglichst noch bei Tageslicht ankommen. Erfahrungsgemäß wurden die Kontrollen durch die Polizei nach Einbruch der Dunkelheit häufiger.

Dieter hatte sich auf dem Rücksitz ausgestreckt und döste vor sich hin. Seine Skorpion lag entsichert unter einer Zeitung. Tina hatte ihre Waffe in eine Einkaufstüte aus Plastik gesteckt und unter den Sitz geschoben. Nach einer weiten Kurve sah sie ein Stück weiter vorn einen Verkehrsstau. Sie nahm den Fuß vom Gaspedal. Zuerst dachte sie, es hätte sich ein Unfall ereignet, doch nachdem sich die Autoschlange eine Zeitlang ruckweise vorwärts bewegt hatte, kam ein großes, orangefarbenes Schild in Sicht. Darauf standen die unmißverständlichen Worte: STOP! VERKEHRSKONTROLLE. Fast im selben Augenblick erblickte Tina zwei Polizisten, die in ihren schweren marineblauen Uniformmänteln Rücken an Rücken mitten auf der Straße standen und flüchtig die zu beiden Seiten langsam vorbeirollenden Wagen inspizierten. Seitlich war ein lehmbespritztes Polizeiauto mit eingeschaltetem Blaulicht geparkt, und dahinter stand ein Landrover, dessen stumpfes Grün ihn als Militärfahrzeug auswies. Ein Soldat saß hinten mit Kopfhörern vor einem Funkgerät, ein zweiter lehnte, das Gewehr lässig in die Armbeuge gelegt, an der Tür des Landrovers und beäugte gelangweilt die vorbeifahrenden PKW's und Lastwagen.

Leichte Unruhe befiel Tina, aber dank ihrer guten Ausbildung und ihrer angeborenen Kaltblütigkeit hatte sie sich gleich wieder in der Gewalt. Dieter und sie waren harmlose Touristen und hatten sich in Irland nichts zuschulden kommen lassen. Von einer routinemäßigen Polizeikontrolle hatten sie nichts zu befürchten.

Tina versuchte, nicht an die versteckten Maschinenpistolen zu denken. Sie hatte längst bemerkt, daß die meisten Autos und Lastwagen von den Polizisten durchgewinkt wurden. Sie drehte sich zu Dieter um und schüttelte ihn. Er war sofort hellwach.

»Meinst du –?« setzte sie an, sprach den Satz jedoch nicht zu Ende, sondern zeigte wortlos auf die Straßensperre.

Dieter beobachtete die Polizisten. Meist wechselten sie mit den Autofahrern durch das heruntergekurbelte Fenster nur ein paar Worte. Hin und wieder ließen sie sich die Papiere zeigen. Der Polizist auf ihrer Straßenseite war ein junger, freundlich aussehender Bursche mit einem offenen, braungebrannten Gesicht. Manchmal lachte er. Er wirkte entspannt und schien es nicht eilig zu haben.

»Reine Routinesache«, sagte Dieter. »Wir brauchen uns keine Sorgen zu machen.« Er grinste Tina spöttisch an. »Vergiß nicht: Wir sind ein harmloses junges Liebespaar.«

Tina warf ihm einen kühlen Blick zu. »Wir bumsen miteinander, aber wir sind kein Liebespaar.«

Sie ließ die Kupplung kommen: Der Ford rollte ein Stück weiter.

In dem Fahndungsbefehl war von einem schwarzen oder marineblauen Ford Escort die Rede gewesen, und dies war nun schon Quirkes neunter marineblauer Ford Escort an einem Tag. Die ersten zwei oder drei hatten ihm einen kleinen Adrenalinstoß versetzt, aber jetzt interessierte ihn das Auto nur noch am Rande. Dafür hatte er um so mehr Augen für das hübsche Mädchen, das am Steuer saß.

Tina kurbelte das Fenster herunter, blickte zu dem hochgewachsenen Polizisten auf und lächelte ihn an. »Guten Abend, Officer«, sagte sie mit ihrem italienischen Akzent und leicht herausforderndem Unterton. Für den Polizisten Liam Quirke war Tina mit Abstand die aufregendste weibliche Person, die er im Verlauf des Tages zu Gesicht bekommen hatte, und ihm war klar, daß ihm ein so exotisches Wesen im normalen Alltag niemals begegnet wäre. Das war eines der Dinge, die einen mit der Eintönigkeit von Verkehrskontrollen ein bißchen versöhnten.

»Abend, Miss«, grüßte Quirke zurück. Er zwang sich, das Mädchen nicht zu auffällig zu begaffen, und als er einen Blick in den Fond des Wagens warf, versuchte er sich nicht anmerken zu lassen, wie enttäuscht er war, daß sie einen Begleiter hatte. Dennoch: Die Erkenntnis, daß ihm nie eine solche Schönheit gehören würde, versetzte ihm einen Stich. »Guten Abend, Sir«, sagte er und nickte Dieter zu. »Keine Sorge, das ist nur eine ganz normale Verkehrskontrolle.«

»Wir hatten schon befürchtet, es hätte sich ein Unfall ereignet«, meinte Tina und schenkte ihm ein strahlendes Lächeln.

»Nein, kein Unfall, Miss«, antwortete der junge Polizist, dessen Wangen sich unter ihrem Blick leicht röteten. »In Dublin ist eine Bank überfallen worden. Einer von den Einbrechern ist entkommen. Es ist nicht sehr wahrscheinlich, daß wir ihn hier erwischen, aber man weiß nie.«

»Da haben Sie recht«, ließ sich Dieter vernehmen. Die wenigen Worte reichten, um die Intimität zu zerstören, die sekundenlang zwischen der jungen Italienerin und dem Polizisten geherrscht hatte.

»Sagen Sie mir bitte, woher Sie kommen und wohin Sie wollen«, sagte Quirke. Seine Stimme klang wieder halbwegs dienstlich. »Ich würde auch gerne einen Blick auf Ihren Führerschein und die Wagenpapiere werfen.«

Tina zog die Unterlagen der Autovermietung aus dem Handschuhfach und reichte sie zusammen mit ihrem Führerschein durch das Fenster. »Wir sind gerade erst in Irland angekommen«, sagte sie. »Gestern haben wir in Dublin übernachtet, und jetzt fahren wir für ein paar Tage nach Westen. Wir möchten eine Gegend finden, wo es nicht von Leuten wimmelt. Wir wollen allein sein, verstehen Sie?«

Tina hatte, während sie dies sagte, dem Polizisten tief in die Augen gesehen, und ihr war nicht entgangen, daß kurz so etwas wie ein Zweifel in seinem Blick aufgeflackert war. Tatsächlich hatte er das Gefühl, daß etwas nicht stimmte, und er rätselte, was es sein konnte. Tina dachte blitzschnell nach: Ihre Worte konnten sie nicht verraten haben, sie hatten harmlos und vernünftig geklungen. Nein, etwas anderes mußte ihn mißtrauisch gemacht haben, aber was zum Teufel? Die Waffen waren gut versteckt, und sonst gab es nichts, das ihm hätte auffallen können.

Quirke warf einen Blick auf die Autoschlange, die sich hinter dem Ford Escort gebildet hatte. Er wollte keinen größeren Verkehrsstau verursachen. Schon reichte er die Wagenpapiere ins Wageninnere zurück, da stieg ihm wieder dieser Geruch in die Nase. Unwillkürlich fühlte er sich sekundenlang in die Zeit zurückversetzt, als er während der Ausbildung in Templemore Schießübungen hatte machen müssen.

Verkehrspolizisten durften zwar keine Waffen tragen, aber den Umgang mit ihnen brachte man ihnen für alle Fälle bei. Zweiundvierzig Schuß bei den Übungen, die selbe Anzahl bei der Abschlußprüfung; das ohrenbetäubende Geballer, wenn eine ganze Reihe von Kollegen auf »Pappkameraden« geschossen und sie buchstäblich durchsiebt hatten; das routinemäßige Reinigen der Waffen danach; der unverwechselbare Geruch von Gewehröl in der Waffenkammer, wenn sie ihre Smith & Wesson Kaliber 38 wieder ablieferten. So war das gewesen, und jetzt mußte er sich auf seine Uniform, seine Fäuste und – bei seltenen Anlässen – auf den hölzernen Schlagstock verlassen, um dem Gesetz Geltung zu verschaffen.

Der Geruch von Waffenfett wollte und wollte sich nicht verflüchtigen. Quirke hielt noch immer die Wagenpapiere und den Führerschein in der Hand. Deine Phantasie geht mit dir durch, schalt er sich. Die Dokumente sind in Ordnung. Trotzdem, er konnte es sich nicht verkneifen, sich das Mädchen ein bißchen näher anzusehen.

»Würden Sie bitte aussteigen und den Kofferraum aufschließen, Miss?« fragte er höflich.

»Gern«, antwortete Tina. Sie zog die Schlüssel aus dem Zündschloß und ließ sie absichtlich fallen. Während sie auf dem Boden des Wagens nach ihnen tastete, schob sie die Hand verstohlen unter den Sitz, legte den Hebel der Maschinenpistole auf Schnellfeuer und richtete sich gleich darauf mit den Schlüsseln in der Hand und einem entschuldigenden Lächeln auf. Sie drückte auf den Verschluß ihres Sicherheitsgurts, stieß die Wagentür auf, stieg aus und ging zum hinteren Teil des Autos. Der Polizist sah ihr nach. Aus dreißig Metern Entfernung begutachteten auch die beiden Soldaten ihre in Nylonstrümpfen steckenden Beine. Innerlich gaben sie Quirke für den Treffer, den er gelandet hatte, die höchste Note.

Dieter blieb genauso lässig wie zuvor im Fond des Wagens sitzen. Er schob eine Hand unter die Zeitung und legte sie auf die Skorpion. Ihm war rätselhaft, warum der Polizist sich in den Kopf gesetzt hatte, den Kofferraum zu kontrollieren. Vielleicht war es nur eine Laune. Schließlich hatten Tina und er sich nicht verdächtig verhalten. Dennoch: Etwas hatte den jungen Beamten stutzig gemacht, das spürte Dieter mit untrüglichem Instinkt. Seine Haut prickelte, so stark war das Gefühl einer nahenden Gefahr. Mit schierer Willenskraft zwang er sich, äußerlich ruhig, innerlich jedoch zu allem bereit zu sein.

Zu dieser Prüfung des eigenen Willens gehörte auch, daß er die Hand von der entsicherten Maschinenpistole zurückzog. Er warf einen raschen Blick auf die Flugtasche mit den Reservemagazinen. Ein Zipfel von ihr schaute unter dem Beifahrersitz hervor, aber der Reißverschluß war gut verschlossen. Nirgends etwas Verdächtiges.

Die Ahnung einer drohenden Gefahr verstärkte sich trotzdem. Dieter wußte, daß er nur abwarten konnte. Unauffällig zog er das kurze Jagdmesser aus der Scheide an seinem Gürtel und schob es sich in den rechten Ärmel, so daß er es blitzschnell in seine Hand gleiten lassen konnte, wie er es oft geübt hatte.

Quirke war mit der Überprüfung des Kofferraums fertig. Er hatte nicht erwartet, etwas zu finden. Wer weiß, wer den Leihwagen in letzter Zeit alles gefahren hatte. Wahrscheinlich hatte ein Jäger vor Monaten ein bißchen Gewehröl verschüttet. So ein Geruch war sehr hartnäckig.

Quirke lachte sich innerlich selbst aus. Er schlug die Kofferraumklappe zu und stützte lässig einen Arm darauf. Es kostete ihn Überwindung, Tinas wohlgeformte Beine nicht zu auffällig anzuglotzen. Ein Windstoß fuhr ihr unter den Rock, und für den Bruchteil einer Sekunde waren die Innenseiten ihrer Schenkel zu sehen.

»Gut, das wär's«, sagte er. »Ich werfe nur noch einen Blick ins Wageninnere, dann lasse ich Sie in Ruhe.« Er machte die hintere

Wagentür auf. »Würden Sie bitte kurz aussteigen, Sir?« sagte er zu Dieter, der halb ausgestreckt auf dem Sitz lag, als hätte er gedöst.

Der Deutsche räkelte sich träge. »Ich glaube, ein bißchen frische Luft wird mir guttun«, sagte er. Er stieg auf der anderen Seite aus, schloß die Tür mit der linken Hand und ging hinten um den Wagen herum, wobei sein rechter Arm locker herunterhing. Neben Tina blieb er stehen. Der junge Polizist kehrte ihnen den Rücken zu.

»Vielen Dank«, sagte Quirke höflich und bückte sich, um den Fond des Wagens flüchtig zu inspizieren.

Auf der hinteren Ablage erblickte er außer ein paar Reiseführern lediglich einen Band mit Kriegsbildern irgendeines Fotografen. Auf dem Rücksitz lag nur eine Zeitung. Gedankenlos drehte Quirke sie um, weil er einen Blick auf die Fußballergebnisse werfen wollte – und im selben Augenblick schrie er vor Schmerz und Todesangst auf: Dieter hatte ihm mit dem Messer den Bauch aufgeschlitzt. Der Polizist preßte beide Hände gegen den Leib, ein vergeblicher Versuch, das herausquellende Gedärm zurückzuhalten. Blut brach ihm aus dem Mund, sprudelte zwischen den Händen hervor und tränkte die Uniform. Noch immer bei Bewußtsein, sank er auf den Asphalt, auf dem sich rasch eine große dunkle Lache bildete. Gurgelnde Geräusche wie aus der Kehle eines sterbenden Tieres waren zu hören.

Tina hatte mit einer schnellen Bewegung die Skorpion aus dem Versteck unter dem Fahrersitz gerissen. Ihre erste Garbe traf den Soldaten mit dem Gewehr, der, vor Entsetzen gelähmt, den tödlich verwundeten Polizisten anstarrte. Mehrere Geschosse prallten vom Magazin seines FN-Sturmgewehrs ab und bohrten sich in seinen Unterleib und in einen Oberschenkel. Der nächste Feuerstoß zerschmetterte seinen Brustkasten. Er wurde gegen den Landrover geschleudert und schlug dann der Länge nach auf der staubigen Straße hin.

Dieter war mit einem Satz bei dem zweiten Polizisten, jagte ihm das Messer in den Rücken und ließ es einfach stecken. Er lief wieder zum Auto zurück, schnappte sich die auf dem Rücksitz liegende Maschinenpistole, klappte den Kolben zurück und pumpte in kurzen Abständen mit der Treffsicherheit eines geübten

Schützen drei Geschoßgarben in den hinteren Teil des Armee-Landrovers, in dem undeutlich der Funker vor seinem Gerät zu erkennen war.

Der Funker, ein Korporal, konnte gerade noch einen Hechtsprung aus dem Fahrzeug machen, bevor die Geschosse aus Dieters Skorpion das Funkgerät so gründlich zertrümmerten, daß die Funken stoben und elektronische Bauteile durch die Luft flogen. Das Leinwandverdeck des Landrovers fing Feuer, und auch seitlich züngelten Flammen hoch.

Der Korporal kroch hinter dem nun unbemannten Patrouillenfahrzeug in Deckung. Das vereinte Feuer der beiden Terroristen durchlöcherte das dünne Blech der Karosserie. Die Scheiben zerbarsten in unzählige kleine Splitter. Eine Kugel riß die rechte Wade des Korporals auf. Der Schock und gleich darauf der rasende Schmerz lähmten ihn mehrere wertvolle Sekunden lang. Dann griff er, von einer Mischung aus nackter Panik und ungläubigem Staunen erfüllt, nach der Carl Gustav-Maschinenpistole, die an seiner Schulter baumelte, und lud durch. Ein 9 mm-Geschoß von hoher Durchschlagskraft glitt in die Kammer.

Kugeln durchsiebten den Benzintank des Polizeiautos. Benzin lief aus und bildete eine Pfütze, die sich über die ganze Straße ausbreitete.

Eine Feuerpause trat ein: Dieter wechselte das Magazin, Tina verhielt sich abwartend. Sie hatte inzwischen den Kolben ihrer Maschinenpistole ganz ausgeklappt und hielt die Waffe wie ein Gewehr an der Schulter im Anschlag. Um besser zielen zu können, lehnte sie sich an den Ford Escort. Als der Korporal sich, von Schmerzen zerrissen, soweit aufrichtete, daß er in Schußposition war, drückte sie zweimal kurz ab. Mit zerschmettertem Schlüsselbein und einem Durchschuß, aus dem ein pulsierender Blutstrom brach, stürzte der Korporal rücklings in den Straßengraben. Tina legte ein neues Magazin ein.

Für kurze Augenblicke schien Ruhe zu herrschen, dann drangen das Knistern und Knacken des brennenden Landrovers und das von kurzen Schreien unterbrochene Geröchel des sterbenden Polizisten Liam Quirke in das Bewußtsein der beiden Terroristen. Tina näherte sich der Stelle, wo der Mann lag. Die Geräusche gingen ihr auf die Nerven. Sie zielte auf seinen Unterkiefer und drückte ab. Quirke war noch immer nicht tot, aber das Röcheln war verstummt.

»Idiot«, sagte sie leise und ging weg.

Dieter zog das Jagdmesser aus dem Rücken des zweiten Polizisten, der sich nicht mehr rührte. Unschlüssig hielt er inne. Ohne sich die Mühe zu machen, den Mann umzudrehen, packte er ihn am Schopf, riß den Kopf zurück und schnitt ihm die Kehle durch. Das Blut, das aus der Halsschlagader schoß, breitete sich auf dem Asphalt aus, und die leeren Patronenhülsen bildeten in der Pfütze kleine Inseln. Dieter wischte das Messer an der blauen Uniform des toten Polizisten ab und schob es zurück in die Scheide an seinem Gürtel. Der eisige Märzwind ließ ihn erschauern. Eine fieberige Erregung hatte ihn ergriffen, und ein Allmachtsgefühl durchströmte ihn. Es war dasselbe ekstatische Gefühl wie beim Skilaufen, wenn er abseits der Piste in Schußfahrt über eine Bodenerhebung raste, abhob und durch die Luft flog – nein, dies hier war noch stärker. Er legte die gespreizte rechte Hand in den Tümpel aus Blut, in dem der tote Polizist lag, und hielt sie sich, rot und triefend, dicht vors Gesicht. Er konnte das Blut riechen, er konnte es schmecken. Endlos lange Sekunden stand er wie gebannt da.

Der verwundete Korporal konnte von der Stelle aus, wo er lag, unter dem Auto hindurch die Beine der jungen Frau sehen. Sie waren schlank, gebräunt und steckten in Nylons. Es gab keinen Zweifel. Langsam schob er das Lederfutteral, in dem die Reservemagazine seiner Maschinenpistole steckten, nach vorn, bis es dicht vor seinem Kopf lag. Es schien ihm eine Ewigkeit zu dauern, bis er es endlich geschafft hatte. Das Ding aus dickem Leder wollte auf dem rauhen Straßenpflaster nicht richtig rutschen, und er hatte nicht mehr viel Kraft. Jede Bewegung verursachte ihm qualvolle Schmerzen. Mühsam hob er die Maschinenpistole ein wenig an und legte sie über die Munitionstasche. Ihr Lauf zeigte jetzt schräg in die Höhe. Es waren nur wenige Zentimeter, aber es mußte reichen.

Er zielte. Blut und Schweiß liefen ihm in die Augen und trübten seinen Blick. Er blinzelte mehrmals und zielte erneut. Der hölzerne, blutbeschmierte Griff der Waffe war glitschig.

Der Korporal hatte jedes Gefühl für Zeit verloren. Er glaubte

Stimmen zu hören – und da waren wieder diese langen Frauenbeine.

Er zog den Abzug durch. Der rüttelnde Rückschlag preßte die Waffe gegen seinen geschundenen Körper. Die glühend heißen Patronenhülsen, die die Maschinenpistole ausspuckte, versengten sein Gesicht, aber sein Finger krallte sich um den Abzug, bis das gesamte Magazin leergeschossen war. Zu spät fiel ihm das ausfließende Benzin ein. Er war schon bewußtlos, als die hochbrennbare Flüssigkeit, vom Mündungsfeuer seiner Waffe in Brand gesetzt, explodierte. Der Landrover und das Patrouillenfahrzeug verschwanden in einem Flammenmeer, schwarze Qualmwolken stiegen zum Himmel auf.

Fitzduane legte den Hörer auf und atmete vor Erleichterung tief durch. Über elf Stunden lang hatte er fast ohne Pause an dem Fall Graffenlaub gearbeitet. Jetzt war er müde und hatte Hunger.

Der Inhalt der Mappe und andere Papiere lagen auf Etans Schreibtisch verstreut, einer polierten, auf Böcken ruhenden Eichenholzplatte. Die bisher gesammelten Informationen hatten Fitzduane geholfen, sich eine einigermaßen genaue Vorstellung von der Familie von Graffenlaub und deren gesellschaftlicher Stellung zu bilden. Er war ein Stück vorangekommen, doch es war ein mühsames Unterfangen. Trotz der vielen Quellen, aus denen er schöpfen konnte, trotz der nützlichen Kontakte, über die er als erfolgreicher Journalist verfügte, und der Unterlagen, die Kilmara ihm besorgt hatte, erwies es sich als unerwartet schwierig, ein lückenloses Bild des Schweizer Milieus zu rekonstruieren, das Ruedi von Graffenlaub geprägt hatte.

Erst nach längerem Zögern hatte Fitzduane sich entschlossen, Guido anzurufen. Seine anderen Kontaktpersonen konnten ihm – nicht selten bis ins intimste Detail – Auskunft darüber geben, was es mit dem jüngsten Finanzskandal im Vatikan auf sich hatte, wer in Tansania wen schmierte und welches Moskauer Politbüromitglied mit welcher Balletteuse ins Bett ging, aber wie alle anderen hatte auch Guido sämtliche Fragen nach irgendwelchen besonderen Vorkommnissen in der Schweiz mit einem unüberhörbaren Gähnen beantwortet. Anscheinend waren sie der einträchtigen

Meinung, daß die Schweiz ein verdammt langweiliges Land mit einer ebenso langweiligen Bevölkerung war, die alles tat, um ausländischen Klischeevorstellungen gerecht zu werden: Käse, Schokolade, Kuckucksuhren, Berge, Banken, heißes Geld. Niemand schien die Schweiz und die Schweizer zu mögen, und die Beurteilung der Stadt Bern ließ sich mit drei Worten zusammenfassen – langweilig, langweilig, langweilig.

Fitzduane war eigentlich nicht davon ausgegangen, daß sich die Untersuchung der Hintergründe eines Todesfalls durch Erhängen als langweilig erweisen könnte, selbst wenn er sich dabei mit Bürgern der Stadt Bern abgeben müßte, und deshalb fragte er sich nach diesem langen Arbeitstag, ob seine ansonsten so bewährten Kontaktleute tatsächlich so gut über die Schweiz und die Schweizer Bescheid wußten, wie sie vorgaben. Aus ihren Äußerungen über Land und Leute glaubte er zweifelsfrei Eifersucht herausgehört zu haben: keine Kriege, so gut wie keine Arbeitslosigkeit, ein Lebensstandard so hoch wie fast nirgends auf der Welt, ein florierendes, schönes Land – es war wirklich schier zum Auswachsen!

Fitzduane stand auf, streckte sich und ging in die Küche, um eine Flasche eisgekühlten Weißwein zu entkorken. Er nahm sie zusammen mit Käse und Kräckern mit ins Wohnzimmer, versetzte den dicken Holzscheiten so lange kleine Fußtritte, bis sie wieder richtig brannten, und machte es sich in einem Ohrensessel bequem. Die TV-Fernbedienung legte er in Reichweite.

Bis zu den Neun-Uhr-Nachrichten waren es nur noch ein paar Minuten. Danach wollte er sich HEUTE ABEND ansehen, Etans Sendung. Es war für ihn immer wieder ein seltsames Gefühl, jene andere Etan auf dem Bildschirm zu sehen, professionell und durch das Fernsehen, dieses unpersönliche Medium, zusätzlich verfremdet. Der Wein mundete, das Kaminfeuer flackerte und knisterte, und die Graffenlaubs spukten noch immer in seinem Kopf herum.

Der Bericht aus Wiesbaden enthielt nur spärliche Fakten und noch weniger Erläuterungen. Bei dem Vater des Erhängten handelte es sich um den einundsechzigjährigen Beat von Graffenlaub, einen Anwalt und Wirtschaftsbonzen großen Kalibers. Er wohnte in der Berner Junkergasse und hatte in der Martgasse eine Kanzlei. Seine Familie gehörte zur alteingesessenen Berner Aristokratie. Er saß in einer Vielzahl von Unternehmen im Vorstand, darunter eine der vier Schweizer Großbanken, ein Rüstungskonzern und ein Chemie-Multi. In jungen Jahren war er ein olympiareifer Skifahrer gewesen, jetzt war er auf diskrete Weise steinreich. Offenbar gehörte er jenem Schlag von Menschen an, die das Soll übererfüllen.

Im Jahr 1948 heiratete Beat von Graffenlaub Claire von Tscherner, die wie er selbst einer alten Berner Adelsfamilie entstammte. Nach einigen vergeblichen Anläufen zeugten die beiden mehrere kleine Berner – vier, um genau zu sein. Marta erblickte 1955 das Licht der Welt, Andreas folgte 1958, und dann, nachdem das Ehepaar Graffenlaub vier Jahre lang pausiert und neue Kräfte gesammelt hatte, legte es sich noch einmal mächtig ins Zeug und wurde 1962 mit den Zwillingen Rudolph (Ruedi) und Verena (Vreni) gesegnet.

Zwillinge! Wie mochte Vreni auf die Nachricht vom Tod ihres Bruders reagiert haben? Hatten sich die beiden sehr nahe gestanden? Die meisten Zwillinge waren unzertrennlich. Wenn überhaupt jemand wußte, warum Ruedi sich das Leben genommen hatte, dann mit hoher Wahrscheinlichkeit Vreni. Fitzduane überlegte, ob sie ihrem Bruder wohl sehr ähnlich sah.

1976 tat der inzwischen sechsundfünfzigjährige Beat von Graffenlaub etwas, das nicht gerade durch Originalität bestach: Er ließ sich von Claire scheiden und ehelichte eine jüngere Frau, eine sehr viel jüngere. Erika Serdorf – nicht *von* Serdorf! – war achtundzwanzig und seine Sekretärin. Claire, die als Frau und Mutter ihre Schuldigkeit getan hatte, wurde nach Elfenau abgeschoben und kam zwei Jahre später bei einem Autounfall ums Leben.

Die neue Frau von Graffenlaub mußte jetzt dreiunddreißig sein, ihr Mann einundsechzig. Das Paar hatte keine Kinder. Womit mochte Erika ihre Tage verbringen? Was tat sie anderes, als einen Teil des Geldes auszugeben, daß ihr vielbeschäftigter Mann scheffelte?

Fitzduane versuchte sich schlüssig zu werden, ob die Weinflasche halbleer oder halbvoll war. Er löste das Problem, indem er sich noch ein Glas einschenkte.

Viel hing davon ab, welche Haltung Beat von Graffenlaub einnehmen würde. Auf Anhieb wäre es dem Herrn Anwalt sicher nicht recht, daß ein wildfremder Mensch die Nase in den Selbstmord seines Sohnes steckte, aber irgendwie mußte er dazu gebracht werden, Hilfestellung zu leisten, sonst würde die Sache sehr problematisch. Mit Sicherheit hatte er ausgezeichnete Beziehungen. Fitzduanes Bekanntschaft mit der Schweiz erstreckte sich auf wenig mehr als den Züricher Flughafen, wo er wer weiß wie oft umgestiegen war. Irgendwo hatte er einmal davon reden gehört, daß die Schweizer unwillkommene Fremdlinge, die zuviel Staub aufwirbelten, ohne lange zu fackeln des Landes verwiesen.

Doch zurück zu Ruedi: Warum hatte man ihn gegen Ende seiner Gymnasialzeit in das Draker-College gesteckt? In dem Computer-Ausdruck, der geradezu danach roch, daß man jede enthaltene Information sorgfältigst abgewogen hatte, war von einer »sich abzeichnenden Tendenz zu unerwünschten politischen Gruppierungen« die Rede. Näheres darüber sei bei der Schweizerischen Bundespolizei oder der Polizei des Kantons Bern zu erfahren. Interessant, aber nicht eben hilfreich. Die Helvetische Polizei stand nämlich im Ruf, ungefähr so ausskunftsfreudig zu sein wie die eidgenössischen Bankiers. In der Bibel stand: Suchet, und ihr werdet finden. Kilmara hatte einmal gespottet, seit es Schweizer gebe, sei eine Neufassung der Heiligen Schrift überfällig.

Fitzduane griff nach der Fernbedienung. Es war fast neun Uhr. Er drückte auf einen Knopf, und dank der Errungenschaften moderner Unterhaltungselektronik erschien Etan in frischen Farben auf dem Bildschirm. Es war eine Vorschau auf ihre Sendung gleich im Anschluß an die Nachrichten. Noch ein Druck auf einen Knopf: Nun war auch Etans Stimme zu hören. Sie war mitten in einem Satz: »... und während Sicherheitskräfte das Haus umzingelt halten, in dem eine unbekannte Zahl von Verbrechern fünf Geiseln in ihre Gewalt gebracht hat, wollen wir uns mit der brutalen Ermordung von vier Menschen befassen und die Frage stellen: Was sind die Ursachen des Terrorismus? Willkommen zu HEUTE ABEND, um neun Uhr dreißig, gleich nach den Nachrichten...«

Die Ursachen des Terrorismus in vierzig Minuten analysieren, abzüglich Werbespots? Die Fernsehleute waren wirklich nicht ganz bei Trost. Während eine Reklame für Babywindeln über den Schirm flimmerte, sagte sich Fitzduane, daß einen allein schon das Fernsehen den Terroristen in die Arme treiben konnte.

Erst als er dem Nachrichtensprecher zuhörte und in einer Bildreportage die schockierten Gesichter von Augenzeugen des »Massakers bei Kinnegad« erblickte, begriff er die Tragweite von Etans Worten und wußte, daß es mal wieder Arbeit für Kilmara und seine Männer gab. Er hoffte, daß Kilmara besonnen genug war, sich aus der Schußlinie herauszuhalten. Er war schon ein bißchen zu alt, um wie früher an vorderster Front zu kämpfen.

Kilmara trug eine dunkelblaue Uniform mit schwarzer Koppel und die bei den Rangers üblichen Fallschirmjägerstiefel. Der spöttische Ausdruck war von seinem Gesicht verschwunden. Er wirkte ernst und konzentriert, als er einen letzten Blick auf die Batterie von acht Monitoren warf, die fast die ganze hintere Wand der mobilen Kommandozentrale ausfüllten. »Schalten Sie den Hauptschirm auf Bildwechsel im Fünf-Sekunden-Takt«, befahl er.

Der Ranger-Sergeant, der an der Schalttafel saß, drückte mit der Routine des Fachmanns auf mehrere Knöpfe und verschob ein paar Schieberegler. Jetzt war alles, was die rund um das Haus aufgestellten Fernsehkameras auf einen der sechs Monitoren übertrugen, jeweils fünf Sekunden lang auf dem Hauptschirm zu sehen.

Die Gardinen hinter den Fenstern des modernen zweistöckigen Bauernhauses waren zugezogen. Von drinnen kam kein Lebenszeichen, doch Kilmara wußte, daß dort eine Mutter mit ihren fünf Kindern von zwei besonders brutalen Killern als Geiseln festgehalten wurden. Um zu demonstrieren, daß sie es ernst meinten, hatten sie den Bauern gleich zu Anfang kaltblütig umgebracht. Er lag dort, wo er gestorben war, keine zwei Schritte von seiner eigenen Haustür entfernt. Seine Frau und Kinder hatten mitansehen müssen, wie der junge Deutsche mit dem schwarzen Seehundsbart und den blitzenden weißen Zähnen ihm die Kehle durchgeschnitten hatte.

Kilmara wandte sich vom Monitor ab und ging in der mobilen Kommandozentrale den schmalen Gang entlang. An beiden Seiten saßen Rangers in Kampfanzügen vor modernstem elektronischen Gerät zur optischen und akustischen Überwachung. Um die Beobachtung der Bildschirme zu erleichtern, war der Raum nur spärlich beleuchtet. Jeder Platz hatte ein eigenes verstellbares Spotlight. Irgendwo tuckerte gedämpft ein starker Stromgenerator.

Kilmara betrat das kleine, hell erleuchtete Besprechungszimmer und schloß die Tür hinter sich. »Was Brauchbares dabei?« fragte er.

Major Günther Horst und ein Ranger-Leutnant blickten von der Arbeit auf. Sie hatten die paar von den Terroristen bei ihrer überstürzten Flucht in dem Ford Escort zurückgelassenen Dinge unter die Lupe genommen.

»Ein paar Landkarten, Reiseführer und ähnliches«, sagte Günther. »Nichts, was uns im Augenblick weiterhelfen könnte, aber vielleicht finden die Jungs im Labor was.« Er reichte Kilmara ein großes Buch. »Das hier wird dich bestimmt interessieren.«

Das Cover-Foto in körnigem Schwarzweiß traf Kilmara wie ein Faustschlag. Vor dem Hintergrund wirbelnder Staub- und Rauchschwaden hob sich im Profil das unrasierte Gesicht eines müden, abgekämpften Soldaten ab. Mit beiden Händen hielt er sich eine Taube ganz dicht vor die Augen, aus denen unverkennbar Zärtlichkeit sprach. An seiner Koppel hingen dicht neben der Feldflasche zwei abgeschlagene Köpfe.

Das Buch hieß *Ein paradoxes Handwerk*, und der Untertitel lautete *Der Krieg – porträtiert von einem der bedeutendsten Fotografen unserer Zeit: Hugo Fitzduane.*

»Ich glaub, mich laust der Affe!« entfuhr es Kilmara. Er sah Günther an. »Wir müssen ihn finden! Er soll hierher kommen. Vielleicht kann er uns auf eine Spur bringen, die wir übersehen haben.«

»Wo könnte er sein?«

»Schätze, er ist noch in Dublin. Versuch es mal in Etans Wohnung, und wenn er da nicht ist, in allen guten Restaurants mit einer passablen Weinkarte.« Kilmara warf einen Blick auf die Uhr. Es war neun Uhr vierzig. Nach alter militärischer Gewohnheit übersetzte Kilmara die Zahl in 21 Uhr 40. »Du könntest auch in den

RTE-Studios anrufen. Manchmal holt er Etan nach der Sendung ab.«

»Ich werde mein möglichstes tun«, sagte Günther.

»Da bin ich mir sicher«, antwortete Kilmara lächelnd. Er wandte sich dem Leutnant zu. »Geben Sie mir sofort Bescheid, wenn die Pläne von dem Haus da sind.«

Den Rücken an die hintere Wand gelehnt, saß Fitzduane in dem kleinen Kontrollraum von Studio 2 des Irischen Staatsfernsehens RTE und sah zu, wie Etan zum Nutzen der Allgemeinheit die Selbstsicherheit, Glaubwürdigkeit und Weltanschauung eines prominenten Kirchenmannes, des Justizministers und eines Soziologieprofessors der Dubliner Universität zerlegte.

Gegen Ende der Podiumsdiskussion warfen die Teilnehmer Etan Blicke zu, die den Verdacht nahelegten, daß sie vor ihr mehr Angst hatten als vor den Terroristen. Dem Minister waren nur flaue Antworten eingefallen, und sein glänzendes Gesicht verriet, daß der Schweiß den Kampf gegen das Make-up zu gewinnen drohte.

Die Sendung würde in ein paar Minuten zu Ende sein. Fitzduane warf einen Blick auf die Monitoren und hörte zu, wie die Produzentin mit ihren Assistentinnen Einstellungen und Kamerafahrten besprach. Die Minuten zogen sich endlos in die Länge. Fitzduane vermerkte nebenbei, daß die Frauen ausnahmslos dunkle Strümpfe trugen, Pfefferminzbonbons lutschten und eine Zigarette nach der anderen rauchten, während sie gebannt auf die Bedienungsknöpfe, die Bildschirme und den Drehplan starrten. Ihr Beruf wirkte nicht gerade wie einer, der eine hohe Lebenserwartung versprach.

Der Nachspann lief, die Kennmelodie wurde eingeblendet, die Sendung war zu Ende. Jetzt konnte man endlich wieder für Babywindeln werben. Sekundenlang war Fitzduane geradezu schokkiert über die beliebige Verfügbarkeit des Mediums Fernsehen, und er beglückwünschte sich, daß er fürs Buchgewerbe tätig war.

Die Monitoren waren noch an. Allmählich leerte sich das Studio. Auf den Bildschirmen war nur noch Etan zu sehen, die mit gesenktem Kopf ihre Papiere zusammenraffte. Plötzlich wirkte sie müde und verletzlich. Fitzduane hätte sie am liebsten in die Arme geschlossen. Er fragte sich, warum zum Teufel er schon wieder auf Reisen gehen wollte. Vielleicht war die Zeit gekommen, sich zur Ruhe zu setzen. Jedenfalls hatte er das unstete Leben ziemlich satt.

Das Produktionsteam sah abwechselnd sein Gesicht und die Monitoren an. Er schien die Anwesenheit der Frauen vergessen zu haben. Die Produzentin legte ihm eine Hand auf die Schulter.

»Kommen Sie, gönnen wir uns einen Drink«, sagte sie. »Etan braucht noch ein paar Minuten.«

Der Aufenthaltsraum, den man für die Teilnehmer von HEUTE ABEND zur Verfügung gestellt hatte, erfüllte im Grunde dieselbe Funktion wie das Vorzimmer der Unfallstation in einem Krankenhaus, nur konnte der verantwortliche Redakteur im Gegensatz zu Notärzten davon ausgehen, daß die Verabreichung von Alkohol in größeren Mengen die Genesung der »Patienten« erfahrungsgemäß beschleunigte.

Die Moderatoren dieser Sendereihe neigten dazu, die von ihnen interviewten Personen durch die Mangel zu drehen. Deshalb war es wichtig, daß Teilnehmer, mit denen man es sich nicht endgültig verscherzen wollte, ihr angeschlagenes Selbstwertgefühl möglichst umgehend wieder aufmöbeln konnten. Diesem Zweck diente der Aufenthaltsraum. Einen Politiker oder Bürokraten, dessen Fehlleistungen und Inkompetenz erst Minuten zuvor in der besten Sendezeit bloßgelegt worden waren, sollte hier nach ein paar Gläsern Vincent's Gin das beruhigende Gefühl durchströmen, das Kreuzfeuer heldenmütig durchgestanden zu haben – mit der Folge, daß er auf eine weitere Bewährungsprobe geradezu brannte.

Daran lag dem verantwortlichen Redakteur viel, denn er wußte, daß es in einer kleinen Nation wie Irland nicht beliebig viel politisches Kanonenfutter für die TV-Kameras gab. Außerdem war er ein netter Mann, der anderen Menschen ein bißchen Glück gönnte, jedenfalls vor und nach der Sendung.

Um nicht mit schlechtem Beispiel voranzugehen, nahm auch Fitzduane einen großen Gin entgegen, obwohl er dieses Getränk normalerweise nicht anrührte. Dann überließ er sich Gedanken, denen er seit fast zwanzig Jahren aus dem Weg gegangen war.

Etan erschien frisch zurechtgemacht und mit dem maskenhaften Gesichtsausdruck des TV-Profis. Fitzduane warf einen Blick auf ihre Beine. Auch sie trug dunkle Strümpfe. Na klar. Er manövrierte sie in eine Ecke des kleinen Raumes, um sich eine Minute lang mit ihr unter vier Augen zu unterhalten. »Ich habe ein bißchen nachgedacht«, sagte er.

Sie sah ihn über den Rand ihres Glases hinweg an. Dann senkte sie den Blick und betrachtete die schmelzenden Eiswürfel und die Zitronenscheibe.

»Worüber?«

»Über eine gemeinsame Zukunft, über ein seßhaftes Leben und so weiter.«

»Und? Waren es gute Gedanken oder schlechte?«

»Die denkbar besten. Jedenfalls glaube ich das, aber ich brauche deine Meinung dazu.« Er beugte sich vor und küßte sie auf die Stirn.

»Ich soll dich beraten?« Sie war ein bißchen blaß geworden.

Auf der anderen Seite des Zimmers, also in unmittelbarer Nähe, traf es den sturzbetrunkenen Justizminister wie ein Schlag, auf den Zügen der Frau, die ihn eben noch so gequält hatte, Spuren menschlichen Gefühls zu entdecken. Hätte sie gleich einem Drachen Feuer gespuckt, wäre er nicht so verblüfft gewesen.

Das Telefon klingelte. Dreißig Sekunden später machte sich Fitzduane auf den Weg.

Der Minister ging zu Etan und legte ihr einen schwabbeligen Arm um die Schultern. Er war wirklich sternhagelvoll. »Junge Dame«, sagte er, »Sie sollten mal darüber nachdenken, bei wem Sie ihre Brötchen verdienen. Sie arbeiten für eine staatliche Sendeanstalt.« Er warf ihr einen lauernden Blick zu.

Etan schob den Arm mit spitzen Fingern weg, so ähnlich, als würde sie etwas Widerwärtiges entfernen. Dann musterte sie den Minister von Kopf bis Fuß und fragte sich, warum in Irland so ein Abschaum immer oben schwamm, wo es doch wirklich nicht an talentierten Menschen mangelte. »Ziehen Sie Leine, Sie Spatzenhirn«, sagte sie, gerade als im Raum für kurze Zeit Stille herrschte.

Der verantwortliche Redakteur verschluckte sich fast an seinem Drink.

Geronimo Grady stand nicht umsonst in einem besonderen Ruf. Er saß am Steuer des frisierten Saab Turbo der Rangers und raste mit quietschenden Reifen und eingeschaltetem Blaulicht durch die Straßen von Dublin und anschließend die Landstraße nach Galway entlang. Wenn der Gegenverkehr nicht schnell genug auswich, konnte es passieren, daß Grady eine Einbahnstraße in der falschen Richtung entlangfuhr, eine Abkürzung über ein Werksgelände machte oder kurzerhand den Gehsteig benutzte. Für Fitzduane war er ein Irrer mit Spezialbegabung, und er dankte dem Herrgott auf Knien dafür, daß die zur Verbrecherjagd bestimmten Autos der Rangers getreu den Dienstvorschriften mit 4-Punkte-Sicherheitsgurten und Überrollbügeln ausgestattet waren. Er hielt die Luft an, als Grady bei Rot über mehrere Kreuzungen donnerte und gerade eben noch einem Doppeldeckerbus ausweichen konnte. Eine Hand auf dem Glas, das er mitgenommen hatte, bemühte sich Fitzduane, den hin und her schwappenden Gin Tonic nicht zu verschütten.

Für die achtunddreißig Meilen bis zur mobilen Kommandozentrale brauchten sie siebenundzwanzig Minuten. Fitzduane beglückwünschte sich dafür, daß er sowieso schon graues Haar hatte. Er schnallte sich los und reichte Grady das Glas, das jetzt leer war.

»Als Stierkämpfer hätten Sie beide Ohren und den Schwanz verdient«, sagte er.

Kapitel 8

»Die Beine«, sagte Günther. »Sie hätten es vielleicht geschafft, wenn das Mädchen nicht solche Beine hätte. Der Korporal hinten im Landrover hat einem Kollegen, der ein paar Meilen weiter an einer anderen Straßensperre am Funkgerät saß, in den höchsten Tönen davon vorgeschwärmt. Dann waren sekundenlang Schüsse und Schreie zu hören, und der Funkkontakt brach ab. Schon nach zwei Meilen schnappte man die Terroristen. Es kam zu einer Schießerei. Die Terroristen ließen das Auto stehen und rannten im Schutz einer Hecke zu dem Bauernhaus, das ein paar hundert

Meter abseits der Landstraße steht. Die Soldaten verfolgten sie, umstellten das Gebäude und forderten Verstärkung an. Die bisherige Bilanz sind vier Tote: zwei Polizisten, ein Soldat und der Bauer. Ein weiterer Soldat schwebt in Lebensgefahr, genau wie die Krankenschwester, die zu helfen versuchte und von Kugeln durchsiebt wurde. Es spricht alles dafür, daß der schwerverwundete Korporal sie irrtümlich für die Terroristin gehalten und ihr mit einer Garbe aus der Maschinenpistole die Beine zerschossen hat.«

»Und was steckt dahinter?« fragte Fitzduane.

»Keine Ahnung«, antwortete Günther. »Wir sind uns ziemlich sicher, daß die beiden nicht von der IRA sind, aber wir wissen nicht, woher sie kommen und wohin sie wollten.«

Kilmara stand in der Tür. »Wir dachten, daß du uns vielleicht weiterhelfen kannst, Hugo«, sagte er und legte zwei kleine, in Plastik eingeschweißte und mit Blut beschmierte Dokumente auf den Tisch.

Fitzduane nahm eines in die Hand. Es war ein internationaler Führerschein. Von dem Paßfoto lächelte ihm ein junger Mann mit strahlend weißen Zähnen und einem Seehundschnurrbart entgegen. Fitzduane sah ihn sich genau an, schüttelte den Kopf und griff nach dem zweiten Führerschein. Die junge Frau auf dem Foto machte ein ernstes, fast teilnahmsloses Gesicht. Wieder schüttelte Fitzduane den Kopf.

Kilmara beugte sich vor und legte die Führerscheine nebeneinander auf den Tisch. »Sieh sie dir noch einmal zusammen an«, sagte er. »Und laß dir Zeit.«

Fitzduane blickte auf die kleinen Fotos hinab und zermarterte sich das Hirn. Nacheinander ließ er im Geiste alle beruflichen Einsätze der vergangenen Jahre Revue passieren. Das Mädchen war angeblich Italienerin, aber sie konnte genausogut Araberin sein – oder Israelin. Was die Physiognomie anging, gab es da oft keinen Unterschied. Nach dem dunklen Haar zu schließen, konnte der Mann ebenfalls aus dem Nahen Osten sein, doch irgend etwas an seinem Gesicht wirkte europäisch, trotz des Schnurrbarts.

Fitzduane schob die beiden Führerscheine zu Günther und Kilmara hin, die ihm gegenüber am Tisch Platz genommen hatten.

»Solche Gesichter habe ich schon oft gesehen, und deshalb kommt es mir so vor, als würde ich diese beiden hier kennen. Falls das stimmt, kann es sich aber nur um eine flüchtige Bekanntschaft handeln. Mehr kann ich leider nicht sagen.« Er hob ratlos die Schultern.

Ein Ranger kam herein und stellte drei große Tassen voll dampfendem Kaffee auf den Tisch.

Kilmara reichte Fitzduane ein schweres Buch. »Hugo«, sagte er, »das hier haben wir im Auto der Terroristen gefunden. Es kann natürlich reiner Zufall sein.« Er grinste. »Aber immer, wenn du im Spiel bist, kann ich nicht so ganz an Zufall glauben.«

»Wie nett von dir«, sagte Fitzduane trocken und warf einen Blick auf den altvertrauten Fotoband, der sich überraschend gut verkauft hatte. Er entdeckte ihn auf Reisen immer wieder in Buchläden und Flughafenkiosken. Zwei Tage, nachdem er das Foto von dem Soldaten mit der Taube in der Hand gemacht hatte, war der Mann gefallen. Der Vogel hatte angeblich überlebt.

Fitzduane zeigte auf das Buch. »Darf ich es anfassen?«

»Sicher«, sagte Kilmara. »Die Spezialisten im Labor haben schon alles mögliche damit angestellt.«

Fitzduane inspizierte das Buch langsam und methodisch. Am Schluß wandte er sich der Klappe des Schutzumschlags zu. Jemand hatte mit Bleistift einen Preis, ein Datum und eine Kennziffer daraufgeschrieben: Fr 195 – 12/2/81 – Ma 283. »Ein Fan neueren Datums«, meinte er.

»Ja, ich würde auch sagen, daß das Buch erst vor kurzem gekauft worden ist«, bestätigte Kilmara.

»Francs?« fragte Fitzduane.

»Wahrscheinlich, aber Francs gibt es in Frankreich, der Schweiz, Belgien und den ehemaligen französischen Kolonien«, sagte Kilmara. »Einer von uns kümmert sich schon darum.«

»Hast du eine Idee, warum die beiden Killer ausgerechnet dein Buch mitgebracht haben?« wollte Günther wissen. »So einen schweren Wälzer hat man normalerweise nicht im Fluggepäck.

»Ich weiß es nicht, aber ich werde darüber nachdenken«, sagte Fitzduane.

»Hm, im Augenblick haben wir andere Sorgen«, meinte Kilmara. »Danke, daß du gekommen bist. Ich werde Grady sagen, daß er dich nach Hause fahren soll.«

Fitzduane zuckte zusammen. »Ich glaube, ich bin hier besser aufgehoben. Hast du etwas dagegen, wenn ich noch ein bißchen bleibe?«

Kilmara warf dem Freund einen prüfenden Blick zu, dann nickte er. »Meinetwegen. Laß dir von Günther eine Kennkarte geben. Du kennst dich ja mit den Formalitäten aus. Mach keine Dummheiten, sondern bleib immer schön in Deckung. Es kann eine blutige Nacht werden.«

Fitzduane tat erstaunt. »Ich dachte, die Polizei spielt bei Geiselnahmen auf Zeit.«

»Stimmt, aber was ist, wenn man uns keine Zeit läßt? Das nette Pärchen im Bauernhaus hat uns ein Ultimatum gestellt. Es will im Morgengrauen per Hubschrauber zum Flugplatz gebracht werden, in eine bereitgestellte Maschine klettern und mit unbekanntem Ziel davonfliegen. Andernfalls bringen sie alle halbe Stunde eine Geisel um, und als erstes soll das jüngste Kind, die zweijährige Daisy an die Reihe kommen.«

»Meinst du, sie bluffen?«

Kilmara schüttelte den Kopf. »Nein, wir sind sicher, daß sie es ernst meinen. Den Vater der Kleinen haben sie einzig und allein umgebracht, um uns das klarzumachen. Jetzt können wir sie nicht mehr laufen lassen, aber wir dürfen auch nicht mitansehen, wie sie eine Geisel nach der anderen killen. Deshalb stürmen wir das Haus in ein paar Stunden.«

Ein Ranger steckte den Kopf zur Tür herein. »Der Kran ist da, Colonel.«

Die Kinder waren endlich eingeschlafen. Die drei Jüngsten lagen in dem großen Ehebett und waren mit einer Daunendecke zugedeckt. Rory, mit fast sechzehn Jahren der Älteste, lag in einem Schlafsack auf dem Boden. Der Blutfleck auf der Bandage an seiner geschwollenen Stirn markierte die Stelle, wo der Deutsche mit dem schwarzen Schnurrbart ihn brutal mit dem Lauf der Maschinenpistole geschlagen hatte.

Das Schlafzimmer der Eltern wurde spärlich von einer Nachttischlampe erhellt. Maura O'Farrell, deren Gesichtsausdruck die typischen Symptome eines furchtbaren Schocks verriet, saß an einem der Fenster, deren Vorhänge zugezogen waren, und strickte. Die Nadeln bewegten sich mechanisch und flink, und auf Mauras Schoß ringelte sich ein dicker Wollschal, dessen eines Ende fast den Boden berührte. Er hatte Jack warmhalten sollen, während er die hundert Morgen ihres stattlichen Bauernhofs bestellte. Und jetzt lag ihr Mann dort draußen in der Kälte! Maura wußte, daß man es ihr nicht gestatten würde, aber am liebsten wäre sie hingegangen und hätte ihm den Schal um den Hals gewickelt. So wäre wenigstens die Wunde notdürftig verbunden.

Sie stand auf und ging ins Bad, das ans Schlafzimmer angrenzte. Überall sah sie Dinge, die Jack gehörten. Sein Rasierapparat lag an derselben Stelle wie immer, sein Bademantel hing hinter der Tür. Sie schraubte den Verschluß von dem Rasierwasser ab, sog den vertrauten Duft ein und schraubte das Fläschchen wieder zu. Dann bürstete sie sich das Haar und warf einen prüfenden Blick in den Spiegel. Sie war eine Spur blasser als sonst und wirkte abgespannt, aber davon abgesehen sah sie sauber und gepflegt aus. Jack legte auf so etwas großen Wert. Er würde sich bestimmt freuen, wenn er sie so sehen könnte.

Maura entnahm der Hausapotheke eine Rolle Klebestreifen und kehrte zu ihrem Sessel zurück. Wieder blitzten die Stricknadeln, und der Schal wurde immer länger.

In regelmäßigen Abständen machte die junge Italienerin einen Kontrollbesuch, um anschließend durch die winzigen Löcher zu spähen, die sie in den Vorhang eines Fensters geschnitten hatte. Maura O'Farrell beachtete sie nicht. Von Zeit zu Zeit stöhnte eines der Kinder im Schlaf, wachte aber nicht auf. Das improvisierte Schlafmittel aus Aspirin, Brandy und gesüßter warmer Kuhmilch hatte seine Wirkung nicht verfehlt. Für ein paar Stunden hatten die Kleinen Ruhe und mußten sich nicht daran erinnern, daß ihr Vater wie ein Schwein abgeschlachtet worden war.

Die junge Italienerin fühlte sich müde, empfand ihre Lage jedoch nicht als allzu schlimm. Gut, sie hatten Pech gehabt, doch sie würden sich bestimmt irgendwie aus der Affäre ziehen. Diese Idioten da draußen mußten einfach nachgeben! Es war ein toller

Schachzug gewesen, daß Dieter den Bauern umgebracht hatte. Dadurch hatten sich nutzlose Verhandlungen von vornherein erübrigt. Um drei Uhr dreißig morgens würde wie vereinbart das Telefon klingeln, und die Polizei würde sich geschlagen geben. Man würde sie per Helikopter zum Flughafen bringen, von wo aus sie mit einer Maschine in Richtung Libyen starten würden.

Die irische Regierung würde niemals zulassen, daß eine Mutter und ihre vier Kinder umgebracht wurden. Tina wartete zuversichtlich auf den Anruf. Fast spürte sie schon die warme Sonne Libyens auf der Haut. Irland mochte ein wunderschönes Land sein, aber der Regen, der Wind und die feuchte Kälte waren nichts für eine heißblütige Frau wie sie.

Die letzte Lagebesprechung vor dem Sturmangriff fand in dem zwölf Meter langen Anhänger statt, in dem die Spezialwaffen und sonstigen Ausrüstungsgegenstände transportiert wurden. Überall an den Wänden hingen neben Waffen Dinge wie ausfahrbare Leitern oder schußsichere Kleidung, und in Einbauschränken und Regalen gab es Hunderte von anderen ausgefallenen Gegenständen, die zur Ausrüstung der Sondereinheit gehörten. Am hinteren Ende des Anhängers stand ein übergroßer hochauflösender Fernsehmonitor, flankiert von großen Tafeln, an die man Landkarten, Pläne und Fotos gepinnt hatte. Ein Tisch erstreckte sich über ein Drittel der Fahrzeuglänge. Darauf hatte man aus Sand und Kinderspielzeug ein mehr oder weniger maßstabsgerechtes Modell des Bauernhauses und dessen unmittelbarer Umgebung aufgebaut.

Kilmara stand neben dem großen Monitor, der an das Erkennungs- und Überwachungssystem der mobilen Kommandozentrale angeschlossen war. Die zwölf Rangers des Sturmtrupps saßen, das Gesicht dem Colonel zugewandt, auf Klappstühlen. Zusammen mit den Verbindungsleuten von der Armee und dem Geheimdienst zählte die Gruppe gut zwanzig Mann. Eine Digitaluhr blinkte im Sekundentakt. Fitzduane hatte diskret im Hintergrund Platz genommen. Er überlegte, wie oft er wohl schon die aufmerksamen Gesichter bestens ausgebildeter Soldaten bei einer Lagebesprechung beobachtet und wenig später ihre Leichen fotografiert hatte. Wer wird wohl heute nacht dran glauben müssen, fragte er sich.

Kilmara ergriff das Wort. Die zwölf Männer vom Sturmtrupp lauschten gespannt. »Also, es geht los. Unser Ziel ist, die Geiseln unverletzt freizubekommen, und deshalb werden wir jegliche Art von Gewaltanwendung genau dosieren. Trotzdem werden wir meiner Meinung nach nicht umhinkommen, die Terroristen zu töten oder zumindest schwer zu verwunden. Ihr habt in einem ähnlichen Haus ein paar Meilen von hier zwei Stunden lang den Ernstfall proben können. Ich werde jetzt die bei den Übungen gewonnenen Erkenntnisse zusammenfassen und euch einen Überblick über die Lage geben. Die fünf Geiseln, Mrs. Maura O'Farrell und ihre vier Kinder, werden, wie wir mit unseren Abhörgeräten feststellen konnten, im Schlafzimmer der Eltern, also im Obergeschoß, festgehalten. Wir gehen davon aus, daß die Fenster verbarrikadiert und die schweren Vorhänge festgenagelt worden sind. Da es ein an das Schlafzimmer angrenzendes Badezimmer gibt, haben die Terroristen die Familie dort oben eingesperrt. Sie können sie bequem im Auge behalten, ohne sich selbst allzusehr in ihrer Bewegungsfreiheit einschränken zu müssen. Wie Sie wissen, ist das Bauernhaus ein modernes Gebäude mit einem architektonischen Detail, das für uns von besonderem Interesse ist. Ich meine die Eingangshalle, die eigentlich ein kleiner Innenhof mit einem geneigten Glasdach ist, das im Sommer geöffnet werden kann, um diese Jahreszeit jedoch geschlossen ist. Unten in der Halle befindet sich das Telefon, und eine Außentreppe führt ins Obergeschoß hinauf. Die meiste Zeit sitzen die Terroristen irgendwo im Haus herum. In unregelmäßigen Abständen werfen sie ein Auge auf die Geiseln – und auf uns. Trotzdem haben wir dank der Verhandlungen per Telefon ein bestimmtes Verhaltensmuster feststellen können. Der Deutsche, der laut Ausweis Dieter Kretz heißt, muß sich beim Telefonieren unten neben der Haustür aufhalten. Er hat keine andere Wahl, weil der Apparat nur ein kurzes Kabel hat und es keine Nebenanschlüsse gibt. Vor die Haustür und alle Fenster sind unseres Wissens Decken genagelt worden. Das haben die Terroristen gleich im Anschluß an O'Farrells Ermordung getan, und während sie hämmerten, haben wir an allen wichtigen Stellen des Hauses elektronisches Abhörgerät angebracht. Wir können sie also, von einer bedeutsamen Ausnahme abgesehen, auf die ich gleich zu sprechen komme, nicht sehen, doch wir wissen ziemlich genau, wo sie sich jeweils aufhalten. Erfreulicherweise sind die Apparaturen nicht nur empfindlich genug, uns die Anwesenheit einer Person in einem bestimmten Raum zu melden, sondern sie erlauben es uns auch, die Identität der Person festzustellen, vorausgesetzt, sie spricht oder bewegt sich. Wenn telefoniert wird, setzt sich das Mädchen normalerweise auf halber Höhe der Treppe auf eine Stufe, weil es von dort nicht weit zu den Geiseln ist und sie trotzdem mit Dieter reden und ihren Senf zu den Verhandlungen abgeben kann. Manchmal geht sie ganz nach unten und hört mit, was am Telefon besprochen wird. Folglich müssen wir angreifen, wenn wir den Deutschen am Apparat haben. Wir wissen dann nicht nur, wo er und die Italienerin sich befinden, sondern wir können ihn sogar sehen.«

Kilmara sagte leise etwas in ein kleines Mikrofon, das mit zwei Kopfhörern zu einer kompakten Einheit verbunden war, und fast augenblicklich wurde auf dem Monitor die Großaufnahme von dem Bauernhaus durch ein kleines gelbliches Rechteck ersetzt. Wieder sagte Kilmara etwas ins Mikrofon: Das Rechteck verschwamm und wurde gleichzeitig größer, bis es den gesamten Fernsehschirm ausfüllte. Die Bildschärfe wurde reguliert, und plötzlich wurde den versammelten Männern klar, daß sie direkt durch das Glasdach in den kleinen Innenhof des Bauernhauses hinabsahen. Fast im selben Moment erschien Dieter, blieb kurz stehen, warf einen kurzen Blick auf das Telefon und verschwand durch die Tür, die ins vordere Wohnzimmer führte. Die mit Teleobjektiv gefilmte Szene hatte etwas Unwirkliches, Gespenstisches.

Kilmara fuhr fort: »Die Terroristen haben gedroht, daß sie jedesmal, wenn wir die vereinbarte Sperrzone von zweihundert Metern im Umkreis des Gebäudes betreten, eine Geisel töten. Auf ihr Verlangen haben wir Scheinwerfer aufgestellt, die diese Zone bis auf einen zehn Meter breiten Streifen rund um das Haus ausleuchten. Die Terroristen können auf diese Weise das Gelände überblicken, ohne geblendet zu werden, und für uns ist es äußerst schwierig, unentdeckt an das Haus heranzukommen. Aus Rücksicht auf die Geiseln haben wir es bisher lieber nicht versucht. Andererseits können unsere Freunde da drüben nicht sehen, was auf unserer Seite der Lichtbarriere passiert. Der hellerleuchtete Streifen ist problemlos zu überschauen, aber wenn sie den Kopf heben, ist das Flutlicht wie eine Mauer.«

Kilmara sagte erneut etwas ins Mikrofon. Auf dem Monitor erschien ein anderes Bild. Die Männer erkannten einen riesigen Arm aus Metall mit einer Plattform an der Spitze. Das Ganze war auf einer Art Selbstfahrlafette montiert.

»Die Aufnahmen vom Innenhof sind von diesem Auslegerkran aus gemacht worden«, erläuterte Kilmara. »Auf der Plattform haben mindestens drei Personen Platz. Von der Spitze des Krans bis zum Innenhof sind es etwa hundertachtzig Meter. Erschwerend für uns ist, daß das Dach über dem Hof aus besonders hartem Verbundglas ist und ein Gefälle hat. Normale Geschosse würden zumindest abgelenkt. Soviel zu den wichtigsten Problemen, und jetzt sage ich euch, wie wir sie knacken werden...«

Fitzduane sah zu, wie der Sturmtrupp die Waffen auswählte und überprüfte. Durch seine Arbeit kannte er sich mit taktischer Feuerkraft besser aus als die meisten anderen Menschen. Die drei Rangers auf der Plattform des Auslegerkrans bekamen automatische Präzisionsgewehre mit stark vergrößernden, Restlicht verwertenden Zielfernrohren, die nicht mehr wie bei den ersten Baureihen ein grellweißes Bild übermittelten, wenn das Lichtquantum schlagartig zunahm, etwa weil in einem Raum eine Lampe angeknipst wurde. Eine selbsttätige Steuerung durch Mikroprozessoren hatte dieses Problem inzwischen gelöst, so daß der Schütze sein Ziel nie aus den Augen verlor. Die Munition hatte die apfelgrünen Spitzen von TDK-Spezialgeschossen mit besonders hoher Durchschlagskraft. Sie waren mit Teflon beschichtet, und wenngleich ein glatter Durchschuß normalerweise nicht unbedingt dazu beitrug, einen Menschen schlagartig außer Gefecht zu setzen, so wurde dieser Nachteil vom Effekt massiver Zerstörung des Körpergewebes durch Hochgeschwindigkeitsgeschosse vom Kaliber 7,62 einigermaßen wettgemacht.

Der dritte, für den Einsatz auf der Kranplattform abkommandierte Ranger wurde mit einem halbautomatischen GLX-Granatwerfer ausgerüstet, einer Sonderanfertigung für das Waffenarsenal der Antiterror-Einheit. Eigentlich war diese Waffe ein modifiziertes Standardmodell vom Typ M-79, das man mit einer vierschüssigen Trommel versehen hatte. Bis zu einer Reichweite von vierhundert Metern konnten aus ihr in kurzer Folge und mit beachtlicher Zielgenauigkeit alle vier Granaten abgefeuert werden.

Das Haus sollte von sechs Rangers unter dem Kommando von Leutnant Phil Burke gestürmt werden. Sie erhielten britische SA-80-Sturmgewehre vom Kaliber 5,56 mm und V-40-Handgranaten aus holländischer Produktion. Bei der Munition handelte es sich um eine Weiterentwicklung der Glaser-Weichmantelgeschosse, die die besondere Eigenschaft hatten, beim Aufschlag fast ihre gesamte kinetische Energie zu verzehren. Sie fügten Menschen verheerende Wunden zu und hatten den Vorteil, daß es nie Querschläger gab.

Die Aufgabe einer dritten Gruppe bestand darin, den Angreifern auf der Vorderseite des Hauses intensiven Feuerschutz zu gewähren. Diese Männer bewaffneten sich mit Granatwerfern und leichten belgischen Minimi-Maschinengewehren vom Kaliber 5,56 mm.

Der Einsatzplan sah vor, daß die Rangers von der Plattform aus zuerst den Deutschen und anschließend Tina ausschalten sollten, sofern sie sich in der Nähe des Telefons blicken ließ. Falls sie oben auf der Treppe blieb, würde sie nach menschlichem Ermessen von der geballten Feuerkraft der Granatwerfer und dem konzentrierten Maschinengewehrfeuer in Stücke geschossen, bevor sie die Geiseln im Schlafzimmer erreichte. Phil Burke und seine Männer sollten unterdessen quer über die ausgeleuchtete Sperrzone rennen und mit Hilfe ultraleichter Leitern durch die Fenster ins Schlafzimmer eindringen. Dort sollten drei Mann die Tür sichern und über die Treppe den Hof unter Beschuß nehmen, während ihre Kameraden die Geiseln über eine Rutsche nach unten beförderten, wo sie einigermaßen sicher waren.

Die größte Gefahr ging von Tina aus. Falls sie es trotz des geballten Feuers schaffte, die Treppe hinaufzulaufen und im

Schlafzimmer eher anzukommen als die Rangers, würden die Geiseln von Garben aus ihrer Skorpion-Maschinenpistole durchsiebt. So einfach war das.

Fitzduane hielt das Unternehmen für äußerst riskant, und Kilmara teilte anscheinend seine Meinung, denn abschließend sagte er zum Sturmtrupp: »Wenn ihr es nicht auf Anhieb schafft, wird das Ganze zu einem Himmelfahrtskommando.«

Die drei Rangers, die auf der Plattform Stellung beziehen sollten, gingen als erste los. Es würde eine Weile dauern, bis sie oben die optimale Schußposition eingenommen und die Gewehrhalterungen am Geländer festgeschraubt hätten. Ihre Hauptsorge war, daß eine plötzliche Bö die Plattform im entscheidenden Augenblick ein klein wenig zum Wackeln bringen könnte. Kilmara hatte Stabilisierungstrossen mit hydraulischen Dämpfern angefordert, aber der Transporter hatte unterwegs eine Reifenpanne gehabt und würde nicht mehr rechtzeitig eintreffen. Zum Glück hatte in dieser Nacht bislang kein Lüftchen geweht.

Die sechs Männer, die durch das Schlafzimmer ins Haus eindringen sollten, sahen mit ihren schwarzen Tarnanzügen, die auch den Kopf verhüllten, und den Nachtsichtbrillen gespenstisch aus. Sie trugen leichte, mattschwarze Helme aus kugelsicherem Material mit eingebauten Miniaturempfängern. Fitzduane fühlte sich an übergroße, groteske Insektenköpfe erinnert.

Zwanzig Minuten vor Ablauf des Countdowns waren alle Beteiligten einsatzbereit. Die blinkende Digitaluhr in der mobilen Kommandozentrale zeigte jede Sekunde an, während die restliche Zeit verstrich.

Draußen kam eine frische Brise auf. Die Sicherheitskräfte am Rand der kreisförmigen Sperrzone fluchten und duckten sich tiefer in ihre Parkas. Der Wind machte die feuchte Kälte noch unangenehmer.

Um drei Uhr dreißig hob der mit den Verhandlungen beauftragte Kommissar Brannigan den Telefonhörer ab, um den Terroristen nach längerem Widerstreben mitzuteilen, daß man ihre Forderungen akzeptierte. Von jetzt an mußte eine Reihe verschiedener Abläufe nahtlos ineinandergreifen. Es ging um Sekunden.

Ein Skorpion-Magazin mit zwanzig Schuß konnte in knapp zwei Sekunden leergeschossen werden – und vielleicht bedurfte es eines noch kürzeren Zeitraums, um eine wehrlose Mutter und ihre vier Kinder zu töten.

»Hier Kretz«, sagte der Deutsche.

»Er ist jetzt unten im Innenhof«, meldete der Mann an den Abhörgeräten.

»Wir können ihn sehen«, gab der Anführer der Rangers auf der Kranplattform durch. »Er bietet ein gutes Ziel, aber Tina läßt sich nicht blicken.«

»Tina hat sich in Bewegung gesetzt«, sagte der Mann von der akustischen Überwachung. »Sie geht vom Treppenabsatz im Obergeschoß die Stufen hinunter... Jetzt ist sie stehengeblieben.«

»Sturmtrupp – los!« sagte Kilmara ins Mikrofon.

Auf dem großen Monitor sah man sechs Rangers über die hundert Meter breite Sperrzone sprinten. Jeweils zwei trugen eine gummibeschichtete Leiter aus einer Titanlegierung.

»... aber als Gegenleistung dafür, daß ihr bei Tagesanbruch per Hubschrauber zum Flughafen gebracht werdet, müßt ihr euch bereiterklären, die Geiseln freizulassen, bevor ihr an Bord geht«, sagte Brannigan. Sein Gesicht verriet die innere Anspannung.

»Tina bewegt sich wieder«, meldete die akustische Überwachung.

»Ich kann sie nicht sehen«, sagte der Anführer des Kran-Teams. »Wo ist sie jetzt?«

»Das kann ich nicht exakt feststellen«, antwortete der Spezialist. »Ich empfange seltsame Geräusche... Verdammt, ich glaube, sie tritt immer wieder mit dem Schuh gegen das Treppengeländer... Moment! Jetzt geht sie die Treppe runter.«

»Dieter immer noch voll im Visier«, gab der Mann von der Kranplattform durch.

»Arschloch!« brüllte Dieter fast im selben Augenblick durchs Telefon. »Haltet ihr uns für Idioten? Wenn ihr nicht sofort unsere Bedingungen akzeptiert, gehe ich rauf und kille eins von den Gören! Verstanden?«

Brannigan ließ ein paar Sekunden verstreichen, bevor er antwortete. Sein Gesicht war schweißüberströmt, und er sah aus, als sei ihm übel. »Kretz!« sagte er schließlich. »Kretz, um Gottes willen, tun Sie das nicht! Lassen Sie die anderen Geiseln am Leben!«

»Ich scheiße auf euren Gott!« schrie der Terrorist. »Ihr habt unsere Anweisungen genau zu befolgen, sonst...« Er forderte Tina mit einem Wink auf, zu ihm zu kommen und das Gespräch mitzuhören.

Draußen hatten die sechs Rangers inzwischen das von Flutlicht erhellte Gelände überquert und waren im Schutz des dunklen Streifens dicht an der Hauswand in Deckung gegangen. Rasch lehnten sie die drei Leitern unterhalb des Schlafzimmerfensters an die Fassade. Die Hälfte des kleinen Trupps kletterte hinauf, während die andere Hälfte mit schußbereiten Waffen sicherte.

»Sie nähert sich eindeutig dem Telefon«, meldete der Abhörexperte.

»Wir sehen ein Stück von ihrer Schulter«, wurde von der Plattform aus durchgegeben. »Das reicht nicht für einen sicheren Schuß.«

Die drei Rangers hatten das Schlafzimmerfenster erreicht. Sie klebten Sprengschnur in Form eines großen Rechtecks an die Scheibe. Ein Druck auf den Auslöser würde genügen, damit die genau bemessene Richtladung das Viereck säuberlich aus der Scheibe heraussprengte und alle Splitter nach innen in die Vorhänge pustete.

»Bereit zum Eindringen«, funkte Leutnant Burke.

»Mist, hier oben fängt es jetzt wirklich an zu blasen«, sagte der Anführer des Kran-Teams.

»Sturmtrupp abwarten!« befahl Kilmara.

»Vordere Mannschaft einsatzbereit«, meldete der Anführer. Die drei Rangers, die gegenüber dem Hauseingang Stellung bezogen hatten, zielten mit den Granatwerfern auf das Oberlicht der Tür. Die Granaten – es handelte sich um einen Typ, dessen Wirkung etwa zu gleichen Teilen auf der Splitterbildung und der Druckwelle beruhte – sollten dicht unterhalb des oberen Treppenabsatzes explodieren, um zwischen Tina und den Geiseln eine todbringende Barriere zu bilden.

»Geiseln im Schlafzimmer in unveränderter Position«, gab der Mann von der akustischen Überwachung durch.

»Also gut, wir sind einverstanden«, sagte Brannigan. »Der Hubschrauber wird Punkt acht Uhr eintreffen. Solange werdet ihr warten müssen, weil er nicht früher vom Stützpunkt starten kann. Er hat keine Nachtfluginstrumente.«

»Mann, seid ihr in Irland hintendran!« sagte Dieter verächtlich und grinste Tina an. Sie lachte.

»Es ist ein deutscher Hubschrauber«, sagte Brannigan hilflos. Ihm war klar, daß er den Deutschen nicht mehr lange hinhalten konnte. Er gab Kilmara durch ein Zeichen zu verstehen, daß Eile geboten war.

»Wir haben Dieter voll im Visier ... und jetzt auch Tinas Schulter«, kam von der Plattform Meldung. »Der Wind macht gerade Pause.«

»Feuer!« befahl Kilmara.

Das apfelgrüne Geschoß durchschlug Dieters Schädeldecke, zerschmetterte den Oberkiefer und trat zwischen dem dichten schwarzen Schnurrbart wieder aus. Er schwankte leicht, und ein Blutstrom brach aus seinem Mund. Den Telefonhörer hatte er noch immer in der Hand, und seine Augen waren offen, aber er selbst war bereits tot.

Die Kugel des zweiten Scharfschützen traf Tina in die Schulter. Sie war von so hoher Durchschlagskraft, daß sie sich durch den Knochen bohrte, als wäre er aus Butter. Die Skorpion entglitt Tinas Hand.

Schlagartig erloschen alle Lichter.

40 mm-Granaten explodierten mit sengenden Blitzen auf der Treppe und unten in der Halle. Die Rangers draußen stiegen auf Maschinengewehrfeuer um und pumpten innerhalb von fünfzehn Sekunden siebenhundertfünfzig Schuß in den engen Hof.

Gleichzeitig ließen ihre Kameraden die Sprengschnur am Schlafzimmerfenster detonieren. Nach einem trockenen Knall fiel die Scheibe nach innen auf den Fußboden.

Zwei von den Männern auf der Plattform durchsiebten das Glasdach mit ihren Schnellfeuergewehren. Nach ein paar Sekunden, als das Sicherheitsglas mürbe genug war, drückte der dritte auf den Abzug des Granatwerfers, dessen Geschosse die Reste des Dachs mühelos durchschlugen und unten im Hof explodierten.

Die Nachtsichtbrillen vor den Augen, durchtrennten die Rangers mit rasierklingenscharfen Messern die Vorhänge im Schlafzimmer und sprangen in den dunklen Raum. Drei von ihnen drückten sich seitlich an den Rahmen der offenstehenden Tür und bestrichen den oberen Teil der Treppe mit Feuer aus ihren Sturmgewehren. Dann trat Leutnant Burke vor und schleuderte mehrere V-40-Handgranaten auf die Treppe und in die darunterliegende Halle. Jede Handgranate zerbarst in rund dreihundertundfünfzig todbringende Splitter.

Unterdessen hatten die anderen drei die mitgebrachte Notrutsche an den Fensterrahmen angeklinkt. Sie ließen nacheinander die vier Kinder nach unten gleiten, wo sie von der herbeigeeilten Verstärkung in Empfang genommen wurden.

»Sind im Schlafzimmer«, sagte Burke in das in seinem Helm eingebaute Mikrofon. »Alle Geiseln am Leben. Werden gerade evakuiert.«

»Feuer einstellen!« befahl Kilmara. »Scheinwerfer an. Gebäude sichern!«

Das letzte der vier Kinder gelangte über die Rutsche in Sicherheit. Burke legte gerade ein neues Magazin ein und die anderen beiden Rangers, die an der Tür in Stellung gegangen waren, inspizierten das Badezimmer, als Tina sich hereinschleppte.

Die junge, vor kurzem noch so hübsche Italienerin war nicht wiederzuerkennen. Ihre Kleidung war zerfetzt, ihr Körper gräßlich zugerichtet. Die linke Wange fehlte völlig, der nackte Knochen war zu sehen. Blut strömte aus Dutzenden von Wunden. Der rechte Arm, dessen Hand keine Finger mehr hatte, war schlaff und bewegungsunfähig. Doch die linke Faust umklammerte die Skorpion. Der Lauf schwang leicht hin und her, als Tina abdrückte.

Plötzlich schien die Zeit stehenzubleiben. Es gab nichts, das der junge Rangers-Leutnant hätte tun können. Eine Stichflamme zuckte auf, und dann traf ihn etwas mit schrecklicher Wucht dicht über dem Herzen. Er drehte sich um die eigene Achse und sank gegen die Wand.

Das undefinierbare Etwas, das einst Tina gewesen war, stieß einen röchelnden Schrei aus. Die Maschinenpistole fiel zu Boden. Die Italienerin griff sich mit der Linken an die Kehle und versuchte vergeblich, die Stricknadel zu packen, die aus ihrem Hals herausschaute. Während sie langsam auf den Rücken sank, trommelten ihre Hacken im Todeskampf gegen den Fußboden.

Maura O'Farrell, die beidhändig die an einem Ende dick mit Heftpflaster umwickelte Stricknadel umklammerte, zog die improvisierte Waffe heraus, um wieder und wieder zuzustechen, bis einer der Ranger sie zurückriß.

Sie bahnten sich ihren Weg durch die Trümmer. Es wollte Fitzduane nicht in den Kopf, daß jemand das Inferno im Innenhof hatte überleben können. Auf dem Fußboden und an den Wänden gab es kaum einen Quadratzentimeter ohne Schrapnelleinschläge oder große, von den modifizierten Glaser-Geschossen verursachte Löcher.

Ranger-Experten fotografierten den Schauplatz peinlich genau mit Videokameras und normalen Apparaten. Es gab immer etwas zu lernen.

Dieter lag mit dem Gesicht nach unten in einer Blutlache, umgeben von Schutt und Putzbrocken. Sein Rücken war nach dem ersten tödlichen Treffer von der darauffolgenden Maschinengewehrsalve durchsiebt worden. Fitzduane bückte sich und inspizierte zuerst das rechte Handgelenk, das von einem goldenen Armreif umschlossen wurde, dann sah er sich das linke an, nachdem er zuvor die schwere goldene Uhr entfernt hatte. Das Glas war heil geblieben, und die Uhr ging noch. Er ließ sie auf die Leiche fallen. »Nichts«, sagte er zu Kilmara.

Die Treppe glich einem Trümmerhaufen.

»Ich kapiere nicht, wie die Italienerin es bis oben geschafft hat«, meinte Kilmara. »Stellt eine Leiter an! Jetzt, wo alles vorbei ist, will ich mir nicht den Hals brechen, verdammt noch mal!«

Zwei Rangers brachten von draußen eine der Sprossenleitern herein und lehnten sie an den oberen Treppenabsatz.

Die Leiche der einst so hübschen Italienerin – die Nationalität stimmte womöglich genausowenig wie der Name – lag ganz dicht an der Türschwelle auf dem Schlafzimmerboden. Sie sah aus, als sei sie von einer infernalischen Maschine in Stücke gehackt worden. Das Blut aus etwa einem Dutzend punktförmigen Stichwunden hatte rund um ihren Kopf eine Art grausigen Heiligenschein gebildet. Trotz aller Hartgesottenheit spürte Fitzduane, wie sich ihm der Magen umdrehte.

Kilmara kam aus dem Schlafzimmer, in der Hand ein feuchtes Handtuch. »Jetzt bin ich dran«, sagte er.

Er hob den rechten Arm der Toten an und wischte die dicke Kruste gerinnenden Blutes ab. Die Leiche roch nach Blut, Exkrementen und Parfüm. Ein Granatsplitter hatte den Unterarm gestreift und eine tiefe Furche in das weiche Fleisch gerissen. Kilmara wischte behutsam an der faserigen Wunde entlang. Die Lichtverhältnisse waren nicht sonderlich gut. Das Zimmer wurde lediglich von den Scheinwerfern erhellt, die jetzt auf die Fenster gerichtet waren. Aus einer Tasche am rechten Schenkel seines Kampfanzugs zog Kilmara eine Stablampe und richtete den Lichtkegel auf das Handgelenk der Toten.

Das Zeichen war sehr klein und teilweise von der langgezogenen Splitterwunde unkenntlich gemacht. Trotzdem: Es handelte sich eindeutig um eine Tätowierung in Form einer winzigen Blumengirlande, die ein großes A umschloß. Kilmara hob den Kopf. Sein Blick kreuzte sich mit Fitzduanes. Der Colonel nickte und stand auf. Er warf das blutbefleckte Handtuch durch die offene Badezimmertür und ging erneut in die Hocke, hob ein paar der kleinen Patronenhülsen auf, die rings um die Leiche der Terroristin verstreut lagen, und steckte sie in die Tasche.

Sie kletterten die Leiter hinunter und durchquerten das planmäßige Chaos aus Scheinwerferkabeln und davonfahrenden Autos.

»Woher hast du diesen sechsten Sinn?« fragte Kilmara.

Fitzduane zuckte lächelnd mit den Achseln.

»Soll ich dir sagen, was Carl Gustavus Jung irgendwo geschrieben hat?« fragte Kilmara.

»Ich wußte nicht, daß C.G. Carl Gustavus bedeutet«, erwiderte Fitzduane.

»Dem Sinn nach lautet das Zitat: ›Es gibt keine Zufälle. Wir glauben an Zufälle, weil sie nicht in unser Weltbild passen. Wir sind befangen in Ursache und Wirkung.‹«

»Und jetzt wirst du mich fragen, was für eine Nationalität C.G. Jung hatte.«

»Kluges Köpfchen. Also?«

»Er war Schweizer.«

Sie gingen zur Ambulanz. Drinnen spielte ein Militärarzt mit einem Ranger-Leutnant Karten. Auf dem Tisch standen zwei Gläser und eine nicht gerade sehr volle Flasche irischer Whisky. Kilmara nahm noch zwei Gläser aus einem Einbauregal, schenkte nicht zu knapp ein und verteilte den Rest auf die Gläser des Doktors und des Leutnants. Dann zog er ein paar Patronenhülsen aus der Tasche und legte sie vor dem Leutnant auf den Tisch. »Ein kleines Andenken für Sie«, sagte er. »Wie fühlen Sie sich?«

»Ich habe mir ein Handgelenk verstaucht, und ein paar Prellungen habe ich auch«, antwortete Burke. »Es ist nicht gerade lustig, als Zielscheibe herhalten zu müssen.«

»Sie haben Glück gehabt, daß die Italienerin mit einer Skorpion auf Sie geschossen hat«, meinte Kilmara. »Diese Knarren sind für stinknormale Pistolenmunition mit geringer Durchschlagskraft ausgelegt, was natürlich nicht heißen soll, daß sie nicht auch tödlich sein kann.«

»Man muß eben im Leben für jeden Anlaß die richtigen Klamotten am Leib haben«, scherzte Burke und zeigte auf die leicht ramponierte, jedoch intakte kugelsichere Weste mit Kevlarverstärkung, die an einem Haken hing. Plötzlich wurde er blaß und verschwand in der angrenzenden Toilette. Die drei Männer hörten durch die Tür, wie er sich übergab.

»Er ist körperlich völlig in Ordnung«, sagte der Arzt. »Aber er hat wahrscheinlich einen kleinen Schock gekriegt. Insgesamt hat er verdammtes Glück gehabt.«

»C.G. Jung hat auch geschrieben: ›Jeder Ablauf wird teilweise oder ganz vom Zufall beeinflußt‹«, sagte Fitzduane. »Aber das wissen nur wenige.«

»Ach du liebe Güte!« stöhnte der Doktor und leerte sein Glas mit einem Zug.

Als Fitzduane und Kilmara aus der Ambulanz kletterten, wurden gerade die beiden toten Terroristen auf Bahren vorbeigetragen. Sie waren auf dem Weg ins Leichenschauhaus.

Fitzduane fühlte, wie die gute Stimmung verflog, in die ihn das kurze Gespräch drinnen in der Ambulanz versetzt hatte. »Soviel Lärm um nichts«, sagte er bedrückt. »Es ist wirklich deprimierend.«

»Es wäre noch weitaus deprimierender, wenn wir beide jetzt in diesen Plastiksäcken stecken würden«, erwiderte Kilmara aufgeräumt. »Man muß auch die guten Seiten von diesem schlimmen Spiel sehen.«

Kurz nach halb sechs Uhr morgens erreichten sie Kilmaras Haus. Innerhalb des Sicherheitsbereichs rund um das Gebäude war alles mucksmäuschenstill – bis der Saab mit knirschenden Reifen auf dem Kies der Auffahrt hielt. Plötzlich schossen zwei irische Wolfshunde mit großen Sätzen um die Ecke des im Stil der Jahrhundertwende erbauten Landhauses.

»Ich frage mich jedesmal, ob sie Hunde sind oder kleine behaarte Elefanten«, sagte Fitzduane. »Auf jeden Fall sehen sie verdammt gefährlich aus.«

»Wenn du uns öfter besuchen würdest, wäre die Frage längst beantwortet«, erwiderte Kilmara. »Verhalte dich jetzt ruhig, bis ich dich ihnen vorgestellt habe.«

Das brauchte er Fitzduane nicht zweimal zu sagen. Fitzduane sah zu, wie Kilmara die beiden Hunde zu sich rief und sie bei Fuß sitzen ließ. Jedes Tier war reichlich einen Meter hoch und wog schätzungsweise soviel wie ein ausgewachsener Mann. Zwischen dem furchterregenden Gebiß schaute eine lange rosige Zunge hervor.

»Sie heißen Ailbe und Kilfane«, erklärte Kilmara. »Sie sind noch nicht sehr lange bei uns.«

Die beiden Männer betraten das Haus durch die Hintertür und gingen in die große Wohnküche.

»Kennst du die Geschichte von Ailbe?« fragte Kilmara.

»Hilf mir auf die Sprünge.«

»Im ersten Jahrhundert nach Christus hatte MacDatho, der König von Leinster, einen berühmten Wolfshund. Er konnte an einem Tag quer durch das ganze Königreich laufen und war nicht nur bei der Jagd, sondern auch im Krieg unübertroffen. Deshalb waren die Könige von Ulster und Connaught begierig, ihn zu besitzen. Sie boten für ihn nicht weniger als sechstausend Milchkühe und einen von zwei edlen Pferden gezogenen Wagen, und als das Angebot ausgeschlagen wurde, wiederholten sie es nach Jahresfrist. MacDatho wäre am liebsten darauf eingegangen, aber er war in einer Zwickmühle, denn er wußte, daß der König, der den Hund nicht bekam, ihm das Leben schwer machen würde. Ein echtes Dilemma.«

»Und wie zog er sich aus der Affäre?«

»Er versprach den Hund beiden Königen. Als sie ihn abholen kamen und sich gegenüberstanden, vergaßen sie ihn sofort und kriegten sich in die Haare. MacDatho beobachtete den Kampf als unbeteiligter Dritter von einem Hügel aus. Es war ein heroischer Zweikampf mit regelmäßigen Pausen, Erfrischungen und Harfenmusik. Ailbe, der vorbildliche Wolfshund, sah nicht gern tatenlos zu. Er zögerte kurz und entschied sich für den König von Ulster. Als er sich ins Getümmel stürzte, um seinem neuen Herrn beizustehen, schlug ihm dessen Gegner den Kopf ab.«

»Und die Moral von der Geschicht'?«

»Setz auf den Verlierer nicht.«

Kilmara forderte Fitzduane mit einer Handbewegung auf, sich an den großen Küchentisch zu setzen. Er selbst ging zum eisernen Herd, stocherte darin herum, bis das Feuer wieder hell brannte und genoß ein paar Augenblicke lang die Wärme, die es verbreitete. Dann band er sich eine Küchenschürze über den Kampfanzug und machte ihnen etwas zu essen, wobei er vor sich hin summte.

Fitzduane döste ein. Im Halbschlaf huschten allerlei Bilder durch sein Hirn. Er fuhr hoch, als Kilmara einen Teller vor ihn hinstellte.

»Schinkenspeck, Eier, Würstchen, Tomaten, Pilze, Blutwurst, Preßsack und gebratenes Brot – so was kriegst du nicht einmal in der Schweiz«, sagte er und schenkte ihnen aus einer Emailkanne, die so altertümlich aussah, als stammte sie aus MacDathos Zeiten, Kaffee ein.

Fitzduane nahm einen der dampfenden Becher. »Dieses Buch von mir, das ihr im Auto der Terroristen gefunden habt – glaubst du, daß das kein Zufall war?«

»Wer weiß. Vielleicht hast du auf einer von deinen Reisen irgendeinen Obergangster in flagranti fotografiert, und er hat unsere beiden Freunde mit dem Auftrag losgeschickt, dich um die Ecke zu bringen. Aber darüber können wir uns später den Kopf zerbrechen. Jetzt sollten wir uns erst einmal für eine Weile aufs Ohr legen.«

»Ich habe da so eine Vermutung«, sagte Fitzduane. »Seit du diesen neuen Job hast, sind nirgends Fotos von dir abgedruckt worden, stimmt's?«

»Richtig.«

»Hm. Die Terroristen sind keine zehn Meilen von deinem Haus entfernt erschossen worden, und sie fuhren in diese Richtung. Zweitens: In meinem Buch gibt es ein großformatiges Foto von dir, das ich vor einiger Zeit in Brüssel bei einer Konferenz gemacht habe. Von allen Bildern, an die jeder ohne weiteres herankommt, ist es wahrscheinlich das neueste.«

»Du meinst, sie hatten es auf mich abgesehen?« Kilmara, der gerade seine mit Schinken, Blutwurst und einem Stück Brot beladene Gabel zum Mund hatte führen wollen, hielt in der Bewegung inne.

»Du folgerst selbst zu so früher Stunde messerscharf«, spottete Fitzduane.

Kilmara kaute munter drauflos. »Junge, Junge«, sagte er. »Kannst du dir solche Verdächtigungen nicht bis nach dem Frühstück aufsparen?«

Fahles Morgenlicht fiel zum Fenster herein. Ein Hahn krähte.

Buch II

Die Jagd

»Die Entfernung ist unerheblich. Schwer ist nur der erste Schritt.«

Die Marquise du Deffand zu der Legende, der heilige Dionys sei, den Kopf in den Händen tragend, zwei Meilen weit gegangen.

»Verbrechen sind in der Schweiz selten... und die Gesetze eindeutig. Die Straßenverkehrsordnung, zum Beispiel, ist so unmißverständlich, daß selbst Blinde damit zurande kämen, doch ich habe gehört, daß man erwägt, sie vorsichtshalber in Blindenschrift abzufassen, wenngleich ich mich hier nicht als verläßliche Quelle ausgeben will.«

Vincent Carter, The Bern Book (1957)

Kapitel 9

Eine sperrige Harfe, mit dem Sicherheitsgurt festgezurrt, okkupierte auf dem Flug nach Zürich einen Sitzplatz in der ersten Klasse. Neugierig erkundigte sich Fitzduane nach dem Besitzer des Instruments und erhielt eine Antwort, die ihm nicht sonderlich behagte. Die Harfe, klärte man ihn auf, gehöre dem Piloten.

Fitzduane runzelte die Stirn und schloß die Augen, um ein wenig zu schlafen. Hoffentlich wache ich nicht gleich wieder auf, dachte er. Dreißigtausend Fuß über der Erde fühlte er sich dem Himmel näher, als ihm lieb war – und das mit einem Piloten, dem Musik anscheinend mehr am Herzen lag als das gute Image seiner Airline. Fitzduane war in seinem Leben schon viel in der Welt herumgeflogen, obwohl er fürs Fliegen nicht viel übrig hatte. Zweimal war eine Maschine, in der er saß, abgeschossen worden: einmal im Kongo, einmal in Vietnam. Bei seinen Aufenthalten an zahlreichen Kriegsschauplätzen hatte er sich an den Gedanken gewöhnt, daß manche Leute anscheinend besonders gern auf Flugzeuge schossen, egal, wem sie gehörten.

Als die BAC 111 den Bristol-Kanal überflog, wachte er auf und warf einen Blick aus dem Fenster. Erleichtert stellte er fest, daß die Tragfläche noch da war und keine Einschußlöcher hatte. Aus den Lautsprechern kam ein Knacken, dann verkündete eine androgyne Stimme, die Fluggeschwindigkeit betrage achthundertsechzig Stundenkilometer und die Temperatur in Zürich fünf Grad.

Fitzduane schloß die Augen und schlummerte wieder ein.

Der Mann, den man schon bald den Henker nennen sollte, stand nackt vor einem Spiegel und betrachtete sein Abbild: Gesicht und Oberkörper waren mit geronnenem Blut beschmiert, Brust- und Schamhaar eine klebrige Masse. Gleich nach der mörderischen Orgie war er eingeschlafen. Im Zimmer roch es nach Schweiß, Samen und – er weidete sich an der Vorstellung – der Todesangst des Opfers, dessen verstümmelter Leib in einer Ecke lag, säuberlich in eine für den Transport von Leichen vorgesehene Plastikhülle verpackt, die keine Körperausscheidungen durchlassen würde.

Die Frau, die diesmal das Töten besorgt hatte, lag mit gespreizten Beinen auf dem Bett und schlief, erschöpft von den wilden Ausschweifungen. Der Mann wußte jedoch, daß ihre zufriedene Ermattung nicht lange anhalten würde.

Er lächelte und ging unter die Dusche. Er sah zu, wie der pulsierende Wasserschwall, dessen feine Strahlen wie Nadelstiche auf seiner Haut prickelten, das Blut des Toten von ihm abwuschen und es in die Berner Kanalisation spülten. Adieu, schöner Klaus!

Der Mann – einer seiner vielen Namen lautete Kadar – trocknete sich ab und zog einen leichten Bademantel aus Seide an. Die Orgie und der Schlaf danach hatten ihm gutgetan. Er ging in sein Arbeitszimmer und ließ sich in den Charles Eames-Sessel sinken. Die erste Stunde mit Dr. Paul konnte beginnen.

Das Problem war so einfach zu lösen gewesen: Da es riskant war, einen Psychiater aufzusuchen, würde er sich eben selbst verarzten und die Abgründe seiner Psyche ausloten, ein Experte in eigener Sache. Er würde so schonungslos offen reden können, wie es im Beisein eines anderen Menschen nicht möglich gewesen wäre – und wie immer hätte er alles unter Kontrolle.

Von klein auf hatte Kadar sich seine Freunde selbst geschaffen – durch die Kraft seiner Phantasie. Den ersten hatte er Michael genannt. Mit seiner hellen Haut und dem goldblonden, von der Sonne ausgebleichten Haar hatte er so ausgesehen, wie Kadar selbst gern ausgesehen hätte.

Im Lauf der Jahre hatte Kadar die Erschaffung neuer Gespielen zu einem Ritual verfeinert. Es fing stets damit an, daß er sich zurücksinken ließ, die Augen schloß und sich körperlich entspannte. Zugleich sammelte er sich innerlich in einer Weise, die er unmöglich hätte beschreiben können: Es war, als würde er seine psychischen Energien bündeln. Wenn dann alles soweit war, waberte vor seinem inneren Auge sacht ein grauer Nebelschleier, der von innen her zu glühen schien. Nach und nach zeichnete sich in dem dunstigen Gewoge eine Gestalt ab, an der keine besonderen

Einzelheiten zu erkennen waren, außer daß sie groß war. Ja, Kadars Kopfgeburten waren, unabhängig von Alter, Geschlecht und sonstigen Äußerlichkeiten, anfangs immer sehr groß.

Dieses erste Stadium kam ihm oft als das schwierigste vor. Es erforderte soviel Kraft! Manchmal lag er stundenlang mit schweißnassem Körper da, und der Nebel blieb formlos. Sobald sich jedoch eine Silhouette abzeichnete, wurde die Aufgabe leichter und lustvoller. Dann formte und gestaltete er wie ein Künstler im Atelier die Figur in allen Einzelheiten durch, nur daß er dabei statt Pinseln oder Meißeln seine geballte Willenskraft einsetzte. Zunächst korrigierte er die Größe, um sich anschließend dem Körperbau zuzuwenden. Die Gesichtszüge wurden modelliert, die Haltung herausgearbeitet. Dann dachte er sich die Kleidung aus Stoffen in verschiedenen Farben und Qualitäten aus. Irgendwann war das Phantasiegeschöpf fertig, und nun galt es, ihm Leben einzuhauchen, damit es reden und sich bewegen konnte, wie es ihm, Kadar, beliebte.

Die meisten Männer, die er auf diese Weise erschuf, hatten helle Haut, von der Sonne gebleichtes Haar und waren schön. Die Frauen hingegen waren meist Nützlichkeitserwägungen entsprungen, doch es gab Ausnahmen.

Im Lauf der Zeit hatte Kadar gelernt, das Ritual abzuwandeln und war mehr und mehr dazu übergegangen, Menschen aus Fleisch und Blut zu modellieren und zu modifizieren. Einerseits bedeutete dies, daß er nicht länger die totale Kontrolle über den Lauf der Dinge ausüben konnte, andererseits jedoch war die Herausforderung ungleich größer. Der Verschleißfaktor erhöhte sich, aber es war lohnend.

Gerade der Vorgang des Tötens erlaubte es ihm, sich selbst seine Macht zu beweisen.

Fitzduane tätschelte den kleinen Kopf der Harfe, dann stand er auf, um die Maschine zu verlassen. Der Flug hatte knapp zwei Stunden gedauert. Nachdem er seinen Gepäckwagen durch den Ausgang mit dem Schild NICHTS ZU DEKLARIEREN geschoben hatte, sah er sich nach einem Telefon um.

Es gab Zeiten, da waren Vorahnungen und Intuitionen eher etwas Lästiges, um nicht zu sagen ein Fluch.

Der Abschied von Etan war nicht gut verlaufen. Erhitzt von der Liebe hatten sie nebeneinander gelegen, und zwischen ihnen war etwas Trennendes gewesen. Sie waren zwei verschiedene Menschen mit verschiedenen Ansichten und Zielen, und keine Brücke verband sie, obwohl sie sich liebten und begehrten. Statt Brücke hätte man tatsächlich Bindung sagen können. Es reichte nicht mehr, über Heirat zu reden, sondern es ging darum, allen Ernstes und bis ins praktische Detail das eigene Leben so umzugestalten, daß sie zusammenbleiben konnten. Irgendwann würden sie Kinder haben, die ernährt und erzogen werden wollten. Das hieß, daß man für sie da sein mußte und sich nicht ständig auf der Suche nach wer weiß was in der Welt herumtreiben durfte. Es stellte einen also vor ein paar grundlegende Entscheidungen.

Fitzduane lächelte in Gedanken. Er vermißte Etan bereits. Verdammt, es war so schwer, erwachsen zu werden, besonders für einen ausgewachsenen Mann.

Letzten Endes war Guido wohl doch der Mensch, der ihm am ehesten Informationen über die Familie von Graffenlaub beschaffen konnte.

Guido und er hatten in der Vergangenheit wiederholt in mehreren Ländern zusammengearbeitet und waren manchmal auch Rivalen gewesen. Nach einer Verwundung im Libanon und einer schlimmen Leberinfektion im Anschluß daran hatte Guido, der Schweizer war, sich einen Bürojob suchen müssen. Er arbeitete jetzt als Rechercheur im Archiv von Ringier, einem der größten Verlagshäuser des Landes.

Trotzdem zögerte Fitzduane, bevor er den Hörer abhob. Guido war ein paar Jahre lang mit Etan zusammen gewesen. Er kannte also ihren Körper bis in die intimsten Einzelheiten. Ein Kaleidoskop bunter Bilder, die alle mit Sex zu tun hatten, flatterte durch Fitzduanes Phantasie. Er sah einen anderen Mann in den Körper der Frau eindringen, die er, Fitzduane, liebte. Sicher, das war Vergangenheit, aber in seiner Vorstellung geschah es in der Gegenwart.

Das Leben ist zu kurz, um sich mit solchem psychischen Quatsch zu belasten, sagte er sich und wählte Guidos Nummer.

Dr. Paul hatte ein blasses, aristokratisches Gesicht und seidenweiches blondes Haar. »Bitte machen Sie es sich bequem«, sagte er und schaffte es, seine Stimme richtig fürsorglich klingen zu lassen. Ja, sein Tonfall hatte trotz aller Professionalität etwas Beruhigendes und Vertrauenerweckendes.

Ich mache ihn gut nach, sagte sich Kadar, lehnte sich entspannt im Sessel zurück und nickte.

»So, dann erzählen Sie mir mal von sich«, sagte Dr. Paul. »Wie wär's, wenn wir mit dem Namen anfangen?«

»Ich heiße Felix Kadar, aber das ist nicht mein richtiger Name.«

»Verstehe«, meinte Dr. Paul.

»Ich habe viele Namen«, fuhr Kadar fort. »Sie kommen und gehen.«

Dr. Paul lächelte geheimnistuerisch. Er hatte schöne weiße Zähne.

»In meiner Geburtsurkunde steht, daß ich 1944 geboren wurde. Als Geburtsort ist Bern angegeben. Genauer gesagt bin ich in einer kleinen Wohnung in der Brunngasse zu Welt gekommen, ein paar Minuten von hier. Der Name meiner Mutter lautet Violeta Consuela Mara Balart, der meines Vaters Henry Bridgenorth Lodge. Sie war Kubanerin und arbeitete als Sekretärin in der Botschaft ihres Landes. Er war amerikanischer Staatsbürger. Sie waren nicht verheiratet. Damals war Krieg, und sogar in der Schweiz gibt es manchmal so etwas wie Leidenschaft. Mein Vater arbeitete für den Geheimdienst OSS. Er hat sich meiner Mutter gegenüber nie zu dem Geständnis durchringen können, daß er in den Staaten Frau und Kinder hatte. Als meine Mutter ihm eines Tages eröffnete, nicht die selbst in Kriegszeiten gute Schweizer Küche sei schuld daran, daß sie einen dicken Bauch bekommen hatte, ließ sich mein Vater schleunigst nach Italien versetzen und kam dort, soweit ich weiß, bestens über die Runden. Meine Mutter und ich wurden per Schiff nach Kuba verfrachtet und in das Städtchen Mayari in der Provinz Oriente verbannt. Die Gegend wurde später sogar ein bißchen berühmt, weil die mit Abstand größte Hacienda – über zehntausend Morgen – einem Mann mit dem schönen Namen Angel Castro gehörte. Er zeugte sieben Kinder, von denen eines Fidel hieß. Viele Menschen interessieren sich nicht für Politik, weil sie überzeugt sind, daß immer alles so bleibt, wie es ist, egal, wer die Macht hat. Sie lassen das Leben einfach über sich ergehen. Ich denke da anders. Das Batista-Regime zum Beispiel hat mich stark geprägt. Als ich acht Jahre alt war, hatte ich plötzlich neue Sachen zum Anziehen, Schuhe an den Füßen und jeden Tag genug zu essen. Mutter hatte eine neue Frisur und duftete nach Parfüm. Major Altamir Ventura, der Chef von Batistas Geheimdienst in der Provinz Oriente, war in unser Leben getreten. Er trug eine Uniform und glänzende braune Stiefel, und er roch nach Schweiß, Whisky und Eau de Cologne. Wenn er seine Jacke auszog und den Gürtel mit dem Pistolenhalfter über die Stuhllehne hängte, sah ich, daß hinten im Hosenbund eine zweite, kleinere Pistole steckte.«

»Und was empfanden Sie damals für Ihre Mutter?« fragte Dr. Paul.

»Ich habe sie nicht gehaßt«, antwortete Kadar, »und es wäre natürlich sinnlos, sie im nachhinein zu hassen. Ich habe sie damals nur verachtet. Sie war schwach und dumm – das geborene Opferlamm. Egal, was sie tat, sie zog immer eine Niete. Sie war eben von Natur aus eine Verliererin. Mein Vater hatte sie sitzen lassen, und ihre Familie behandelte sie schändlich. Um uns beide durchzubringen, mußte sie sich wer weiß wie abrackern – bis sie Venturas Geliebte wurde.«

»Haben Sie sie geliebt?«

»Liebe, Liebe, Liebe! Was für ein komisches Wort. Es ist fast das genaue Gegenteil von Kontrolle. Ich weiß nicht, ob ich sie geliebt habe. Vielleicht, als ich noch ganz klein war. Sie war alles, was ich hatte. Aber ich bin schnell aus den Kinderschuhen herausgewachsen.«

»Hat sie Sie geliebt?«

»Kann sein«, sagte Kadar lustlos. »Auf ihre eigene stupide Art. Sie holte mich immer zu sich ins Bett.«

»Bis Major Ventura auftauchte?«

»Genau.«

»War Ihre Mutter attraktiv?«

»Attraktiv? O ja, das war sie. Genauer gesagt, sie hatte etwas Sinnliches. Sie faßte gern an und wurde gern angefaßt. Sie schlief immer nackt.«

»Haben Sie sich danach gesehnt, bei Ihrer Mutter zu schlafen?«
»Ja. Ich fühlte mich einsam.«
»Und deshalb haben Sie viel geweint?«
»Richtig, aber das weiß niemand.«
»Damals haben Sie sich geschworen, nie wieder von einem anderen Menschen abhängig zu sein?«
»Ja.«
»Aber Sie haben das Gelübde gebrochen, nicht wahr?«
»Nein«, sagte Kadar leise. »Nein, das habe ich nicht.«

Bis zu dem Treffen mit Guido – sie hatten sich nach Feierabend bei Ringier verabredet – waren es noch ein paar Stunden. Fitzduane fuhr mit dem Zug ins Zentrum von Zürich und gab sein Gepäck im Hauptbahnhof auf. Dann hängte er sich die Kameratasche um und zog los. Er liebte es, eine unbekannte Stadt zu Fuß zu erkunden.

Zürich war genauso geleckt und wohlhabend, wie er es sich vorgestellt hatte, doch zu seiner Überraschung gab es zwischen all den Banken, Nobelgeschäften und Bürotürmen Anzeichen für sozialen Unfrieden. Auf den ersten Blick schien es sich um vereinzelte Akte von Vandalismus zu handeln, aber als er genauer hinsah, entdeckte er überall Spuren von Gewalt, mochte der angerichtete Schaden auch meist unerheblich sein. Auf jeden Fall mußten Krawalle von größerem Ausmaß stattgefunden haben: Schaufenster aus Panzerglas hatten Sprünge und waren provisorisch, aber fein säuberlich mit Klebeband gesichert oder, sofern sie ganz eingeschlagen worden waren, genauso sorgfältig mit Brettern verbarrikadiert worden. Im Rinnstein glitzerten Scherben, an den Hauswänden leuchteten aufgesprayte Sprüche und Graffiti. Die Fassade einer Kirche unweit der Bahnhofstraße war mit roter Farbe beschmiert, die so verlaufen war, daß sie aussah wie Blut, und an einer Stelle standen, ebenfalls in Rot, die Worte: EUTHANASIE = RELIGION. In einer Nebenstraße fand Fitzduane zwei leere Tränengaspatronen. Er kaufte sich einen Stadtplan und ging zu Fuß zur Dufourstraße 23.

Daß Ringier einer der erfolgreichsten Schweizer Presseverlage war, verriet allein schon das supermoderne und zugleich gediegen wirkende Firmengebäude. Die Vorhalle wurde von einer Rezeption beherrscht, die die Zierlichkeit einer Bunkeranlage hatte. Seitlich gab es eine Art Zeitungskiosk. Fitzduane blätterte geistesabwesend in ein paar von dem Verlag herausgegebenen Magazinen, während er auf Guido wartete. Eine kleine, schwenkbare TV-Kamera surrte leise in ihrer Halterung und ließ ihn nicht aus dem Auge.

Bei ihrer letzten Begegnung hatte der Schweizer, ein ausgesprochen gutaussehender Mann mit voller, zuversichtlich klingender Stimme, körperlich fit gewirkt. Alles an ihm deutete auf Verläßlichkeit hin, und dieser Eindruck täuschte nicht. Im Lauf der Jahre hatte er ein weitgespanntes Netz von Informanten und Kontaktpersonen knüpfen können, die ihr Wissen mit ungewöhnlicher Rückhaltlosigkeit an ihn weitergaben.

Als Guido aus dem Fahrstuhl trat, war Fitzduane zuerst geschockt und gleich darauf schmerzlich berührt. Guidos Gesicht schien geschrumpft zu sein. Es hatte tiefe Falten, die früher nicht dagewesen waren, und war von ungesunder gelblicher Farbe. Die blutunterlaufenen Augen blickten trübe. Guido hatte viel Gewicht verloren. Er ging langsam und ohne Schwung. Sogar seine Stimme hatte sich verändert. Sie hatte zwar noch immer den warmen Klang, aber die Zuversicht fehlte. Sie war von Leid und Müdigkeit verdrängt worden. Nur das Lächeln war noch so wie früher.

»Lange nicht gesehen, Samurai!« sagte er, ergriff Fitzduanes Hand mit beiden Händen und schüttelte sie herzlich. Fitzduane fühlte eine Welle der Zuneigung in sich aufsteigen. Er brachte kein Wort heraus.

Guido sah ihn lange an. Dann sagte er: »Eine Zeitlang habe ich genauso reagiert, wenn ich morgens beim Rasieren in den Spiegel schaute. Man gewöhnt sich an alles, und außerdem habe ich bald alles überstanden. Aber darüber möchte ich jetzt nicht reden. Komm mit zu mir und erzähl mir, was dich herführt.«

Die letzten Jahre der Batista-Diktatur waren in den Augen von Major Ventura eine Zeit, in der ein Mensch wie er beruflich weiterkommen und gleichzeitig richtig reich werden konnte.

Solchen Ambitionen kam das weltpolitische Klima jener Jahre

durchaus zustatten. Der Kalte Krieg näherte sich dem absoluten Gefrierpunkt, und die Gebrüder Dulles, die schon beim leisesten Verdacht kommunistischer Umtriebe im Machtbereich der USA mit dem Säbel rasselten, waren Außenminister beziehungsweise Chef der CIA. Batistas Amtsführung entsprach zwar nicht unbedingt amerikanischen Gepflogenheiten, aber zumindest war der Scheißkerl über jeden Verdacht erhaben, ein Roter zu sein.

Bereits zwei Jahre nach seiner Beförderung zum Major war Ventura Oberst, wurde nach Havanna versetzt und zum Stellvertretenden Direktor der *brigada anticomunista* (BRAC) ernannt, einer antikommunistischen Spezialeinheit der Polizei. Jetzt trug er nicht mehr Uniform, sondern tadellose, cremefarbene Maßanzüge, die unter der linken Achsel auffallend weit geschnitten waren. Schuhe aus Krokodilleder waren ihm am liebsten, und seinen Urlaub verbrachte er in der Schweiz. Er ermittelte, verhaftete, verhörte, folterte und tötete viele Menschen, die angeblich Kommunisten waren. Er arbeitete eng mit Agenten der CIA zusammen, und diesem Umstand war es zu verdanken, daß Kadar eines Tages Whitney Reston kennenlernte, den einzigen Menschen, den er jemals aufrichtig geliebt hatte – und der ihn verführte.

»Wir lebten schon seit mehreren Jahren in Havanna«, erzählte Kadar. »Ventura wohnte noch mit meiner Mutter zusammen, aber er hatte sie allmählich satt und trieb es mit anderen Frauen, mit vielen anderen. Whitney arbeitete für einen Kerl von der CIA, der sich Kirkpatrick nannte. Er kam oft zu uns nach Hause, um sich mit Ventura zu besprechen. Die CIA hatte Batistas Antikommunistische Brigade nicht nur hochgezogen, sondern finanzierte den Verein auch und wollte natürlich wissen, wo das ganze Geld hinfloß. Ventura war stellvertretender Direktor der BRAC und CIA-Mann in einem, und er war bestimmt nicht der einzige, der zwei Jobs hatte. Zusätzlich zu seinem Gehalt und dem Geld, das er aus anderen Quellen bezog, zahlte ihm die CIA ein monatliches Fixum. Eine seiner bewährtesten Methoden bestand darin, jemanden aus einer reichen Familie zu verhaften, ihn ein bißchen durch die Mangel zu drehen und ihn dann von seinen Verwandten freikaufen zu lassen.«

»Wie haben Sie das alles herausgefunden?« fragte Dr. Paul.

»Wir wohnten in einem großen, alten Haus. Ich hatte viel Zeit, weil ich beschlossen hatte, mich mit niemandem anzufreunden, und ich hatte schon bald begriffen, daß ich ein kluges Köpfchen war, ein sehr kluges sogar. Ich brauchte Bücher, zum Beispiel praktische Ratgeber, nur ein paarmal durchzulesen, um den Stoff zu beherrschen, egal, um was es sich handelte. Auf diese Weise wurde ich ein geschickter Bastler und lernte, wie man Menschen durch winzige Löcher in der Wand ausspioniert, versteckte Mikrofone installiert und Telefone anzapft. Dazu verwendete ich geklautes Material von der BRAC und der CIA. Ehrlich gesagt war das nicht besonders schwierig. Mir wurde schnell klar, daß Wissen Macht ist, und deshalb wollte ich einen genauen Überblick über alles haben, was bei uns zu Hause passierte. Ich war auch immer über alles auf dem laufenden, was die BRAC oder die CIA woanders anzettelten. Allmählich dämmerte mir, daß Worte wie gut und schlecht hohle Begriffe sind. Entweder war man Herr der Lage oder ein armes Opfer. Manchmal beobachtete ich Ventura und meine Mutter im Bett. Das war leicht, weil mein Zimmer über dem Schlafzimmer lag und ich nur ein Loch in den Boden zu bohren brauchte. Ich schob ein dünnes Fernrohr durch, so daß ich alles genau mitbekam, und natürlich hatte ich auch ein verstecktes Mikrofon angebracht. Ventura verlangte ekelhafte Dinge von meiner Mutter, und sie hatte anscheinend nichts dagegen. Ich fand es widerlich.«

»Erzählen Sie mir von Ihrer Beziehung zu Whitney Reston«, forderte Dr. Paul ihn auf. »Hatten Sie übrigens von Anfang an homosexuelle Neigungen?«

»Ich glaube, ich war nicht eindeutig homo- oder heterosexuell«, antwortete Kadar. »Als ich in sexueller Hinsicht erwachte, war ich ganz auf mich gestellt und hatte noch nicht gelernt, mit anderen Menschen umzugehen und mir von ihnen zu nehmen, was ich brauchte, ohne mich gefühlsmäßig näher auf sie einzulassen. Ich war noch sehr verwundbar. Als kleiner Junge hatte ich mir in meiner Phantasie einen Freund geschaffen und ihn Michael getauft. Whitney sah ihm ähnlich, nur daß er älter war. Er hatte auch blondes Haar, blasse Haut und ein schön geschnittenes Gesicht. Er war nett und zärtlich zu mir, und er liebte mich. Wir waren ein

Jahr lang zusammen, und ich war sehr glücklich. Ich verbrachte mit ihm soviel Zeit, daß ich aufhörte, im Haus herumzuspionieren. Vor Ventura nahm ich mich weiterhin in acht, aber um meine Mutter kümmerte ich mich nicht. Es reichte mir zu wissen, wo sie gerade war. Ich hielt sie in dem ganzen Spiel nicht für wichtig, aber da täuschte ich mich. Sogar eine traurige Gestalt wie sie konnte gefährlich werden. Eines Tages fuhren Whitney und ich zum Strand von Santa Mara-Guanabo. Für Außenstehende war Whitney einfach nur ein Freund der Familie und kümmerte sich um den halbwüchsigen Sohn, der zuviel allein war. Wir hatten uns immer sehr vorgesehen. Whitney wußte, daß er eine Menge Ärger kriegen würde, wenn seine Vorgesetzten bei der CIA etwas von der Sache mit mir erfuhren. Seine »Firma« hätte etwas gegen schwule Mitarbeiter, hatte er einmal zu mir gesagt. Bis zu dem Strand waren es von Havanna aus nur zwanzig Kilometer. Wir fuhren gern dorthin, weil man unter der Woche immer ein Plätzchen fand, wo man unbeobachtet war. Zehn Kilometer weißer, von Pinien gesäumter Sandstrand! Die meisten Badegäste blieben in der Nähe von ein paar Restaurants und Bars. Wir brauchten nur zehn Minuten zu gehen, um die ganze Herrlichkeit für uns zu haben. An dem fraglichen Tag war es sehr heiß – heiß und feucht. Das Meer lag ruhig da, und das Rauschen der kleinen weißen Brecher am Strand wirkte wunderbar beruhigend. Ich döste unter einem improvisierten Sonnendach vor mich hin. Die Luft roch nach Seetang und Pinien. Plötzlich hörte ich Stimmen. Es war kein richtiges Gespräch, nur ein kurzer Wortwechsel. Ich blinzelte, weil mich das vom Meer und dem weißen Sand reflektierte grelle Licht blendete, und ich war noch halb beschwipst von der halben Flasche Bier, die ich getrunken hatte. Whitney teilte mir immer nur eine halbe Flasche zu. Für mehr sei ich noch zu jung, meinte er. Um sich abzukühlen, war er schwimmen gegangen. Als ich die Sonnenbrille aufsetzte, sah ich ihn ganz in Ufernähe – und ich sah auch zwei Männer, die über den Strand zum Wasser hinuntergingen. Mit ihren lockeren Baumwollhemden, weiten Hosen und breitkrempigen Hüten sahen sie aus wie Arbeiter von einer Zuckerrohrplantage. Einer von ihnen rief Whitney etwas zu. Ich konnte seine Worte nicht verstehen, aber Whitney winkte und rief eine Antwort zurück.

Dann schwamm er zum Ufer, blieb im seichten Wasser stehen und blickte lächelnd über die Köpfe der Männer hinweg zu mir herüber. Sein gebräunter, nasser Körper glänzte in der Sonne. Die Männer gingen ein paar Schritte auf ihn zu und verdeckten ihn sekundenlang. Einer der beiden machte eine Bewegung, und dann knallte es zweimal kurz hintereinander. Das Geräusch wurde fast vom Rauschen des Meeres verschluckt. Ich richtete mich mit einem Ruck auf, aber ich war noch immer nicht ernsthaft beunruhigt. Was sich da vor meinen Augen abspielte, kam mir unwirklich vor, es berührte mich nicht. Die Männer waren Punkte in der Landschaft, weiter nichts. Schweiß lief mir in die Augen, und ich mußte kurz die Sonnenbrille abnehmen, um ihn abzuwischen... Die beiden Männer standen jetzt nicht mehr so dicht nebeneinander. Der eine lud eine kurze, plumpe Waffe nach. Ich sah die Patronen in der Sonne glänzen. Der andere hielt eine automatische Pistole in der Rechten. Er ging im flachen Wasser auf Whitney zu und zielte auf ihn, drückte aber nicht gleich ab, sondern starrte ihn sekundenlang an. Wie er dort mit ausgestrecktem Arm verharrte, die Pistole in der Faust, hätte man meinen können, daß ihn ein Schock gelähmt hatte. Whitney stand nach wie vor aufrecht in der leichten Brandung, aber da, wo sich sein Gesicht und seine Schädeldecke befunden hatten, war nichts mehr. Aus der Arterie an seinem Hals schoß Blut, ergoß sich wie eine Kaskade über Brust und Beine und färbte das Wasser ringsum rot. Der Mann mit der Pistole drückte ab. Beim ersten Schuß stürzte Whitney rücklings ins Wasser, daß der rosa Schaum nur so spritzte. Der Mann schoß immer weiter, er pumpte eine Kugel nach der anderen in das leblose Bündel zu seinen Füßen, bis das Magazin leer war. Dann griff er in die Tasche und zog ein neues Magazin heraus, um nachzuladen. Als er fertig war, warf er einen Blick in meine Richtung. Der andere Mann sagte etwas zu ihm. Sie gingen quer über den Strand und verschwanden im Wald.«

Kadar blickte auf und sagte zu Dr. Paul: »Ich glaube, ich muß mich jetzt ein bißchen ausruhen.«

Sie stiegen vor dem Verlagsgebäude in ein Taxi, holten Fitzduanes Gepäck vom Bahnhof und fuhren zu Guidos Wohnung in der nahegelegenen Limmatstraße.

Die Limmat floß trübe und stahlgrau im Abendlicht dahin. Es herrschte dichter Berufsverkehr, aber es kam zu keinen Staus. In den Straßenbahnen drängten sich müde Menschen, die auf dem Heimweg waren.

Als das Taxi in Guidos Straße einbog, kamen sie an einem Lagerhaus vorbei, das so aussah wie nach einem Bürgerkrieg. An dem mit Graffiti beschmierten Gemäuer hingen Transparente und Fahnen. Überall lagen Pflastersteine und andere Wurfgeschosse herum. Rund um das Gelände hatte man Stacheldrahtverhaue ausgerollt. An allen strategischen Punkten hatten Polizisten, einige in Uniform, andere im Kampfanzug, Stellung bezogen. Außerhalb der Absperrung standen Menschen in kleinen Gruppen beieinander und diskutierten.

»Wie du siehst, liegt meine Wohnung genau richtig«, scherzte Guido. »Ich kann zu Fuß zum Kriegsschauplatz gehen, sogar in meinem Zustand. Es sind kaum dreihundert Meter.«

»Was für ein Krieg findet hier statt?« fragte Fitzduane.

»Das ist das umstrittene ›Autonome Jugendzentrum‹«, antwortete Guido. »Ich erzähle dir bei einem Drink mehr darüber. Darauf warst du in der beschaulichen Schweiz nicht gefaßt, stimmt's?« Er lächelte spöttisch.

»Nein.«

Die Wohnung lag im zweiten Stock. Bevor Guido den Schlüssel ins Loch stecken konnte, ging die Tür auf. Eine hübsche, schwarzhaarige, etwas verhärmt wirkende Frau Anfang Dreißig stand vor ihnen. Sie gab Guido einen Kuß, und er legte ihr den Arm um die Schultern. »Das ist Christina«, sagte er. »Sie paßt auf, daß ich keine Dummheiten mache, und sie umsorgt mich, weil sie glaubt, ich könnte nicht einmal ein Ei kochen.« Er küßte sie auf die Stirn.

Die Wohnung war geräumig und gemütlich. Guido schob Fitzduane vor sich her in sein Arbeitszimmer und schenkte ihnen beiden ein Glas Weißwein ein. »Eigentlich sollte ich jetzt in der Küche mithelfen und den Salat waschen«, sagte er, »aber Christina weiß, daß wir viel miteinander zu besprechen haben. Ich habe also eine gute Ausrede.«

»Eine attraktive Frau«, sagte Fitzduane. »Ich hatte nicht erwartet, dich in festen Händen vorzufinden.«

»Ich habe gerade noch die Kurve gekriegt«, meinte Guido. »Wenn ich gewußt hätte, wie schön das Leben zu zweit ist, hätte ich schon früher im Leben einen Versuch gemacht.«

»Hast du doch«, sagte Fitzduane. »Hast du es etwa vergessen?«

Guido sah ihn lange an und antwortete nicht gleich. »Nein«, sagte er schließlich.

Sie schwiegen eine Weile, dann sagte Guido: »Ich habe mich auf deine Bitte hin ein bißchen über die Graffenlaubs informiert. Da hast du dir wirklich etwas vorgenommen. Leg dich bloß nicht mit dem Familienoberhaupt an, sonst könnte es passieren, daß du schneller aus der Schweiz rausfliegst, als dir lieb ist.«

»Wieso?«

»Graffenlaub ist ein prominentes Mitglied des hiesigen Establishments«, antwortete Guido, »und das Schweizer Establishment hält zusammen. Wer zuviel Staub aufwirbelt, fliegt raus. So einfach ist das.«

»Was verstehst du unter ›zuviel Staub aufwirbeln‹«?

»Das entscheidet man von Fall zu Fall, und man wird dabei nicht gefragt. Die Mächtigen diktieren hier die Spielregeln. Es ist ihr Land.«

»Es ist auch deines.«

»Ja, ich habe den gleichen Paß wie sie, aber mir gehört nicht so ein großes Stück von dem Kuchen wie zum Beispiel Graffenlaub. Das ist der Unterschied.«

»Jedenfalls in deinen Augen.«

»Klar, aber abgesehen davon geht es hier um Macht.« Guido lächelte amüsiert. »Sie haben soviel Macht, daß man es sich besser nicht mit ihnen verdirbt.«

Fitzduane sah ihn an und nickte.

»Deshalb brauchst du trotzdem nicht gleich die Koffer zu pakken«, sagte Guido lachend.

»Bevor du mir Näheres über Graffenlaub erzählst, würde ich gern ein bißchen mehr über die Schweizer Gesellschaft erfahren«, sagte Fitzduane. »Woraus setzt sich das Establishment zusammen? Wie funktioniert das System? Warum gibt es in dieser Oase des Friedens und Wohlstands Straßenkrawalle? Was hat es mit dem Autonomen Jugendzentrum auf sich?«

Guido zündete sich eine Brissago an, eine von diesen dünnen, schrumpeligen Zigarren mit einem Strohhalm als Mundstück, die einer knorrigen Wurzel ähneln. Rauch stieg in die Luft, im Zimmer war es angenehm warm und aus der Küche drangen Geräusche, die ein baldiges Abendessen verhießen.

»Ich fange mit ein paar grundlegenden Fakten an«, sagte Guido. »Die Schweiz hat 6,3 Millionen Einwohner und zählt zu den reichsten Ländern der Welt. Die Inflation ist minimal, und Arbeitslosigkeit gibt es praktisch nicht. Hier verkehrt alles pünktlich nach Fahrplan: Züge, Busse, Flugzeuge, sogar Jogger. In vielerlei Hinsicht ist die Schweiz keine richtige Nation, sondern eher eine Ansammlung von Städten und Gemeinden, die sich untereinander nicht unbedingt mögen, weil sie kulturell und sprachlich nicht viel gemein haben. Sie halten allein aus Nützlichkeitserwägungen zusammen. Hierzulande werden vier Sprachen gesprochen – Deutsch, Französisch, Italienisch und Rätoromanisch. Dazu kommen wer weiß wie viele Mundarten und Dialekte. Auch in Glaubensdingen sind die Schweizer ein gespaltenes Volk. Fast fünfzig Prozent sind Katholiken, rund achtundvierzig Prozent Protestanten unterschiedlicher Couleur. Im Gegensatz zu den meisten anderen Ländern ist die Macht hier nicht zentralisiert, zumindest nicht theoretisch, sondern geht sogar im politischen Alltag von der Basis aus. Kernstück der Kantone und Halbkantone, von denen es sechsundzwanzig gibt, ist die Gemeinde. Der Zentralregierung in Bern gesteht die Verfassung nur eingeschränkte Befugnisse zu, und die Wählerschaft sorgt dafür, daß sie nie über den Großteil der Steuereinnahmen verfügen kann. Geld und Macht sind gleichbedeutend. Wenig Geld, wenig Macht.«

Guido lächelte höhnisch, doch etwas an ihm verriet, daß er im Grunde stolz war, ein Schweizer zu sein.

»Verschiedene Sprachen, verschiedene Dialekte, verschiedene Konfessionen, verschiedene Geographie, verschiedene Nachbarn, verschiedene Sitten und Gebräuche«, sagte Fitzduane. »Wodurch wird das alles zusammengehalten?«

»Durch verschiedene Dinge«, erwiderte Guido grinsend. »Zum Beispiel durch eine verdammt gute Verfassung, siebenhundert Jahre gemeinsame Geschichte, allgemeinen Wohlstand – nein, so allgemein ist er nun auch wieder nicht – und einen besonders starken gesellschaftlichen Klebstoff: die Armee.«

»Erzähl mir von der Schweizer Armee«, bat Fitzduane.

»Das Essen ist fertig«, verkündete Christina, die in der Küchentür stand. »Es bekommt Guido nicht gut, wenn er zu spät ißt.« Sie ging zu ihm und half ihm beiläufig, aber mit Bewegungen, die Routine verrieten, aus dem Sessel. Aus der Geste sprachen Fürsorge und Liebe. Es sollte so aussehen, als würde er immer noch allein zurechtkommen, selbst wenn er müde war und Hilfe brauchte.

Auch Fitzduane hätte Guido gern geholfen, doch er unterdrückte den Impuls. Er überließ die beiden lieber sich selbst und machte sich nützlich, indem er die Weingläser nahm und auf den Eßtisch stellte. Guido brauchte ihm nicht lange zuzureden, damit er eine zweite Flasche entkorkte.

Kadar schwieg und hing seinen Erinnerungen nach.

Whitney Restons Tod war Castro und dessen Rebellen in die Schuhe geschoben worden. Als CIA-Agent, der mit Batistas antikommunistischer Polizei zusammenarbeitete, hatte er logischerweise eine gute Zielscheibe abgegeben.

Nach Whitneys Tod hatte Kadar sich wieder in seine kleine Welt zurückgezogen, mit Mikrofonen hantiert, Tonbandaufzeichnungen gemacht, durch Gucklöcher gespäht, Zeituhren installiert und mit sprachgesteuerten Apparaten experimentiert; er hatte sich ein Richtmikrofon gebastelt und ausprobiert, ob sich die elektrischen Leitungen im Haus zu Übertragungszwecken einsetzen ließen. Schließlich war es ihm sogar gelungen, nicht nur im Auto seiner Mutter, sondern auch in Venturas Wagen Wanzen anzubringen.

Alles deutete darauf hin , daß er mit dieser »Spionagetätigkeit« herausfinden wollte, wer Whitney umgebracht hatte, doch ironischerweise war das nicht der Fall. Kadar hatte einen Schock erlitten und zog Venturas Behauptung, die Killer seien festgenommen und hingerichtet worden, nicht in Zweifel. Selbst nachdem Kadar ein in Venturas Wagen geführtes Gespräch mitgehört hatte und dahintergekommen war, daß nicht die wegen des Mordes an Whitney hingerichteten Personen, sonderen andere die Tat begangen hatten, ging er weiterhin davon aus, daß die Mörder unter den Aufständischen zu suchen waren. Genau genommen verfolgte er bei dem, was er tat, überhaupt kein Ziel, sondern wollte sich nur ablenken. Es half ihm, zu vergessen und sich auf sein künftiges Leben vorzubereiten. Vor allem jedoch gab es ihm das Gefühl, alles unter Kontrolle zu haben.

Eines Tages rief Ventura Kadar zu sich und eröffnete ihm, jemand wolle ihn sehen. Seine Mutter dürfe davon nichts erfahren.

Kadar mußte sich waschen, einen Anzug anziehen und einen Schlips umbinden. Dann fuhr Ventura mit ihm zu einem Haus in der Olispo-Straße in der Altstadt von Havanna. Unterwegs sagte Ventura, der Mann habe ihm etwas Wichtiges mitzuteilen, und wenn er, Kadar, sich nicht selbst schaden wolle, rate er ihm, die Ohren zu spitzen, sich anständig zu benehmen und gefügig zu zeigen.

Kadar wurde in einen kärglich möblierten Raum im zweiten Stock geführt und allein gelassen. Die Fenster waren geschlossen, und das Zimmer wirkte so, als hätte seit langem niemand darin gewohnt. Nach ein paar Minuten trat ein elegant gekleideter Amerikaner ein. Er sperrte die Tür ab und forderte Kadar mit einem Wink auf, Platz zu nehmen.

Kadar wußte sofort, wen er vor sich hatte. Seine Mutter hatte ein Foto von dem Mann aufbewahrt und oft von ihm erzählt. Sicher, er war ein bißchen gealtert und hatte graumeliertes Haar, doch seinem hageren Gesicht, typisch für einen Neu-Engländer, waren die Jahre gut bekommen.

Der Mann entnahm einem silbernen Etui einen Zigarillo und zündete ihn an. Er trug einen hellgrauen Sommeranzug, eine Klubkrawatte, ein blaues Oxford-Hemd mit Button-down-Kragen und Schuhe, wie man sie bei Bankiers sieht. Kurz, er war unverkennbar ein Amerikaner, der der privilegierten Gesellschaftsschicht angehörte.

»Ich nehme an, du weißt, wer ich bin«, sagte er.

»Sie sind mein Vater«, antwortete Kadar. »Henry Bridgenorth Lodge.«

»Du sprichst gut Englisch. Deine Mutter hat es dir beigebracht, nicht wahr?«

Kadar nickte.

»Ich habe nicht viel Zeit«, sagte Lodge. »Paß also gut auf, was ich dir zu sagen habe. Ich weiß, daß ich dir nie ein Vater gewesen bin, aber erwarte nicht, daß ich mich deswegen bei dir entschuldige. Das wäre Zeitverschwendung. So etwas passiert eben, besonders in Kriegszeiten. Mehr ist dazu nicht zu sagen. Als ich deine Mutter kennenlernte, war ich schon verheiratet und hatte einen kleinen Sohn. Nach meiner Rückkehr nach Amerika wollte ich eine Zeitlang nichts mehr von Europa wissen. Was ich dort erlebt hatte, war wie ein Alptraum. Deshalb löschte ich die letzten Jahre aus meinem Gedächtnis – also auch deine Mutter und dich. Ich dachte damals kein einziges Mal an euch. Eine Zeitlang genoß ich die Ruhe und den Frieden, aber dann juckte mich wieder der Hafer. Spannung ist im Leben wie eine Droge, und ich brauchte dringend ein bißchen Aufregung. Der Geheimdienst OSS war bei Kriegsende auf Trumans Anordnung aufgelöst worden. Der Präsident hatte für Spione nicht viel übrig. Aber nachdem er ungefähr ein Jahr lang mitangesehen hatte, wie die USA von Stalin an allen Fronten an der Nase herumgeführt wurde und die Roten sich ein Land nach dem anderen unter den Nagel rissen, machte Truman eine Kehrtwende und rief die CIA ins Leben. Wegen meiner Vergangenheit beim OSS wurde ich übernommen. Ich hatte eine Menge praktische Erfahrung und spreche außerdem mehrere Sprachen, darunter Spanisch. Die Beförderung ließ nicht lange auf sich warten. Vor ungefähr sieben Jahren bekam ich den Auftrag, die Arbeit unserer Leute in Kuba unter die Lupe zu nehmen. Die CIA hatte Kuba vom FBI übernommen, und es gab Zweifel hinsichtlich der Verläßlichkeit von ein paar Agenten, die wir sozusagen geerbt hatten. Die Sache wurde schnell bereinigt, aber während der Ermittlungen bekam ich plötzlich Lust, deine Mutter ausfindig zu machen. Versteh mich bloß nicht falsch, ich hatte nicht vor, eine alte Geschichte aufzuwärmen. Ich bin glücklich verheiratet. Wirklich, ich bin einer von den Glücklichen, bei denen es geklappt hat. Es war einfach nur Neugier. Ich stellte fest, daß es euch beiden nicht gut ging. Es hatte euch in ein Kaff in der unwirtlichsten Provinz von Kuba verschlagen, und ihr wart in Not. Ich habe im Lauf der Jahre gelernt, kaltblütig zu sein. Wer so einen Job hat wie ich, verliert schnell den Glauben an die Menschheit. Trotzdem verspürte ich den Drang, euch zu helfen. Ich sagte mir, daß ihr so etwas wie einen Beschützer brauchen könntet – und ein bißchen Geld.«

»Ventura«, sagte Kadar leise.

Lodge warf ihm einen anerkennenden Blick zu. »Kluges Kerlchen. Ventura hat wer weiß wie oft gesagt, daß du nicht auf den Kopf gefallen bist. Also gut, den Rest der Geschichte kann ich mir wohl schenken. Ventura arbeitet schon seit langem für uns. Ich habe ihn nicht aufgefordert, mit deiner Mutter ein Verhältnis anzufangen. Das hat er auf eigene Faust getan. Er wirft die Arbeit und das Vergnügen gern in einen Topf, weil er sich dadurch seiner Meinung nach eine Menge Zeit spart. Egal, ich bat ihn, sich um euch zu kümmern und zahlte ihm dafür jeden Monat einen bestimmten Betrag. Es war *mein* Geld, nicht das der CIA! Bei der CIA stand er sowieso auf der Liste. Ventura versteht sich darauf, überall abzusahnen.«

»Warum haben Sie mich kommen lassen?« fragte Kadar. »Erwarten Sie etwa, daß ich mich bei Ihnen bedanke?«

Lodge lächelte dünn. »Wenn wir so weitermachen, wird bestimmt ein richtig liebevolles Verhältnis draus. Nein, ich pfeife auf deine Dankbarkeit, und ich bin auch nicht hier, weil ich irgend etwas für dich empfinde. Ich weiß nicht einmal, ob ich dich überhaupt mögen werde, aber das ist ein anderes Thema. Ich brauche dich, weil meine Frau dich braucht. Vor zwei Jahren ist unser Sohn an Hirnhautentzündung gestorben. Sie kann keine Kinder mehr kriegen, und wir wollen kein völlig fremdes Kind adoptieren. Meine Frau hat seit Timmies Tod schlimme Depressionen. Vielleicht bist du die Lösung. Es könnte sein, daß durch dich alles anders wird.«

»Weiß sie über mich Bescheid?«

»Ja. Ich habe ihr vor einem Jahr alles erzählt. Zuerst war sie wütend und durcheinander, aber inzwischen hat sie sich an den Gedanken gewöhnt und findet ihn sogar gut. Sie ist ein religiöser Mensch. Sie glaubt, daß Gott dir bestimmt hat, in ihrem Leben eine Lücke zu schließen. Außerdem fließt in deinen Adern sozusagen blaues Blut, weil du ein halber Brigdenorth Lodge bist.«

»Und was ist mit meinem Leben hier? Was wird aus meiner Mutter? Ist sie eingeweiht?«

»Hör zu, mein Junge, in ein paar Wochen übernehmen hier Castro und seine kommunistische Rotte das Kommando, und dann wird Kuba ein noch größerer Schweinestall, als es ohnehin schon ist. Viel herzumachen war mit diesem Land nie, und unter Fidel und seinen Leuten wird es garantiert noch schlimmer. Sie reden von Demokratie, aber sie meinen in Wirklichkeit die Diktatur ihrer Partei und wollen das Leben von jedem einzelnen Kubaner rund um die Uhr kontrollieren. Die Leute werden eines Tages sehnsüchtig an das Batista-Regime zurückdenken. Wenn du zu uns in die Staaten ziehst, bekommst du im Leben eine echte Chance. Du wirst die besten Schulen besuchen und diesen häßlichen Akzent loswerden. Wir werden dich auf die Universität schikken, und du kannst dir selbst aussuchen, welche Laufbahn du einschlagen willst. Ich frage dich: Was ist besser für dich – hierbleiben oder mitkommen?«

»Was wird aus meiner Mutter?« wiederholte Kadar. »Weiß sie, was Sie mit mir vorhaben?«

»Nein, noch nicht. Tu bloß nicht so, als wäre dir wichtig, was sie denkt und fühlt! Versuch nicht, mir etwas vorzumachen! Ich weiß genau, wie du zu deiner Mutter stehst. Vergiß nicht, daß Ventura für mich arbeitet.«

»Sind Sie reich?«

»Du bist wirklich ein abgefeimtes Bürschchen! Wie ich sehe, hast du von unserer Sippe ein paar typische Charaktereigenschaften geerbt.« Lodge lächelte kaum merklich. »Sagen wir lieber wohlhabend.«

»Wie wohlhabend?«

»Wenn du auf meinen Vorschlag eingehst, bekommst du von mir an deinem einundzwanzigsten Geburtstag eine Million Dollar. Hilft dir das bei der Entscheidung?«

»Ja, Vater.«

Kadar war sich längst darüber im klaren, daß er für das, was er vorhatte, eine Menge Geld brauchen würde. Die Million von seinem Vater würde nicht ausreichen, und bestimmt war die Auszahlung des Geldes mit Auflagen und Bedingungen verknüpft.

Außerdem sollte niemand über seine finanziellen Verhältnisse Bescheid wissen. Geld ist Macht, aber heimlicher Reichtum bedeutet zudem, daß man die Fäden in der Hand hält, ohne daß die anderen es merken.

Abends im Bett setzte Kadar sich die Kopfhörer auf und belauschte ein Gespräch zwischen Ventura und seiner Mutter. Danach war ihm auf einmal alles klar, und er wußte genau, was er zu tun hatte.

»Hör mal, meine Süße«, sagte Ventura, »du bist nicht nur dümmer, sondern auch gefährlicher, als ich gedacht hatte.«

Kadars Mutter schwieg.

»Gestern nacht«, fuhr Ventura fort, »haben sich meine Leute einen gewissen Miguel Rovere vorgeknöpft. Er ist Geldeintreiber für diejenigen unter unseren amerikanischen Freunden, die unsere Wirtschaft durch Glücksspiel, Prostitution, Drogenhandel und sonstige Finessen des ›American dream‹ ankurbeln. Anscheinend versteht er sich besser darauf, anderen Menschen Schmerzen zuzufügen, als selbst welche auszuhalten. Jedenfalls fing er gegen Morgen zu wimmern an und bat um Gnade. Er behauptete, er hätte eine wichtige Information, die nur für meine Ohren bestimmt sei. Es ginge um Seor Reston – den verstorbenen Seor Reston. Rovere erzählte mir, er und ein in Miami angeheuerter Killer hätten Whitney Reston umgelegt – und daß du den Auftrag erteilt hättest. Wie du weißt, bin ich daran gewöhnt, daß mir Häftlinge alle möglichen Lügen auftischen. Sie erfinden wer weiß was, damit man sie in Ruhe läßt. Wenn dann mal einer die Wahrheit sagt, bin ich im ersten Moment immer ziemlich platt. Wahrheit ist etwas Außergewöhnliches, und deshalb erkennt man sie sofort. Was zwischen Roveres geschwollenen, blutigen Lippen hervorkam, klang wahr.«

Kadars Mutter fing an zu weinen, und dann schrie sie Ventura an, er hätte eben von Anfang an etwas unternehmen sollen. Dann hätte sie nicht so weit gehen müssen. Hätte sie etwa mitansehen sollen, wie ein perverser Amerikaner aus ihrem einzigen Sohn einen tuntigen Schwulen machte? In diesem Stil zeterte sie weiter. Es war ein Ausbruch von Haß, Frust und gestauter Wut. Kadar konnte nicht alles verstehen. Er war überzeugt, daß Whitney nicht nur wegen der Dinge hatte sterben müssen, die er mit ihm gemacht hatte. Nein, der Mord an Whitney Reston zeigte auch, wie sehr es seine Mutter gelüstete, sich an all den Menschen zu rächen, von denen sie jahrelang benutzt und im Stich gelassen worden war.

»Sie wußte also Bescheid«, unterbrach Dr. Paul ihn. »Hat sie jemals versucht, mit Ihnen darüber zu reden?«

»Nein, kein einziges Mal.«

»Wahrscheinlich glaubte sie, daß es sowieso nichts nützen würde.«

»Ja, so war es wohl«, stimmte Kadar ihm zu. »Als ich das Gespräch belauschte und die Tragweite von Venturas Worten begriff, reagierte ich sehr seltsam. Ich war so geschockt, daß es mir den Atem verschlug, aber gleichzeitig blieb ich ganz ruhig. Im Grunde war ich nicht einmal überrascht. Die beiden Killer hatten sich als *campesinos* verkleidet, aber ihre Körpersprache hatte sie verraten. Sie hatten sich wie Stadtmenschen bewegt. Für solche Dinge hatte ich einen geübten Blick... Meine Mutter flennte eine Weile, dann fing sie an zu reden. Sie fragte Ventura, was er mit ihr vorhätte. Er antwortete, er werde erst einmal überhaupt nichts tun, aber er müsse ihr solange aus dem Weg gehen, bis die Sache geklärt sei. Daraufhin wollte sie wissen, ob er die CIA unterrichten werde, und er meinte, eigentlich müsse er das, aber ehrlich gesagt habe er Angst, daß man ihn dann bei dem Großreinemachen, das gerade im Gang sei, abservieren werde... Für mich stand jetzt fest: Meine Mutter mußte weg. Bald war mir auch klar, daß Ventura ebenfalls sterben mußte. Persönlich hatte ich nichts gegen ihn, im Gegenteil, ich bewunderte ihn und hatte viel von seiner skrupellosen Zielstrebigkeit gelernt. Aber er besaß etwas, das ich brauchte und an das ich nur herankam, wenn er tot war. Während der nächsten Tage entwickelte und prüfte ich die verschiedensten Pläne und Methoden. Aus Sicherheitsgründen entschloß ich mich, keinen anderen Menschen in die Sache hineinzuziehen. Ich hatte ja erlebt, wie gefährlich dieser Rovere für meine Mutter geworden war. Übrigens wußte ich damals schon, daß ich, wenn alles klappte, nicht zum letztenmal jemanden umgebracht haben würde. Deshalb wollte ich lieber gleich einen guten Start hinlegen. Ich kannte meine eigene Zimperlichkeit – der Anblick von Blut war mir zuwider –, aber ich war fest entschlossen, diese Charakterschwäche zu überwinden. Glauben Sie bitte nicht, daß mir Gewaltanwendung absolut fremd war. Ganz im Gegenteil. Man konnte unmöglich einen Menschen wie Ventura so lange kennen, ohne mit einer so alltäglichen Sache wie Gewalttätigkeit konfrontiert zu werden. Trotzdem – zuzusehen, wie jemand umgebracht wird, ist etwas anderes, als es selber zu tun. Mir kam es darauf an, eigene Erfahrungen zu sammeln. Schon bald wurde mir klar, daß ich nicht so leicht an Ventura herankommen würde. In die Maßnahmen zu seinem persönlichen Schutz hatte er auch meine Mutter einbezogen. Er war ein Bulle von einem Kerl und immer bewaffnet. Das Haus wurde rund um die Uhr scharf bewacht. Ventura fuhr immer nur in einer gepanzerten, von Jeeps der Sicherheitspolizei eskortierten Limousine durch die Gegend. Das BRAC-Hauptquartier wurde genauso sorgfältig abgeschirmt. Ventura hatte viele Todfeinde, und er wußte es. Aber er war ein schlauer Bursche. Seine Vorsichtsmaßmahmen waren genau durchdacht. Nach reiflicher Überlegung verwarf ich alle komplizierten Pläne und entschied mich für eine Methode, die sich den einzigen Schwachpunkt der Sicherheitsvorkehrungen zunutze machte und mir erlaubte, mich bei meinem Einstand auf die allerdirekteste Weise zu rächen. Die Bewacher betraten nie unser Haus. Abgesehen davon, daß ich zeitlich alles genauestens aufeinander abstimmen mußte, war mein Plan geradezu simpel. Zuerst dachte ich daran, den Mord entweder der CIA oder Castros Leuten in die Schuhe zu schieben, weil so etwas beiden ohne weiteres zuzutrauen war, aber um die Geschichte glaubhaft zu machen, müßte es so aussehen, als hätten es die Killer irgendwie geschafft, die Abschirmung zu überwinden. Dieses Problem hatte ich nicht, aber gerade das stellte mich als Anfänger vor eine schwierige Aufgabe. Nachdem ich gründlich das Pro und Kontra jeder Möglichkeit erwogen hatte, entschied ich mich für ein traditionelles Tatmotiv, das gut zum feurigen, leidenschaftlichen Wesen der Kubaner paßte. Ich machte mich daran, Venturas Handschrift zu üben. Dabei kam mir meine manuelle Geschicklichkeit zugute. Bereits nach ein paar Tagen konnte ich mit dem Resultat zufrieden sein. Ventura und meine Mutter spielten mir unterdessen ungewollt in die Hände. Sie stritten sich oft vor den Augen des Hauspersonals und der Bewacher. Darauf folgten lange Phasen eisigen Schweigens. Sie tranken viel, und je deutlicher sich abzeichnete, daß die Tage des Batista-Regimes gezählt waren, desto gespannter wurde das Verhältnis. Der Exodus der Batista-Anhänger hatte eingesetzt, und meine Mutter schrie eines Tages so laut, daß alle es hören konnten, Ventura habe vor, sie allein zurückzulassen, damit Castros Männer sie exekutierten. Mir paßte das bestens in den Kram: Es lieferte mir ein glaubhaftes Tatmotiv. Jetzt mußte ich nur noch ruhige Nerven behalten und durfte mir keinen Patzer erlauben. Unser Haus war ein geräumiges, dreistöckiges Gebäude. Das Grundstück war von einer Mauer mit einem Tor umgeben. Es wurde ebenso scharf bewacht wie die Hauseingänge. Von den fünf Hausangestellten wohnten nur zwei bei uns. Ihre Zimmer lagen über der Garage und waren durch eine gepolsterte Tür mit dem ersten Stockwerk verbunden, in dem sich das Schlafzimmer befand. Außer der Schlafzimmertür ging vom Flur nur noch eine andere Tür ab. Es war also nicht sehr wahrscheinlich, daß das Knallen von Schüssen bis nach draußen drang. Ich wußte, daß Geräusche nachts viel weiter zu hören sind als am Tag, und nahm mir deshalb vor, auf Nummer Sicher zu gehen. Ich tippte auf Venturas Schreibmaschine einen kurzen Brief, ahmte seine Unterschrift nach, schrieb den Namen meiner Mutter auf das Kuvert und steckte es in die Tasche meines Bademantels. Dann holte ich die kleine automatische Pistole Kaliber .22, die Ventura meiner Mutter vor Jahren gegeben hatte, überprüfte sie und schob sie in die andere Tasche. Die beiden gingen meist spät zu Bett. Ich setzte die Kopfhörer auf und beobachtete sie durch das Loch in der Zimmerdecke. Während sie es miteinander trieben, sagte ich mir: Das macht ihr heute zum letztenmal. Ein seltsames Gefühl durchströmte mich. Ich kam mir fast allmächtig vor. Ventura saß splitternackt im Bett, nahm einen Schluck Brandy, ließ sich in die Kissen zurücksinken und steckte sich eine Zigarre an. Seine Automatic lag mit gespanntem Hahn, aber gesichert auf dem Nachttisch. Meine Mutter hatte sich vor die Frisierkommode gesetzt. Ich wußte, daß sie dort mehrere Minuten bleiben würde. Es machte ihr längst keinen Spaß mehr, mit Ventura das Bett zu teilen. Ich ließ die Tür meines Zimmers offen, ging die Treppe hinunter, klopfte zaghaft an und sagte meinen Namen. Meine Mutter ließ mich ein. »Ich muß mit dir reden«, sagte ich. Ventura wirkte verärgert und amüsiert zugleich. Sein Glas war fast leer. Ich ging hin und füllte es. Die Behaarung auf seiner Brust war wie eine dichte schwarze Matte. Seine Haut glänzte vor Schweiß. ›Danke, mein Junge‹, sagte er in freundlichem Tonfall. Meine Mutter saß mit dem Rücken zu uns. Ich stellte die Brandyflasche zurück auf den Nachttisch. Neben dem Bett lag ein Handtuch, das Ventura offenbar benutzt hatte. Es fühlte sich feucht an, als ich mir daran die Hände abwischte. Ich zog die Pistole aus der Tasche und schoß ihn zweimal in die Brust. Mit ein paar Schritten war ich bei meiner Mutter, die herumgefahren war. Ich ließ mich vor ihr auf die Knie fallen. Den Mund weit aufgerissen, starrte sie über meine Schulter hinweg Ventura an. Sie war so geschockt, daß sie nicht einmal schreien konnte. Ich schob ihr den Lauf der Pistole so in den Mund, daß die Mündung nach oben, auf das Gehirn gerichtet war, und drückte ab. Der Knall war längst nicht so laut, wie ich erwartet hatte. Ich hörte ein leises Stöhnen und ging zu Ventura zurück. Er lebte noch, aber sein Blick trübte sich bereits. Die Bettwäsche hatte Blut- und Brandyflecken. Anscheinend wollte er etwas sagen. Ich beugte mich vor. ›Warum?‹ hauchte er. Ich zog ein Blatt Papier aus der Tasche und hielt es Ventura unter die Nase. Er erkannte seine eigene Unterschrift. ›Eine Million dreihundertsiebenundzwanzigtausend Dollar‹, sagte ich. Ein Ausdruck des Verstehens kroch in seine Augen. ›Ich hätte es bestimmt auf zwei gebracht‹, flüsterte er, ›aber Castro, dieser Scheißkerl, hat alles vermasselt.‹ Ich verpaßte ihm noch zwei Kugeln, diesmal in den Kopf, zerriß das Schreiben und streute die Schnipsel auf die Leiche. Auf dem Papier hatte – in seiner von mir nahezu perfekt nachgeahmten Schrift – gestanden, er habe die Absicht, Kuba zu verlassen, und meine Mutter müsse leider zusehen, wie sie allein zurechtkäme... Niemand hatte die Schüsse gehört. Ich überlegte, ob ich jetzt laut schreien sollte, als wäre ich nach dem Geballer ins Schlafzimmer gelaufen und hätte die beiden gefunden, entschied mich jedoch für eine andere Lösung. Ich schloß die Schlafzimmertür ab, ging nach oben in mein Zimmer, legte mich ins Bett und schlief wie ein Murmeltier. Am nächsten Morgen wurde ich von dem Lärm wach, den die Bewacher machten, als sie die Schlafzimmertür aufbrachen. Ich lief hinunter und ließ Mutters Schlüssel so fallen, daß es aussah, als wäre er beim Aufbrechen der Tür aus dem Schloß geschleudert worden. Drei Tage später lernte ich meine neue Mutter kennen. Mein Vater warf mir einen seltsamen Blick zu, als wir uns die Hand gaben, sagte aber nichts.«

»Was empfanden Sie, nachdem Sie ihre Mutter umgebracht hatten?« fragte Dr. Paul.

»Ich bedauerte, daß ich es nicht mit einer Schrotflinte getan hatte.«

Das Abendessen war schlicht: Salat, Bratkartoffeln, Käse, Obst. Auf dem Tisch brannten Kerzen. Das Gespräch drehte sich um alte Zeiten, gemeinsame Freunde, Essen und Trinken. Von der Zukunft war fast nie die Rede. Es entging Fitzduane nicht, wie traurig Christina dreinblickte, wenn sie sich unbeobachtet glaubte. Für Guido empfand sie ganz offenbar viel Zärtlichkeit und eine tiefe, sorgenvolle Zuneigung, und er selbst wirkte trotz der Schmerzen und der Gewißheit eines nahen Todes gefaßt und zufrieden.

Sie kamen auf die Krawalle in Zürich und die Protestbewegung der Jugend zu sprechen.

»Ich werde daraus ehrlich gesagt nicht schlau«, gestand Fitzduane. »Ihr habt hier so gut wie keine Arbeitslosigkeit und Inflation, sondern den höchsten Lebensstandard von Europa. Wo ist also das Problem? Wer sind die Randalierer und warum schmeißen sie Schaufensterscheiben ein?«

»Sie zertrümmern nicht nur Scheiben«, antwortete Guido. »Vor kurzem sind Tausende von jungen Leuten splitternackt durch die Stadt gezogen.«

Fitzduane mußte lachen.

»Es ist schwer zu sagen, wogegen diese Leute eigentlich sind«, fuhr Guido fort. »Ganz allgemein ausgedrückt steckt dahinter das undefinierbare Unbehagen eines Teils der Jugend an den gesellschaftlichen Verhältnissen in der Schweiz. Trotz all der unbestreitbaren Vorzüge dieses Landes darf man nicht die gewaltigen sozialen Anpassungszwänge übersehen. Alles in allem handelt es sich um eine Demokratie nach westlichem Muster, in der es zwar viel Freiheit, dafür aber manche Freiheiten nicht gibt – jedenfalls behaupten das die jungen Leute.«

»Mich erinnert das ein bißchen an die Protestbewegungen im Jahr 1968.«

»Ja, es gibt gewisse Ähnlichkeiten«, stimmte Guido ihm bei, »nur daß die Aktionen 1968 besser organisiert und aufeinander abgestimmt waren. Es gab Anführer wie Daniel Cohn-Bendit, und es wurden konkrete Forderungen erhoben. Bei uns geht es viel zielloser und anarchistischer zu. Niemand scheint genau zu wissen, was man eigentlich erreichen will. Die Behörden wissen nicht, mit wem sie verhandeln sollen, und reagieren in ihrer Ratlosigkeit oft zu heftig. Statt die Lage nüchtern einzuschätzen, schicken sie die Polizei los – mit Schlagstöcken, Tränengas und Wasserwerfern.«

»Hat die Protestbewegung der Jugend auf die ganze Schweiz übergegriffen?« fragte Fitzduane.

»Es handelt sich um ein europäisches Phänomen. Ich glaube, daß ein Großteil der Schweizer Jugend unzufrieden ist, aber nur eine Minderheit macht bei den Krawallen mit, vor allem in den Städten.«

»Auch in Bern?«

»Da ist es nicht so schlimm. Die Berner haben eine eigene Art, Konflikte zu regeln. Sie mögen keine offenen Auseinandersetzungen. Meiner Meinung nach handeln die Berner Behörden klüger und umsichtiger.«

»Vorhin glaubte ich aus deinen Worten herauszuhören, daß du die Berner für ein bißchen begriffsstutzig hältst«, wandte Fitzduane ein und dachte dabei an eine Bemerkung, die Guido vor einer Weile gemacht hatte.

»Nein, ich wollte nur sagen, daß die Berner schwerfällig sind. Dümmer als alle anderen sind sie bestimmt nicht.« Er lächelte. »Ich würde dir gern etwas zeigen.« Er stand auf und holte einen sperrigen Gegenstand aus einem Schrank. Es war ein Sturmgewehr. Vorsichtig legte er es zwischen der Käseplatte und den leeren Weinflaschen auf den Tisch. Die Waffe glänzte matt im Kerzenschein. Der zweibeinige Ständer war ausgeklappt, das gekrümmte Steckmagazin eingeschoben.

»Ein SG-57«, sagte Fitzduane. »Kaliber 7,5 mm, vierundzwanzig Schuß, Selbstlader für Einzelschuß und Schnellfeuer, zielgenau auf einhundertfünfzig Meter. So etwas schmückt jeden Eßtisch.«

»Du bist wirklich ein Waffenexperte«, sagte Guido.

Fitzduane quittierte seine Worte mit einem Achselzucken.

»In ungefähr sechshunderttausend Schweizer Haushalten gibt es so ein Gewehr und eine versiegelte Schachtel mit vierundzwanzig Schuß Munition«, sagte Guido. »Fast alle Männer zwischen zwanzig und fünfzig sind ausgebildete Soldaten. Innerhalb von Stunden können sechshundertfünfzigtausend Mann mobilisiert werden. Wir sind allzeit bereit, für den Frieden in den Krieg zu ziehen. Die Armee ist eine der wichtigen gesellschaftlichen Institutionen, die das Land zusammenhalten.«

»Und was passiert, wenn einer nicht mitmacht?«

»Wer gesund ist, wird mit zwanzig zum Wehrdienst eingezogen, und wenn er sich weigert, wandert er für mindestens sechs Monate ins Gefängnis. Danach muß er mit Problemen rechnen. Zum Beispiel kann er nicht Beamter oder Angestellter in Bundesbehörden werden, aber das ist nicht die einzige Strafe. Egal, es gibt wichtigere Dinge, die man über die Schweizer Armee wissen sollte. Sie ist nicht nur eine Erfahrung, die alle Bürger dieses Landes im Alter von zwanzig bis fünfzig machen, sondern auch ein Tummelplatz für die mächtige Elite. Man fängt als einfacher Rekrut an und absolviert eine Grundausbildung von siebzehn Wochen. Dann wird man wieder Zivilist, nimmt aber das Gewehr und die Uniform mit nach Hause. Im nächsten Jahr wird man zu mehrwöchigen Übungen eingezogen, und so geht es dann weiter bis zum fünfzigsten Geburtstag. Die tüchtigsten Soldaten werden zu Korporälen befördert und können die Offizierslaufbahn einschlagen. Theoretisch kann es jeder bis in den Generalstab schaffen. Es gibt etwa fünfzigtausend Offiziere bei uns, und davon sind nur zweitausend Generalstäbler, aber sie sitzen hierzulande in den Schaltstellen der Macht. Je höher man in der Hierarchie der Schweizer Armee klettert, desto mehr Zeit hat man für einen bürgerlichen Beruf. Wir sagen dazu ›seinen Rang versilbern‹. Ein einfacher Arbeiter, aber auch ein selbständiger Geschäftsmann hat es besonders schwer.

Die Folge ist, daß der Generalstab und, in geringerem Ausmaß, auch das Offizierskorps von altgedienten Managern der Großbanken, Funktionären der Industrieverbände und Regierungsbeamten beherrscht werden.«

»Kurz, vom militärisch-industriellen Komplex, wie Eisenhower es genannt hat«, warf Fitzduane ein.

»Stimmt, aber er dachte dabei an die USA, wo Militär und Industrie miteinander verfilzt sind«, sagte Guido. »Bei uns reicht der Ausdruck ›Filz‹ nicht. Bei uns sind viele Industriebonzen gleichzeitig hohe Offiziere. Sie stellen Waffen her, kaufen sie für die Armee ein und bringen sie zum Einsatz.«

»Aber nur zu Übungszwecken.«

»Ja, Gott sei Dank.«

Später, nachdem sich der erschöpfte Guido zurückgezogen hatte, zeigte Christina Fitzduane sein Zimmer. Am Fenster stand eine große Topfpflanze, die so aussah, als wollte sie es unbedingt bis zur Deckenlampe schaffen, um der Glühbirne den Garaus zu machen.

»Sie wächst wie verrückt«, sagte Christina stolz. »Wir haben sie in einer Milchflasche aus England mitgebracht.«

»Gibt es zwei Meter lange Milchflaschen?« scherzte Fitzduane.

»Sie war natürlich noch ganz klein.«

»Was für eine Pflanze ist das?«

»Ein Papyrus. Da drüben, am Kopfende von Ihrem Bett, steht noch einer.«

»Du liebe Güte! Wie schnell wächst das Zeug?«

Kadar war verstummt. Er hing seinen Erinnerungen nach und fragte sich, ob er Schuldgefühle haben müßte. Tatsache war, daß er sich damals gleich nach der Tat völlig ausgepumpt gefühlt hatte. Gleichzeitig empfand er eine verhaltene Genugtuung darüber, daß er es tatsächlich über sich gebracht hatte. Er hatte die Prüfung bestanden. Er verfügte über eine innere Kraft, die nur wenigen Menschen gegeben war. Es war ihm bestimmt, über andere Macht auszuüben.

Er versuchte sich zu vergegenwärtigen, was er am Tag danach empfunden hatte. Nach dem Aufwachen hatte er krampfhaft zu zittern angefangen. Fast den ganzen Tag hatte es ihn geschüttelt. »Die typische Reaktion auf einen Schock«, hatte der Arzt mitleidig bemerkt. Kadar hatte dagelegen und sich nicht anmerken lassen, wie verzweifelt er über seinen verräterischen Körper war. In späteren Jahren hatte er eine Reihe von ostasiatischen Kampfsportarten erlernt, damit seine physische Kraft der psychischen nicht nachstand, und nie wieder hatte er nach vollendeter Tat eine Schockreaktion gehabt. Hin und wieder fragte er sich, ob er nicht doch an latenten Streß-Symptomen litt, die tückischerweise so schwer festzustellen waren wie Haarrisse bei Materialermüdung der Metallteile von Flugzeugen.

Das Schweigen hielt minutenlang an. Kadar durchlebte nochmals die innere Anspannung jener Zeit – und den fast permanenten Erregungszustand, in den ihn das Leben in den USA versetzt hatte. Die größte Überraschung war nicht so sehr der ungewohnte Luxus seines neuen Zuhauses oder die Erfüllung so gut wie sämtlicher materieller Wünsche gewesen, als vielmehr die Haltung, die sein Vater ihm gegenüber einnahm.

Bei ihrer ersten Begegnung in Havanna hatte sich Henry Bridgenorth Lodge kalt, hart und zynisch, ja sogar fast gefühllos gegeben: Er brauchte seinen Sohn anscheinend nur, um seine Frau zufriedenzustellen. In der Folgezeit verhielt er sich zwar weiterhin distanziert, und seine zynische Härte erwies sich als durchaus real, doch legte er seinem Sohn gegenüber eine solche Fürsorglichkeit an den Tag, daß sich dieser fast erweichen ließ, seinen Vater liebzugewinnen. Der sechzehnjährige Kadar mußte seine gesamte ungeheuerliche Zielstrebigkeit und Selbstbeherrschung aufbieten, um sich solcher Gefühle zu erwehren. Wieder und wieder bleute er sich selbst ein, daß er sich solchen banalen Empfindungen nicht hingeben durfte, wollte er alles unter Kontrolle behalten. Wenn er abends mit tränenüberströmtem Gesicht in der Abgeschiedenheit seines Zimmers im Bett lag, wurde sein Körper von Empfindungen geschüttelt, die er nicht verstand und auch nicht verstehen wollte.

Bereits nach einer kurzen Zeit der Eingewöhnung in seine neue Heimat – bis zum CIA-Hauptquartier in Langley waren es mit dem Auto nur zwanzig Minuten – mußte er sich einer schier endlosen Serie von Prüfungen und Tests unterziehen, mit deren Hilfe über seinen weiteren Werdegang entschieden werden sollte. Es stellte sich heraus, daß er ungewöhnlich begabt war. Einen vergleichbar hohen Intelligenzquotienten wie er hatte nur ein Prozent der amerikanischen Bevölkerung. Nicht nur hatte er ein Ohr für Sprachen und ein beträchtliches schöpferisches Potential, sondern er war zudem äußerst sportlich.

Unter diesen Umständen kam der Besuch einer normalen Schule nicht in Betracht. Ein Jahr lang wurde er von Privatlehrern unterrichtet, wobei Lodge auf die vielen hochqualifizierten Akademiker und Fachleute zurückgreifen konnte, die im Sold der CIA standen. Kadar wurde mit einer Schärfe des Intellekts und einem hohen Ausbildungsstand konfrontiert, wie er sie bisher nur aus Büchern gekannt hatte. Es war aufregend und machte Spaß. Er verzeichnete in geistiger und körperlicher Hinsicht gewaltige Fortschritte.

Im zweiten Jahr schickte man ihn auf eine Schule für Hochbegabte, ergänzte die Ausbildung jedoch weiterhin durch Privatunterricht. Diese Methode wurde bis zum Ende seines Studiums in Harvard beibehalten. Schon bald wurde er sich bewußt, daß er, ohne es darauf anzulegen, auf andere Menschen eine gewisse Anziehungskraft ausübte – und daß er diese Gabe ausnutzen konnte, um sich andere gefügig zu machen. Zugleich war er sich darüber im klaren, daß er noch zu wenig Menschenkenntnis besaß und daß sich dieses Manko nachteilig auswirken konnte. Deshalb analysierte er unauffällig die Art und Weise, wie die Menschen auf ihn reagierten, und arbeitete hart daran, sich selbst das Erscheinungsbild eines gewinnenden jungen Mannes zu verleihen. Die Folge war, daß seine wahre Persönlichkeit und seine Fassade immer weiter auseinanderklafften.

Unter seinen Mitschülern erfreute er sich größter Beliebtheit, doch sein Vater ahnte, was für ein Mensch unter seinem Dach heranwuchs. Er spürte, daß etwas nicht stimmte. Wenn er der warnenden Stimme kein Gehör schenkte, so lag das daran, daß er eine Schwäche für alles hegte, was mit Intelligenz und Begabung zu tun hatte. Kadar vereinigte in sich auf unwiderstehliche, dynamische Weise intellektuelle Schärfe mit anderen geistigen Qualitäten. Er kam Lodge wie ein Garten vor, in dem jedes einzelne

Samenkorn aufging und gedieh. So wurde es für ihn geradezu zu einer fixen Idee, diesem erstaunlichen jungen Fremden, der sein leiblicher Sohn war, die beste Erziehung und Ausbildung zu bieten und ihn in jeder erdenklichen Weise zu fördern.

Henry Bridgenorth Lodge entstammte einer jener Familien, die schon seit so langer Zeit reich waren , daß ihre Mitglieder allein im Geldverdienen längst keine berufliche Befriedigung mehr fanden. Natürlich verdienten sie Geld, viel Geld sogar, mehr, als sie mühelos ausgeben konnten, und dieses Talent schien sich von einer Generation an die nächste zu vererben, doch war ihr Trachten im Grunde auf höhere Ziele gerichtet, beispielsweise ihrem Land zu dienen. Mit fast jesuitischem Eifer und ebenso großer Unbekümmertheit kämpften sie für die Interessen der USA oder das, was sie dafür hielten. In ihrem Klan, wie sie selbst ihre Sippe nannten, heiligte der Zweck die Mittel.

Den meisten Menschen ist im Leben das Glück versagt, unter die Fittiche eines wahrhaft großen Lehrers genommen zu werden. Kadar war in zweifacher Hinsicht ein Glückspilz. Ventura hatte ihm unbeabsichtigt die Grundkenntnisse im Umgang mit Macht, Gewalt, Intrigen und Erpressung eingepflanzt. Lodge und die von ihm herangezogenen Lehrer brachten ihm bei, in strategischen Bahnen zu denken, banden ihn in ein Beziehungsgeflecht ein, das ihm die Oberschicht erschloß, gaben ihm gesellschaftlichen Schliff und unterwiesen ihn in so unterschiedlichen Bereichen wie Fremdsprachen und Projektplanung, Kulturgeschichte und Pistolenschießen.

Wenn Lodge bisweilen etwas von Kadars innerer Zerrissenheit spürte, so beruhigte er sich mit dem Gedanken, daß sich alles gemäß bester Familientradition von selbst einrenken werde. Sein Sohn sollte für eine glänzende Karriere bei der CIA getrimmt werden und in späteren Jahren ein ehrenvolles öffentliches Amt bekleiden.

Kadar, der im liberalen Klima seiner neuen amerikanischen Heimat ziemlich verblüfft feststellte, daß es ihm selbst durchaus nicht an Humor mangelte, amüsierte sich viele Jahre später immer wieder bei dem Gedanken, daß ausgerechnet er, der für den Dienst am Gemeinwohl ausgebildet worden war, sich zu einem der gefährlichsten Verbrecher des Jahrhunderts gemausert hatte. Insgeheim verachtete er die Bridgenorth Lodges und alles, was sie verkörperten – nur ihr Geld nicht.

Als Fitzduane am nächsten Morgen aufwachte, fand er die Wohnung leer vor. Durch die Doppelfenster drang gedämpfter Straßenlärm. Der Frühstückstisch war gedeckt. Auf einem Zettel standen ein paar Namen von Restaurants, wo man gut zu Mittag aß. Das Sturmgewehr war wieder im Schrank verwahrt.

Fitzduane sah sich auf den Küchenregalen nach Marmelade um. Er fand zwei verschiedene und ein Glas englische Konfitüre. Hinter den Gläsern entdeckte er die versiegelte Schachtel mit den vierundzwanzig Patronen. Sie ähnelte einem Fruchtsaftbehälter.

Beim Frühstück überflog er die schriftlichen Unterlagen über die Familie von Graffenlaub, die Guido ihm dagelassen hatte, und warf einen Blick auf die Tonbänder, schob sie jedoch beiseite, um sich erst einmal mit den schriftlichen Informationen zu befassen. Sie erwiesen sich als klar und übersichtlich:

»Die Familie von Graffenlaub ist eine der ältesten und angesehensten von Bern. Seit Jahrhunderten haben Mitglieder der Familie in der Stadt, aber auch in der Kantonalverwaltung öffentliche Ämter bekleidet. Beat von Graffenlaub, das gegenwärtige Familienoberhaupt, ist dank seiner Herkunft und seiner Stellung in Wirtschaft und Armee eine der Stützen des Schweizer Establishments.

Abgesehen von den Privilegien, die Beat von Graffenlaub aufgrund seiner Geburt zugefallen sind, waren seiner steilen Karriere die Verdienste förderlich, die er sich im Zweiten Weltkrieg beim militärischen Geheimdienst der Schweiz erworben hat. Eine Zeitlang agierte er als Verbindungsmann zwischen dem Oberkommando der deutschen Wehrmacht und dem schweizerischen Geheimdienst. Unter dem Deckmantel eines professionellen Skisportlers und anderer sportlicher Aktivitäten beschaffte er Informationen von größter Tragweite, darunter Einzelheiten über die sogenannte Operation Tannenbaum, den deutsch-italienischen Invasionsplan für die Schweiz.

Zum Lohn dafür, daß er bereits als knapp Zwanzigjähriger unter

Gefahr für Leib und Leben dem Wohl seines Landes gedient hatte, wurde Beat von Graffenlaub in der Armee in rascher Folge befördert und kam auch im bürgerlichen Leben schnell voran. Nach dem Krieg betätigte er sich einige Jahre lang als Geschäftsmann, entschied sich dann jedoch für ein Jurastudium, nach dessen Abschluß er eine eigene Kanzlei eröffnete. Schon bald war er zum Rechtsberater zahlreicher Schweizer Konzerne avanciert. Zugleich machte er jedoch weiter in der Armee Karriere und spezialisierte sich immer mehr auf den militärischen Geheimdienst. Im Jahr 1978 nahm er im Rang eines Obersten des Generalstabs offiziell seinen Abschied.

Beat von Graffenlaubs ohnehin beträchtlicher Einfluß in der Geschäfts- und Finanzwelt wird noch dadurch vergrößert, daß er Treuhänder zahlreicher bedeutender Privatvermögen ist. Das verleiht ihm, zumal als stimmberechtigtem Generalbevollmächtigten bei Aktionärsversammlungen, innerhalb der Schweizer Wirtschaft eine reale Machtposition... »

In diesem Ton ging es Seite um Seite weiter. Beat von Graffenlaub war anscheinend wirklich ein Paradebeispiel für ein führendes Mitglied des schweizerischen Establishments. Wie mochte Ruedi solch eine übermächtige Vaterfigur verkraftet haben? Lag hier vielleicht der Schlüssel zu seinem traurigen Los?

»Verdammte Scheiße!« fluchte Fitzduane innerlich, als seine Gedanken von dem toten Rudolph von Graffenlaub zu dem dahinsiechenden Guido wanderten. »Ich habe zu oft mit Toten und Sterbenden zu tun.« Plötzlich sehnte er sich nach Etan.

Er packte, fuhr mit der Tram zum Hauptbahnhof und nahm den nächsten Zug nach Bern.

Kapitel 10

Es war sechs Uhr morgens. Max Buisard, der Chef der Berner Kriminalpolizei, saß im Polizeipräsidium am Waisenhausplatz hinter seinem Schreibtisch. An manchen Tagen fing er noch früher an, und allein das hätte schon als Beweis dafür ausgereicht, daß in seinen Adern kein irisches Blut floß. In Irland – zumindest im

Süden des Landes – konnte die Tatsache, daß jemand schon so früh wach war oder gar arbeitete, allenfalls mit einer durchzechten Nacht, einem Anfall geistiger Verwirrung oder Sex entschuldigt werden. Selbst die Kühe schliefen dort bis gegen acht Uhr, an Sonntagen sogar noch länger.

Buisard stammte aus dem Waadtland in der romanischen Schweiz, hatte jedoch drei von seinen bislang vier Lebensjahrzehnten in Bern verbracht, stets darauf bedacht, sich anzupassen, was ihm auch mit einiger Mühe gelungen war. Beispielsweise konnte er stolz von sich behaupten, das »Bernerdütsch« so vollendet zu beherrschen, daß er diese Mundart wie ein Einheimischer sprach. Dies war nicht zuletzt darauf zurückzuführen, daß er sich neben seiner Ehefrau immer zwei Geliebte gehalten hatte – ein praktisches, wenngleich recht anstrengendes Verfahren.

Sein Eifer blieb nicht unbemerkt. Erst vor kurzem hatte er zufällig gehört, wie ein prominentes Mitglied des Stadtrats ihn als »bodenständig« bezeichnet hatte, in Bern die höchste Anerkennung für einen vernünftigen, praktischen Menschen, der mit beiden Beinen auf dem Boden der Wirklichkeit steht. Einen kurzen Augenblick lang hatte sich Buisard gefragt, ob dies vielleicht eine Anspielung darauf war, daß er die durch Zeitnot bedingte Neigung hatte, Sex mit Gymnastik zu verbinden, indem er den Liebesakt meist im Stehen vollzog, doch verwarf er den Gedanken, daß dies durchgesickert sein könnte, gleich wieder. Nein, er vertraute der Diskretion der Frauen und den schallschluckenden Wänden der Berner Gebäude.

Der Blick des Kripochefs war starr auf ein Blatt Löschpapier gerichtet. Er hatte ein Problem, ein Riesenproblem mit Walroßbart, ruppigen Manieren und zunehmend unberechenbarem Temperament.

Buisard zeichnete dem plumpen Strichmännchen auf dem Löschpapier einen Schnurrbart und fügte nach kurzem Nachdenken einen Revolverhalfter hinzu. Was sollte er mit einem erstklassigen, altgedienten Kriminalbeamten anfangen, der launisch, streitsüchtig und ausgesprochen jähzornig geworden war? Und bei dem es sich, was alles noch schwieriger machte, um einen alten Freund handelte?

Er zeichnete rund um die Figur einen Käfig, überlegte kurz und versah den Käfig dann mit einer Tür, die auf beiden Seiten eine Klinke hatte. Der Bär sollte zur Räson gebracht, nicht jedoch gezähmt werden. Selbst in der Schweiz, zumal in Bern, konnte an den Vorschriften ein bißchen gedreht werden, wenn dies einem guten Zweck diente und man es richtig anstellte. So wie bisher konnte es jedenfalls nicht weitergehen. Seit dem Bär die Frau gestorben war, war es zu einer Reihe von Zwischenfällen gekommen, und der bislang letzte war besonders unangenehm gewesen.

Eigentlich gehörte der Bär zum Betäubungsmitteldezernat. Er war Feldweibel und der erfahrenste Beamte der Abteilung. Doch wie die meisten Berner Polizisten wurde er hin und wieder zu Sondereinsätzen abkommandiert, vor allem zur Bewachung von Diplomaten und hohen Besuchern. Das war zwar gähnend langweilig, wegen des willkommenen Überstundenzuschlags jedoch trotzdem nicht allzu unbeliebt. Da es in Bern mehr als hundert diplomatische Vertretungen gab, fanden solche Einsätze fast turnusmäßig statt. Gott allein mochte wissen, warum sich all die Botschafter, Legationsräte und Kulturattachés so lange in der grünen Elfenau herumtrieben, wo sie doch eigentlich in Genf hätten sein müssen, dem Brennpunkt des diplomatischen Geschehens.

Der Bär hatte sich bisher eines recht guten Rufs erfreut. Er war tüchtig und einfühlsam zugleich gewesen, eine im Betäubungsmitteldezernat nicht gerade alltägliche Mischung. Verläßlich, vergnügt, fleißig und umgänglich, wie er war, konnte man ihn als den idealen Kollegen bezeichnen, sofern man über ein paar Marotten hinwegsah. So trug er gern eine besonders großkalibrige Kanone mit sich herum, seit neuestem einen 41er Smith & Wesson Magnum-Revolver mit Sechs-Zoll-Lauf. Buisard erschauerte bei der Vorstellung, daß der Bär sich einmal genötigt sehen könnte, von der Waffe in aller Öffentlichkeit Gebrauch zu machen.

Ein zwanzigjähriger Rauschgiftsüchtiger, der in seiner Not einen Mercedes geklaut hatte, weil er dringend etwas zum Verhökern brauchte, um sich einen Schuß leisten zu können, sorgte dafür, daß sich alles von Grund auf veränderte.

Tilly, die bei Migros arbeitete, hatte nach Feierabend etwas fürs

Abendessen eingekauft und wartete an der Haltestelle auf die Tram. Der Bär wollte seine Frau abholen und war nur noch knapp hundert Meter von ihr entfernt, als es passierte. Er hörte den dumpfen Aufprall, als das Auto sie über den Haufen fuhr, er sah, wie sie durch die Luft flog und gegen ein Schaufenster prallte. Die Scheibe bekam ein Dutzend Risse, aber sie zerbrach nicht. Tillys zerschmetterter Körper fiel auf das Pflaster, auf dem sich eine Blutlache bildete. Ein Arm zuckte krampfhaft.

Drei Monate lang lag sie im Koma. Ihr Gehirn war tot, aber die Atmung und andere Körperfunktionen wurden von medizinischen Geräten aufrechterhalten. Der Bär verbrachte viele Tage und Nächte an ihrer Seite. Er hielt ihre Hand. Er küßte sie. Er erzählte ihr Geschichten und las ihr aus der Zeitung vor. Er schenkte ihr Blumensträuße, die so arrangiert waren, wie sie es besonders gern mochte. Die Geräte der Intensivstation summten, machten Tropfgeräusche und gaben sonstige elektronisch erzeugte Laute von sich. Menschen kamen und sagten etwas zum Bär. Manchmal mußte er Papiere unterschreiben.

Dann kam der Tag, an dem man die Geräte abschaltete.

Es brach dem Bär das Herz.

Beat von Graffenlaub fand bis kurz vor dem Morgengrauen keinen Schlaf. Die lähmende Starre, die ihn befallen hatte, als er von Ruedis Tod erfuhr, war nach und nach dem Schmerz, Schuldgefühlen und einer wachsenden Leere gewichen.

Warum hatte sich Ruedi umgebracht? Was war ihm in Irland zugestoßen? Was war in dem kurzen Augenblick, ehe er den tödlichen Entschluß in die Tat umsetzte und sprang, in seinem Kopf vorgegangen? War der Tod schnell eingetreten? Oder hatte Ruedi Schmerzen erleiden müssen? Warum hatte er mit niemandem gesprochen? Es mußte doch Anzeichen für das gegeben haben, was er geplant hatte, irgendeinen Hinweis oder eine Veränderung in seinem Verhalten!

Hätte er, der wohlhabende, einflußreiche Beat von Graffenlaub, von seinesgleichen geehrt und geachtet, etwas tun können – nein, tun *müssen* –, um das Leben seines Sohnes zu retten? Zuinnerst wußte er, daß es so war, daß es nicht anders sein konnte. Doch was?

Der Radiowecker weckte Beat von Graffenlaub vollends auf. Er blieb noch eine Weile liegen und hörte sich mit geschlossenen Augen die Nachrichten an. Über diese Angewohnheit zu so früher Stunde hatte sich Erika immer geärgert. Doch es war schon lange her, seit sie zum letztenmal im selben Bett gelegen oder gar miteinander geschlafen hatten. Erika schlief jetzt in der kleinen Wohnung, die sie sich ein Stockwerk tiefer eingerichtet hatte. Sie brauche das, um ihre Kreativität entfalten zu können, hatte sie gesagt, und er hatte nicht versucht, es ihr auszureden. Es wäre ohnehin sinnlos gewesen: Die Anzeichen für ihren wachsenden Frust waren schon seit ein paar Jahren nicht mehr zu übersehen gewesen.

Es versetzte ihm einen Stich, als er an die ersten gemeinsamen Jahre voll Nähe und Sinnlichkeit zurückdachte. Sie hatten sich unwiderstehlich zueinander hingezogen gefühlt, und die Scheidung von Claire, der armen, spießigen, inzwischen verstorbenen Claire, war ein Preis gewesen, den er gern entrichtet hatte. Er hatte nicht wahrhaben wollen, daß es riskant war, eine fast dreißig Jahre jüngere Frau zu heiraten, doch die Zeit hatte ihn eingeholt. Obwohl er für seine einundsechzig Jahre körperlich durchaus noch fit war, wußte er, daß Erika ihm entglitt, ja daß er sie wahrscheinlich längst verloren hatte.

Er vergegenwärtigte sich Erikas unverkennbaren, moschusartigen Geruch und malte sich aus, wie er sie mit dem Mund dort liebkoste, wo sie heiß und naß war, und wie sie vor Lust stöhnte. Er spürte, daß er eine Erektion bekam, und als er in seiner Phantasie in sie eindrang, sah er ihr erhitztes, vom Schweiß der Leidenschaft benetztes Gesicht vor sich.

Als er die Augen aufmachte und sich im Zimmer umsah, blieb Erikas Bild noch für kurze Augenblicke bei ihm. Dann trafen ihn Schmerz und Einsamkeit mit geballter Wucht.

Ivo kümmerte sich nicht um das Gemisch von Gerüchen, das den Körpern von vierzehn, auf muffigen Matratzen schlafenden Menschen entströmte. Vor einer halben Stunde war ein Pärchen aufgewacht und hatte sich leise geliebt, aber seit zehn Minuten waren nur noch Geräusche zu vernehmen, wie sie Schlafende von sich geben.

Er beschloß, noch ein bißchen länger zu warten. Van der Grijn, der Holländer, hatte sich derartig betrunken, daß jeder normale Mensch einen halben Tag lang bewußtlos gewesen wäre, aber er hatte es irgendwie geschafft, trinkend und schwadronierend wachzubleiben und war erst in den frühen Morgenstunden mit einem Grunzlaut eingeschlafen. Ivo, eher schmal und schmächtig, hatte sich gehütet, sich mit dem bulligen Heroin-Kurier anzulegen. Ivo war ständig high und von einer Marihuanawolke umgeben. Gelegentlich sniffte er Klebstoff oder warf ein paar Pillen ein, und auch auf Koks stand er, konnte es sich aber nur selten leisten. Heroin haßte er.

Heroin hatte den einzigen Menschen gekillt, den er wirklich geliebt hatte. Während er im Gefängnis saß, weil er bei einer Demo die Bullen mit Steinen beworfen hatte, setzte sich die kleine Hilda, gerade fünfzehn, im Bahnhofsklo von Zürich den goldenen Schuß. Man hatte sie tot aufgefunden, zusammengekrümmt und das Gesicht fast in der Kloschüssel. Sie hatte keine Papiere bei sich gehabt, war jedoch irgendwann identifiziert worden, weil sie Ivos Gedichte, sechsunddreißig fotokopierte Seiten, mit sich herumgetragen hatte.

»Ziemlich dünn, dein Buch«, hatte der Zürcher Polizist gesagt, der ihm im Gefängnis Hildas Foto gezeigt hatte und anschließend mit ihm zur amtlichen Identifizierung ins Leichenschauhaus gefahren war.

»Wie dick muß ein Buch denn sein?« hatte Ivo gefragt. Er war blaß gewesen, aber dank der regelmäßigen Mahlzeiten im Knast hatte er ein bißchen Speck angesetzt. Die Polizisten und Gefängniswärter hatten sich ihm gegenüber streng, aber korrekt verhalten.

In seiner abgrundtiefen Verzweiflung schwor er allen Heroin-Dealern Rache. Nach Verbüßung der Haftstrafe zog er in Bern in das »Autonome Jugendzentrum« und wurde mit siebzehn Jahren so etwas wie ein selbsternannter Hausmeister. Die meisten Bewohner waren harmlose, entwurzelte Jugendliche, die nach etwas anderem suchten als dem ordentlichen, disziplinierten Leben in der Schweiz – oder, wie jemand es ausgedrückt hatte, der »Langeweile und dem klimatisierten Elend des Kapitalismus«. Es gab allerdings auch recht gefährliche Gäste, Leute, die die offizielle

Toleranz ausnutzten, um mit harten Drogen und anderen tödlichen Waren zu handeln.

Ivo belauerte die Heroin-Dealer. Mit der Zielstrebigkeit eines Verzweifelten, der nichts zu verlieren hat, stahl er ihnen das Rauschgift und warf es ins Klo – eine bizarre Art, der geliebten Toten zu gedenken. Manchmal informierte er aus einer Laune heraus die Polizei durch seltsame, halbverschlüsselte Mitteilungen, und zwar nie persönlich oder telefonisch, sondern immer nur schriftlich.

Den Reißverschluß an seinem Schlafsack hatte er mit Graphit besprüht. Geräuschlos schlüpfte er hinaus und kroch zu dem schlafenden Holländer hinüber. Er brauchte nur ein paar Sekunden, um die durchsichtigen Heroinbriefchen an sich zu bringen. Auf Zehenspitzen verließ er den Raum.

In der Toilette öffnete er ein Briefchen nach dem anderen und schüttete das weiße Pulver in die Kloschüssel, in der sich das Wasser milchig-weiß färbte. Dann ersetzte er das Heroin durch Puderzucker und verschloß die Päckchen wieder. Das verräterische Weiß im Klo kaschierte er mit Toilettenpapier. Um Lärm zu vermeiden, spülte er nicht.

Er ging zurück in den Schlafraum. Der Holländer schlief tief und fest. Vorsichtig schob Ivo die Heroinbriefchen zurück in den Hohlsaum der Lederjacke. Noch immer keine Reaktion. Beruhigt schlich er erneut aus dem Zimmer, und diesmal traute er sich, auf dem Klo die Spülung zu betätigen. Das Heroin verschwand in der Berner Kanalisation.

Ivo ging in die Küche, setzte Teewasser auf und steckte sich den ersten Joint des Tages an. Dann hockte er sich im Schneidersitz auf den Küchentisch und starrte durch das Fenster in die graue Morgendämmerung hinaus. Er fühlte sich gut. Hilda konnte mit ihm zufrieden sein.

Aber was war mit Klaus, dem schönen Klaus, der so leicht Geld verdiente, indem er jemandem ein paar Stunden lang Lust bereitete? Klaus, der von so vielen Männern und Frauen begehrt wurde? Irgend etwas hatte nicht gestimmt mit dem Mann, der Klaus mitgenommen hatte. Ivo konnte nicht sagen, was es war, er hatte nur ein ungutes Gefühl. Er hatte ein Stück weiter weg gestanden und den Mann in der Dunkelheit nicht deutlich gesehen, sondern erinnerte sich nur, daß er blondes Haar und einen Bart hatte. Ivo hatte gehört, wie die beiden sich unterhielten und lachten. Dann waren sie in der Dunkelheit verschwunden, und der Arm des blonden Mannes hatte um Klaus' Taille gelegen. Autotüren waren zugefallen – dem Geräusch nach war es ein teurer Wagen –, für kurze Augenblicke war das Surren des Motors zu hören gewesen, dann herrschte Stille. Klaus war nicht nach ein paar Stunden zurückgekommen, wie er versprochen hatte. Ivo hatte allein schlafen müssen. Klaus war Ivos Freund.

Wenn das Leben doch nur so wäre wie John Lennons Song *Imagine*! Warum konnte es nicht so sein? Ivo summte die Melodie und wiegte sich im Takt. Morgen würde er etwas wegen Klaus unternehmen. Oder vielleicht übermorgen. Falls Klaus inzwischen nicht längst zurück war.

Imagine...

Die nächtlichen Gelüste, Sorgen und Selbstzweifel zerstoben unter den nadelspitzen Strahlen der eiskalten Dusche.

Beat von Graffenlaub war ein Mann von eiserner Selbstdisziplin und festen Gewohnheiten. Um sechs Uhr dreißig setzte er sich zum Frühstück an einen kleinen Biedermeiertisch, von dem aus er durch das Fenster die Aare vorbeifließen sah. Er trug einen anthrazitgrauen Flanellanzug, ein weißes, maßgeschneidertes Hemd und eine schwarze Seidenkrawatte. Die Schuhe waren von seinem Kammerdiener wie beim Militär mit Spucke auf Hochglanz poliert worden: Sie waren nicht nur blank, sie funkelten geradezu. Die Socken waren aus hellgrauer Seide.

In einer Waterford-Kristallvase lehnte eine einzelne Rose. Um Punkt sechs Uhr fünfundfünfzig steckte sich Graffenlaub die Rose ins Knopfloch, zog einen marineblauen Kaschmirmantel an, nahm seinen Attachékoffer und ging, nachdem er sich gebührend verabschiedet hatte, gemessenen Schrittes die Marktgasse entlang. Die kurze Distanz zwischen Haus und Kanzlei wäre mühelos in zehn Minuten zu bewältigen gewesen, doch er gönnte sich jeden Morgen den Spaß, einen kleinen Umweg zu machen und eine halbe Stunde durch die ihm seit den Tagen seiner Kindheit vertraute

Berner Altstadt zu schlendern, so daß er Punkt sieben Uhr dreißig im Büro eintraf.

An diesem Morgen machte er, nachdem er die Junkergasse hinter sich gelassen hatte, einen Schlenker, der ihn zu dem im 15. Jahrhundert erbauten Münster führte. Der Vorplatz zwischen der Kirche und den Wällen wurde die »Plattform« genannt, und von dort konnte man die schnellfließende, vom eiskalten Schmelzwasser angeschwollene Aare überblicken.

Graffenlaub stützte sich mit ausgestreckten Armen auf die niedrige Mauer, die den Platz zum Fluß hin begrenzte, und atmete tief durch. Reine, kühle Morgenluft füllte seine Lunge. In der Ferne sah er die schneebedeckten Gipfel des Berner Oberlandes.

Er blickte zur anmutig geschwungenen Kirchenfeldbrücke hinüber, einer aus dem 19. Jahrhundert stammenden Stahlkonstruktion, die ein Stück weiter flußaufwärts den mittelalterlichen Stadtkern mit dem viel jüngeren Wohnviertel Kirchenfeld verband. Seine Augen folgten dem dahinströmenden Fluß bis zum alten Wasserwerk. Ein aufgeregtes Hin und Her weckte sein Interesse.

Zwei Polizeiautos sowie eine Ambulanz und mehrere Fahrzeuge ohne besondere Kennzeichen hielten am Flußufer. Uniformierte zogen etwas aus dem Wasser, das wie ein lebloser Körper aussah. Einen Moment lang konnte Graffenlaub ein blasses Gesicht erkennen, dann wurde eine Decke darübergezogen. Das Bild schwoll an, bis es sein gesamtes Blickfeld ausfüllte. Es war das Gesicht seines Sohnes! Kalter Schweiß brach ihm aus, und heftige Übelkeit überkam ihn. Von krampfhaften Zuckungen geschüttelt, beugte er sich über die Brüstung und übergab sich.

Im Büro des Kripochefs baumelte in einer Ecke eine Schlinge an einem Haken. Buisard hatte sie vor längerer Zeit aus den USA von einer Tagung polizeilicher Führungskräfte mitgebracht. Sie sei nur ein Souvenir, hatte er gesagt, aber immerhin die genaue Nachbildung einer Henkersschlinge, wie sie solange benutzt worden sei, bis die moderne Technik, genauer gesagt der elektrische Stuhl und die Gaskammer, sie in den meisten zivilisierten Ländern ersetzte.

Vielleicht bringt er das nächste Mal einen elektrischen Stuhl mit, dachte der Bär. Buisard behauptete steif und fest, der spiralförmige Knoten bestünde aus dreizehn Windungen, aber der Bär kam nur auf zwölf, mochte er noch so oft nachzählen. Trotzdem versuchte er es mit zusammengekniffenen Augen nochmals. Nach Ansicht des berühmten englischen Henkers Pierrepoint war diese Art Schlinge ein ziemlich untaugliches Mittel, um Menschen ins Jenseits zu befördern. Der große, in Amerika übliche Knoten und eine Fallhöhe von fünf Fuß führten den Tod meist durch langwierige Strangulation herbei.

Pierrepoint selbst schwor auf eine variable Fallhöhe und einen einfachen Laufknoten, der unter der linken Kinnlade des Hinzurichtenden plaziert und im Fall von einem mit Haken versehenen Gummizug genau unter das Kinn gezogen wurde; auf diese Weise riß der Knoten den Kopf nach hinten, was in aller Regel zu einem Bruch der Wirbelsäule zwischen dem zweiten und dritten Nackenwirbel führte. Der Tod trete augenblicklich ein – oder fast –, versicherte der Henker.

»Heini«, sagte Buisard, »glauben Sie es mir etwa noch immer nicht? Egal, wie viele Sie zählen – es sind dreizehn Windungen, verdammt noch mal!«

»Sie sind hier der Chef«, erwiderte der Bär.

»Und ich will es auch bleiben«, konterte Buisard.

Der Bär zog die struppigen Brauen hoch.

»Ich suspendiere Sie nicht vom Dienst, obwohl Sie es verdient hätten«, sagte Buisard. »Ich nehme Sie nur für einen Monat aus dem Betäubungsmitteldezernat raus. Sie können Ihren Schreibtisch im Bollwerk behalten, aber ich gebe Ihnen einstweilen nur leichtere Fälle. Da können Sie nicht soviel Porzellan zerschlagen.«

»Soll ich etwa nach geklauten Fahrrädern und vermißten Haustieren fahnden?« brummte der Bär wütend.

»So was Ähnliches«, antwortete Buisard. »Betrachten Sie es als Pause zum Abkühlen.«

»Der Scheißkerl hatte die Tracht Prügel verdient«, sagte der Bär. »Er war betrunken und hat sich wer weiß wie aufgespielt.«

»Kann sein, daß Sie Recht haben«, gab Buisard zu, »aber leider gehörte er zum Troß des deutschen Außenministers, der unserer Stadt einen offiziellen Besuch abstattete, und einen Diplomatenpaß hatte er auch.«

Achselzuckend stand stand der Bär auf.

»Moment«, sagte Buisard. »es gibt da einen Iren, der demnächst für ein paar Tage nach Bern kommt. Ein Freund von mir hat mir aus Dublin geschrieben und mich gebeten, ihm jemanden mitzugeben, falls er sich in der Stadt ein bißchen umsehen möchte. Es handelt sich sozusagen um eine Gefälligkeit gegenüber einem Kollegen.«

»Aha. Ich soll also den Fremdenführer spielen.«

Der Kripochef lächelte mit einer Spur von Bosheit. »Ach was, Heini, Sie sind doch selber eine Berner Sehenswürdigkeit.«

»Sie können mich mal«, sagte der Bär mit gewohnter Liebenswürdigkeit und marschierte aus dem Raum.

Buisard ging zu der Henkersschlinge und zählte die Windungen des Knotens. Er brachte es nur auf zwölf. Fluchend fing er von vorne an.

Es war ein klarer, frischer Tag. Auf den Straßen der Stadt und in den Tälern schmolz der Schnee, doch auf den fernen, eisigen Gipfeln würde er sich noch lange halten. Die gezackten Berge nahmen sich vor dem reinen Blau des Himmels fast unwirklich aus.

Fitzduane war von Bern begeistert. Der Gedanke erheiterte ihn, daß irgendwo in dieser schönen, mittelalterlichen Stadt, die sich unverdorbener und braver gab, als man es ihr abnahm, der Schlüssel zu dem Rätsel verborgen war, das ihn, Fitzduane, hergeführt hatte: Warum hatte Rudolph von Graffenlaub durch den Strick sterben müssen?

Mehrere Stunden lang wanderte er ziellos durch die Straßen. Früher oder später stieß man hier anscheinend unweigerlich auf die Aare. Der Fluß umschloß die Altstadt auf drei Seiten und machte sie zu einer natürlichen Festung. Lediglich die offene Flanke wurde von einer quer über die Halbinsel verlaufenden Stadtmauer geschützt, die im Lauf der Jahrhunderte mehrmals verlegt worden war, weil Bern sich immer mehr ausgedehnt hatte. Von den alten Befestigungen waren nur zwei Türme übriggeblieben, die weithin sichtbar den Zugang zur Stadt bewachten und von denen einer, der »Käfigturm«, zu jener Zeit, als es noch keinen Massentourismus gab, als Gefängnis gedient hatte.

Fitzduane hatte sich gleich nach seiner Ankunft in einem kleinen Hotel in der Gerechtigkeitsgasse ein Zimmer genommen. Vor dem Gebäude thronte auf einer kannelierten Säule über einem plätschernden Brunnen eine kunstvoll gearbeitete, rot, blau, golden und in anderen bunten Farben bemalte Schnitzerei: Eine alles überragende weibliche Gestalt – sie zeigte überraschend viel Bein und hatte verbundene Augen – hielt in einer Hand ein Schwert und in der anderen eine Waage. Zu Füßen der furchteinflößenden Amazone, und zwar so plaziert, daß sie ihr unter den Rock sehen konnten, lagen die Büsten von vier unglücklich dreinschauenden Individuen, bei denen es sich, wie Fitzduane später erfahren sollte, um den Kaiser, den Sultan, den Papst und den Magistrat handelte, also um die vier Hauptverantwortlichen für die Willkürjustiz in der Zeit um 1543, dem Jahr, aus dem der »Gerechtigkeitsbrunnen« stammte.

Überall in der Stadt gab es bunt bemalte Brunnen, und alle hatten ein unverwechselbares Gepräge. In der Kramgasse bildete ein lebensgroßer Bär in der Pose eines Landsknechts, der einen Goldhelm mit geschlossenem Visier trug, den Blickfang eines solchen Brunnens. Zu seinen Füßen futterte ein Bärenjunges Weintrauben. Überhaupt wimmelte es in Bern geradezu von Bären, geschnitzten, gemalten, gezeichneten, gedruckten, gestempelten, geschmiedeten, in allen Größen – und sogar echte! Noch nie hatte Fitzduane so viele Exemplare dieser Tierart auf so engem Raum gesehen.

In einer Broschüre las er, daß Herzog Berchtold V. von Zähringen einst eine Jagd veranstaltet und verfügt hatte, daß die Stadt nach dem ersten erlegten Wild benannt werden sollte. Zum Glück war es ein Bär. Karnickel wäre als Städtename mit Sicherheit nicht annähernd so prestigeträchtig gewesen.

Bevor fließendes Wasser in jedem Haushalt ebenso selbstverständlich wurde wie die Lektüre des *Blick*, waren die Berner zu einem der Brunnen gegangen, um sich mit Wasser und den neuesten Klatschgeschichten zu versorgen. Wer weiß, dachte Fitzduane, vielleicht brauche ich mich nur auf den Brunnenrand zu setzen, damit sich alles von selbst klärt.

Er versuchte es, aber nach einer Weile wurde es ihm am Hintern zu kalt.

Nach alter Gewohnheit sah der Bär nach dem Mittagessen zuerst die inzwischen eingegangenen Meldungen durch. Bestimmt war wieder nichts Wichtiges dabei. Er hatte sich einmal mit einem zu Besuch weilenden amerikanischen Kollegen über die Berner Kriminalstatistik unterhalten, und die Feststellung, daß die in ihren Städten begangenen Straftaten sich zahlenmäßig ungefähr die Waage hielten, hatte anfänglich zwischen ihnen für ziemliche Verwirrung gesorgt. Doch dann waren sie schnell dahintergekommen, daß sie Äpfel mit Birnen verglichen hatten: Der Amerikaner hatte aus der Tagesstatistik, der Bär aus der Jahresstatistik zitiert.

Eine der festen Größen in der Berner Kriminalstatistik war die Zahl der Morde. Sie hatte sich auf zwei eingependelt – seit vielen Jahren.

Angeblich hat Bern von allem genug, aber nicht zuviel, dachte der Bär. Für eine rechtschaffene Stadt wie Bern sind zwei Morde im Jahr tatsächlich nicht zu wenig, aber auch nicht zuviel. Mehr würde die Touristen verschrecken und in der Bürgergemeinde für Aufruhr sorgen. Weniger würden den Ruf nach einer personellen Straffung der Kripo laut werden lassen. Ein bißchen Angst trägt schließlich zur Sicherung von Arbeitsplätzen bei der Polizei bei.

Während der Bär über diese gewichtigen Zusammenhänge nachdachte, hätte er fast eine neue Meldung übersehen, die mit einer Reißzwecke am Brett befestigt war. Sie hing direkt über der vom diensthabenden Sergeanten in eleganten Lettern abgefaßten Mitteilung, er verkaufe seinen tadellos erhaltenen, fünf Jahre alten Volvo mit nur neunzigtausend Kilometern auf dem Tacho zu einem Spottpreis (vier Lügen in einem Aufwasch).

Die knappe Meldung besagte, daß man an diesem Vormittag die verstümmelte Leiche eines etwa zwanzigjährigen Mannes aus der Aare geborgen hatte. Der Tod sei allem Anschein nach durch mehrere Messerstiche herbeigeführt worden. Die Autopsie werde unverzüglich vorgenommen. Die amtliche Identifizierung stehe zwar noch aus, doch bei dem Toten seien Papiere gefunden worden, die ihn als Klaus Minder auswiesen.

Ausnahmsweise mal kein geklautes Fahrrad, dachte der Bär. Aber vielleicht ist der Mörder auf einem gestohlenen Rad geflüchtet, oder er hat das Opfer durch die sechs Kilometer langen Berner

Arkaden unauffällig per Drahtesel verfolgt. Dann ist es doch mein Fall, weil ein Fahrrad im Spiel ist.

Er überflog die anderen Meldungen, aber es wurde kein Rad vermißt. Auch bei Tandems und Dreirädern hatte er kein Glück. Daraufhin mogelte er ein bißchen und versuchte es mit Mopeds. Wieder nichts. »Na, dann eben nicht«, brummte der Bär.

Kapitel 11

Ein schlichtes Messingschild, auf dem lediglich der Name und das Wort *Notar* standen, wies darauf hin, daß sich in diesem Haus in der Marktgasse Graffenlaubs Kanzlei befand. Die schmucke Fassade aus dem neunzehnten Jahrhundert verleugnete die älteren Ursprünge des Gebäudes, doch die steinernen Stufen der Wendeltreppe, die zu der im zweiten Stock gelegenen Anwaltskanzlei hinaufführten, waren in der Mitte beängstigend ausgetreten. Das Treppenhaus war nur dürftig beleuchtet, und es gab keinen Fahrstuhl. Die Berner, hatte Guido gesagt, protzen nicht mit ihrem Reichtum. Vielleicht war die Kanzlei innen luxuriös eingerichtet, aber der Zugang verriet schon mehr Knauserigkeit als Bescheidenheit. Wer weiß, dachte Fitzduane, vielleicht breche ich mir nachher auf dieser Treppe das Genick. Deshalb muß ich aus den nächsten Minuten alles rausholen, was drin ist. Ich hätte eine Taschenlampe mitnehmen sollen.

Frau Hunziker, Graffenlaubs Sekretärin, wirkte in jeder Hinsicht wie eine bewährte Vertrauensperson. Ihr Gesicht als scharfgeschnitten zu bezeichnen, wäre einer Schmeichelei gleichgekommen. Erika von Graffenlaub, seine zweite Frau, hatte unübersehbar dafür gesorgt, daß er wegen ihrer Nachfolgerin kein weiteres Mal vom Pfad der Tugend abkam.

Fitzduane stellte sich vor. Frau Hunziker setzte ihre Brille auf, die an einer kurzen Kette an ihrem Hals hing und an den Kragenspiegel einer Gestapouniform erinnerte. Sie musterte ihn von Kopf bis Fuß und warf dann pikiert einen Blick auf die Wanduhr. Fitzduane war mit fünf Minuten Verspätung eingetroffen, was in seiner irischen Heimat als ungewöhnlich pünktlich gegolten hätte. In Bern jedoch hätte ihm eine solche Säumigkeit früher offenbar einen unfreiwilligen Aufenthalt im Käfigturm eingebracht. Jedenfalls war aus Frau Hunzikers Augen abzulesen, wie sehr sie es bedauerte, daß der Turm nicht mehr in Betrieb war.

Fitzduane hob die Arme und entschuldigte sich: »Ich bin Ire. Es ist ein kulturelles Problem.«

Frau Hunziker nickte mehrmals. »Ja, ja«, sagte sie nachsichtig wie zu jemandem, der nachweislich nicht mehr zu retten ist. Sie stand auf und steuerte auf die Tür des Chefzimmers zu. Fitzduane folgte ihr. Er stellte befriedigt fest, daß der Herr Rechtsanwalt nicht gänzlich leer ausging: Seine Sekretärin hatte sehr schöne Beine.

Graffenlaub ging um seinen Schreibtisch herum, gab Fitzduane förmlich die Hand und deutete auf eine aus mehreren Sesseln und einem niedrigen Tisch bestehende Sitzgruppe. Kaffee wurde serviert, und Graffenlaub erkundigte sich, ob Fitzduane einen angenehmen Flug gehabt habe. Weitere Nettigkeiten wurden ausgetauscht, mit einer steifen Höflichkeit, auf die ein Ire nur mit Befremden reagieren konnte.

Graffenlaub schenkte eigenhändig Kaffee nach. Die Thermoskanne in seiner Hand zitterte kaum merklich. Dies war das einzige Indiz für eine Gefühlsregung. Fitzduane unterdrückte einen Anflug von Verärgerung über sein untadelig gekleidetes Gegenüber. Verdammt, der Mann hatte doch vor kurzem seinen Sohn verloren! Wie konnte er sich so in der Gewalt haben?

Fitzduane trank seinen Kaffee aus, stellte die Tasse auf die Untertasse und lehnte sich in den Sessel zurück. Graffenlaub tat dasselbe, allerdings langsamer. Es war, als zögerte er, sich auf die nächste Phase des Gesprächs einzulassen. Doch dann sah er Fitzduane in die Augen und sagte: »Ich nehme an, Sie wollen sich mit mir über Ruedi unterhalten.«

Fitzduane nickte. »Tut mir leid, aber es läßt sich nicht vermeiden.«

Graffenlaub senkte den Kopf und verharrte sekundenlang in dieser Pose. Mit einer Verhaltenheit, die erkennen ließ, wie sehr er davor zurückscheute, sich das anzuhören, was der Ire zu berichten hatte, sagte er schließlich: »Ich möchte mich bei Ihnen für alles bedanken, was Sie für Ruedi getan haben. Der Leiter des Internats hat mir geschrieben, wie einfühlsam Sie sich in dieser tragischen Angelegenheit verhalten haben.«

»Ich habe leider nur sehr wenig tun können«, entgegnete Fitzduane. Während er dies sagte, durchlebte er im Geiste noch einmal, was in ihm vorgegangen war, als er den Erhängten gefunden hatte.

»Es muß für Sie ein schlimmer Schock gewesen sein«, meinte Graffenlaub.

»Ja, das war es«, bestätigte Fitzduane. »Ich war über meine eigene Reaktion überrascht. Eigentlich bin ich an den Anblick von Leichen gewöhnt, aber ich schätze, auf dem eigenen Grund und Boden ist es etwas anderes. Es war ein ziemlicher Schlag.«

»Das kann ich mir vorstellen«, sagte Graffenlaub. »Wir sind alle völlig ratlos. Was mag bloß in Ruedi vorgegangen sein, daß er so etwas tun konnte?«

Fitzduane antwortete nicht auf diese rein rhetorische Frage. Er spürte, daß der Augenblick der Wahrheit nahe war. Sie hatten kaum noch höfliche Platitüden auf Lager.

»Ehrlich gesagt frage ich mich, warum Sie mich hier aufgesucht haben«, fuhr Graffenlaub fort. »Was geschehen ist, ist geschehen. Nichts kann Ruedi zurückholen. Wir müssen versuchen zu vergessen. Das Leben geht weiter.«

Graffenlaubs Stimme klang sachlich, aber irgendwie mangelte es seinen Worten an Überzeugungskraft. Es war, als würde er von geheimen Zweifeln geplagt. Es war der erste Hinweis auf einen Riß in dieser eindrucksvollen Persönlichkeit. Da muß ich noch ein bißchen nachhaken, sagte sich Fitzduane. Mit Vernunft allein kommt man bei dem Mann nicht weiter. Vernünftig wäre es wahrscheinlich, die Finger von dieser Angelegenheit zu lassen. Hier geht es um Gefühle, um die Ahnung, daß etwas faul ist, um den eisernen Entschluß, der Sache nachzugehen, und um den Instinkt des Jägers, der die Beute wittert. Zum erstenmal gestand sich Fitzduane den letzten Punkt so unumwunden ein, und er hätte nicht zu sagen gewußt, wie er ausgerechnet jetzt darauf kam, doch so war es nun einmal.

»Ich kann Ihnen leider nicht zustimmen«, sagte er. »Niemand sollte auf so scheußliche Weise sterben, ohne daß jemand versucht, den Grund herauszufinden. Warum hat sich Ihr Sohn umgebracht? Wissen Sie es? Interessiert es Sie überhaupt?«

Der Anwalt wurde aschfahl, und Schweiß brach ihm über den Augenbrauen aus. Er gab die betont zurückhaltende Pose auf, beugte sich im Sessel vor und zerteilte mit einer heftigen Armbewegung die Luft. »Wie können Sie es wagen!« sagte er wütend. »Wie können Sie als Außenstehender wagen, in so schwerer Zeit meine Gefühle in Frage zu stellen! Verdammt! Sie haben ja keine Ahnung, Sie wissen nichts, rein gar nichts...« Er zitterte vor Wut.

Eisiges Schweigen. Vergessen war alle Höflichkeit. Graffenlaub hatte sich zwar schnell wieder in der Gewalt, doch er starrte Fitzduane feindselig an. Fitzduane wußte, daß er auf die Mithilfe des Schweizers angewiesen war und er ihm deshalb gleich zu Anfang gewisse Unannehmlichkeiten nicht ersparen konnte, sollten seine Nachforschungen nicht von vornherein zum Scheitern verurteilt sein. Die Jagd hatte bereits eine Eigendynamik entwickelt und nahm den ihr vorbestimmten Lauf.

Noch immer schwiegen sie. Fitzduane sah sich gezwungen, etwas zu tun, das er lieber unterlassen hätte, doch er hatte keine andere Wahl. Er öffnete den großen Umschlag, den er mitgebracht hatte, zog ein Papier heraus und legte es mit der Vorderseite nach unten auf den Tisch.

»Tut mir leid«, sagte er, »ich will Ihnen nicht weh tun, aber ich sehe keine andere Möglichkeit. Ein junger Mann, zwanzig Jahre alt, hat sich umgebracht, und ich habe ihn gefunden. Sein Gedärm hatte sich entleert, er stank, die geschwollene Zunge hing heraus, das Gesicht war blau angelaufen, aus der Nase lief Rotz, aus dem Mund sickerten Blut und Speichel. Ich habe ihn im Arm gehalten, als sie ihn abschnitten, und er war noch warm. Ich habe das letzte Geräusch gehört, das er von sich gegeben hat, als die Luft aus seiner Lunge herausgedrückt wurde. Für mich war dieses Geräusch wie ein Schrei: Warum?«

Fitzduane nahm das Foto und hielt es Graffenlaub vor die Nase. Die restliche Farbe wich aus dem Gesicht des Anwalts. Wie hypnotisiert starrte er das Bild an. Fitzduane legte es zurück auf den

Tisch. Graffenlaubs Augen folgten der Bewegung seiner Hand und verharrten eine volle Minute lang auf dem Foto. Als er schließlich aufblickte, liefen ihm Tränen übers Gesicht. Er versuchte, etwas zu sagen, brachte jedoch keinen Ton heraus. Mit einen Ruck zog er ein gefaltetes Taschentuch aus der Brusttasche und riß dabei die Rose aus dem Knopfloch. Mühsam stand er auf, und als Fitzduane ihm helfen wollte, wehrte er mit einer schroffen Bewegung ab. Schwankend verließ er den Raum.

Fitzduane hob die lädierte Rose auf und schnupperte an ihr. Ihr schwacher Duft hatte etwas Tröstliches. Fitzduane war nicht gerade stolz auf sich. Durch die mit Leder gepolsterte Bürotür drang das gedämpfte Klappern einer Schreibmaschine.

Auf einem niedrigen Schrank hinter Graffenlaubs Schreibtisch standen mehrere gerahmte Fotos. Auf einem war eine etwa fünfundzwanzig Jahre alte, sinnliche Brünette mit vollen, einladenden Lippen und ungewöhnlich schräggeschnittenen Augen zu sehen. Erika von Graffenlaub, vor ein paar Jahren aufgenommen, sagte sich Fitzduane. Das Bild neben ihr zeigte Graffenlaub in voller militärischer Montur. Sein Haar war noch nicht so stark ergraut, und das schmale Gesicht mit der hohen Stirn und den tiefliegenden Augen strahlte Kraft, Selbstbewußtsein und Vitalität aus – ein krasser Gegensatz zu der Gestalt, die gerade aus dem Büro gewankt war.

Das letzte Foto war auf dem Balkon eines alten Schweizer Bauernhauses aufgenommen worden. Im Hintergrund ragten schneebedeckte Berge in den Himmel. Dem Foto war anzusehen, daß es mit ziemlicher Sicherheit ein vergrößertes Kleinbild war, doch die leichte Körnung schmälerte nicht die Lebensfreude und Fröhlichkeit, die von ihm ausgingen. Die vier Graffenlaub-Kinder standen nebeneinander, sie steckten in Skianzügen, lachten und hatten sich gegenseitig die Arme um die Schultern gelegt. Marta, die Älteste, hatte ihr Haar unter der knallgelben Skimütze zurückgekämmt und sah dem Vater verblüffend ähnlich. Andreas, größer und dunkler als sie, wirkte trotz des Lächelns ernst. Und dann die Zwillinge! Sie trugen beide hellblaue Skianzüge, und obwohl Vreni das blonde Haar lang trug, während Ruedi einen kurzgeschorenen Lockenkopf hatte, ähnelten sie sich wie ein Ei dem anderen. Unter dem Foto stand »Lenk 1979«. Fitzduane wußte nicht, warum, aber das Bild bestärkte ihn in seinem Entschluß weiterzumachen.

Beat von Graffenlaub wusch sich das Gesicht mit kaltem Wasser und rubbelte es mit dem Handtuch ab. Ein wenig Farbe kehrte in seine Wangen zurück. Er fühlte sich elend und aus dem Gleichgewicht gebracht. Nichts, was er im Leben gelernt hatte, half ihm in der gegenwärtigen Situation. Dieser Ire mit dem verständnisvollen Auftreten und dem stahlharten Kern hatte sich zur Stimme seines Gewissens gemacht, aus ihm sprach soviel Überzeugungskraft und Entschlossenheit, daß man sich eigentlich nur über ihn ärgern konnte.

Graffenlaub faltete das Handtuch zusammen und hängte es fein säuberlich an den beheizten Handtuchhalter. Aus dem Spiegel blickte ihm wieder ein vertrautes Gesicht entgegen, gepflegt und selbstbeherrscht. Er versuchte sich auszumalen, welche Folgen die Nachforschungen des Iren in Bern haben könnten. Die Familie hatte ohnehin schon Kummer genug. Außerdem mußte er an seine gesellschaftliche Stellung denken, und es galt, gewisse Normen zu achten. Ein Selbstmord war eine tragische Angelegenheit. Deshalb empfahl es sich, größtmögliche Diskretion walten zu lassen, weil dergleichen als Indiz für eine gewisse Instabilität in der nächsten Umgebung des Opfers gewertet werden, ja sich sogar negativ aufs Geschäft auswirken konnte. Jedenfalls war vergessen oder zumindest vertuschen die beste Lösung.

Zum Glück war Ruedi im Ausland gestorben. Deshalb waren die Nachwirkungen bislang minimal gewesen. Die Zeit würde dafür sorgen, daß die Erinnerung an ihn bald vollends verblaßte. Keine Frage, dieser Fitzduane mußte abgewimmelt werden, mochte er sich noch so sehr auf den Fall versteift haben. Ein paar Telefonate, und er wäre in der Schweiz nicht mehr willkommen. Auch in Irland mangelte es Graffenlaub höheren Orts nicht an besten Beziehungen. Mister Fitzduane würde ein Riegel vorgeschoben. Das war zweifellos die beste Lösung.

Graffenlaub atmete mehrmals tief durch. Danach fühlte er sich zwar noch nicht ganz wiederhergestellt, was unter den gegebenen Umständen nicht anders zu erwarten war, aber es ging ihm besser, sogar viel besser. Er verließ seine private Toilette, zog die Tür hinter sich zu und schloß sie ab. Leider mußte er auf dem Rückweg in sein Büro durch das Vorzimmer, aber so war das nun einmal in alten Häusern.

Frau Hunziker blickte auf, als er eintrat. »Herr Doktor«, sagte sie, »dieser Ire, Herr Fitzduane, ist gegangen. Er hat seine Adresse und Telefonnummer dagelassen und bittet Sie, ihn möglichst bald anzurufen.«

Graffenlaub nahm den Zettel, den sie ihm hinhielt: das Hospiz Zur Heimat, ein kleines, aber zentral gelegenes Hotel. Eigentlich hatte er etwas Feineres erwartet, etwa das Bellevue oder den Schweizerhof.

Er nahm hinter seinem Schreibtisch Platz und betrachtete erst die in Lenk von seinen Kindern gemachten Fotos, dann das Bild des an einem Baum hängenden Ruedi. Der lebende und der tote Ruedi starrten ihn an.

Beat von Graffenlaub schlug die Hände vors Gesicht und weinte.

Guido, der alle Welt zu kennen schien, hatte alles in die Wege geleitet. »Es gibt da ein paar Leute, die du unbedingt kennenlernen solltest«, hatte er zu Fitzduane gesagt.

Vernissage: wörtlich Lackierung; im allgemeinen Sprachgebrauch der Tag, an dem ein Maler Freunde und Gönner zu einer Vorbesichtigung einlädt, nachdem er seine fertigen Gemälde mit einer Firnisschicht überzogen hat, weil sie so besser zur Wirkung kommen und vielleicht einen besseren Preis erzielen.

Bis zu der Galerie in der Münstergasse waren es von Fitzduanes Hotel drei Minuten. Langsam befreundete er sich mit der überschaubaren Enge der Berner Altstadt. Seit seiner Ankunft war er bestens ohne Taxi oder Leihwagen ausgekommen. Wenn er das Gehen satt bekommen sollte, konnte er ja immer noch auf Rollschuhe umsteigen. Guido, der mit dem Auto aus Zürich kommen wollte, hatte angekündigt, daß er ziemlich spät eintreffen würde. So sah sich Fitzduane, mit einem Glas Wein und einem Katalog ausgerüstet, schon ein wenig um. Nachdem er drei nebeneinander hängende Bilder minutenlang betrachtet hatte, fühlte er sich ratlos.

War in dem Irish Coffee, den er kurz vorher getrunken hatte, ein bißchen zuviel Whisky gewesen? Er nahm die anderen zehn Bilder in Augenschein, wurde aus ihnen jedoch genausowenig schlau. Jedes der dreizehn Gemälde bestand einfach nur aus einem gleichgroßen, pechschwarzen Rechteck.

Rund dreißig Gäste hatten sich in der kleinen Galerie eingefunden. Sie schlenderten umher, sahen sich die Bilder an oder unterhielten sich angeregt. Niemand machte ein erstauntes Gesicht. Offensichtlich waren schwarze Rechtecke in der Berner Kunstszene etwas Alltägliches.

Der Katalog in Deutsch half Fitzduane nicht viel weiter. Er erfuhr lediglich, daß er sich in der Galerie Loeb befand, was er schon von Guido wußte, und daß der ausstellende Künstler Kuno Gonschior hieß, vierundsechzig Jahre alt war und anscheinend ziemlich geschäftstüchtig war, denn er verlangte für jedes seiner Rechtecke runde siebentausend Franken.

Fitzduane wollte sich schon abwenden, da merkte er zu seiner Verblüffung, daß es der bizarren Kollektion doch gelungen war, sein Interesse zu erwecken. Er sah genauer hin, und jetzt fielen ihm feine Abstufungen in Farbe und Struktur auf. Es war alles nicht so, wie es zu sein schien. Schwarz war nie einfach nur schwarz. Was ihm anfänglich als mattglänzende, glatte Fläche vorgekommen war, entpuppte sich nun als ein ebenso präzises wie kompliziertes dreidimensionales Gebilde. Er schmunzelte über sich selbst.

Plötzlich spürte er neben sich etwas Warmes, und ein schwüler, erotisierender Duft, der ihm fast vertraut vorkam, stieg ihm in die Nase.

Die Frau sah ihm gerade in die Augen, amüsiert und – für den Bruchteil einer Sekunde – mit der verwirrenden Verheißung körperlicher Intimität. Sie war eher klein und zierlich, und Fitzduane erkannte sie sofort. Sie trug ein schulterfreies schwarzes Cocktailkleid, und ihre Haut war tief gebräunt. Ihre festen, üppigen Brüste preßten sich gegen die Seide, so daß sich die Brustwarzen deutlich abzeichneten. Das Haar wurde von einem schmalen goldenen Stirnband gehalten.

Etwas drängte Fitzduane, die Hand auszustrecken, die Frau zu berühren, die schwarze Seide von ihrem goldbraunen Körper zu streifen und sie an Ort und Stelle zu nehmen. Ihre erotische Ausstrahlung war überwältigend. Sie verlieh ihr Macht über Männer, und sie nutzte und genoß diese Macht. Fitzduane spürte das, aber es war ihm egal. Sein Begehren war stark und spontan. Jetzt begriff er, warum Graffenlaub diese Frau geheiratet hatte.

Sie nahm einen hochgewachsenen, energisch aussehenden Mann beim Arm und drehte ihn spielend leicht zu Fitzduane herum. Es war eindeutig, daß es ihr nicht an Durchsetzungsvermögen mangelte.

»Simon«, sagte sie, »ich möchte dir den berühmten Kriegsfotografen Hugo Fitzduane vorstellen... Mr. Fitzduane, dies ist Simon Balac. Er ist mein bester Freund, solange er sich anständig benimmt, und außerdem ist er ein sehr erfolgreicher Maler.«

»Und du, liebe Erika«, entgegnete Balac, »bist manchmal ein Schatz und jederzeit die tollste Frau von ganz Bern.«

»Sie sind Erika von Graffenlaub, nicht wahr?« fragte Fitzduane.

Sie nickte.

»Die Fotos, die ich von Ihnen gesehen habe, werden Ihnen nicht gerecht. Woher wußten Sie übrigens, wer ich bin?«

Sie lächelte. »Bern ist eine kleine Stadt. Ich möchte Ihnen dafür danken, daß Sie sich so für Ruedi eingesetzt haben. Es war bestimmt nicht leicht.«

Fitzduane fühlte sich nicht ganz wohl in seiner Haut. Anscheinend meinte sie die Umstände, unter denen er die Leiche gefunden hatte, und bezog sich nicht auf das, was sich vor kurzem zwischen ihrem Mann, der nirgends zu sehen war, und ihm abgespielt hatte.

Erika von Graffenlaub nahm seine Hand, hielt sie sekundenlang in ihrer und führte sie dann an die Lippen. »Nochmals vielen Dank«, sagte sie.

Fitzduane spürte noch die flüchtige Berührung ihrer warmen, vollen Lippen und die heiße Ausstrahlung ihres Körpers, als sie sich längst von ihm abgewandt hatte. Simon Balac hob sein Glas, winkte ihm zu und sagte: »Nicht vergessen: Bern ist eine Kleinstadt.«

»Ich wünschte, es wäre Selbstmord«, sagte der Kripochef ins Telefon. Er warf einen Blick auf die Uhr. Zehn nach sieben. Ein Dreizehnstundentag lag hinter ihm, und er saß noch immer hier im Polizeipräsidium! Colette mußte mal wieder auf ihn warten, und das tat sie äußerst ungern, vor allem, wenn sie mit ihm ins Bett wollte.

Bei dem Gedanken röteten sich Buisards Ohrläppchen. Colette war in sexueller Hinsicht ein Naturtalent, ein heimliches Genie. In alten Zeiten hätte man bestimmt einen Brunnen aufgestellt, um ihre Fertigkeiten zu feiern. Wirklich, Morde konnten ganz schön lästig sein.

»Sie sind nicht der einzige Mensch mit einem Geschlechtsleben«, sagte der Untersuchungsrichter, dem niemand etwas vormachen konnte. »Also lassen Sie für eine Weile Ihre schlüpfrigen Phantasien aus dem Spiel und konzentrieren Sie sich auf die Arbeit! Der hier hat sich mit Sicherheit nicht eigenhändig ins Jenseits befördert. Hören Sie sich das an: sieben mit einem kurzen, breiten Gegenstand zugefügte Stichwunden, Augen ausgestochen, Ohren weg, Genitalien abgeschnitten und bis dato nicht gefunden. Wahrscheinlich treiben sie irgendwo in der Aare. Und zu guter Letzt: eindeutig nachgewiesener oraler und analer Geschlechtsverkehr vor Eintritt des Todes.«

Buisard nickte finster. »Klingt nicht gerade nach Suizid. Eher nach einem Ritualmord.«

»Auf jeden Fall ist dies was anderes als ›Ehefrau erschlägt Gatten mit Bratpfanne‹«, antwortete der Richter aufgeräumt. »Das würde sogar einer von Ihren helleren Polizisten sofort kapieren.«

»Es ist widerlich«, sagte der Kriopochef, »und gemein ist es auch.« Unwillkürlich prüfte er verstohlen mit der rechten Hand, ob bei ihm noch alles da war. Ja, es war noch alles da, aber wenn er bedachte, was der Gedanke an Colette kurz zuvor bei ihm bewirkt hatte, dann war es nur noch erstaunlich wenig.

Gerade als Fitzduane anfing, sich nach dem dritten Glas Wein so richtig wohlzufühlen und ihm auch die schwarzen Rechtecke fast schon gefielen, war die für die Vernissage veranschlagte Zeit um. Die Gäste brachen nicht etwa einer nach dem anderen auf, bis nur noch ein harter Kern gestandener Trinker übrig war, wie es in Irland der Fall gewesen wäre, sondern sie wandten sich wie auf ein geheimes Signal einträchtig und ohne zu drängeln dem Ausgang zu. Innerhalb von drei Minuten befand sich außer Fitzduane und der Belegschaft niemand mehr in der Galerie. Der Wein war mehr als nur trinkbar. Mit einem leisen Gefühl des Bedauerns leerte er sein Glas und steuerte auf die Tür zu.

Erika von Graffenlaub unterhielt sich draußen vor dem Haus mit ein paar Bekannten. Sie ließ sie stehen und ging ihm entgegen. In dem hochgeschlossenen Mantel aus einem goldglänzenden Material wirkte sie strahlend schön und sexy. Sie nahm seinen Arm und sagte: »Ich muß mit Ihnen reden. Kommen Sie bitte mit.«

Fitzduane sah keinen Grund, sich zu weigern. Während sie nebeneinander die Straße entlanggingen, spürte er wieder die Hitze, die ihr Körper ausstrahlte, und roch erneut ihren moschusähnlichen Duft. Er fühlte, wie sein Glied steif wurde.

»Ich habe ganz in der Nähe eine kleine Wohnung«, sagte sie.

»In der Junkerngasse?« fragte Fitzduane. Er hatte den Straßennamen in den Unterlagen über Graffenlaub gelesen und ihn behalten. Ihm kamen Zweifel, ob dies der richtige Zeitpunkt für eine neuerliche Begegnung mit dem Anwalt war, noch dazu mit dessen Frau im Schlepptau.

Erika lachte und drückte seinen Arm. »Nein, ich meine nicht die Wohnung in Beats Haus.«

»Oh, Verzeihung, ich blicke wohl nicht ganz durch«, sagte Fitzduane. »Ich hatte geglaubt, daß Sie mit Ihrem Mann zusammenleben.«

Wieder lachte sie. »Ja und nein. Wir haben eine Abmachung getroffen. Ich brauche Freiraum und will mein eigenes Privatleben haben. Die Wohnung ist tatsächlich in der Junkerngasse, aber sie hat einen separaten Eingang.«

»Verstehe«, sagte Fitzduane, obwohl er nichts verstand.

»Ich mache uns ein kleines Abendessen, ja? Wir werden allein sein und uns ungestört unterhalten können.«

Das Haus war alt und hatte einen mehrfach gesicherten Eingang. Die luxuriös eingerichtete Wohnung stank geradezu nach Geld. Fitzduane konnte sich die Hausherrin nicht schwitzend an einem heißen Herd vorstellen, und er hatte sich nicht getäuscht: Sie nahm eine Wedgewood-Kasserolle aus dem Kühlschrank und schob sie in den Mikrowellenherd. Ein Finger mit scharlachrot lackiertem Nagel drückte auf ein paar Knöpfe. Fitzduane wurde aufgefordert, die vorsorglich gekühlte Champagnerflasche zu entkorken und die Kerzen anzuzünden.

Sie saßen sich an dem kleinen runden Eßtisch gegenüber, der bereits für zwei Personen gedeckt war. Fitzduane fragte sich, ob er einen anderen Mann um einen vergnüglichen Abend gebracht oder ob Erika heute mit ihm gerechnet hatte. Vielleicht war sie als Mädchen bei den Pfadfindern gewesen und hielt sich seitdem allzeit bereit?

»Sie heißen Hugo, nicht?« fragte sie und sah ihm tief in die Augen. Fitzduane nickte.

In der Kasserolle befand sich irgendein Kaninchengericht. Fitzduane hatte als kleiner Junge mehrere zahme Kaninchen besessen und empfand die Erinnerung an sie als reichlich verwirrend.

Erika aß mit Appetit. Die Art, wie sie sich mit der Zunge über die Lippen fuhr, war so lasziv, daß es nur einem Blinden nicht aufgefallen wäre.

»Ich mag Ihren Namen«, sagte sie. »Wollen Sie sich mit mir über Ruedi unterhalten?«

»Deshalb bin ich hier.«

Sie schenkte ihm ein langes, wissendes Lächeln, streckte den Arm aus und fuhr mit den Fingern leicht über seinen Handrücken. Die Berührung erzeugte eine derartige erotische Spannung, daß es fast knisterte. »Es gibt wenig zu erzählen«, sagte sie. »Ruedi war ein sehr gestörter Junge. Sein Selbstmord kam für niemanden sonderlich überraschend.«

»Was meinen Sie mit gestört?«

Erika machte eine wegwerfende Handbewegung. »Bei ihm ist alles schiefgelaufen. Er hat seinen Vater gehaßt, sich mit der Familie zerstritten, ständig über die Regierung gemeckert und konnte sich sexuell nicht für die eine oder die andere Seite entscheiden.« Sie lächelte. »Eigentlich ist das für einen Halbwüchsigen ganz normal, oder?«

Fitzduane versuchte, mehr über ihren toten Stiefsohn zu erfahren, aber es war nichts zu machen. Das Gespräch drehte sich eine Weile um andere Familienmitglieder, und Erika zeigte sich ein wenig mitteilsamer. Nach dem Kaffee entschuldigte sie sich für einen Moment. Fitzduane lehnte sich zurück, nippte an seinem Cointreau und sagte sich, daß er, was Ruedi betraf, bei den Graffenlaubs anscheinend nicht viel weiterkam.

Erika hatte die meisten Lampen gelöscht. Die beiden Kerzen auf dem Eßtisch verbreiteten flackerndes, goldenes Licht. Erika kam zurück. Fitzduane hörte ihre gedämpften Schritte auf dem Teppich und roch ihr schweres Parfum. Sie blieb hinter ihm stehen.

Er drehte den Kopf um und sagte: »Es ist schon ziemlich spät. Ich glaube, ich sollte -« Weiter kam er nicht.

Sie schlang die Arme um ihn, bückte sich und küßte ihn. Er spürte die Spitzen ihrer Brüste an seinem Gesicht, während ihre schlängelnde Zunge nach seiner suchte. Und dann saß sie plötzlich auf seinem Schoß – splitternackt.

Ihre Zunge strich über seine Wangen und seinen Hals, und zugleich wanderte ihre rechte Hand zu der Wölbung vorn in seiner Hose und zog den Reißverschluß auf. Wilde Begierde überkam ihn. Sie knöpfte sein Hemd auf. Ihre Lippen wanderten über Brust und Bauch, umschlossen sein Glied. Er erschauerte und starrte ungläubig auf ihren Kopf hinab, der sich auf und nieder bewegte. Ihr Haar hatte die gleiche Farbe wie Ruedis, obwohl sie nicht mit ihm verwandt war. Seine Begierde erstarb. Er versuchte, sich ihr zu entziehen, doch sie hielt sein Glied mit der Hand fest und ließ nicht von ihm ab. Da packte er sie und hob sie hoch.

»Mein Gott, was tun Sie da?« rief er und sagte sich im selben Atemzug, daß er den lieben Gott wohl besser aus dem Spiel gelassen hätte.

»Sie sind sehr sexy, Hugo«, sagte sie. Ihre Lippen waren feucht und verschmiert. »Ich will mit Ihnen schlafen.«

Fitzduane stand abrupt auf. Er sah sie an und schüttelte den Kopf. Jedes Wort erübrigte sich.

Erika von Graffenlaub war ebenfalls aufgestanden. Sie sah wunderschön aus. Der Sex brach ihr geradezu aus den Poren. Lachend sagte sie: »Willkommen in Bern!«

Er machte den Reißverschluß seiner Hose zu und verließ das Haus. Die Nachtluft draußen war frisch. Es hätte ihn nicht gewundert, wenn seinen Ohren Dampf entströmt wäre. Vor seinem Hotel spritzte er sich am Gerechtigkeitsbrunnen kaltes Wasser ins Gesicht. Das Gesicht der Maid mit den verbundenen Augen, die dort oben auf ihrer Säule so erstaunlich viel Bein zeigte, erinnerte ihn irgendwie an Erika.

Kriminalhauptwachtmeister Claus Heinz Raufmann, genannt der Bär, stieg in eine Trambahn der Linie 3 und fuhr nach Hause in seine neue, sehr gemütliche Wohnung im Berner Vorort Saali, nur eine Viertelstunde vom Stadtzentrum entfernt.

Wenn er ehrlich zu sich selbst war – und das war er oft –, dann war er nach allem, was er sich geleistet hatte, glimpflich davongekommen. Eigentlich hätte er eine Suspendierung vom Dienst verdient. Statt dessen hatte man es mit einem Rüffel bewenden lassen und ihn auf ein bequemes Abstellgleis geschoben. Wenn er die Sache richtig anpackte, konnte die Bearbeitung minderer Straftaten vielleicht richtig interessant werden, zumal ihm diese Tätigkeit die Gelegenheit bot, ohne den Zeitdruck, den schwere Fälle mit sich brachten, ein bißchen die Haupt- und Nebenkanäle der Berner Unterwelt auszukundschaften.

»Liebe Tilly«, sagte er, während er Gustav und Adolf, seine Goldfische, fütterte, »es hat auch seine guten Seiten, daß ich den blöden Deutschen verprügelt habe.« Er unterhielt sich oft mit Tilly, wenn er allein zu Hause war. Sie hatten die Wohnung ein knappes Jahr vor ihrem Tod gekauft. Wie glücklich Tilly beim Putzen und Einrichten gewesen war, und wie gemütlich sie alles gestaltet hatte! »Sie muß schnuckelig werden«, hatte sie immer wieder gesagt. »Nicht nur gemütlich, sondern richtig schnuckelig.«

Der Bär nahm eine für seine Begriffe leichte Mahlzeit zu sich: Kalbsschnitzel in einer Sahnesauce mit Pilzen, Rösti, Salat, ein bißchen Baguette mit Butter und Camembert. Das alles spülte er mit einem Literchen Viti hinunter, einem roten, äußerst mundigen Merlot aus dem Tessin. Er überlegte, ob er etwas Obst essen sollte, und rang sich zu einer Birne durch, der eine zweite und sogar eine dritte folgten. Um die letzten Lücken zu schließen, gönnte er sich anschließend einen Espresso und ein Gläschen Strega. Alles in allem war es ein durchaus akzeptabler Imbiß.

Er setzte sich vor den Fernseher und sah zu, wie die Young Boys verloren. Ihm kamen ernsthafte Zweifel, ob sich die Berner Mentalität mit einem Sport wie Fußball vertrug. Nach dem Spiel kamen die Nachrichten. Bobby Sands war in Nordirland in Hungerstreik getreten, und es sah alles nicht sehr gut aus.

Als das Wort Irland fiel, mußte der Bär daran denken, daß er sich morgen um einen Iren namens Fitzduane kümmern sollte. Er schaltete den Fernseher aus und hörte noch ein bißchen Radio. Gustav und Adolf hatten eine Schwäche für klassische Musik: Man hätte meinen können, daß sie im Takt schwammen.

Der Bär reinigte seine Waffen. Er mochte ein bißchen plump und schwerfällig wirken, doch seine Tatzen waren erstaunlich geschickt. Auf einem Regal stand eine ganze Reihe von Schützen-Trophäen. Der Bär war ein begeisterter Schütze.

Später, als er, eine Tasse Kakao in bequemer Reichweite, im Bett lag und die Heizdecke ihm genau die richtige Wärme spendete, blätterte er noch eine Weile in den Unterlagen über den Iren, die man ihm gegeben hatte.

»Gute Nacht, mein Liebchen«, murmelte er, wie er es immer getan hatte, als Tilly noch lebte. Dann drehte er sich auf die Seite und war gleich darauf eingeschlafen.

Kapitel 12

Fitzduane gehörte zu den Menschen, die sich Dienstausweise genau ansehen, und er kannte sich deshalb auf diesem Gebiet gut aus. Das erlebte der Bär in seinem beruflichen Alltag nicht allzu oft. Die meisten Leute wurden ganz klein, wenn er ihnen seine Kennkarte vor die Nase hielt. Die Karte war in Plastik eingeschweißt und trug die Aufschrift SICHERHEITS- UND KRIMINALPOLIZEI DER STADT BERN. Fitzduane gab sie ihm mit den Worten zurück: »Das Wort Kriminalpolizei kann einem glatt den Appetit aufs Frühstück verderben.«

Der Bär machte ein verdutztes Gesicht. »Es ist neun Uhr«, sagte er. »Ich dachte, Sie hätten schon gefrühstückt, und ich wollte Sie natürlich nicht stören. Wir Schweizer sind Frühaufsteher. Ich habe vor über zwei Stunden gefrühstückt.«

Fitzduane sah ihn teilnahmsvoll an. »Wir alle haben unsere Marotten. Sie können bestimmt ein zweites Frühstück vertragen. Wollen Sie sich mir nicht anschließen?«

Der Bär ließ sich nicht zweimal bitten. Eigentlich hatte er zum Bärengraben gehen und sich einen kleinen Imbiß gönnen wollen – das Café war berühmt für seinen Kuchen –, doch er war unterwegs am Hotel des Iren vorbeigekommen.

»Wie haben Sie mich gefunden?« fragte Fitzduane.

»Erinnern Sie sich an die Meldekarte, die Sie bei Ihrer Ankunft ausgefüllt haben? Diese Karten werden täglich von allen Hotels und Pensionen im Polizeipräsidium abgeliefert und dort archiviert.«

»Und wenn ich bei einem Freund untergekommen wäre?«

»Hier in Bern hätte ich Sie auf jeden Fall gefunden, nur vielleicht nicht so schnell.« Der Bär wirkte ein wenig geistesabwesend. Er war vollauf damit beschäftigt, ein Brötchen mit Butter und Honig zu bestreichen. Das tat er so flink und gekonnt, daß Fitzduane ziemlich beeindruckt war. Er warf einen kritischen Blick auf sein Werk, nickte zufrieden und biß herzhaft hinein.

»Welchem Umstand verdanke ich die Ehre Ihres Besuchs?« erkundigte sich Fitzduane und bestellte einen zweiten Korb voll Brötchen.

»Ihr Freund, Colonel Kilmara, kennt meinen Chef«, antwortete der Bär. »Er hat Ihren Besuch in Bern angekündigt und uns gebeten, Ihnen ein bißchen behilflich zu sein. Hat Colonel Kilmara Ihnen nichts davon gesagt?«

»Doch, das hat er bestimmt, aber vielleicht nur ganz beiläufig. Er hat mir die Telefonnummer von einem Major Buisseau gegeben und gesagt, ich soll ihn anrufen.«

»Buisard«, korrigierte der Bär ihn. »Er ist der Chef der hiesigen Kripo – so nennen wir hier die Kriminalpolizei –, und damit mein Vorgesetzter. Kein übler Kerl, aber er hat immer alle Hände voll zu tun, und deshalb hat er mich beauftragt, mich um Sie zu kümmern.

Er läßt Sie grüßen und hofft, Sie kennenzulernen, bevor Sie wieder abreisen.« Der Bär grinste. »Das ist natürlich eine reine Floskel.«

»Klar.« Fitzduane lächelte spöttisch. »Bitte richten Sie ihm aus, daß ich nicht vorhabe, mich lange in Bern aufzuhalten.«

Der Bär nickte. »Schade.« Seine Pranken schlossen sich um die dampfende Kaffeetasse, als wollte er sie aufwärmen. Dann hob er die Tasse an die Lippen, trank jedoch nicht gleich, sondern pustete. Über den Rand hinweg sah er Fitzduane mit seinen listigen, hellwachen Augen an. In beiläufigem Tonfall fragte er: »Sagen Sie mal, Mister Fitzduane, weshalb sind Sie eigentlich in Bern?«

Der Ire grinste ihn breit an. »Wissen Sie was, Herr Raufmann? Ich glaube, Sie kennen die Antwort längst.«

Der Bär machte ein betroffenes Gesicht und schwieg. Schließlich räusperte er sich, vielleicht sagte er sogar etwas, aber es war nicht zu verstehen, weil er gerade ein Croissant mampfte. »Übrigens habe ich Ruedi von Graffenlaub einmal festgenommen«, meinte er schließlich.

»Erzählen Sie mir mehr darüber.«

Der Bär leckte ein bißchen Honig von seinem rechten Daumen ab. Sein normalerweise düsterer Gesichtsausdruck wich einem durchaus gewinnenden Lächeln. »Nur, wenn Sie auch auspakken.« Er summte ein paar Takte des alten Berner Marsches: »Pom-pom tra-ri-di-ri, alli Man-ne stan-de hie!«

Fitzduane dachte lange nach, und der Bär störte ihn nicht dabei, sondern saß nur zufrieden da und summte vor sich hin. Schließlich sagte Fitzduane »Na gut, warum nicht«, und erzählte ihm alles von Anfang bis Ende.

Der Bär verstand sich aufs Zuhören. Er hatte sich auf seinem Stuhl zurückgelehnt, nickte dann und wann und bekundete sein Interesse durch seltsame Grunzlaute. Die Zeit verging wie im Fluge. Das Lokal leerte sich allmählich, die Tische wurden fürs Mittagessen gedeckt. Irgendwann bestellte Fitzduane mehr Kaffee.

Als er fertig war, staunte er über sich selbst. Gespannt wartete er ab, wie der Bär reagieren würde. Der reagierte anfänglich überhaupt nicht, sondern zog lediglich ein Notizbuch aus der Tasche, zeichnete etwas und hielt es Fitzduane hin. Es war ein großes, von einer Girlande umranktes A. »Sah es so aus?« fragte er. Fitzduane nickte.

»Na gut«, sagte der Bär. »Jetzt bin ich dran.« Er berichtete Fitzduane von der Leiche, die man in der Aare gefunden hatte. »Was halten Sie davon?«

»Ich glaube, Sie haben mir nicht alles erzählt«, antwortete Fitzduane. »Und anscheinend liegt Ihnen nichts daran, daß ich die Sache weitermelde. Was bezwecken Sie also?«

Jetzt sah sich der Bär seinerseits vor die Wahl gestellt, zu schweigen oder mehr preiszugeben, als er eigentlich vorgehabt hatte. Auch er folgte seiner inneren Stimme – und packte aus. Er erzählte, wie er den deutschen Diplomaten zusammengestaucht hatte und daß Buisard ihn deshalb nur noch unwichtige Fälle bearbeiten ließ; er erläuterte, warum dies, wenn man es geschickt anpackte, auch eine Chance darstellte; und er sprach davon, daß sie mit vereinten Kräften bestimmt mehr ausrichten könnten, der eine auf dem Dienstweg, der andere auf eigene Faust.

Überrascht schwiegen sie, erwogen die Möglichkeit eines Bündnisses und schüttelten sich dann, anfänglich ein wenig zögernd, die Hand.

»Das wäre erledigt«, sagte Fitzduane. »Und jetzt sagen Sie mir bitte, wo ich einen Wagen mieten kann.«

»In der Straße gleich hinter dem Theaterplatz gibt es eine Hertz-Agentur. Kommen Sie, ich begleite Sie bis zum Zeitglockenturm und zeige Ihnen den Weg. Es sind nur ein paar hundert Meter.«

Als sie aus dem Café traten, sauste ein Skateboardfahrer an ihnen vorbei. Sie gingen die Kramgasse hinauf und passierten unterwegs zwei der farbenfrohen Brunnen. Es war warm, und deshalb hielten sie sich unter den ausgekragten Häusern im Schatten der Kolonnaden, die Fußgängern Schutz vor dem Wetter boten und heimelige Intimität ausstrahlten. Stühle vor Restaurants und Cafés lockerten das Straßenbild auf.

»Wo wollen Sie hin?« fragte der Bär.

»Ach, ich will mir nur ein bißchen die Umgebung ansehen. Vielleicht fahre ich zum Thuner See und mache danach einen Abstecher in die Berge.«

»Haben Sie Erfahrung mit Schnee und Eis? In höheren Lagen

muß man noch ganz schön aufpassen. Vielleicht sollten Sie sich ein Auto mit Winterbereifung mieten. Ich selbst schwöre auf Grabsteine.«

»Grabsteine?«

»Ja. Ich packe mir immer einen zerbrochenen Grabstein in den Kofferraum. Ein Bekannter von mir ist Steinmetz. Ein Stein nimmt nicht viel Platz weg, aber er ist so schwer, daß die Räder auf glatten Straßen besser greifen.«

»Sehr vernünftig«, sagte Fitzduane, aber es klang nicht sonderlich überzeugt.

Vor dem Zeitglockenturm, einem berühmten Wahrzeichen von Bern, hatte sich eine kleine Menschenmenge zusammengeschart. Die Zeiger der reichverzierten Turmuhr näherten sich der Zwölf, und dann kam plötzlich Leben in das Tableau: Ein Hahn krähte und schlug mit den Flügeln, ein Narr ließ seine Glocken läuten. Der Hahn krähte erneut, und dann erschien eine ganze Prozession von Bären in unterschiedlicher Gewandung. Einer hatte eine Trommel umgebunden und eine Querpfeife an den Lippen, ein anderer hielt ein Schwert in der Pranke, ein dritter steckte in einer Ritterrüstung. Es folgten drei Bärenjunge, und den Schluß bildete ein Bär mit einer Krone auf dem Kopf. Chronos, der Gott der Zeit, drehte die Sanduhr um, ein Mann in Gold schlug mit einem Hammer gegen die Turmglocke, ein Löwe nickte im Takt der Schläge mit dem Kopf und der Hahn krähte ein drittes Mal.

Fitzduane stand da und gaffte. »Wirklich unglaublich«, sagte er.

Der Bär winkte ihm zum Abschied zu und machte ein paar Schritte in Richtung Marktgasse, drehte sich jedoch noch einmal um und rief: »Grabsteine! Nicht vergessen!«

Bei Hertz gab es keine Grabsteine, nicht einmal auf Kreditkarte. Deshalb begnügte sich Fitzduane mit einem VW Golf, der immerhin Frontantrieb hatte.

Vor der Abreise aus Bern fragte er in seinem Hotel nach, ob jemand angerufen hatte. Beat von Graffenlaub hatte sich noch immer nicht gemeldet. Fitzduane beschloß, ihm noch ein paar Tage Zeit zu lassen und dann auf eigene Faust Erkundigungen einzuziehen. Ohne die Unterstützung des Anwalts würde er es bestimmt ganz schön schwer haben. Der engere Familien- und Bekanntenkreis konnte sich im Nu verständigen, und falls Ruedis Vater sich nachdrücklich gegen weitere Ermittlungen aussprach, konnte er, Fitzduane, wohl kaum auf irgendein Entgegenkommen hoffen. Es war frustrierend, aber am besten wartete er ein bißchen ab und schaute sich unterdessen die Sehenswürdigkeiten an. Von diesem Plan gedachte er nur in einem Punkt abzuweichen: Er wollte Vreni besuchen, Ruedis Zwillingsschwester.

Aus Gründen, die er noch nicht kannte, hatte sich Vreni mit ihrem Vater überworfen, dem bequemen Leben in Bern den Rükken zugekehrt und sich von den meisten Freunden losgesagt, um auf einem alten, am Hang eines Hügels gelegenen Bauernhof nahe dem kleinen Dorf Heiligenschwendi im Berner Oberland ein in ökologischer Hinsicht vorbildliches, naturverbundenes Leben zu führen, was allerdings durchaus keinem Keuschheitsgelübde gleichkam. Fitzduane hatte sich notiert, daß sie mit einem vierundzwanzig Jahre alten Skilehrer namens Peter Haag zusammenwohnte. Laut Erika – welche Stiefmutter hätte ein feineres Gespür für sexuelle Intimitäten mit allen Nuancen haben können? – neigte Peter zum Fremdgehen, insbesondere während der Skisaison. »Das bringt der Beruf eines Skilehrers nun einmal mit sich. Soviel Sport, Energie und frische Luft! Das muß doch erotisierend sein. Außerdem bieten sich so viele attraktive Gelegenheiten zum Dampfablassen. Was meinen Sie, Hugo?« hatte sie gesagt und die Hand auf seinen Arm gelegt.

Fitzduane hatte Vreni morgens vom Hotel aus angerufen. Sie hatte sich bereiterklärt, ihn gegen Mittag zu empfangen. Um den Bauernhof zu finden, brauche er nur jemanden im Dorf zu fragen. Klick. Ihre Stimme hatte brüsk, fast unverschämt geklungen, aber Fitzduane hatte das Gefühl, daß etwas anderes dahintersteckte. Anscheinend machte ihr etwas schwer zu schaffen, und vielleicht hatte sie sogar kurz zuvor geweint.

Heiligenschwendi gab es offenbar nicht, zumindest nicht im Michelin-Reiseführer. Auch mit dem Baedeker hatte Fitzduane kein Glück, und fast hatte er schon das Gefühl, daß jemand ihn auf den Arm nehmen wollte, als ihm die junge Hertz-Angestellte zu Hilfe kam. Sie hatte eine Zeitlang in Thun gewohnt, wenige Kilometer von dem ominösen Dorf entfernt. Auf einer Landkarte der Schweiz im großen Maßstab zog sie voller Genugtuung mit einem roten Filzstift einen Kreis um Heiligenschwendi.

Es stellte sich heraus, daß sie nicht übertrieben hatte, als sie von der Schönheit des Dorfes schwärmte. Nachdem Fitzduane Thun hinter sich gelassen hatte, führte die Straße mit vielen Haarnadelkurven ins Gebirge hinauf, und der Ausblick war atemberaubend. Die Sonne brannte vom klaren blauen Himmel herab, und in der Tiefe erstreckte sich der funkelnde See.

Fitzduane hielt in Heiligenschwendi an. Er erfuhr, daß es bis zu Vrenis Haus zehn Minuten zu Fuß waren, und man riet ihm, wegen des holperigen Feldwegs den Wagen lieber stehen zu lassen. Man könne nur schwer wenden, vor allem, wenn noch Schnee lag.

Neben dem Bauernhaus stand ein neuer Holzschuppen, dessen Bretterwände Lücken hatten, damit der Wind die gleichlangen und säuberlich gespalteten Scheite trocknen konnte, die jemand so peinlich genau übereinandergeschichtet hatte, wie es in Irland kaum jemals zu sehen war.

Das Haus duckte sich an den Hang und sah aus, als wäre es mehrere Jahrhunderte alt, denn sein Gebälk war wie von vielen strengen Wintern und heißen Sommern fleckig und ausgebleicht. Schmelzwasser tropfte vom weit ausgekragten Dach.

Als Vreni die Haustür öffnete, stieg Fitzduane der Geruch von Pfefferkuchen in die Nase. Er war bei ihrem Anblick seltsam bewegt und brachte sekundenlang kein Wort heraus. Sie sah Ruedi so ähnlich und war doch ganz anders. Fitzduane hatte Ruedi nie zu Lebzeiten, sondern nur als entstellte Leiche gesehen. Vreni war warm, schön und lebendig – sehr lebendig sogar. Ihre Wange war ein bißchen mit Mehl bestäubt.

Fitzduane hatte in Bern einen Blumenstrauß gekauft. Er hielt ihn ihr hin. Sie streckte lächelnd die Hände aus, die mehlbestäubten Innenseiten nach oben.

»Wie nett von Ihnen!« sagte sie. »Einen Moment, ich will mir nur eben die Hände waschen. Wissen Sie, zu Ostern backe ich für meinen Cousin und meine Cousine immer Pfefferkuchenmännchen.«

Neben der Haustür standen ordentlich aufgereihte Schuhe und Holzpantoffeln. Auf Vrenis Bitte stellte Fitzduane seine Schuhe dazu und zog ein Paar »Huttenfinken« an, dicke, bunte, reich bestickte Wollsocken mit aufgenähter Ledersohle. Er patschte in die anheimelnde Wärme des Hauses hinein. Auf den Küchenregalen entdeckte er nirgends etwas Eßbares, das im Laden gekauft worden war, sondern Bündel getrockneter Kräuter, Einmachgläser, mit Körnern von unterschiedlicher Größe und Farbe gefüllte Glasbehälter und Flaschen mit handbeschrifteten Etiketten. In einer Ecke verbreitete ein Holzherd Wärme. Auf dem geschrubbten Tisch standen zum Abkühlen mehrere Ofenbleche voll verschieden geformter Pfefferkuchen. Daneben lagen allerlei zum Backen benötigte Utensilien, die offenbar noch gebraucht wurden.

Vreni führte Fitzduane in einen Raum neben der Küche. Von der Tür aus sah er, daß der Küchenherd durch einen Luftschacht auf der anderen Seite der Trennwand mit zwei stufenförmig übereinander angeordneten Steinbänken verbunden war, und daß sich darüber in der niedrigen Zimmerdecke eine kreisrunde Luke befand.

Vreni, die sein Interesse bemerkte, erläuterte: »Das ist so etwas Ähnliches wie eine Zentralheizung. Der Küchenherd erwärmt die Steinbänke, die dann ihrerseits das Zimmer heizen. Man kann auch die Luke offenlassen, damit es oben im Schlafzimmer warm wird. Wenn es draußen sehr kalt ist, klettere ich durch die Luke nach oben. Ich muß also nicht die Außentreppe benutzen.«

Fitzduane staunte. Irland war vielleicht ein romantisches Land, aber die traditionellen offenen Kamine konnten mit diesem Heizsystem nicht mithalten.

Vreni ließ ihn ein paar Minuten allein, um nach dem Gebäck zu sehen und sich die Hände zu waschen. Er ging zu der Steinbank und legte die Hand darauf. Sie war angenehm warm. Die Luftzufuhr konnte durch eine verstellbare Klappe geregelt werden.

Das Zimmer war recht geräumig und wirkte trotz der spärlichen Möblierung behaglich. In der Mitte standen ein Tisch und ein paar einfache Stühle mit gerader Rückenlehne. Auf dem niedrigen Bett in einer Ecke des Raums lagen Kissen. Offenbar diente es tagsüber als Sofa. Statt Sesseln gab es weiche, achtlos auf den Boden geworfene Sitzkissen. An einer Wand stand ein Bücherregal aus Fichtenholz. Nirgends war ein Erzeugnis der modernen Unterhaltungselektronik zu sehen – kein Fernseher, kein Radio, keine Stereoanlage. Das Telefon, das neben dem Bettsofa auf dem Boden stand, wirkte deshalb fast fehl am Platz.

Fitzduane ging zum Regal, um einen Blick auf die Bücher zu werfen. Es handelte sich zumeist um deutsche Werke, mit denen er wenig anfangen konnte, doch aus den Abbildungen und Symbolen auf den Schutzumschlägen schloß er, daß sich jemand in diesem Haus mehr als nur flüchtig für Politik interessieren mußte und eindeutig links stand. Einige der Bücher waren von einem gewissen Rudolf Steiner oder handelten von ihm. Der Name kam Fitzduane irgendwie bekannt vor. Ihm fiel ein, daß er ein paarmal einem deutschen Söldner namens Rolf Steiner begegnet war, aber er hielt es nicht für sehr wahrscheinlich, daß er der Verfasser dieser Werke war.

»Anthroposophie«, sagte Vreni hinter ihm. Sie hielt in jeder Hand einen großen dampfenden Becher. Nachdem sie ihm einen gereicht hatte, ließ sie sich auf eines der Sitzkissen sinken. Sie trug eine weite Bluse aus indischem Baumwollstoff und verwaschene Jeans. Ihre nackten Füße waren von makelloser Wohlgeformtheit.

»Sie kennen die Lehre von Rudolf Steiner?« erkundigte sie sich.

Fitzduane schüttelte den Kopf.

»Er war Österreicher«, sagte sie, »aber er hat sich hauptsächlich in der Schweiz betätigt und die Lebensphilosophie der Anthroposophie begründet. Es geht um die Erlangung höherer geistiger und seelischer Fähigkeiten, die der Mensch aus sich selbst schöpft und nicht aus Gott, wie in der Theosophie. Die Anthroposophie ist auf alles mögliche anwendbar.«

»Zum Beispiel?«

»Auf Wissenschaft, Erziehung, Architektur, biodynamisch betriebene Landwirtschaft und so weiter. Auch Eurythmie gehört dazu. Eine Großtante von mir, die an Rudolf Steiners Lehren glaubte, ist in ihrer Jugend morgens immer barfuß durch das betaute Gras gelaufen.«

»Und Sie leben ebenfalls nach seiner Lehre?« fragte Fitzduane lächelnd.

»In gewisser Hinsicht ja«, antwortete sie. »Ich halte mich vor allem an seine Vorstellungen von Landwirtschaft. Wir wenden hier bei Ackerbau und Viehzucht nur natürliche Methoden an, lehnen also Kunstdünger und gesundheitsschädliche chemische Zusätze ab. Das bedeutet mehr Arbeit, aber es ist trotzdem besser. Meinen Sie nicht auch?«

Fitzduane nahm einen Schluck aus dem Becher, den sie ihm gereicht hatte. Er enthielt eine gelblich-braune, bitter schmekkende Flüssigkeit. »Kommt drauf an, woran man gewöhnt ist, nehme ich an«, sagte er.

»Schmeckt Ihnen das?« fragte sie und wies auf den Becher. »Es ist ein Kräutertee, den ich nach eigenem Rezept mische.«

Fitzduane grinste. »Fast hätte ich den armen Steiner dafür verantwortlich gemacht. Es schmeckt so gräßlich, daß es garantiert sehr gesund sein muß.«

Vreni lachte. »Meine Kräuter haben viele gute Eigenschaften. Sie kurieren Erkältungen, reinigen den Organismus und steigern die Potenz.«

»Dasselbe behauptete man früher von Schlangenöl.«

»Wenn Sie wüßten, was Sie sich entgehen lassen!« sagte Vreni. »Wollen Sie lieber einen richtigen Kaffee haben?«

Während sie in der Küche Kaffee machte, wandte er sich wieder dem Bücherregal zu, befaßte sich jedoch nicht weiter mit Rudolf Steiners Werken. Auf dem untersten Regalbrett entdeckte er, fast verborgen zwischen einer Reihe von Nachschlagewerken, ein Buch, das mit dem Rücken nach hinten stand. Er zog es heraus, weil es ihm irgendwie bekannt vorkam. Es war *ein paradoxes Handwerk*, sein Bildband über den Krieg. Er blätterte darin. Eine gepreßte Blume und ein Papier fielen zu Boden. Die Blume zerbröselte, als er sie aufheben wollte, und das Papier erwies sich als ein Ticket für einen Skilift. Das Buch war genau an der Stelle aufgefallen, wo zwischen zwei Seiten ein großes Foto von Colonel Shane Kilmara klemmte.

»Wie ich sehe, haben Sie ein Buch von mir«, rief er in Richtung Küche.

»Ach ja?« rief Vreni zurück. »Das wußte ich nicht. Die meisten Bücher gehören Peter.«

Er stellte das Buch wieder genauso ins Regal, wie er es vorgefunden hatte. Auf der Zunge schmeckte er noch immer das bittere Aroma des Kräutertees.

Der Raum hatte zwei Fenster. Durch eines sah man tief unten den hellblauen Thuner See im Sonnenschein glänzen. Vom anderen – es befand sich in der Stirnwand des Hauses, bildete also zum ersten einen rechten Winkel – überblickte man den Weg, der zu einem kleinen, etwa fünfzig Meter entfernten Heuschober führte und dort allem Anschein nach endete.

Von Vreni ging etwas Seltsames aus, das Fitzduane nicht benennen konnte – noch nicht. Auf den ersten Blick wirkte sie ruhig und so selbstsicher, daß man sie leicht für älter als zwanzig hätte halten können. Ihr Auftreten verriet eine gewisse Lebenserfahrung, ein Wissen um bestimmte Dinge, das Fitzduane nicht selten bei jungen Soldaten an vorderster Front festgestellt hatte. Anscheinend hatte bei ihr der Überlebenswille den Reifungsprozeß beschleunigt. Doch dahinter steckte wohl eher der Verlust von Illusionen und Naivität als gesteigertes, echter menschlicher Reife entspringendes Urteilsvermögen. Das war Vreni fast von den Augen abzulesen. Fitzduane spürte hinter der Fassade von Selbstsicherheit geradezu ihre unterschwellige Angst, Trauer und Einsamkeit – und das starke Verlangen nach einem Menschen, dem sie sich anvertrauen konnte, der ihr beistand. Es gab anscheinend ein paar Dinge, die sie gern ausgesprochen hätte, doch sie unterließ es aus Furcht vor den Folgen.

Zusammen mit dem Kaffee stellte sie ein kleines Glas vor ihn hin und füllte es mit einem fast farblosen Getränk. In der Flasche schwammen kleine Früchte oder Beeren, die er nicht identifizieren konnte. Vorsichtig nippte er an dem Glas. Es war selbstgebrannter Obstschnaps, und er schmeckte köstlich.

»Es gibt hier eine Gemeindebrennerei«, sagte sie. »Pro Kopf dürfen wir im Jahr fünf Liter steuerfreien Schnaps brennen. Dazu kommt noch ein Liter pro Kuh, weil Schnaps bei uns als Medizin gilt. Zumindest war es früher so. Ich glaube, daß die Kühe schon längst nicht mehr ihren Anteil abbekommen.«

»Und was sagt Rudolf Steiner dazu?« fragte Fitzduane.

Sie warf den Kopf in den Nacken und lachte. Für kurze Augenblicke wirkte sie frei und ungezwungen. Jetzt war sie einfach nur eine schöne junge Frau ohne Sorgen, die das ganze Leben vor sich hatte.

Draußen senkte sich die Dämmerung herab, und es wurde sehr kalt. Fitzduane half Vreni, Holz aus dem Schuppen zu holen. Er fröstelte in der Abendkälte. Ins Haus zurückgekehrt, zeigte sie ihm die anderen Räume. Er kletterte hinter ihr durch die Luke in das spärlich möblierte Schlafzimmer: ein niedriges, selbstgebautes Doppelbett, ein alter geschnitzter Schrank und, als Bettvorleger, ein Schaffell. An der Wand hing an einem hölzernen Zapfen ein SIG-Milizkarabiner. Vreni entging nicht, daß Fitzduane einen raschen Blick auf die Waffe warf.

»Die gehört Peter.«

Er nickte.

»Der ganze Bauernhof gehört Peter«, fuhr sie fort. »Leider ist er selten da. Ich weiß nicht, wann er das nächste Mal kommt. Er langweilt sich hier.«

»Sie haben nicht zufällig ein Foto von ihm?«

Vreni schüttelte den Kopf. »Nein, er mag nicht fotografiert werden.« Sie lächelte. »Manche Menschen sind eben so. Sie haben Angst, die Seele wird ihnen gestohlen.«

Neben dem Schlafzimmer gab es eine Werkstatt und einen Hobbyraum mit stapelweise Skiausrüstung. An einer der Holzwände fehlten mehrere Bretter.

»Holzwürmer«, sagte sie. »Sie müssen ersetzt werden.«

»Warum behandelt ihr das Holz nicht?«

»Weil wir was gegen Chemikalien haben. Das Zeug taugt nichts. Es ist schädlich für die Natur.«

»Wenn ich mich nicht irre, ist Ihr Vater unter anderem Direktor einer bedeutenden Chemie-Firma.«

Vreni warf ihm von der Seite einen Blick zu. »Das weiß nicht jeder. Sie scheinen gut informiert zu sein.«

Fitzduane hob die Schultern. Insgeheim ärgerte er sich, daß er jetzt, wo Vreni endlich ein bißchen freimütiger zu reden anfing, durch seine Bemerkung die Stimmung verdorben hatte.

»Mein Vater hat es im Leben weit gebracht«, sagte sie, »aber mit vielem bin ich nicht einverstanden. Er ist der Vertreter eines Gesellschaftssystems, das nichts taugt. Nach außen tut er so, als würde er ein rechtschaffenes Leben führen, sich als prominentes Mitglied der Gemeinschaft für die richtigen Werte einsetzen und den anderen ein Vorbild sein – aber es ist alles Heuchelei. Er und ein paar tausend andere Männer wie er, die in der Geschäfts- und Finanzwelt, der Politik und der Armee hohe Positionen innehaben, manipulieren unsere sogenannte Demokratie aus egoistischen Motiven für ihre eigenen Zwecke. Sie kontrollieren die Presse und arrangieren sich mit den Gewerkschaften, während die Menschen leiden. Überall in der Welt herrscht Not.«

Plötzlich packte sie seine Hand – ihre Stimmung war blitzschnell umgeschlagen – und zog ihn kichernd hinter sich her zu der Tür, die von der Werkstatt ins Freie führte. »Ich habe eine Überraschung für Sie«, sagte sie.

Da das Gebäude an einem ziemlich steilen Hang lag, konnte man aus dem zweiten Stock auf einen schmalen Weg hinaustreten. Unter dem überhängenden Dach des alten, von Wind und Wetter gezeichneten Bauernhauses waren Heuballen übereinandergestapelt, und in einer Ecke, die von einem kleinen Gatter eingefriedet war, lagen dicht aneinandergedrängt mehrere Lämmer.

Als die Tür aufging, sprangen sie auf die Beine und blinzelten, geblendet von der Glühbirne. Eines der Lämmer war kleiner als die anderen und hatte braunes Fell. Vreni lief hin, hob es hoch und schloß es in die Arme. Es kuschelte sich an ihre wohlig-warme Brust.

»Ist es nicht süß?« rief sie. »So weich und anschmiegsam! Es gehört mir. Peter hat es mir geschenkt. Die Mutter ist gestorben, und jetzt ziehe ich das Lämmchen mit der Nuckelflasche groß, wie ein Baby.«

Wie Vreni dort mit dem Lamm auf dem Arm stand, sprachen aus ihrem Gesicht Liebe und Zärtlichkeit. Für kurze Zeit hatte sie allen Kummer vergessen. Sie trat ganz nahe an Fitzduane heran, und als sie ihm das kleine Tier in die Arme drückte und ihm rasch einen Kuß gab, nur einen, roch ihr Körper nach Milch und Wärme.

Ins Haus zurückgekehrt, machte sich Vreni daran, ihnen ein vegetarisches Abendessen zu kochen. Sie aßen im Wohnzimmer beim Schein einer Petroleumlampe und tranken selbstgekelterten Rotwein. Danach gab es Kaffee und reichlich Schnaps. Die Kühe kamen anscheinend wirklich nicht zu ihrem Recht.

Vreni setzte sich auf eines der Sitzkissen und fing an, über Ruedi zu reden.

»Als wir klein waren, war alles so einfach. Unsere Mami lebte noch und war mit unserem Papi verheiratet. Wir hatten ein schönes Zuhause. Es war herrlich, in Bern aufzuwachsen! Wir konnten immer soviel unternehmen. Da gab es die Schule und die vielen Freunde, Tanzstunden und Gesangsunterricht. Im Sommer gingen wir wandern und schwimmen, im Winter Ski fahren, rodeln und Schlittschuh laufen. An den Wochenenden fuhren wir nach Lenk, manchmal auch für länger. Unser Vater besitzt dort ein uraltes, knarziges Chalet. Ruedi und ich liebten es und hatten dort einen wunderbaren Freund, der uns das Skifahren beibrachte. Im Sommer war er Landwirt und trieb sein Vieh auf eine hochgelegene Alp. Manchmal nahm er uns mit. Nie wirkte er müde, und er erzählte uns alles, was er über wildwachsende Blumen wußte.«

»Wie hieß er?«

Fitzduane kam sich fast wie ein Verräter vor, als er die Frage stellte. Vreni behandelte ihn wie einen Freund und Vertrauten, doch er war gekommen, sie auszuhorchen.

Vreni hing ihren Erinnerungen nach. Sie beantwortete seine Frage fast geistesabwesend. »Oskar«, sagte sie. »Oskar Schupbach. Er war ein großartiger Mensch und hatte ein Gesicht wie aus massivem Mahagoni geschnitzt. Immer war er tiefgebräunt, weil er sich ständig im Freien aufhielt, im Sommer und im Winter.«

»Fahren sie noch manchmal nach Lenk?«

»Nein, nie, nie mehr!« entfuhr es ihr, wild und verzweifelt. Tränen schossen ihr in die Augen, aber sie wischte sie mit dem Handrücken ab. Wie sie dort auf dem großen Sitzkissen saß, barfüßig, die Beine ausgestreckt und den Kopf auf der Brust, wirkte sie wie ein fünfzehnjähriges Mädchen.

»Weshalb ist alles schiefgegangen?« fragte sie. »Warum mußte alles so kommen? Wir waren doch so glücklich!«

Fitzduane warf einen Blick auf die Uhr. Es war spät geworden. Er war nicht daran gewöhnt, nachts auf vereisten Straßen zu fahren. Bestimmt würde die Rückfahrt nach Bern viel länger dauern als der Herweg.

Vreni sah ihn an und erriet seine Gedanken. »Sie können hier übernachten«, sagte sie und wies auf das Sofa. »Sie haben bestimmt keine Erfahrung mit Glatteis. Bitte bleiben Sie – mir zuliebe.«

Fitzduane schob den Vorhang ein wenig beiseite und sah aus dem Fenster. Draußen war es stockfinster. Kein Mond, keine Lichter anderer Häuser, keine Autoscheinwerfer in der Ferne. »Abgemacht«, sagte er lächelnd.

Vreni zog den Reißverschluß eines der Sitzkissen auf, kramte darin herum und förderte einen kleinen, verschnürten Lederbeutel zutage. Sie öffnete ihn und entnahm ihm alles, was man zum Drehen einer Zigarette braucht. Dann warf sie Fitzduane einen raschen Blick zu und sagte:

»Hasch. Rauchen Sie mit?«

Als er den Kopf schüttelte, meinte sie lächelnd: »Da haben wir es mal wieder, das Generationsproblem.«

Er beließ es dabei. Sie zündete den Joint an, atmete den Rauch tief ein und behielt ihn so lange wie möglich in der Lunge. Das Zimmer füllte sich mit süßlichem Haschischgeruch.

»Das tut gut«, sagte Vreni. »Sehr gut sogar.«

Sie ließ sich mit geschlossenen Augen zurücksinken. Zwei dünne Rauchfäden entströmten ihrer Nase. Minutenlang herrschte Stille. Fitzduane trank noch einen Schluck Schnaps und wartete ab.

»Mit Ihnen kommt man leicht ins Gespräch«, sagte sie schließlich. »Sie sind sympathisch und können zuhören.«

Er lächelte.

»Kaum zu glauben«, fuhr sie fort, »aber wir haben unseren Papi abgöttisch geliebt und bewundert, als wir klein waren. Er war oft auf Geschäftsreise oder kam abends spät von der Arbeit heim. Ich erinnere mich, daß unsere Mutter häufig sagte, er arbeite zuviel. Wir wußten, daß er sich im Krieg wie ein Held benommen hatte, daß er Rechtsanwalt war und ›Geschäfte‹ machte, aber wir hatten keine Ahnung, was genau das bedeutete. Unsere Mutter war eine Idealistin, und deshalb bezeichnete unser Vater sie als naiv. Wie er entstammte sie einer alten Berner Familie, aber sie steckte nicht wie die meisten Menschen dieser Gesellschaftsschicht den Kopf in den Sand. Sie wollte nicht einfach nur ihre Privilegien verteidigen und aus der Vergangenheit heraus leben, sondern trat für ein menschenfreundlicheres System in der Schweiz ein und verlangte mehr Gerechtigkeit für die Dritte Welt, statt sie mit teuren Krediten auszubeuten und ihr Waffen und Chemieprodukte zu verkaufen, die sie überhaupt nicht braucht. So komisch es klingt, aber ich glaube, unser Vater dachte am Anfang ein bißchen wie sie – jedenfalls war unsere Mutter davon überzeugt. Doch je mehr Erfolg er hatte, je mehr Macht und Einfluß er gewann, desto unliberaler, rechtslastiger und engstirniger wurde er. Vielleicht hatte er zuviel zu verlieren. Ruedi und ich waren ungefähr zwölf oder dreizehn, als uns dämmerte, daß etwas zwischen unseren Eltern nicht stimmte. Nach außen hin passierte nichts, aber irgendwie hatte sich die Atmosphäre abgekühlt. Unser Vater war noch seltener zu Hause und arbeitete abends noch länger. Manchmal stritt er sich mit unserer Mutter, aber das war eher normal. Deshalb war es für uns ein Schock, als Erika den Schauplatz betrat. Es dauerte ein ganzes Jahr, bis unsere Eltern geschieden waren. Unmittelbar danach heiratete unser Vater Erika. Wir Kinder reagierten darauf sehr unterschiedlich. Martha, die älteste, war schon immer Papis Liebling gewesen. Sie war ein launischer, verwöhnter Backfisch und vertrug sich seit Jahren schlecht mit unserer Mutter. Nach der Scheidung schlug sie sich auf die Seite unseres Vaters und zog zu ihm. Andreas war hin und her gerissen. Einerseits hing er sehr an unserer Mutter, andererseits war er von Erika total fasziniert. Er war in sie regelrecht verknallt.«

Fitzduane mußte daran denken, wie er selbst auf Erikas starke sexuelle Ausstrahlung reagiert hatte. Er konnte Andreas gut verstehen.

»Ruedi und ich hatten das innigste Verhältnis zu unserer Mutter. Die Scheidung machte uns schrecklich zu schaffen. Plötzlich war es aus mit dem Familienglück, und Ruedi verkraftete das noch weniger als ich. Er entwickelte eine tiefe Abneigung gegen unseren

Vater und redete eine Zeitlang nicht mit ihm. Seltsamerweise machte er Erika keine Vorwürfe. Er war damals fünfzehn Jahre alt und ein außergewöhnlich heller Kopf, aber er war unglücklich, frustriert und wütend. Am liebsten hätte er etwas unternommen, sich an unserem Vater gerächt, ihm eine Lektion erteilt. Ich glaube, in mir sah es ähnlich aus, aber es war nicht ganz so schlimm. Ruedi fing an, in der Vergangenheit unseres Vaters herumzuschnüffeln und schloß sich Leuten an, die gegen das System und die Wertvorstellungen waren, für die unser Vater eintrat. Auf mich wirkte Ruedi wie ein Besessener. Er las heimlich in den Akten und Unterlagen unseres Vaters und traute sich sogar, eine Anzahl von Dokumenten zu fotokopieren. Ich hielt mich anfänglich aus der Sache raus, aber dann gab er mir ein paar Papiere zu lesen, und ich fing an, mir meine eigenen Gedanken zu machen. Bei den Firmen, mit denen unser Vater zu tun hat, weil er entweder deren Verwaltungsrat angehört oder sie als Anwalt vertritt, handelt es sich in den meisten Fällen um bedeutende Unternehmen. Insgesamt beschäftigen sie in aller Welt bestimmt mehrere Hunderttausend Menschen und setzen Milliarden um. Ruedi und ich haben ein paar schreckliche Dinge über diese Firmen herausgefunden.«

»Zum Beispiel?«

»Die übelsten Machenschaften gingen auf das Konto eines Unternehmens mit Namen Vaybon Holding. Ruedi stieß auf ein paar vertrauliche, von unserem Vater mit der Hand geschriebene Aufzeichnungen. Ich erinnere mich nicht mehr genau an alle Einzelheiten, aber es handelte sich um Beschreibungen aller schmutzigen Geschäfte, die im Verlauf mehrerer Jahre getätigt worden waren. In vielen Fällen ging es um Bestechung und illegale Waffenverkäufe an Regierungen in Afrika und im Nahen Osten. Dann war da noch die Sache mit dem Beruhigungsmittel VB 19, das, wie sich bald herausstellte, schwere genetische Schäden verursacht. In den USA und Europa wurde es vom Markt genommen, aber in der Dritten Welt verkaufte man es in einer anderen Verpackung und mit geändertem Namen.«

»Was hat Ruedi mit den fotokopierten Dokumenten gemacht?«

»Er wollte sie erst einmal behalten und sie gelegentlich der ausländischen Presse zuspielen. Ich fand, daß er zu weit ging.

Unsere ganze Familie hätte die Folgen zu spüren bekommen, und Ruedi selbst wäre ins Gefängnis gewandert, wenn man ihm auf die Schliche gekommen wäre. Das Geschäftsgeheimnis ist in der Schweiz gesetzlich geschützt, verstehen Sie?«

Fitzduane nickte.

»Daß Ruedi die Papiere dann verbrannte, lag nicht nur an mir. Unsere Mutter kam dahinter, daß er sie hatte, und auch sie wollte nicht, daß sie an die Öffentlichkeit gelangten. Deshalb redete sie Ruedi ins Gewissen; zuerst sträubte er sich, doch dann gab er ihr zuliebe nach. Wenig später war sie tot. Ruedi war total durcheinander und regte sich schrecklich auf. Er behauptete, sie sei im Auftrag der Vaybon Holding umgebracht worden, weil sie den Inhalt der belastenden Dokumente kannte. Ich bezweifle, daß er das ernst meinte. Es war ein Unfall, aber er war völlig überdreht und rastete völlig aus. Er brauchte jemanden, dem er die Schuld geben konnte. Meiner Meinung nach machte er sich insgeheim Selbstvorwürfe.«

Fitzduane wußte, wie Ruedis und Vrenis Mutter ums Leben gekommen war. Claire von Graffenlaub war mit ihrem Porsche gegen einen Lastwagen gefahren, der Spaghetti geladen hatte. Keine gängige Methode, jemanden umzubringen.

»Die schmutzigen Geschäfte, in die unser Vater verwickelt war, die verbrannten Dokumente, der Tod unserer Mutter, der Einfluß seiner neuen Freunde – das alles warf Ruedi immer mehr aus der Bahn. Er fing an, mit Drogen zu experimentieren, und zwar nicht nur mit Hasch, sondern auch mit Speed und LSD. Wir waren wieder zu unserem Vater gezogen, aber Ruedi ließ sich selten zu Hause blicken. Er stritt sich nicht mehr ständig mit unserem Vater und kam mit ihm scheinbar besser aus, schmiedete aber insgeheim Rachepläne. Das tat er nicht nur aus eigenem Antrieb, sondern er bekam irgendwoher Anweisungen und wurde sozusagen ferngesteuert. Zu seinen Freunden gehörten ein paar Leute, die der AKO, der Anarchistischen Kampforgansisation nahestanden. Sie wollten die Schweizer Gesellschaftsordnung, am liebsten sogar das gesamte kapitalistische System der westlichen Welt durch eine Revolution abschaffen. Die meisten redeten nur davon, aber ein paar Mitglieder des harten Kerns entwendeten Waffen aus Militärdepots und belieferten Terroristen, die bei ihnen regelrechte Bestellungen aufgaben: Maschinengewehre, Revolver, Granaten, sogar panzerbrechende Waffen. Diese Anarchisten hatten Verbindungen zur Baader-Meinhof-Gruppe, Carlos, der ETA und vielen anderen extremistischen Gruppen. Der harte Kern der AKO war zwar bereits zerschlagen und seine Mitglieder verhaftet, kurz bevor Ruedi in den Bannkreis der Bewegung geriet, doch eine Menge Sympathisanten kamen ungeschoren davon. Einige waren der Polizei bekannt und wurden überwacht.«

»Wenn ich Sie recht verstehe, hat Ruedi nicht aktiv mitgemacht«, sagte Fitzduane. »Er war wohl mehr eine Art Terroristen-Groupie.«

Vreni lächelte. »Das klingt komisch, aber es ist wohl was dran.«

»Und wo standen Sie?«

Sie sah ihn wortlos an, ließ den Kopf sinken und verschränkte die Hände über den Knien. »Ich sehe mich selbst als Aussteiger. Ich will niemandem etwas zuleide tun«, sagte sie leise.

»Was verstehen Sie unter einem Aussteiger?«

»Auf englisch würde man wohl *drop-out* sagen«, antwortete sie. »Bei uns kann man sich nicht einfach rausfallen lassen wie in Amerika. Hier muß man aus*steigen*, was soviel heißt wie rausklettern. Das ist mit einer Anstrengung verbunden.«

Sie gähnte. Es war Mitternacht vorbei. Müdigkeit und Hasch hatten ihr die Zunge schwer gemacht. Er hätte ihr gern noch viele Fragen gestellt, aber das mußte bis morgen warten, obwohl er bezweifelte, daß sie am hellichten Tag genauso freimütig reden würde. Die wenigsten Menschen taten das.

Irgendwie hatte er das Gefühl, daß sie ihm die Wahrheit gesagt hatte, allerdings nur zum Teil. Es war eine zensierte Wahrheit.

»Ich bin müde«, sagte sie. »Wir können uns morgen weiterunterhalten.« Sie raffte sich von dem Sitzkissen auf und kniete nun dicht vor ihm auf dem Fußboden. Die oberen Knöpfe ihrer Bluse waren offen. Er konnte die Rundung ihrer Brüste und den oberen Teil der Brustwarzen sehen. Sie neigte sich zu ihm hin. Er roch ihren Atem und die Wärme ihres Körpers. Sie schlang einen Arm um seinen Nacken und streichelte ihn. Dann küßte sie ihn auf den Mund, und bevor er dazu kam, sich ihr zu entziehen, schob sie ihre

Zunge zwischen seine Lippen. Gleichzeitig strich sie mit der Hand flüchtig über die Wölbung in seiner Hose.

»Weißt du was, fremder Mann aus Irland?« flüsterte sie, als redete sie mit sich selbst. »Sie werden dich umbringen!« Dann verschwand sie durch die runde Luke in der Zimmerdecke. Fitzduane fühlte sich plötzlich todmüde. Er war sich nicht sicher, ob er richtig gehört hatte.

Leise Geräusche weckten ihn. Er blickte sich in dem leeren Raum um. Die Lampe, in der fast kein Petroleum mehr war, flackerte und erlosch langsam.

Zuerst sah er ihre Beine, dann das dunkle Dreieck ihrer Scham. Der goldene Armreif an ihrem rechten Handgelenk blitzte kurz auf. Gleich darauf wurde ihr nackter Körper von der Dunkelheit verschluckt. Er hörte, wie sie quer durch das Zimmer auf ihn zukam. Sie schluchzte leise. Er streckte eine Hand aus. Sie fand sie und preßte sie an ihr tränennasses Gesicht. Wortlos zog er sie zu sich ins Bett und nahm sie in den Arm. Tränen tropften in sein Brusthaar. Er küßte sie so zart wie ein Kind, und nach einer Weile schlief sie ein.

Er lag noch mehrere Stunden wach, bis das erste Licht des neuen Tages durch die Vorhänge sickerte. Vreni schlief friedlich, ihr Atem ging ruhig und regelmäßig. Behutsam löste er den Verschluß des Armreifs an ihrem Handgelenk und verschob ihn ein wenig. Trotz der dürftigen Beleuchtung sah er genug: keine Tätowierung. Vreni bewegte sich, wachte jedoch nicht auf.

Am Frühstückstisch war sie schweigsam und in sich gekehrt. Sie mied seinen Blick, während sie ihm Kaffee einschenkte und eine Schale mit Müsli vor ihn hinstellte. Um das Schweigen zu brechen, fragte er, woher sie die frische, dampfende Milch habe.

Sie sah ihn an und lachte ein wenig verkniffen. »Peter hat alles arrangiert«, sagte sie. »Wir haben einen Nachbarn, der im Dorf wohnt, aber sein Kuhstall ist nicht weit von unserem weg. Wir wechseln uns beim Melken ab.«

»Sie sind hier also nicht ganz allein.«

»Willi geht mit den Kühen gut um, aber er ist über sechzig und ein wortkarger Eigenbrötler.«

»Fühlen Sie sich manchmal nicht sehr einsam?«

»O ja, allerdings«, gab sie zu. Sie saß eine Weile da und schwieg, dann stand sie auf und machte sich in der Küche zu schaffen. Plötzlich kehrte sie Fitzduane den Rücken zu, stützte sich auf das Spülbecken und begann zu schluchzen, hemmungslos, verzweifelt.

Er stand auf und legte ihr tröstend eine Hand auf die Schulter. Ihr Rücken war hart und verkrampft. Als er sie in den Arm nehmen wollte, stieß sie ihn von sich. Eine ihrer Hände umklammerte den Rand des Spülbeckens mit solcher Kraft, daß die Knöchel weiß hervortraten.

»Sie wissen nicht, worauf Sie sich eingelassen haben«, stieß sie hervor. »Es war idiotisch von mir, daß ich überhaupt mit Ihnen geredet habe. Diese Sache geht Sie überhaupt nichts an, und Sie haben keine Ahnung, wie kompliziert alles ist.«

Er wollte etwas sagen, doch sie fuhr herum und schrie mit vor Wut und Angst verzerrtem Gesicht: »Idiot! Soll ich Ihnen was sagen? Es ist alles zu spät! Ich kann nicht mehr zurück, und niemand kann mir helfen. Niemand!« Sie rannte ins angrenzende Wohnzimmer und schlug die Tür hinter sich zu. Ein Beutel mit Naturreis, der auf dem Rand eines Regals balanciert hatte, fiel mit dumpfem Geräusch auf den Boden. Fitzduane hörte das Telefon klingeln und dann Vrenis Stimme. Sie sagte nur ab und zu etwas. Einmal wurde ihre Stimme lauter, und sie wiederholte mehrmals den Ausdruck »nei«. Er wußte, daß das auf Schweizerdeutsch »nein« bedeutete.

Er setzte sich wieder an den Frühstückstisch. Nach ein paar Minuten kam Vreni zurück. Sie bewegte sich, als lastete etwas schwer auf ihr, und ihr Gesicht war aschfahl. Ihre Stimme war so leise, daß er sie kaum verstand, als sie zu ihm sagte: »Sie gehen jetzt besser. Sofort.«

Sie drückte ihm einen in Papier gewickelten Gegenstand in die Hand, der sich wie ein Marmeladenglas anfühlte. Dann schlang sie die Arme um ihn und preßte sekundenlang ihre Lippen an seine Wange.

»Danke, daß Sie mir helfen wollten«, sagte sie und sah ihn dabei nicht an. Tränen liefen über ihr Gesicht. »Sie sind leider zu spät gekommen.« Fitzduane begriff, daß er alles verschlimmern würde, wenn er sie jetzt nicht in Ruhe ließ.

Sie wandte sich ab und verließ den Raum.

Er ging zu Fuß nach Heiligenschwendi zurück. Schnee und Matsch waren nachts gefroren und knirschten unter seinen Füßen. Auch die Gebirgsstraße war vereist. Deshalb fuhr er langsam und vorsichtig. Immer wieder sah er in den Rückspiegel. Mehrmals hielt er an, um die Aussicht zu bewundern. Einmal schraubte er ein Teleobjektiv auf seine Kamera und machte mehrere Fotos von einem Motorradfahrer, der auf der glatten, serpentinenreichen Kurve sein ganzes Können unter Beweis stellte, indem er um die Kurven schlidderte. Er beschleunigte, als er Fitzduanes Kamera sah und ignorierte den Iren, als dieser ihm zuwinkte.

Fitzduane aß in Interlaken zu Mittag, benahm sich wie ein normaler Tourist und setzte gemächlich die Rückfahrt nach Bern fort. Als der Motorradfahrer am Stadtrand in eine Nebenstraße einbog, bedauerte Fitzduane fast, daß er ihn los war. Vielleicht sollte ich herausfinden, wer mich beschatten läßt, dachte er und ärgerte sich ein bißchen, daß er seine schußsichere Kevlar-Jacke in Irland gelassen hatte. Die Schweiz stimmte immer weniger mit der Vorstellung überein, die er sich von ihr gemacht hatte.

Er beschloß, sich für alle Fälle eine Waffe zuzulegen.

Kapitel 13

Fitzduane interessierte sich für Waffen. Der Umgang mit ihnen war Teil seiner Erziehung gewesen. In der Abgeschiedenheit seiner Burg und seiner Ländereien brauchte er es mit den strengen irischen Waffengesetzen nicht so genau zu nehmen. In Irland mußte man bereits für etwas so relativ Ungefährliches wie ein Luftgewehr eine Lizenz haben. Für Handfeuerwaffen einen Erlaubnisschein zu erhalten, war fast unmöglich. Außerdem gab es nur wenige Waffengeschäfte, und ihr Sortiment war sehr begrenzt.

Das Verhältnis der Schweizer zu Feuerwaffen faszinierte ihn. Er hatte bereits herausgefunden, daß die Schweizer ihre Waffen geradezu liebten – jede Art von Schußwaffe, von der Schwarzpulver-Muskete bis zum Wettkampf-Präzisionsgewehr. Sie stellten auch selbst welche her und benutzten sie mit beeindruckender Geschicklichkeit und hingebungsvoller Ausdauer.

Fitzduane fand das Waffengeschäft, indem er einfach einem respektierlich wirkenden, wie ein Geschäftsmann gekleideten Bürger mittleren Alters folgte. Der Mann trug ein Sturmgewehr mit der gleichen Unbefangenheit, mit der ein Londoner seinen Regenschirm trägt. Die Passanten schienen von dem Anblick gänzlich unbeeindruckt. Auf Fitzduane wirkte der gute Mann so, als ginge er ins Büro, um seinen Chef zu erschießen, oder als nutzte er die Mittagspause, um den Liebhaber seiner Frau mit Kugeln zu durchlöchern. Beides hätte einen gewissen Unterhaltungswert, sagte sich Fitzduane.

Es war ein herrlicher Nachmittag für einen Spaziergang, und es dauerte nur ein paar Minuten, bis ihn der Eidgenosse in die Aarbergergasse zu dem Geschäft geführt hatte. Auf dem Firmenschild über der Ladentür stand SCHWARZ. *Büchsenmacher. Armurier.* Im liebevoll dekorierten Schaufenster ruhte eine derart geballte Feuerkraft, daß sie dem Privatarsenal eines südamerikanischen Diktators zur Ehre gereicht hätte.

»Ich möchte mir eine Waffe zulegen«, sagte Fitzduane. Der Mann hinter dem Ladentisch nickte zustimmend. Ein durchaus vernünftiges Anliegen. Fitzduane sah sich im Laden um. Überall Waffen, eine erstaunliche Vielfalt: Revolver, Schnellfeuergewehre, Musketen, Schrotflinten, Armeegewehre und Karabiner. Sie standen in Regalen, starrten ihn aus Vitrinen an oder lehnten wie zufällig an der Wand. Jedes freie Plätzchen war von Munitionskisten, Armbrüsten, Waffenbüchern und sogar Steinschleudern besetzt. Es war phantastisch. Fitzduane wünschte, er wäre schon mit vierzehn hierher gekommen. Allerdings hatte er keine Ahnung, nach welchen Regeln und Vorschriften man hierzulande in solchen Dingen verfuhr.

»Wie sind in der Schweiz die Waffengesetze?« fragte er. Der Mann hinter dem Ladentisch blieb völlig gelassen. Offensichtlich ließ er sich durch die Schweizer Gesetze nicht von einem Geschäft abhalten.

»Für einen Ausländer?«

Fitzduane dachte: Ich spreche Englisch, also ist die Sache doch klar. »Ich fühle mich hier in Bern richtig zu Hause«, sagte er.

Der Ladenbesitzer schien an solchen Plänkeleien nicht interessiert. Sein Geschäft waren Waffen. Er nahm ein finnisches Valmet-Schnellfeuergewehr aus einem Ständer hinter sich und tat so, als mähte er mal eben durch das Schaufenster ein halbes Dutzend Passanten nieder. Er machte »Tak-tak-tak«. Drei kurze Feuerstöße. Sehr gekonnt. Dann stellte er die Valmet an ihren Platz zurück, nahm einen Peacemaker-Colt und brachte ihn mit ausgestrecktem Arm in Anschlag, einhändig, wie es bei Handfeuerwaffen früher üblich gewesen war – bis in den fünfziger Jahren ein kalifornischer Sheriff namens Weaver alle Schießwettbewerbe gewann, indem er beidhändig schoß wie eine Frau.

»Die Gesetze sind von Kanton zu Kanton verschieden,« sagte er. »In Bern zum Beispiel kann man ohne Waffenschein eine Pistole tragen, in Zürich nicht.«

Fitzduane erinnerte sich, daß es in der Schweiz sechsundzwanzig Kantone und Halbkantone gab. Allerdings kannte er den Unterschied zwischen Kanton und Halbkanton nicht genau. Angesichts der unterschiedlichen Bestimmungen war es vielleicht ratsam, etwas anderes als eine Handfeuerwaffe zu erstehen, wenn man in Bern keine Scherereien bekommen wollte.

»Eine Schußwaffe zu kaufen ist kein Problem«, fuhr der Waffenhändler fort. »Es kommt nur darauf an, was Sie wollen. Einschränkungen gibt es lediglich bei Schnellfeuergewehren und Pistolen. Ansonsten ist es einfach.«

»Ohne Waffenschein?«

»Außer für die genannten Waffen brauchen Sie keine Lizenz.« Der Mann wirbelte den Peacemaker gekonnt um den Zeigefinger und legte ihn zurück in die Vitrine. Er nahm eine kleine Smith & Wesson Kaliber 32, sah Fitzduane an und legte sie ebenfalls zurück an ihren Platz. Irgendwie paßte eine Zweiunddreißiger nicht zu dem Iren.

Nur ungern verwarf Fitzduane die Idee, sich ein M-60 Maschinengewehr zu kaufen und es auf Rollschuhen hinter sich her durch Bern zu ziehen. Während des Gesprächs hatte er auf den kleinen

Koffer für das Kamerastativ hinabgeblickt, der auf dem Ladentisch lag. Er spürte, wie das Räderwerk in seinem Gehirn zu arbeiten begann und zeigte auf eine Remington-Schrotflinte mit Klappkolben in einem Regal hinter dem Ladenbesitzer. Es war eine kurzläufige Nahkampfwaffe, und auf einem kleinen Schild stand in großen, gut lesbaren Lettern der Hinweis: Nur für den Polizeigebrauch.

»Aber gewiß«, sagte der Händler und reichte Fitzduane die mit einem Pistolengriff ausgestattete Waffe. Fitzduane hatte im Kongo bei Spezialeinsätzen ein ähnliches Gewehr benützt. Mit der richtigen Munition war sie eine perfekte Tötungsmaschine. Bis zu einer Entfernung von vierzig Metern, besser natürlich noch bei halber Distanz, stoppte sie einen Angreifer mit brutaler Wucht. Zusammengeklappt paßte sie genau in das Köfferchen. Die kleine Seitentasche mit Reißverschluß, eigentlich für den Fernauslöser der Kamera gedacht, bot genügend Platz für Reservemunition.

Der Ladeninhaber legte eine Schachtel mit zwölf Patronen Kaliber 00 neben das verpackte Gewehr. Solche Geschosse enthielten neun Bleikugeln, von denen jede auf kurze Entfernung tödlich sein konnte. Offensichtlich war dem Mann klar, daß Fitzduane nicht auf Vogeljagd gehen wollte. Nach kurzem Zögern fügte er ein größeres Zusatzmagazin hinzu und sagte: »Wir akzeptieren Kreditkarten.«

Fitzduane lächelte und zahlte bar. Die Rechnung belief sich auf neunhundertachtzehn Franken und vierzig Rappen. Er verließ den Laden und sah sich nach einem Fotogeschäft um. Er wollte ein paar Filme entwickeln lassen, und außerdem brauchte er schnell einige Vergrößerungen. Zum Glück fand er rasch, was er suchte und vereinbarte, daß er die fertigen Bilder am nächsten Morgen abholen würde.

Am Bärenplatz ging er in ein Café namens »High Noon«. Es lag direkt neben dem Eingang zum Käfigturm. Ein passender Ort, um nach einem Waffenkauf ein Bier zu trinken. Danach schlenderte er zurück zum Hotel. Soweit er feststellen konnte, folgte ihm niemand. Ganz sicher war er sich jedoch nicht. In den Straßen wimmelte es von Menschen, die einen abendlichen Einkaufsbummel machten, und die Arkaden boten etwaigen Verfolgern gute

Deckung. Nahe dem Hotel lichtete sich das Gedränge etwas, und ihm fiel ein Rollschuhläufer mit einer Art arabischem Kopftuch auf. Der Mann löste sich aus dem Schatten eines Pfeilers und rollte hinter ihm her. Fitzduane änderte die Richtung und betrat eine kleine Bar namens »Arlequin«. Er bestellte ein Bier und wunderte sich, wo das »H« abgeblieben sein mochte.

Draußen glitt der Rollschuhfahrer vorbei und drehte eine Pirouette. Dann nahm er, offenbar ermüdet, eine Haltung ein, die an einen Storch erinnerte: Er blieb auf einem Bein stehen, winkelte das zweite an und legte es um das Knie des ersten. In dieser Stellung beobachtete er den Eingang der Arlequin-Bar. Als Fitzduane das Lokal verließ, war er verschwunden.

Verdammt merkwürdig, dachte Fitzduane.

Im Hotelzimmer machte er sich daran, die Schrotflinte zu laden. Mit dem Zusatzmagazin hatte sie sieben Schuß. Er überprüfte den Sicherungshebel und legte die Waffe wieder in das Köfferchen.

Fast hätte er das kleine Päckchen vergessen, das Vreni ihm beim Abschied in die Hand gedrückt hatte. Er ließ sich am Empfang eine Schere geben und öffnete es vorsichtig. Es enthielt Lebkuchen in einem verschließbaren Glas. Er schraubte den Deckel auf. Der starke Duft versetzte ihn in das alte Bauernhaus am Hang zurück. Er sah das Mädchen mit der mehlbestäubten Wange vor sich. Als er in eines der Pfefferkuchenmännchen biß, zerbröselte es. Es schmeckte leicht nach Butter und Gewürzen.

Um das Glas war ein Briefumschlag gewickelt. Das Schreiben darin war kurz, die Handschrift rund und resolut. Es handelte sich um einen von diesen karierten Zetteln, wie man sie in ganz Europa für Notizen verwendet.

»Liebster Ire! Während ich diese Worte schreibe, schläfst Du noch nebenan. Ich habe das Feuer wieder angezündet, im Zimmer ist es warm und kuschelig und ich denke voll Liebe an Dich. Es wäre schön, wenn Du in Heiligenschwendi bleiben könntest, aber leider geht das nicht.

Bitte melde Dich nicht bei mir, zumindest nicht in den nächsten Tagen. Ich muß erst über alles nachdenken und dann entscheiden, was für mich am besten ist. Daß Du noch viele Fragen an mich hast, wenn Du aufwachst, ist mir klar, aber ich glaube nicht, daß ich in der Lage bin, mit Dir über alles zu reden.

Falls Du eine Zeitlang in Bern bleibst – was Du nicht tun solltest, obwohl ich hoffe, daß Du es trotzdem tust –, könntest Du Dich mit einem Freund von Ruedi und mir in Verbindung setzen. Er heißt Klaus Minder, ist aus Zürich und wohnt in Bern meist bei Freunden und Bekannten. Seine letzte Adresse war das Jugendhaus in der Taubenstraße 12. Vielleicht hätte ich nicht mit Dir reden sollen, aber ich war so einsam. Ich vermisse Ruedi.

In Liebe, Vreni

Fitzduane legte den Brief neben die Lebkuchen und die Schrotflinte auf den Tisch. Ihm war nach einem Schnaps. Mit einem schmerzlichen Gefühl im Herzen saß er reglos da und dachte an Vreni. Er griff zum Telefonhörer, um sie anzurufen, ließ die Hand aber wieder sinken. Wenn sie Zeit zum Nachdenken haben wollte, sollte sie sie haben.

Das Telefon läutete. Beat von Graffenlaubs Sekretärin meldete sich: Ob Herr Fitzduane Herrn von Graffenlaub morgen pünktlich um zwölf im »Restaurant du Théâtre« zum Essen treffen könnte? Sie wiederholte das Wort *pünktlich*.

»Ich werde da sein«, sagte er. »Wer zahlt?«

Frau Hunziker machte ein Geräusch, als ob jemand sie würgte. Fitzduane hoffte, daß dem nicht so war. Es war ohnehin schon alles kompliziert genug.

Ivo schlief noch, als die beiden Kripobeamten das Jugendhaus betraten. Sie waren rücksichtsvoll und stürzten nicht ins Zimmer, um ihn aus seinem Schlafsack zu reißen, sondern klopften höflich an die hintere Tür – sie hatten das Haus durch den Seiteneingang betreten – und warteten dann draußen im Auto. Es dauerte zehn Minuten, bis der noch ziemlich verschlafene Ivo erschien.

Offensichtlich hatte er noch nicht gefrühstückt. Die beiden

Beamten kauften ihm im Hauptbahnhof an einem Stand Kaffee und ein paar Semmeln und unterhielten sich ruhig miteinander, während er aß. Als er fertig war, setzten sie ihn wieder ins Auto. Sie fuhren die Laupenstraße entlang, neben der rechter Hand die vielen Gleise des Berner Rangierbahnhofs verliefen. Nach knapp einem Kilometer bogen sie rechts in die Bühlstraße ab. Vor ihnen lag ein Teil des Berner Universitätsgeländes. Ivo erkannte mit wachsender Sorge, wohin die Fahrt ging. An der Universitätsklinik angelangt, passierten sie die breiten Schiebetore, die sich hinter ihnen schlossen.

Wenn man einem geübten Fachmann im Leichenschauhaus genug Zeit läßt, kann er einen noch so übel zugerichteten Leichnam einigermaßen herrichten. In diesem Fall war nicht genug Zeit gewesen. Die Pathologen des Gerichtsmedizinischen Instituts – einer Abteilung der Berner Universität – hatten sich auf ihre Hauptaufgabe konzentriert: Feststellung der Todesursache. Nach der Untersuchung war der Körper mehr schlecht als recht zusammengeflickt worden. Bei den fehlenden Augen und Ohren hatte man nichts machen können. Glücklicherweise zeigte man Ivo nur den Kopf. Der Rest lag unter einem weißen Laken.

»Kennen Sie den?« fragte einer der Beamten. Keine Antwort. Tränen strömten über Ivos Wangen. Sie mußten die Frage zweimal wiederholen.

Einer der Kripobeamten zog das Laken über den Kopf des Opfers, legte einen Arm um Ivos Schultern und führte ihn hinaus in den Flur. Er brachte Ivo in ein Untersuchungszimmer gleich nebenan. Sein Kollege folgte ihnen und schloß die Tür. Ivo saß zutiefst erschüttert in einem Sessel. Es war schon fast Mittag, als er endlich zugab, daß er die Leiche identifiziert hatte. Die beiden Beamten brachten ihn zurück ins Jugendheim. Sie sahen ihm nach, als er langsam und mit hängenden Schultern ins Haus ging.

»Wenn der uns was vormacht, lasse ich mich wieder zur Berp versetzen,« sagte einer der beiden. Die Jahre bei der Berp, der »Uniformierten Bereitschaftspolizei«, hatte er durchaus genossen: Die Arbeitszeit war dort besser geregelt.

»Er hat wahrscheinlich nichts damit zu tun,« meinte der Bär. »Immerhin war er eng mit Minder befreundet. Im Moment ist er total geschockt, aber er wird sich bald erholen und wie ein Maulwurf zu wühlen anfangen. Wer weiß, vielleicht findet er sogar etwas.«

»Gut, Heini. Jedenfalls vielen Dank für die Hilfe. Ich wußte, daß du Ivo kennst und nichts gegen einen kurzen Besuch in der Leichenhalle hättest. Jetzt kannst du wieder eine ruhige Kugel schieben.«

»Na, du bist mir vielleicht ein Witzbold.«

Sie aßen zusammen im Mövenpick. Eigentlich mochte der Bär diese Art von Lokalen nicht, aber es ging schnell und war praktisch. Nachmittags wollte er ein kleines außerdienstliches Gespräch mit einem Freund von Interpol führen.

Beim Essen erfuhr er von seinem Kollegen, daß man mit den Nachforschungen im Fall Klaus Minder kein bißchen weitergekommen war. Er reagierte darauf weder überrascht noch sonderlich enttäuscht. Um den Iren würde er sich später kümmern. Jetzt mußte er erst einmal einer heißen Spur folgen, die handfeste Resultate versprach. Also auf ins Berner Oberland, wo man manches vielleicht tatsächlich klarer sah.

Auch der Bär war noch nicht zu alt, um das Hertz-Fräulein zu beschwatzen, und er brauchte kein Genie zu sein, um beim Namen Heiligenschwendi hellhörig zu werden.

Das »Restaurant du Théâtre« gehörte zu den exklusiveren Berner Speiselokalen. Fitzduane kam fünf Minuten früher als verabredet. Graffenlaub hatte bereits Platz genommen. Er hat etwas von einem Dandy, dachte Fitzduane. Es lag nicht so sehr an den Dingen, die einem sofort ins Auge fielen, wie die Miniaturrose im Knopfloch seines Anzugs, und auch nicht – Farbabstimmung oder Trauer? – an dem rosa Hemd oder der schwarzen Strickkrawatte. Wie er dort Fitzduane gegenübersaß und routiniert den Spargel in die Sauce Hollandaise dippte, ging von ihm eine Vitalität aus, die Fitzduane bei der ersten Begegnung nicht wahrgenommen hatte. Er erweckte den Eindruck von Selbstvertrauen und Zielstrebigkeit, und er strahlte – Fitzduane suchte nach dem richtigen Wort – Autorität aus. Genauso hatte sich Fitzduane den Anwalt eigentlich vorgestellt: patriotisch, erfolgreich im Beruf, mächtig, einflußreich und sehr wohlhabend.

»Köstlich«, sagte Graffenlaub. Das letzte Stück des jungen Spargels war verzehrt. Er reinigte seine Finger in einem Schälchen Wasser und trocknete sie an einer rosa Serviette ab. Der Farbton war nicht genau der von seinem Hemd, aber groß war der Unterschied nicht. Fitzduane überlegte, ob der Anwalt seine Kleidung auf die Umgebung abstimmte. Irgendwo hatte er gelesen, daß es in Bern rund zweihundert Cafés und Restaurants gab. Ein interessantes Betätigungsfeld für einen Herrenausstatter.

»Gilt der erste Spargel der Saison auch in Irland als besondere Delikatesse?« fragte Graffenlaub.

Fitzduane dachte nach. Soweit er sich entsinnen konnte, war in seinem irischen Bekanntenkreis noch niemand über den ersten Spargel in einen Freudentaumel verfallen. Über den ersten Drink des Tages sicher, über die erste Jagd der Saison vielleicht – aber ein Gemüse? Nein, völlig unmöglich, so banausenhaft das sein mochte.

»Ein Bekannter von mir, der Franzose ist«, sagte Fitzduane, »wollte einfach nicht wahrhaben, wie übel die Engländer uns in den siebenhundert Jahren der Besatzung mitgespielt haben – bis er unsere Küche kennenlernte.«

Graffenlaub lächelte. »Sie sind etwas zu streng mit Ihrer Heimat. Ich habe in Ihrem Land ab und zu sehr ordentlich gegessen.« Seine Krawatte hatte einen winzigen Fleck Sauce Hollandaise abbekommen. Fitzduane konnte sich ein bißchen Schadenfreude nicht verkneifen.

Den Cognac nach dem Essen lehnte er ab und akzeptierte statt dessen eine Havanna erster Güte.

»Mister Fitzduane«, sagte Graffenlaub, »ich muß zugeben, daß mich Ihr Ansinnen sehr entrüstet hat, aber noch mehr hat mich das Foto von Ruedi schockiert. Ich brauchte danach ein bißchen Zeit, um zu entscheiden, was zu tun ist.«

»Tut mir leid«, erwiderte Fitzduane. »Ich wollte Sie überzeugen, nicht verletzen, und mir ist keine wirkungsvollere Methode eingefallen.«

Graffenlaub warf ihm einen kühlen Blick zu. »Sie sind ein Risiko eingegangen. Mittlerweile glaube ich jedoch, daß Sie es ehrlich meinen. Ich habe in den letzten Tagen sehr viel über Sie herausgefunden.«

»Und wie haben Sie sich entschieden?«

»Mister Fitzduane, glauben Sie mir, wenn ich mich gegen Ihren Vorschlag entschieden hätte, säßen wir jetzt nicht hier beim Essen. Es ist meine feste Absicht, Ihnen in jeder erdenklichen Weise zu helfen, die Umstände von Ruedis Tod aufzuklären. Ich stelle nur eine grundlegende Bedingung.«

»Und die wäre?«

»Sie müssen mir gegenüber absolut ehrlich sein. Möglicherweise werden Sie Dinge aufdecken, die mir nicht behagen. Trotzdem will ich eingeweiht werden. Ich will alles wissen. Einverstanden?«

Fitzduane nickte, doch er hatte dabei ein ungutes Gefühl. »Beide Seiten müssen mit offenen Karten spielen. Ich werde Ihnen ein paar Fragen stellen müssen, die Sie bestimmt ungern beantworten. Meine Ermittlungen werden sich auch auf Dinge erstrekken, die Ihnen vielleicht irrelevant erscheinen. Lassen Sie es mich einfach ausdrücken: Wenn Sie mir nichts verheimlichen, werden Sie alles erfahren, was ich herausfinde.«

»Was sein muß, muß sein, das ist mir klar«, sagte Graffenlaub. »Egal, was für unangenehme Dinge Sie herausfinden – es wird auf jeden Fall besser sein, als nichts zu tun. Diese Angelegenheit macht mich ganz krank. Irgendwie fühle ich mich schuldig, ohne zu wissen warum und in welchem Ausmaß. Ich wußte nicht mehr weiter, und dann tauchten plötzlich Sie auf. Jetzt zeichnet sich eine Lösung ab.«

Graffenlaub wirkte ein wenig entspannter, nachdem er geendet hatte. Er vermittelte den Eindruck, als hätte er sich nun endgültig entschieden. Die Zurückhaltung, fast schon Verkrampfung, die er während des Gesprächs an den Tag gelegt hatte, schien sich zu verflüchtigen. Er hielt Fitzduane die Hand hin. »Tun Sie Ihr möglichstes.«

Der Ire schlug ein. »Ich glaube, ich genehmige mir jetzt doch einen Cognac«, sagte er.

Eine kurzer Wink, ein paar Worte des Notars – schon standen

zwei Cognacs vor ihnen. Wortlos prosteten sie sich zu. Fitzduane leerte sein Glas mit einem Zug. Er hatte noch immer dieses ungute Gefühl.

Graffenlaub zahlte und sagte zu Fitzduane: »Wie wär's mit einem kleinen Spaziergang? Ich habe einige Vorkehrungen getroffen, die sich als nützlich erweisen könnten.«

Auch an diesem Tag war es warm. Fitzduane wollte möglichst bald ein paar Sachen kaufen. Er hatte sich beim Packen auf Schnee, Eis, Wind und Regen eingestellt und war nicht darauf vorbereitet, zu dieser Jahreszeit im Hemd herumzulaufen.

Sie gingen über den Theaterplatz, ließen das Kasino links liegen, überquerten die Kirchenfeldbrücke mit ihren eleganten Bögen und kamen an der Kunsthalle, dem Alpen- und dem Postmuseum vorbei. Sie gingen zügigen Schrittes: Der Anwalt schien gut in Form zu sein.

Nahe der Kreuzung Helvetia/Kirchenfeldstraße bog Graffenlaub in eine von Bäumen überschattete Sackgasse ein. Von der Hauptstraße aus war sie leicht zu übersehen. Die Namensschilder und Sprechanlagen an den Hauseingängen deuteten darauf hin, daß es sich um eine reine Wohngegend handelte. Am vierten Haus machte Graffenlaub halt und tippte einen Code in das Zahlenfeld eines elektronischen Schlosses.

Die schwere Glastür, durch schmiedeeiserne Ziergitter gesichert, schwang auf. Graffenlaub ignorierte den Lift und führte Fitzduane zwei kurze Treppenabsätze hinauf. Die Stufen und der Flur im ersten Stock waren mit Teppichboden ausgelegt. Graffenlaub öffnete eine zweite Tür, diesmal mit einem Schlüssel. Sie traten in einen schmalen, elegant gestalteten Flur. Graffenlaub schloß die Tür hinter ihnen. Das Geräusch der zufallenden Tür verriet, daß sie nicht nur aus Holz bestand.

Plötzlich wurde Fitzduane von etwas festgehalten. Mit einiger Mühe befreite er sich von einer großen Topfpflanze. Ihre grünen Ranken sahen aus wie die Fangarme eines Kraken und waren mit Dornen gespickt. Die Marotte der Schweizer, sich Urwaldpflanzen ins eigene Heim zu holen, ärgerte ihn.

Graffenlaub führte ihn mit der Routiniertheit eines Immobilienmaklers durch die Wohnung. Kleine Gesten und die Unbefangenheit, mit der er sich bewegte, ließen jedoch vermuten, daß er sich zu Hause fühlte.

Die Wohnung wirkte komfortabel, fast luxuriös. Mobiliar und Dekor waren bewußt dezent gehalten. Die einzige Ausnahme bildete das Schlafzimmer: ein dicker, weißer Teppich, ein riesiges Doppelbett mit Wäsche aus schwarzer Seide, ein Spiegel an der Zimmerdecke.

»Sehr gemütlich«, sagte Fitzduane.

Das reich ausgestattete Arbeitszimmer war früher offenbar ein Eßzimmer gewesen. Ein volles Bücherregal erstreckte sich über eine ganze Wand. An einer anderen war eine ausrollbare Filmleinwand angebracht. Außerdem gab es einen eingebauten Bildschirm und eine mit Jute überzogene Metalltafel, an der mit kleinen Magneten Karten von Bern und der Schweiz befestigt waren. Die Einrichtung war modern, gediegen und teuer. Der Schreibtisch bildete mit einem Konferenztisch ein T, die ergonomisch geformten Stahlrohrsessel mit den schwarzen Lederpolstern waren dreh- und fixierbar. Höhe und Rückenneigung konnten verstellt werden.

Zimmerhohe Schiebetüren glitten zur Seite. Eine Wand, bestückt mit modernster elektronischer Kommunikationstechnik, kam zum Vorschein: mehrere Monitore, einer davon für Reuters Börsendienst, ein Fernschreiber, ein Faxgerät, ein starker Rundfunkempfänger, Diktiergeräte, ein Fotokopierer. Auf einem Tischchen mit Rollen wartete geduldig ein Computerterminal.

»Keine Telefone?« fragte Fitzduane. Irgend etwas mußte doch fehlen! Die Situation erinnerte ihn an eine Karikatur im »New Yorker«: »Auch in einer Denkfabrik sind Musterknaben unbeliebt, Glebow!«

Graffenlaub drückte auf einen Knopf an der Unterseite der Tischplatte. Ein Teil der Wandverkleidung glitt zurück, und mit leisem Summen erschien eine Telefonkonsole mit einer ganzen Palette von Zusatzgeräten. Er deutete auf eines der elektronischen Kästchen: »Das ist ein Tonbandgerät.«

»Aha«, sagte Fitzduane höflich.

Sie gingen in die Küche: Regale, ein zweitüriger Kühlschrank und eine Tiefkühltruhe, vollgestopft mit Eßbarem. In einer Speisekammer reihte sich Rotweinflasche an Rotweinflasche. Typisch Schweiz: Sogar die Flaschen waren abgestaubt. »Der Weißwein ist im Keller«, sagte Graffenlaub, »der übrigens auch als Atombunker dient.«

Fitzduane verkniff sich ein Lachen. Er hatte sich die Rotweinflaschen angesehen. Die meisten waren Château-Abfüllungen erlesener Jahrgänge. »Ein Atombunker? Das nehme ich Ihnen nicht ab.«

»Ehrlich«, sagte Graffenlaub. »In der Schweiz haben fast alle Häuser einen Schutzbunker oder direkten Zugang zu einem. Das ist seit vielen Jahren Vorschrift.«

Die Führung ging weiter. Das Badezimmer sah so klinisch sauber aus, daß man es als Operationssaal hätte verwenden können. Vor Benutzung des Bidets mußte man sich bestimmt die Hände schrubben, einen Operationskittel überstreifen und einen Mundschutz anlegen. Die Toilette war mit elektronischer Spülung ausgestattet. Fitzduane prüfte das Toilettenpapier. Es war weich und flauschig. Man hatte wirklich nichts ausgelassen.

Das Wohnzimmer war hell und luftig. Doppelt verglaste Schiebetüren führten auf die Veranda. Ein langes, L-förmiges Designersofa beherrschte den Raum. Es war mit dem weichsten Leder bezogen, daß Fitzduane jemals auf einem Möbel betastet hatte. Er setzte sich auf die lange Seite und streckte die Beine aus. Das Leder schmiegte sich sinnlich-warm an Körper und Hände.

Graffenlaub ließ sich Fitzduane gegenüber in einer Konstruktion aus Stahl, Ledergurten und Gummizügen nieder, die nur entfernt an einen Sessel erinnerte. Der Anwalt schien sie bequem zu finden. Er hob einen Aktenkoffer vom Boden hoch, den Fitzduane bisher nicht bemerkt hatte, stellte ihn auf die Knie und drehte an den beiden Nummernschlössern. Die Schnappverschlüsse sprangen mit dem satten Geräusch von Präzisionstechnik auf.

»Das ist ein besonderer Koffer«, sagte Graffenlaub. »Man muß nach dem Aufsperren dreißig Sekunden warten, bevor man ihn öffnet, sonst passiert einiges: Tränengas, Farbstoff, eine heulende Sirene, herausschnellende Teleskopstangen – alles ziemlich unangenehm.«

»Wem gehört die Wohnung?« fragte Fitzduane.

»Ihnen.«

Fitzduane zog eine Augenbraue hoch. »Sie nehmen mich auf den Arm.«

Graffenlaub lachte. Es klang tief und voll und war irgendwie ansteckend. Vreni hatte ihren Vater einen skrupellosen Kapitalisten genannt. Trotzdem fing Fitzduane an, ihn zu mögen – was nicht hieß, daß er ihm auch traute.

Erika von Graffenlaub zog die gespreizten Beine an. Ihre Hände krallten sich in das schweißdurchtränkte Laken. Mit geschlossenen Augen lag sie da, während sich sein Mund und seine Zunge dem Zentrum ihrer Lust näherten. Zuerst spürte sie nur den warmen Atem, dann eine leichte Berührung der Zunge auf ihrer Klitoris. Reglos wartete sie ab, während das zärtliche Spiel weiterging, langsam, ganz langsam. Ihr Atem wurde schneller, aber es gelang ihr, sich zurückzuhalten. Minuten verstrichen, und nur ein gelegentliches Erschauern kündete vom Sturm der Gefühle, der in ihr tobte.

Es war ein Spiel, das er sie gelehrt hatte. Er genoß es, sie zu reizen, zu bremsen und wiederum zu erregen, bis Lust und Begierde so stark wurden, daß sie nicht mehr widerstehen konnte und die Ekstase für einen kurzen, unendlich köstlichen Moment ihr ganzes Sein beherrschte.

Der Druck seiner Zunge verstärkte sich leicht. Er hatte jetzt den Rhythmus gefunden, den nur sie beide kannten. Seine Hände umspannten ihre Brüste, seine Fingerspitzen streichelten die harten Brustwarzen. Plötzlich konnte sie nicht mehr an sich halten. Sie bäumte sich auf, es schüttelte sie, und ihre Oberschenkel preßten sich an seinen Kopf. Ihr Körper zitterte heftig, ihre Hände kneteten seine Arme und Schultern. Sie packte ihn am Genick und zog ihn noch näher an sich heran.

»Jetzt!« schrie sie. »Mach es mir jetzt!« Seine Finger schlossen sich fester um ihre Brüste und Brustwarzen, bis Schmerz, rasender Schmerz gegen die Wellen der Lust anbrandete, die sie durchpulsten und jedes Nervenende erregten, bis in ihr Innerstes. Als sie kam, schrie sie vor wilder Lust, und sie schrie nochmals, als er sich aus der Umklammerung ihrer Schenkel befreite und mit brutaler Gewalt in sie eindrang.

Später, als es vorbei war, saß sie mit gekreuzten Beinen auf dem Bett und starrte ihr Spiegelbild an. Sie hielt ihre Brüste in den Händen und streichelte sie behutsam. Sie waren zerschunden und wund, aber im Nachglanz des Liebesakts war es fast ein lustvolles Gefühl.

»Ich habe über den Iren nachgedacht«, sagte sie.

»Keine Sorge,« antwortete der Mann mit dem goldblonden Haar. »Alles unter Kontrolle.«

»Nein«, sagte sie, »nicht alles. Irgend etwas ist schiefgelaufen.«

»Glaubst du wirklich?« fragte er und richtete sich auf. Er ist schön, aber furchteinflößend und gefährlich, dachte sie, griff nach seinem Geschlecht und hielt es zwischen den Händen. Der Hodensack fühlte sich schwer an, und der Penis begann sich wieder aufzurichten. Mit der Zunge berührte sie die Eichel.

»Er ist ein attraktiver Mann«, sagte sie. »Ich möchte mit ihm schlafen, bevor er stirbt.«

Der Mann mit dem goldblonden Haar lächelte. »Liebe kleine Erika«, sagte er. »Du bist wirklich für die Lust geschaffen.«

Sie nahm sein Glied in den Mund.

»Die Wohnung gehört mir«, sagte Graffenlaub. »Ihre Ermittlungen werden vielleicht einige Zeit in Anspruch nehmen, ein paar Wochen oder noch länger. Sie brauchen also einen Ort, wo Sie sich ungestört mit anderen Leuten unterhalten, wo sie planen und organisieren können und Ihre Ruhe haben. Ich stelle Ihnen dafür diese Wohnung zur Verfügung. Hier haben Sie es bestimmt bequemer als im Hotel und können besser arbeiten. Unten in der Garage steht ein Auto, das Sie benutzen können. Ein kleiner BMW. Einverstanden?«

Fitzduane nickte lediglich. Er wollte den Anwalt in diesem Moment nicht unterbrechen. Da war noch etwas, das spürte er.

»Gut«, sagte Graffenlaub. »Wenn ich etwas in die Hand nehme, will ich, daß es klappt.« Er lächelte. »Perfektion ist eine Schweizer Tugend.« Er klopfte auf den Aktenkoffer. »Hier drin ist alles, was Ihnen meiner Meinung nach nützen könnte – Fotos, Schulzeugnisse und ärztliche Atteste, Namen und Anschriften von Freunden, Kontaktadressen bei verschiedenen Abteilungen der Polizei, Empfehlungschreiben und Geld.«

»Geld ist nicht nötig« sagte Fitzduane.

»Ich weiß«, antwortete Graffenlaub. »Ich habe in Erfahrung gebracht, daß Sie dank Ihrer beruflichen Tätigkeit ein respektables Einkommen haben und außerdem noch über andere Ressourcen verfügen. Meine Verbindungsmänner waren allerdings nicht in der Lage, Höhe und Art dieser anderen Vermögenswerte zu eruieren. Das hat sie überrascht, genau wie mich. Sonst sind meine Leute in solchen Angelegenheiten meist erfolgreich.« In Graffenlaubs Worten schwang eine unausgesprochene Frage mit.

Fitzduane grinste. »Die Schweizer sind nicht die einzigen Menschen mit einem tiefen Mißtrauen gegen eine zentralistische Regierung und einer Vorliebe für Vetraulichkeit. Nochmals: Ich brauche Ihr Geld nicht, aber ich weiß Ihr Angebot zu schätzen.«

Graffenlaub errötete leicht. In Wirklichkeit ging es hier nicht um Geld, sondern um Kontrolle. Ihm wurde klar, daß der Ire nicht die Absicht hatte, sich irgend etwas vorschreiben zu lassen. Er würde sich umgänglich, sogar kooperativ verhalten, sich aber immer nur auf sich selbst verlassen. Für Graffenlaub war das eine ungewohnte Situation.

Fitzduane sah ihn unentwegt an, und aus seinen graugrünen Augen sprach stählerne Härte. Zum Teufel mit dem Kerl!

Graffenlaub nickte widerstrebend.

»Was die Wohnung betrifft, nehme ich Ihr Angebot an«, sagte Fitzduane. »Einem guten Weinkeller kann ich nur schwer widerstehen.« Sein Ton war ruhig und freundlich. »Sagen sie«, fügte er hinzu, »ist das Telefon angezapft und gibt es hier Wanzen?«

Fitzduanes Ton und Benehmen hatten den Notar ein wenig eingelullt. Deshalb reagierte er auf die Frage sichtlich verlegen. Einen Moment lang verschlug es ihm die Sprache.

»Ja«, sagte er schließlich.

»Extra für mich oder sind sie Teil der Einrichtung, damit sich die Zimmerpflanzen nicht so langweilen?«

»Sie sind Ihretwegen installiert worden. Ich habe den Auftrag erteilt, bevor ich mir vollends Klarheit über Sie verschafft hatte. Ich wußte ja nicht, mit wem ich es zu tun habe.«

»Das reinste Übungsgelände für Elektronikfachleute«, sagte Fitzduane. »Wer benützt die Wohnung normalerweise?«

»Sie gehört mir schon seit vielen Jahren. Ich habe sie immer dann verwendet, wenn ich allein sein wollte oder besonders vertrauliche Dinge erledigen mußte.«

»Verstehe«, antwortete Fitzduane, »eine Art Baumhaus für Erwachsene.«

»Die Wanzen werden sofort entfernt«, sagte Graffenlaub. Er füllte zwei Gläser mit Whisky. Fitzduane nahm einen kleinen Schluck. Es war irischer Whisky – zwölf Jahre alter Old Jameson.

Er verspürte Lust, die Topfpflanze im Flur zu erschießen.

Kapitel 14

Fitzduane beschloß, eine Zeitlang einen Bogen um Frauen aus dem Hause Graffenlaub zu machen. Trotzdem rief er Vreni an, und sie ging auch an den Apparat, wollte aber nicht mit ihm reden, sondern sagte nur: »Passen Sie gut auf sich auf!« Er fand das nicht gerade hilfreich oder ermutigend. Marta, ihre ältere Schwester, war, wie sich herausstellte, für zwei Wochen nach Lenk zum Skilaufen gefahren, und Erika ging er wohl besser aus dem Weg, weil er genau wie der arme kleine Andreas allein schon bei ihrem Anblick eine Erektion bekommen hätte. Nicht, daß er etwas gegen Erektionen hatte – nein, das Problem bestand in den Folgen, die sich daraus ergeben konnten.

Apropos Andreas: Leutnant Andreas von Graffenlaub bilde gerade Rekruten aus und sei unabkömmlich, beschied man Fitzduane am Telefon, doch stehe er zwischen den Manövern für Gespräche zur Verfügung, falls Herr Fitzduane sich zur Kaserne Im Sand bemühen wolle.

Es bedurfte nur eines Anrufs von Andreas' Vater, und schon war alles geregelt: Falls Herr Fitzduane sich Punkt sieben Uhr früh in der General-Guisan-Kaserne melden wolle, hieß es nun, werde man ihn nach Sand bringen. Zur Kaserne gelange man übrigens mit der Tram Nr. 9.

Es dauerte über eine Stunde, Andreas ausfindig zu machen. Nachdem man bei mehreren Kampfgruppen angefragt hatte, die ihre eigenen kleinen Kriege veranstalten, fand man ihn endlich auf einem zugewachsenen Betonbunker, wo er auf einen Angriff der von ihm befehligten Einheit wartete. Er trug eine Offiziersmütze, einen Tarnanzug und an der Koppel eine großkalibrige automatische Dienstpistole. Die Arme in die Hüften gestemmt und auf dem Gesicht einen so selbstsicheren Ausdruck, daß er fast überheblich wirkte, blickte er auf Fitzduane herab.

»Na, Herr Fitzduane, wie gefällt Ihnen denn die Schweizer Armee?« Verbindlich lächelnd hielt er Fitzduane die Hand hin, um ihn zu sich hochzuziehen. Ein Korporal, der ein paar Schritte hinter ihm stand, salutierte und verschwand im Unterholz.

»Das sind lauter neue Rekruten«, erläuterte Andreas und zeigte auf das umgebende Gebüsch. Nirgends war eine Menschenseele zu sehen, aber ab und zu vernahm man ein Geräusch, wenn einer der mit automatischen Sturmgewehren und Granatwerfern beladenen Rekruten über den Boden robbte und seine Waffe in Anschlag brachte. »Vor ein paar Wochen waren das noch Studenten, Landarbeiter, Automechaniker oder Kellner. Allmählich werden sie richtige Soldaten, obwohl es bis dorthin noch ein weiter Weg ist.« Wieder lächelte Andreas. Er war ein sehr einnehmender Mensch und wirkte im Gegensatz zu Vreni kein bißchen verkrampft und verunsichert. »Bitte ziehen Sie aus dem, was Sie hier sehen, keine voreiligen Schlüsse über die Schweizer Armee.«

Insgeheim war Fitzduane von dem, was er in Sand zu sehen bekam, ziemlich beeindruckt. Er wußte aus eigener Erfahrung, wie schwer es war, aus Zivilisten Soldaten zu machen. Fast alle Offiziere, die ihm vorgestellt wurden, schienen echte Profis zu sein, und das Ausbildungsprogramm wirkte vielfältig und wirklichkeitsnah zugleich. Natürlich boten Rekruten im Anfangsstadium immer einen ziemlich traurigen Anblick.

Andreas zuckte zusammen, als ganz in der Nähe ein Ast knackte und gleich darauf jemand laut und vernehmlich fluchte.

»Die Sache mit Ihrem Bruder tut mir leid«, sagte Fitzduane und setzte sich auf einen umgestürzten Baumstamm.

Andreas blieb stehen. Er kniff die Augen zusammen und ließ

den Blick über das waldige Gelände schweifen. In einer Hand hielt er ein Notizbuch, in das er Bemerkungen über das Verhalten seiner Männer eintrug. »Fragen Sie mich, was Sie wollen«, sagte er. »Ich werde Ihnen nach bestem Wissen antworten.«

Im Gegensatz zu Vreni, die eine Menge wußte, aber nicht mit der Sprache herausrücken wollte, gab sich Andreas, der bereits von seinem Vater über Fitzduanes Mission unterrichtet worden war, hilfsbereit und zuvorkommend. Leider schien er nicht sonderlich gut informiert zu sein – oder Fitzduane stellte ihm die falschen Fragen. Der Ire wollte schon entmutigt aufgeben, da nahm sich Andreas zusammen, konzentrierte sich auf das Gespräch und erwähnte ein paar interessante Einzelheiten. Als Fitzduane ihm eine Fotokopie zeigte, auf der ein großes, von einer Blumengirlande umgebenes A zu sehen war, sagte er: »Das ist ein Symbol, das jeder Schweizer kennt, allerdings nur mit einem ganz normalen Kreis. Es ist das Emblem von einer Protestbewegung. Ein paar junge Spinner, die keine Ahnung haben, wie gut es ihnen geht.« Er sah sich die Fotokopie genauer an. »Sieht aus wie eine Tätowierung. Was bedeuten die Blumen?«

Fitzduane nickte. »Keine Ahnung. Das ist eine Vergrößerung von einer kleinen Tätowierung.«

»Saubere Arbeit. Das muß ein Könner gemacht haben. Die Blumen könnten Geranien sein.« Andreas blickte auf. »*Die Blumen des Bösen*. Haben Sie Baudelaire gelesen?«

»Ja, aber nur in einer Übersetzung«, antwortete Fitzduane. »Ich glaube, ich kann noch ein paar Zeilen auswendig. ›Wahnsinn und Irrtum, Sünde und Habgier beuteln unsern Leib, fesseln unser Denken, und wir hätscheln unsere süße Reue, wie Bettler Würmer und Läuse nähren.‹«

Andreas sagte lachend: »Sehr gut, aber auf französisch klingt es schöner.«

»Wie sind Sie auf die *Blumen des Bösen* gekommen?« fragte Fitzduane. »Hat das Symbol Sie an eine Organisation erinnert, die so heißt?«

»Nein, es war nur eine Eingebung. Wissen Sie, ich liebe Baudelaire, und irgendwie paßt das alles ganz gut zusammen.«

»Verdammt gut sogar! Wann haben Sie zum erstenmal etwas von Baudelaire gelesen? Bestimmt nicht in der Volksschule, oder?«

Wieder lachte Andreas, aber es klang ein bißchen beklommen. Fitzduane bemerkte, daß er leicht errötete. »Ich habe Baudelaire durch meine Stiefmutter kennengelernt«, sagte er. »Durch Erika.«

Weiter kam er nicht. Der Wald ringsum hallte wider vom Feuer automatischer Waffen, Übungshandgranaten trudelten durch die Luft und landeten auf dem Bunker, während Gestalten in Tarnanzügen über die Lichtung rannten und zum Sturmangriff auf die Stellung ansetzten. Im Ernstfall wären Andreas und ich jetzt tot, schoß es Fitzduane durch den Kopf.

Die Vorgesetzten der einzelnen Trupps scharten sich im Halbkreis um Andreas, der sachlich und klar erläuterte, was richtig und falsch gemacht worden war. Zwei Unteroffiziere stellten Fragen. Andreas beantwortete sie genauso sachlich und nüchtern. Die Soldaten salutierten, formierten sich zu einer langen Zweierreihe und marschierten, schwer mit Waffen und Ausrüstungsgegenständen beladen, zum Lager zurück, wo das Mittagessen auf sie wartete. Andreas und Fitzduane bildeten das Schlußlicht. Sie setzten ihr Gespräch unterwegs fort.

»Erinnern Sie sich an einen bestimmten Vorfall in Lenk, in den Vreni und, wenn ich mich nicht täusche, auch Ruedi verwickelt waren?«

»Hat Vreni Ihnen davon erzählt?«

»Sie hat mir nur gesagt, es sei etwas passiert, aber sie wollte nicht sagen, was. Die Sache schien ihr sehr zu schaffen zu machen, und sie erwähnte einen gewissen Oskar Schupbach. Was genau er damit zu tun hatte, wurde nicht klar, nur daß er ein enger Freund der Familie ist. Ich habe das Gefühl, daß das sehr wichtig ist.«

Schweigend gingen sie eine Weile nebeneinander her. Der Weg führte durch einen Fichtenwald. Alle Bäume sahen gesund aus, und der Abstand zwischen ihnen war genau richtig. Die Luft roch gut. Die Rekruten freuten sich auf das Essen. Ab und zu war schallendes Gelächter zu hören. Ein Jeep kam von hinten angedonnert und fuhr zwischen den beiden Reihen in der Mitte des Feldweges durch.

»Ich weiß nicht genau, was in Lenk passiert ist«, sagte Andreas. »Es war wohl so etwas wie eine sexuelle Erfahrung. Vreni und Ruedi wirkten nach ihrer Rückkehr verkrampft und nervös. Sie hatten sich irgendwie verändert, taten geheimnisvoll und zogen sich immer mehr in ihre eigene kleine Welt zurück. Ich fragte Erika, ob etwas passiert sei, aber sie lachte nur und meinte, es hätte in Lenk zu oft geschneit, und sie hätte es bald satt gehabt, einen Roman nach dem anderen zu lesen, Karten zu spielen und sich wie in einem Käfig zu fühlen.«

»Das war alles?«

»Nein, da war noch etwas. Ruedi kam ein paar Tage danach in mein Zimmer. Er sagte, er wolle mich etwas fragen. Nachdem er eine Weile herumgedruckst hatte, erkundigte er sich, welche Einstellung ich zur Homosexualität hätte, ob ich jemals eine Erfahrung damit gemacht hätte und wenn ja, ob das bedeute, daß man danach keine Lust mehr hätte, mit Frauen zu schlafen. Leider konnte ich ihm nicht weiterhelfen. Er wollte mir nicht sagen, warum er mir solche Fragen stellte. Mir fiel auf, daß er ziemlich durcheinander und außerdem ein bißchen bekifft war.«

»Wovon?«

»Oh, ich nehme an, von Hasch oder so ähnlich. Bei Ruedi war das schwer zu sagen. Er war für Abwechslung.«

»Und was hatte Vreni mit der ganzen Geschichte zu tun? Ich habe das Gefühl, daß sie auch in die Sache verwickelt war.«

»Kann sein«, gab Andreas zu. »Sie weiß bestimmt Bescheid. Ruedi und sie waren immer ein Herz und eine Seele. Mich hat sie jedenfalls nicht eingeweiht, aber in Lenk gibt es zwei Männer, die Ihnen vielleicht mehr sagen können. Von dem einen haben Sie ja schon gehört. Ich meine Oskar.«

»Stimmt.«

»Der andere ist ein enger Freund der Zwillinge und ungefähr gleichalt wie sie. Er heißt Felix Krane und ist Lehrling in einer Käserei. Ich habe ihn immer gut leiden können.«

»Ist er schwul?«

»Ja. Ich weiß nicht, irgendwie paßt er nicht in diese Geschichte – wenn meine Geschwister was mit ihm gehabt haben, verstehe ich nicht, warum sie sich dann so angestellt haben.«

»Die erste sexuelle Erfahrung kann einen ganz schön durcheinanderbringen, und sie kann auch die Beziehung zu einem anderen Menschen verändern.«

»Da haben Sie allerdings recht«, sagte Andreas. Wieder errötete er. Lag es an der frischen Luft und dem langen Fußmarsch?

Sie erreichten das Lager und gingen in die Offiziersmesse. Es gab Nudeln, Fleischsoße und Rote Bete. Zwar mußten sie nicht aus Blechnäpfen essen wie die Rekruten, aber dadurch wurde das Essen nicht besser. Seltsam, beim Militär schmeckte es überall ziemlich gleich.

Mit einem zufriedenen Grunzlaut stellte der Bär das Weinglas auf den Tisch. Er hatte sich innerhalb kürzester Zeit drei Deziliter einverleibt. Fitzduane staunte darüber, daß in der Schweiz auf allen Gläsern, mochten sie noch so verschieden geformt sein, das Fassungsvermögen angegeben war. Auch in Irland, wo die Menschen die fast schon zwanghafte Neigung hatten, alles dem Zufall zu überlassen, bekam man Gläser jeder Größe vorgesetzt, nur wußte man nie, wieviel drin war. So konnte es einem passieren, daß man sich nach ein paar Schoppen Wein entweder angenehm beschwipst oder aber vor lauter Durst und Frust so aggressiv fühlte, daß man dem Kneipier am liebsten eine reingehauen hätte.

»Wenn ich mich nicht täusche, werde ich nicht mehr beschattet«, sagte Fitzduane.

»Vielleicht haben Sie sich von Anfang an getäuscht und sich nur eingebildet, daß Ihnen jemand folgt.«

»Kann sein.« Fitzduane griff in die Brusttasche seiner Jacke, zog ein Foto heraus und reichte es dem Bär.

Der Bär verzog den Mund. Sein Schnurrbart zuckte. Es sah aus, als würde er angestrengt nachdenken.

»Fällt Ihnen dazu etwas ein?« fragte Fitzduane.

Der Bär betrachtete noch immer das Foto. »Ein gelungener Schnappschuß von einem Motorradfahrer, der auf einer Gebirgsstraße um eine Kurve biegt«, sagte er schließlich und blickte zu Fitzduane auf. »Ich soll das Nummernschild überprüfen lassen, stimmt's?«

Fitzduane nickte. »Ja, vielleicht bringt uns das weiter.«

Eine dralle Kellnerin mit einer tief ausgeschnittenen Trachtenbluse brachte mehr Wein. Je mehr sich das Kellerlokal füllte, desto lauter schwoll das Stimmengewirr an. Fitzduane und der Bär saßen mit dem Rücken zur Wand an einem Ecktisch, so daß sie den Eingang und die meisten anderen Tische im Auge behalten konnten. Fitzduane hatte amüsiert registriert, daß sie diesen Platz offensichtlich beide aus einem unbewußten Reflex heraus gewählt hatten. Wenn man den größten Teil seiner Zeit damit verbringt, andere Menschen zu beobachten, bilden sich eben gewisse Gewohnheiten heraus, sagte er sich.

»In alten Zeiten gab es in Bern ein paar hundert Weinkeller«, erzählte der Bär. »Viele Familien der Oberschicht besaßen eigene Weinberge, und der Weinhandel galt als ebenso standesgemäß wie eine Laufbahn beim Militär oder im Staatsdienst. Dann wandelten sich die gesellschaftlichen Verhältnisse und der Lebensstil. Die Leute gingen lieber in Kneipen oder Cafés, wenn sie ein Glas trinken wollten. Die Keller gibt es zwar immer noch, aber falls sie überhaupt noch kommerziell genutzt werden, beherbergen sie jetzt Boutiquen, Restaurants und ähnliches. Ich finde das schade. Ein Kellerlokal wie dieses hat eine Menge Atmosphäre: Gewölbe, geschrubbte Holztische, dunkle Täfelung, Weinfässer, Trinklieder und eine stattliche Witwe, die sich um alles kümmert.«

»Wieso eine Witwe?«

»Gute Frage«, sagte der Bär. »Irgendwie hat es sich eingebürgert, daß der Klotzikeller praktisch nur noch von Witwen geführt wird.« Er sah Fitzduane gerade in die Augen. »Mein Chef hat mich heute zu sich zitiert.«

»*Ja und?*« antwortete Fitzduane. »Das ist ungefähr alles, was ich auf deutsch sagen kann.«

»Seien Sie froh. Bei dem Akzent! Beat von Graffenlaub hat meinen Chef angerufen. Die beiden sind alte Freunde. Zumindest kennen sie sich schon wer weiß wie lange. Sie haben sich in der Armee kennengelernt, und seitdem spielen sie zusammen Golf und sitzen in irgendeinem Ausschuß der Bürgergemeinde.«

»Was wäre das Establishment ohne Golfplätze? Sir Francis Drake kegelte gern, die Ägypter bauten Pyramiden und in Afghanistan spielt man angeblich mit Ziegenköpfen eine Art Polo. Ich nehme an, solche Freizeitvergnügen dienen allesamt demselben Zweck.«

»Was ich Ihnen jetzt erzähle, wird Ihnen bestimmt gefallen«, sagte der Bär. »Ich habe den Auftrag, Ihnen gewissermaßen Amtshilfe zu gewähren und Ihnen alle möglichen Informationen und Unterlagen zu beschaffen.«

»Das ist nett. Und Sie glauben, daß Graffenlaub das veranlaßt hat?«

»Nicht allein. Mein Chef und Ihr Freund Kilmara haben ausgiebig miteinander telefoniert und beschlossen, gemeinsam das Geheimnis der kleinen Tätowierung zu lüften – wie haben Sie sie doch gleich genannt?«

»Die Blumen des Bösen.«

»Richtig. Diese Blumen des Bösen sind in Irland und in der Schweiz an mehreren Leichen gefunden worden, und außerdem gibt es da noch ein paar andere merkwürdige Dinge.«

»Zum Beispiel?«

»Wir haben über Interpol routinemäßig eine Anfrage losgeschickt. Sie wurde an die Kriminalpolizei aller europäischen Länder und der USA weitergeleitet. Zuerst gab es keine Reaktion. Wenn es um etwas Visuelles geht, ist die Sache meist problematisch. In den meisten Polizeiakten wimmelt es von Namen, Adressen, Fingerabdrücken und ähnlichem. Nicht näher bezeichnete Symbole kann man schwer so einordnen und archivieren, daß alle etwas damit anfangen können.«

»Aber?«

»Wir hatten Glück. In einem Polizeiarchiv, weit weg von hier, ist bei jemandem der Groschen gefallen.«

»Klingt wirklich nach einem Groschenroman«, meinte Fitzduane.

»Vor ungefähr anderthalb Jahren wurde in der Nähe von San Francisco in einem ausgebrannten Auto eine Leiche gefunden, die die fragliche Tätowierung aufwies. Anscheinend hatte jemand größten Wert darauf gelegt, daß man weder die Leiche noch das Auto identifizieren konnte.«

»Und wieso hat es nicht geklappt?«

»Weil dieser Jemand ein bißchen übertrieben hat. Außer dem

Benzin im Tank gab es in dem Wagen Plastiksprengstoff vom Typ C4. Bei der Explosion wurde ein Stück von einem Arm abgerissen und durch die Luft geschleudert. Es war übel zugerichtet, aber man konnte darauf trotzdem einen Teil von einer Blumengirlande und den Buchstaben A erkennen. Wir hatten in unserer Anfrage geschrieben, die Blumen hätten unserer Meinung nach eine gewisse Ähnlichkeit mit –«

» – Geranien?«

Der Bär starrte Fitzduane verblüfft an. »Woher wissen Sie das?«

»Ich bin der siebente Sohn von einem siebenten Sohn. In Irland glauben wir, daß das einem Menschen besondere Gaben verleiht. Außerdem habe ich mich mit jemandem unterhalten, der etwas von Blumen versteht.«

»Wen meinen Sie?«

»Andreas.«

»Der weiß nichts.«

»Das wird sich zeigen. Wollen Sie mir nicht Ihre Geschichte zu Ende erzählen? Wir waren bei dem zerfetzten Arm stehengeblieben.«

»Hm, ja«, sagte der Bär und warf einem Pärchen, das Anstalten machte, sich zu ihnen an den Tisch zu setzen, einen so grimmigen Blick zu, daß die beiden sich lieber anderswo einen Platz suchten.

»Man weiß noch immer nicht, wem der Arm gehörte«, fuhr der Bär fort. »Eine Identifizierung war nicht möglich. Die Hand war schon schlimm verbrannt, als der Sprengstoff explodierte und die Leiche in kleine Stücke riß. Es gab keine Fingerabdrücke, keine Zahnprothesen oder sonstige unverwechselbare Kennzeichen, vom Gesicht ganz zu schweigen, nur die kleine Tätowierung, die offenbar zumindest teilweise unter der schützenden Armbanduhr verborgen gewesen war.«

»Mann oder Frau?«

»Eine Frau weißer Hautfarbe.«

»Alter?«

»Schwer zu sagen. Vielleicht zwischen zwanzig und dreißig.«

»Und das Auto?«

»Als man es fand, war es nicht nur völlig ausgebrannt, sondern durch die Explosion praktisch in seine allerkleinsten Bestandteile zerlegt worden, aber Fachleute konnten anhand der Nummer auf dem Motorblock den Eigentümer ermitteln.«

»Und der ist nicht mit der Leiche identisch?«

»Nein. Es handelt sich um den leitenden Angestellten einer dortigen Firma, und er ist nach Auskunft des FBI absolut lupenrein.«

»Wieso wurde das FBI eingeschaltet? Soweit ich weiß, hat es einen genau definierten Zuständigkeitsbereich.«

»Bankraub fällt in den USA in die Kompetenz der Bundespolizei, und die Leute vom FBI waren überzeugt, daß das Auto bei einem Überfall auf eine Bank in San Clemente benutzt worden war. Dabei wurden über eine Million Dollar erbeutet und sechs Menschen getötet, darunter ein Wächter, der einen der Täter anschoß, bevor sie ihn erledigten. Laut FBI handelte es sich bei der zerfetzten Leiche in dem Auto um die verwundete Person, und sie war vor dem ›Unfall‹ mit derselben Waffe erschossen worden, mit der man in der Bank den Wächter umgelegt hatte.«

»Die Bankräuber haben sich also eine verwundete Kollegin vom Hals geschafft, weil sie ihnen lästig war?«

»Sieht so aus.«

»Wie viele waren an dem Banküberfall beteiligt?«

»Nur drei, einschließlich der toten Frau, aber sie hatten automatische Waffen und machten hemmungslos Gebrauch davon. Ohne zwingenden Grund haben sie den Wächter und fünf weitere Personen umgebracht – zwei Bankangestellte und drei Kunden. Alle waren unbewaffnet und befolgten genau die Anweisungen der Verbrecher, aber die haben trotzdem das Feuer eröffnet.«

»Das riecht eher nach einem terroristischen Attentat als nach einem normalen Banküberfall«, meinte Fitzduane. »Hat sich irgendeine Organisation zu der Tat bekannt?«

»Nein.«

»Was für Waffen hatten sie?«

»Eine abgesägte Schrotflinte und zwei tschechische Skorpion-Maschinenpistolen.«

»Aha. Jetzt verstehe ich, warum Ihr Chef und Kilmara die Köpfe zusammenstecken. Sind die Terroristen noch auf freiem Fuß?«

»Ja. Die Ermittlungen sind bisher praktisch ergebnislos verlaufen, außer daß man vor etwa einem Jahr in New York vorübergehend einen Mann festgenommen hat, der einen kleinen Teil des erbeuteten Geldes bei sich hatte. Es handelte sich um einen leitenden Angestellten einer Ölfirma, und er sagte aus, er habe die Dollars bekommen, als er in einer libyschen Bank einen Scheck einlöste. Die libysche Bank bestätigte die Transaktion, gab jedoch keine Auskunft darüber, woher die Dollars stammten. Vermutlich von einem Amerikaner auf der Durchreise, ließ man lediglich verlauten.«

»Und was hält das FBI von der ganzen Geschichte?«

»Dort legt man sich nicht fest«, antwortete der Bär, »neigt jedoch aus naheliegenden Gründen zu der Ansicht, daß eine libysche Terrororganisation ein Attentat zum willkommenen Anlaß genommen hat, um die eigene Kriegskasse mit Dollars aufzufüllen.«

»Ich dachte, die von Libyen unterstützten Terroristen schwimmen im Geld.«

»Diese Typen kriegen nie genug«, sagte der Bär. »Vielleicht gilt Oberst Gaddafi bei ihnen als unsicherer Zahlmeister, oder sie wollen vorsorglich ihre Schäfchen ins Trockene bringen.«

»... oder sie wollen mit dem Geld etwas finanzieren, wovon wir keine Ahnung haben«, ergänzte Fitzduane.

Kapitel 15

Es war bereits dunkel, als sie den Klotzikeller verließen. Das mittelalterliche Bern hatte abends eine ganz eigene Atmosphäre. Die dämmrigen Seitenstraßen und Gassen, die düsteren Arkaden, der Widerhall von Schritten, das warme Licht, das aus Cafés, Restaurants und »Stuben« strömte – all dies schien sich verschworen zu haben, die Illusion von geheimnisumwitterter Zeitlosigkeit zu erzeugen, zu manchen Stunden jedoch auch eine unheilvolle Stimmung, nämlich wenn spät am Abend die Gaststätten schlossen und die Straßen menschenleer dalagen.

Sie schlugen den mittlerweile schon vertrauten Weg ein, der sie am Zeitglockenturm vorbeiführte. Etwas abseits erblickten sie über einer kleinen Arkade, die die Marktgasse mit der Amthausgasse verbindet, das Restaurant Lorenzini. Sie steuerten darauf zu. Drinnen empfingen sie lebensfrohes Gelächter und die unverwechselbaren Düfte von gepflegter italienischer Küche und gutem Wein.

Das Gesicht des Bären hellte sich auf, als man ihn wie einen verlorenen Sohn begrüßte, der nach langer Zeit hungrig heimkehrte. Arme streckten sich ihm entgegen, ein flüchtiger Kuß wurde ihm auf die Wange gedrückt, überschwengliche italienische Begrüßungen prasselten auf ihn herab, und ehe Fitzduane und er sich versahen, saßen sie beide an einem Tisch, hielten eine Speisekarte in der Hand und hatten vor sich ein volles Weinglas stehen.

»Hmmm!« machte der Bär, nachdem er die Karte überflogen hatte, und ließ die Augen zu dem Servierwagen mit den *Antipasti* wandern. »So ein reiches Angebot und so wenig Zeit!« seufzte er und legte in der Qual der Wahl die Stirn in Falten. Schließlich entschied er sich für ein maßvolles, fast bescheidenes Mahl: *Antipasto misto all'italiana* zum Auftakt, *Paillard di vitello con broccoli al limone* als Hauptgericht, dazu einen halben Liter Chianti (pro Person) und kein Dessert vor dem Kaffee.

Fitzduane machte ein betroffenes Gesicht. »Hat man Sie etwa auf Diät gesetzt?«

»Gott bewahre!« Ein Ausdruck schmerzlichen Bedauerns huschte über die Züge des Bären. »Es ist leider nur so, daß zu reichliches Essen und Trinken das Denkvermögen schmälert, und wir beide müssen heute abend noch ernsthaft von unserem Grips Gebrauch machen. Wo war ich eigentlich stehengeblieben?«

»Die Schweiz und der Terrorismus«, antwortete Fitzduane. »Sie wollten mir zu dem Thema ein paar private Ansichten mitteilen.«

»Ach ja, richtig. Meiner Meinung nach haben wir hier, streng genommen, mit dem Terrorismus so gut wie keine Probleme. Zugegeben, es sind auch in der Schweiz Anschläge verübt worden, aber sie waren eher selten und sind zumeist ferngesteuert worden.«

»Wenn ich Sie richtig verstehe, sind die wenigen Vorfälle entweder zusammenhanglos verübt oder im Ausland geplant worden?«

Der Bär nickte. »Ich bin natürlich nicht so naiv zu glauben, daß sich die Terroristen hierzulande für alle Zeiten freiwillig Beschränkungen auferlegen. Mit dem Terrorismus verhält es sich so ähnlich wie mit der aktiven Rolle der Schweiz in der internationalen Finanzwelt. Unser Land ist Pfandleihhaus, Briefkastenfirma, Umschlagplatz, Hehler und Steueroase zugleich, und wenn Sie mich fragen, ist das in vielerlei Hinsicht auch eine Art von Terrorismus. Vielleicht sollten wir Schweizer weniger Schießübungen machen und uns mehr als Detektive betätigen, weil es sonst passieren könnte, daß hier eines Tages eine Menge Blut fließt.«

»Was ist mit der Protestbewegung innerhalb der Jugend?«

»Frustrierte Halbwüchsige sind leicht zu manipulieren, davon habe ich mich im Betäubungsmitteldezernat oft genug überzeugen können. Trotzdem kann man nicht einfach behaupten, die Jugendbewegung sei die Keimzelle des Terrorismus. Die meisten jungen Leute gehen nach einer Demonstration brav heim und trinken vor dem Schlafengehen im trauten Kreis der Familie eine Tasse heiße Ovomaltine.«

Fitzduane mußte lachen, und der Bär entspannte sich etwas. Er bestellte einen *Piattino di formaggio italiano*: Gorgonzola, Taleggio, Fontina und Belpaese, appetitlich präsentiert.

»Ich will Ihnen etwas sagen«, fuhr der Bär fort. »Die meisten Menschen machen sich von Terroristen falsche Vorstellungen. Sie glauben, Terroristen seien eine Bande von fanatischen Idealisten beziehungsweise Leute, die mit unrechten Mitteln hehre Ziele verfolgen. Das mag auf einige zutreffen, doch ich bin überzeugt, daß in den meisten Fällen schlicht und einfach Geld dahintersteckt.«

»Wollen Sie behaupten, daß viele der sogenannten terroristischen Anschläge ganz normale Verbrechen sind und daß das Tatmotiv einzig und allein im Wunsch nach persönlicher Bereicherung zu suchen ist?«

»Einzig und allein ist ein bißchen zu kraß ausgedrückt«, räumte der Bär ein. »Ich glaube, daß dabei verschiedene emotionale Faktoren eine Rolle spielen. Trotzdem: Haben Sie eine Vorstellung davon, wieviel Geld sich ein Terrorist mit Gewalt aneignen kann? Es ist eine der schnellsten Methoden, Millionen von Dollars zu kassieren – steuerfrei.«

»Aber es ist auch eine der riskantesten Methoden.«

»Da bin ich mir nicht so sicher. Wenn Sie sich eine Aufstellung der terroristischen Aktionen ansehen, bei denen Geld erbeutet wurde« - der Bär lächelte sarkastisch – »Geld für noble Ziele, selbstverständlich, dann werden Sie staunen, wie oft die Täter ungeschoren davonkommen und um was für große Beträge es geht. Nach der Entführung von Jamani und anderen Ministern ölfördernder Länder bei der OPEC-Konferenz zahlte Gaddafi dem Oberterroristen Carlos einen persönlichen Bonus von zwei Millionen Dollar, und die waren beileibe nicht seine einzige Einnahme. Eine kleine arabische Gruppe bezieht von Gaddafi jährlich fünf Millionen Dollar. Im Vergleich zu den Summen, die von Terroristen bei Entführungen erpreßt werden, ist das nur ein Klacks. Leider sickern nur wenige Einzelheiten durch, weil sich die Terroristen von ihren Opfern Verschwiegenheit ausbedingen, aber sehen wir uns einmal die Aktivitäten einer einzigen Gruppe wie der ERP in Argentinien an. Die Abkürzung bedeutet ›Revolutionäre Volksarmee‹. Sie kassierte bei der Entführung eines Fiat-Managers eine Million Dollar; für die Freilassung von Charles Lockwood, einem für die Firma Acrow Steel tätigen Engländer, zwei Millionen; für John R. Thompson, den amerikanischen Filialleiter der Reifenfirma Firestone Tires, drei Millionen; für Victor Samuelson, einen Exxon-Manager, über vier Millionen. Und jetzt kommt der Knüller: Im Jahr 1975 forderten und erhielten die Montoneros, eine andere argentinische Gruppierung, für die Freilassung der beiden Söhne von Jorge Born, dem Chef der Firmengruppe Bunge & Born, sechzig Millionen Dollar in bar plus Nahrung und Kleidung für die Armen im Wert einer weiteren Million.«

»Sechzig Millionen Dollar!« entfuhr es Fitzduane.

»Ja, sechzig. Kaum zu glauben, nicht wahr? Wer weiß, wie viele Hunderte von Millionen Jahr für Jahr heimlich von Firmen und reichen Privatleuten gezahlt werden, entweder als Lösegeld oder als ›Schutzgebühr‹ gegen eine drohende Entführung. Terrorismus ist ein Bombengeschäft. Die Attentate, Morde und Entführungen, von denen die Öffentlichkeit erfährt, erzeugen ein Klima der Angst, das den Terroristen sehr zustatten kommt. Ständig wechseln große Summen unauffällig den Besitzer. Man muß unwillkürlich an einen Eisberg denken: Nur ein Zehntel von ihm ist zu sehen.«

»Wissen Sie«, sagte Fitzduane, »verglichen mit Nord-Irland hat die Schweiz tatsächlich kein nennenswertes Problem mit dem Terrorismus, jedenfalls nicht mit der gewaltsamen Variante. In den vergangenen zehn Jahren wurde hier nur eine Handvoll Anschläge verübt. Im gleichen Zeitraum kamen in Nord-Irland mehr als zweitausend Menschen ums Leben, Zehntausende wurden verwundet, und die Sachschäden belaufen sich auf mehrere Hundert Millionen Pfund.«

»So etwas gilt auf dem europäischen Festland nicht als Terrorismus«, sagte der Bär. »Das ist ein Krieg.«

Bern schlief schon fast. Die Cafés und Restaurants hatten dichtgemacht, die Rollos waren heruntergelassen. Dunkle Fenster, leere Straßen. Nur hin und wieder störte ein Auto die nächtliche Stille.

Fitzduane lehnte sich an das Geländer der Kirchenfeldbrücke und zündete sich seine letzte Havanna an. Ihm war klar, daß er jetzt eigentlich ein paar Notizen über den Verlauf des Abends diktieren müßte, aber nachdem er stundenlang mit dem Bär ein Glas Wein nach dem anderen geleert hatte, fühlte er sich nicht dazu aufgelegt, und so blieb das kleine Gerät in seiner Tasche.

Die Nacht war angenehm kühl. Unter ihm strömten die dunklen Fluten der Aare vorbei, in denen sich ab und zu das Scheinwerferlicht eines Autos spiegelte. Ein anderer Nachtschwärmer kam vorbei, und Fitzduane sagte sich, daß der Mann vielleicht Journalist war und gerade von der Schlußredaktion seiner Zeitung kam.

Zu seiner Rechten erblickte er das Hotel Bellevue, einen imposanten Bau, von dessen Terrassen und Balkons man tagsüber einen herrlichen Blick auf die Berge hatte. Der Bär hatte ihm erzählt, daß das Bellevue im Zweiten Weltkrieg Hauptquartier der deutschen Nachrichtendienste in der neutralen Schweiz gewesen war; die Alliierten hätten ihre Zentrale ein paar Häuserblocks weiter in dem weniger grandiosen, dafür aber gemütlicheren Schweizerhof gehabt.

In manchen Zimmern des Bellevue brannte noch Licht. Fitzduane sah von der Kirchenfeldbrücke aus zu, wie ein Fenster nach dem anderen dunkel wurde. Er wußte nicht warum, aber er mochte diese Brücke. Sie war nicht die höchste der Stadt und schon gar nicht die älteste; auch hatte sie nichts Dramatisches wie die Golden Gate Bridge in San Francisco oder die Tower Bridge in London. Trotzdem, sie besaß ihre eigenen Qualitäten, und außerdem war sie ein Ort, wo man gut seinen Gedanken nachhängen konnte.

Der Bär hatte ihm angeboten, ihn zu seinem Appartement zurückzufahren, doch er hatte abgelehnt, weil er lieber einen Spaziergang machen wollte. Er mochte die Stille der schlafenden Stadt und genoß es, die menschenleeren Straßen ganz für sich zu haben und von niemandem gestört zu werden.

Von der Havanna war nicht mehr viel übrig. Er überantwortete den Stummel einem nassen Grab in den Fluten der Aare, wandte sich vom Brückengeländer ab und machte sich auf den Heimweg. Hinter ihm war Gelächter zu hören, dann ein zischendes Geräusch, das er kannte. Er warf einen Blick über die Schulter. Ein Pärchen auf Skateboards kam in perfektem Einklang der Bewegungen auf ihn zugerollt. Die beiden fuhren erstaunlich schnell. Ihre Schals und lockeren Jacken flatterten im Fahrtwind. Als sie an einer Straßenlaterne vorbeikamen, sahen sie sich kurz an und lachten. Fitzduane trat zur Seite, um sie vorbeizulassen. Er mußte unwillkürlich an Etan denken und fühlte sich plötzlich sehr einsam.

Der wuchtige Schlag, der ihn an der Brust traf, wurde durch das Tempo des Skateboardfahrers noch verstärkt. Das Messer fiel dem Angreifer aus der Hand, landete scheppernd auf dem Pflaster und schlidderte ein paar Meter weiter. Der Mann fuhr eine enge Kurve, kam zurückgerollt, hob die Waffe auf und ließ sie spielerisch von einer Hand in die andere gleiten. Die Klinge blitzte im Schein der Laterne. Die junge Frau hatte ein Stück weiter hinten angehalten und beobachtete die Szene. Sollte er seinem Opfer ruhig den Rest geben! Den Todesstoß hatte es ja bereits erhalten.

Fitzduane fühlte sich ein wenig benommen und hatte Schmerzen. Zwischen ihm und dem Fluß in der Tiefe war nur das Brükkengeländer. Der kleine Stativkoffer mit der Schrotflinte war ihm von der Schulter gerissen worden. Er lag seitlich auf der Straße, ganz nah, aber nicht nah genug. Fitzduane wußte, daß er nicht schnell genug an die Flinte herankommen konnte, bevor der Mann auf dem Skateboard ihn zum zweitenmal angriff. Er heftete den Blick starr auf das Messer. Mit der Rechten strich er sich über die Brust, um zu prüfen, ob er blutete, aber das war nicht der Fall. Er staunte, daß er sich noch auf den Beinen halten konnte.

Das Messer, das eben noch ruhig in der Hand des Angreifers gelegen hatte, schoß plötzlich blitzschnell vor. Es sollte ein Gnadenstoß nach allen Regeln der Kunst werden. Der Adrenalinspiegel in Fitzduanes Blut stieg schlagartig an. Er machte einen raschen Schritt zur Seite und parierte den Messerstich mit dem linken Arm. Ein heftiger Schmerz durchzuckte ihn, und er spürte die Wärme des eigenen Blutes auf dem Arm. Gleichzeitig schlug er dem Mann mit der flachen Hand, deren Finger er fest aneinanderpreßte, gegen die Kehle. Er gab ein gurgelndes Geräusch von sich und taumelte zurück. Die linke Hand am Hals, rang er nach Luft. Seine Rechte umklammerte nach wie vor den gefährlichen Dolch. Fitzduane sah, daß sich das Mädchen in Bewegung setzte. Ihm war klar, daß er wenig Zeit hatte. Er ließ sich gegen das Geländer sinken, als wäre er nach einer letzten Gegenwehr am Ende seiner Kräfte. Der Mann holte weit aus und ging zum drittenmal auf Fitzduane los. Fitzduane tauchte im letzten Moment weg, drehte sich gleichzeitig um die eigene Achse und machte sich den Schwung des Angreifers zunutze, um ihn über das Brückengeländer zu stoßen. Ein kurzer Angstschrei, dann ein dumpfer Aufschlag.

Jetzt hatte auch das Mädchen ein Messer in der Hand. Fitzduane handelte blitzschnell. Er machte eine Rolle vorwärts wie beim Nahkampf, riß den Deckel des Stativkoffers auf und brachte die Schrotflinte in Anschlag. Während er durchlud, spürte er Blut über seinen Arm laufen. Er fühlte sich ziemlich schwach. Das Mädchen starrte ihn an, und das Messer in ihrer Hand zitterte. Langsam rollte sie auf dem Skateboard rückwärts, dann machte sie kehrt und sauste davon, hinein in die Dunkelheit. Fitzduane hörte noch eine Weile das Sausen der Räder, dann herrschte Stille.

Er blickte über das Geländer in die Tiefe, konnte aber nichts erkennen. Als er sich gegen das kantige Eisengeländer lehnte, taten ihm die Rippen weh. Er richtete sich auf und sah nach, wo ihn der erste Messerstich getroffen hatte. Die Klinge war jedoch nicht in seinen Körper eingedrungen, sondern von dem kleinen Diktiergerät abgeprallt. Bruchstücke des Geräts fielen durch den Riß in seiner Jacke auf das Pflaster, wo das aus seiner Armwunde tropfende Blut eine kleine Pfütze bildete.

Der Bär hatte einen glücklichen Traum. Tilly und er waren nach Spiez gefahren, um in der Burgkellerei Wein zu kaufen. Manche Leute behaupteten zwar, der Spiezer Wein sei viel zu trocken und bestünde praktisch nur aus aufgelöstem Feuerstein, doch der Bär teilte diese Meinung nicht. Außerdem machte es solchen Spaß, zum Thuner See zu fahren, in einem Restaurant am Ufer zu Mittag zu essen und danach in den Weinkeller hinunterzusteigen, Schlange zu stehen und zuzuschauen, wie die mitgebrachten Flaschen gefüllt wurden.

Das Telefon schrillte, und der Bär wunderte sich, daß es außer ihm niemand sonst im Weinkeller zu hören schien. Er sah Tilly an. Sie schenkte ihm ein Lächeln – und dann war sie plötzlich verschwunden. Er fühlte sich von ihr im Stich gelassen. Als er den Hörer abnahm, fragte eine aufgeregte Stimme: »Sergeant Raufmann?«

»Ja, der bin ich«, antwortete der Bär, »aber verdammt noch mal, es ist zwei Uhr morgens, falls es Sie interessiert.«

»Tut mir leid, daß ich Sie stören muß, Sergeant Raufmann«, sagte die Stimme, »aber es ist wichtig. Ich bin der Nachtportier vom Hotel Bellevue.«

»Wie schön für Sie«, sagte der Bär. »Ich selbst gehöre zu den Menschen, die nachts gern schlafen.«

»Bitte lassen Sie mich erklären«, sagte die Stimme. »Hier im Hotel ist ein Mann aufgetaucht, der dabei ist, unsere Teppiche zu ruinieren, weil sein einer Arm stark blutet. Er hat ein Gewehr. Wie sollen wir uns verhalten?«

»Keine Ahnung. Stellen Sie einen Eimer unter den Arm und rufen Sie die Polizei. Was zum Teufel geht mich das an!«

»Sergeant Raufman, der Mann behauptet, Sie zu kennen.«

»Mich? Wie heißt der Mann?«

»Sein Name fängt mit Fitz an oder so ähnlich. Ich habe ihn lieber nicht zweimal gefragt. Er sieht –« – der Nachtportier suchte nach dem richtigen Wort – »er sieht gefährlich aus.« Seine Stimme klang fast entsagend.

»Wie heißen Sie?«

»Rolf Müller, aber alle nennen mich Rolfi.«

»Hören Sie, Rolfi, ich bin in zehn Minuten bei Ihnen. Bandagieren Sie ihm den Arm, geben Sie ihm alles, was er verlangt, rufen Sie niemanden an und lassen Sie die Finger von meinem Freund. Capito?«

»Jawohl, Herr Sergeant. Ist das alles nicht schrecklich aufregend?«

Der Bär blieb ihm die Antwort schuldig. Er war schon dabei, die Hose über den Schlafanzug zu ziehen. Im Grunde war er über das, was er soeben erfahren hatte, nicht sonderlich erstaunt.

Eine Stunde später. Der Bär hatte gerade die Tür von Fitzduanes Appartement hinter dem Arzt geschlossen, als das Telefon klingelte. Sicherheitshalber schob er die beiden dicken Riegel vor und ging ins Arbeitszimmer, um den Anruf dort entgegenzunehmen.

Fitzduane lag im Schlafzimmer in dem riesigen Doppelbett. Man hatte ihm Kissen hinter den Rücken gestopft, und so konnte er sich dem wohligen Gefühl der Ermattung hingeben. Der Bär trat ein, blieb, die Hände in den Taschen, neben dem Bett stehen und sah auf Fitzduane hinab. Der Pyjamakragen schaute oben aus seiner Jacke heraus, und der Stoppelbart ließ ihn noch verwahrloster wirken.

»Der Doktor glaubt, daß Sie es überleben werden«, sagte er. »Sie haben eine Menge Blut verloren, aber die Wunde ist nicht sehr tief. Sie werden eine Zeitlang mit einem großen Bluterguß an der Brust rumlaufen müssen, und ein neues Diktiergerät müssen Sie sich auch anschaffen.«

»Ich fühle mich, als würde ich schweben«, sagte Fitzduane. »Keine Ahnung, was der Doktor mir gegeben hat, aber es wirkt.«

»Sie haben den Mann gefunden«, berichtete der Bär. »Jedenfalls gehen wir davon aus, daß er es ist. Er hat den Fluß nur knapp verfehlt, und Ihre Beschreibung paßt auf ihn.«

»Ist er tot?«

»Allerdings, mausetot. Leider wird dadurch alles ziemlich kompliziert.«

»Es war Notwehr«, gab Fitzduane zu bedenken. »Anscheinend war der Kerl der Meinung, daß einer von uns beiden auf der Brücke nichts zu suchen hatte, und fast hätte es mich erwischt.«

Der Bär seufzte. »Das ist nicht der springende Punkt. Sie haben einen Menschen getötet, und es gibt keine Augenzeugen. Der Fall muß also untersucht werden, und das bedeutet Papierkram, Vernehmungen, Termine beim Untersuchungsrichter und so weiter.«

Fitzduanes Stimme klang schläfrig. »Lieber Vernehmungen als eine Beerdigung«, sagte er.

»*Sie* müssen den Papierkram ja nicht erledigen«, brummte der Bär. »Übrigens stehen Sie offiziell unter Arrest. Nebenan ist ein Polizist, der Sie bewachen soll.«

Von Fitzduane kam keine Antwort. Er hatte die Augen geschlossen und atmete tief und regelmäßig. Sein Oberkörper war nicht zugedeckt. Der verbundene Arm lag ausgestreckt auf dem Bett. Auf der einen Seite des Brustkorbs zeichnete sich ein großer Bluterguß ab. Der Bär zog die Daunendecke über den Schlafenden, löschte das Licht und verließ leise den Raum.

Der Polizist hatte in der Küche Kaffee aufgebrüht. Er reichte dem Bär eine Tasse und kippte einen kräftigen Schuß Brandy aus Graffenlaubs Beständen hinein. Der Bär dachte bei sich: Ich muß schauen, daß ich noch zu ein bißchen Schlaf komme, sonst halte ich nicht durch.

Der Polizist, der Uniform trug, wippte auf den Hinterbeinen des Küchenstuhls hin und her. Er war ein alter Hase und war schon seit über zwanzig Jahren bei der Polizei. Bevor der Bär zur Kripo gegangen war, hatten sie eine Zeitlang zusammen im selben Streifenwagen Dienst getan.

»Was hat das alles zu bedeuten, Heini?« fragte er.

Der Bär gähnte. Durch das Küchenfenster sah er, daß es langsam Tag wurde. In der Wohnung war es warm, aber ihn fröstelte vor Müdigkeit. »Ich glaube, unser Ire hat einen Tiger am Schwanz gepackt.«

Der Polizist hob die Brauen. »Damit kann ich nicht viel anfangen.«

»Ich weiß selber kaum etwas.«

»Warum müßt ihr Kripoleute immer solche Geheimniskrämer sein?«

Der Bär lächelte. »Geheimnisse sind unser täglich Brot. Wenn alles klar wäre – wozu bräuchte man dann noch die Kripo?«

Wieder klingelte das Telefon. In der Küche gab es einen Nebenanschluß. Der Uniformierte nahm den Hörer von dem Apparat, der an der Wand hing, meldete sich, hörte kurz zu und reichte ihn an den Bär weiter. »Für dich. Das Polizeipräsidium. Der Vorgesetzte vom Dienst.«

Der Bär hörte zu, stellte ab und zu eine Frage und grinste breit, als er den Hörer auflegte. »Schwein gehabt hat er, der Glückspilz.«

»Kannst du dich vielleicht ein bißchen deutlicher ausdrücken?«

»Es gibt einen Augenzeugen. Anscheinend hat ein Gast im Bellevue – ein Diplomat auf der Durchreise – den Überfall vom Schlafzimmer aus beobachtet. Er behauptet, er hätte gesehen, wie Fitzduane angegriffen wurde und versucht, die Sache zu melden, doch er hätte sich im Hotel nicht verständlich machen können. Deshalb habe er aus der Botschaft einen Dolmetscher kommen lassen und seine Beobachtung zu Protokoll gegeben. Seine Aussage stimmt mit der von dem Iren überein.«

»Ich dachte, Diplomaten seien wer weiß wie sprachgewandt.«

Der Bär lachte. »Ich glaube, der Mann brauchte ein bißchen Zeit, um die Frau loszuwerden, die bei ihm im Zimmer war. Der Nachtportier hat das durchblicken lassen.«

»Weil die Dame verheiratet ist?«

»Nein, das war nicht das Problem. Sie ist eine stadtbekannte Nutte.«

»Na und?«

»Der Mann gehört dem diplomatischen Corps des Vatikans an. Er ist ein polnischer Priester.«

Der Polizist grinste und kippte seinen Stuhl gefährlich weit zurück. »Manchmal macht die Arbeit wirklich Spaß«, meinte er.

»Vorsicht, du kippst gleich um«, warnte der Bär – zu spät.

Kilmara las das Telex aus Bern ein zweites Mal. Er warf einen Blick aus dem Fenster: grauer Himmel, strömender Regen, naßkaltes Wetter.

»Ich hasse den März in Irland«, sagte er, »und allmählich fange ich an, auch den April zu hassen. Wo sind die sonnigen Tage, der blaue Himmel und die Lilien aus meiner Jugendzeit? Was habe ich dem April getan, daß er sich so aufführt?«

»Es ist nicht persönlich gemeint«, tröstete Günther ihn. »Das hat mit dem Alter zu tun. Je älter man wird, desto schlechter wird das Wetter. Wenn man in die Jahre kommt, schreien die morschen Knochen geradezu nach Sonne und Wärme.«

»In diesem verdammten Land schreien sie vergebens.«

Der Videorekorder klickte leise: Die Kassette war zurückgespult.

»Noch einmal?« fragte Günther.

Kilmara nickte und wandte sich wieder dem großformatigen, hochauflösenden Bildschirm zu. Der Videofilm war von einem vierköpfigen Ranger-Team gedreht worden. Bei der Einweisung hatte man den Männern gesagt, es handle sich um eine Aufklärungsübung.

Mit schwarzen Hochleistungsfallschirmen (rechteckige, steuerbare Paraglider) und Sauerstoffmasken ausgerüstet, waren die vier nachts in neuntausend Metern Höhe über der Insel aus einem Transportflugzeug der Armee gesprungen und hatten nach einem freien Fall, bei dem sie eine Geschwindigkeit von rund zweihundertsechzig Stundenkilometern erreichten, erst in knapp dreihundert Metern Höhe die Reißleinen gezogen. Mittels Nachtgläsern konnten sie aus der Höhe die Geländebeschaffenheit mit der Luftaufnahme vergleichen, die ein Ranger-Aufklärungsflugzeug tags zuvor gemacht hatte. Elektronische Höhenmesser mit leuchtend roter, blinkender LED-Anzeige gaben während des freien Falls die sich rasch vermindernde Entfernung zur Erde an.

Sobald sich die Fallschirme entfaltet hatten, konnten sie von den vier Rangers durch Ziehen an den Steuerleinen beliebig gelenkt werden, doch sogar die ausgezeichnete Manövrierfähigkeit reichte kaum. Den Meteorologen zufolge mußte um diese Jahreszeit in Bodennähe mit Wind gerechnet werden, aber von so heftigen Böen war nicht die Rede gewesen. Das vierköpfige Team mußte sein ganzes Können aufbieten und auch noch ein bißchen Glück haben, um wohlbehalten in der vorgesehenen Zone, einer öden Gegend, zu landen. Mit Hilfe der Nachtgläser hatten sich die Männer quer über die Insel bis in die Nähe des Draker-College durchgeschlagen und an einer geeigneten Stelle eingegraben. Als der Tag anbrach, saßen sie in einem perfekt getarnten Versteck, von dem aus sie die beiden Eingänge des Hauptgebäudes im Auge behalten konnten.

Fünf Tage und Nächte lang hatten sie nichts Ungewöhnliches entdecken können, doch dann, in der sechsten und letzten Nacht der »Übung«, waren sie dafür entschädigt worden, daß sie ihre Geduld so arg strapaziert hatten. Der von ihnen gedrehte Videofilm war mit Teleobjektiv, Zoom und hochmoderner Restlichtverwertung aufgenommen worden. Es hatte in Strömen gegossen, weshalb die Bildschärfe zu wünschen übrigließ, doch in technischer Hinsicht war das Resultat zufriedenstellend. Vor allem jedoch: *Was* die Männer gefilmt hatten, war geradezu sensationell.

Kurz nach Mitternacht, als noch stundenlanges eintöniges Observieren vor ihnen lag, entdeckten sie plötzlich eine schemenhafte Gestalt, die aus dem Seiteneingang des College ins Freie huschte. Zuerst war es kaum mehr als ein verwischter Schatten, weil das Objektiv der Kamera normalerweise auf einen bestimmten Punkt eingestellt war. Die Gestalt erreichte im Laufschritt einen Ginsterbusch und ging dahinter in Deckung. Ein Nachteil der elektronischen Aufhellung der Bilder bestand darin, daß keine Farben wiedergegeben wurden. Es waren nur miteinander kontrastierende Abstufungen in grünlichem Grau zu sehen.

Der Ranger an der Kamera ging mit dem Zoom näher heran, hielt jedoch plötzlich inne und richtete das starke Teleobjektiv wieder auf den Seiteneingang, aus dem zwei weitere Gestalten herausgehuscht kamen und geduckt auf das Gebüsch zuliefen. So ging es im Abstand von etwa je einer halben Minute weiter. Der Zoom holte das Gebüsch ganz nah heran, aber es waren nur für kurze Augenblicke die Umrisse menschlicher Gestalten zu erkennen. Auf jeden Fall waren sie noch da.

Kilmara malte sich aus, wie sich die vier Ranger gefühlt haben mußten. Sie hatten sich für ihr unterirdisches Versteck eine vorteilhafte Stelle in einer flachen, grasbewachsenen Mulde am Fuß eines Überhangs ausgesucht, weil sie dort am schwersten entdeckt werden konnten. Die Grassoden waren vorsichtig ausgestochen und später, nachdem das große Erdloch ausgehoben war, sorgfältig auf dem mit grobem Maschendraht verstärkten Dach verlegt worden. Ein Mensch konnte darauf treten, ohne einzubrechen, und selbst aus nächster Nähe hätte er nichts Auffälliges bemerkt.

Zum routinemäßigen Observieren benutzten die vier Männer eine Art Periskop, das ein kleines Stück aus dem Grasdach ihrer Höhle herausragte und aus einem Glasfaserkabel und einem Objektiv bestand. Die Bilder wurden auf einen Monitor im Westentaschenformat übertragen. Dieses hochmoderne Verfahren war der modernen Mikrochirurgie entlehnt.

Die erste Gestalt trat hinter dem Gebüsch hervor. Im Abstand von zwanzig Metern folgte ihr eine zweite, dann eine dritte... Die weit auseinandergezogene Formation steuerte im Gänsemarsch auf den Wald zu. Als die Szene per Zoom ganz nah herangeholt wurde, verschwammen die Bilder sekundenlang, aber dann erschien eine scharfe Großaufnahme auf dem Bildschirm, und obwohl Kilmara den Film zum zweiten Mal sah, traf es ihn wieder wie ein Schlag. Das Gesicht, das er vor sich sah, hatte nichts Menschliches. Er erblickte einen Männerkörper, der einen monströsen Tierschädel auf den Schultern trug: zottiges, verfilztes Fell, kurze, gebogene Hörner, eine vorstehende, wie zu einem höhnischen Grinsen erstarrte Schnauze. Es war ein Bild aus einem Alptraum.

Die Kamera war von einer Gestalt zur anderen gewandert. Alle trugen verschiedene, jedoch ähnlich bizarre Masken. Es dauerte nicht lange, dann waren sie im Wald verschwunden.

»Zwei Selbstmorde durch Erhängen, der tödliche ›Unfall‹ des Direktors und jetzt das!« sagte Günther.

»Wenigstens wissen wir jetzt mit ziemlicher Sicherheit, was mit Fitzduanes Ziege passiert ist«, meinte Kilmara. »Es gibt kein Gesetz, das solche Maskeraden verbietet.«

»Soll das heißen, daß Sie das normal finden?«

»So normal wie Schweine mit Flügeln.«

Das Camp lag etwa zweihundert Kilometer südlich von Tripolis. Es war um eine kleine Oase herumgebaut worden, deren staubiges Grün von ein paar Dattelpalmen überragt wurde und um die sich ein planloses Gewirr von einstöckigen, aus Fertigbauteilen errichteten Barracken, bunkerähnlichen Betonbauten, Schießständen, Exerzierplätzen und Anlagen für die Nahkampfausbildung drängte.

Ein vier Meter hoher Doppelzaun aus Stacheldraht grenzte das Gelände ab. Der äußere Zaun stand unter Hochspannung, und im Abstand von je einhundertfünfzig Metern gab es Wachtürme, die mit schweren Maschinengewehren des Typs Wladimirow KPV 14.5 mm bestückt waren. Radargestützte vierläufige ZSU-4-Flakgeschütze sowie mehrere Raketenwerfer schützten das Camp gegen eventuelle Angriffe aus der Luft und über den Landweg.

Bis zu eintausend »Freiheitskämpfer« konnten hier untergebracht werden, aber die PLO-Mitglieder, Polisario-Kämpfer und Anhänger der vielen terroristischen Splittergruppen aus aller Welt, die im Lauf der Jahre die Lagertore passiert hatten, machten insgesamt ein Mehrfaches dieser Zahl aus.

Leicht dezimiert durch einige tödliche Unfälle beim Hantieren mit scharfer Munition, waren diese Männer nach der intensiven Ausbildung in Guerilla-Strategien und terroristischer Taktik Spezialisten für den Bau von Auto- und Briefbomben, das Anlegen geheimer Waffenlager, die Vorbereitung und Ausführung von Sprengstoffattentaten auf Flugzeuge und sonstiger Aktionen, die in den Medien großes Aufsehen erregten, sowie Geiselnahme, Folter, und die Exekution von Gefangenen. Die Instrukteure waren tüchtig, erfahren und unpersönlich. Anders als die Auszubildenden wohnten sie außerhalb des Camps in klimatisierten Luxusunterkünften. Am Rand des Schwimmbeckens im Olympiaformat unterhielten sie sich lachend und mit den Eiswürfeln in ihren Gläsern klimpernd in DDR-Deutsch, kubanischem Spanisch und Russisch.

Nicht nur in Libyen gab es mehrere solcher Lager, sondern auch im Südjemen, in Kuba, Syrien, dem Libanon, der DDR und Rußland. Dieses hieß »Camp Carlos Marighella«, nach dem brasilianischen Verfasser eines der bekanntesten Handbücher für Terroristen. Die isolierte Lage machte es besonders sicher, und deshalb hatte man es für ein Projekt ausgewählt, das die persönliche Unterstützung von Muammar el-Gaddafi genoß.

Seit er im Jahr 1969 Libyens greisen König Idris gestürzt hatte, verwöhnte Gaddafi so ziemlich jede terroristische Vereinigung, die diese Bezeichnung verdiente, mit Geld, Waffen, Asyl und Ausbildungsstätten. Er hatte bei dem Massaker während der Olympischen Spiele in München die Finger im Spiel gehabt, ließ der PLO jährlich die Kleinigkeit von vierzig Millionen Dollar zufließen, hatte für die Ermordung von Sadat eine Million Dollar bereitgestellt, Tunesien überfallen, fast einen Krieg mit Ägypten vom Zaun gebrochen, seine Truppen wiederholt in den Tschad einmarschieren lassen, im Sudan politische Unruhen geschürt, in Nicaragua die Sandinisten finanziell unterstützt, in Argentinien die Montoneros, in Uruguay die Tupamaros, in Irland die IRA, in Spanien die ETA, in Frankreich die bretonischen und korsischen Separatisten, in Thailand, Indonesien, Malaya und auf den Philippinen aufständische Muslims. Außerdem hatte er Bokassa, dem Kaiser von Zentralafrika, und Idi Amin, dem Diktator von Uganda, militärische Hilfe geleistet, und auch die Sprengung eines PanAm-Flugzeugs auf Roms Flughafen Fiumicino, bei der einunddreißig Passagiere verbrannt waren, ging letztlich auf sein Konto. Einem Kommando palästinensischer Terroristen, die ebenfalls auf dem Flugplatz Fiumicino einen El Al-Jet beim Start abschießen wollten, hatte er mehrere von Wärmesensoren gesteuerte Sam-7-Raketen geliefert. Sogar bei der Entführung hoher OPEC-Vertreter Weihnachten 1975 in Wien war er der eigentliche Drahtzieher gewesen.

Der Mann, der für die Ausbildung und Vorbereitung seiner Kampfgruppe dieses libysche Lager gewählt hatte, konnte sich in dem zufriedenen Gefühl wiegen, die richtige Entscheidung getroffen zu haben. Hier wurden ihm alle Wünsche von den Augen abgelesen. Gaddafi hatte sogar einen Bonus von zehn Millionen Dollar für den erfolgreichen Abschluß des Projekts zugesagt. Am Ende der Privataudienz hatte er dem Mann sein »Grünes Buch« über die islamische Revolution geschenkt und eine persönliche Widmung hineingeschrieben, bevor er ihm einen Scheck über eine halbe Million Dollar zur Deckung der ersten Spesen aushändigte.

Der Mann war in Libyen als Felix Kadar bekannt, aber der Name tat nichts zur Sache. In jedem Land legte er sich einen anderen zu. Er wurde in den Akten der CIA und der Abteilung Terrorismus-Bekämpfung des amerikanischen Außenministeriums unter dem Decknamen »Krummsäbel« geführt. Er hing keiner bestimmten politischen Richtung oder Ideologie an. Obwohl als Kind katholisch getauft, trug er bisweilen den grünen Turban des Mekka-Pilgers, und tatsächlich war er einmal in Mekka gewesen, allerdings als Organsiator des Überfalls auf die Große Moschee. Zu seiner – angenehmen – Überraschung hatten sich die saudiarabischen Streitkräfte sehr schwer damit getan, die Eindringlinge zu vertreiben. Schließlich hatte man die französische Regierung um Hilfe ersuchen müssen. Daraufhin war die *Gigene* – dies war die Abkürzung für Groupe d'Intervention de la Gendarmerie Nationale – auf den Plan getreten. Die Besatzer der Moschee waren gefallen, doch die saudische Königsfamilie hatte einen gehörigen Schrecken davongetragen. Der Mann mit dem grünen Turban hingegen war um eine Million Dollar reicher.

Die Grundidee war dem Mann schon vor langer Zeit gekommen. Eines Tages hatte er sich gefragt: Warum nicht aus all der Unruhe in der Welt wirtschaftlichen Nutzen ziehen? Das war in Harvard gewesen, wo er Betriebswirtschaft studierte. Er hatte sich hingesetzt und einen Plan ausgearbeitet, wie man es ihm beigebracht hatte. Ziel des Plans: die Schaffung eines Privatvermögens von einhundert Millionen Dollar innerhalb von fünfzehn Jahren.

Seitdem waren zwölf Jahre vergangen, doch er hatte seinen Vorsatz erst zur Hälfte in die Tat umgesetzt. Im Jahresdurchschnitt hatte er reichlich vier Millionen Dollar eingenommen. Bis zum Stichtag, dem 31. Mai 1983, mußte er also noch ungefähr vierzig Millionen auftreiben. Anders gesagt: Er mußte sich etwas einfallen lassen, und zwar etwas Großes. Nach Berücksichtigung der Inflationsrate und unvorhersehbarer Kosten fehlten noch fünfzig Millionen Dollar. Diesen Betrag wollte er bei einer einzigen großangelegten Aktion kassieren und sich dann, zwei Jahre vor Ablauf der selbstgesetzten Frist, zur Ruhe setzen.

Es gab noch einen anderen Grund, warum Felix Kadar das finanzielle Ziel vor der Zeit erreichen wollte. Er war darauf spezialisiert, seine Aufträge mit Hilfe verschiedener Organisationen und in unterschiedlichster Tarnung durchzuführen. Sehr gekonnt veränderte er jeweils sein äußeres Erscheinungsbild und sein Auftreten. Trotzdem mußte er befürchten, daß es nur eine Frage der Zeit war, bis eine der mit der Bekämpfung des Terrorismus beauftragten westlichen Spezialeinheiten ihm auf die Schliche kam. Außerdem mußte er sich eingestehen, daß er in letzter Zeit seiner Eitelkeit allzu sehr die Zügel hatte schießen lassen.

Er hatte mit seinen Gegnern Katz und Maus gespielt. Im Bewußtsein, daß man ihn noch nie erwischt hatte und er sich bald ins Privatleben zurückziehen würde, hatte er um des Nervenkitzels willen das Risiko absichtlich erhöht. Damit mußte Schluß sein. Er durfte sich keinen Fehler erlauben.

Die fünfundsiebzig Frauen und Männer seiner Kampfgruppe waren ihm entweder persönlich oder vom Hörensagen bekannt. Im Lauf der Jahre hatte er eine Liste geeigneter Kandidaten angelegt und sich dabei auf das umfangreiche Material des KGB gestützt. Zu Ahmed Jibril, einem Palästinenser und ehemaligen Hauptmann der syrischen Armee, jetzt einer der wichtigsten Agenten des KGB innerhalb der verschiedenen Palästinenser-Organisationen, unterhielt er freundschaftliche Beziehungen.

Jeder Anwärter war einer strengen Überprüfung unterzogen worden, zu der auch der Vergleich der Fingerabdrücke und anderer persönlicher Kennzeichen mit den in den KGB-Akten enthaltenen Angaben gehörte. Kadar war ganz besonders vor Infiltration auf der Hut. Dies war eine Spezialität der Israelis, von denen viele Arabisch sprachen und sich äußerlich nicht von Jemeniten oder Nordafrikanern unterschieden. Ihr klassischer Trick bestand darin, für jeden bei einem Einsatz gegen ihr Land getöteten oder gefangengenommenen Fedajin einen eigenen Mann in die Reihen des Gegners einzuschleusen. Das war nicht allzu schwierig zu bewerkstelligen, aber schwer aufzudecken, denn die Palästinenser lebten über ein Dutzend Länder verstreut.

Kadar glaubte, einen solchen eingeschleusten Agenten entlarvt zu haben. Er war sich nicht ganz sicher, aber das machte nichts. Im Bereich des Lagers war sein Wille Gesetz. Er war Ankläger, Richter und, wenn es ihm beliebte, Henker in einer Person.

Der gesamte Terroristentrupp war im Halbkreis vor ihm angetreten. Es war Abend, doch der staubige Exerzierplatz lag in gleißendes Scheinwerferlicht getaucht. Kadar selbst saß im Dunkeln. Am Rand des Platzes, außerhalb des Flutlichts, gab es eine Art viereckiges, in den harten Boden gerammtes Eisengestell, an dem mit gespreizten Armen und Beinen eine undeutlich zu erkennende Gestalt hing.

Kadar trug als Tarnung eine arabische Kopfbedeckung, die aus einem Stück Stoff mit Tarnmuster bestand. Mund und Nase waren bedeckt, die Augen hinter einer Sonnenbrille verborgen. Der eine oder andere Terrorist hatte schon für ihn gearbeitet, doch keiner hatte jemals sein Gesicht gesehen oder kannte seinen richtigen Namen. Die Männer hatten ihn immer nur vermummt erlebt, und er war für sie wenig mehr als eine Stimme und ein äußerst gewissenhafter Organisator. Die Ausführung überließ er meist anderen.

»Brüder und Schwestern«, sagte er, »Gefolgsleute der Revolution! Seit Jahren kämpft ihr dafür, die Juden zu vernichten und eure Heimat zu befreien. Ihr habt viele glorreiche Schlachten geschlagen und zahlreiche Feinde getötet, doch der endgültige Sieg ist euch bis zum heutigen Tag versagt geblieben. Nicht nur von den verfluchten Israelis, sondern auch von den gottlosen Amerikanern, die sie unterstützen, und den mächtigen westlichen Imperialisten seid ihr um das betrogen worden, was euch gehört. Ihr seid in dieses Lager gekommen, um euch auf eine Aktion vorzubereiten, die geradewegs auf die empfindlichen Weichteile des dekadenten Westens zielt. Die ganze Welt wird von eurer Tat reden, und die Machthaber des Westens werden einen furchtbar schmerzhaften Schlag einstecken.«

Zurufe und Beifall. Mehrere Terroristen schossen vor Begeisterung mit ihren automatischen Waffen in die Luft. Kadar sagte sich, daß es genug war mit den längst zu einem Ritual gewordenen Verwünschungen Israels und des Westens. Der Augenblick war gekommen, um sich mit ein paar konkreteren Dingen zu befassen. Terroristen kämpfen nicht allein aus Idealismus – jedenfalls keine Pragmatiker wie Kadar. Sie ließen sich gern in harter Währung bezahlen.

»Genossen! Freiheitskämpfer!« fuhr er fort. »Dies ist nicht der richtige Zeitpunkt, um euch genaue Einzelheiten über euren Auftrag mitzuteilen. Aus Gründen der Sicherheit müssen solche Informationen, wie ihr sicher versteht, bis kurz vor dem Einsatz zurückgehalten werden. Ihr seid alle kampferprobte Veteranen, aber hier habt ihr Gelegenheit, euch in Höchstform zu bringen. Während ihr das tut, denkt nicht nur an den Ruhm, den euch dieser Einsatz bringen, sondern auch an die einhunderttausend Dollar, die jeder von euch nach erfolgreichem Abschluß erhalten wird.«

Diesmal war der Beifall noch begeisterter. Wieder wurden Schüsse aus Kalaschnikows in den Himmel gefeuert. Kadar sagte sich, daß diese Männer erfahren und gut ausgebildet sein mochten, aber eine Menge von ihnen war lax geworden und ließ ihren Gefühlen allzu freien Lauf. Sie waren gutes Rohmaterial, das noch rücksichtslos bearbeitet werden mußte, sollte alles nach Plan laufen. Seine Befehle mußten mit bedingungslosem Gehorsam ausgeführt werden. Um dies zu erreichen, gab es nur eine einzige Methode: Er mußte ihnen eine Heidenangst einjagen. Zuckerbrot hatte er ihnen gegeben, jetzt war die Peitsche an der Reihe. Deshalb hatte er das, was sie jetzt erleben würden, sorgfältig inszeniert.

Kadar hob die Hand, und als Stille eingekehrt war, sagte er:

»Meine Brüder und Schwestern, wir haben es mit einem gnadenlosen Feind zu tun, und das Ende des Kampfes ist nicht in Sicht. Der Gegner will uns vernichten, er greift uns aus der Luft mit seinen Flugzeugen und zu Wasser mit seinen Kriegsschiffen an. Der Äther ist erfüllt von hinterhältiger Propaganda, die manipulierten Medien verbreiten ein Zerrbild unserer gerechten Sache, Spione und Verräter sollen Zwietracht unter uns säen.«

Eine Welle der Empörung lief durch die Reihen der Terroristen: Fäuste wurden geschüttelt, Gewehre geschwenkt und vereinzelte Rufe ertönten, doch Kadar rief »Ruhe!«, und es wurde schlagartig still. Diese Leute waren daran gewöhnt, sich unterzuordnen und den manchmal willkürlichen Befehlen ihrer Vorgesetzten blindlings zu gehorchen. Die meisten hatten zwar nur wenig »Fronterfahrung«, aber das hinderte sie nicht, Frauen gegenüber den Helden zu spielen und das zügellose Leben von Guerrilleros zu führen. Irgendwie spürten sie, daß ihnen an diesem Abend etwas Besonderes bevorstand.

Kadar hob den rechten Arm. Die Scheinwerfer, die den Platz erleuchtet hatten, erloschen. Neugier und die bange Vorahnung, daß etwas Furchtbares passieren würde, überkamen die kleine Truppe. Es hatte mit der Gestalt zu tun, die dort drüben mit gespreizten Gliedmaßen an dem Eisengestell hing. Gespannt wartete man ab.

Kadars Stimme kam aus der Dunkelheit, und sie klang hart, brutal, herrisch: »Ihr werdet jetzt die Hinrichtung eines zionistischen Spions erleben, der so dumm war, sich in unsere Reihen einzuschleichen. Seht genau hin und vergeßt nicht, was ihr gleich sehen werdet!« Seine Stimme war zu einem Brüllen angeschwollen, das auf dem Exerzierplatz widerhallte.

Ein einziger Scheinwerfer flammte auf, und sein Kegel fiel genau auf die Gestalt an dem Eisengestell. Der Mann war nackt und hatte einen Knebel im Mund. Seine Augen traten vor Angst aus den Höhlen. Ein anderer Mann, hochgewachsen und mit einem weißen Arztkittel bekleidet, trat aus der Dunkelheit ins Licht. Er hatte eine Injektionsspritze in der Hand, hielt sie dem Gefesselten dicht vor die Augen und drückte leicht auf den Kolben, um die Luftbläschen herauszupressen. Ein dünner, für die Zuschauer kaum sichtbarer Strahl schoß aus der Nadel. Geübt injizierte der Mann im weißen Kittel dem Gefangenen die Flüssigkeit, trat zurück und sah auf die Uhr.

Mehrere Minuten verstrichen. Der Mann im weißen Kittel beugte sich über den Nackten, untersuchte ihn mit einem Stethoskop und examinierte anschließend mit einem Ophtalmoskop die Augen. Als er fertig war, nickte er Kadar zu.

Wieder erscholl Kadars Stimme aus dem Dunkel: »Weiter!«

Der Mann griff in die Tasche seines weißen Kittels und hielt einen Gegenstand hoch. Ein Klicken war zu hören. Das grelle Licht des Scheinwerfers brach sich auf dem blanken Stahl einer Klinge. Er bewegte das Messer vor den Augen des Gefesselten hin und her, und die Augen folgten in heller Panik wie hypnotisiert der Bewegung. Gebannt schauten die Terroristen zu.

Kadars Stimme klang so sachlich, als würde er einen chirurgischen Eingriff kommentieren: »Euch interessiert bestimmt, was für eine Flüssigkeit dem Gefangenen in den Blutkreislauf injiziert worden ist. Nun, es ist eine ganz spezielle Droge, die uns der KGB freundlicherweise zur Verfügung gestellt hat. Sie heißt Vitazain und erhöht die Reizbarkeit des Nervensystems. Die kleinste Liebkosung kann durch sie zu einem äußerst lustvollen Erlebnis werden, aber bei Schmerz ist die Wirkung mindestens ebenso extrem. Schmerzen werden zu grauenhafter Intensität gesteigert, zu unvorstellbaren Qualen.«

Die Atmosphäre schien jetzt elektrisch geladen. In der hinteren Reihe wollte sich jemand davonschleichen, aber seine Kameraden hielten ihn fest. Selbst den hartgesottensten Terroristen, die so manches Blutbad angerichtet hatten, lief ein eiskalter Schauer über den Rücken.

Der Mann im weißen Kittel trat erneut vor. Sein Messer näherte sich langsam einem Augapfel des Gefangenen, bis die Spitze der Klinge ihn fast berührte, und verharrte so sekundenlang. Dann schnitt er mit einem Ruck den Knebel aus einem Stück Stoff durch, der den Gefangenen am Schreien gehindert hatte. Der Mann im weißen Kittel nahm ihm den Knebel aus dem Mund und ließ ihn zu Boden fallen. Dann zog er einen Flachmann aus der Tasche, schraubte ihn auf und hielt ihn dem Gefesselten an die Lippen. Der Mann trank gierig, und ein Hoffnungsschimmer leuchtete in seinen Augen auf.

Der Mann im weißen Kittel verschwand in der Dunkelheit. Ein zweiter Scheinwerfer flammte auf und erleuchtete eine von dem Eisengestell rund dreißig Meter entfernte Stelle. Alle Augen blickten unwillkürlich dorthin. Dumpfe Schritte erklangen, als würde sich jemand nähern, der eine schwere Last trug. Eine Gestalt trat in die Helligkeit, blieb stehen und drehte sich zu dem Gefangenen hin. Es war ein Mann mit einem Flammenwerfer. Er hob den Lauf und richtete ihn auf den zum Tode Verurteilten. Die Zuschauer blickten zwischen den beiden Lichtkegeln hin und her. Gräßliche, nicht enden wollende Schreie gellten durch die Nacht. Der Körper des Gefangenen wand und verrenkte sich in dem vergeblichen Versuch, sich loszureißen.

Der Mann mit dem russischen Flammenwerfer Modell LPO-50 war bereit. Er hatte drei Behälter voll dickflüssigem Brennstoff mitgebracht und konnte das flammende Napalm mit der Waffe bis zu siebzig Meter weit schleudern – neun Sekunden lang, viel länger als erforderlich. Er wartete auf Kadars Signal.

»Bring ihn um!« sagte die Stimme.

Der Mann mit dem Flammenwerfer zog den Abzug durch.

Kapitel 16

Botschafter Harrison Noble, stellvertretender Leiter der Abteilung Terrorismusbekämpfung im US-Außenministerium, ließ angewidert den Bericht sinken, den er gerade gelesen hatte.

Er war ein hagerer, hochgewachsener Karrierediplomat Ende Fünfzig und sah mit seinem bereits ein wenig gelichteten, silbergrauen Haar sehr distinguiert aus. Bei Frauen galt er noch immer als attraktiv.

Bevor er in den fünfziger Jahren in den auswärtigen Dienst getreten war, hatte der Kampfflieger Noble während des Koreakrieges mehrere Auszeichnungen erhalten, weil er mindestens elf feindliche Maschinen abgeschossen hatte. Seine Vorgesetzten, denen die Hexenjagd der McCarthy-Ära noch in den Knochen saß, nahmen dies als schlagenden Beweis dafür, daß sie es mit einem Mann zu tun hatten, der mit Kommunisten nicht lange fackelte und folglich über jeden Verdacht »unamerikanischer« Anschauungen erhaben war.

Der Botschafter seufzte beim Gedanken an die möglichen Auswirkungen des Berichts, der vor ihm auf der blanken Platte seines ansonsten leeren Schreibtisches lag. Er lehnte sich in dem mit weichem Leder gepolsterten Drehsessel zurück und sah seine Assistentin an. Aus diesem Blickwinkel konnte er sie nur bis zu den Knien sehen, und die waren verdammt hübsch. Wirklich eine bequeme Art, den Terrorismus zu bekämpfen. »Eine Exekution mit dem Flammenwerfer. Wie abscheulich«, sagte er. »Aus welcher Quelle stammt dieser Bericht?«

»Die Israelis haben in dem Camp angeblich einen der Ausbilder auf der Lohnliste«, sagte die Assistentin. »Aber vielleicht stimmt das überhaupt nicht. Sie haben wenig Vertrauen in unsere Geheimhaltung, und deshalb würden sie uns so etwas wahrscheinlich nie wissen lassen. Immerhin scheinen sie die Lage als ziemlich ernst einzustufen.«

»Erzählt einem in dieser Branche denn niemand die Wahrheit?«

»Es ist ungefähr so wie in der Diplomatie«, erwiderte die Assistentin trocken. Sie war eine unverhohlen ehrgeizige Person Ende Dreißig und hatte durchblicken lassen, daß sie den Abteilungsleiter nicht uninteressant fand, aber der zauderte noch. Eine unauffällige Affäre mit einem Vorgesetzten stellte für sie einen durchaus legitimen Schachzug dar. Nur fragte sie sich, ob man in Washington überhaupt etwas unauffällig tun konnte.

Noble ließ die Rückenlehne des Sessels in fast senkrechter Stellung einrasten. Jetzt sah er ihre schöngeformten Beine in voller Länge. Er fand es angenehm, daß bei den Gesprächen mit ihr immer ein bißchen Sex im Spiel war.

»Was halten Sie davon?« fragte er und wies mit einer Handbewegung auf die Mappe mit der Aufschrift TOP SECRET. Irgendwie kam es ihm lachhaft vor, eine Geheimsache unübersehbar als solche zu kennzeichnen. »Bereiten die eine Entführung vor?«

»Wohl kaum. In dem Lager werden zur Zeit mindestens siebzig Mann ausgebildet.«

»Vielleicht eine ganze Reihe von Entführungen?«

»Kann sein, ist aber auch nicht sehr wahrscheinlich. Der ganze Trupp wird zu einer in sich geschlossenen Einheit ausgebildet. Das deutet mehr auf einen Großeinsatz hin.«

»Gegen eine Botschaft?« Hoffentlich nicht, dachte er. In den letzten Jahren hatten die USA weit über hundert Millionen Dollar in die Verbesserung der Sicherheitsvorkehrungen ihrer diplomatischen Vertretungen im Ausland gesteckt, doch Noble war klar, daß das nur Flickschusterei war. Beim Bau der meisten Botschaften und Konsulate waren Sicherheitsrisiken nicht vorrangig berücksichtigt worden, und umfassende Nachbesserungen waren bei normalem Betrieb schwierig oder unmöglich. Außerdem stellte die Feuerkraft moderner Waffen ein Problem dar. Schußsichere Scheiben reichten nicht aus, wenn ein an der richtigen Stelle plazierter Klumpen Sprengstoff imstande war, eine Fassade zu demolieren oder einen gepanzerten Wagen und dessen Insassen in einen blutbesudelten Haufen Schrott zu verwandeln.

»Für eine Botschaft ist der Trupp zu groß«, gab seine Assistentin zu bedenken. »Normalerweise werden für solche Anschläge kleine handverlesene Kommandos eingeschleust. Ein Aufgebot von siebzig bewaffneten Terroristen ist nicht leicht zu tarnen. Genau das ist meiner Meinung nach der springende Punkt: Wie wollen die so viele Leute gleichzeitig einsetzen, ohne bei Kontrollen an Grenzen oder in Flughäfen aufzufallen? Diese siebzig Männer und Frauen sind ja keine Neulinge, im Gegenteil, es sind lauter erfahrene Leute. Über die meisten von ihnen haben wir Material in den Akten.«

»Wenn ich nicht Diplomat wäre«, sagte Noble, »würde ich vorschlagen, sie an Ort und Stelle unschädlich zu machen – durch einen vorbeugenden Schlag von chirurgischer Präzision. Im Stil der Israelis.«

»Bomben auf libysches Gebiet? Kommt nicht in Frage. Der Präsident würde das auf keinen Fall zulassen.«

»Kein Wunder bei dem politischen Schaden, der dadurch angerichtet würde. Unsere europäischen Verbündeten machen mit Libyen und den anderen arabischen Ländern so gute Geschäfte, daß sie den Terrorismus bis zu einem gewissen Grad in Kauf nehmen. Sie haben sogar ein gutes Argument dafür: Terroristische Anschläge erregen zwar großes Aufsehen, aber alles in allem kosten sie wenige Menschenleben.«

»Ja. Solange man nicht selbst zu den Opfern gehört, ist alles in Ordnung.«

Noble warf einen Blick in den Bericht. »Wie ich sehe, ist unser Mann der Meinung, daß die Sache wahrscheinlich im Mai steigt.« Er lächelte. »Ich sehe für mich einen Silberstreif am Horizont, falls der Termin stimmt. Ich werde zu dem Zeitpunkt nämlich nicht in Washington sein. Tut mir leid, aber Sie müssen die Stellung hier dann ohne mich halten. Ich werde dem ganzen Schlamassel den Rücken kehren und mir in der Nähe von dem Internat, das mein Sohn besucht, ruhige Angelferien gönnen.« Er schwenkte eine imaginäre Angelrute und warf den Köder im Geiste genau an die

Stelle, auf die er gezielt hatte. Fast spürte er den Wind im Gesicht und hörte das leise Plätschern beim Eintauchen der Ruder, das Quietschen der Dollen…

»Wohin geht's denn?«

»Nach Irland«, antwortete er. »An die Westküste.«

»Ist Ihnen das Sicherheitsrisiko nicht zu groß?«

»Nein. Die Terroristen sind in Irland zwar sehr aktiv, aber nur im Norden, und sie haben es auf die Briten abgesehen. Ausländer lassen sie in Ruhe. Bei uns ist es doch so ähnlich. Touristen, die Angst vor New York haben, weil dort so viele Verbrechen begangen werden, brauchen deswegen noch lange nicht auf eine Reise in die USA zu verzichten.«

Schade, daß er schon so bald verreist, dachte die Assistentin. Wo ich ihn doch schon fast an der Angel habe! Die sanfte Masche zog allmählich, und ein Monat Abwesenheit würde alles zunichte machen. Aber sie hatte ja noch drei Wochen, um den Fisch an Land zu ziehen. Mit unüberhörbarem Stoffgeraschel schlug sie die Beine übereinander. Ihre Blicke kreuzten sich. Na also! Jetzt hatte er nur noch Augen für sie.

Zerstreut umspannte Ivo mit den Fingern der linken Hand das Gelenk der rechten und tastete nach dem silbernen Armband, das Klaus ihm geschenkt hatte. Er schob es so lange hin und her, bis sich die Haut rötete und wehtat, aber er achtete nicht darauf. Er dachte an den Mann, den er in Klaus' Begleitung gesehen hatte, den Mann, der mit Klaus weggefahren war, den Mann, der Klaus wahrscheinlich umgebracht hatte.

Seit Tagen hatte er mit allen möglichen Leuten gesprochen, die Klaus gekannt hatten, und gehofft, auf diese Weise den Mann mit dem goldblonden Haar identifizieren zu können, doch es war vergeblich gewesen. Jetzt hockte er im Hauptbahnhof herum und wartete darauf, daß der Affe aus Zürich zurückkam. Der Affe bediente so ziemlich dieselbe Kundschaft wie er, und das eine oder andere Mal hatten sie sich gemeinsam verdingt. Abgesehen von seinen Qualitäten im Bett hatte der Affe noch ein anderes Talent: Er besaß ein fotografisches Gedächtnis für jede Art von Zahlen. Klaus hatte immer gesagt, der Affe hätte das ganze Telefonbuch im Kopf. Seine Fähigkeit, sich die Autokennzeichen von Kunden zu merken, könnte sich eines Tages als eine Art Goldmine herausstellen, nämlich wenn sie beide allmählich in die Jahre kämen und ihre schwindende Attraktivität sie zwingen würde, sich mit ein bißchen Erpressung ein Zubrot zu verdienen.

Das einzige Problem mit dem Affen war, daß er leider nicht nur dumm, sondern obendrein stur und ein krankhafter Lügner war. Wenn man ihn nicht richtig behandelte, machte er einfach dicht. Und wenn er auspackte, konnte man nie wissen, ob er einem die Wahrheit erzählte. Vielleicht muß ich ihm ein bißchen nachhelfen, sagte sich Ivo. Eigentlich hatte er nichts für Gewalt übrig und verstand sich auch nicht darauf, aber er mußte Klaus' Mörder finden, und da durfte er nicht zimperlich sein. Er hörte auf, sich mit dem Armband die Haut wundzuscheuern, schob eine Hand in die Hosentasche und betastete den halben Meter scharf geschliffene, in ein Stück Fensterleder gewickelte Motorradkette. Genau: Er würde dem Affen androhen, ihn für alle Zeiten mit ein paar Narben zu verunstalten. Dieses Argument würde ziehen. Schließlich war sein Aussehen sein ganzes Kapital.

Die Passanten machten um die verwahrloste Gestalt, die dort im Schneidersitz auf dem Boden hockte, einen weiten Bogen. Der Kerl war zerlumpt und dreckig, und er stank. Ivo war das alles egal. Er hielt sich selbst für einen Ritter, der in schimmernder Rüstung durch die Welt zog, um einer gerechten Sache zum Sieg zu verhelfen und anschließend auf die Burg Camelot zurückzukehren.

Sir Ivo – das klang wirklich gut.

Sie machte nicht gleich die Augen auf. In ihrem Kopf pochte es, und ihr war übel. Sie spürte etwas Nasses, Kühles auf Stirn und Wangen. Es verschaffte ihr ein bißchen Erleichterung, doch die Wirkung hielt nicht lange vor. Obwohl sie völlig durcheinander war, merkte sie immerhin, daß ihre Stellung unbequem war. Eigentlich hatte sie geglaubt, in einem Bett zu liegen, aber sie konnte sich nicht bewegen, als sie es versuchte, und ein Bett hätte sich ganz anders angefühlt.

Eine Welle der Angst durchflutete sie. Sie versuchte sich einzureden, daß alles ein Traum war, aber sie wußte, daß das nicht stimmte. So gefaßt wie möglich versuchte sie der Wirklichkeit ins Auge zu sehen und sich mit dem abzufinden, was sie im ersten Augenblick als unmöglich von sich gewiesen hatte: Sie war an Händen und Füßen an einen Stuhl gefesselt – und sie war nackt.

Jemand nahm das feuchte Tuch von ihrer Stirn. Sie hatte gehofft, es auch an Nacken und Kehle zu spüren, aber die wohltuende Kühle wurde ihr vorenthalten. Statt dessen wurde sie sich bewußt, daß etwas Hartes und Kaltes ihren Hals umspannte. Sie hörte ein leises Geräusch, und gleichzeitig verstärkte sich der Druck ein wenig. Sie konnte weiterhin durchatmen, doch es kostete sie Mühe, denn das steife Ding um ihren Hals, das sich wie ein Metallreif anfühlte, würgte sie.

Panische Angst überkam sie. Sekundenlang rang sie nach Luft und mußte ihre ganze Selbstbeherrschung aufbieten, um ruhig weiterzuatmen. Sie versuchte, etwas zu sagen, brachte aber keinen Ton heraus. Ihr Mund war mit Heftplaster zugeklebt. Sie erkannte es daran, daß es ein bißchen nach Krankenhaus roch. Es war ein Geruch, den sie mit ärztlicher Behandlung und Pflege verband, mit dem Bandagieren von Wunden und dem Nachlassen von Schmerz. Einen Moment lang fühlte sie sich irgendwie getröstet und wiegte sich in dem Glauben, daß ihr nichts passieren konnte, doch es war nur ein Augenblick, dann packte sie unvorstellbares Grauen. Ihr Körper bäumte sich auf, zuckte krampfhaft, aber alles war vergebens, sie konnte die Fesseln nicht sprengen, mochte sie auch alle Kräfte aufbieten. Jeder Widerstand war sinnlos. Langsam, widerstrebend machte sie die Augen auf.

Kadar – sie kannte ihn unter einem anderen Namen – fläzte sich ihr gegenüber in einem Charles-Eames-Sessel. Seine ausgestreckten Beine lagen auf einem zum Sessel passenden Hocker, und er hielt ein Ballonglas in der Hand. Er hob das Glas, schwenkte den Inhalt und schnüffelte mit Kennermiene daran. Nachdem er einen kleinen Schluck genommen hatte, hielt er das Glas mit beiden Händen auf dem Schoß fest. Sein schwarzseidenes Hemd stand bis zum Bauchnabel offen, und er trug eine elegante italienische Hose aus weichem Stoff. Er war barfuß. Alles an ihm wirkte locker und entspannt. Seine Augen funkelten amüsiert.

»Schätze, du bist jetzt in dem Stadium, wo sich ein Mensch in deiner Lage fragt, was hier eigentlich vorgeht. Wahrscheinlich versuchst du dich zurückzuerinnern. Nicke, wenn das stimmt.«

Sie starrte ihn an, und ihre schönen Augen waren weit aufgerissen. Mehrere Sekunden verstrichen, bis sie nickte.

»Wir haben uns geliebt«, sagte er. »Genau gesagt haben wir einen ziemlich wilden Soixante-neuf mit ein paar netten kleinen Varianten hingelegt, und du warst sehr gut, ausgezeichnet sogar, aber du hast nun mal ein überaus sinnliches Naturell, und außerdem darf ich wohl bei aller Bescheidenheit sagen, daß ich ein guter Lehrmeister bin. Meinst du nicht auch?«

Wieder nickte sie, diesmal schnell und eifrig, um ihm zu schmeicheln. Dies war bestimmt eine seiner bizarren sexuellen Marotten, und er hatte nicht vor, ihr richtig weh zu tun, dachte sie und versuchte, daran zu glauben. Aber ihr Herz schlug so heftig, daß sie es hören konnte.

»Tut mir leid, daß ich dir den Mund zukleben mußte«, sagte er, »aber die Schweizer haben eine manische Abneigung gegen Lärm. Ich werde dir erzählen, wie und wann ich das zum ersten Mal zu spüren bekam. Es war damals ein ganz schöner Schock für mich, wie du sicher verstehen wirst. Kurz nach meiner Ankunft in Bern – das war vor vielen Jahren, meine Süße, und du warst damals noch ein kleines Mädchen mit Apfelbacken – beschloß ich eines Tages, naiv wie ich war, ein Bad zu nehmen, obwohl es schon fast Mitternacht war. Wenn ich mich recht erinnere, war ein ziemlich gutaussehender junger Türke, der im Mövenpick kellnerte, der Grund dafür, daß ich ein Bad brauchte, aber ich kann mich natürlich täuschen. Das Gedächtnis spielt einem ab und zu einen Streich. Jedenfalls war ich gerade dabei, meinen erschöpften Penis einzuseifen und sang dabei das Lied der Wolgaschiffer, als es an der Wohnungstür klingelte. Anfänglich stellte ich mich taub, weil es für mich nichts Unangenehmeres gibt, als tropfnaß aus einer Wanne zu steigen, in die man gerade geklettert ist, um sich zu entspannen. Der Finger auf dem Klingelknopf ließ aber nicht locker. Ich fluchte in mehreren Sprachen und ging öffnen. Draußen stand nicht etwa mein schmucker Kellner, der sich eine Zugabe holen wollte, sondern zwei Berner Polizisten, die sich ähnlich sahen wie ein Ei dem anderen. Die Sache war die, daß ein anonymer Nachbar, der anscheinend kein Liebhaber russischer Musik war, die Ordnungshüter gerufen hatte. Zu meiner großen Betroffenheit, Belustigung und Verblüffung eröffneten mir die beiden, es gebe ein Gesetz, das Baden, Duschen oder die Benutzung von Waschmaschinen oder sonstige mit Lärm verbundene Verrichtungen zwischen zehn Uhr abends und acht Uhr morgens verbiete. Jetzt verstehst du vielleicht: Es ist zwei Uhr morgens, und deshalb mußte ich dir den Mund zukleben. Ich möchte nicht, daß du schreist und zur Gesetzesbrecherin wirst.«

Kadar trank sein Glas leer und schenkte sich aus einer geschliffenen Karaffe, die auf einem niedrigen Glastisch stand, Cognac nach. Neben der Karaffe lag in einer kleinen Schüssel aus rostfreiem Stahl ein gefalteter Lappen.

»Aber ich wollte dir eigentlich erzählen, was passiert ist, nachdem wir es miteinander getrieben hatten. Viel gibt es da nicht zu berichten. Du bist schnell eingeschlafen, und auch ich habe ein bißchen gedöst. Dann habe ich dich auf eine bestimmte Stelle am Hinterkopf geschlagen, und du wurdest bewußtlos. Die Methode stammt aus Indien, falls es dich interessiert. Sie gehört zu einem Kampfstil, der *kalaripayit* heißt. Anschließend habe ich alles so arrangiert, wie es jetzt ist, Cognac getrunken, ein paar Shakespeare-Sonette gelesen und darauf gewartet, daß du zu dir kommst. Das dauerte länger, als ich gedacht hatte. Da ich nicht wie die Damen der guten alten Zeit Riechsalz zur Hand hatte, mußte ich mich mit einem feuchten Lappen behelfen, um dir die heiße Stirn zu kühlen. Nun könntest du natürlich fragen, warum der ganze Aufwand – o ja, ich sehe dir an, daß das genau die Frage ist, die dich beschäftigt. Nun, meine Liebe, mir geht es hier einzig um Disziplin. Du hast etwas getan, das du besser nicht getan hättest. Zweifellos hast du dich von den besten Absichten leiten lassen, aber das zählt für mich nicht, und deshalb werde ich dich jetzt bestrafen. Versuche die Angelegenheit einmal mit meinen Augen zu sehen. Vielleicht glaubst du, meine Hauptsorge gilt unserem kleinen Trupp hier in der Schweiz, aber du mußt wissen, daß ich in Europa, im Nahen Osten, in Amerika und wer weiß wo meine Leute habe und daß für einen Menschen wie mich, der dauernd unterwegs ist, die einzige Art und Weise, sie unter Kontrolle zu behalten, darin besteht, für eiserne Disziplin zu sorgen. Disziplin ist das Schlüsselwort bei meinen weltweiten Aktivitäten, aber Disziplin stellt sich nicht von allein ein, sie muß erzwungen werden. Weißt du, ich habe das Konzept für mein multinationales Management, meine Zielsetzungen und Strategien als Harvard-Student ausgearbeitet, und zwar nach dem Vorbild von Chemiekonzernen wie Procter & Gamble oder Unilever. Sie verkaufen ein ganzes Sortiment von Seifen und Waschmitteln, die scheinbar miteinander konkurrieren, in Wirklichkeit aber nur verschiedene Marktbereiche abdecken. Für mich stand schon damals fest, daß das schnell um sich greifende Phänomen des Terrorismus im großen Stil kommerziell ausgebeutet werden konnte. Es kam darauf an, all den Haß, Frust, enttäuschten Idealismus und Energieüberschuß anzuzapfen und zu kanalisieren. Also beschloß ich, ungefähr dasselbe zu tun wie die Waschmittelkonzerne. Jedes meiner kleinen, aus Fanatikern zusammengewürfelten Kommandos ist auf eine bestimmte Marktlücke zugeschnitten und hat seine eigenen Regeln und Rituale, die ihm eine Identität verleihen und für Zusammengehörigkeitsgefühl sorgen. Was diese Leute nicht wissen, ist, daß sie nur einem einzigen Zweck dienen: mich noch reicher zu machen. Ich bin durch und durch profitorientiert und pfeife auf die Rechte der Palästinenser, die Bestrebungen der Basken, die Unterminierung des Schweizer Establishments und den ganzen Quatsch. Mich interessieren vor allem Dinge wie Umsatz, Rendite und Reinerlös. Wichtig ist nur, was am Ende unterm Strich übrigbleibt.«

Er hielt kurz inne, hob das Cognacglas hoch, schwenkte es mit kleinen kreisenden Bewegungen und sah zu, wie sich das Licht in der hin und herschwappenden bernsteinfarbenen Flüssigkeit brach und dessen Färbung veränderte. Dann wandte er sich wieder dem nackten Mädchen zu.

»Du hattest den Auftrag, den Iren möglichst unauffällig zu beschatten und über alles, was er unternahm, Bericht zu erstatten. Falls er auf dich aufmerksam würde, solltest du ihn aus sicherer Entfernung beobachten. So lautete der Befehl – so und nicht anders!« Die letzten Worte brüllte er fast, aber er hatte sich sofort wieder in der Gewalt und fuhr in normalem Tonfall fort: »Verzeih, meine Liebe, ich habe vergessen, wie spät es ist. Natürlich will ich keinen braven Berner Bürger aus dem Schlaf reißen, und außerdem gehört es sich nicht, in Gegenwart einer Dame die Stimme zu heben. Disziplinlosigkeit ist mir zuwider. Vielleicht habe ich mein Hauptquartier deshalb in der Schweiz. Man kann gegen dieses Land sagen, was man will – auf jeden Fall sind die Menschen hier sehr diszipliniert. Jede Mißachtung meiner Anweisungen trifft mich wie ein Schlag, und in deinem Fall war ich besonders geschockt. Ich hatte geglaubt, daß du mich begriffen hattest, doch dann komme ich von einer wichtigen Geschäftsreise zurück und muß feststellen, daß du und dieser Idiot Pierre auf eigene Faust versucht habt, den Iren zu erledigen, als er allein und scheinbar wehrlos auf der Kirchenfeldbrücke stand. Ihr habt versagt, obwohl ihr zu zweit wart und den Überraschungseffekt auf eurer Seite hattet.« Er schüttelte betrübt den Kopf. »Das gehört sich nicht für Mitglieder meiner Organisation. Pierre kann von Glück sagen, daß er umgekommen ist, bevor ich ihn mir vorknöpfen konnte. Wußtet ihr beiden denn noch immer nicht, was mit Leuten passiert, die meine Befehle mißachten? Habt ihr schon das Exempel vergessen, das ich an Klaus Minder statuiert habe? Der Junge hatte ein zu loses Mundwerk. Man hätte meinen können, daß die Art, wie er gestorben ist, euch ein für allemal klarmachen würde, daß ich keinen Ungehorsam dulde.« Er brach kurz ab wie jemand, dem gerade etwas eingefallen ist. »Vielleicht dachtet ihr, daß ich mich über den Tod des Iren freuen würde?«

Sie sah ihn an, hielt seinem Blick jedoch nicht stand. Ein Gefühl der Hilflosigkeit überkam sie. Ja, Pierre und sie hatten geglaubt, ihm einen Gefallen zu tun, indem sie den Iren, diese unvorhergesehene Bedrohung seiner Pläne, aus der Welt schafften. Gerade der Ritualmord an Klaus Minder, dieses grauenhafte Exempel, hatte sie in ihrem Entschluß bestärkt, doch der Schuß war nach hinten losgegangen. Sie sperrte sich dagegen, aus Kadars Worten die auf der Hand liegenden Schlußfolgerungen zu ziehen. Den Blick starr auf den Fußboden gerichtet, versuchte sie, nicht hinzuhören, aber es gelang ihr nicht. Da unternahm sie noch einen sinnlosen Versuch, sich loszureißen, bäumte sich auf und zerrte an den Fesseln. Als ihr Blick auf das große Stück Plastik fiel, auf dem ihr Stuhl stand, wurde sie vor Angst halb wahnsinnig, denn sie ahnte, was Kadar, der immer ans kleinste Detail dachte, mit ihr vorhatte. Kraftlos sackte ihr Körper in sich zusammen. Sie wußte, daß sie in wenigen Minuten sterben mußte. Das Wie war das einzige Fragezeichen.

»Der Haken an der Sache war, daß ihr den größeren Zusammenhang nicht überblicken konntet. Dieser Fitzduane weiß nicht, wonach er sucht. Zufällig hat er den toten Ruedi von Graffenlaub gefunden, und jetzt benimmt er sich wie ein Weltverbesserer in den Wechseljahren. Bevor er auf eine wichtige Fährte stößt, haben wir längst zugeschlagen, und dann ist alles zu spät. Ihm bleibt nicht mehr genug Zeit, um in diesem Spiel noch richtig mitzumischen. Außerdem verfügt er nicht über genug Informationen, um die einzelnen Teile zu einem Bild zusammenzufügen. Er ist ein Außenseiter und hat keinen einzigen Trumpf auf der Hand – es sei denn, jemand von uns macht einen dummen Fehler. Meine Absicht war, den Iren im Auge zu behalten und herauszubekommen, was er vorhat, aber auf keinen Fall wollte ich ihn mit der Nase darauf stoßen, daß er einen dicken Fisch an der Angel hat. Durch den Anschlag auf ihn ist genau das passiert. Wenn es geklappt hätte, wäre die Lage jetzt sogar noch verfahrener. Euretwegen hätten sich dann eine Menge Leute für etwas interessiert, das erst in ein paar Wochen spruchreif ist.«

Kadar zündete sich eine dünne Zigarre an und blies sechs kreisrunde Ringe in die Luft. Er verstand sich auf so vieles. Beispielsweise waren alle seine Bewegungen perfekt koordiniert.

»Meine liebe Esther«, sagte er, »es tut mir gut, so offen mit dir reden zu können. Herrschen ist ein einsames Geschäft. Nur selten habe ich Gelegenheit, mich jemandem anzuvertrauen, der mich versteht. Du verstehst mich doch, nicht wahr?«

Er wartete ihr zustimmendes Nicken gar nicht erst ab, sondern warf einen Blick auf die Uhr. »Hm, es ist Zeit für den Hauptpunkt der Tagesordnung«, sagte er. »Ich glaube, ich sollte dir erklären, wie es weitergeht. In Anbetracht unserer früheren Intimitäten hast du ein Recht darauf, Einzelheiten zu erfahren. Außerdem möchte ich nicht, daß du irgend etwas verpaßt. Was ich mir für dich ausgedacht habe, ist eine Art der Hinrichtung, die auf eine lange

Geschichte zurückblicken kann. Meine liebe Esther, du wirst durch die Garrotte sterben. Das ist eine Methode, die in Spanien lange Zeit populär war. Ich glaube, ich habe alle technischen Vorkehrungen getroffen, aber da es für mich eine Premiere ist, kann ich natürlich für nichts garantieren, wie du begreifen wirst. Trotzdem, ich hoffe, daß alles klappt. Der Ablauf ist folgender: Der eiserne Ring, den ich dir um den Hals gelegt habe, besteht in Wirklichkeit aus zwei halbkreisförmigen Metallteilen, von denen der hintere eine Schraube hat. Wenn man sie im Uhrzeigersinn dreht, verengt sich die Halskrause aus Eisen, und wenn man weitermacht, wird die Kehle zermalmt. Man kann kurzen Prozeß machen oder sich mit dem Drehen Zeit lassen. Das ist Geschmackssache. Dem Vernehmen nach ähnelt diese Art der Hinrichtung dem Tod durch Strangulation. Deine Augen werden aus den Höhlen treten, dein Gesicht wird dunkel anlaufen, du wirst die Zunge herausstrecken – und du wirst verzweifelt nach Luft ringen. Je mehr ich die Schraube anziehe, desto tiefer wird sie sich in deinen Nacken bohren, bis ein Wirbel bricht. Aber bevor es so weit ist, wirst du hoffentlich schon bewußtlos, tot oder dem Tod nicht mehr fern sein. Du wirst also den letzten Akt des Dramas verpassen. Schade, aber so ist es nun mal.«

Kadar stemmte sich aus dem Sessel hoch, reckte sich und gähnte. Dann trat er hinter ihren Stuhl und tätschelte ihr leicht den Kopf. »Mir liegt vor allem an Disziplin, meine Liebe«, sagte er. »Und an dem, was unter dem Strich übrigbleibt.«

Er begann, an der Schraube zu drehen.

Kapitel 17

Ulrich Hodden, Oberst im Ruhestand, war früh aufgestanden. Er hatte ein Problem. Sein alter Waffengefährte Major Tranino, ebenfalls im Ruhestand und seit Jahrzehnten sein Schachpartner (normalerweise per Post, zweimal im Jahr jedoch in natura), hatte hintereinander zwei Partien gegen ihn gewonnen, und jetzt hatte er einen trickreichen Zug gemacht, gegen den er, Hodden, sich irgend etwas einfallen lassen mußte.

Beim Jassen, dem in der Schweiz populärsten Kartenspiel, hatte er den Stammtischbrüdern von seinem Problem erzählt. Nach reiflichem Nachdenken und reichlich Gurten-Bier hatten sie die Meinung geäußert, er sollte die Perspektive wechseln und vielleicht einmal versuchen, seine Probleme beim Schach aus einem veränderten Blickwinkel zu sehen. Einer seiner Bekannten hatte angeregt, er sollte es mal unter freiem Himmel an einem der riesigen Schachbretter probieren, von denen es in der Umgebung von Bern eine Menge gebe. Besonders zu empfehlen sei das Brett am Rand des Rosengartens. Von dort bis zum Stadtteil Obstberg, wo der Oberst bei seinen Enkeln wohnte, seien es nur zwanzig Minuten, und die auf einer kleinen Anhöhe gelegene Grünanlage sei nicht nur besonders schön, sondern man habe von dort auch einen herrlichen Blick auf die Stadt.

Der Oberst wählte den steileren der beiden Wege, die zum Rosengarten hinaufführten. Das Café mit der Glasfassade oben auf dem Hügel war um diese Uhrzeit noch geschlossen, aber auf dem von einer niedrigen Mauer abgegrenzten Vorplatz standen Tische und Stühle. Nach dem beschwerlichen Anstieg ein wenig atemlos, ruhte er dort ein paar Minuten aus und erfreute sich an dem Anblick der Berner Altstadt, die dort unten vor ihm ausgebreitet lag. Seine Augen folgten dem Lauf der Aare, schweiften über die roten Ziegeldächer der Häuser aus historischer Zeit, verweilten auf dem Münsterturm, der sich von der verschneiten Bergwelt in der Ferne abhob. Rings umher standen Bäume und Blumen kurz vor der vollen Blüte und schienen es eilig zu haben, sich nach langem Winterschlaf in all ihrer Schönheit zu zeigen. Ein Fink landete dicht neben Hodden auf der Mauer, beäugte ihn neugierig, hüpfte ein Weilchen umher und flog davon.

Der Oberst sagte sich, daß er besser dem Beispiel des Vogels folgte, und brach ebenfalls auf. Sein Freund Tranino hatte ihn in ihrer derzeitigen Schachpartie vor ein heikles Problem gestellt. Je schneller er die Figuren auf dem übergroßen Schachbrett im Freien aufstellte, desto schneller hatte er vielleicht eine Eingebung.

Schon aus einiger Entfernung sah er zu seiner Verblüffung, daß alle Schachfiguren auf den schwarzen und weißen Quadraten bereitstanden. Normalerweise wurden sie abends weggeräumt und verwahrt. Es sah ganz so aus, als wäre ihm jemand zuvorgekommen. Na ja, immerhin hatte er einen schönen Spaziergang gemacht, und wer weiß, es konnte doch sein, daß der Unbekannte einen Gegner suchte. Ob sie sich vielleicht sogar gemeinsam etwas gegen Traninos vertrackten Zug ausdenken könnten? Aber wäre das fair? Wohl kaum. Es galt stillschweigend als abgemacht, daß sie Mann gegen Mann spielten, ungeachtet der räumlichen Entfernung.

Irgend etwas an dem riesigen Schachbrett kam ihm seltsam vor. Er trat näher heran. Weit und breit war keine Menschenseele zu sehen. Jetzt stand er seitlich der blau-weißen Figuren, von denen die kleinste etwa so hoch war wie ein kleines Kind, ihm also bis ans Knie reichte. Oberst Hodden setzte die Brille auf. Mit den blau-weißen Figuren schien es seine Ordnung zu haben. Er blickte zu den rot-schwarzen hinüber. Kurzentschlossen betrat er das Spielfeld und steuerte auf sie zu, um sie genauer unter die Lupe zu nehmen.

Die Bauern glänzten frisch lackiert und erinnerten ihn an die Schweizergarde bei der Parade vor dem Vatikan. Trotzdem, irgend etwas stimmte nicht – etwas, das er längst erkannt haben müßte, selbst wenn seine Augen lange nicht mehr so gut waren wie einst. Vielleicht sollte er sich wirklich eine neue Brille zulegen. Zum Teufel mit der Eitelkeit!

Er trat noch einen Schritt vor, um die hintere Reihe in Augenschein zu nehmen. Springer und Türme sahen aus wie immer, desgleichen Läufer und König, aber die Königin – es war der Anblick der Königin, der ihn das Leben kosten sollte.

Es war keine Königin da, sondern an ihrem Platz stand die obere Hälfte einer jungen Frau. Sie schien ihn anzulächeln, aber dann sah er, daß ihr jemand die Lippen weggeschnitten hatte, um die Zähne zu entblößen.

Rasender Schmerz traf ihn wie ein Schlag. Er schwankte ein paarmal hin und her, bevor er der Länge nach auf das Schachbrett schlug. Der letzte Gedanke, der ihn durchzuckte, bevor der Herzanfall seinem Leben ein Ende bereitete, war, daß Major Tranino jetzt wohl auch noch die dritte Partie hintereinander gewinnen würde, weil sein Gegner aufgab. Schade, dachte Oberst Hodden. Wo mir doch bestimmt bald ein guter Gegenzug eingefallen wäre.

Fitzduane machte sich auf ein ähnliches »Haus der Jugend« wie in Zürich gefaßt, also auf ein schmutziges und verwahrlostes Fabrikgebäude mit Graffiti am Gemäuer und von den Spuren der letzten Krawalle gezeichnet: eingeworfene Fensterscheiben, leere Hülsen von Tränengasgranaten auf dem Straßenpflaster und ein paar nervöse Polizisten, die vor dem Haus Wache schoben.

In Bern erwartete ihn jedoch eine Überraschung. Das Haus Taubenstraße Nr. 12 war ein solider, dreistöckiger Bau und stammte eindeutig aus dem neunzehnten Jahrhundert. Alles an ihm atmete Rechtschaffenheit, Wohlstand und Bürgerstolz. Doch in scharfem Kontrast zu der bourgeoisen Behäbigkeit hingen aus einem halben Dutzend der vorderen Fenster mit Spraydosen beschriftete Bettlaken, auf denen Parolen wie FREIHEIT, ANARCHIE und HASCH FÜR ALLE standen. Sinnigerweise ragte keine hundert Meter weiter die vielgeschossige, modernistische Streichholzschachtelarchitektur des Präsidiums der Bundespolizei in den Himmel.

Als Fitzduane fast den Eingang erreicht hatte, stürzte ein junges Pärchen ins Freie. Das Gesicht des Mannes war geschwollen, als hätte er bei einer Schlägerei den kürzeren gezogen, und aus seiner Nase lief Blut. Das Mädchen weinte. Die beiden rannten an Fitzduane vorbei und verschwanden in der kleinen Grünanlage auf der anderen Seite der Taubenstraße.

Die Haustür stand offen. Fitzduane klopfte, und als niemand kam, rief er, ob jemand da sei. Keine Antwort. Die Neugier war stärker als sein Argwohn. Er trat ein. Nach dem warmen, gleißenden Sonnenlicht draußen wirkte die Eingangshalle düster und kühl. Er blieb stehen, um sich an die veränderten Lichtverhältnisse zu gewöhnen.

Plötzlich wurde er am Arm gepackt, und eine nervöse Stimme fragte: »Polizei?«

Fitzduane schüttelte die Hand ab. Sie war schmutzig, und das Individuum, zu der sie gehörte, stank.

»Nein«, sagte Fitzduane.

»Engländer?« Der Kerl war klein, mickerig, ungefähr zwanzig Jahre alt. Er wirkte aufgeregt und durcheinander.

»Ire«, sagte Fitzduane. »Ich suche einen gewissen Klaus Minder. Ein Freund hat mir erzählt, daß er hier manchmal wohnt.«

Der Kerl zuckte zusammen. Er machte ein paar Schritte rückwärts und beäugte den Fremden mißtrauisch aus rotgeränderten Augen. Mit zitterigen Bewegungen kramte er eine selbstgedrehte Zigarette aus der Tasche und versuchte sie anzuzünden, aber er zitterte so stark, daß es ihm nicht gelang. Fitzduane trat vor und hielt sein Handgelenk fest, bis der mit Marihuana durchsetzte Tabak brannte. Das Handgelenk war dünn und zerbrechlich. Der junge Mann atmete den Rauch tief ein. Sein Gesicht entspannte sich ein wenig. Er sah Fitzduane durchdringend an.

»Sie müssen uns helfen«, sagte er. »Gleich.«

Fitzduane lächelte. »Gern, wenn es schnell geht und ihr nichts Illegales von mir verlangt. Wo brennt es denn?«

Der andere beugte sich vor. Er sah noch schlimmer aus als er roch, aber seltsam, von ihm ging etwas Flehendes, Beschwörendes aus, dem man sich nicht ohne weiteres entziehen konnte. »Da oben ist ein Holländer, er heißt Jan van der Grijn, und er macht Stunk. Wenn Sie raufgehen, hört er auf, weil Sie nicht dazugehören.«

»Warum führt er sich so auf?«

Der junge Mann zuckte mit den Achseln und blickte zu Boden. »Er hat vor ein paar Tagen hier übernachtet, und später hat er dann entdeckt, daß ihm was von seinem Stoff fehlt. Da ist er zurückgekommen, um rauszufinden, wo das Zeug geblieben ist. Er behauptet, einer von uns hätte ihn beklaut und bedroht jetzt alle, die an dem Tag, als er hier übernachtet hat, im Haus waren.«

»Warum gehen Sie nicht zur Polizei?«

»Wir wollen hier keine Polizei. Mit den Bullen haben wir genug Scherereien gehabt.« Der nach Marihuana riechende Rauch zog in Schwaden durch die Halle.

»Scherereien? Wieso?« fragte Fitzduane und überlegte, daß er sich wohl am besten absetzte.

Der junge Bursche zupfte an seinem Ärmel. »Kommen Sie mit!« bat er. »Dann erzähle ich Ihnen was über Klaus.«

Widerstrebend ging Fitzduane hinter ihm die Treppe hinauf. »Wie heißen Sie?« fragte er.

»Ivo«, antwortete der Kerl, stieß die Tür zum zweiten Stock auf und trat beiseite. Von irgendwoher drangen unterdrückte Schmerzensschreie an Fitzduanes Ohr, aber er trat trotzdem ein. Das hätte er lieber nicht tun sollen. Krachend fiel die Tür hinter ihm ins Schloß.

Seine Nase sagte ihm, daß Ivo neben ihm stand. »Der Holländer ist mit zwei Freunden zurückgekommen«, hörte er ihn sagen. »Die beiden da drüben mit den Lederjacken.«

»Danke für die Auskunft, aber das hätten Sie mir ein bißchen früher sagen sollen«, sagte Fitzduane. Ehe er wußte, wie ihm geschah, nahm ihn jemand, der hundsgemein aus dem Mund roch, in den Schwitzkasten, drückte einen spitzen Gegenstand gegen seine Nierengegend und sagte ihm etwas ins rechte Ohr, das er nicht verstand.

Ein Hüne in einer Lederjacke ließ von einem blonden Jüngling ab, den er mit den Fäusten bearbeitet hatte und der von einem ähnlich hünenhaften Kumpel festgehalten wurde. Er trat auf Fitzduane zu, holte aus und schlug ihn mit ganzer Kraft in den Bauch. Fitzduane ging in die Knie. Ihm war speiübel, und er spürte eine Mordswut in sich aufsteigen.

Kurt Siemann von der Berner Kriminalpolizei, nicht gerade ein Liebling seines Chefs, was den für ein reiferes Alter von siebenundvierzig Jahren zu niedrigen Dienstgrad erklärte, war sich nicht schlüssig, ob er Fitzduane ins Haus der Jugend folgen sollte oder nicht.

Seine Dienstanweisung war knapp: im Auge behalten, notfalls zu seinem Schutz eingreifen, nicht belästigen. Siemann empfand das als widersprüchlich. Folgte er Fitzduane in das Haus der Jugend, konnte ihm das als »Belästigung« ausgelegt werden. Doch da die Berner Polizei noch nicht mit Geräten ausgerüstet war, die es erlaubten, durch Mauern zu sehen, konnte er die Anweisung »im Auge behalten« nur teilweise befolgen. Die Sache wurde noch dadurch verkompliziert, daß die derzeitige Taktik der hiesigen Polizei darauf hinauslief, Abstand zum Haus der Jugend zu wahren

– eine Politik, mit der der Beamte Siemann nicht einverstanden war: Am liebsten hätte er sich die Nahkampfmontur angezogen und gewissen Typen mit dem Schlagstock einen Scheitel gezogen.

Nach reiflicher Überlegung entschied Siemann, daß es wahrscheinlich besser war, draußen zu bleiben, die Tulpen anzustarren und Fliegen zu zählen. Wenn ich mich ein bißchen auf den Rasen setze, sagte er sich, dann schadet das bestimmt niemandem. Ein paar Minuten später ließ er sich ins Gras sinken und verschränkte die Hände hinter dem Kopf.

Es wäre wohl ungerecht zu behaupten, daß der Kriminalbeamte Siemann sanft entschlummerte, aber wenn man ihn später gefragt hätte, hätte er zugeben müssen, daß er ein kleines Nickerchen gemacht hatte.

Der Bär bemühte sich, in seiner Brieftasche Ordnung zu halten und jedem Papier einen festen Platz zuzuweisen, aber irgendwie klappte es nicht. Geldscheine, Kreditkarten, Notizzettel, Quittungen, Dienstausweise, Rechnungen, Briefe und sonstige Schriftsachen unterschiedlichster Art schienen sich eigenwillig und ohne erkennbares Ordnungsprinzip von einem der zahllosen, stets vollgestopften Seitenfächer in das andere zu schummeln. Es war zum Auswachsen. Manchmal fragte sich der Bär besorgt, was passieren würde, wenn er in einer kritischen Situation seinen Dienstausweis nicht finden könnte, aber zum Glück machte sich das gute Stück nicht so gern selbständig wie andere Dokumente.

Vergeblich hatte der Bär versucht, eine Lösung für dieses Problem zu finden. Immerhin hatte er im Lauf der Jahre eine Methode entwickelt, die es ihm erlaubte, die anarchischen Zustände in seiner Brieftasche einigermaßen im Griff zu behalten. Einmal in der Woche vollzog er das Ritual, nicht nur seine Brieftasche, sondern überhaupt alle Taschen zu entleeren, den Inhalt auf dem Schreibtisch auszubreiten und zu sortieren.

Als er diesmal in dem Durcheinander das Foto des Motorradfahrers entdeckte, das der Ire ihm mit der Bitte um Überprüfung gegeben hatte, entfuhren ihm ein paar deftige Flüche, zuerst auf Schwyzerdütsch und dann auch auf Romansch. Er griff zum Telefon.

Der Computer, in dem die amtlichen Kennzeichen aller Schweizer Kraftfahrzeuge gespeichert waren, ließ mit der Antwort nicht lange auf sich warten. Das Motorrad war auf einen gewissen Felix Krane mit Wohnsitz in Lenk zugelassen. Der Bär rief in der Einsatzzentrale an und erfuhr, daß der Beamte, der Fitzduane beschattete, vor acht Minuten per Funk einen routinemäßigen Zwischenbericht durchgegeben hatte: Der Ire habe das Haus der Jugend betreten.

Der Bär überlegte, daß es vielleicht eine gute Idee war, die eigene Schludrigkeit wettzumachen, indem er Fitzduane die Information über den Motorradfahrer unverzüglich zukommen ließ. Er warf einen Blick auf seinen chaotischen Schreibtisch, fluchte nochmals, fischte sich das Notwendigste aus dem Sammelsurium heraus und stopfte den Rest in die Schublade. Dann machte er sich zu Fuß auf den Weg zu dem nur wenige Minuten entfernten Haus der Jugend.

Eine Hand packte Fitzduane unter dem Kinn und riß seinen Kopf brutal nach hinten. Van der Grijn, der über ihm stand, starrte ihn sekundenlang an, dann zog er die Hand mit einem Grunzlaut zurück und sagte: »Nein, der war es nicht.« Er gab den anderen beiden Kerlen auf holländisch einen Befehl. Sie stellten ihn auf die Füße, und einer tastete rasch, aber gründlich seine Kleidung ab. Die Schultertasche mit der Fotoausrüstung und der kleine Stativkoffer lagen unbeachtet ein Stück weiter weg auf dem Fußboden.

Aus den Augenwinkeln sah Fitzduane Ivo, der seitlich neben ihm stand. Der weiß bestimmt mehr, als er sich anmerken läßt, dachte er. Als Fitzduane den Blick von dem schmächtigen Bürschchen zu den vierschrötigen Gestalten der drei Holländer wandern ließ, mußte er immerhin zugeben, daß es dem kleinen Kerl offenbar nicht an Mut fehlte. Er hatte gewußt, was ihn hier oben möglicherweise erwartete und hätte sich einfach davonmachen können, aber er hatte die Gefahr nicht gescheut und statt dessen versucht, die Lage in den Griff zu bekommen.

Van der Grijn trat ein paar Schritte zurück und stellte sich so, daß er Fitzduane im Auge behalten konnte, während der Holländer, der ihn abgetastet hatte, seine Taschen durchsuchte, in der rechten Hand ein Bundeswehrmesser, dessen leicht ölig glänzende Klinge sichtlich schon oft den Schleifstein zu spüren bekommen hatte. Die Spitze zielte mal auf Fitzduanes Hals, mal auf die Herzgegend.

Fitzduane rührte sich nicht. Der Kerl zog ihm die Brieftasche aus dem Jackett, reichte sie van der Grijn und trat wieder hinter Fitzduane. Im stillen verpaßte Fitzduane ihm den Spitznamen »der Stecher«. Er schätzte, daß der Stecher etwa zwei Meter hinter ihm stand. Fitzduane hatte also ein bißchen mehr Spielraum als vorher.

Van der Grijn durchsuchte die Brieftasche, steckte das Bargeld und die Kreditkarten ein, beäugte Presse- und sonstige Ausweise. Fitzduane nutzte die Gelegenheit, um sich in dem großen, rechteckigen Raum umzusehen. Das Mobiliar bestand lediglich aus einem langen Holztisch, zwei Polstersesseln, die schon bessere Zeiten erlebt hatten, und zwei Stühlen mit gerader Rückenlehne. An den Wänden gab es keinen Quadratzentimeter, der nicht mit Zeichnungen, Slogans und Graffiti bemalt war. Durch ein kleines und ein großes Fenster in der hinteren Querwand strömte das Tageslicht herein.

An den Längswänden stand etwa ein Dutzend Personen beiderlei Geschlechts aufgereiht, die meisten um die zwanzig Jahre alt, aber es waren auch ein paar ältere Semester dabei. Vier von den jüngeren waren offenbar brutal verprügelt worden. Ein Junge lag am Boden, eine blutige Hand über den Augen, unter dem Kopf eine Blutlache.

»Sie sind also Fotograf«, sagte van der Grijn. Wie viele Holländer sprach er fast akzentfrei Englisch, aber er zog jedes Wort in die Länge, und seine Stimme hatte einen harten, gemeinen Klang. Fitzduane registrierte, daß der zweite Schläger etwa fünf Meter entfernt an einem der Fenster stand und von dort den ganzen Raum überblicken konnte. Als der Mann seine Haltung veränderte, war unter seiner Achsel kurz ein Halfter mit einem großkalibrigen Revolver zu sehen. Auf seinem Gesicht lag ein amüsierter Ausdruck. Das Ganze schien ihm Spaß zu machen. Er war untersetzter als van der Grijn, und der Figur nach zu schließen machte er Bodybuilding.

Gegen die drei habe ich schlechte Karten, überlegte Fitzduane.

Selbst wenn er mit van der Grijn und dem Stecher fertig wurde, blieb ihm nicht genug Zeit, um an den Dritten heranzukommen, bevor dieser – er taufte ihn kurzerhand »Ballermann« - auf ihn schoß. Die anderen Leute im Raum sahen so aus, als hätte man ihnen alle Lust auf eine Heldentat gründlich ausgetrieben. Blieb noch Ivo, aber der brachte auch nicht viel auf die Waage. Alles in allem ein ungünstiges Kräfteverhältnis.

Van der Grijn schob auch Fitzduanes Ausweise in die Tasche. »Wirklich praktisch, so was«, sagte er. »Leute wie Sie brauchen nur irgendein Kärtchen zu zücken, schon gehen alle Türen auf.«

Fitzduane hatte das sichere Gefühl, daß jedes Wort zuviel war, aber er hatte seinen Stolz und wollte sich nicht widerspruchslos so behandeln lassen.

»Geben Sie mir meine Papiere wieder«, sagte er ruhig.

Van der Grijn antwortete nicht gleich, aber sein Gesicht lief vor Wut rot an. Fitzduane hatte den Eindruck, daß der Kerl unter der Wirkung einer Droge stand und sich in seinem Handeln nicht vom Verstand leiten ließ. Er wippte leicht hin und her. Fitzduane machte sich auf einen Faustschlag gefaßt und spannte die Bauchmuskeln. Der Holländer am Fenster grinste.

Van der Grijn griff unter seine Jacke, zog eine langläufige Browning Kaliber 9 mm aus dem Schulterhalfter und entsicherte sie. Blitzschnell brachte er die Waffe dicht vor Fitzduanes Nase in Anschlag, indem er den Kolben wie ein Nahkampfprofi mit beiden Händen umklammerte.

Fitzduane konnte das Waffenöl riechen und in die dunkle Mündung hineinsehen. Der Lauf zitterte leicht. Er sagte sich, daß der Holländer bestimmt nicht so verrückt war, ihn in einem Raum voller Augenzeugen und nur einen Steinwurf entfernt vom Polizeipräsidium abzuknallen, nur um sich zu beweisen, was für ein toller Macho er war. Doch ein Blick in van der Grijns Augen belehrte ihn, daß dem Kerl alles zuzutrauen war. Er mußte schnell etwas unternehmen, wenn er sein Leben retten wollte. Als er die Lippen befeuchtete, um etwas zu sagen, brachte der Holländer die Pistole mit einem Ruck noch näher an Fitzduanes Gesicht heran, so nahe, daß sie seine Haut streifte.

Alle Augen waren auf sie gerichtet. Ein bärtiger Mann, der an einer der Längswände stand und den sich die Schläger anscheinend noch nicht vorgeknöpft hatten, bückte sich unauffällig und tat, als wollte er einen vom langen Stehen verkrampften Wadenmuskel massieren, aber in Wirklichkeit zog er mit zwei Fingern eine Beretta aus dem Stiefelschaft. Niemand schien es zu bemerken.

Fitzduane hätte am liebsten sofort etwas unternommen, aber er beherrschte sich: Van der Grijn brauchte nur den Finger zu krümmen, um ihm das Gehirn aus dem Schädel zu blasen. Verdammt, etwas mußte aber geschehen! Der Holländer und seine beiden Kumpane würden bestimmt nicht von allein zur Räson kommen. Sie waren high und im Machtrausch – aber sie hatten nicht gesehen, daß der Bärtige eine Beretta hatte. Fitzduane spürte, wie ihm der Schweiß von der Stirn in die Augen lief, aber er traute sich nicht, ihn abzuwischen.

Ein seltsam starrer Ausdruck trat in van der Grijns Augen, als er abdrückte.

Der Bär blickte eher amüsiert als verärgert auf den schlafenden Siemann hinab, als er den Knall hörte. Seine Nachsichtigkeit schlug im Bruchteil einer Sekunde in Wut um. »Aufwachen, Sie Penner!« fuhr er den Kripobeamten an und verlieh seinen Worten mit einem Fußtritt in die Rippen Nachdruck.

Das große Fenster im zweiten Stock des Hauses der Jugend zerbarst in tausend Splitter. Ein Stuhl flog in hohem Bogen auf die Straße und zerschellte auf dem Pflaster. Fast hätte er den Bär getroffen, der mit gezückter Dienstpistole auf den Hauseingang zusprintete. Siemann rutschte auf den Scherben aus, zog sich ein paar böse Schnitte zu und rannte blutend hinter dem Bär her, der schon im Inneren des Gebäudes verschwunden war.

Fitzduane verspürte einen stechenden Schmerz, als das Mündungsfeuer ihm die Wange versengte. Die Kugel streifte sein linkes Ohrläppchen und bohrte sich in das Mauerwerk.

»Blödes Arschloch!« brüllte Fitzduane. Schock, Wut und nackte Todesangst pumpten Adrenalin in seinen Kreislauf. Mit beiden Händen packte er van der Grijns Handgelenke und bog sie nach oben, zur Zimmerdecke. Der Holländer feuerte wieder und wieder, während er sich loszureißen versuchte. Glühendheiße Patronenhülsen flogen durch den Raum, Gips rieselte von der Decke, in die sich Geschosse bohrten.

Der Kerl mit dem Messer versuchte seinem Boß zu Hilfe zu kommen. Mit einem Satz war er bei den beiden, aber als er ausholte und zustach, wirbelte Fitzduane van der Grijn herum. Der Holländer krümmte sich zusammen, als die scharfe Klinge mühelos durch die Lederjacke in seinen Rücken eindrang, und stieß einen Schmerzensschrei aus.

Der Schläger, der am Fenster stand, hatte den Revolver aus dem Halfter gerissen. »Fallen lassen!« brüllte der Bärtige. »Polizei! Na los, mach schon, du Scheißkerl!« Dem Akzent nach war der Mann Amerikaner. Er war in die Hocke gegangen und zielte auf den Holländer am Fenster.

So schnell, wie man es ihm nicht zugetraut hätte, fuhr der Holländer herum, ließ sich gleichzeitig auf ein Knie fallen und schoß zweimal auf den Amerikaner. Eine Kugel ging daneben, die zweite traf ihn in den Bauch.

Auch der Amerikaner hatte abgedrückt, aber er hielt die Waffe zu hoch. Die Kugel verfehlte knapp den Kopf des Holländers, doch als der Amerikaner in den Bauch getroffen wurde, ließ er seine Beretta unwillkürlich sinken, und so trafen die nächsten fünf Schüsse aus seiner kleinen Pistole das Gesicht und den Hals des Holländers. Es war wie eine blutige Parodie auf die Zeremonie des Ritterschlags: Der Holländer kniete noch sekundenlang auf einem Bein, aus seinen Wunden quoll Blut, sein Kopf war vornübergeneigt, die Hand mit dem Revolver sank schlaff herab – und dann kippte er langsam zur Seite.

Der Holländer mit dem Messer war völlig entgeistert und durcheinander. Er ließ die Waffe in van der Grijns Rücken stecken und stürzte sich auf Fitzduane. Durch die Wucht des Angriffs wurde Fitzduane von dem Holländer getrennt, der noch immer die Automatik in der Hand hielt. Ihm war Gipsstaub in die Augen gefallen und die Wunde schmerzte höllisch, aber er war noch längst nicht kampfunfähig, sondern versuchte, auf Fitzduane zu zielen, der auf dem Fußboden mit dem Stecher rang.

Ivo, der einen der beiden Stühle durch das geschlossene Fenster geworfen hatte, damit draußen jemand auf die Vorgänge im Haus der Jugend aufmerksam wurde, packte den zweiten Stuhl und schleuderte ihn auf van der Grijn, aber er verfehlte ihn. Da machte Ivo einen Hechtsprung hinter den umgekippten Tisch, mitten hinein in ein Gewirr von Armen und Beinen, denn die anderen waren ihm zuvorgekommen und hatten sich schon dorthin geflüchtet. Van der Grijn, für einen Moment von Fitzduane abgelenkt, schoß Ivo zweimal hinterher. Eine Kugel traf die mit Graffiti bemalte Wand, die zweite durchschlug die Tischplatte und bohrte sich in den linken Oberschenkel einer siebzehnjährigen Ausreißerin aus Genf.

Die Tür flog auf. »Polizei!« brüllte der Bär.

Van der Grijn riß die Waffe herum, doch der Bär schoß ihn viermal in die Brust. Es waren Bilderbuchtreffer, und sie trafen den Holländer mit solcher Wucht, daß er rückwärts taumelte, aber er brach noch immer nicht zusammen. Wieder drückte der Bär ab, und auch der Kripobeamte Siemann eröffnete das Feuer. Van der Grijn kippte nach hinten, riß im Stürzen ein paar große, gezackte Scherben aus dem zertrümmerten Fenster und stürzte in die Tiefe, genau auf den schmiedeeisernen Zaun mit den lanzenförmigen Spitzen, die seinen Körper an mehreren Stellen durchbohrten.

Der Bär schlug den Holländer, der als einziger überlebt hatte, mit dem heißen Lauf seiner Waffe ins Gesicht. Der Mann ging mit gebrochenem Wangenknochen zu Boden und blieb stöhnend liegen. Während der Bär ihn flüchtig durchsuchte, preßte er ihm die Mündung der Pistole in den Nacken. »Keine Bewegung, du Arschloch!« herrschte er ihn an, und der Mann verhielt sich still. Ab und zu durchlief ihn ein Zittern. Dann stöhnte er leise. Die Pistole im Anschlag, legte der Bär ihm Handschellen an.

Siemann stellte den umgekippten Tisch auf die Beine. Zusammengekauerte Gestalten, die sich in Todesangst aneinandergeklammert hatten, lösten sich zögernd voneinander. Siemann reichte ihnen hilfreich die Hand, aber als er die erschrockenen Gesichter sah, wurde ihm bewußt, daß er noch die Pistole in der Faust hielt. Er schob sie in den Halfter und suchte nach ein paar tröstenden Worten. Dabei blickte er an sich herab und sah, daß er über und über mit Blut besudelt war. Er grinste, und die Züge der jungen Leute entspannten sich ein bißchen. Einer nach dem anderen standen sie auf, nur ein Mädchen rührte sich nicht. Aus einer Wunde in ihrem Schenkel quoll Blut. Siemann riß den Gürtel aus seiner Hose und band das Bein ab. Als er fertig war, bemerkte er, daß der Bär neben ihm stand und auf ihn hinabblickte. Der Bär fing seinen Blick auf, nickte und lächelte kurz. Er legte Siemann die Hand auf die Schulter und sagte: »Gut, Kurt, sehr gut.«

Siemann wußte nicht, was er sagen sollte. Er senkte den Blick und tätschelte mit seiner blutverschmierten Hand den Kopf des verletzten Mädchens. Zum ersten Mal in seinen fünfundzwanzig Dienstjahren hatte er nicht das Gefühl, einen Beruf wie jeden anderen auszuüben, und kam sich wie ein richtiger Kriminalbeamter vor, den alle ernst nahmen.

Der Bär half Fitzduane beim Aufstehen. »Wie ist es dazu gekommen?« fragte er.

»Ich will einen Besen fressen, wenn ich das weiß.« Er ging quer durch das Zimmer zu dem Bärtigen, der auf dem Boden lag, umringt von den anderen. Jemand hatte ihm eine zusammengefaltete Jacke unter den Kopf geschoben. Das Gesicht des Mannes war kreidebleich.

Fitzduane ließ sich neben ihm auf die Knie. »Keine Sorge, es wird alles wieder gut«, sagte er leise. »Ein verdammt guter Schütze sind Sie.«

Der Bärtige lächelte schwach. »Man muß was tun für sein Gehalt.« Seine Augen waren bereits leicht glasig.

»CIA?«

»Himmel, nein! Drogenfahndung. DEA.« Vor Schmerz verzog er das Gesicht.

»Gleich kommt Hilfe«, sagte Fitzduane. Er warf einen Blick auf den Unterleib des Bärtigen. Das großkalibrige Geschoß hatte anscheinend eine schreckliche Wunde gerissen und vielleicht sogar die Wirbelsäule getroffen. Der Amerikaner preßte die Hände an den Bauch, als wollte er seine Eingeweide daran hindern herauszuquellen. Fitzduane hätte am liebsten seine Hand gehalten oder sonst etwas für ihn getan, aber er hatte Angst, es dem Sterbenden nur noch schwerer zu machen.

Der Bärtige schloß die Augen, schlug sie aber nach einer Weile noch einmal auf. »Ich höre den Sanitätshubschrauber«, flüsterte er so leise, daß Fitzduane sich ganz nahe zu ihm hinbeugen mußte, um seine Worte zu verstehen. »Die Piloten, die solche Fronteinsätze fliegen, haben wirklich was in der Hose.« Er versuchte, das Knattern eines Helikopters nachzuahmen, und für einen Augenblick fühlte sich Fitzduane nach Vietnam versetzt und erinnerte sich an einen anderen Mann, der vor seinen Augen gestorben war, bevor die Sanitäter per Hubschrauber eintrafen.

Fitzduane hob den Kopf. Das Knattern, das jetzt von draußen hereindrang, stammte von einem echten Hubschrauber, der sich in einem Bogen auf das Haus der Jugend herabsenkte.

Der Bär sagte nach einem Blick auf den Amerikaner: »Er ist tot.« Genau wie er es mit Siemann getan hatte, legte er Fitzduane kurz die Hand auf die Schulter, sagte jedoch nichts. Fitzduane kniete noch immer neben dem Toten, dessen gefaltete Hände auf dem Bauch lagen, wie in Erwartung des olivgrünen Plastiksacks. Die blauen Augen waren offen. Fitzduane schloß sie, indem er behutsam darüberstrich, und stand auf.

Draußen vor dem Haus der Jugend dröhnte eine durch ein Megafon verstärkte Stimme: »Polizei! Legen Sie die Waffen nieder und treten Sie mit erhobenen Händen ins Freie!«

»Idioten!« schimpfte der Bär. »Die sind von drüben, aus dem Präsidium der Bundespolizei. Bestimmt hatten sie gerade Kaffeepause.«

Untersuchungsrichter Charlie von Beck trug zu seinem Kordanzug mit Weste ein cremefarbenes Hemd und eine große braune Samtfliege, die die Flügel hängen ließ. Der Polizeichef fand, daß er wie ein Überbleibsel aus einer Künstlerkolonie des neunzehnten Jahrhunderts aussah. Das blonde Haar trug er so lang, daß ihm immer wieder eine Strähne ins Gesicht fiel. Sein Vater, ein bedeutender Rechtsgelehrter, war Professor an der Berner Universität, und er selbst war nicht nur sehr wohlhabend, sondern hatte auch die richtigen Beziehungen und einen messerscharfen Verstand.

Alles in allem ein Mensch, den man eigentlich nur hassen kann, dachte der Kripochef und wunderte sich über sich selbst, denn er mochte Charlie von Beck.

»Tja, die Kriminalstatistik sieht dadurch nicht gerade besser aus«, sagte der Richter. »Aber Sie müssen zugeben, daß das alles zwar beunruhigend, aber auch furchtbar spannend ist.«

»Wie können Sie so darüber reden«, erwiderte der Kripochef. »Seit der kurzen Besetzung der Schweiz durch die Franzosen vor ungefähr zweihundert Jahren sind im ganzen Land nie so viele Menschen eines gewaltsamen Todes gestorben, und alles, was Sie dazu zu sagen haben, ist, daß sie es spannend finden. Ich kann mir jetzt schon die Schlagzeilen im *Blick* und anderen Revolverblättern vorstellen: BÜRGER ÜBER MORDSERIE BEUNRUHIGT ... POLIZEI RATLOS ...«

»Nehmen Sie's nicht so schwer«, riet der Untersuchungsrichter. »Zum Ausgleich wird *Der Bund* mit seiner sprichwörtlichen Zurückhaltung Artikel bringen wie: UNTERSUCHUNGSRICHTER ÜBER SCHWANKUNGEN DER KRIMINALSTATISTIK.«

»Nein, selbst das wäre denen noch zu sensationell«, spottete der Kripochef. »Einschließlich Oberst Hodden hat es bisher ja nur sieben Tote, zwei Schwerverletzte und acht Leichtverletzte gegeben.«

»Immerhin wissen wir, wie es zu der Schießerei im Haus der Jugend gekommen ist«, sagte Beck. »Ein paar Fragen sind noch offen, aber wir haben die Aussagen der meisten Beteiligten, und auch aus Amsterdam und von der DEA in Washington sind Stellungnahmen eingetroffen.«

»Mir wäre es lieber, wenn sich die Cowboys von der amerikanischen Drogenfahndung um ihren eigenen Dreck kümmern würden«, brummte der Kripochef.

»Seien Sie kein Spielverderber! Auf den ersten Blick scheint der Fall ganz klar zu sein: Van der Grijn hatte Heroin, und das wurde ihm im Haus der Jugend gestohlen. Deshalb rückte er mit zwei Schlägern an, um sich den Dieb vorzuknöpfen. Der Amerikaner von der DEA beschattete ihn. Als der Ire hereinspaziert kam, drehte der Holländer durch und die Hölle brach los.«

»Das hat es in Bern noch nie gegeben. Mir ist egal, was dahintersteckt. Ich will nur dafür sorgen, daß so was bei uns nie wieder passiert.«

»Tun Sie sich keinen Zwang an«, sagte Beck.

»Am meisten tut mir der arme Hodden leid. Wissen Sie, er war in der Armee eine Zeitlang mein Vorgesetzter.«

»Mein Vater hat auch unter ihm gedient.«

»Es gibt noch ein paar ungeklärte Fragen im Zusammenhang mit dem Haus der Jugend«, meinte der Kripochef. »Wer hat zum Beispiel van der Grijn das Heroin geklaut? Und warum? Will der Dieb es verhökern oder hatte er andere Motive? Was hatte der Ire dort zu suchen? Anscheinend reicht es ihm nicht, andere Leute von Brücken zu schubsen. Überall wo was faul ist, taucht er auf, als hätte er eine Nase dafür.« Der Kripochef brach ab und dachte kurz nach. »Muß der Bär mit Scherereien rechnen, weil er den Holländer abgeknallt hat?« fragte er schließlich.

»Nein, das glaube ich nicht. Was hätte er denn sonst tun sollen? Er hat die Lage richtig erfaßt und mußte unter Einsatz des eigenen Lebens blitzschnell handeln. Außerdem hat er ja keinen Einheimischen erschossen. Das hätte eine Menge Staub aufgewirbelt, egal wie die Umstände waren. Im Grunde ist das doch alles nur Schau.«

Der Polizeichef beäugte verstohlen die eindeutig von einem guten Schneider stammende Kleidung des Richters, der keine Gelegenheit verpaßte, um selber eine Schau abzuziehen. Auf jedem Foto trug er eine andere Fliege. Anscheinend achten Redakteure bei der Auswahl von Bildmaterial auf solche Details.

Der Kripochef versuchte sich zu konzentrieren. »Wird man ihm nicht vorwerfen, daß er im Dienst eine Magnum Kaliber 41 benutzt hat?«

»In den Medien macht es natürlich keinen guten Eindruck, wenn ein Polizist einen Verdächtigen mit einer großkalibrigen Kanone wie einer Magnum sechs Kugeln verpaßt, aber van der Grijn war ein mit Drogen vollgepumpter Hüne, und dem Vernehmen nach war er sogar nach dem vierten Schuß noch eine Bedrohung«, meinte Beck achselzuckend. »Ich an Heinis Stelle hätte genauso gehandelt und sogar nochmals abgedrückt.«

»Heini hat gesagt, er würde sich am liebsten eine Waffe mit

noch größerem Kaliber zulegen. Er findet es lachhaft, daß er sechsmal schießen mußte, bis der Kerl endlich erledigt war.«

»Ich kann es ihm nachfühlen«, sagte der Richter. »Was war noch mal Ihr erster Punkt?«

»Wer van der Grijn das Heroin geklaut hat.«

»Ach ja. Nun, alles weist auf diesen Ivo.«

»Ist er ein Dealer?«

»Das genaue Gegenteil. Er scheint das Zeug zu hassen. Angeblich vernichtet er alles, was er kriegen kann.«

Der Kripochef zog die Brauen hoch. »Seltsam. Was hat er ausgesagt?«

»Genau das ist das Problem. Er hat sich bei der Ballerei auf die Seite der Guten geschlagen – und als alles vorbei war, war er spurlos verschwunden.«

»Engel können das«, frotzelte der Polizeichef. »Womit wir bei dem Iren wären.«

»Hm, ja«, sagte der Untersuchungsrichter nachdenklich. »Kann sein, daß der Mann eine saubere Weste hat, aber es ist doch merkwürdig, daß er in unserer kleinen Mordserie irgendwie immer mit von der Partie ist.«

»Gilt das auch für den Mord an Klaus Minder und die Tote auf dem Schachbrett?«

»Ja, in gewisser Hinsicht schon. Laut BKA war die junge Frau die Komplizin von dem Mann, den Mister Fitzduane von der Kirchenfeldbrücke geworfen hat. Er hat sie auf einem Foto identifiziert, das uns das deutsche Bundeskriminalamt aus Wiesbaden geschickt hat. Sie war bei dem Anschlag auf ihn dabei und flüchtete, als er eine Schrotflinte auf sie richtete.«

»Und was ist mit Minder?«

»Da bewegen wir uns auf dünnerem Eis, aber die bisherigen Ermittlungen sind vielversprechend. Erstens: Die Gerichtsmediziner neigen zu der Ansicht, daß Minder und die junge Frau auf dem Schachbrett von demselben Täter zerstückelt worden sind. Zweitens: Minder und Ivo waren eng befreundet, und drittens -« Der Kripochef beugte sich erwartungsvoll vor, doch Beck ließ ihn zappeln. Er zog den Reißverschluß eines großen Lederetuis auf und wählte daraus sorgfältig eine Tabakpfeife aus.

»Weiter!« sagte der Kripochef ungeduldig.

»– drittens war Klaus Minder Rudolph von Graffenlaubs Busenfreund – und manchmal noch ein bißchen mehr.« Der Richter zog den Reißverschluß des Etuis bedächtig zu.

»Unser irischer Freund versucht anscheinend, den Tod des Jungen aufzuklären, und sein Vater unterstützt ihn dabei in jeder Hinsicht.«

»Damit wäre vorerst alles gesagt«, schloß Beck. »Der Rest ist Kleinkram.« Er machte eine großspurige Geste. »Sie können es in den Akten nachlesen.«

»Aber Sie haben doch sicher schon eine Theorie?«

»Nein, absolut nicht. Dieser Fall ist so kompliziert, daß es vielleicht Jahre dauert, bis er abgeschlossen ist.«

»Sie haben den Ruf, wer weiß wie clever zu sein.«

»Bin ich auch«, sagte der Richter, »aber was ist, wenn die Bösen genauso clever sind?«

Das Telefon auf dem Schreibtisch des Kripochefs klingelte. Seufzend hob er ab, hörte zu, stellte eine kurze Frage und wandte sich dann Beck zu.

»Sie haben die andere Hälfte von der Schachbrettdame gefunden – in einem Plastiksack auf dem Gelände der sowjetischen Botschaft. Die Russen sind total aus dem Häuschen. Sie beschuldigen die CIA, das angezettelt zu haben, um sie in Verlegenheit zu bringen.«

»Sagen Sie ihnen, wir seien ein neutrales Land und würden den Amerikanern genausowenig trauen wie ihnen.« Von Beck stand auf, um zu gehen. »Jetzt brauchen wir nur noch Minders männliche Teile zu finden.«

»Und Ivo«, fügte der Kripochef hinzu.

Kadar arbeitete sich durch einen Stapel medizinischer Fachbücher. Er hatte solche Kopfschmerzen, daß er glaubte, der Schädel würde ihm gleich platzen. Der Fernschreiber fing schon wieder an zu rattern und machte alles noch schlimmer. Kadar stand auf, schluckte zwei starke Schmerztabletten und spülte sie mit einem Schluck Cognac hinunter. Dann dechiffrierte er das Telex.

Allmählich wichen die Kopfschmerzen einem erträglichen Pochen. Er hatte sich in die medizinische Fachliteratur vertieft, weil er vermutete, daß er an irgendeiner psychischen Anomalie litt. Zwar war er weit von einer fundierten medizinischen Diagnose entfernt, doch laienhaft ausgedrückt gab es Anzeichen, daß er drauf und dran war, verrückt zu werden. Allein schon beim Gedanken daran hatte er Visionen von verzerrten Fratzen, sabbernden Idioten, vergitterten Fenstern, Zwangsjacken und Gummizellen. Nein, das war zuviel, er durfte sich solche Vorstellungen nicht erlauben. Wahrscheinlich war der dauernde Streß daran schuld, daß er so unvernünftig handelte und Dinge tat, die nicht zu seinem Charakter paßten, nicht bewußt geplant waren und so gut wie überhaupt nicht in seinem Gedächtnis haften blieben.

Er machte sich große Sorgen um sich und freute sich, daß er bald alles hinter sich haben würde. Dann müßte er nicht mehr unter der Bürde einer Doppelexistenz leben, falls sein Leben überhaupt auf eine so simple Formel gebracht werden konnte. In Wahrheit war sein Dasein nicht nur in zwei Teile gespalten, sondern er mußte seit langem ständig das komplizierte Kunststück vollbringen, in die Rollen einer Vielzahl von Personen zu schlüpfen. Deshalb durfte er sich nicht über gewisse Abweichungen von der Normalität wundern, die im übrigen auch durchaus ihr Gutes hatten. Es war, als würde er Dampf ablassen, auf natürliche Weise Spannungen abbauen und sich durch Exzesse innerlich reinigen. Nein, das war es nicht, was ihm Sorgen machte, sondern die Phasen von Gedächtnisschwund. Er, ein Mensch mit der erstaunlichen Fähigkeit, andere Personen so zu manipulieren und zu beherrschen, daß sie ihr Leben in seine Hand legten, mußte nun gegen die nagende Furcht ankämpfen, er könnte dabei sein, die Kontrolle über sich selbst zu verlieren. Beim Gedanken daran drohte die Angst in Panik umzuschlagen.

Die Sache mit dem Mädchen auf dem Schachbrett hatte ihm vor Augen geführt, daß er etwas unternehmen mußte, um sich wieder selbst in die Gewalt zu bekommen. Leichtsinnig und wohl auch ein bißchen exzessiv hatte er sich zwar schon öfters benommen, beispielsweise als er diesen hübschen Burschen Klaus Minder umbrachte, doch hatte er in solchen Fällen das rationale Argument zur Hand gehabt, daß ein Mensch mit seinen ausgefallenen sexuellen

Bedürfnissen dergleichen brauchte. Esther zu töten war reine Routine beziehungsweise eine disziplinarische Maßnahme gewesen. Das Problem lag nicht darin, daß er andere Menschen getötet hatte und auf welche Weise, sondern daß er aus unerfindlichen Gründen die Aufmerksamkeit auf sich gelenkt hatte, indem er die obere Hälfte der jungen Frau auf das Schachbrett im Rosengarten gestellt hatte – ganz zu schweigen von der Tatsache, daß er ihren Unterleib in der sowjetischen Botschaft deponiert hatte.

Legte er es etwa unbewußt darauf an, geschnappt zu werden? War das eine Art indirekter Hilferuf? Verdammt, hoffentlich nicht! Er hatte sich nicht zwei Jahrzehnte lang abgerackert, um sich jetzt von seinem Unterbewußtsein einen Strich durch die Rechnung machen zu lassen. Das Ärgerliche an der Kindheit war, daß man von allem und jedem geprägt wurde: von den Eltern, von religiösen Spinnern, von der verlogenen Reklame im Fernsehen, von einem Schulsystem, das einen zur Anpassung zwang und so die angeborenen Neigungen und Talente zuschüttete.

Kadar sagte sich, daß er Glück gehabt hatte. Von klein auf hatte er ein Gespür für die Schattenseiten des Lebens besessen, für Lüge, Verdorbenheit und Heuchelei. Er hatte begriffen, daß er nur einen einzigen Freund hatte, der ihm treu ergeben war und ihn durchs Dasein führen konnte: sich selbst. Macht und Kontrolle waren die Schlüssel zu allen Dingen, das stand schon bald für ihn fest. Deshalb hatte er sich eiserne Selbstdisziplin auferlegt, sich ganz in sich selbst zurückgezogen und nie wieder etwas von seinem Innenleben preisgegeben. Gleichzeitig hatte er nach außen hin scheinbar die Spielregeln der anderen Menschen befolgt.

Er ließ sich im Sessel zurücksinken und machte sich an die längst zu einem Ritual gewordene Konzentrationsübung, das Bild von Dr. Paul heraufzubeschwören, denn er brauchte dringend jemanden, dem er sich anvertrauen konnte. Doch Stunden später mußte er sich schweißgebadet eingestehen, daß er versagt hatte. Das lächelnde Gesicht des Arztes hatte nicht erscheinen wollen. Und die Kopfschmerzen waren zu einer handfesten, höllischen Migräne ausgeartet.

Mutterseelenallein in seiner schalldichten Behausung schrie sich Kadar die Kehle aus dem Leib.

Kapitel 18

Der Bär saß in einem Einzelzimmer von Berns ultramodernem Insel-Hospital und wartete darauf, daß ein junger Mann starb, den seine Freunde und Bekannten den Affen genannt hatten. Sein noch vor kurzem männlich-schönes Gesicht war vom Scheitel bis zum Hals bandagiert. Der Bär hatte gesehen, wie es darunter aussah. Der Anblick war so schrecklich gewesen, daß ihm fast übel geworden war. Allem Anschein nach hatte der Täter eine scharfgeschliffene Kette verwendet, möglicherweise von einem Motorrad. Nase, Zähne und manches andere waren zerschmettert, und wo früher das Gesicht gewesen war, gab es nur noch nackte Knochen.

Der Affe murmelte unverständliche Laute, die automatisch von einem Tonbandgerät aufgezeichnet wurden. Das winzige Mikrofon hatte man an einen der vielen Schläuche angeschlossen, die das Leben des Affen ein wenig verlängert hatten, es aber nicht retten konnten.

Auf der anderen Seite des Krankenbetts saß ein uniformierter Polizist mit einem Notizblock in der Hand. Als der Affe ein röchelndes Geräusch von sich gab, beugte er sich vor und ging mit dem Ohr ganz nah an das von Binden umgebene Loch heran, das der Mund des Affen gewesen war. Das Verbandszeug war von frischem Blut durchtränkt. Der Polizist, dessen Gesicht sehr blaß war, schüttelte den Kopf. Er machte keine Notiz.

Das Keuchen und Röcheln steigerte sich zu ersticktem Husten. Ein Arzt und eine Krankenschwester kamen in den Raum geeilt. Während sie sich um den Sterbenden kümmerten, blickte der Bär geistesabwesend aus dem Fenster.

»Das wär's«, sagte der Arzt und ging zum Waschbecken in einer Ecke des Zimmers, um sich die Hände zu waschen. Die Krankenschwester zog das Laken über den Kopf des Toten.

Der Bär zupfte das Mikrofonkabel aus dem Gewirr von Schläuchen und Leitungen, nahm die Kassette aus dem Recorder und brach die kleinen Plastikquadrate an der Rückseite heraus, um ein versehentliches Überspielen zu verhindern. Dann schob er die Kassette in einen Briefumschlag, den er zuklebte, adressierte und dem Polizisten gab.

»Hat er was gesagt?« erkundigte sich der Arzt.

»Hat er, aber nicht viel«, sagte der Bär. »War ja auch nicht viel übrig von seinem Mundwerk.«

»Aber Sie wissen jetzt, wer es getan hat?«

»Sieht so aus.«

»Ist es immer so?« fragte der Polizist. »Ich meine das Geräusch, wenn einer stirbt.« Er war noch jung und wirkte nicht sehr abgehärtet.

Die hätten mir lieber einen anderen schicken sollen, dachte der Bär. Aber irgendwann haben wir da alle durchgemußt. »Nein, nicht immer«, sagte er, »aber ziemlich oft. Es wird nicht umsonst Todesgeröchel genannt.« Er zeigte auf die Kassette in dem Kuvert. »Bringen Sie das bitte zu Untersuchungsrichter Beck. Ein bißchen frische Luft wird Ihnen guttun.«

Später ging er in den Bärengraben, um eine Kleinigkeit zu essen und über alles nachzudenken. Es würde keine Stunde mehr dauern, bis der Haftbefehl gegen Ivo ausgestellt wäre. Diesmal stand ihm keine routinemäßige Vernehmung bevor. Nein, der kleine Idiot mußte nach dem derzeitigen Stand der Ermittlungen mit einer Anklage wegen Mordes rechnen.

Der Affe war nicht an seinen Kopfwunden gestorben, nachdem man ihm das Gesicht so furchtbar zugerichtet hatte, sondern in einen Lieferwagen gelaufen, als er in heller Panik durch die Straßen am Hauptbahnhof gerannt war. Ob Ivo, der die Motorradkette geschwungen und folglich die Panik des anderen ausgelöst hatte, sich des Mordes oder Totschlags schuldig gemacht hatte, das zu entscheiden lag bei den Juristen. Welcher Teufel mochte ihn geritten haben, daß er eine solche Tat begangen hatte? Bisher hatte es in seinem Vorstrafenregister kein einziges Gewaltverbrechen gegeben, und der Bär hätte bis zum heutigen Tag wer weiß wieviel Geld darauf gewettet, daß Ivo sich niemals zu so etwas hergeben würde. Trotzdem – der Affe hatte ohne jeden Zweifel die Wahrheit gesagt. Ivo hatte es getan. War Ivo sich darüber im klaren gewesen, was für einen Schaden er anrichtete, als er derartig mit der Kette dreinschlug? Wahrscheinlich nicht, aber das würde ihm vor Gericht nicht viel nützen. Wer weiß, ob der eine längere Gefängnisstrafe überlebt, fragte sich der Bär zweifelnd.

Der Affe hatte größtenteils unzusammenhängendes Zeug gebrabbelt, aber für ein paar kurze Augenblicke war er auch bei klarem Verstand gewesen. Der Bär erinnerte sich vor allem an diese Worte: »... und da hab ich sie ihm gegeben – ja, das hab ich, ehrlich. Aber er hörte einfach nicht auf. Er ist verrückt. Ich hab sie ihm gegeben...« Was hatte das zu bedeuten? Was meinte der Affe mit »sie«?

Der Bär ließ sich das Essen schmecken. Zwischendurch notierte er sich auf der Papierserviette, was der Affe vielleicht hatte sagen wollen, doch als er eine kleine Liste von Möglichkeiten beisammen hatte, mußte er aufhören, um sich die Soße aus dem Schnurrbart zu wischen. Daß der Affe nicht mehr unter den Lebenden weilt, ist für die Stadt Bern eher ein Segen, dachte der Bär. Aber Ivo tat ihm leid. Auch zum Kripochef schweiften seine Gedanken, und er beneidete ihn nicht um seinen Posten. Es hatte schon wieder einen Toten gegeben, und bestimmt war sein Vorgesetzter deshalb total aus dem Häuschen, auch wenn man diesmal wußte, wer der Täter war.

Es war Fitzduanes dritter Besuch in Simon Balacs Atelier, seit Erika von Graffenlaub die beiden Männer auf Kuno Gonschiors Vernissage miteinander bekanntgemacht hatte. Von Simon ging nicht jene schwelende, zornige Inbrunst aus, die für viele schöpferische Menschen so bezeichnend ist, und er hatte auch kein durch jahrelangen Mißerfolg angekratztes Selbstbewußtsein. Im Gegenteil, er war charmant und entspannt, würzte seine Rede mit geistreichen Pointen, hatte weite Reisen unternommen und wußte über so gut wie alles Bescheid. Kurz, ein angenehmer Gesellschaftsmensch.

Simon fuhr häufig weg, um sich anderswo Ausstellungen anzusehen oder künstlerische Anregungen zu holen, doch wenn er sich in Bern aufhielt, empfing er wochentags in der Mittagspause zwischen zwölf und zwei seine Freunde und Bekannten, um sich mit ihnen bei Tisch zu unterhalten. Den Rest des Tages verbrachte er in strenger Abgeschiedenheit hinter verschlossenen Türen und malte.

Plakate von Ausstellungen Balacscher Werke in Europa und

Amerika schmückten eine große Wand in der umgebauten, am unteren Ende der Wasserwerkgasse gelegenen Fabrikhalle. Angeblich war keines der Bilder für weniger als zwanzigtausend Dollar zu haben. Balac malte im Jahr allenfalls ein Dutzend, und manch eines verschwand nach dem Verkauf sofort in einem Banktresor – als gute Kapitalanlage. Seine Kunden aus Industrie und Finanz empfanden für seine kaufmännische Tüchtigkeit mindestens genauso große Bewunderung wie für seine künstlerischen Qualitäten.

Gesellschaftlich war er sehr gefragt. Ein guter Zuhörer, verstand er es, andere zum Reden zu bringen, sprach jedoch wenig über sich selbst. Fitzduane vermutete, daß er ein im selbstgewählten Exil lebender Amerikaner war, der vor langer Zeit nach Europa gekommen war, um in Paris, München und Florenz Kunst zu studieren, und den es dann wegen einer Frau nach Bern verschlagen hatte.

»Meine Affäre mit Sabine hat nicht lange gedauert«, hatte Balac einmal gesagt. »Dafür ist mein Verhältnis zu dieser Stadt um so stabiler. Bern ist treuer als jede Frau. Bern verzeiht mir meine kleinen Seitensprünge, weil ich immer hierher zurückkehre, nachdem ich die Reize einer anderen Stadt genossen habe. Für mich besitzt Bern die Attraktivität einer reifen Frau. Unschuld weckt die Lust auf Neues, Erfahrung steigert die Lust.« Er lachte, als wollte er zeigen, daß er seine Worte selber nicht ganz ernst nahm. Bei ihm wußte man nie so recht, wo er eigentlich stand. Nach außen hin war er warm und herzlich, aber hinter seiner humorvollen Art verbarg sich noch etwas anderes. Fitzduane machte gar nicht erst den Versuch dahinterzukommen. Er gab sich damit zufrieden, die Gastfreundschaft und Gesellschaft des Malers zu genießen. Außerdem hatte er manchmal Lust, einfach auszuspannen. Er war nun bereits seit drei Wochen in der Schweiz, und es war nicht nur eine anstrengende, sondern auch eine gefährliche Zeit gewesen. Abgesehen von Rudolph von Graffenlaubs Familie hatte er rund sechzig Personen befragt, um Licht in die Angelegenheit zu bringen. Das alles mochte interessant und eines Tages vielleicht sogar von Erfolg gekrönt sein, doch erholsam war es nicht.

Da war beispielsweise die Sprachbarriere. Die meisten Menschen, mit denen er zu tun hatte, sprachen gut Englisch, manche sogar ausgezeichnet, doch die Tatsache, daß Englisch nicht ihre Muttersprache war, bewirkte, daß die Gespräche mit ihnen trotzdem beschwerlich und umständlich waren. Untereinander verfielen sie gern in ihr eigenes Idiom, vor allem zu vorgerückter Stunde und unter Alkoholeinfluß. Der Bär hatte Fitzduane nahegelegt, ein bißchen Schwyzerdütsch zu lernen, doch er hatte erwidert, die meisten Iren beherrschten ja nicht einmal hinreichend die eigene Sprache. Deshalb sei ein solcher Versuch von vornherein zum Scheitern verurteilt.

Die Zahl der Teilnehmer an Balacs mittäglichen Tischgesprächen schwankte zwischen Null und mehreren Dutzend. Dabei spielten das Wetter, anderweitige Verpflichtungen und der nicht immer vorhandene Appetit auf eine frugale Mahlzeit eine Rolle. Der Hausherr beugte durch seine karge Küche der Gefahr vor, daß gewisse Leute seine Gastfreundschaft mit der Möglichkeit eines unterhaltsamen und obendrein kostenlosen Mittagessens verwechselten. Ihm lag an interessanten Gesprächen und angenehmer Gesellschaft, nicht an Schlemmerei und gepflegten Weinen. Deshalb gab es bei ihm kaltes Fleisch, Käse und Bier, und diese Kost wurde nur geringfügig variiert.

Dies war einer der ruhigen Tage, und da der Ire ziemlich spät erschienen war, sah er sich Balac zum ersten Mal allein gegenüber, denn die wenigen Gäste waren bereits gegangen.

»Unsere schöne Stadt gefällt Ihnen, nicht wahr?« fragte Balac. Er öffnete eine Flasche Gurten-Bier und trank direkt daraus. Fitzduane hatte den Verdacht, daß er tagsüber bei der Arbeit gern den Bohemien herauskehrte. Abends gab er sich weltmännisch gewandt. Ja, Balac hatte etwas von einem Schauspieler.

»Tja, ich bin immer noch hier«, sagte Fitzduane. Er nahm ein wenig von dem Bündnerfleisch.

»Haben Sie etwas über den armen Ruedi herausgefunden?«

»Sehr wenig.« Fitzduane füllte sein Glas. Er hatte lange, allzu lange in Ländern zugebracht, wo es kein Bier, keine Gläser oder sogar keines von beidem gab, um Augenblicke wie diesen nicht gebührend zu schätzen.

»Glauben Sie, daß Sie jemals mehr herausfinden werden? Wie hoch schätzen Sie die Möglichkeit ein, die Motive eines Menschen zu erforschen, der sich umgebracht hat, ohne einen Abschiedsbrief zu hinterlassen? Eigentlich kann man da doch nur spekulieren. Außerdem: Wozu soll das alles gut sein?«

»Ich glaube nicht, daß ich jemals die Wahrheit herausfinden werde«, sagte Fitzduane. »Vielleicht komme ich ihr nicht einmal nahe. Allmählich frage ich mich selbst, was das alles soll. Kann sein, daß ich Gespenster gesehen habe oder ein unangenehmes Erlebnis bewältigen wollte.« Er lächelte. »Wie Sie sehen, bin ich mir nicht einmal über meine eigenen Motive im klaren. Wie soll es da mit Ruedi besser klappen? Immerhin hat mir die Zeit hier gutgetan. Ein Tapetenwechsel kann manchmal wirklich nicht schaden.«

»Was Sie sagen, überrascht mich ein wenig«, sagte Balac. »Ich kenne Ihr Buch und weiß, daß Sie ein erfahrener Fotograf sind, der sich besonders gut mit dem Krieg auskennt. Der Anblick von Menschen, die eines gewaltsamen Todes gestorben sind, müßte für Sie doch eigentlich fast etwas Alltägliches sein.«

»Leider nicht.«

Das Gespräch verlagerte sich auf Kunst und dann auf ein Thema, das der Zuwanderer Balac besonders schätzte – die Besonderheiten von Gastländern, in diesem Fall der Schweiz und ihrer Bewohner, genauer noch: der Bürger von Bern. Balac verfügte über einen schier unerschöpflichen Schatz an Witzen und Anekdoten über die Einheimischen.

Kurz vor zwei Uhr stand Fitzduane auf. »Es ist fast wie in dem Märchen von Aschenputtel«, scherzte er. »Sie mußte immer um Mitternacht aufbrechen, weil sie sich dann verwandelte und nicht wollte, daß man herausfand, wer sie wirklich war. Wollen Sie mir nicht verraten, was hier passiert, sobald Sie die Tür hinter mir geschlossen haben?«

Balac lachte. »Sie haben den falschen Vergleich gewählt. Nachdem ich den Zaubertrank in Form von einem Liter Bier getrunken habe, verwandele ich mich vom geselligen Gastgeber in einen besessenen Maler, wie Dr. Jekyll in Mister Hyde.«

Fitzduane betrachtete das großformatige Gemälde, das die gegenüberliegende Wand beherrschte. Er war kein Kunstexperte, aber er würde den Stil als Mischung aus surreal und abstrakt bezeichnen – zwei Begriffe, die Balac für sein Werk nicht gelten ließ. Unbestreitbar ging von dem Bild eine machtvolle Wirkung aus. Es stellte Leid, Gewalt und Schönheit in einen verblüffenden Zusammenhang. Balac war zweifellos ein begabter Maler.

Als Fitzduane das Haus verließ, mußte er innerlich lachen. Er hörte das Klicken mehrerer elektronischer Schließvorrichtungen, und ihm entgingen auch nicht die TV-Kameras über dem Eingang. Kein Wunder bei zwanzigtausend Dollar pro Bild, dachte er. Ein Maler wie van Gogh hatte solche Sicherheitsvorkehrungen nicht nötig gehabt.

Er machte einen kleinen Schaufensterbummel. Es war Ostern. Beim Anblick all der bunten Eier und Schokoladenhasen mußte er an Etan denken. Er sehnte sich nach ihr.

Fitzduane sah zu, wie der Learjet mit dem Hoheitszeichen der irischen Regierung ausrollte. Als einziges amtliches Beförderungsmittel dieses Typs war es eigentlich Ministern und ähnlich hohen Tieren vorbehalten, aber Kilmara verstieß gern gegen solche Regeln, das wußte Fitzduane.

»Die Schweizer wollten ein Empfangskomitee schicken«, sagte Kilmara nach der Begrüßung. »Wirklich aufmerksame Leute sind das. Aber ich habe abgewinkt und gesagt, daß ich lieber erst mit dir reden will.« Er blickte zum Himmel auf. »Mein Gott, was für schönes Wetter ihr hier habt! Bei uns regnete es beim Abflug Bindfäden. Ich glaube, ich wandere aus und werde auf meine alten Tage Bankier.«

»Du bist doch bestimmt nicht hierher geflogen, um mir frohe Ostern zu wünschen«, meinte Fitzduane.

Kilmara grinste. »Das verspricht ein interessantes Osterfest zu werden.«

Sie fuhren von Belpoos, Berns kleinem Flughafen, direkt zu Fitzduanes Wohnung. Zwei nicht als Polizeifahrzeuge zu erkennende Wagen folgten ihnen, und später, als sie sich in dem Appartement unterhielten, bewachten mehrere Polizisten mit automatischen Waffen den Hauseingang. Auch der Learjet in Belpoos wurde von Bewaffneten abgesichert. Vor dem Rückflug war eine gründliche Durchsuchung vorgesehen, als Vorbeugung gegen ein

Sprengstoffattentat. Auf dem Schreibtisch des Chefs der Berner Kriminalpolizei türmten sich schon genug unerfreuliche Akten. Ein Anschlag auf den Kommandeur der irischen Rangers hätte ihm gerade noch gefehlt.

»Vergiß nicht, daß die Rangers nicht den Auftrag haben, Ermittlungen durchzuführen«, sagte Kilmara mit spöttischem Lächeln. »Unsere Einheit soll nur kräftig zuschlagen, wenn es dem Wohl des Staates dient. Um öffentlich in Erscheinung zu treten, gelten wir als nicht koscher genug. Die eigentliche kriminalistische Arbeit ist Sache der Polizei. Natürlich legen wir unsere Richtlinien großzügig aus und haben unsere eigenen Kontakte, aber wenn es darum geht, direkt einzugreifen, sind unsere Möglichkeiten begrenzt.« Sein Gesicht verfinsterte sich. »Das kann verdammt frustrierend sein.«

»Wie war die amtliche Reaktion auf den Videofilm?« Der Colonel hatte ihm den Film gezeigt, und Fitzduane war nicht gerade erfreut darüber, daß auf seiner Insel Leute mit Tiermasken ihr Unwesen trieben. Die Bilder erinnerten ihn an einen barbarischen Kult aus der Zeit, als sich seine Vorfahren auf dem Eiland niedergelassen hatten. Wie hatten sich die Anhänger jenes Kults doch gleich genannt? Ach ja, die Opfernden. Sie waren in blutigen Kämpfen ausgerottet worden. Die Niederringung der Opfernden im 12. Jahrhundert war ein frühes Kapitel der Fitzduaneschen Familiengeschichte.

Kilmara seufzte. »Ich stehe mit unserem Premierminister nicht gerade auf freundschaftlichem Fuß. Seine beamteten Schwachköpfe, einschließlich dem Justizminister, der einen Dachschaden hat, nehmen jede Gelegenheit wahr, um mir am Zeug zu flicken.«

»Was heißt das im Klartext?«

»Daß jede weitere Ermittlungstätigkeit in puncto Draker-College zu unterbleiben hat. Ich habe es auf Biegen und Brechen geschafft, zwei Freunde von der Sonderabteilung hinzuschicken, damit sie sich ein bißchen umhorchen, aber es hat nichts gebracht. Ein paar Tage später bekam der Minister einen Anruf vom neuen Direktor, und damit war die Sache gelaufen. Außerdem würde ich eher einen Besen fressen als behaupten, daß ich weiß, wonach wir eigentlich suchen. Gut, es hat drei Tote gegeben, aber nichts deutet darauf hin, daß jemand ein bißchen nachgeholfen hat. Deine Intuition findet bei mir ein offenes Ohr, nur ist sie leider bei einem denkfaulen Durchschnittspolitiker ein schwaches Argument. Unter den Eltern der Draker-Zöglinge gibt es ein paar hohe Tiere, und das Internat ist für die Gegend eine wichtige Einnahmequelle. Niemand will einen Haufen Bonzen mit weltweitem Einfluß vergrätzen und obendrein noch eine Anzahl von Arbeitsplätzen aufs Spiel setzen. Es tut mir leid, dies sagen zu müssen, aber die Gegenseite hat die besseren Karten.«

Fitzduane zuckte mit den Achseln. »Ruedi und die beiden Terroristen, die du in Kinnegad ausgeschaltet hast, hatten dieselbe Tätowierung, und wenn nicht alles täuscht, handelte es sich bei Dieter Kretz, dem ich keine Träne nachweine, um Vrenis Freund, der seitdem vermißt wird. Diese Querverbindungen kann man nicht einfach vom Tisch fegen, genausowenig wie die Tatsache, daß es auf der Insel anscheinend Leute gibt, die in Tiermasken irgendeinen druidischen Opferkult betreiben.«

»Ich habe das alles bis zum Erbrechen durchgekaut«, sagte Kilmara. »Die Anweisung von oben lautet, daß wir die Hintergründe der Kinnegad-Affäre mit allen Mitteln aufklären sollen, ohne dabei das Draker-College zu behelligen. Die Tätowierung sei eine Zufälligkeit ohne jede Beweiskraft, und was unsere Freunde mit den Tiermasken angehe – nun, solche lustigen Maskeraden habe es in allen Zeiten und Kulturen gegeben, und sie seien weder strafbar noch besonders verdächtig.«

»Ich habe den Eindruck, daß sich dein gestörtes Verhältnis zu unserem Verteidigungsminister zu einem handfesten Problem auswächst«, meinte Fitzduane. »Was hat er bloß gegen dich? Es hat damals angefangen, als du im Kongo warst. Das riecht doch irgendwie faul, oder?«

»Ich habe meinen jetzigen Job angenommen, weil ich herausfinden will, wer uns damals verraten hat. Mein Freund Joseph Patrick Delaney, der irische Taoiseach, hatte die Mittel, die Motive und die Möglichkeit – aber ich kann ihm nicht nur nichts nachweisen, sondern ich muß mit ihm zusammenarbeiten und ihn sogar schützen.«

»Er hat sozusagen eine schußsichere weiße Weste an«, meinte Fitzduane.

Kilmara lächelte. »Der gute alte Saustall namens Kongo, den sie in Zaire umgetauft haben! Allein der Name beschwört alte Erinnerungen herauf. Wie naiv wir damals waren! Man kann nicht einfach vor der Politik die Augen verschließen. Verdammt, alles ist letztlich politisch.« Kilmara gab einen Grunzlaut von sich. »Da wir schon bei dem Thema sind – erinnerst du dich an das, was ich dir über das Wiesbadener BKA erzählt habe?«

»Ja, vor allem an ihren Mammutcomputer, den sie den Kommissar nennen.«

»Solche großen Organisationen wie das BKA bestehen gewissermaßen aus lauter Fraktionen, die eine Koalition eingegangen sind«, sagte Kilmara, »und jede Gruppierung verfolgt unter dem gemeinsamen Dach ihre eigenen Ziele.«

»Soso«, sagte Fitzduane.

»Eines der Lager innerhalb des BKA hat den Spitznamen ›die Grottenolme‹, weil diese Leute in klimatisierten unterirdischen Räumen arbeiten. Sie haben ein ›Expertensystem‹ entwickelt – maßgeschneidert für den Kommissar. Deshalb nennen sie es die Spürnase des Kommissars.« Kilmara lächelte. »Wir haben sozusagen einen heißen Draht zu den Grottenolmen.«

Fitzduane begriff allmählich, worauf Kilmara hinauswollte. »Willst du damit sagen, daß ihr vom BKA nicht nur Routineberichte bekommt, sondern über die Grottenolme brühwarme Geheimsachen?«

»Ja, wir betreiben eine Art Tauschhandel. Sie wollten Einblick in Material haben, das sie für ihr Projekt brauchen, und außerdem habe ich ihnen ein paarmal in Ländern ausgeholfen, in denen ich gute Beziehungen habe. Seitdem kommen wir bei den Grottenolmen gleichsam in den Genuß einer Meistbegünstigungsklausel.« Kilmara schwieg kurz, um Fitzduane Zeit zugeben, über alles nachzudenken. »Diese Leute finden es richtig, daß wir uns gegenseitig helfen«, sagte er schließlich.

»Wer sind diese Leute?«

»Der Computer-Guru der Gruppe heißt Joachim Henssen. Er ist einer von diesen Besessenen, die rund um die Uhr arbeiten, sich von belegten Brötchen ernähren und sich einmal im Monat rasieren. Und er ist ein unglaubliches Genie. Den Verwaltungskram überläßt er Oberinspektor Otto Kersdorf, einem umgeschulten Ex-Polizisten. Erstaunlicherweise kommen sie gut miteinander aus.«

»Ein Expertensystem«, sagte Fitzduane. »Wenn ich mich nicht irre, ist das eine Art Zwischenstation auf dem Weg zur künstlichen Intelligenz, also zu Computern, die wie Menschen denken können.«

Kilmara nickte. »Künstliche Intelligenz ist noch eine Utopie, Expertensysteme sind bereits Realität. Einfach ausgedrückt geht es darum, menschliche Verhaltensweisen zu simulieren und entsprechend kodiert in den Computer einzugeben. Menschliche Experten kommen zu schlüssigen Ergebnissen, indem sie mittels ihrer Intelligenz sogenannte heuristische Hypothesen miteinander verknüpfen. Ein elektronisches Expertensystem funktioniert so ähnlich.« Kilmara lachte kurz. »Hier endet die Unterweisung, weil ich selber mit meinem Latein am Ende bin. Ich gehöre der Prä-PacMan-Generation an.«

Fitzduane hatte angestrengt nachgedacht. »Die Grottenolme haben also eine Software entwickelt, die die im Kommissar gespeicherten Daten so ähnlich auswerten kann wie ein Team von schlauen und erfahrenen Kripobeamten, nur daß diese Aufgabe wegen der Riesenmenge an Daten von Menschen nicht zu bewältigen ist.«

»Das System erfüllt nur in einem Punkt noch nicht alle Anforderungen«, sagte Kilmara. »Deshalb wollen die BKA-Bonzen damit noch nicht an die Öffentlichkeit. Sie haben Angst, sich zu blamieren und mit faulen Tomaten beschmissen zu werden. Die Spürnase des Kommissars schnüffelt zwar schon eifrig, aber die Resultate bleiben noch unter Verschluß. Die Grottenolme ärgern sich deswegen grün und blau.«

»Aber dir spielen sie das Material zu?«

»Ja, aber inoffiziell. Falls sie auf dem richtigen Weg sind, könnte manches aufgeklärt werden, aber es gibt noch eine Menge Unsicherheitsfaktoren.«

»Du willst trotzdem den Versuch wagen?«

Kilmara nickte. »Genau. Die Grottenolme haben mit ihrem Expertensystem ein bißchen in den Datenbanken des Kommissars gebuddelt und sind immer wieder auf bestimmte Grundmuster gestoßen. Das brachte sie auf die Idee, das Verfahren auf globale Probleme und Verhältnisse anzuwenden – die amerikanische Außenpolitik im Nahen Osten zum Beispiel. Dabei verdichtete sich allmählich die Hypothese, daß seit etwa zehn Jahren hinter den Aktivitäten scheinbar unabhängig voneinander operierender Terroristenkommandos in Wirklichkeit ein und derselbe Drahtzieher steckt. Es gibt gemeinsame Nenner wie übertriebene Gewaltanwendung, makabren Humor und unverhohlene Profitgier. Dazu kommt eine offenkundige Vorliebe für bestimmte Waffen wie Skorpion-Maschinenpistolen oder Claymore-Minen mit direktionaler Sprengwirkung. Die Grottenolme nennen den großen Unbekannten einen ›multinationalen‹ Terroristen. Sie sind allen Ernstes davon überzeugt, daß er wie ein Absolvent der Harvard Business School denkt, plant und handelt, und sie vermuten, daß er eine goldene American-Express-Kreditkarte hat und sich die Buchhaltung von einer bedeutenden Steuerkanzlei führen läßt, und sie sind sich praktisch sicher, daß er weltweit agiert und sich einer Vielzahl von untergeordneten Organisationen bedient.« Kilmara grinste. »Zyniker im BKA nennen den hypothetischen Oberterroristen den ›gräßlichen Mister Nobody‹. Für sie handelt es sich nur um eine verstiegene Theorie, und Henssen ist in ihren Augen ein Spinner. Die Grottenolme sehen nur eine Möglichkeit, ihre Tüchtigkeit unter Beweis zu stellen: Sie müssen dem legendären Terroristenboß das Handwerk legen. Aber das können sie nur, indem sie die Bürokratie umgehen und selber aktiv werden. Sie schließen nicht aus, daß der Mann sein Hauptquartier hier in Bern hat. Manches deute darauf hin, beispielsweise der Herr, den du von der Brücke gestoßen hast, und die Dame auf dem Schachbrett. Auf jeden Fall könne man in Bern einen Anfang machen. Am liebsten würden die Grottenolme hier einen Stützpunkt mit ein paar Leuten einrichten. Sie brauchen nur eine Zwei-Zimmer-Wohnung, moderne Kommunikationsmittel und einige Computer-Terminals. Die restliche Ausrüstung, darunter ein gegen unbefugtes Anzapfen abgesichertes Modem, das einen ständigen Zugriff auf den

Kommissar gewährleistet, würden sie aus Wiesbaden mitbringen.« Kilmara sah sich in Fitzduanes Leihwohnung um und grinste.

»Du gerissener Scheißkerl«, sagte Fitzduane. »Und was sagt die Berner Polizei zu dem Plan?«

»Es handelt sich um ein inoffizielles Unternehmen mit inoffiziellem Segen. Max Buisard, der Chef der hiesigen Kriminalpolizei, steht der Sache skeptisch gegenüber, aber dafür ist Untersuchungsrichter Beck um so begeisterter. Man hat sich darauf geeinigt, daß Beck und der Bär alles Nötige in die Wege leiten sollen. Sicherheitshalber schieben wir einen offiziellen Vertreter vor. Wenn das Ganze eine Bauchlandung wird, müssen die drei betroffenen Länder – die Schweiz, Deutschland und Irland – die Suppe gemeinsam auslöffeln. Das ist ein alter Bürokratentrick.«

»Und wen willst du mit der Angelegenheit betrauen? Günther? Er ist Computer-Fan.«

»Nein, ein Neuling würde zu lange brauchen, um sich einzuarbeiten. Der Bär und Beck wollen dich haben. Der Kripochef hat zwar gemault und gesagt, du hättest eine Welle von Verbrechen ausgelöst und ihm die ganze Statistik versaut, aber er will dich trotzdem unterstützen, sofern du einen offiziellen Status erhältst. Die Bundespolizei lauert mit geradezu krankhafter Neugier darauf, was du als nächstes aushecken wirst. Ein bißchen Terrorismus treibt ihr Budget auf wundersame Weise in die Höhe. Sie fühlen sich benachteiligt, weil sie keine Porsche fahren und nicht jedes Jahr die allerneuesten Hubschrauber kriegen. Ich will, daß du hier in Bern unser Mann wirst, und zwar ganz offiziell, weil ich glaube, daß wir alle einen Zipfel von einem Drachen gepackt haben und nicht wissen, wie groß das Vieh ist. Ich brauche hier an Ort und Stelle jemanden, der sich auskennt und dem ich vertrauen kann. Wie gesagt, du wirst in offiziellem Auftrag tätig sein. Das kann nicht schaden, wenn man bedenkt, wie viele Tote es schon gegeben hat. Was meinst du dazu?«

Fitzduane seufzte und hob resigniert die Hände, aber seine Augen funkelten seltsam. »Alles hat mit einem Morgenspaziergang angefangen«, sagte er, »und wenn es so weitergeht, wird daraus ein zweiter Vietnamkrieg.«

»Hör auf zu jammern«, entgegnete Kilmara. »Der Vietnamkrieg

war für euch Fotografen doch ein gefundenes Fressen. Also, was ist? Machst du mit?«

»Warum nicht? Ich habe noch nie mit einem Bär und einem intelligenten Computer zusammengearbeitet.«

»Wir nennen das Unternehmen Projekt K«, sagte Kilmara und schob ein Paket über den Tisch. »Da, ein Ostergeschenk.«

Das Paket enthielt einen Flasche irischen Whisky, fünfzig Schrotpatronen und eine leichte schußsichere Weste mit Kevlar-Verstärkung.

»Das ist unsere Standard-Notration für die Schweiz«, spottete Kilmara.

»Woher weißt du, daß ich eine Schrotflinte habe?«

»Von Beck hat mir erzählt, daß du eine in deinem Stativkoffer mit dir rumschleppst. Außerdem weiß ich seit dem Kongo, was für Waffen du besonders schätzt.«

»Du glaubst also, daß ich so was hier gebrauchen kann?«

»Keine Ahnung. Jedenfalls sollst du nicht mit deiner Kreditkarte loslaufen müssen, um dir das Nötigste zu kaufen, wenn es richtig hart auf hart geht.«

Fitzduane nahm eine Schrotpatrone in die Hand. Sie trug die eingestanzte Bezeichnung XR-18. »Was hat das zu bedeuten?«

»Eine Sonderanfertigung«, informierte Kilmara ihn. »Wir haben uns etwas ausgedacht. Wie du weißt, kann man mit einer normalen Schrotflinte einen Gegner nur innerhalb einer Entfernung von etwa fünfzehn Metern kampfunfähig machen, und jeder, der sich auskennt, würde möglichst erst aus der Hälfte dieser Distanz feuern. Ein einzelnes Geschoß gewährleistet zwar größere Reichweite, bedeutet jedoch geringere Treffsicherheit. Deshalb hatten wir die Idee, die Schrotpatrone nicht wie üblich mit kleinen Kugeln, sondern mit etwas zu füllen, das so ähnlich aussieht wie Luftgewehrmunition – du weißt schon, diese kleinen Geschosse mit einer Art Wespentaille. Bei uns haben sie eine Ummantelung, die beim Verlassen des Gewehrlaufs abfällt. Es hat sich gezeigt, daß man mit solcher Munition ein bis zu hundertfünfzig Meter entferntes Ziel von der Größe eines Menschen treffen kann.« Kilmara zögerte kurz. »Es funktioniert gut, verdammt gut sogar.«

»Auch bei Drachen?« fragte Fitzduane.

Kadar hielt eine Blume in der Hand. Er riß ein Blütenblatt nach dem anderen ab und sah zu, wie sie schaukelnd zu Boden fielen. Sie sind schon welk und werden bald verfaulen, dachte er. Sie werden wieder zu dem, was sie vorher waren, zu Staub, und andere Blumen werden sich von ihnen nähren, es sei denn, ein Baulöwe kommt daher und stoppt den natürlichen Kreislauf mit ein paar Ladungen Beton. Sogar die so sorgsam konservierte Stadt Bern wurde in Randbereichen langsam, aber sicher angenagt. Zum Glück hatte sich die Altstadt ihren Zauber bewahrt.

Kadar beschloß, dem Verein ProBern einen größeren Betrag zu spenden. Gut, er war Terrorist, aber das bedeutete noch lange nicht, daß er sich keine Sorgen um die Umwelt machte. Europa lief Gefahr, in ökologischer Hinsicht verwüstet zu werden – Quecksilber im Trinkwasser, saurer Regen, Waldsterben und so weiter und so fort. Angeblich war im Ruhrgebiet die Hälfte der männlichen Bevölkerung steril. Es gab einfach zu viele Menschen, die auf zu kleinem Raum hausten und zuviel vom Leben erwarteten. Wer ein paar von ihnen ins Jenseits beförderte, vollbrachte also, langfristig gesehen, eine gute Tat. Mutter Erde brauchte ein bißchen Schützenhilfe.

Kadar nahm sich vor, auch Greenpeace eine Geldspende zukommen zu lassen. Er hatte keine Lust, während seines restlichen Lebens so viele radioaktive Substanzen in seinem Körper zu sammeln, daß er irgendwann abends beim Lesen keine Lampe mehr brauchte. Außerdem mochte er Wale.

»Noch ein Wort zum Schluß«, sagte er zu den fünf jungen Leuten, die vor ihm im Halbkreis auf dem Waldboden saßen. »Wie ihr wißt, schätze ich saubere Arbeit. Ich will, daß bei dem Unternehmen Geranie alles wie am Schnürchen läuft.«

»Wieviel Zeit haben wir für die Vorbereitungen?« fragte ein junger Libanese, der für die PLO gearbeitet hatte, bis der israelische Geheimdienst Mossad in Spanien seinen Kontaktmann und zwei Leibwächter samt angeblich bombensicher gepanzerter Mercedes-Limousine in die Luft gesprengt hatte. Wie die anderen kannte er sich in Bern gut aus und war mit einem gefälschten türkischen Paß in die Schweiz eingereist. Gegen deutsche Autos hatte er eine fast pathologische Abneigung entwickelt, und so zuckte er jedesmal zusammen, wenn ein Mercedes-Taxi vorbeifuhr. Er mochte Bern, weil man die meisten Wege zu Fuß zurücklegen oder den Bus nehmen konnte, wenn man es eilig hatte. Hier konnte ein Killer fahrplanmäßig morden.

»Jeder von euch hat seinen eigenen Zeitplan«, sagte Kadar. Alle wußten, was jemandem bevorstand, der einen Termin verpatzte. »Die Vorbereitungen müssen in genau zwei Wochen abgeschlossen sein. Wir treffen uns dann in Libyen zu einer Schlußbesprechung. Ende Mai werdet ihr ganz schön reich sein.«

Kadar schnürte seinen Rucksack auf, zog fünf Päckchen heraus und gab jedem der Terroristen eines. Dann öffnete er eine Aktentasche und reichte jedem einen Briefumschlag. »Hier sind eure Waffen und ein Kuvert mit Instruktionen, Zeitplan, Reiseziel, Flugverbindungen, Tickets und so weiter. Ich schlage vor, daß ihr euch hier alles durchlest, damit ich eventuelle Fragen beantworten kann.«

Papier raschelte, als die Briefumschläge aufgerissen wurden. Eine der beiden Frauen benutzte ein Stilett, das sie mit Klebestreifen an der Innenseite ihres Unterarms befestigt hatte und dessen Klinge auf Knopfdruck heraussprang. Die Frau hieß Sylvie, und sie hatte ihre Ausbildung bei der Action Directe in Frankreich erhalten. Sie laß ihre Instruktionen und sah Kadar dann mit ausdruckslosem Gesicht an.

»Vielleicht solltet ihr jetzt eure Waffen überprüfen«, sagte Kadar.

Die Terroristen beugten sich vor und machten sich daran, die Päckchen zu öffnen. Die äußere Verpackung umhüllte einen Plastikbeutel, in dem ein in Wachspapier gewickelter Gegenstand steckte. Beutelchen mit einem Sikkativ hielten den Inhalt trocken. Die Terroristen stellten fest, daß die Waffen nicht gefettet waren. Sie brauchten nur geladen zu werden, um einsatzbereit zu sein. Bei dreien handelte es sich um tschechische Maschinenpistolen vom Typ Skorpion VZ-61. Sylvie fand in ihrem Päckchen eine Ingram 9 mm mit Schalldämpfer. Sie ließ ein Magazin einrasten und entsicherte die Waffe.

Der fünfte Terrorist, ein Schweizer mit dem Decknamen Siegfried, blickte fassungslos auf das etwa einen halben Meter lange, splitterförmige Stück von einem polierten Stein hinab, das er ausgewickelt hatte. Ein paar eingravierte Lettern waren darauf zu erkennen. Kreidebleich blickte der Mann zu Kadar auf. »Ist das ein Scherz?« fragte er mit zitternder Stimme.

»Ja und nein«, antwortete Kadar. »Das ist ein ganz besonderer Stein, auch wenn er leider nicht das richtige Format hat. Die ganze Platte wäre mir zu schwer gewesen. Bestimmt kapierst du auch so, was es damit auf sich hat.«

Siegfried spürte, wie er von einer so schrecklichen Angst gepackt wurde, wie er es nie für möglich gehalten hätte. Er war sich bewußt, daß sein ganzer Körper zitterte, aber er hatte sich nicht mehr in der Gewalt. Alles verschwamm vor seinen Augen, und er hatte einen trockenen Mund.

Er dachte an die Menschen, die er umgebracht hatte. Seit langem fragte er sich, wie man sich in der Opferrolle fühlen mußte. Was dachte und empfand ein Mensch, wenn er in den dunklen Lauf einer Waffe blickte und wußte, daß es keinen Ausweg gab? Daß er nichts sagen oder tun konnte, um sich zu retten? Siegfried dachte auch an die Aufträge, die er für Kadar ausgeführt hatte. Wut stieg in ihm auf und gab ihm einen Teil seiner Handlungsfähigkeit zurück.

»Wieso ... Was... Was hat das zu bedeuten?« stammelte er, und seine Stimme war so schwach, daß sie fast vom Summen der Insekten übertönt wurde. Das Sonnenlicht fiel in Lichtbalken durch die Baumwipfel und überflutete die Lichtung. »Warum...? Warum...?« fragte Siegfried leise.

»Ihr wißt alle, daß ich gut bezahle«, sagte Kadar, »aber dafür verlange ich absoluten Gehorsam.« Bei den letzten Worten betonte er jede Silbe einzeln.

»Ich war nicht ungehorsam«, verteidigte sich Siegfried.

»Leider doch«, erwiderte Kadar. »Vor zwei Tagen bist du von der Kripo verhört worden. Du wurdest vierundzwanzig Stunden lang in Polizeigewahrsam festgehalten und dann auf freien Fuß gesetzt. Unter den gegebenen Umständen hättest du nicht zu diesem Treffen kommen dürfen. Dadurch hättest du die Polizei auf unsere Spur bringen können.«

»Es war doch nur eine routinemäßige Vernehmung! Ich habe ihnen nichts gesagt. Ehrlich, sie wissen nichts.«

»Aber du hättest Bescheid sagen müssen, daß sie dich vernommen haben. Leider hast du das nicht getan. Katholiken nennen so etwas eine Unterlassungssünde.«

»Ich wollte meinen Job nicht verlieren«, rechtfertigte sich Siegfried. »Das Unternehmen Geranie soll doch bald steigen.«

»Man kann im Leben nicht alles haben. Hast du das nicht im Kindergarten gelernt?« Kadar sah Sylvie an. »In dreißig Sekunden«, sagte er und wandte sich wieder Siegfried zu. »Du hast bestimmt erkannt, was das ist.« Er zeigte auf den polierten Stein. »Es ist ein Stück von einer Grabplatte. Aus Zeitmangel konnte sie nicht richtig beschriftet werden.«

Eine Ingram-Maschinenpistole verschießt zwölfhundert Patronen pro Minute. Die Schußfolge ist also rund doppelt so schnell wie bei einer normalen automatischen Handfeuerwaffe. Sylvie brauchte nur den Bruchteil einer Sekunde und die Hälfte des 32schüssigen Magazins, um ihrem Opfer buchstäblich den Kopf von den Schultern zu blasen.

Kadar war aufgesprungen. Er wies auf die Kuverts und das Verpackungsmaterial, das vor den vier verbleibenden Terroristen auf dem Waldboden lag. »Wie ihr wißt, bin ich gegen Umweltverschmutzung«, sagte er. »Nehmt also bitte den Abfall mit.«

»Und was ist mit ihm?« fragte der Libanese mit einem Blick auf Siegfrieds verrenkte Leiche.

»Keine Sorge, der ist biologisch zu hundert Prozent abbaubar.« Damit verschwand Kadar im Wald.

Ivo befand sich nach wie vor in Bern, nicht weit vom Polizeipräsidium sogar, aber den Kripobeamten und sonstigen Polizisten konnte kein Vorwurf gemacht werden, daß sie ihn nicht erkannten: Den Ivo von früher gab es nicht mehr. Er war durch einen anderen ersetzt worden, der sich für die zu bewältigende Aufgabe viel besser eignete, einen Kämpfer von sagenhafter Tapferkeit, der im Dienst ihrer gerechten Sache notfalls bis ans Ende der Welt ziehen würde. Was für Ivo als angenehmer Tagtraum begonnen hatte, als er am Hauptbahnhof auf den Affen wartete, hatte sich in seinem von Drogen umnebelten Gehirn zu einer Gewißheit verdichtet: Er war Sir Ivo, der große Held und edle Ritter.

Neuer Stand verlangt neues Gewand, und deshalb hatte sich Sir Ivo neu eingekleidet. Da eine Rüstung und sonstiges ritterliches Zubehör in Berns Altstadt nicht ohne weiteres aufzutreiben waren, hatte er ein bißchen improvisieren und klauen müssen. So kam es, daß er statt eines Kettenhemdes eine Motorradjacke aus knallrotem Leder trug. Sie hatte so viele Reißverschlüsse und Kettchen, daß sie bei jeder Bewegung wie eine richtige Rüstung rasselte und klimperte. Darüber trug er eine Art Unterhemd, angefertigt aus einem Bettlaken, das von einem Designer mit lauter kleinen Schweizer Fahnen verziert worden war. Für den Umhang hatte er eine Bahn Brokatstoff gewählt. Ein Skateboard mußte als Pferdersatz herhalten, ein Motorradhelm mit getöntem Visier als ritterliche Kopfbedeckung.

Sir Ivo wußte, daß er Feinde hatte. Deshalb beschloß er, sich lieber als harmloser Troubadour zu verkleiden. Er hängte sich eine spanische Gitarre um den Hals, die keine Saiten mehr hatte, aber die hätten sowieso nichts genützt, denn er hatte den Resonanzkörper des Instruments aufgeschnitten und ihn zu Speise-, Waffen- und Kleiderkammer in einem umfunktioniert. Der Bauch der Gitarre barg nämlich unter anderem ein halbes Dutzend hartgekochter, buntgefärbter Ostereier und eine mit Blut verklebte, scharfgeschliffene Motorradkette, die Sir Ivo seine Streitaxt nannte.

So ausstaffiert wirkte Sir Ivo nicht nur größer und fülliger als der Ivo von einst, sondern er brauchte nur das Visier des Helms herunterzuklappen, um sein Gesicht zu verbergen.

Jetzt klappte der kühne Recke es allerdings hoch, um sich einen Joint reinzuziehen. Er mußte sich seine nächsten Schritte reiflich überlegen. Zwar wußte er inzwischen ein bißchen mehr über Klaus' Mörder, doch es erhob sich die Frage, was er mit den gewonnenen Erkenntnissen anfangen sollte. Wenn ihm doch nur jemand helfen würde! Seit Klaus tot war, hatte er niemanden mehr, mit dem er sich aussprechen konnte. Es war verdammt schwierig, allein zu entscheiden, wie es weitergehen sollte. Verglichen mit ihm hatten es die Ritter der Tafelrunde wirklich gut gehabt.

Was er über den Killer wußte, hatte er vom Affen, aus dem er vielleicht noch mehr herausgeholt hätte, wenn der nicht mit dem

Messer auf ihn losgegangen wäre. Anscheinend hatte er geglaubt, daß Ivo sich nicht zu wehren verstand. Auf Ivo traf das vielleicht zu, aber nicht auf *Sir* Ivo. Er hatte den Messerstich mühelos mit dem Schild pariert, genauer gesagt mit der malträtierten Gitarre, die in dem Handgemenge die restlichen Saiten einbüßte, und den Schurken dann mit ein paar Hieben seiner Streitaxt niedergemacht. Die verheerende Wirkung der Waffe hatte ihn geschockt, aber er hatte seine Zimperlichkeit unterdrückt, indem er sich einredete, daß der Anblick von Blut einem Ritter nichts anhaben durfte.

Trotzdem, es war Pech gewesen, daß er den Affen schon so früh hatte erschlagen müssen. Er besaß jetzt zwar, was den Mörder betraf, ein Sammelsurium von Fakten und Eindrücken, das eventuell sogar reichen würde, um ihn zu überführen, doch dieses Durcheinander war durchsetzt mit Informationen und Lügen, die der Affe ihm über andere Kunden erzählt hatte. In panischer Angst hatte der Affe alles ausgespuckt, was ihm gerade durch den Kopf ging, und es war keine leichte Sache, Nützliches von Unbrauchbarem zu trennen.

Sir Ivo wußte, daß Sorgfalt eine Rittertugend war, und so hatte er nicht nur alles aufgeschrieben, sondern sogar mehrmals unbeholfen versucht, nach den Angaben des Affen eine Skizze des Täters zu zeichnen. Obwohl der Unbekannte ihnen jedesmal die Augen verbunden hatte, wenn er den Affen und ihn einzeln oder zusammen mit zu sich genommen hatte, wußte Ivo, wie es in dem Raum aussah. Er kannte die sexuellen Vorlieben des Kerls und erinnerte sich an alles, was er von ihnen verlangt hatte. Er wußte, daß das goldblonde Haar nicht echt, sondern eine Perücke war, die der Frisur eines gewissen Reston nachempfunden war. Er wußte, daß der Mann perfekt Bernerdütsch sprach, aber wahrscheinlich kein Schweizer war. Er wußte noch eine Menge anderer Dinge. Beispielsweise hatte er eine Liste von Nummernschildern. Leider hatte der Affe ihn mit dem Messer angegriffen, bevor er ihn dazu befragen konnte.

Sir Ivo faßte in den Bauch der Gitarre und förderte ein hartgekochtes Ei zutage. Es war blutrot gefärbt und erinnerte ihn an das Gesicht des Affen, nachdem er ihn mit der Kette zusammengeschlagen hatte. Sir Ivo überwand seinen Widerwillen und redete sich statt dessen ein, daß es ein gutes Omen war. Ja, er würde den Mörder finden – aber er brauchte Hilfe.

Er dachte an den Bär, den einzigen Polizisten, der ihn jemals wie einen Menschen behandelt hatte. Nein, das ging nicht, ein Bulle würde die Sache mit dem Affen niemals verstehen. Man würde ihn verhören, aber er durfte seine Zeit nicht mit der Polizei verplempern, bevor alles ausgestanden war.

Ivo fiel der Ire ein, der Mensch, der ihm zuletzt geholfen hatte. Genau, das war eine gute Idee! Er würde den Iren finden und ihn sich ein bißchen genauer ansehen. Wenn der Mann so reagierte, wie er es von ihm erwartete, würde er ihm sagen, was der Affe ihm erzählt hatte, und dann würden sie zusammen losziehen und den Mörder finden. Zwei Ritter waren zwar noch keine Tafelrunde, aber ein guter Anfang. Der Ire war in einer kleinen Stadt wie Bern leicht zu finden. Er hatte ihn schon mehrmals von weitem gesehen.

Sir Ivos Schweizer Erziehung ließ sich nicht leugnen: Er deponierte die blutroten Eierschalen fein säuberlich im nächsten Papierkorb und rollte auf seinem Skateboard davon, großen Taten entgegen.

Die Kripobeamten hatten den alten Herrn verhört, aber nicht das von ihm erfahren, was sie wissen wollten. Ja, er kenne Ivo seit längerer Zeit und habe ihm ebenso wie anderen auf Abwege geratenen Jugendlichen mit Nahrungsmitteln, gelegentlich auch mit kleinen Geldbeträgen weitergeholfen. Er selbst sei in Bern zu Wohlstand gelangt, und seit seine Frau gestorben und die Kinder ausgeflogen seien, sei es ihm ein Anliegen, bedürftigen Bewohnern dieser Stadt, der er soviel verdanke, unter die Arme zu greifen.

Bei der Kripo wußte man über den unspektakulären Ein-Mann-Feldzug gegen Not und Unglück Bescheid und behandelte den alten Herrn mit dem gebührenden Respekt, obwohl die Beamten, die nach vielen Dienstjahren für so etwas einen Riecher entwickelt hatten, ihm ansahen, daß er nicht die Wahrheit sagte, als er behauptete, Ivo seit geraumer Zeit nicht gesehen zu haben. Man hatte nichts weiter tun können als dem alten Herrn zu danken, daß er sich herbemüht hatte, und ihn zur Tür begleitet. Eine Aktennotiz hielt die Vorbehalte gegen die Glaubwürdigkeit seiner Aussage fest. Falls man nicht anderweitig fündig würde, wollte man es mit ihm in ein, zwei Wochen erneut versuchen.

Die von Kadar engagierten Killer waren nicht so zimperlich. Siegfried als warnendes Beispiel vor Augen, klappten sie nicht einfach ihre Notizbücher zu und gingen, als sie dem alten Mann ansahen, daß er log. Sie fesselten und knebelten ihn und fügten ihm in zehn Minuten mehr Schmerz zu, als er je in den dreiundsiebzig Jahren seines Lebens hatte erfahren müssen.

Als sie ihn soweit hatten, daß er reden wollte, erlaubten sie es nicht, sondern befahlen ihm, alles auf einen Zettel zu schreiben, was er mit zitteriger Hand tat. Den Knebel ließen sie in seinem Mund, denn die Wohnung war klein, und sie wollten ihm keine Chance geben, um Hilfe zu rufen. Danach folterten sie ihn erneut, um festzustellen, ob er bei seiner Aussage blieb. Der alte Herr widerrief nichts. Er hatte eine starke Konstitution, und so hielt sein Herz auch ein zweites Mal die Höllenqualen aus und hörte nicht auf zu schlagen. Fast noch schlimmer als der körperliche Schmerz waren die Schuldgefühle, weil er Ivo verraten hatte.

Zufrieden, daß sie endlich eine Beschreibung von Ivos neuem Erscheinungsbild hatten und überzeugt, daß sie den Alten restlos ausgequetscht hatten, hängten sie ihn kurzerhand auf. Es würde nicht lange dauern, bis sie Ivo gefunden hätten. Bern war nicht New York.

Fitzduane wollte sich in Lenk mit zwei Personen treffen, und außerdem war er noch nie in einem echten Schweizer Skiparadies gewesen. Man hatte ihm gesagt, daß Lenk kein Ort war, wo sich der Jet-set tummelte und man beim Skifahren von den Leibwächtern abgesetzter Könige oder arabischer Scheichs beiseitegeschubst wurde. Es werde vor allem von Schweizer Familien und ein paar Kennern besucht. Außerdem sei nicht Hauptsaison, und deshalb sei dort zur Zeit nicht viel los.

Als er das Tal vor sich liegen sah, in das sich Lenk schmiegte, war Fitzduane zunächst einmal enttäuscht. Es fehlte etwas, das man in allererster Linie von einem Skiparadies erwartet: Schnee. Er erblickte Kühe und bräunliches Gras, das so aussah, als sei es sich nicht ganz schlüssig, ob der Winter wirklich vorbei war. Schweizer Bauernhäuser schmiegten sich an die Hänge, wie es sich gehörte, und die alpine Flora blühte, daß es eine Freude war – aber es lag kein Schnee.

Die Sonne brannte herab. Fitzduane beschattete die Augen, ließ den Blick rundum schweifen, dann die Berghänge hinauf. Schlagartig verflog seine Enttäuschung. Nein, die Postkarten hatten nicht gelogen. Mochte das Dorf unten im Tal noch so verschlafen wirken – die Skilifte waren in Betrieb, und ganz weit oben, jenseits der Baumgrenze, sah er viele bunte Punkte, die sich im Zickzack talwärts bewegten.

Er sagte sich, daß er sich besser eine Sonnenbrille zulegte. Als er sie wenig später in einem Geschäft bezahlte, kam ihm ein Satz in den Sinn, den er irgendwo gehört hatte: Jenseits der Schneegrenze herrscht immer Inflation. Oder, wie Erika von Graffenlaub sich ausgedrückt hatte: »Wieso muß man für alles zwanzig Prozent mehr zahlen, bloß weil man ein paar tausend Meter höher ist?«

Dumme Frage, dachte Fitzduane. Reine, gesunde Luft, strahlender Sonnenschein – das kostet eben etwas.

Marta war das älteste der vier Graffenlaub-Kinder, und genauso wirkte sie auch. Im Gegensatz zu Andreas und Vreni war sie nicht mehr im Stadium des Reifens, sondern hatte es bereits hinter sich. An ihr gab es nichts Mädchenhaftes mehr, sondern sie war ganz Frau, selbstsicher, in sich ruhend und von verhaltener Freundlichkeit.

Sie hatten sich im Restaurant an der zweiten Liftstation verabredet. Es war sehr warm auf der Terrasse des rustikalen Gebäudes, und man konnte von dort aus gut die vorbeizischenden Skifahrer beobachten.

Martas untere Hälfte steckte in wattierten Skihosen und Skistiefeln aus knallrotem Plastik, die obere in einem Designer-T-Shirt, das hauptsächlich aus Aussparungen bestand. Fitzduane fragte sich, ob es der einen Hälfte nicht zu warm und der anderen nicht zu kalt war.

Martas Gesicht war goldgebräunt und von nahezu vollendetem Ebenmaß. Sie strahlte Gesundheit und Energie aus, und die Spitzen ihrer Brüste zeichneten sich unter ihrem Hemd genauso deutlich ab wie bei Erika. Komisch, sagte sich Fitzduane, bisher habe ich bei Schweizerinnen nie an Sex gedacht.

Er unterdrückte seine Anwandlungen und blickte über die weite Schneefläche zu einem Grüppchen kleiner Kinder in voller Skimontur. Sie waren so winzig, daß er sich nicht gewundert hätte, wenn sie noch in die Windeln machten. Ihre Augen waren hinter spiegelnden Sonnenbrillen verborgen. Als sie den Berg hinabsausten, fuhren sie, als hätten sie das Skifahren bereits im Mutterleib erlernt. Fitzduane empfand fast so etwas wie einen Minderwertigkeitskomplex und frohlockte innerlich, als eines der Ski-Asse im Zwergformat einen Sturz baute und wie ein ganz normales Kind zu flennen anfing.

»Sie sind so schweigsam«, sagte Marta und lächelte ihn an. Sie besaß die verwirrende Fähigkeit, selbst dann Distanz zu wahren, wenn sie scheinbar zutraulich wurde. »Sie sind von Bern hierhergefahren und den Berg hinaufgestiegen, um mich zu sprechen, und jetzt sagen Sie nichts.«

»Ich bin sprachlos vor Staunen«, entgegnete er und nahm einen Schluck Glühwein. Er hatte gedacht, daß Glühwein in der verschneiten Bergwelt das richtige Getränk wäre, aber es heizte ihm derartig ein, daß seine Sonnenbrille ständig beschlagen war. »Diese Kabinen da drüben erinnern mich an Hubschrauber.« Er zeigte auf die Seilbahn in etwa hundert Metern Entfernung, die die Wintersportler geräuschlos bergauf beförderte. »Ich mag keine Hubschrauber.«

»Oh, die Lifte sind ganz sicher«, sagte sie. »Mit solchen Dingen haben wir Schweizer Erfahrung.« Sie erkannte an der Neigung seiner Brillengläser, daß er ihren Busen begutachtete und errötete kaum merklich.

»Hmm«, machte Fitzduane lediglich, stand auf und ging an die Bar, um noch einen Glühwein für sich und einen Scotch für Marta zu holen. Es stimmt anscheinend, sagte er sich, daß Alkohol mit zunehmender Höhe um so schneller wirkt. Skistiefel polterten über den Dielenboden, und die Leute, die in den Stiefeln steckten, hatten den schaukelnden Gang von Revolverhelden in einem zweitklassigen Western. Ein etwa fünfjähriges Kind vor ihm ließ sich ein Getränk geben, das wie Bier aussah. Er schüttelte den Kopf. Manchmal sehnte er sich nach Irland. Er zwängte sich zwischen all den Revolverhelden hindurch und stellte das Whiskyglas vor Marta auf den Tisch. »Können Sie jodeln?« fragte er sie.

»Nein, aber Oskar konnte sehr gut jodeln«, sagte sie leise und wurde sehr ernst.

»Konnte? Ich dachte, das ist wie Fahrradfahren. Wenn man es erst einmal kann, verlernt man es nie mehr.« Fitzduane hatte nicht auf Martas veränderten Tonfall geachtet. Er beobachtete einen Skifahrer, der dazu ansetzte, sein Können vor aller Augen durch ein besonders spektakuläres Kunststück unter Beweis zu stellen. Doch er schätzte die Entfernung falsch ein und prallte seitlich gegen den Holzzaun des Restaurants.

»Olé!« entfuhr es Fitzduane. Er applaudierte, und die anderen Gäste machten mit. Der gestürzte Skivirtuose, ein Mann mit mitteleuropäischem Durchschnittsgesicht, raffte sich aus dem Schnee auf und blickte sich wütend um, als hätte man ihm ein paar Zacken aus der Krone gebrochen. Die Ski auf der Schulter, stapfte er in Richtung Lift davon.

»Entschuldigung«, sagte Fitzduane. »Wir waren bei Oskar Schupbach, glaube ich.«

Ihre Augen hatten sich mit Tränen gefüllt. »Verdammt!« sagte sie leise und wischte sie weg. Ein kleiner Trupp von Anfängern stakste aufgeregt schnatternd an der Terrasse vorbei.

»Der Mann mit einem Gesicht wie aus massivem Mahagoni geschnitzt«, zitierte Fitzduane Martas Schwester. »Vreni und Andreas haben mir von ihm erzählt. Ich würde ihn gern kennenlernen.«

»Das geht nicht«, sagte Marta. »Er ist tot.«

»Wie bitte? Ich habe doch gestern mit ihm telefoniert!« rief Fitzduane entgeistert. »Wir sind im Gasthaus Simmenfälle verabredet.«

»Da ging er gern hin, um ein Glas Wein zu trinken oder eine Partie Jassen zu spielen. Oft hat er sich dort auch mit Kunden getroffen. Sie wissen bestimmt, daß er Skilehrer und Bergführer war.«

»Ja, ich weiß.«

Marta blickte versonnen vor sich hin. Ihr schlanker Zeigefinger strich über den Rand des Whiskyglases. »Er hat uns allen das Skifahren beigebracht. Die Zeit hier oben war ein wichtiger Teil unserer Kindheit. Wenn wir in Lenk waren, war Oskar immer dabei. Wir machten mit ihm Skiausflüge, kletterten mit ihm auf Berge, gingen mit ihm im Sommer wandern. Mir will einfach nicht in den Kopf, daß es ihn nicht mehr gibt. Daß er für immer fort ist.«

Sie verstummte. Fitzduane wartete ab. Er mußte daran denken, daß Vreni so ähnlich über Oskar geredet hatte. Was hatte der Mann gewußt? Offenbar war er ein enger Vertrauter der Familie gewesen. Hatte er da nicht vieles mitbekommen oder erraten? Womöglich soviel, daß es jemandem höchst unangenehm war? Vielleicht sind das voreilige Schlußfolgerungen, sagte sich Fitzduane. »Wie ist er ums Leben gekommen?« fragte er.

Marta fuhr aus ihren Grübeleien hoch. »Ich kenne noch keine Einzelheiten, sondern weiß nur, daß er zum Gasthaus Simmenfälle unterwegs war, um einen Kunden zu treffen. Der Mann kam nicht, und auf dem Rückweg wurde Oskar von einem Auto überfahren. Ein Fall von Fahrerflucht.«

»Gibt es Augenzeugen?«

»Nein, ich glaube nicht. Vielleicht können Sie bei der Polizei mehr erfahren.«

Fitzduanes Glühwein war kalt geworden. Er stand auf und ging ins Haus, um mit dem Bär zu telefonieren. Nachdem er ihm alles berichtet hatte, dachte der Bär kurz nach und sagte: »Ich werde bei der Kantonspolizei anrufen. Wann treffen Sie sich mit Felix Krane?«

»Morgen, hoffe ich, aber ich habe ihn noch nicht erreicht.«

»Ich sorge dafür, daß ein Beamter von der dortigen Polizei Sie begleitet«, sagte der Bär. »Vielleicht paßt Ihnen das nicht in den Kram, aber mir ist die Sache alles andere als geheuer. Wo wohnen Sie eigentlich? Kann ich Sie telefonisch erreichen?«

»Ja, im Gasthaus Simmenfälle.«

Der Bär seufzte. »Na gut«, sagte er. »Machen Sie keine nächtlichen Spaziergänge und setzen Sie sich immer mit dem Rücken zur Wand.«

»Keine Angst. Ich lasse mich auch nicht von fremden Männern ansprechen.«

»Das finde ich überhaupt nicht witzig.«

»Ich auch nicht.«

Feldweibel Franze von der Kantonspolizei war ein Mann mit einem gutmütigen gebräunten Gesicht, aus dem eine riesige rote Nase herausragte. Er hatte schwielige Bauernhände, denn er war nebenberuflich Landwirt und fuhr einen alten VW-Käfer, der wie ein Zwilling des Oldtimers aussah, mit dem man Fitzduane vor kurzem zur Kaserne Im Sand befördert hatte. Tuckernd hielt das Gefährt vor dem Gasthaus Simmenfälle, als Fitzduane gerade mit dem Frühstück fertig war. Er bestellte eine Tasse Kaffee für den Polizisten und, einer Eingebung folgend, einen Schnaps dazu. Die Geste verfehlte ihre Wirkung nicht. Franze gab sich zuvorkommend und gesprächig. Er behandelte Fitzduane wie einen Kollegen, und tatsächlich war er ja auch seit Kilmaras Besuch so etwas wie eine Amtsperson. Fitzduane kam sich in der Rolle eines Polizisten ziemlich komisch vor.

Er erfuhr im Lauf des Gesprächs, daß Oskar Schupbach ein Verwandter von Franze gewesen war. Es kostete den guten Mann sichtlich Überwindung, über den Toten zu sprechen. Fitzduane bestellte ihm allein schon aus Nächstenliebe noch einen Schnaps.

»Oskar war ein feiner Kerl«, sagte Franze, dem es nach dem zweiten Schnaps sichtlich besser ging. »Schade, daß Sie ihn nicht kennengelernt haben.«

»Ja, das ist wirklich schade.« Fitzduane ärgerte sich, daß er nicht früher nach Lenk gefahren war. »Ein tragischer Unfall.«

»Es war kein Unfall«, sagte Franze erbittert. »Es sei denn, man kann vom selben Auto aus Versehen zweimal hintereinander überfahren werden.«

Auf der kurzen Fahrt zu der Käserei, in der Felix Krane arbeitete, kamen sie an der Stelle vorbei, wo Oskar Schupbach umgekommen war.

Auf die Blutlache war Sand gestreut worden. Franze bekreuzigte sich, und Fitzduane fühlte kalte Wut in sich aufsteigen. Er hatte die böse Vorahnung, daß sie noch Schlimmeres erwartete. Doch dann dachte er an Krane, der ihm nach dem Besuch bei Vreni mit dem Motorrad hinterhergefahren war, und die Anwandlung verflog.

Fitzduane mochte guten Käse. Deshalb betrachtete er den Betrieb mit mehr als geheucheltem Interesse. Zur Straße hin bestand er aus einem Laden, in dessen Schaufenster verschiedene Käsesorten auslagen, alle mit dem Fähnchen der Gegenden oder Ortschaften geschmückt, deren Namen sie trugen. Dahinter lag die eigentliche Käserei, fast eine kleine Fabrik, deren rostfreie Zuber und elektronische Steuermechanismen einen scharfen Kontrast zu dem Lehrling bildeten, der mit der Hand Butter auf rechteckigen Brettern mit kurzem Griff portionierte. Jede Portion wurde mit einem Stempel der Käserei versehen.

Der Meister war ein stämmiger Mann mit buschigem Schnurrbart und freundlichem Gesicht. Er trug eine weiße, frisch gestärkte Schürze. Sein Hemdkragen stand offen, und die Ärmel waren hochgekrempelt. Franze sagte etwas zu ihm und stellte ihn dann Fitzduane vor: »Das ist Hans Müller.« Der bullige Herr Müller strahlte den Iren an und schüttelte ihm so heftig die Hand, als wollte er ihm den Arm ausreißen.

»Ich habe ihm gesagt, Sie seien mit Oskar befreundet gewesen«, erklärte Franze. Als dieser Name fiel, wurde Herrn Müllers Gesicht todernst. »Und daß Sie Felix Krane in einer privaten Angelegenheit sprechen möchten.«

»Ist Krane da?« fragte Fitzduane und sah sich in der Käserei um.

»Nein«, antwortete Franze. »Er ist hier nicht mehr festangestellt, arbeitet aber von Zeit zu Zeit aushilfsweise für den Betrieb. Zur Zeit ist er in dem Lager, wo der Käse zum Reifen ausgelegt wird. Es ist gleich außerhalb der Ortschaft und besteht aus mehreren Stollen, die man in den Berghang getrieben hat. Temperatur und Luftfeuchtigkeit sind genau richtig und bleiben immer konstant. Man kommt also ohne Klimaanlage aus. Krane ist zur Zeit dort und wendet die Käse.«

Herr Müller sagte etwas zu Franze und zeigte dabei auf die Arbeiter und Lehrlinge, etwa ein halbes Dutzend, die ihren verschiedenen Tätigkeiten nachgingen.

»Er meint, daß Sie sich für seinen Betrieb interessieren und fragt, ob sie sich ein bißchen umsehen möchten. Es wäre ihm ein Vergnügen, Ihnen alles zu erklären.«

Fitzduane nickte. »Gern. Das ist bestimmt sehr interessant.« Später sollte er mit äußerst gemischten Gefühlen an die lehrreiche Stunde in der Käserei zurückdenken und sich beklommen fragen, wie alles gekommen wäre, wenn er mit Franze eher zu Felix Krane gefahren wäre. Möglicherweise hätten sie dem jungen Mann dadurch das Leben gerettet.

Was sie in dem unterirdischen Lager erwartete, hatte zur Folge, daß Fitzduane von dem Tag an für alle Zeiten ein gestörtes Verhältnis zu Käse haben sollte.

Auf der Schattenseite des Tals fuhren sie langsam die sacht ansteigende, sich an den Berghang schmiegende Landstraße entlang. Ohne Sonne war die Luft kalt. Bergriesen ragten rings um das enge Tal in den Himmel. Fitzduane hatte eine Anwandlung von Klaustrophobie. Er fragte sich, wie das Leben in diesem Land gewesen sein mußte, bevor all die Tunnels und Straßen gebaut worden waren. Kein Wunder, daß die Schweizer einen so ausgeprägten Gemeinsinn entwickelt hatten. Bei der geographischen Beschaffenheit ihrer Heimat hatten sie jahrhundertelang keine andere Wahl gehabt, als zusammenzuhalten, wollten sie überleben.

Sergeant Franze fuhr noch langsamer und ließ den Blick über die Felswand links neben ihnen gleiten.

»Wonach suchen Sie?« fragte Fitzduane.

»Von der Straße aus sieht man nur ein graugestrichenes Eisentor. Man fährt leicht daran vorbei.«

Ein Stück weiter vorn stand ein dunkelblauer Lastwagen der Marke Ford.

»Da ist es, dreißig Meter nach dem Laster«, sagte Franze.

Fitzduane sah den Eingang nicht gleich, das Tor war verwittert und hatte sich in Farbe und Beschaffenheit dem Berg angeglichen. Man hätte meinen können, daß es aus einem anderen Jahrhundert stammte. In Augenhöhe hatte es schmale Lüftungsschlitze.

Franze parkte, ging zu dem Ford-Laster zurück und warf einen Blick in die Fahrerkabine. Fitzduane wartete unterdessen am Tor auf ihn.

»Niemand drin«, sagte Franze, als er zurück war. »Wahrscheinlich ein Lieferant, der irgendwo pinkeln gegangen ist.«

Das Vorhängeschloß hing offen in der Schließspange. Franze drückte das Tor auf. Es war dick und schwer, ließ sich aber recht gut bewegen und hing ein wenig schief in den Angeln, so daß es sich von allein hinter ihnen schloß. Vor ihnen lag ein Stollen, der so lang war, daß das durch die Lüftungsschlitze einfallende Tageslicht von der Dunkelheit verschluckt wurde. Franze tastete nach dem Lichtschalter. Er drückte darauf, aber nichts geschah.

»Mist!« schimpfte er. »Ich hätte eine Taschenlampe mitnehmen sollen. Kommen Sie, es ist nicht weit.«

Die Luft war kühl, aber trocken. Fitzduane trat auf etwas, das knirschte und sich anfühlte wie Scherben einer Glühbirne. »Wohin führt dieser Gang?« fragte er. Der Stollen beschrieb eine leichte Kurve. Dahinter war es stockfinster.

»Vierzig Meter weiter teilt er sich in drei Gänge«, erklärte Franze. »Das Käselager ist meines Wissens im rechten. Tasten Sie sich an der Wand lang, dann können Sie es nicht verfehlen.«

»Was ist mit den anderen beiden?«

»Der mittlere ist leer, und der linke wird von der Armee verwendet, glaube ich. Sie wissen bestimmt, daß es in der Schweiz Tausende von unterirdischen Waffendepots gibt.«

Fitzduane dachte über das kuriose Nebeneinander von Käse und Waffen nach. In Irland wäre so etwas nicht möglich, sagte er sich. »Warum rufen wir nicht nach Krane?« schlug er vor. »Wir könnten ein bißchen Licht gebrauchen. Hier liegen anscheinend überall Scherben rum.« Er glaubte in weiter Ferne schwache Stimmen zu hören und blieb stehen.

Es waren keine Stimmen, es waren Schreie, eine Folge von Schreien, gedämpft und dadurch noch unheimlicher. Plötzlich brachen sie mit einem Geräusch ab, das in Fitzduane böse Erinnerungen auslöste. Es war unverkennbar das Geräusch, das ein Mensch von sich gibt, wenn er von einem Messerstich getroffen wird.

»Mein Gott!« flüsterte Franze. »Sind Sie bewaffnet, Mister Fitzduane?«

»Ja.« Fitzduane zog die Schrotflinte aus dem Stativkoffer und lud sie mit XR-18-Munition. Er wünschte, er hätte Gelegenheit gehabt, sie vorher auszuprobieren. Franze, der etwa zehn Meter vor ihm war, entsicherte mit leisem Klicken seine Automatik.

Die Finsternis war absolut. Fitzduane versuchte, sich in seiner Vorstellung ein Bild von den örtlichen Gegebenheiten zu machen. Sie konnten nicht mehr weit von der Verzweigung entfernt sein. Dort gab es bestimmt eine Art Halle oder Hof mit mehr Bewegungsfreiheit. In der Enge des Stollens fühlte er sich ungeschützt. Plötzlich spürte er einen leisen Lufthauch auf dem Gesicht und hörte, wie ein Stück weiter vorn eine Tür zufiel.

»Krane!« rief Franze, der anscheinend noch ein paar Schritte weitergegangen war. Seine Stimme hallte in dem Stollen wieder. »Vielleicht hatte er einen Unfall«, sagte Franze nach hinten zu Fitzduane. »Eins von den Käseregalen ist vielleicht umgestürzt. Warten Sie hier. Ich gehe nachsehen.«

Fitzduane verhielt sich ruhig. Er teilte Franzes Zuversicht nicht. Bei ihm schrillten alle Alarmglocken. Seine Nerven waren zum Zerreißen angespannt, und seine Haut prickelte. Er konzentrierte sich ganz auf die elementare Aufgabe, am Leben zu bleiben.

Er vernahm ein Geräusch, das so klang, als würde jemand in seiner Tasche kramen. Fitzduane, der sich auf ein Knie niedergelassen hatte, erriet, daß Franze nach seinem Feuerzeug suchte. Rasch legte er sich flach auf den Boden und begann, die entsicherte Schrotflinte mit beiden Händen umklammernd und auf die Ellbogen gestützt, vorwärtszurobben. Ab und zu hielt er inne und erkundete mit einer Hand die unmittelbare Umgebung. Anscheinend verbreiterte sich der Stollen. Er hielt sich so gut es ging in der Mitte, weil er auf diese Weise mehr Spielraum hatte.

Franzes Feuerzeug flammte kurz auf, lange genug, damit Fitzduane erkennen konnte, daß Franze es in der Linken hielt und den Arm weit von sich streckte. Seine Rechte umklammerte in Augenhöhe die Automatik. Er sah nicht aus wie jemand, der einen vermeintlichen Betriebsunfall untersuchte. Fitzduane hoffte, daß er klug genug war, seine Position zu ändern, bevor er das Feuerzeug ein zweites Mal anknipste. Bei dem Gedanken robbte er selber vorsichtshalber ein Stück weiter. Wieder wurde ihm bewußt, wie schutzlos sie in diesem Stollen waren. Die Dunkelheit war ihr einziger Verbündeter.

Obwohl nichts zu hören und sehen war, hatte er das starke Gefühl, daß da noch jemand war. Erneut kribbelte seine Haut. Am liebsten hätte er Franze gewarnt, aber er zog es vor zu schweigen, weil er seine Position nicht verraten wollte. Hoffentlich spürte der Schweizer auch, daß sie nicht allein im Stollen waren.

Plötzlich vernahm er vorn links, etwa auf gleicher Höhe wie Franze, ein leises Geräusch. Es klang wie etwas Metallenes, das die Felswand streifte. Die Phantasie geht mit dir durch, schalt er sich – aber nein, da war das Geräusch wieder, und jetzt glaubte er auch Atemzüge zu hören.

Franzes Feuerzeug klickte. »Runter!« brüllte Fitzduane und rollte sich nach rechts. In dem verschwindend kurzen Augenblick, den das Feuerzeug brannte, sah Fitzduane blutbesudelten Stahl blitzen, dann fiel Franzes Arm mitsamt Feuerzeug zu Boden. Franze schrie in Todesangst auf. Fitzduane war gelähmt vor Entsetzen. Jemand rannte den Gang entlang in Richtung Ausgang. Das brachte Fitzduane wieder zu sich. Mit einem Satz war er bei Franze und riß ihn zu Boden, gerade als Mündungsfeuer aufzuckte. Der Lärm war ohrenbetäubend. Querschläger heulten durch die Finsternis. Fitzduane machte sich so flach, als wollte er mit dem steinernen Untergrund verschmelzen. Zwei weitere Feuerstöße folgten. Er erkannte an dem Geräusch, daß es sich um eine Ingram mit Schalldämpfer handelte.

Das Tor wurde krachend zugeschlagen. Fitzduane stieß mit der Linken an etwas Warmes, Klebriges. Franze atmete stoßweise und unregelmäßig. Wieder tastete Fitzduane mit der linken Hand. Er berührte reglose Finger, die noch immer das Feuerzeug umschlossen. Er nahm es, aber am liebsten hätte er nicht davon Gebrauch gemacht. In der Dunkelheit fühlte er sich einigermaßen sicher, doch er wußte, daß Franze Hilfe brauchte. Wahrscheinlich war der Täter, ob es sich nun um Krane oder jemand anderen handelte, inzwischen über alle Berge. Seine Intuition sagte ihm, daß sich außer ihnen beiden noch zwei weitere Personen im Stollen aufgehalten hatten, aber ganz sicher war er sich nicht. Verdammt, er war wieder in Vietnam in einem von diesen beschissenen Tunnels! Der Schweiß brach ihm aus, und er vermeinte zu spüren, wie die Erde erbebte, während rings umher Bomben explodierten. Gleich darauf hatte er sich wieder in der Gewalt und begriff, daß das Vibrieren von einem schweren Lastwagen verursacht wurde, der draußen die Landstraße entlangdonnerte – draußen, wo die Sonne schien und alles seinen normalen Lauf nahm.

Er drückte auf das Feuerzeug. Es brannte beim ersten Versuch. Franze lag reglos auf dem Boden. Er war bei Bewußtsein, jedoch in tiefem Schock. Aus dem Stumpf seines linken Arms, der dicht über dem Ellbogen durchgetrennt worden war, schoß Blut.

Fitzduane riß den Gürtel aus seiner Hose, wickelte ihn um den Armstumpf und zog ihn mit aller Kraft so fest zu, daß die Blutung fast aufhörte. Das war ein schwieriges Unterfangen, zu dem er beide Hände brauchte. Er mußte also das Feuerzeug beiseitelegen und im Dunkeln zurechtkommen. Er spürte, daß er sich über und über mit Blut besudelte und redete Franze beruhigend zu, erhielt jedoch keine Antwort. Die Haut des Schweizers fühlte sich kalt an. Er brauchte dringend ärztliche Hilfe. Eine solche Wunde war zwar nicht unbedingt tödlich, aber Fitzduane hatte schon Menschen mit geringeren Verletzungen verbluten sehen, und dazu kam noch der Schock: Franze war kein junger Mann mehr.

Er zog den Polizisten hoch und stützte ihn, während sie sich den Stollen in Richtung Ausgang entlangschleppten. Schon bald sahen sie einen tröstlichen Lichtschein vor sich. Es war nicht mehr weit, aber Franze schaffte es nicht. Er machte schlapp, so daß Fitzduane ihn schultern mußte. Franze war schwer. Stolpernd und strauchelnd erreichte Fitzduane mit Mühe und Not das eiserne Tor. Fast wurde ihm vor Schreck übel, als er feststellte, daß es von außen verschlossen war. Er machte zehn Schritte zurück in den Stollen, ließ Franze zu Boden gleiten und ging die Schrotflinte holen. Sie lag neben dem abgeschlagenen Arm. Schon wollte er ihn dort liegenlassen, da mußte er daran denken, wozu die moderne Chirurgie imstande ist. Also zog er das Jackett aus, wickelte den Arm hinein und ging zu der Stelle zurück, wo er Franze zurückgelassen hatte. »Kopf runter!« sagte er zu ihm, aber der Polizist rührte sich sowieso nicht. Fitzduane hatte nur wenig Hoffnung, daß er mit einer Schrotflinte etwas gegen ein Eisentor ausrichten konnte, aber er wollte es trotzdem versuchen. Er richtete die Mündung auf die Stelle, wo er draußen das Vorhängeschloß vermutete und feuerte zweimal in kurzen Abständen.

Kilmara hätte sich bestimmt über das Resultat gefreut. Das spröde Eisen wurde von der geballten Ladung der XR-18-Patronen durchsiebt, als wäre es eine dünne Nußschale. Metallpartikel flogen bis auf die Straße, und durch das große runde Loch brach Tageslicht. Fitzduane stieß das Tor auf und schleppte Franze ins Freie – gerade als Herr Müller, der Käsereibesitzer, aus dem Auto stieg, in der Hand eine Geschenkbox mit einem Käse darin. Als er Fitzduane und den verletzten Polizisten erblickte, beide blutbesudelt und der Ire mit einer Schrotflinte bewaffnet, deren Lauf noch rauchte, war er zuerst fassungslos und glaubte, seinen Augen nicht zu trauen, doch dann ließ er die Schachtel fallen und stürzte auf die beiden zu. Er half Fitzduane, Franze im Wagen zu verstauen und breitete eine Decke über seinen verwundeten Landsmann.

»Haben Sie eine Taschenlampe?« fragte Fitzduane ihn auf englisch, und als der andere ihn nicht verstand, machte er ihm mit Zeichensprache klar, was er meinte. Herr Müller nickte und holte einen starken batteriebetriebenen Suchscheinwerfer aus dem Kofferraum. Fitzduane riß ihm die Lampe aus der Hand und schob ihn hinter das Steuer seines Wagens. »*Hospital! Police!*« sagte er und schlug die Autotür zu. Herr Müller gab Vollgas. Er streckte einen Arm aus dem offenen Seitenfenster und winkte dem Iren aufmunternd zu.

Fitzduane ersetzte die beiden fehlenden Patronen im Magazin der Schrotflinte und betrat erneut den Stollen. Die schußbereite Remington im Anschlag, bewegte er sich wie ein kampferprobter Nahkämpfer. Obwohl er bezweifelte, daß noch Gefahr im Verzug war, wollte er keine Dummheit begehen. Er war sich darüber im klaren, daß jeder vernünftige Mensch draußen auf die Polizei gewartet hätte, aber dafür war er zu ungeduldig.

Unterwegs stellte er fest, daß jemand die in kurzen Abständen an der Tunnelwand angebrachten Lampen mutwillig zerschlagen hatte, wahrscheinlich mit doppelter Absicht: um notfalls im Schutz der Dunkelheit fliehen zu können und um sich eine Art Frühwarnsystem zu schaffen, denn jeder, der nach ihm den Stollen betreten hätte, hätte sich durch das Knirschen der Glasscherben unter seinen Füßen verraten.

Die Tür zum Käselager war offen. In dem schmalen, langgestreckten Raum standen dicht an dicht Holzregale, vollgepackt mit verschiedenen Käsesorten, die nach Größe und Reifegrad geordnet waren, darunter wagenradgroße Exemplare, die Fitzduane eine Ahnung davon vermittelten, wie arbeitsintensiv die traditionelle Käseherstellung sein mußte. Jeder Käse mußte gewendet, geölt, gewachst, mit Salz eingerieben oder sonstwie behandelt werden, bevor er reif war und dem Endverbraucher ans Messer geliefert wurde.

An der gegenüberliegenden Wand gab es zwei große Porzellanwaschbecken. Fitzduane richtete den Strahl des starken Handscheinwerfers darauf. Die Waschbecken und die Kacheln an der Wand waren mit frischem Blut bespritzt. Der Lichtkegel wanderte abwärts. Auf dem Boden lag die reglose Gestalt eines Mannes, dessen ursprünglich weißer Kittel mit Blut getränkt war. Der Kopf fehlte. Fitzduane trat näher, um die Leiche genauer in Augenschein zu nehmen. Einiges deutete darauf hin, daß das Opfer sich wie bei einer rituellen Tötung mit dem Kopf über eines der Waschbecken gebeugt hatte. Fitzduane konnte sich vorstellen, welchen Horror der Mann durchgestanden haben mußte, als er mit der Kehle gegen das kalte Porzellan gepreßt worden war.

Er warf einen Blick in beide Becken, konnte den Kopf aber nirgends entdecken. Auch auf dem Fußboden wurde er nicht fündig. Er fragte sich, ob der Täter den Kopf mitgenommen hatte, und wenn ja, warum. Als Beweis dafür, daß er seinen Auftrag ausgeführt hatte? Der Schachbrettmord fiel Fitzduane ein, diese Zurschaustellung makabren Humors, und plötzlich wußte er, wo er zu suchen hatte. Er ließ den Lichtstrahl des Scheinwerfers über ein Regal nach dem anderen wandern, und es dauerte nicht lange, bis er zwischen den peinlich genau aufgereihten Käselaibern das entdeckte, wonach er Ausschau hielt. Obwohl er sich innerlich gewappnet hatte, drehte sich ihm fast der Magen um. Felix Kranes Kopf starrte ihm zwischen zwei langsam vor sich hinreifenden Exemplaren von Herrn Müllers Hochalmkäse entgegen.

Fitzduane ging zurück und wartete draußen am Straßenrand auf die Polizei. Erst jetzt fiel ihm auf, daß der Lastwagen verschwunden war. Er konnte sich nicht erinnern, ob er noch da gewesen war, als er mit dem verletzten Franze ins Freie getreten war. Die Geschenkbox mit dem Käse darin lag dort, wo Herr Müller sie fallen gelassen hatte. Fitzduane hob sie nicht auf.

»Sei auf alles gefaßt!« sagte Kadar laut zu sich selbst und salutierte wie ein Pfadfinder, indem er zwei Finger an die Stirn legte.

Die Tiefkühltruhe, über zwei Meter lang und eigentlich für gewerbliche Zwecke bestimmt, stand in einem geheimen, stets verschlossenen Raum des angrenzenden Hauses, das Kadar gehörte, jedoch unter dem Namen eines Strohmanns im Grundbuch eingetragen war. Genau gesagt gehörte Kadar sogar der gesamte Häuserblock. Das war Teil seiner Politik, sich für den Notfall immer einen Fluchtweg offenzuhalten. Durch Geheimtüren konnte er sich von einem Gebäude ins andere begeben, ohne auf die Straße hinaustreten zu müssen. Kadar war nicht eben erfreut darüber, die Tiefkühltruhe mit ihrem belastenden Inhalt in seiner unmittelbaren Nähe zu wissen, und deshalb hatte er alle erdenklichen Vorsichtsmaßnahmen ergriffen. Er legte Wert darauf, daß er ohne großen Zeitverlust an die Truhe herankam.

Kadar betrat den kleinen, strahlend hell erleuchteten Raum und verschloß die Tür hinter sich, bevor er den Zahlencode tippte, der den Deckel der Kühltruhe entriegelte. Er warf einen Blick auf den üppigen Inhalt, der säuberlich in viereckigen Einsätzen aus Drahtgeflecht sortiert war. Er mochte es, wenn alles seine Ordnung hatte. Der erste Drahtkorb, den er heraushob, enthielt Gefriergemüse, der zweite Fisch. Es folgte Geflügel, vor allem Fasane und Wachteln, aber auch anderes Federvieh. Bis vor nicht allzu langer Zeit hatte er eine besondere Vorliebe für Fasan gehabt, doch dann hatte er eines Tages auf ein großes Schrotkorn gebissen – der Idiot von einem Jäger hätte damit einen Geier vom Himmel holen können – und einen Zahnarzt aufsuchen müssen. Diese ärgerliche Erfahrung hatte ihm zwar auf unabsehbare Zeit den Geschmack an

Fasan verdorben, doch hatte sie auch ihre guten Seiten gehabt. Als er nämlich weit zurückgelehnt in dem Zahnarztstuhl saß, hatte er im Geiste angefangen, Vorkehrungen für seinen eigenen Tod zu treffen. Diese Übung war – trotz der besonderen Umstände, unter denen sie stattfand – durchaus nicht unangenehm, denn aus bestimmten Gründen sah er sich genötigt, das gewaltsame Ableben des ihn behandelnden Arztes gleich mitzuplanen.

Das Grundmuster war, wie er sich eingestand, nicht sonderlich originell, aber er litt nicht an NSE, dem klassischen Ingenieurssyndrom (»nicht selbst erfunden«, also untauglich). Außerdem hatte er den ursprünglichen Plan dank einer zufälligen Entdeckung erheblich verbessern können. Der Zahnarzt war einer jener Mediziner gewesen, die gern einseitige Gespräche mit ihren wehr- und sprachlosen, weil praktisch geknebelten Opfern führen. Er hieß Dr. Ernst Wenger und war in seinem Beruf äußerst erfolgreich, was sich in horrenden Honoraren niederschlug. Vom Scheitel seines Toupets bis zu den Sohlen seiner teuren Schuhe ein typischer Berner, ließ er bei allem, was er tat, große Sorgfalt walten. So hatte er im Lauf der Zeit nicht nur ein umfassendes Archiv mit detaillierten Angaben über die Gebisse seiner Kundschaft angelegt – was konnte man von einem für Nachschubfragen zuständigen Schweizer Reserveoffizier im Majorsrang anderes erwarten? –, sondern bewahrte eine Kopie dieses Archivs, welches ständig ergänzt und auf den neuesten Stand gebracht wurde, sicherheitshalber in einem Banktresor auf, neben einem ansehnlichen Aktienpaket, Pfandbriefen, Staatsanleihen und anderen Wertpapieren. Hätte man ihn, den überaus erfolgreichen Zahnarzt gefragt, worauf er, vor die bittere Wahl gestellt, eher verzichten würde, auf die Wertpapiere oder das Dental-Archiv, wäre ihm die Antwort nicht schwergefallen: Das Archiv war, wie er sich ausdrückte, seine »private Goldmine«. Im Gegensatz zu seinen Patienten mochte er solche kleinen Scherze.

Kadar stellte den letzten Korb mit Gefrorenem neben das Kühlmöbel und beugte sich vor. Es war alles noch genauso wie bei der letzten Inspektion, eine beruhigende, wenn auch keineswegs überraschende Feststellung. Ehrlich gesagt hatte er nicht erwartet, den Insassen der Truhe mit vollen Backen tiefgefrorene Erbsen kauend anzutreffen. Oder mit einem Stoppelbart. Auf Eis gelegte Leichen pflegen sich sehr ruhig zu verhalten. Kadar lehnte sich an den Rand der gut isolierten Kühltruhe und sagte tröstend: »Keine Sorge, deine Zeit wird kommen.« Dabei lächelte er milde.

Auf dem Gesicht von Paul Straub – so hieß der Tote – zeichneten sich Horror, Panik und ungläubige Verzweiflung ab. Unter der Wirkung eines Betäubungsmittels stehend, war er so gefesselt worden, daß er sich nicht rühren konnte, und später lebendig in die Tiefkühltruhe gelegt worden. Das letzte Bild, das er in sich aufnahm, bevor der Deckel zugeklappt wurde und ihn ewige Finsternis umgab, war der Anblick von gefrorenem Geflügel. Er hatte den Kältetod sterben müssen, weil er Kadar zufällig ähnelte, was Größe, Gewicht und andere körperliche Merkmale anging – und weil er wie Kadar ein Patient von Dr. Wenger war.

Kadar beugte sich noch ein Stück weiter vor und klopfte auf die Leiche. Sie war steinhart. Das Kühlaggregat arbeitete also tadellos. Ursprünglich hatte er an flüssigen Stickstoff gedacht, weil dieses Kühlmittel organisches Gewebe kaum angreift und deshalb zum Einfrieren von so unterschiedlichen Dingen wie Erdbeeren und Sperma verwendet wird, um nur zwei Beispiele zu nennen, aber als er sich den späteren Verwendungszweck der Leiche vergegenwärtigte, hatte er sich doch für das übliche Verfahren entschieden.

Kadar richtete sich auf und machte sich daran, die Körbe an ihren Platz zurückzustellen. Er warf noch einen letzten Blick auf den toten Paul Straub, dessen offene Augen von einem dünnen Eisfilm überzogen waren. »Sieh mich nicht so vorwurfsvoll an!« sagte Kadar. »Die Fasane sind an allem schuld.«

Als er den Raum verließ und die Schlösser hinter sich zuschnappen hörte, fühlte er sich zufrieden. Wenn man bedachte, mit welch unvollkommenem Material er arbeiten mußte, lief eigentlich alles wie am Schnürchen.

Kapitel 19

Ursprünglich war das Projekt K als halbamtliches Entlastungsmanöver konzipiert worden, bescheiden in Umfang und Zielsetzung, jedoch so unbürokratisch, daß die Beteiligten ohne den üblichen Zeitverlust hätten handeln können. Die Morde von Lenk machten dieses Konzept jedoch über Nacht zunichte.

Überzeugt, daß keine Zeit mehr verloren werden durfte, hatte Charlie Beck Fitzduanes Appartement kurzerhand in eine rund um die Uhr funktionierende Kommandozentrale verwandelt. Als Fitzduane erfuhr, daß in seinem Schlafzimmer ein Computerterminal installiert werden sollte, faßte er dies als einen Wink mit dem Zaunpfahl auf und bezog das Gästezimmer, das der Bär ihm in seiner Wohnung anbot. Dort gab es zwar keine Bettwäsche aus schwarzer Seide und Spiegel an der Zimmerdecke, doch die Kochkunst des Bären hätte im Michelin bestimmt drei Sterne bekommen. Übrigens hatte sich der Bär eine Pistole mit größerem Kaliber gekauft, angesichts der jüngsten Ereignisse ein tröstlicher Gedanke.

Die Bewohner der anderen drei Appartements in dem kleinen Gebäude, das Beat von Graffenlaub gehörte, waren unter Berufung auf ihren Patriotismus und mit der Zusage einer finanziellen Entschädigung höflich gebeten worden, sich eine andere Bleibe zu suchen. Sobald der letzte Mieter ausgezogen war, verschärfte Beck die Sicherheitsvorkehrungen noch mehr.

Je länger Beat von Graffenlaub dem Bär, Fitzduane und anderen, am Projekt K beteiligten Personen zuhörte, desto mehr war ihm seine Beunruhigung anzusehen. Wie stets war die Kleidung des Anwalts von tadelloser Eleganz, doch der Maßanzug schien dem Mann, der darin steckte, nicht mehr so recht zu passen. Sein Gesicht war blaß, die Augen waren rot gerändert, und er hatte sichtlich abgenommen. Aus seinem Auftreten sprach nicht mehr die überhebliche Selbstsicherheit der Reichen und Mächtigen.

»Und wie nennen Sie diesen Menschen, der so viele Leben auf dem Gewissen hat?« fragte er mit unterdrückter Wut.

Henssen kam den anderen mit der Antwort zuvor. »Als er für

uns noch eine statistische Anomalie war und nichts weiter, tauften ihn meine Kollegen im BKA den ›gräßlichen Mister Nobody‹, aber ich finde das überhaupt nicht mehr witzig.«

»Ab jetzt heißt er ›der Henker‹«, sagte der Bär. »Wir haben uns auf diese Bezeichnung geeinigt.«

»Wir sind überzeugt, daß alle Verbrechen von ein und derselben Person, nämlich vom Henker begangen worden sind«, bemerkte Kersdorf nüchtern. »Allerdings können wir nicht gerade behaupten, daß man unsere Meinung überall teilt. Neben unserer Arbeit laufen die üblichen polizeilichen Ermittlungen weiter, und der Kripochef steht uns ziemlich skeptisch gegenüber.«

»Genau genommen haben wir für unsere These kaum Beweise«, meinte Beck. Sein sachlicher Tonfall stand in krassem Widerspruch zu seiner Kleidung: Er trug ein pinkfarbenes Sweatshirt, auf dem ein Grüppchen faulenzender Stinktiere mit Fliegen am Hals zu sehen war. Darüber stand STINKFAUL.

»Falls Ihre Hypothese falsch ist, müssen Sie wohl damit rechnen, daß Ihre Computer zu völlig abwegigen Schlußfolgerungen gelangen«, sagte Graffenlaub.

»Stimmt, aber das Risiko müssen wir eingehen«, antwortete Henssen.

»Jedenfalls steht fest«, schaltete sich Oberinspektor Kersdorf ein, »daß außer uns noch niemand eine in sich stimmige Erklärung für die fraglichen Ereignisse geliefert hat.«

Graffenlaub trank einen Schluck Mineralwasser. Die Hand, mit der er das Glas hielt, zitterte kaum merklich. Im Raum war es so still, daß die anderen Männer das leise Zischen hören konnten, das die Kohlensäurebläschen beim Zerplatzen machten. Graffenlaub sah einen nach dem anderen an. Sein Blick blieb auf Fitzduane haften.

»Mister Fitzduane, Sie sind für unsere Familie ein Fremder«, sagte er. »Der schreckliche Tod eines jungen Mannes hat Sie so erschüttert, daß Sie auf eigene Faust Nachforschungen angestellt haben. Zufällig handelte es sich bei dem Toten um meinen jüngsten Sohn, Vrenis Zwillingsbruder. Ich möchte Ihnen versichern, daß ich in dieser Angelegenheit keinen Rückzieher machen werde. Bitte sagen Sie mir alles, was es zu sagen gibt, und nehmen Sie keine Rücksicht auf meine Gefühle. Am besten erzählen Sie mir als erstes, welche Beziehungen Ruedi zu diesem... diesem Henker hatte.«

»Nicht nur Ruedi. Ihre Frau auch«, sagte Fitzduane.

»Erika?« fragte Graffenlaub. »Ach, sie auch?« Die letzten Worte waren kaum mehr als ein Flüstern gewesen. Tränen liefen ihm übers Gesicht.

Fitzduane empfand unendliches Bedauern. Vor seinen Augen ging das Leben eines Mannes in die Brüche, und er konnte nichts dagegen tun. Wortlos legte er dem Anwalt die Hand auf die Schulter.

Als hätten sie es vorher abgesprochen, ließen die anderen Fitzduane mit Graffenlaub allein. Was gesagt werden mußte, war ohnehin peinlich genug.

»Ich will mich so kurz wie möglich fassen«, begann Fitzduane, »und ich werde mich kommentarlos auf die Tatsachen und die sich aus ihnen ergebenden Konsequenzen beschränken. Wenn Sie wollen, können wir anschließend darüber diskutieren. Über den Henker und das, was wir über ihn herausgefunden haben, wissen Sie bereits Bescheid. Zunächst ein paar Worte zu seinen Methoden. In seinen Zielen scheint er eher finanziell als ideologisch motiviert zu sein, aber es ist wohl beides im Spiel. Ganz allgemein ausgedrückt, legt er es anscheinend darauf an, das System zu unterlaufen und entwickelt dabei einen makabren Humor. Seine Methode besteht darin, schwelende Konflikte zu seinem eigenen Vorteil zu schüren. Dazu braucht er keine einheitliche Weltanschauung. Wahrscheinlich lenkt er verschiedene Splittergruppen, die fanatisch irgendwelche ideologischen Richtungen vertreten, aber er selbst schöpft in finanzieller Hinsicht den Rahm ab. Am liebsten umgibt er sich mit Menschen, die leicht zu manipulieren sind. Viele seiner Gefolgsleute, die sich übrigens nicht als solche begreifen, sondern als Mitglieder einer kleinen Gruppe, sind junge, auch in sexueller Hinsicht sehr aktive Leute. Der Henker macht von allem Gebrauch, was seinen Zwecken dient, und wir haben Grund zu der Annahme, daß auch Sex dazugehört. Geheime sexuelle Rituale und Initiationsfeiern stellen ein klassisches

Mittel der Manipulation und Bindung an eine Führergestalt dar. Denken Sie beispielsweise an die Rolle der Sexualität bei satanischen Riten oder in vorchristlichen Glaubensgemeinschaften. Umgekehrt ist in katholischen Orden die Ächtung der Sexualität zu konstatieren. Abgesehen davon, daß der Henker die Sexualität als Mittel der Manipulation einsetzt, weist manches darauf hin, daß er selber sexuelle Probleme hat. Allem Anschein nach hat er sowohl hetero- als auch homosexuelle Neigungen, und dazu kommt eine ausgesprochen extreme sadomasochistische Komponente.«

»Anders gesagt haben wir es mit einem Irren zu tun«, sagte Graffenlaub. »Vielleicht sogar mit einem Monster.«

»Kann sein, aber wenn wir ihm das Handwerk legen wollen, sollten wir besser nicht in solchen Begriffen von ihm denken. Er sieht wahrscheinlich ganz normal aus und benimmt sich im täglichen Leben wohl auch genauso normal wie Sie und ich.«

»Wer weiß schon, welche Ungeheuerlichkeiten sich bei manchen Menschen hinter einer unscheinbaren Fassade verbergen«, sinnierte Graffenlaub.

»Sie sagen es«, sagte Fitzduane.

Frau Rämi hatte ihre Einkäufe gemacht und gönnte sich nun in einem Straßencafé am Bärenplatz einen Kaffee und ein kleines Stück Torte, vielleicht auch zwei. Sie war zufrieden, denn sie hatte den Birnenschnaps, den ihr Mann Gerhard so gern trank, im Sonderangebot gefunden, und so enthielt die Einkaufstasche aus derbem Leinen, die neben ihr auf dem Boden stand, drei Flaschen von dem Getränk.

Wenn Gerhard nach dem Abendessen genug von dem Schnaps trank, verwandelte er sich in einen umgänglichen, fast sanftmütigen Menschen und schlief meist sofort ein, kaum daß er zu Bett gegangen war, so daß Frau Rämi das erspart blieb, was man gemeinhin mit ehelichen Pflichten umschreibt. Sie waren beide schon Mitte Fünfzig, und es wurde allmählich Zeit, daß Gerhard sich eine andere Freizeitbeschäftigung suchte, zum Beispiel Basteln oder Briefmarkensammeln. Andererseits war es vielleicht kein schlechtes Zeichen, sagte sich Frau Rämi, daß ihr Mann sie nach sechsundzwanzig Ehejahren immer noch begehrenswert fand.

Sie lächelte in sich hinein und fand, daß es höchst angenehm war, hier am Bärenplatz in der Sonne zu sitzen und all die buntgekleideten Passanten vorbeischlendern zu sehen.

Ein in einen weiten Umhang gehüllter Skateboardfahrer, der einen Motorradhelm auf dem Kopf trug und eine Gitarre umgehängt hatte, stoppte kurz neben ihr, sah sich suchend um, stieß sich mit einem Ruck ab und tauchte in der Menschenmenge unter. Fast im selben Augenblick vernahm Frau Rämi, die ihm hinterherblickte, ganz nah eine Art gedämpftes Husten und neben ihren Beinen das Klirren von Glas. Als sie die Augen auf ihre Einkaufstasche richtete, stellte sie bestürzt fest, daß sie mehrere kleine Löcher aufwies. Der Geruch von Birnenschnaps stieg ihr in die Nase.

Da sie eine einfache Frau war, wurde sie aus der Situation nicht schlau. Sie ging nicht zur Polizei, sondern ließ die Einkaufstasche in den nächsten Papierkorb fallen, wobei sie sie weit von sich weghielt und das Gesicht abwendete. Dann ging sie in Loebs Supermarkt Ersatz kaufen und fuhr mit der Straßenbahn nach Hause.

»Warum ausgerechnet hier?« fragte der Libanese und sah sich im Café Falken um. Es war etwa zu zwei Dritteln voll, und die Kundschaft bestand aus schrägen Typen, die sich in einem Fellini-Film bestens als Komparsen geeignet hätten. Die Männer trugen fast ausnahmslos Bart, Knöpfe im Ohr, große schwarze Hüte und ausgefranste Jeans. Man trank Milch und Milchshakes, und in der Luft hing Haschischqualm. Alles in allem ging von der ostentativ zur Schau getragenen Protesthaltung dieser Leute ein beklemmender Konformismus aus. Kaum jemand war über fünfundzwanzig. Eingefallene Gesichter mit leichenblasser Haut legten die Vermutung nahe, daß ein langes Leben bei bester Gesundheit hier nicht sehr hoch im Kurs stand.

»Das ist doch klar«, antwortete Sylvie. »Ich wollte dich von der Straße wegholen, und zwar schnell. Du hast den Scheißkerl verfehlt, verdammt noch mal!«

Der Libanese zuckte resigniert mit den Achseln. »Er ist genau in dem Moment weitergefahren, als ich abgedrückt habe. Das war Pech. Er bewegt sich verdammt schnell auf diesem blöden Skateboard. Gott sei Dank ist anscheinend niemandem was aufgefallen. Der Schalldämpfer von der Skorpion ist wirklich klasse.«

»Wir haben nicht mehr viel Zeit«, sagte Sylvie. »Du kennst Kadar.«

»Allerdings«, antwortete der Libanese düster.

»Beim nächstenmal gehen wir ganz nah an ihn ran«, bestimmte Sylvie, »und dann muß es unbedingt klappen.«

Der Libanese kippte wortlos den Rest seines Biers hinunter. Dann schnippte er ein Staubpartikel vom Revers seines Jacketts und warf einen zufriedenen Blick auf die blitzblanken Schuhe aus Krokoleder. Scheiß auf Kadar, Ivo, Sylvie und die ganze Bande, dachte er, drehte sich zu Sylvie um und musterte sie.

Sie sah ihn kühl an und meinte lakonisch: »Keine Chance. Ich stehe nicht auf Männer.«

»Ruedi war für jemanden, der andere Menschen geschickt zu manipulieren versteht, ein gefundenes Fressen«, sagte Fitzduane zu Beat von Graffenlaub. »Die meisten jungen Leute rebellieren bekanntlich mehr oder weniger stark gegen die Welt ihrer Väter. Erwachsenwerden ist gleichbedeutend mit Orientierungslosigkeit, Identitätssuche und der Bereitschaft, sich für ›neue‹ Ideale zu engagieren. Die Ablehnung eines Wertesystems erzeugt das Bedürfnis nach einem anderen. Ein ideologisches Vakuum scheint mit der Natur ebensosehr unvereinbar wie ein physikalisches. Ich weiß nicht viel über Ihre Familienverhältnisse, aber eines ist mir klar: Als sie sich von Ihrer Frau Claire scheiden ließen und Erika heirateten, war das für Ihre Kinder, besonders für Ruedi, ein schwerer Schlag. Ruedi begann sozusagen einen Ein-Mann-Krieg gegen die etablierten Werte. Darin wurde er anfänglich von seiner Mutter bestärkt. Dem Vernehmen nach lag ihr mehr an einer wirklich liberalen und menschlichen Gesellschaftsform als Ihnen.«

»Eigentlich hatten wir eine sehr ähnliche Weltanschauung«, sagte Graffenlaub verdrossen, »nur mußte ich mich mit der Realität herumschlagen, während Claire sich mit meinem Geld ein Luxusleben leistete und in utopischen Träumen und Theorien schwelgte. Ich mußte kämpfen, unangenehme Aufgaben bewältigen, einschneidende Entscheidungen treffen und Kompromisse eingehen. So ist die Welt nun einmal. Bei mir zählen Fakten, keine Phantasievorstellungen.«

»Mag sein«, räumte Fitzduane ein. »Es gibt da aber noch ein paar andere Faktoren. Ihr Sohn Ruedi war ein außergewöhnlich intelligenter, energischer und gefühlvoller junger Mann, eine nicht ungefährliche Mischung. Er begehrte nicht einfach nur gegen die bestehenden Verhältnisse auf – nein, er wollte sie ändern. Das führte dazu, daß er anfing, Sie auszuspionieren. Er schnüffelte in Ihren Akten herum, und siehe da, er fand heraus, daß sein Papi bei dieser schmutzigen Vaybon-Affäre die Finger im Spiel hatte.«

»Er zog die falschen Schlüsse«, protestierte Graffenlaub. »Bei Vaybon handelt es sich um ein großes Unternehmen, das nur saubere Geschäfte macht. Ruedi entdeckte zufällig eine Aufstellung gewisser Unregelmäßigkeiten, wie sie in jeder Firma vorkommen. Ich war dabei, Ordnung zu schaffen, und statt mir das hoch anzurechnen, schob er mir die Schuld in die Schuhe. Er witterte überall Korruption und ließ nicht mit sich reden.«

»Junge Leute wie er sind selten für rationale Argumente zugänglich«, sagte Fitzduane. »Trotzdem: Was Sie da eben über Vaybon gesagt haben, kaufe ich Ihnen nicht ab. Ich komme später darauf zurück. Ich möchte mich mit Ihnen über Ruedi unterhalten und nicht über einen multinationalen Konzern, dessen Manager alles andere als eine weiße Weste haben.«

Graffenlaub zuckte zusammen, sagte jedoch nichts. Er mußte daran denken, welche idealistischen Vorstellungen er ganz zu Anfang mit Claire geteilt hatte und wie dann eine scheinbar unabwendbare Folge von Kompromissen und Entscheidungen diese ursprüngliche Werteskala immer mehr unterminiert hatten.

»Ich komme jetzt zu den Dokumenten, die Ruedi entwendet hat, und zum Tod seiner Mutter«, fuhr Fitzduane fort. »Dieses Ereignis beseitigte bei ihm die letzte Hemmschwelle. Er gab Ihnen und dem System, das Sie verkörpern, die Schuld an seinem Unglück, und er steigerte sich in den Wahn hinein, daß nur durch äußerst drastische Maßnahmen Abhilfe geschaffen werden konnte. Er wollte jetzt nicht mehr nur verändern, sondern sich rächen, und dafür brauchte er Hilfe. Also schloß er sich zuerst der außerparlamentarischen Opposition und dann extremistischen Gruppierungen an. Diese Leute hatten mit einer schwerfälligen Demokratie alten Stils nichts im Sinn. Sie sprachen Ruedi aus der Seele: Die Schweizer Gesellschaftsordnung mußte total umgekrempelt werden, und zwar mit Gewalt. Ich habe keine Ahnung, wie tief Ruedi in die Machenschaften der Radikalen verstrickt war, und ich glaube, daß nicht einmal seine Zwillingsschwester darüber Bescheid weiß. Möglicherweise benutzten sie ihn als eine Art Verbindungsmann, oder er war nur so etwas wie ein Sympathisant, ein Terroristen-Groupie, wie ich mich Vreni gegenüber ausgedrückt habe. Es ist aber auch nicht auszuschließen, daß er eine wichtigere Rolle gespielt hat und zum Einsatz an vorderster Front bestimmt war. Bevor es soweit kam, wurden die außerparlamentarische Opposition und vor allem die extremistischen Gruppen von der Polizei aufgerollt. Ruedi stand vor einem Problem: Er brauchte eine Organisation, innerhalb derer er sich betätigen konnte, aber seine früheren Genossen befanden sich hinter Schloß und Riegel. In diesem Stadium betrat Erika, Ihre zweite Frau, die Bühne, und wenn nicht alles täuscht, initiierte sie Ruedi in gewisse Liebesspiele. Das paßte ihm durchaus ins Konzept, denn wirrköpfig und sexuell verklemmt wie er war, glaubte er sich auf diese Weise an seinem Vater, also an den etablierten Werten und dem System zu rächen. Was ich jetzt über Erika sagen werde, wird Ihnen bestimmt noch weniger gefallen: Nach allem, was ich über sie weiß, ist sie eine reiche, gelangweilte, zutiefst amoralische und sexuell unersättliche Frau von großer körperlicher Attraktivität, die ständig auf der Suche nach einem neuen Nervenkitzel ist und vor nichts zurückschreckt, um ihren sich immer mehr steigernden Hunger auf abwegige Erfahrungen zu stillen. Es gibt Grund zu der Annahme, daß sie sich mit einem außerordentlich gefährlichen Individuum eingelassen hat, den wir intern den Henker nennen.«

»Wissen Sie, was Sie da sagen?«

»Durchaus. Bern ist eine kleine Stadt, und ich habe mich inzwischen mit einer Menge Leute unterhalten. Ich kann zwar nicht beweisen, daß sie mit dem Henker unter einer Decke steckt, aber es gibt eine Menge Indizien, die in diese Richtung weisen.«

»Bitte fahren Sie fort«, sagte Graffenlaub leise.

»Ruedi machte eine tiefgreifende sexuelle Erfahrung. Es passierte, als die Familie wieder einmal in Lenk Ferien machte. Wahrscheinlich waren Erika, Vreni, Felix und auch der Henker mit von der Partie. Wer weiß, ob Ruedi einfach nur verführt wurde oder an einer oder gar mehreren Orgien teilnahm – ich kann Ihnen keine Details nennen, aber das spielt auch keine Rolle. Fest steht nur, daß Ihre Frau mit Ihrem Sohn geschlafen hat, und nicht nur mit ihm. Ob Ruedi von Natur aus homosexuell war oder ob seine Homosexualität nur einer Trotzhaltung entsprang, ist nicht bekannt. Jedenfalls hat er sich gleichgeschlechtlich betätigt. Das ist bei der Autopsie objektiv nachgewiesen worden.«

»Oskar muß Verdacht geschöpft haben«, sagte Graffenlaub. »Er hat mir gegenüber Andeutungen gemacht, aber es war uns beiden so peinlich, daß wir das Thema lieber gemieden haben. In meinen wildesten Träumen hätte ich nicht mit so etwas gerechnet! Es... es ist unglaublich.«

»Der arme Oskar«, sagte Fitzduane. »Er war wirklich in der Zwickmühle. Vielleicht hat er etwas geahnt, aber ganz sicher konnte er sich nicht sein, und wie sollte er Ihnen da seinen Verdacht mitteilen, ohne Sie zu verletzen? Hätten Sie ihm geglaubt, wenn er Einzelheiten genannt hätte?«

»Nein, natürlich nicht. Nicht ohne handfeste Beweise.«

»Dafür ist es jetzt zu spät. Oskar ist tot.«

»Und Felix Krane auch«, sagte Graffenlaub ernst. »Was geht hier vor? Hört dieser Wahnsinn denn nie auf? Worauf will dieser Henker hinaus?«

»Wenn man den Henker verstehen will, kommt man mit den üblichen Begriffen nicht aus. Wir glauben, daß er zur Zeit potentielle Schwachpunkte und Fehlerquellen ausmerzt. Warum er das tut, ist uns schleierhaft. Sein Verhalten läßt kein Grundmuster erkennen. Vielleicht beseitigt er alle Menschen, die ihn identifizieren könnten. Dabei geht er allerdings vermeidbare Risiken ein. Seine Handlungsweise verrät eine Mischung aus kaltblütiger Intelligenz und leichtsinniger Arroganz. Die Leute, die für ihn arbeiten, scheuen bei der Durchführung ihrer Aufträge offenbar keine Gefahr. Sieht so aus, als hätten sie vor dem Henker mehr

Angst als vor uns. Nach allem, was passiert ist, kann man es ihnen nicht verübeln. Wer mit ihm zu tun hat, ist seines Lebens nicht mehr sicher. Deshalb sollten Sie die Sicherheitsmaßnahmen für Ihre Familie und Sie selbst noch verstärken. Wie es mit Ihnen und Ihrer Frau weitergehen soll, das müssen Sie allein entscheiden. Achten Sie auf jeden Fall darauf, daß Sie ihr nicht zuviel sagen. Und vergessen Sie nicht: Ihre Spielchen haben vielleicht nicht nur mit Sex zu tun, sondern auch mit Gewalt.«

»Ich glaube, Sie gehen ein bißchen zu weit«, verwahrte sich Graffenlaub. »Seit Sie mich aus Lenk angerufen haben, wird meine ganze Familie, also auch meine Frau, von bewaffneten Leibwächtern beschützt. Erika nimmt es vielleicht mit der ehelichen Treue nicht so genau, aber sie ist keine Mörderin.«

Fitzduane schwieg eine Weile. Dann sah er Graffenlaub gerade in die Augen und sagte: »Denken Sie an Ihre Kinder! Sie haben sich noch nie in größerer Gefahr befunden. Es spricht für Sie, daß Sie so nobel sind, aber Sie wollen doch nicht, daß ihnen etwas zustößt?«

Graffenlaub zuckte ratlos mit den Achseln. »Was kann ich denn tun? Natürlich werde ich Ihre Worte beherzigen, aber ich kann meine Frau doch nicht einfach im Stich lassen!«

»Ihre ganze Familie wird unter Polizeischutz gestellt«, sagte Fitzduane. »Nur hat die Polizei leider genausowenig Personal, wie wir Beweise vorlegen können.«

»Haben Sie sich schon mit meiner Frau unterhalten?« Es war Graffenlaub anzuhören, daß er die Antwort auf seine Frage kannte.

»Hat sie es Ihnen nicht gesagt?«

»Ich weiß nur, daß sie mit Ihnen nach einer Vernissage essen gegangen ist.«

»Hmm«, machte Fitzduane. Unbehagen beschlich ihn, als er sich den ereignisreichen Abend vergegenwärtigte. Er gab sich einen Ruck und sagte: »Wir sind uns schon mehrmals begegnet, und vor kurzem ist sie von Sergeant Raufmann vernommen worden. Sie gibt sich mal charmant, mal abweisend. Manchmal ist sie ganz schön zynisch, und sie läßt sich nicht in die Karten schauen. Sie hat eine sehr überzeugende Art.«

Graffenlaub saß in sich gekehrt da. Die Aussicht auf weitere Enthüllungen entsetzte ihn, doch der verzweifelte Wunsch, die Wahrheit zu erfahren, zwang ihn, dazubleiben und sich alles bis zum bitteren Ende anzuhören.

»Die Insel, auf der ich wohne und auf der auch Ruedis ehemalige Internatsschule steht«, fuhr Fitzduane fort, »ist seit dem 12. Jahrhundert im Besitz meiner Familie. Meinen Vorfahren ist es damals verdammt schwergefallen, sich auf der Insel niederzulassen. Sie mußten sie mit Waffengewalt erobern, und besonders hartnäckigen Widerstand leisteten die Angehörigen eines Druidenkults, die sich ›die Opfernden‹ nannten. Sie setzten sich für ihre Rituale Tiermasken auf und brachten ihren Gottheiten Menschenopfer dar. Im Lauf der Jahrhunderte entstanden auf diese Weise Dutzende von Massengräbern, die randvoll mit Menschenknochen gefüllt waren. Fitzduanes Insel – das ist übrigens der amtliche Name des Eilands – ist seitdem nur spärlich besiedelt. Sogar in unseren aufgeklärten Zeiten glauben die Leute noch, daß ein Fluch auf ihr liegt, und daß ein rechtschaffener Christenmensch dort nichts zu suchen hat.«

»Ja, ich glaube, ich habe mal etwas in einem Prospekt des Draker-College darüber gelesen«, sagte Graffenlaub. »Doch was hat ein Kult, der schon längst der Vergangenheit angehört, mit dieser Geschichte zu tun? Ich dachte, die Opfernden seien vor über siebenhundert Jahren ausgerottet worden.«

»Stimmt, stellen Sie sich vor, was für eine Faszination so ein Verein auf junge Leute wie Ruedi ausüben muß! Geheimniskrämerei, Gewalttätigkeit, Unabhängigkeit und absolute Solidarität – gibt es für einen aufmüpfigen Jugendlichen etwas Verführerischeres? Auch für einen Menschen wie den Henker wäre eine solche Organisation natürlich ein gefundenes Fressen.«

»Ihre Phantasie geht mit Ihnen durch«, sagte Graffenlaub. »Das sind wilde Spekulationen, weiter nichts.«

Fitzduane nickte. »Ja, es sind größtenteils Spekulationen, und ich habe keinen Beweis dafür, daß Ruedi einem solchen Kult angehört hat oder daß der Henker dahintersteckt, aber was ist beispielsweise mit der Querverbindung zwischen dem Henker und der Tätowierung? Ich will Ihnen etwas zeigen.«

Er schaltete den Videorecorder ein. Nachdem sie sich den Film schweigend angesehen hatten, reichte er dem entgeisterten Graffenlaub eine Plastikhülle, die eine Anzahl Briefe enthielt.

»Der Videofilm ist einige Zeit nach Ruedis Tod aufgenommen worden«, erläuterte Fitzduane. »Die kleine Gruppe mit den neckischen Masken kam aus dem Draker-College. Aus naheliegenden Gründen konnten diese Leute bislang nicht identifiziert werden.«

»Wieso glauben Sie, daß Ruedi damit zu tun hatte?« fragte Graffenlaub gereizt. »So eine Tätowierung ist doch nichts Außergewöhnliches. Sie war Ausdruck einer Protesthaltung, weiter nichts. Wer weiß, woher er sie hatte.«

Fitzduane zog die Briefe aus der Plastikhülle und zeigte sie Graffenlaub. »Erkennen Sie die Handschrift?«

Graffenlaub nickte. »Das ist Ruedis Schrift«, sagte er niedergeschlagen und betastete das Papier zwischen Daumen und Zeigefinger, als würde ihn das seinem toten Sohn näherbringen.

»Ruedi hatte sich Ihnen entfremdet«, sagte Fitzduane, »seine Mutter lebte nicht mehr, und Vreni stand er fast zu nahe. Er brauchte jemanden, der ein bißchen mehr Abstand zu allem hatte. Deshalb fing er an, Marta zu schreiben. Der Inhalt dieser Briefe ist streckenweise ziemlich verworren. Es wird zwar niemand direkt belastet, aber nach allem, was wir bisher herausgefunden haben, braucht man nur eins und eins zusammenzurechnen, um zu dem Ergebnis zu gelangen, daß Ruedi tatsächlich einer Art Geheimbund angehört hat. Die Sache muß ihm irgendwann über den Kopf gewachsen sein. Er versuchte auszubrechen, schaffte es aber nicht.«

»Und deshalb hat er sich umgebracht?«

»Nein, das glaube ich nicht. Jedenfalls hat er es nicht aus freien Stücken getan. Meiner Meinung nach wurde er entweder ermordet oder zum Selbstmord gezwungen, was auf dasselbe hinausläuft. Wahrscheinlich werden wir es nie erfahren.«

»Kann ich die Briefe behalten?«

»Natürlich.« Fitzduane hatte vorsorglich Fotokopien gemacht. Es war deprimierender Lesestoff. Ihm kam eine Passage aus einem Brief in den Sinn, den Ruedi eine knappe Woche vor seinem Tod geschrieben hatte:

»Liebe Matinka,
ich würde Dir so gerne sagen, was hier los ist, aber ich darf es nicht. Ich habe ein Schweigegelübde ablegen müssen. Früher war ich überzeugt, daß ich auf dem richtigen Weg war, aber jetzt bin ich mir nicht mehr sicher. Ich habe eine Menge nachgedacht. Dazu hat man hier viel Zeit. Verglichen mit der Schweiz ist diese Insel menschenleer. Die ganze Zeit hört man das Meer rauschen. Alles ist so unwirklich. Man kommt sich vor wie auf einem anderen Stern. Irgendwie muß ich es schaffen, von hier wegzukommen. Du wirst mich vielleicht schneller wiedersehen, als Du geglaubt hast. Vielleicht sieht alles ein bißchen besser aus, sobald ich wieder in Bern bin.«

Graffenlaub hatte den Brief überflogen. »Warum hat Marta ihn mir nicht gezeigt?« fragte er.

Fitzduane seufzte. »Als der Brief ankam, war Ruedi schon tot. Sie hat sich bestimmt gesagt: Was nützt das noch?«

Der Bär und Charlie Beck hatten nebenan das Gespräch zwischen Fitzduane und Graffenlaub auf Band aufgezeichnet. Als Fitzduane eintrat, nahm der Bär die Kopfhörer ab und schaltete das Gerät aus.

»Ist er gegangen?«

»Ja. Er mußte zum Flughafen, um den Flieger nach New York zu erwischen. In einer Woche ist er zurück.«

»Na, dann haben wir ja genug Zeit zum Nachdenken«, meinte Beck.

»Mir tut der arme Kerl leid«, sagte Fitzduane. »Ich weiß nicht, ob das richtig ist, was wir tun.«

»Wir setzen ihn unter Druck und hoffen, daß etwas dabei herauskommt«, sagte der Bär. »Es ist grausam und unfair, aber vielleicht bringt es etwas.«

»Hoffentlich.«

»Ich glaube nicht, daß Graffenlaub in die Sache verwickelt ist«, sagte Beck.

»Ich auch nicht«, stimmte ihm der Bär zu, »aber wer könnte Erika besser aus der Reserve locken als er?«

»Haben Sie nicht ein bißchen Angst, daß da etwas schiefgehen könnte?«

»Sie meinen, Graffenlaub könnte ihr etwas antun und sie vielleicht sogar umbringen? Wohl kaum. Aber selbst wenn er es tut – haben wir eine andere Wahl? Bei dem Henker handelt es sich nicht um einen kleinen Ganoven, sondern um einen Massenmörder. Wir müssen ihm das Handwerk legen.«

»Im Interesse des Gemeinwohls?«

»Nennen Sie es, wie Sie wollen«, brummte der Bär. »Mir gefällt die Sache auch nicht.«

Fitzduane genehmigte sich einen Drink. Nach dem langen Gespräch mit Graffenlaub fühlte er sich ausgepumpt. Der Whisky rann ihm wie Öl durch die Kehle.

»Wir haben schon eine Menge Material im Computer gespeichert«, sagte er. »Jetzt wird es allmählich Zeit, die richtigen Schlüsse daraus zu ziehen.«

»Wir Berner haben eine Menge Geduld«, scherzte der Bär.

»Geduld ist nicht gerade eine irische Nationaltugend«, erwiderte Fitzduane.

»Was ist eigentlich mit diesem Ivo?« schaltete sich Charlie Beck ein. »Gibt es über ihn was Neues zu berichten?«

»Sir Ivo hält sich für einen Ritter in funkelnder Rüstung«, antwortete Fitzduane. »Fast hätte ich ihn nicht wiedererkannt. Ich trat am Bärenplatz aus einer Bank, als plötzlich eine komische Gestalt mit einem Umhang und einem Motorradhelm auf einem Skateboard angerollt kam und auf mich einredete. Ich konnte ihn kaum fragen ›Wer zum Teufel sind Sie?‹, da war er schon wieder weg. Als ich quer über den Platz ging, kam er noch zweimal an. Ich war so erschrocken, daß ich ihn fast erschossen hätte. Er hat mir einen Zettel in die Hand gedrückt.«

Beck schüttelte sich. »So etwas sollten Sie nicht sagen. Andere Leute erschießen ist in der Schweiz verpönt. Da fällt mir etwas ein: Die Behörden in Lenk wollen wissen, wer das Eisentor bezahlt, das Sie zerballert haben. Anscheinend gehört es nicht dem Käsereibesitzer, sondern ist Gemeindeeigentum.«

Fitzduane mußte lachen. Beck gab sich Mühe, eine amtliche Miene aufzusetzen, aber sie paßte nicht so recht zu dem T-Shirt mit der Aufschrift STINKFAUL. »Warten Sie nur ab, bis Sie die Rechnung sehen«, warnte er Fitzduane. »Die Gemeinde behauptet, es sei ein Tor von beträchtlichem historischen Wert. Übrigens: Sie wollen Ihnen auch eine Medaille verleihen, weil sie Sergeant Franze das Leben gerettet haben. Aber das sind zwei völlig getrennte Angelegenheiten.«

»Sie nehmen mich auf den Arm.«

»Durchaus nicht. Die Beschädigung fremden Eigentums ist in der Schweiz ein schwerwiegendes Vergehen.«

»Wir waren bei Ivo«, erinnerte der Bär ihn.

»Ach ja, richtig. Was stand denn auf dem Zettel?«

»Eine ziemlich chaotische Mitteilung, halb Gedicht, halb Zeichnung. Ivo will Fitzduane morgen mittag im High Noon treffen, einem Café am Bärenplatz. Allein, ohne Polizei. Es geht um Klaus Minder. Ivo behauptet, er hätte Informationen über den Mörder.«

»Ivo ist nicht ganz richtig im Kopf«, sagte Beck. »Er hat schon einen Menschen auf dem Gewissen. Wollen wir wirklich das Risiko eingehen, daß unser irischer Freund um die Ecke gebracht wird, bevor er das Eisentor in Lenk bezahlt hat? Nein, diese Freude sollten wir dem Kripochef nicht gönnen.«

»Es ist ein Risiko«, gab der Bär zu, »aber ein kalkulierbares. Meiner Meinung nach hat Fitzduane bei Ivo einen Stein im Brett. Der Kerl ist im Grunde kein Gewaltmensch. Ich möchte wetten, daß er in die Sache mit dem Affen irgendwie reingeschliddert ist.«

»Spielen Sie mit?« fragte Beck Fitzduane. »Wir geben Ihnen natürlich Feuerschutz.«

»Nur, wenn die Stadt Bern das Tor in Lenk übernimmt.«

Beck machte ein gequältes Gesicht und wollte etwas erwidern, doch da ging die Tür auf und Henssen kam herein. »Gute Nachrichten«, sagte er zufrieden. »Wir haben noch mal alles durch den Computer laufen lassen. Wenn alle Prämissen stimmen, haben wir jetzt eine verläßliche Aufstellung aller Verdächtigen. Sie umfaßt nur noch achttausend Personen.«

Beck ließ die Schultern hängen. »Ich hasse Computer«, sagte er und verließ den Raum.

»Was ist denn mit dem los?« fragte Henssen. »Ich habe doch nur gescherzt.«

Fitzduane stellte sein Glas auf den Tisch neben den Stativkoffer, in dem die Schrotflinte lag, entsichert und mit einem Magazin voll XR-18-Patronen geladen. Von Ivo war weit und breit nichts zu sehen. Fitzduane warf einen Blick auf die Uhr: drei Minuten vor zwölf. Ihm fielen Charlie von Becks Worte ein: ›Ivo ist nicht ganz richtig im Kopf.‹ Aber Ivo war Schweizer, und deshalb würde er bestimmt pünktlich sein.

Der Bär, Beck höchstpersönlich und sechs Kripobeamte (einen hatte man sich von der Bundespolizei ausgeborgt) waren zu Fitzduanes Schutz abgestellt worden, und der ganze Aufwand war ihm reichlich übertrieben vorgekommen, doch wenn er sich nun das Menschengewimmel ansah, war er sich seiner Sache nicht mehr so sicher. Im Geiste ging er nochmals den Einsatzplan durch.

Der Bärenplatz bildete ein großes, auf der Sonnenseite von Straßencafés gesäumtes Rechteck, das in der Mitte für den Verkehr gesperrt war, weil dort Marktbuden standen. Heute schien noch mehr los zu sein als an anderen Tagen. Manche Stände quollen von Blumen über, an anderen wurden Lederwaren, hausgemachte Süßigkeiten oder allerlei biologisch angebaute Produkte an den Mann beziehungsweise die Hausfrau gebracht. Etwa dreißig Meter von Fitzduane entfernt schaute eine Menschentraube ein paar Jongleuren und einem Feuerschlucker zu. Leider hatte der Bärenplatz nichts von einem leeren Schuhkarton mit nur einem Eingang. Ganz im Gegenteil: Man hätte viel mehr Männer gebraucht, um ihn effektiv abzuriegeln. An einem Ende mündete die Spitalgasse, eine von Berns wichtigsten Einkaufsstraßen, in ihn ein, am anderen Ende ging er praktisch in den noch größeren Bundesplatz mit dem Parlamentsgebäude über. Vermutlich würde Ivo wiederum auf seinem Skateboard angerollt kommen, was bedeutete, daß er sich bedeutend schneller bewegen konnte als die Polizei. Fitzduane hatte Beck darauf angesprochen und erfahren, daß der Kripochef einmal fast einen Herzanfall bekommen hatte, als ihm der Vorschlag unterbreitet wurde, ein paar Polizisten mit Skateboards auszurüsten.

Die Kompromißlösung bestand aus zwei Beamten mit Motorrädern. Fitzduane hatte ein ungutes Gefühl, als er die Menschenmenge rund um die Jongleure und den Feuerschlucker sah. Vielleicht solltest du die Sache gelassener angehen, ermahnte er sich selbst und malte sich aus, wie lustig es wäre, wenn der Bär auf einem Skateboard daherkäme.

Vom Café High Noon bis zum Käfigturm, wo die Markt- zur Spitalgasse wurde, waren es nur ein paar Schritte. Ivo hatte sich ausbedungen, daß die Polizei aus dem Spiel gelassen wurde, und der Bär, der Ivo gut kannte, hatte darauf bestanden, daß Fitzduanes Schutztruppe sich sorgfältig tarnte, um das Wild nicht zu verschrecken. »Der Kerl spinnt zwar, aber er ist kein Dummkopf«, hatte der Bär gesagt und sich dabei an die Stirn getippt. »Der riecht einen Bullen kilometerweit, das können Sie mir glauben.«

Sie hatten es ihm geglaubt, und deshalb fiel Fitzduane bei der Operation die Hauptlast zu. Alles würde darauf ankommen, wie gut es mit der Verständigung klappte. Ivo sollte genug Zeit haben, um Fitzduane alles zu sagen, was er auf dem Herzen hatte, doch dann sollte die Falle auf ein Zeichen von Fitzduane zuschnappen. Fitzduane trank einen Schluck Bier und versuchte, irgendwie mit seiner Rolle ins reine zu kommen, er kam sich vor wie ein Judas. Ivo, diese verirrte Seele, vertraute ihm und brauchte vor allem eines: Hilfe.

Die mit Klebeband an seinem Körper befestigten Kabel des kleinen Senders juckten, aber er widerstand der Versuchung, sich zu kratzen. Er betätigte den Schalter an dem kleinen Gerät, das an seinem Unterarm, gleich hinter der Manschette seines Hemdes, angebracht war. Es sah aus, als würde er einen Blick auf die Uhr werfen. Er vernahm ein leises Knacken. Es bedeutete, daß der Bär seinen Sender auf Empfang geschaltet hatte. Der Bär saß mit einem der Kripobeamten auf der anderen Seite des Platzes auf der Terrasse eines im zweiten Stock gelegenen Teesalons. Von dort aus konnte er das Geschehen gleichsam aus der Vogelperspektive verfolgen, ohne Gefahr zu laufen, von Ivo entdeckt zu werden. Andererseits war er zu weit vom High Noon entfernt, um Ivos Verhaftung persönlich vorzunehmen. Diese Aufgabe fiel den beiden Kripobeamten zu, die in der Küche des Cafés Stellung bezogen hatten.

Die Mitglieder des kleinen Einsatzkommandos konnten sich auf zwei Wellenlängen miteinander verständigen. Der eine Kanal war

Fitzduane und dem Bär vorbehalten, der zweite verband den Bär mit den anderen Kripobeamten. Wenn der Bär mit den Knöpfen und Schaltern klarkam, mußte eigentlich alles reibungslos funktionieren.

Die Uhr am Käfigturm schlug zwölfmal.

Frau Hunziker hob überrascht den Kopf, als die Tür aufging. »Herr von Graffenlaub!« entfuhr es ihr. »Ich habe Sie erst nächste Woche zurückerwartet und geglaubt, Sie seien noch in New York. Ist etwas passiert?«

Beat von Graffenlaub schenkte ihr ein freundliches Lächeln, das nicht recht zu seinem übernächtigten Gesicht und den tief in den Höhlen liegenden Augen passen wollte. Alles an ihm verriet Kummer und Streß. Er war innerhalb weniger Tage stark gealtert. Mein Gott, er ist ein alter Mann, schoß es Frau Hunziker durch den Kopf.

»Sie und ich, wir müssen ein paar Dinge regeln, Frau Hunziker«, sagte er.

»Ich verstehe nicht, was Sie meinen«, entgegnete sie. »So weit ich weiß, ist alles in Ordnung.«

»O ja, Sie haben immer ausgezeichnete Arbeit geleistet, meine Liebe, tadellose Arbeit.« Er war auf der Schwelle des Büros stehengeblieben. »Ich bin bis auf weiteres für niemanden zu sprechen. Kommen Sie bitte nach der Mittagspause zu mir. Verstanden?«

»Ja, Herr von Graffenlaub.« Sie hörte, wie die Tür mit einem leisen Klicken hinter ihm ins Schloß fiel. Noch nie hatte er so ausgesehen und sich so benommen. Sie machte sich Sorgen um ihn. Ob sie etwas für ihn tun konnte? Sie warf einen Blick auf die Uhr an der Wand: Es war kurz vor zwölf. Sie mußte erst in zwei Stunden zu ihrem Chef. Kopfschüttelnd wandte sie sich wieder ihrer Arbeit zu. Die jahrelange Routine war stärker als ihre Besorgnis.

Ivo kam in rasantem Tempo hinter den Jongleuren hervorgeschossen, wich elegant einer Mutter mit ein paar Kindern aus, umrundete einen Blumenstand, kam nach einer engen Kurve direkt vor

Fitzduane zum Stehen und klappte das Visier seines Motorradhelms hoch. Der Feuerschlucker hinter ihm setzte gerade zu einer scheinbar gefährlichen Darbietung an. Fitzduane hoffte, daß die Mutter ihren Nachwuchs unter Kontrolle hatte: Der Jüngste schaute so, als sei der Artist drauf und dran, sich zu rösten.

»Hallo, Ire«, sagte Ivo. »Ich freue mich, daß Sie gekommen sind.«

»Ich nicht«, erwiderte Fitzduane. »Bei unserer letzten Begegnung bin ich um ein Haar erschossen worden.«

»Heute passiert nichts«, sagte Ivo. »Ich bin für meine Feinde unsichtbar und habe Zauberkräfte, verstehen Sie?«

»Nehmen Sie es mir nicht krumm, aber ich mache mir keine Sorgen um Sie, sondern um mich. Ich habe leider kein magisches Skateboard oder einen fliegenden Besen, und es gibt in dieser Stadt ein paar Leute mit ausgesprochen rauhen Manieren.«

Ivo nahm ihm gegenüber Platz. Geheimnistuerisch kramte er in den Tiefen seiner kaputten Gitarre, förderte zwei buntgefärbte Eier zutage und fing an, mit ihnen zu jonglieren. Seine Zauberkräfte verliehen ihm offenbar keine überragende Geschicklichkeit. Für alle Fälle machte Fitzduane sich vorsorglich auf ein kleines Malheur gefaßt. Er hoffte, daß Ivo die Eier hartgekocht hatte. Andernfalls mußte er, Fitzduane, um sein frisches Hemd fürchten. Mit gemischten Gefühlen schaute er zu, und prompt passierte es: Eines der Eier machte sich selbständig und plumpste vor Fitzduane auf den Tisch, doch es kam zu keiner kleinen Eigelbexplosion. Das Ei trug lediglich eine Delle davon und blieb ruhig liegen. Achselzukkend nahm Ivo es und machte sich daran, es zu pellen.

»Ich kann mich nie entscheiden, welches ich zuerst essen soll«, entschuldigte er sich.

Fitzduane schob ihm den Salzstreuer hin. »Da haben Sie wirklich ein großes Problem«, spöttelte er. »Etwas zu trinken?«

Ein Kellner war an ihren Tisch getreten. Mit kaum verhohlenem Widerwillen blickte er auf Ivo hinab. Seine Nase war gekräuselt, unübersehbares Zeichen dafür, daß die leichte Brise ihm einen Geruch zugetragen hatte, der so gar nicht zu einem »ritterlichen« Auftreten paßte. Prüfend sah sich der Kellner um. Die anderen Gäste schienen die unangenehme Ausdünstung zum Glück nicht wahrzunehmen. Am späten Vormittag waren nur wenige Tische besetzt: Zum Frühstück war es zu spät, zum Mittagessen zu früh. Dieser Ivo, sagte sich Fitzduane, ist anscheinend nicht nur ein gescheiter, sondern auch ein höflicher Spinner, sonst hätte er sich nicht an die vom Wind abgewandte Seite gesetzt.

»Ich nehme auch ein Bier«, sagte Ivo und zeigte auf Fitzduanes Glas.

Fitzduane blickte zu dem Kellner auf. Der Mann schien sich nicht schlüssig zu sein, ob er die Bestellung annehmen sollte. Fitzduane konnte es ihm nicht verdenken, war jedoch andererseits auch nicht zu einer Diskussion über Körperhygiene aufgelegt. »Mein exzentrischer, aber sehr reicher und einflußreicher Freund hätte gern ein Bier«, sagte er deshalb lächelnd, legte einen Hundert-Franken-Schein auf den Tisch und stellte die leere Bierflasche darauf.

Die Bedenken des Kellners verschwanden ungefähr so schnell wie der Geldschein. Der ist so flink, sagte sich Fitzduane, daß er bestimmt besser mit Eiern jonglieren kann als Ivo.

»Hat der Herr sonst noch einen Wunsch?« erkundigte sich der Kellner. »Vielleicht etwas zu essen?«

»Der Herr muß leider eine spezielle Diät einhalten und darf deshalb nur solche Eier verzehren«, antwortete Fitzduane für Ivo und zeigte auf die bunten Eierschalen auf dem Tisch. »Für ein bißchen mehr Salz wären wir Ihnen allerdings sehr verbunden.« Fitzduane wies mit dem Kinn auf den fast leeren Salzstreuer.

Ivo nahm das zweite Ei in Angriff. »Ich habe ein Buch geschrieben«, sagte er mit vollem Mund. »Einen Gedichtband.« Er griff in die Gitarre, zog einen Packen schmuddeliger Bögen heraus und schob ihn Fitzduane hin. »Die Gedichte handeln von meinem Freund Klaus und dem Mann, der ihn umgebracht hat.«

»Klaus Minder?«

»Genau.« Ivo streute ein bißchen Salz auf seinen linken Daumennagel, nahm einen Schluck Bier und leckte das Salz ab. »Schmeckt fast wie Tequila.«

»Sie haben den Zitronensaft vergessen«, gab Fitzduane zu bedenken.

»Wie Sie wissen, ist Klaus tot«, sagte Ivo. »Er fehlt mir, und ich brauche einen Freund. Wollen Sie mein Freund sein? Wir könnten den Killer zusammen finden.«

»Ich dachte, Sie wissen, wer Klaus umgebracht hat.«

»Ich weiß eine ganze Menge, aber nicht alles. Ich brauche Hilfe. Wollen Sie mir helfen?«

Fitzduane sah ihn lange an. Kein übler Zeitgenosse, unser Sir Ivo, überlegte er. In dem schmächtigen Körper wohnt ein nobler, unbeirrbarer Geist. Leider wird Sir Ivo nicht mehr viel Zeit haben, seinen Edelmut unter Beweis zu stellen. Fitzduane warf einen verstohlenen Blick auf den Stativkoffer, in dem die Schrotflinte ruhte, und dachte an das Polizeiaufgebot, das nur darauf wartete, Ivo festzunehmen. Bestimmt würden sie ihn zu mehreren Jahren Gefängnis verdonnern oder ihn gar in ein Irrenhaus stecken. Plötzlich kam Fitzduane sich schlecht vor. Er streckte die Hand aus und sagte: »Ich werde sehen, was ich für Sie tun kann. Betrachten Sie mich als Ihren Freund.«

Ivo nahm den Helm ab. Er grinste so breit, daß seine Mundwinkel fast die Ohren berührten. »Ich wußte, daß Sie mir helfen würden«, sagte er. »Ich wußte es genau. Wir zwei, wir sind sozusagen Ritter von der Tafelrunde, stimmt's?«

Das waren seine letzten Worte. Sein Kopf explodierte geradezu, weil eine Geschoßgarbe ihm den Hinterkopf zerschmetterte. Knochensplitter, Blut und Gehirnmasse spritzen aus seinem Mund wie eine Fontäne des Todes. Fitzduane konnte sich gerade noch rechtzeitig auf den Boden werfen, bevor ein zweiter Feuerstoß Ivos Wirbelsäule durchsiebte, so daß sein Oberkörper vornüber auf den Tisch sank. Aus der durchtrennten Schlagader sprudelte dunkles Blut und vermischte sich mit dem verschütteten Bier zu einer schaumigen Lache.

Der Attentäter trug einen langen braunen Kittel, hatte sich das Gesicht vermummt und hielt eine Maschinenpistole mit Schalldämpfer in einer Hand. Mit einem Satz war er am Tisch, schnappte sich Ivos Papierstapel, stopfte ihn in den Kittel und verschwand in der Menschenmenge.

Flammen, Schmerzensschreie: Der Feuerschlucker, von dem fliehenden Mörder grob zur Seite gestoßen, versprühte beim Ausatmen unfreiwillig die brennende Flüssigkeit über ein paar Zuschauer. Die Leute stoben erschrocken auseinander. Kinderwagen wurden umgestoßen, Marktbuden gaben unter dem Ansturm der panischen Menge nach – ein Höllenspektakel.

Der Bär glaubte seinen Augen nicht zu trauen. Er brüllte Befehle ins Funkgerät, versuchte, seine Leute zu instruieren. Aus seiner erhöhten Position konnte er das Chaos zwar einigermaßen überblicken, war aber selbst vorerst zur Untätigkeit verdammt.

Wenn die Polizisten durch die Massenpanik behindert wurden, so hatte es auch der Mörder in dem Gedränge alles andere als leicht. Gerade das Tempo, das er beim Rennen vorlegte, wirkte sich für ihn nachteilig aus. Er prallte gegen Hindernisse und stürzte mehrmals. Verzweifelt sah er sich nach einem Ausweg um. Bisher war er diagonal über den Bärenplatz in Richtung Bundesplatz gesprintet. Nun schlug er einen Haken und hielt auf den weniger belebten Randbereich zu. Wenn er so weiterlief, mußte er unmittelbar unter der verglasten Veranda vorbeikommen, auf welcher der Bär mit dem Kripobeamten von der Bundespolizei Stellung bezogen hatten.

»Er kommt direkt auf uns zu«, gab der Bär per Funk durch. »Anscheinend will er zum Bundesplatz. Fahrzeug 1 in der Schauplatzgasse losfahren!«

Fahrzeug 1 war eine ganz normale BMW mit einem Polizisten im Sattel, dessen liebste Freizeitbeschäftigung Bergsteigen war. Er setzte sich getreu seinen Instruktionen in Richtung Bundesplatz in Bewegung, doch zu seinem Pech stieß er auf den von mehreren Dienstwagen eskortierten Mercedes des Botschafters von Burkina Faso, der zusammen mit anderen Diplomaten seines Landes – sie trugen wie der Botschafter die Stammestracht ihrer afrikanischen Heimat – zum Bundeshaus, dem Schweizer Parlament, unterwegs war.

Die Leibwächter in den Begleitfahrzeugen taten, was man ihnen bei der Ausbildung eingebleut hatte: Als sie den Polizisten in Zivil erblickten, der auf seiner BMW angedonnert kam, stellte sich der hintere Wagen der Eskorte quer. Der BMW-Fahrer mußte eine Vollbremsung machen und kam mit quietschenden Reifen zum Stehen, direkt unter den Augen des Schweizer Außenministers, der mit einer Anzahl von Amtspersonen zur Begrüßung des hohen

Gastes ins Freie getreten war. Der erschrockene Hobby-Alpinist zog den Reißverschluß der ledernen Motorradjacke auf, um seinen Dienstausweis vorzuweisen, doch als erstes kam der Kolben seiner in einem Schulterhalfter steckenden Dienstpistole zum Vorschein. Ehe er wußte, wie ihm geschah, war er durch einen Schuß in die Schulter kampfunfähig gemacht.

Die Seite des Bärenplatzes, wo sich der Bär befand, war inzwischen fast menschenleer. »Ich glaube, ich kann ihn von hier aus erwischen«, sagte der Beamte von der Bundespolizei. Er schlug mit seiner automatischen Dienstpistole, einer SIG Kaliber 9mm, eine Fensterscheibe ein, beugte sich vor und brachte die Waffe in Anschlag.

»Nicht schießen!« befahl der Bär. »Es sind zu viele Menschen auf dem Platz.« Er sagte etwas ins Funkgerät. Der motorisierte Polizist würde den Mörder mit ein bißchen Glück abfangen, hoffte er. Die anderen Mitglieder des kleinen Einsatzkommandos waren ihm auf den Fersen, allerdings langsamer, als er es gern gesehen hätte. Er ließ den zweiten Motorisierten in der Spitalgasse warten, für den Fall, daß der Flüchtende nochmals seinen Kurs änderte. Verstärkung aus dem nur wenige Häuserblocks entfernten Polizeipräsidium am Waisenhausplatz war bereits unterwegs. Aber bis zu deren Eintreffen war der ganze Zauber bestimmt schon vorüber, sagte sich der Bär.

Mit Ivos Blut und Gehirnmasse besudelt, die Remington in der Faust, bot Fitzduane einen furchteinflößenden Anblick. Die Wut verlieh ihm Riesenkräfte, als er, von einem der Kripobeamten gefolgt, die sich in der Küche des Cafés versteckt hatten, dem Attentäter hinterherspurtete, doch er hatte gegen den Mann keine Chance. Immer wieder sah er ihn für einen kurzen Augenblick, während er sich seinen Weg durch die Menge bahnte, doch der Abstand wurde nicht kleiner, sondern vergrößerte sich stetig. Es konnte nicht mehr lange dauern, bis der Mann den weniger belebten Teil des Platzes erreichte und auf Nimmerwiedersehen in einer Straße verschwand.

Fitzduane rammte einen Blumenstand. Hunderte von sorgsam arrangierten Blüten wurden über das Pflaster verstreut. Keuchend raffte er sich auf und rannte weiter. Der Beamte hinter ihm rutschte auf dem Blumenteppich aus und landete krachend in der Marktbude eines Bäckers. Runde Brotlaibe kullerten über den Boden.

»Jetzt habe ich ihn im Visier!« rief der Kripomann auf der Veranda. Er fluchte, als er ein weinendes Kind hinter dem Mörder herlaufen sah, und drückte nicht ab. Das war sein Verderben, denn dieser hatte seinen Ruf gehört, fuhr herum, blickte zu der Terrasse hinauf und sah den Beamten, dessen Pistole auf ihn gerichtet war. Mit einer schwungvollen, fast eleganten Bewegung riß er im Laufen die Maschinenpistole herum und schickte einen langen Feuerstoß zu der Terrasse hinauf. Der Bär war noch rechtzeitig weggetaucht, doch auf dem Brustkorb des Polizisten, der einen Pullover mit Rautenmuster trug, zeichnete sich eine Reihe von Einschußlöchern ab, die sich rasch dunkelrot färbten. Der Mann sank vornüber auf das Fenstersims. Aus seinem Mund schoß ein Strom von Blut. Scherben fielen klirrend zu Boden.

Der Mörder verschwand schnell wie der Blitz im Hauseingang des Teesalons, wechselte das Magazin und brachte die Waffe erneut in Anschlag. Er befand sich jetzt genau unter dem Bären, der einen Fluch ausstieß und zur Treppe rannte, obwohl er wußte, daß er zu spät kommen würde. Aber er konnte nicht einfach dableiben und die Hände in den Schoß legen.

Der Killer ließ den Blick über den Platz schweifen, um sich zu vergewissern, ob er verfolgt wurde. Er feuerte eine Salve über die Köpfe der Passanten hinweg, die sich auf den Boden warfen. Fensterscheiben gingen zu Bruch. Zufrieden, daß er sich Zeit genug verschafft hatte, um im Sprint die Stelle an der Ecke des Bärenplatzes zu erreichen, wo Sylvie mit dem Motorrad auf ihn wartete, rannte er weiter.

Die Warnschüsse des Attentäters hatten Fitzduane freies Schußfeld verschafft. Aus einer Entfernung von etwa einhundertundzwanzig Metern feuerte er aus seiner Schrotflinte zwei der XR-18-Spezialgeschosse ab. Der Oberkörper des Mannes wurde völlig durchsiebt. Ein Gemisch aus Blut, Fleisch und Knochensplittern spritzte gegen die Fassade des Schweizerischen Bankvereins.

Ohne zu ahnen, was für ein Gemetzel gerade ein paar Hundert Meter von seinem Büro entfernt in der Marktgasse stattfand, hielt Beat von Graffenlaub mit dem Schreiben inne und legte den Füllfederhalter aus der Hand. Die gefalteten Hände vor sich auf dem Tisch, ließ er sich im Sessel zurücksinken und saß minutenlang reglos da. So viel Einfluß und Reichtum, so viel Unglück und Leid! Vor seinem inneren Auge erschien das Bild der jungen, strahlend schönen Erika, wie er sie einst kennengelernt hatte, aber das entstellte Gesicht seines toten Sohnes schob sich darüber. Schweißtropfen bildeten sich auf seiner Stirn. Er fühlte sich krank und einsam.

Mit knappen, präzisen Bewegungen zog er einen an einem Kettchen hängenden kleinen Messingschlüssel aus der Westentasche und schloß damit die obere Schublade des Schreibtischs auf. Darin lag in einem leichten Schulterhalfter eine ehemalige deutsche Armeepistole vom Typ Walther P38 Kaliber 9 mm. Vor vier Jahrzehnten, als er noch ein junger Idealist war und die Zeit bei ihm noch nicht ihr zerstörerisches Werk begonnen hatte, hatte er einen Menschen töten müssen, um die Waffe an sich zu bringen.

Er prüfte die Pistole und stellte fest, daß sie tadellos funktionierte. Nachdem er ein volles Magazin in den Kolben geschoben hatte, legte er sie vor sich auf die Tischplatte. Dann nahm er wieder den Füller zur Hand und schrieb weiter. Seine Augen füllten sich mit Tränen, aber er wischte sie weg, bevor sie aufs Papier tropfen konnten.

Kapitel 20

Sangster dachte über die Ermordung Aldo Moros vor etwa drei Jahren nach. Die Tat hatte der Welt vor Augen geführt, wie schwierig und gefährlich es ist, eine hochgestellte Persönlichkeit zu schützen. Zugegeben, man hatte ein paar grundlegende Fehler gemacht: Erstens war Moros gepanzerte Fiat-Limousine wegen des zusätzlichen Gewichts in technischer Hinsicht angeblich nicht mehr zuverlässig gewesen und bis zur Lieferung eines neuen

Fahrzeugs durch einen ungepanzerten Wagen ersetzt worden. Zweitens fuhr die Eskorte seit fünfzehn Jahren dieselbe Strecke, so daß sich der trotteligste Terrorist ohne weiteres einen erfolgversprechenden Plan für ein Attentat ausdenken konnte. Und drittens führten die beamteten Leibwächter zwar ihre Dienstpistolen mit sich, hatten jedoch das schwerere Geschütz in den Kofferraum gelegt.

Aldo Moro, ehemaliger italienischer Premierminister und einer der angesehensten Politiker seines Landes, war von fünf erfahrenen Leibwächtern beschützt worden, und man hatte sie allesamt innerhalb von Sekunden ausgeschaltet. Nur einer hatte Zeit gefunden, zur Pistole zu greifen, und zwei wirkungslose Schüsse abgefeuert. Die Moral von der Geschichte ist, überlegte Sangster, daß man als Leibwächter jederzeit wie ein Kaninchen abgeknallt werden kann, wenn man in einem ungepanzerten Auto sitzt und der Gegner automatische Waffen einsetzt.

Sangster warf einen Blick auf den Hertz-Aufkleber an der Windschutzscheibe des gemieteten Mercedes. Es besserte seine Stimmung nicht gerade, als er sich eingestand, daß er hier einen noch schlimmeren Fehler machte als die Moro-Eskorte, deren Fahrzeuge sich immerhin bewegt hatten. Er hingegen stand am Anfang der kleinen Privatstraße, die zu Vreni von Graffenlaubs Haus führte, konnte durch die beschlagenen Scheiben kaum etwas erkennen und war wütend, weil Vreni, dieses Miststück, Pierre und ihn nicht ins Haus lassen wollte, wo man sie viel besser hätte beschützen können.

Eine dünne Rauchfahne stieg aus dem Schornstein des Hauses auf. Hübsches Ding, diese Vreni, sagte sich Sangster und stellte sic sich vor, wie sie sich splitternackt lustvoll in ihr Federbett kuschelte. Als Leibwächter kamen einem manchmal solche Gedanken. Er nahm den Feldstecher und versuchte, durch eines der Fenster einen Blick auf sie zu erhaschen, aber da bewegte sich nichts. Er ließ die Augen über das Gelände schweifen. Auf der Erde lag hier und dort noch ein bißchen matschiger Schnee, der nachts gefrieren würde. Sangster griff zum Sprechfunkgerät und setzte sich routinemäßig mit Pierre in Verbindung. Sein Kollege befand sich gerade auf einem Patrouillengang auf der anderen

Seite des Bauernhauses. Er hatte nasse Füße und fror. Das Wort Scheiße war von allen Schimpfworten, die er benutzte, das zahmste. Sangster fühlte sich nach dem kurzen Gespräch ein bißchen wohler in seiner Haut.

Er bezweifelte, daß Vreni ernsthaft gefährdet war. Wahrscheinlich wollte mal wieder ein Vater sein mißratenes Töchterchen ein bißchen schikanieren. So etwas kommt bisweilen vor, und Sangster konnte es gleich sein. Die Umstände mochten anders sein, aber es gab gutes Geld dafür.

Jeder von Aldo Moros Leibwächtern hatte nach dem Attentat mindestens ein halbes Dutzend Kugeln im Leib gehabt. Seltsam, daß man solche Details nicht vergißt. Sangster griff wieder zum Feldstecher. Nichts zu sehen, absolut nichts.

Der Kripochef versuchte gerade, eine Fliege aus seinem Tee zu fischen, als ihm die Schießerei am Bärenplatz gemeldet wurde. Er ließ die Fliege eine Fliege sein und dachte: Ostern ist zwar schon vorbei, aber man sollte diesen Iren ans Kreuz schlagen, und zwar oben auf dem Berner Hausberg, zwischen dem Bär und Beck! Die beiden könnten würdige Nachfolger für die zusammen mit Jesus gekreuzigten Missetäter abgeben, und natürlich käme es nicht in Frage, daß man sie schon nach drei Tagen abnahm. Sie sollten dort oben verrotten, eine Warnung für alle, die es wagten, den Frieden der braven Stadt Bern zu stören.

Der Kripochef breitete ein schützendes Tuch über die Schreibtischplatte, entnahm einer Schublade vier Pistolen und machte sich daran, sie zu reinigen. Er legte die Waffen auf die linke Seite und das Putzzeug auf die rechte. Alles mußte seine Ordnung haben. Zuerst nahm er die SIG 9 mm zur Hand und zerlegte sie, obwohl er wußte, daß sie tadellos sauber war. Er mochte den Geruch von Waffenöl, mehr noch, er war ein richtiger Waffennarr. Nur eines mochte er nicht: Leute, die Waffen gegen andere Leute einsetzten.

Er hatte festgestellt, daß er beim Putzen am besten nachdenken konnte. Ich sollte die dreifache Kreuzigung wohl erst einmal verschieben und lieber nachsehen, was diese Spezialisten in der Kirchenfeldstraße ausgetüftelt haben, sagte er sich. Mit den üblichen

Ermittlungsmethoden sind wir bisher nicht sehr weit gekommen. Wer weiß, vielleicht ist an dem Projekt K doch was dran.

Die vier Pistolen waren nun frisch geölt, aber noch immer in ihre Bestandteile zerlegt. Er mischte alles durcheinander, schloß die Augen und setzte die Waffen allein mit Hilfe des Tastsinns zusammen. Danach schnallte er sich die SIG um und forderte telefonisch seinen Dienstwagen an.

Nachdem der Kripochef fünfundvierzig Minuten lang versucht hatte, aus dem Projekt schlau zu werden, sagte er sich, daß ihm im Leben nicht mehr genug Zeit blieb, um sich mit Dingen wie Expertensystemen, künstlicher Intelligenz und dergleichen vertraut zu machen. Die Grundprinzipien waren zwar nicht schwer zu verstehen, doch als Henssen dann ins Detail ging und sich über Interferenz, Konsistenz, die Vorzüge einer Software wie PROLOG gegenüber LISP usw. verbreitete, ließ sich der Kripochef in dem überaus bequemen Sessel nach hinten sinken und verdrehte die Augen. Wenig später war er eingeschlafen. Henssen glaubte, er sehe nicht richtig und redete sich ein, der Kripochef habe die Augen geschlossen, um sich besser konzentrieren zu können.

Doch dann fing er zu schnarchen an. Es war ein recht melodisches Geräusch, aus dem Fitzduane den Rhythmus der örtlichen Mundart herauszuhören glaubte, so daß er sich verwundert fragte, ob zwischen der Art zu schnarchen und der Sprache eines Menschen ein Zusammenhang bestand. Schnarcht ein Chinese anders als ein Italiener?

Der Kripochef schlug die Augen auf. Zornig funkelte er Henssen an, der mit offenem Mund vor ihm stand und ratlos auf ihn hinabblickte, in einer Hand eine Folie für den Overhead-Projektor, in der anderen einen Zeigestock. »Mit solchen Spielereien soll sich meinetwegen ein Haufen langhaariger, ungewaschener, pickeliger Studenten amüsieren, aber hier geht es um Mord!« schnauzte der Kripochef. »In unserer Stadt gibt es seit einiger Zeit mehr Leichen als in einem Wildwestfilm, und das muß aufhören, sonst können Sie mich bald auch auf die Liste setzen.«

»Hm«, machte Henssen nur und setzte sich hin.

»Hören Sie«, sagte Beck in versöhnlichem Tonfall, »ich glaube,

Sie könnten uns die Arbeit erleichtern, wenn Sie uns genau sagen, was Sie von uns erwarten.«

Der Kripochef beugte sich im Sessel vor. »Wie lange dauert es noch, bis Sie einen Verdächtigen oder zumindest eine nicht allzulange Liste von potentiellen Tätern präsentieren können?«

»Nicht mehr sehr lange«, antwortete Oberinspektor Kersdorf.

»Tage, Wochen, Monate? Können Sie sich auf einen ungefähren Zeitpunkt festlegen?«

Kersdorf sah Henssen an, der sich räusperte, bevor er sagte: »Innerhalb der nächsten achtundvierzig Stunden, möglicherweise schon früher.«

»Was hält Sie auf?« wollte der Kripochef wissen. »Ich dachte, Ihre Computer sind superschnell.«

»Das Tempo, mit dem die Daten verarbeitet werden, ist nicht das Problem. Aber es dauert ziemlich lange, bis wir alle Angaben zur Person zusammenhaben, und dann müssen sie noch computergerecht aufbereitet werden. Anders gesagt: Nicht die Maschinen, sondern wir Menschen sind das Problem.«

»Wozu braucht man noch Menschen? Ich dachte, die Computer nehmen euch das Denken ab.«

»Nein, ganz kann man noch nicht auf uns verzichten. Die Computer übernehmen zwar die eigentliche Datenverarbeitung, aber das ist noch längst kein Denken, weil sie sich an Richtlinien halten müssen, die wir ihnen vorgeben. Sie können während der Arbeit ›lernen‹, wenn wir ihnen zumindest am Anfang helfen, Wichtiges von Unwichtigem zu trennen.«

Der Kripochef schnaubte verächtlich. Er überblickte noch immer nicht, wie weit das Denkvermögen dieser verdammten Maschinen nun wirklich reichte, und er sagte sich, daß es darauf beim derzeitigen Stand der Dinge auch überhaupt nicht ankam. Wichtig war einzig, als wie leistungsfähig sich das Projekt K erwies. Sollte er auf diese Karte setzen oder sich lieber wie Pontius Pilatus aus der Affäre ziehen und den ganzen Fall der Bundespolizei oder einer kantonalen Spezialeinheit überlassen? »Lassen Sie uns über konkrete Dinge reden«, sagte er. »Sie rechnen doch sicherlich auch damit, daß der Mann, hinter dem wir her sind, ein Bekannter der Graffenlaub-Sippe ist, nicht wahr?«

Der Bär nickte. »Ja. Wir haben die Graffenlaubs gebeten, uns eine Aufstellung aller Freunde und Bekannten zu geben. Sie wird gerade in den Computer eingefüttert. Es gibt da allerdings ein paar Probleme. Beat von Graffenlaub hat einen riesigen Bekanntenkreis, und seine Frau Erika hat uns bestimmt nicht die volle Wahrheit erzählt, weil sie nicht will, daß ihr Liebesleben im Polizeicomputer landet. Deshalb ist die Liste mit Sicherheit nicht vollständig.«

»Wie wäre es, wenn Sie sich auf den gemeinsamen Bekanntenkreis der beiden Eheleute konzentrierten?«

Der Bär grinste. »Das hat der Computer für uns erledigt, aber das Resultat ist von geringer Relevanz, weil die Divergenz des individuellen Datenmaterials keine präzise Relationierung zuläßt.«

»Ich erinnere mich noch an Zeiten, als Sie wie ein ganz normaler Polizist geredet haben«, spottete der Kripochef und warf einen Blick auf seine Notizen. »Gibt es was Neues über die Tätowierung?«

»Ja, da gibt es gute und schlechte Nachrichten. Wir haben den ›Künstler‹ ausfindig gemacht, einen gewissen Siegfried mit Wohnsitz in Zürich. Nur ist der Kerl leider rechtzeitig verschwunden, bevor ihn die dortige Polizei zu einer zweiten Vernehmung abholen konnte. Wenig später fand man ihn hier in der Nähe in einem Wald, mit Wanderschuhen an den Füßen und einer Menge Kugeln im Leib.«

»Ja, ich weiß, aber mir ist neu, daß er schon identifiziert ist.«

»Wir haben es selbst erst vor einer Stunde erfahren. Da waren Sie bestimmt gerade unterwegs zu uns.«

»Was ist über diesen Siegfried bekannt?«

»Er bewohnte über seinem Laden ein kleines Appartement. Kurz nach seinem Verschwinden brannte das ganze Haus aus. Es war eindeutig Brandstiftung, und die Täter haben sich nicht einmal die Mühe gemacht, es wie einen Unfall aussehen zu lassen. Sie wollten gründliche Arbeit leisten. Die Analyse der verwendeten Chemikalien macht eine Verbindung zur Organisation des Henkers wahrscheinlich.«

Der Kripochef legte die Stirn in Falten. »Und was ist mit den Papieren von diesem Ivo?«

»Die werden noch im Labor untersucht. Vielleicht erfahren wir noch heute ein paar Einzelheiten, obwohl das Material zu achtzig Prozent von Fitzduanes Schrotladung zerstört und der Rest so mit Blut getränkt worden ist, daß man nichts mehr erkennen kann. Diese Schrotpatronen können einem wirklich angst machen.«

»Das bringt uns nicht gerade weiter«, brummte der Kripochef.

»Ich habe keine Übung darin, Leute auf Skateboards unschädlich zu machen«, verteidigte sich Fitzduane. »Bestimmt habe ich beim Zielen gewackelt.«

»Sie sollten eine Zeitlang in der Schweizer Armee dienen«, sagte der Kripochef. »Dort würde man Ihnen das Zielen schon beibringen.«

»Wir sind nämlich besonders erfahren im Umgang mit Terroristen, die auf Skateboards daherkommen«, frotzelte Charlie von Beck.

»Bevor ich es vergesse: Ich möchte meine Schrotflinte wiederhaben«, sagte Fitzduane. »Ihre Leute haben sie mir nach der Ballerei auf dem Bärenplatz weggenommen.«

»Beweismaterial«, entgegnete der Kripochef knapp. »In demokratisch regierten Ländern ist die Justiz ganz wild auf Beweismaterial. Sie sollten sich glücklich schätzen, daß man Sie nicht auch gleich mitgenommen hat.«

Der Bär gab Fitzduane durch einen Blick zu verstehen, daß er lieber nichts sagen sollte. »Machen Sie es wie ein Schilfrohr im Wind«, riet er dem Iren. »Beugen Sie sich, aber lassen Sie sich nicht knicken.«

»Das hat mir noch gefehlt«, stöhnte Fitzduane. »Fernöstliche Weisheiten aus dem Mund eines Schweizers!«

Sangster hätte sich vielleicht ein wenig geschmeichelt gefühlt, wenn er gewußt hätte, wie sorgfältig sein Tod geplant wurde. Sylvie war mit der Aufgabe betraut worden, Vreni von Graffenlaub zu liquidieren. Ihr kleines Kommando bestand aus einem kolumbianischen Techniker, der sich Santino nannte, und zwei gedungenen Killern aus Österreich, die beide blond, blauäugig und pausbackig waren. Sylvie hatte sie sofort Hänsel und Gretel getauft.

Sie war noch immer sauer wegen der Schießerei auf dem Bärenplatz. Gut, die Zielperson war getötet worden, als Zugabe sogar ein Bulle, und daß auch der Libanese dabei draufgegangen war, fand sie eher erfreulich, weil ihr der Kerl mit seinen Schuhen aus Krokoleder in letzter Zeit ganz schön auf die Nerven gegangen war, aber sie ärgerte sich, daß sie ihm ihre Ingram geliehen hatte. Sie hatte sich an die Waffe gewöhnt, und für den Auftrag, den sie jetzt ausführen sollte, hätte sie sich ideal geeignet, jedenfalls viel besser als eine von diesen blöden tschechischen Skorpions.

Um an das Bauernhaus heranzukommen, ohne von den Leibwächtern gesehen zu werden, hatten sie vorgehabt, Wege und Straßen zu meiden und querfeldein zu gehen. Für eine kurze, schmerzlose Liquidierung wäre dies die beste Methode gewesen, aber das war Kadar zu simpel. Also hatten sie sich darauf geeinigt, erst die Leibwächter wegzuputzen, sozusagen als Vorspeise.

Die ganze Aktion mußte möglichst lautlos erledigt werden. Das Bauernhaus lag zwar außerhalb der Ortschaft, doch Schüsse waren in der stillen Gebirgsluft bestimmt sehr weit zu hören, und auch wenn mit einem schnellen Eintreffen der Polizei nicht zu rechnen war, gab es da diese verfluchte Schweizer Sitte, daß jeder Bürger ein Sturmgewehr der Armee im Schrank hatte.

Alles in allem war es nicht schwer gewesen, einen hieb- und stichfesten Plan auszuarbeiten. Er beruhte vor allem auf Santinos technischem Können und einer genauen Auskundschaftung der beiden Leibwächter und ihrer Gewohnheiten. Pro Stunde machte jeder von ihnen einen mindestens zwanzigminütigen Rundgang, und dabei konnten sie etwa zehn Minuten lang ihr Auto nicht sehen.

Der erste Schritt bestand also darin, eine Wanze im Wagen der Leibwächter anzubringen. Das Türschloß des Mercedes war leicht zu öffnen, und danach dauerte es nur noch Sekunden, bis Santino, der einen weißen Tarnanzug trug und sich deshalb kaum vom schneebedeckten Boden abhob, unter dem Fahrersitz zwei Miniatursender und einen kleinen, per Funk zu aktivierenden Druckbehälter voll geruchlosem Kohlenmonoxyd versteckt hatte. Geräuschlos verschloß er den Wagen wieder und huschte in den Wald zurück, wobei er innerlich die Kälte verfluchte und sich schwor, sein Können künftig in wärmeren Breiten unter Beweis zu stellen.

Die Abhörvorrichtung lieferte nützliche Informationen. Sylvie beglückwünschte sich, daß sie sich gegen ihre ursprüngliche Strategie entschieden hatte, die Leibwächter zu umgehen. Es stellte sich nämlich heraus, daß das ganze Bauernhaus unter akustischer Überwachung stand. Vreni von Graffenlaub hatte den von ihrem Vater abkommandierten Leibwächtern zwar den Zutritt verwehrt, doch die beiden Männer hatten anscheinend trotzdem Mittel und Wege gefunden, sämtliche Wohnräume abzuhören.

Weitere Beobachtungen ergaben, daß sich die Leibwächter in regelmäßigen Abständen gegenseitig Bericht erstatteten, Kennworte benutzten und anscheinend routinierte Profis waren. Aus einem ihrer per Funk geführten Gespräche ging hervor, daß ein gepanzerter Lieferwagen von Mailand aus zu ihnen unterwegs war. Der eine, der Sangster hieß, hatte offenbar aus dem Attentat auf Aldo Moro gelernt. Jedenfalls hatte er den Lieferwagen angefordert, und er war ihm sogar bewilligt worden, denn Beat von Graffenlaub hatte ein so dickes Bankkonto, daß er es sich leisten konnte, alle Mitglieder seiner Familie wirksam beschützen zu lassen.

Der gepanzerte Lieferwagen könnte ein Problem darstellen, sagte sich Sylvie. Gegen Kugeln aus einer Skorpion wäre er relativ immun. Es gab nur eine Lösung: Sie mußten zuschlagen, bevor das Fahrzeug eintraf. Eine zusätzliche Komplikation ergab sich daraus, daß Sangster und Pierre sich stündlich per Funk bei ihrer Zentrale meldeten und daß sie aus der Zentrale etwa alle drei Stunden einen Kontrollanruf erhielten. Immerhin war die Empfangsqualität ziemlich schlecht. Da Sylvie und ihr Team die Kennworte und die ganze übrige Prozedur kannten, dürfte es ihnen nicht schwerfallen, die Zentrale eine Zeitlang zu täuschen.

Sylvie ging mit den drei Männern nochmals den Plan in allen Einzelheiten durch. Santino machte ein paar brauchbare Verbesserungsvorschläge. Hänsel und Gretel hielten Händchen und nickten nur. Sie hätten die beiden Leibwächter gern mit der Armbrust erledigt und fanden es überhaupt nicht gut, daß die Tat per Fernzündung erfolgen sollte. Sylvie tröstete sie mit dem Hinweis, daß sie bei Vreni bestimmt auf ihre Kosten kommen würden, und deutete an, daß Kadar sehr genaue Instruktionen gegeben habe. Das heiterte Hänsel und Gretel sichtlich auf, ja sie wirkten geradezu begeistert.

Sylvie fand die beiden so widerwärtig, daß sie sich fast nach dem Libanesen sehnte. Er schaute zwar drein, als ob er seine eigene Großmutter erschießen würde, wenn er nicht gerade Koks an Minderjährige verhökerte, aber verglichen mit den anderen beiden war er ein wahrer Sonnenschein.

Vreni war allein in dem Bauernhaus. Sie saß barfuß und mit angezogenen Beinen auf dem Fußboden und hatte die Hände über den Knien verschränkt. Ihre Augen waren jetzt trocken, aber sie hatte so sehr geweint, daß sie sich ganz matt und ausgelaugt fühlte.

In ihrer Angst klammerte sie sich an die Vorstellung, daß ihr nichts passieren würde, sofern sie sich weiterhin weigerte, mit der Polizei zusammenzuarbeiten – und zur Polizei rechnete sie auch die beiden Leibwächter, die ihr Vater geschickt hatte. Ja, man würde sie verschonen. Kadar würde ihr nichts tun. Trotzdem, die Tatsache, daß ein paar Hundert Meter vom Haus entfernt zwei Leibwächter in einem Auto hockten, steigerte ihre Angst noch, denn vielleicht schloß Kadar daraus, daß sie ihr Gelübde gebrochen und bestimmte Geheimnisse preisgegeben hatte. Sie ahnte und spürte, daß sie die ganze Zeit beobachtet wurde, und zwar nicht nur von den Leibwächtern. Sie war einer Macht ausgeliefert, die verhängnisvoller war, als sich einer dieser Beamten auszumalen vermochte.

Sie starrte auf das Telefon. Der Ire war ihre einzige Hoffnung. Er hatte sie zutiefst beeindruckt, und je mehr Zeit verging, desto stärker wirkte er in ihr nach. Dieser Mann war unberührt von jeglicher Korruption, während sie sich in einen Sumpf verirrt hatte und zu versinken drohte. Vielleicht sollte sie sich ihm anvertrauen? Ihre Hand berührte den Hörer aus grauem Plastik, doch sie hielt mitten in der Bewegung inne. Und wenn sie nun abgehört wurde und die anderen schneller waren als der Ire?

Sie stöhnte und ließ sich auf die Seite sinken.

Erika von Graffenlaubs Wohnungstür war aus Holz, hatte ein Sicherheitsschloß von guter Qualität und sah auch sonst ganz normal aus. Der Mann vom Schlüsseldienst konnte sie ohne große Mühe öffnen, doch dann sah er sich einem sehr viel schwerer zu überwindenden Hindernis gegenüber: einer Stahltür mit einer fest im Mauerwerk verankerten Zarge. Obendrein hatte die Tür ein elektronisches Schloß.

Der Mann vom Schlüsseldienst warf einen Blick auf das diskrete, ins Metall eingravierte Markenzeichen und schüttelte den Kopf. »Dagegen kommt unsereins nicht an«, meinte er. »Am besten wenden Sie sich an den Hersteller, die Firma Vaybon, aber wenn Sie da niemanden kennen, müssen Sie sich auf Schwierigkeiten gefaßt machen.«

Beat von Graffenlaub lächelte säuerlich. »Sie haben getan, was Sie konnten«, sagte er zu dem Mann, der sich von ihm abgewendet hatte, bewundernd die Tür betrachtete und durch die Zähne pfiff. »Verdammt gute Arbeit«, meinte er. »So was findet man selten in Privathäusern. Das kann sich normalerweise nur eine Bank leisten.« Er streckte die Hand aus, um das makellose, mattglänzende Metall zu berühren. Mit einem lauten Knall wurde er quer über den Treppenabsatz geschleudert und sank ohnmächtig in sich zusammen. Der Geruch verbrannten Fleisches hing in der Luft.

Beat von Graffenlaub starrte die Stahltür an. Was für schreckliche Geheimnisse glaubte Erika auf diese Weise wahren zu müssen? Er kniete neben dem wie vom Blitz gefällten Mann nieder. An Hand und Arm hatte er Verbrennungen, aber zum Glück lebte er. Graffenlaub entnahm seinem Aktenkoffer ein Funktelefon und rief den Notarzt an.

Als nächstes ließ er sich mit dem Generaldirektor des Vaybon-Konzerns verbinden. Mit knappen Worten schilderte er ihm das Problem. Ja, eine solche Tür könne natürlich geöffnet werden, aber nur von Fachleuten, sagte der andere. Eine Tochtergesellschaft von Vaybon in einem Berner Vorort besitze die entsprechenden Unterlagen. Man werde sofort alle Hebel in Bewegung setzen. Herr von Graffenlaub könne damit rechnen, daß die Tür binnen zwei Stunden geöffnet werde. Angesichts der besonderen Stellung, die Herr von Graffenlaub im Aufsichtsrat des Konzerns einnehme, werde man selbstverständlich eine Ausnahme machen, und -

»Das freut mich«, unterbrach Beat von Graffenlaub den Generaldirektor lakonisch und beendete damit das Gespräch. Nachdem er aufgelegt hatte, fühlte er dem Mann vom Schlüsseldienst den Puls. Er war stark und regelmäßig. Wenigstens erlebt einer von uns den nächsten Sommer, dachte er und setzte sich auf eine Treppenstufe. Innerlich war er darauf gefaßt, daß Erika jederzeit aufkreuzen konnte.

Der Kripochef spielte nun bereits seit fünf Stunden die Rolle des Zweckpessimisten, aber das hatte ihn nicht eben weitergebracht. Das Team von Projekt K hatte ganz andere Methoden als die Polizei, und es war wirklich beeindruckend, welche Datenmengen das elektronische Expertensystem auswerten konnte. Vor allem jedoch: Sobald etwas in den Computer eingefüttert war, konnte man es jederzeit wieder abrufen. Der Kripochef mußte zugeben, daß das Team anscheinend alle Facetten der Problematik in Betracht gezogen hatte, aber es gab trotzdem noch eine Menge potentieller Fehlerquellen.

»Was macht ihr mit Material, das nicht computergerecht aufbereitet ist?« fragte er. »Ich denke zum Beispiel an Texte, die mit der guten alten Schreibmaschine oder mit der Hand geschrieben sind.«

Erwartungsvolle Blicke richteten sich auf Henssen. »Ja, da haben wir wirklich ein Problem«, gab er achselzuckend zu. »Die Menge der eingegebenen Daten ist zweifellos der Schwachpunkt. Ständig werden Unterlagen von Hand eingegeben, und in Wiesbaden gibt es einen Scanner zum Einlesen.«

»Wieviele relevante Angaben sind denn noch nicht in elektronischen Datenbanken gespeichert?« fragte der Kripochef.

Henssens Züge hellten sich auf. »Oh, nicht viele. Wir sind nicht mehr allzu weit von Orwells *1984* entfernt.«

»Und was ist mit Babylon?«

Henssen warf dem Bär einen verständnislosen Blick zu, doch der hob nur wortlos die Schultern.

»Ich meine die babylonische Sprachverwirrung«, erklärte der

Kripochef. »Wie kommen Sie mit der Vielzahl von Sprachen zurecht?«

»Nun«, sagte Henssen, »die Sprachbarrieren sind gar nicht so problematisch, wie Sie vielleicht glauben. Für bestimmte Anwendungen gibt es schon elektronische Übersetzungsprogramme, die zu neunzig Prozent brauchbare Resultate liefern. Die restlichen zehn Prozent können manchmal allerdings ganz schön wirr sein. Das liegt an der Mehrdeutigkeit vieler Wörter. Denken Sie zum Beispiel an das Wort *Bank*: Wie soll der Computer wissen, ob eine Parkbank oder ein Geldinstitut gemeint ist? Zum Glück haben die meisten polizeilichen Unterlagen, ähnlich wie viele Schriftstücke in Handel und Industrie, eine bestimmte Form und Struktur. Die Passagierliste eines Verkehrsflugzeuges stellt uns ebensowenig vor übersetzerische Probleme wie Kundenverzeichnisse oder Aufstellungen von abgehörten Telefonaten.«

»Verstehe«, sagte der Kripochef. »Und dann gibt es natürlich noch die vielen ausgefüllten Anträge und Formulare, die altmodische Bürokraten wie ich horten. Da braucht man nur die Bezeichnungen der einzelnen Rubriken zu übersetzten, schon ist der Inhalt klar.«

»Stimmt, vereinfacht ausgedrückt ist es so, wie Sie sagen. Aber es gibt auch seitenlange, unstrukturierte Texte wie zum Beispiel Zeugenaussagen.«

»Und die machen euch am meisten zu schaffen, stimmt's?«

»Ja, aber wenn sie von einem Sachbearbeiter in die richtige Form gebracht werden, können sie auch in unser Expertensystem eingefüttert werden.«

»Das kostet bestimmt sehr viel Zeit«, sagte der Kripochef, »und die haben wir nicht.«

Henssen zuckte nur ratlos mit den Schultern.

»Ich wundere mich, daß Leute wie ihr nicht öfters Kohlenmonoxyd einsetzt«, sagte Santino. »Das Zeug wirkt todsicher, wenn jemand genug davon einatmet. Gut, es ist nicht so aufregend wie manche Nervengase, die durch die Haut dringen, aber es bildet im Blut Karboxyhämoglobin und verhindert bei ausreichender Dosierung, daß sich das Blut mit Sauerstoff anreichert. Ehe sich einer versieht, ist er im Jenseits. Kohlenmonoxyd ist farb- und geruchlos. Die meisten Stadtbewohner haben im Blut einen erhöhten Kohlenmonoxydgehalt – sagen wir ein bis drei Prozent –, Raucher sogar bis zu fünf Prozent. Kurzfristig führt das zu keinen Krankheitssymptomen, aber bei dreißig Prozent wird einem schwummerig, bei fünfzig ist man handlungsunfähig, und bei sechzig bis siebzig Prozent legt man endgültig den Löffel aus der Hand.«

»Bei einem Kettenraucher wirkt das Zeug also schneller?« wollte Sylvie wissen.

»Genau«, antwortete Santino. »Und besonders schnell wirkt es bei Kettenrauchern in engen, geschlossenen Räumen, zum Beispiel in einem Auto.«

»Interessant. Glaubst du wirklich, daß wir damit ein bißchen Zeit gewinnen könnten? Ich glaube, daß sich nicht einmal ein zufällig vorbeikommender Passant davon täuschen ließe.«

Santino schnitt eine Grimasse. »Hör mal, Sylvie, ich bin doch kein Anfänger! Was glaubst du wohl, warum ich Kohlenmonoxyd vorgeschlagen habe? Weil es unblutig ist und wir deshalb die beste Chance haben, daß jemand, der nur flüchtig hinschaut, nichts merkt. Es gibt keine hundertprozentige Garantie, aber wenn man mit dem Schwamm ein bißchen nachhilft, sieht so eine Leiche ganz normal aus. Eine Kohlenmonoxydvergiftung ist sozusagen eine innere Strangulation, und die Symptome sind so ähnlich wie beim Erwürgen. Das Gesicht läuft rot an, die Augen quellen heraus, und der Geifer fließt. Hübsch sieht es nicht gerade aus.«

»Ich möchte wetten, daß du auch an den Schwamm gedacht hast«, sagte Sylvie.

Santino warf sich in die Brust und klopfte auf seinen schwarzen Attachékoffer. »Madame, ich bin bestens ausgerüstet.«

Eitler Fatzke, dachte Sylvie. Sie sah zum Himmel auf und warf dann einen Blick auf die Uhr. Noch eine Stunde, bis es stockfinster war und Sangster sich turnusmäßig in der Zentrale meldete.

Die Männer von der Vaybon-Tochtergesellschaft trugen weiße Kittel und hatten die teilnahmslose Miene von Leuten, die für gute Bezahlung so ziemlich alles tun und keine lästigen Fragen stellen. Daß ein Mitglied des Aufsichtsrats ohne Wissen und Erlaubnis seiner Frau deren Wohnung öffnen ließ, war nicht sonderlich originell. Im übrigen hatte Beat von Graffenlaub nach Installierung der Spezialtür selber den Scheck ausgestellt. Kann sein, daß er nicht genau überblickte, was er da bezahlt hat, sagte sich der leitende Techniker, aber wer weiß schon jederzeit, was eine Frau im Schild führt?

»Können Sie die aufmachen, ohne Spuren zu hinterlassen?«

Der Techniker warf einen Blick auf die Blaupausen, die er mitgebracht hatte, und besprach sich kurz mit seinen Kollegen. »Ganz ohne Spuren geht es leider nicht, Herr Direktor, aber sie werden so winzig sein, daß nur ein Fachmann sie erkennen würde.«

Es wurde so viel Werkzeug und Gerät ins Haus geschafft, daß Beat von Graffenlaub sich besorgt fragte, ob die Männer es vor Feierabend schaffen würden. »Dauert es lange?«

»Höchstens eine Viertelstunde«, beruhigte der Techniker ihn.

»Sie wissen, daß die Tür unter Hochspannung steht?«

Der Mann warf ihm einen mitleidigen, fast herablassenden Blick zu, doch dann besann er sich, wen er da vor sich hatte, und sagte hastig: »Vielen Dank für den Hinweis, Herr Direktor.«

Er zog ein versiegeltes Kuvert aus der Tasche, schnitt es auf, las, was auf dem Briefbogen stand, und tippte eine zehnstellige Zahl in ein Gerät mit einer Tastatur. Als er fertig war, prüfte ein jüngerer Kollege die Tür mit einem länglichen Instrument, das isolierte Griffe hatte.

»Phase eins abgeschlossen«, verkündete der leitende Techniker mit einer Stimme, die so klang, als hätte er gerade sachkundig eine komplizierte Herzoperation eingeleitet. Zu Beat von Graffenlaub gewandt, fuhr er fort: »Der Strom kann per Funk abgeschaltet werden, wenn man den Code kennt. Er steht auf dem Zettel, der in dem Umschlag war. Sonst kennt nur Ihre Frau die Geheimzahl. Auch das Schloß ist codiert, aber leider hat sie die Zahl geändert, ohne uns zu informieren. Wir sind also gezwungen, die vom Hersteller eingebaute Sicherheitsvorrichtung auszuschalten. Dazu müssen wir an einer bestimmten Stelle ein winziges Loch bohren, eine optische Glasfiber einführen und einen speziellen Code eingeben, der die Sperre freigibt. Durch diese Technik wird praktisch das Risiko ausgeschaltet, daß jemand anderer als der Hersteller das Schloß öffnet. Die kritische Stelle für die Bohrung ist bei jeder Anlage woanders, und –«

»Bitte beeilen Sie sich!« sagte Beat von Graffenlaub ungeduldig.

Elf Minuten später schwang die Tür auf. Graffenlaub wartete, bis die Vaybon-Techniker abgezogen waren. Dann betrat er die Wohnung und schloß die Tür hinter sich. Dank der Instruktionen, die ihm der leitende Techniker gegeben hatte, fand er sofort die Schalter, mit denen er die Tür wieder verriegeln und unter Strom setzen konnte. Offenbar hatte sich Erika in der durch elektrische Hochspannung, Stahlplatten und Panzerglas abgeschirmten Wohnung vor jeder Überraschung sicher gefühlt, denn drinnen hatte sie keinerlei Anstalten gemacht, gewisse Dinge zu verbergen.

Beat von Graffenlaub brauchte zwanzig Minuten für die gründliche Durchsuchung des kleinen Appartements. Was er an Fotos und anderen unmißverständlichen Dingen fand, war schlimmer als alles, was er sich in seinen wildesten Träumen hätte ausmalen können. Kreidebleich, mit einem würgenden Gefühl im Magen und vor Entsetzen einer Ohnmacht nahe, wartete er auf Erikas Rückkehr. Jegliches Zeitgefühl war ihm abhanden gekommen. Er wußte lediglich, daß sein Leben nie wieder so sein würde wie früher.

Der Bär saß in der Küche, trank Kaffee und knabberte Lebkuchen. Der durchdringende, süßliche Geruch erinnerte Fitzduane an Vreni. Der Bär blickte auf, als der Ire eintrat. Fitzduane setzte sich ihm gegenüber an den Küchentisch und hing seinen Gedanken an eine junge, einsame, hochsensible Frau nach, die sich aus lauter Angst in die Berge zurückgezogen hatte.

Der Bär hielt Fitzduane den letzten Lebkuchen hin, doch der Ire schüttelte den Kopf. »Ich muß gerade an Vreni denken«, sagte er. »Als ich bei ihr war, hatte sie eine Heidenangst.«

»Nach allem, was passiert ist, kann man es ihr nicht verdenken«, meinte der Bär. »Schade, daß sie nicht mit der Sprache rausrücken will. Jetzt können wir nicht viel mehr tun, als sie so gut es geht zu beschützen und zu versuchen, den Henker möglichst bald dingfest zu machen.«

»Henssen hat vorhin gegenüber Ihrem Chef ein bißchen untertrieben. In Wirklichkeit ist er überzeugt, daß es nur noch eine Frage von Stunden ist, bis er Resultate vorlegen kann.«

»Sie meinen Namen?« fragte der Bär. »Endlich!«

»Ja, eine Namensliste, und zwar eine ziemlich kurze.«

»Und wer sind die Kandidaten?« Der Bär hob den Deckel von mehreren Keksschachteln, wurde aber nicht fündig. »Die Leute hier essen zuviel«, brummte er. »Kersdorf hat ständig einen Bärenhunger. Er könnte wenigstens ab und zu ein paar Stückchen Kuchen mitbringen.«

»Tut er doch«, sagte Fitzduane. »Sie sind es, der immer alles aufißt.« Er kritzelte etwas auf einen Zettel und gab ihn dem Bär. »Das hier ist mein Anwärter.«

Der Bär warf einen Blick auf den Namen und pfiff durch die Zähne. »Ich wette hundert Franken, daß Sie sich irren.«

»Abgemacht«, sagte Fitzduane. »Hören Sie, ich möchte Ihnen einen Vorschlag machen. Lassen Sie es uns noch mal mit Vreni versuchen. Vielleicht finden wir auf der Rückfahrt etwas Nettes zu essen für Sie.«

Der Bär hatte schlagartig bessere Laune. »Wieso erst auf der Rückfahrt? Wir sollten uns vor dem Verhör ein bißchen stärken, finde ich.«

»Darüber läßt sich reden«, meinte Fitzduane. Er hatte es plötzlich eilig. »Kommen Sie, lassen Sie uns sofort losfahren.«

»Ich besorge Ihnen eine Waffe.«

»Dazu reicht die Zeit nicht. Sie haben ein Schießeisen, und das muß genügen.« Seine Stimme bebte vor Ungeduld.

Der Bär verdrehte die Augen und verließ hinter Fitzduane kopfschüttelnd die Küche.

Vreni bot die letzten Willensreserven auf. Sie holte ein Federbett, wickelte es um sich wie einen Kokon und setzte sich mit untergeschlagenen Beinen auf den Fußboden. Das Telefon stand in Reichweite. Sie wartete ab, bis sie die wohlige Wärme spürte, und redete sich ein, daß ihr nichts passieren konnte, weil der Ire schon unterwegs zu ihr war und sie vor »ihm«, dessen Bild immer mehr wie ein böser Traum verblaßte, retten würde. Zurück blieb ein unbehagliches Gefühl, aber die Angst war verschwunden.

Sie ließ die Hand solange auf dem Telefonhörer liegen, bis sich das graue Plastik warm anfühlte. In ihrer Phantasie sah sie Fitzduane, der am anderen Ende nur auf das Klingeln wartete, um abzuheben und mit ihr zu reden. Ja, er würde sie in Sicherheit bringen. Sie hob ab und fing an zu wählen, doch bereits nach den ersten Zahlen legte sie wütend auf. Die Leitung war tot.

Mit pochendem Herzen stieß sie die Haustür auf und rannte zur Rückseite des Gebäudes, wo ein paar von ihren Tieren ihre Behausung hatten. Sie hob ihr kleines Lieblingslamm hoch, das ganz warm und schlaftrunken war, drückte es fest an sich, schloß die Tür hinter sich ab und schob auch den Riegel vor. Dann eilte sie zurück ins Wohnzimmer, zog das Federbett über den Kopf und schloß die Augen.

Sylvie riß die Autotür auf der Fahrerseite auf. Mit geweiteten Augen und gräßlich verzerrtem Gesicht rutschte ihr Sangster entgegen. Schleim und Geifer waren aus seinem Mund geflossen. Sylvie trat zurück und ließ Kopf und Oberkörper des Toten in den Schnee neben dem Wagen sinken. Seine Füße hatten sich zwischen den Pedalen verfangen.

»Laß die Tür offen«, sagte Santino. Er zerrte den scheinbar leblosen Pierre vom Beifahrersitz nach hinten zum offenen Kofferraum.

Plötzlich sagte er: »Scheiße, der Kerl lebt ja noch!«

Er zog einen Eispickel aus dem Gürtel, holte weit aus und schlug mit ganzer Kraft zu. Ein kurzes Aufbäumen, dann rührte sich Pierre nicht mehr. Santino verstaute ihn im Kofferraum und schlug den Deckel zu.

»Der war bestimmt Nichtraucher«, sagte er zu Sylvie.

Sie hatten Fitzduanes Auto genommen, und der Bär saß am Steuer. Vor Interlaken verließen sie die Autobahn und fuhren nach Heiligenschwendi weiter. Links und rechts von der Asphaltstraße funkelten im grellen Licht der Scheinwerfer Reste von Schnee. Je höher sie hinaufkamen, desto stärker wurde das weiße Gleißen. Seit der Abfahrt hatten sie nicht viel geredet. Der Bär hatte per Funk kurz Kontakt mit dem Polizeipräsidium aufgenommen.

»Mein Chef ist nicht gerade erfreut, daß wir einfach losgefahren sind, ohne Bescheid zu sagen«, hatte er danach gesagt, aber Fitzduane hatte seine Worte lediglich mit einem Grunzlaut quittiert. Erst als sie das Dorf erreichten, brach der Ire das Schweigen. »Von wem wird Vreni bewacht?« wollte er wissen.

»Das mußt du ihren Vater fragen, er hat alles arrangiert. Nein, diesmal ist der Vaybon-Konzern nicht im Spiel, wie du vielleicht glaubst, sondern ein sehr exklusiver privater Wachdienst.«

»Wissen Sie, wie Vrenis Leibwächter heißen?«

»Ja, einer von den beiden heißt Sangster. Er versteht was vom Geschäft, aber ich habe gehört, daß er ziemlich sauer ist, weil er nicht in Vrenis Haus darf, sondern draußen Wache schieben muß.«

»Sie arbeitet ihren eigenen Feinden in die Hände«, sagte Fitzduane. »Dabei hat sie eine Heidenangst, die arme Kleine.« Er zeigte auf eine Telefonzelle. »Halten Sie mal kurz an. Ich werde sie eben anrufen, damit sie nicht vor Schreck einen Herzanfall kriegt, wenn wir plötzlich aufkreuzen.«

Fitzduane blieb volle fünf Minuten in der Zelle. »Ihre Leitung ist tot«, sagte er zum Bär, als er zurück war. »Ich habe die Störungsstelle angerufen, aber angeblich soll sie in Ordnung sein.«

Die beiden Männer sahen sich betroffen an. »Ich habe die Nummer von dem Wachdienst«, sagte der Bär. »Die Leibwächter müssen sich meines Wissens in regelmäßigen Abständen per Funk melden. Mal sehen, ob wir in der Zentrale etwas erfahren können.«

»Beeilen Sie sich!« sagte Fitzduane. Während der Bär telefonierte, ging er unruhig auf und ab. Als der Bär die Telefonzelle verließ, blickte er nicht mehr so sorgenvoll drein.

»Sangster hat vor einer Viertelstunde Meldung erstattet. Alles scheint in Ordnung zu sein.«

Fitzduane war nicht so leicht zu überzeugen. »Haben Sie nicht vielleicht doch so etwas wie eine Waffe für mich?«

»Klar.« Der Bär machte den Kofferraum auf und reichte Fitzduane den Hebel des Wagenhebers.

»Danke. Damit fühle ich mich gleich viel besser.«

Im Zimmer war es stockfinster, denn die schweren roten Vorhänge vor den gepanzerten Fenstern waren zugezogen, und so fiel von der Junkerngasse kein Licht herein. Beat von Graffenlaub vernahm nicht das leiseste Geräusch. Die dicken Mauern und das Panzerglas sorgten für unwirkliche Stille. Er war innerlich völlig aus dem Lot. Gewiß, er konnte ein paar Lampen anknipsen und versuchen, sich in die Gewalt zu bekommen, doch dann hätte er wieder diese perversen, Übelkeit erregenden Fotos vor Augen, diese unbeschreiblichen Bilder des Todes.

Er versuchte sich in die Geistesverfassung eines Menschen hineinzuversetzen, der folterte und tötete, um seine sexuelle Lust zu steigern. Unvorstellbar! So viel abartige Bosheit überschritt sein Vorstellungsvermögen. Erika, seine schöne, sinnliche, verführerische Erika – eine pathologische, sadistische Killerin! Beat von Graffenlaub würgte, und ein unangenehmer Geschmack füllte seinen Mund. Er wischte sich die Lippen und das schweißnasse Gesicht mit einem Taschentuch ab.

Mit einem leisen Klicken ging eine Flurlampe an, die offenbar von außen eingeschaltet werden konnte, und verbreitete im Raum gedämpftes Licht. Gleich darauf ging die Stahltür auf. Graffenlaub saß in einer dämmerigen Ecke des Wohnzimmers und wartete schweigend darauf, daß Erika eintrat.

Sie zog ihren leichten Abendmantel aus dunkelgrüner Seide aus und warf ihn über einen Stuhl. Das leuchtend rote Futter erinnerte Graffenlaub auf widerwärtige Weise an das Blut ihrer Opfer. Ihre nackten goldbraunen Schultern schimmerten matt. Sie betrachtete sich in dem großen Flurspiegel, schlüpfte mit einer raschen Bewegung aus ihrem Kleid und warf es zu dem Mantel. Lange starrte sie ihr Spiegelbild an. Ihr Blick glitt über die Brust und den flachen Bauch zu dem schwarzen Höschen, dem einzigen Kleidungsstück, das sie noch anhatte.

Graffenlaub versuchte etwas zu sagen, aber seine Kehle war wie ausgedörrt. Er brachte nur eine Art Knurren heraus.

Erika erschrak nicht etwa, sondern nickte erfreut und sagte, ohne ihr Abbild im Spiegel aus den Augen zu lassen: »Whitney, liebster, gefährlicher, köstlicher Whitney! Ich hatte gehofft, daß du heute nicht so spät kommst.« Sie streifte das Höschen über die

Schenkel, schob eine Hand zwischen die Beine und bewegte sie hin und her.

»Warum?« sagte Beat von Graffenlaub, und diesmal war das Wort klar und deutlich zu verstehen. Sie fuhr beim Klang seiner Stimme heftig zusammen, drehte sich aber noch immer nicht zu ihm um. Dann bückte sie sich mit der Geschmeidigkeit eines Tieres, hob das Höschen auf, das ganz heruntergerutscht war, und schleuderte es achtlos in eine Ecke.

»Wer ist Whitney?« Graffenlaub zeigte auf einen Stapel Fotos neben ihm. »Wer ist dein mörderischer Komplize?«

Erika stand nackt vor ihm. Sie hatte sich wieder weitgehend in der Gewalt, aber auf ihrem gebräunten Gesicht lag ein angespannter Ausdruck. Sie lachte hämisch, dann sagte sie: »Für die Spielchen, die Whitney liebt, finden sich keine Freiwilligen. Sieh dir die Fotos genau an, du armer Heuchler! Gibt es da nicht ein Paar schlanke Hände und einen Körper, die dir bekannt vorkommen? Ach, mein lieber Beat, haben gewisse Chemikalien und Drogen aus dem Hause Vaybon nicht eine wundervolle Wirkung? Mein mörderischer Komplize – das warst du selber, zumindest in einigen Fällen, wie die Fotos beweisen. Du mußt zugeben, daß das die Lage ein wenig ändert.«

Ein gräßlicher Schrei entrang sich Graffenlaubs Kehle. Mit einer Bewegung, aus der abgrundtiefe Verzweiflung sprach, zog er die Walther, richtete sie auf seine Frau und drückte immer wieder ab, bis das Magazin der Pistole leer war. Dann ließ er die Waffe auf den Teppich fallen. Erika lag mit verrenkten Gliedern auf dem Boden. Sie sah in etwa so aus wie die mit Blut besudelten Gestalten auf einigen der Fotos.

Sie parkten im Dorf und gingen den Feldweg entlang, der zu Vrenis Haus führte. Der Bär hatte eine Taschenlampe mitgebracht. Als es bis zum Mercedes nur noch dreißig Meter waren, richtete er die Lampe auf die Frontscheibe des Wagens und schaltete sie ein halbes Dutzendmal ein und aus. Die Wagentür auf der Beifahrerseite ging auf. Eine Gestalt stieg aus und richtete eine automatische Waffe auf sie.

Wieder blinkte der Bär mit der Taschenlampe. »Ich wollte die beiden nicht erschrecken«, sagte er leise zu Fitzduane. Er blieb stehen und rief: »Polizei! Eine routinemäßige Überprüfung. Können wir jetzt näherkommen?«

»Oh, kommen Sie nur«, sagte der Mann neben dem Mercedes. »Aber holen Sie erst mal Ihren Dienstausweis raus und nehmen Sie die Hände hoch.«

»Wird gemacht«, sagte der Bär. Er hob die Arme. Die Taschenlampe hatte er noch immer in einer Hand. Fitzduane hielt sich ein paar Schritte rechts von ihm, ebenfalls mit erhobenen Händen. »Hier ist mein Dienstausweis«, sagte der Bär, als sie den Mann fast erreicht hatten. Fitzduane trat seitlich an ihn heran und tat so, als wollte er seine Papiere aus der Brusttasche ziehen, doch statt dessen holte er den Hebel des Wagenhebers hervor und schlug ihn dem Mann, der flüchtig den Ausweis des Bären überprüfte, über den Schädel. Lautlos brach er zusammen.

»Kein Erkennungszeichen, kein Partner, der ihm aus sicherer Entfernung Feuerschutz gibt, und als Dienstwaffe eine Skorpion – Sie hatten recht, den Kerl vorsorglich auszuschalten. Hoffentlich ist er kein Wachmann, der es mit seinen Dienstvorschriften nicht so genau nimmt.«

»Hoffentlich!« sagte auch Fitzduane, der dem am Boden Liegenden inzwischen den Puls gefühlt hatte. »Er ist nämlich tot.«

»Du liebe Güte!« entfuhr es dem Bär. »Und ich dachte, daß Sie ohne Kanone ausnahmsweise mal nichts anrichten würden.«

Fitzduane brummte etwas. Er schirmte die Taschenlampe ab und beleuchtete kurz den Mann, der in der Haltung eines Schlafenden auf dem Beifahrersitz saß. Ein Blick genügte, um zu erkennen, daß sein Schlaf von sehr langer Dauer sein würde. Fitzduane durchsuchte die Taschen des Toten, fand eine Kennkarte und verglich das Paßfoto mit dem aufgedunsenen Gesicht der Leiche.

»Sangster«, sagte er grimmig. »Keine äußeren Verletzungen, aber an Langeweile ist er bestimmt nicht gestorben. Dem Gesicht nach zu urteilen ist er erwürgt oder vergiftet worden.«

»Es muß noch ein zweiter Leibwächter da sein«, sagte der Bär. Er ging nach hinten und machte den Kofferraum auf. Eine zusammengekrümmte Gestalt lag darin. »Es *war* noch ein zweiter da«, sagte er, ohne sich sein Entsetzen anmerken zu lassen. »Sie und

Ihre verflixte Intuition! Wenn Sie mich fragen, sind der Henker oder seine Handlanger gerade im Haus. Jetzt brauchen Sie wirklich was Besseres als eine Eisenstange.«

Fitzduane hatte rasch das Auto durchsucht und zwei automatische Browning-Pistolen und eine selbstladende Schrotflinte gefunden – aber keine Munition. Vermutlich hatten die Mörder sie in den Schnee geworfen. Er hatte keine Zeit, um danach zu suchen. So hob er kurzerhand die Skorpion auf, die neben dem Toten auf dem Boden lag, und nahm auch ein Reservemagazin an sich. Die ganze Situation hatte für ihn etwas von einem Alptraum. Es war unsinnig, aber er hatte plötzlich Schuldgefühle, weil er zu spät gekommen war, um Ruedi zu retten. Jetzt schwebte seine Schwester in Lebensgefahr, und er war daran zumindest teilweise schuld, weil er sie in seine Ermittlungen hineingezogen hatte. Vielleicht kam er auch diesmal wieder zu spät. »Kommen Sie, wir müssen ins Haus«, sagte er mit brüchiger Stimme und vor Erregung zitternd.

Der Bär legte ihm eine Hand auf den Arm. »Immer mit der Ruhe! Wenn Sie dem Mädchen helfen wollen, müssen Sie schauen, daß Sie selbst am Leben bleiben.«

Die Worte verfehlten ihre Wirkung nicht. Fitzduane spürte, wie sich das Schuldgefühl und die blinde Wut verflüchtigten. Er sah den Bär an und sagte: »Ich schlage vor, daß wir folgendermaßen vorgehen.« Dann erklärte er dem Bär seinen Plan.

»In Ordnung«, sagte der Bär.

Sie trennten sich und gingen auf das Bauernhaus zu.

Sylvie hatte ein knochenhartes Training absolviert, das zum Teil auf die Unterdrückung aller Gefühlsregungen abzielte. Außerdem hatte Kadar sie durch seine speziellen Initiationsrituale auf sich eingeschworen, und die waren noch viel drastischer als alles gewesen, was sie während der Ausbildung hatte durchmachen müssen. Jetzt war sie stolz auf die gnadenlose Kaltblütigkeit, mit der sie ihre Aufträge ausführte. Ja, sie war buchstäblich mitleidlos – und dennoch drehte sich ihr beim Gedanken an Vreni von Graffenlaubs »Hinrichtung« fast der Magen um.

Kadar hatte fast amüsiert gewirkt, als er ihr genaue Instruktionen gab: »Ich will, daß du sie aufhängst. Sie soll genauso sterben wie ihr Bruder. Ganz sauber, in bester schweizerischer Manier. Vielleicht begründen wir damit eine ganz neue Familientradition der Graffenlaubs, allerdings wird die sich unter den gegebenen Umständen nicht über viele Generationen fortführen lassen. Aber was soll's! Ihr Vater wird es zu schätzen wissen.«

Die Türschlösser des Bauernhauses hatten ihnen geringes Kopfzerbrechen bereitet: Nach einer Minute waren sie im Inneren des Gebäudes. Sie fanden Vreni in dem kleinen Wohnzimmer neben der Küche unter einem Federbett kauernd. Mit geschlossenen Augen umklammerte sie ein kleines Lamm. Sie wollte einfach nicht wahrhaben, daß dies kein böser Traum war, und redete sich ein, daß die Geräusche an der Küchentür und die Schritte nicht echt waren, sondern nur in ihrer Einbildung existierten. Auch das Telefon funktionierte bestimmt wieder, und sie bräuchte nur die Augen zu öffnen, um sich in der gemütlichen Geborgenheit ihres Häuschens wiederzufinden.

Gretel entriß ihr brutal das Lamm und ohrfeigte sie so lange, bis sie die Augen nicht länger geschlossen halten konnte. Da zückte Gretel ein Messer, schnitt dem Tier mit einem Ruck die Kehle durch und hielt es so, daß sich das Blut über die schrekkensstarre junge Frau ergoß, deren Angst so groß war, daß man sie fast riechen konnte. Kein Schrei drang aus ihrer zugeschnürten Kehle.

Das Wohnzimmer war für das, was man mit ihr vorhatte, zu niedrig. Also knotete man oben im Schlafzimmer ein Seil an einen Dachbalken und hievte Vreni durch das Loch in der Decke, das als Verbindung diente. Alles in allem war es ein improvisierter Galgen.

Hänsel schob Wache, während Sylvie und Gretel die Exekution vorbereiteten. Durch das Küchenfenster konnte er den Feldweg überblicken, der zum Dorf führte, und weit hinten sah er auch verschwommen das Auto der beiden toten Wachmänner, in dem Santino Posten bezogen hatte. Die Sicht war einigermaßen gut, weil der Schnee das Mondlicht reflektierte, aber immer wieder schoben sich Wolken vor den Mond. Dann spielte einem die Einbildung einen Streich, und man konnte nicht mit Gewißheit sagen, ob sich draußen tatsächlich etwas bewegte oder ob es nur

Schatten waren. Notfalls wird Santino mich rechtzeitig warnen, tröstete sich Hänsel, und verfolgte gespannt die Vorbereitungen für die Hinrichtung.

Das Glück verließ den Bär, als er die letzten zwanzig Meter zwischen Stall und Wohnhaus zurücklegte. Als er durch den an dieser Stelle ziemlich hohen Schnee stapfte, wurde Hänsel auf ihn aufmerksam. Mit einer reflexhaften Bewegung griff er zum Sprechfunkgerät, um Santino den Marsch zu blasen, doch er überlegte es sich anders und ließ das kleine Gerät fallen. Nachdem er Sylvie und Gretel ein paar warnende Worte zugerufen hatte, eröffnete er das Feuer auf die schattenhafte Gestalt, die sich dort draußen dem Haus näherte.

Nicht getroffen, aber erschrocken über den unerwarteten Feuerstoß, ging der Bär mit einem Hechtsprung hinter dem Holzschuppen in Deckung. Genauer gesagt: er tauchte in eine Schneewehe, und als er vorsichtig und stets auf ausreichende Deckung bedacht herauskriechen wollte, empfing ihn prompt eine zweite Salve. Die Geschosse pflügten durch den Schnee oder bohrten sich mit einem dumpfen Geräusch in das Holz. Der Bär konnte den Schützen nicht sehen, aber immerhin war die dunkle Fensteröffnung zu erkennen. Der Kopf des Schützen befand sich mit ziemlicher Sicherheit in einer der beiden unteren Ecken des Fensters. Kaum hatte er diese Überlegung angestellt, zuckte in der Ecke links unten Mündungsfeuer auf. Der Bär, der wie ein Schneemann aussah, ging blitzschnell in die Hocke, riß seine Pistole hoch und schoß viermal.

Die großkalibrigen Magnumgeschosse durchschlugen die Holzwandung des alten Bauernhauses. Zwei der Patronen zerschmetterten ein Glas Bohnen und eines voll eingelegtem Blumenkohl. Die beiden anderen trafen Hänsels Hals und Unterkiefer. Er war sofort tot. Mit zerschossenem Halswirbel sank er zu Boden.

Auf Hänsels warnenden Ruf hin hatte Gretel die vor Todesangst fast ohnmächtige Vreni losgelassen und Sylvie, die ihrem Opfer gerade das Seil um den Hals gelegt hatte, am Rand des Durchstiegs stehengelassen, war von oben auf den Ofen im Wohnzimmer und von dort auf den Boden gesprungen – gerade rechtzeitig, um mitanzusehen, wie seinem Freund fast der Kopf von den Schultern geschossen wurde. Vor Schock keines klaren Gedankens fähig, rannte Gretel zur Küchentür, rutschte, als er am Fenster vorbeikam, fast in der Blutlache aus, riß die Tür auf und feuerte eine lange Salve in die Dunkelheit.

Vreni stand mit verbundenen Augen, an Händen und Füßen gefesselt, schwankend am Rand des Durchstiegs. Gebannt sah Sylvie ihr zu, wie sie versuchte, das Gleichgewicht zu wahren, doch zermürbt von Todesangst die Balance verlor und in die Tiefe stürzte.

Das Seil straffte sich mit einem Ruck.

Das alte Bauernhaus war an den Hang gebaut. Fitzduanes Plan bestand darin, daß er, als der Jüngere und Kräfigere von beiden, von der Rückseite her in das Obergeschoß eindringen würde, während der Bär es unten versuchte. Fitzduane hatte sich gemerkt, daß hinter der rückwärtigen Tür eine Art Werkstatt lag, die an das Schlafzimmer grenzte. Um vom Wohnzimmer ins Schlafzimmer zu gelangen, hatte man zwei Möglichkeiten: Entweder kletterte man durch den Durchstieg in der Zimmerdecke, oder man ging außen um das Haus herum einen steilen Pfad hinauf zur Hintertür im Obergeschoß.

Als die Schießerei losging, befand sich Fitzduane noch nicht in einer günstigen Position, denn er war ein Stück den Hang hinaufgeklettert, um sich in einem Bogen an das Haus anzuschleichen, und das hatte ihn eine Menge Zeit gekostet. Er erwog kurz, dem Bär Feuerschutz zu geben, aber er hätte aufs Geratewohl durch das weit ausgekragte Dach schießen müssen, und das war ihm zu riskant. Außerdem bezweifelte er, daß sich die Verbrecher von dem Lärm hätten beeindrucken lassen. Als er das Knallen einer großkalibrigen Pistole hörte, atmete er auf. Dem Bär war also nichts passiert.

Fitzduane wußte: Jetzt kam es darauf an, so schnell wie möglich durch die Hintertür ins Haus einzudringen, damit sie die Terroristen, die nach einer kurzen Feuerpause wieder wie wild drauflosballerten, in die Zange nehmen konnten. Fitzduane glaubte zwei Schnellfeuerwaffen auszumachen. Sich mit den Händen abstützend, rutschte er den glitschigen Hang hinunter. In der Rückwand des Bauernhauses gab es zum Glück kein Fenster. Er erreichte die Tür und drückte die Klinke nieder. Die Tür war verschlossen. Er wartete den nächsten Feuerstoß der Terroristen ab, zielte auf das Schloß und zog den Abzug der Skorpion durch. Der Schalldämpfer ließ die Waffe fast flüstern, aber die Tür gab nicht nach. Fitzduane verfluchte das kleine Kaliber der Skorpion.

Er mußte nochmals auf den Abzug drücken und den Finger lange gekrümmt lassen, bis das Schloß endlich aufsprang. Mit einem Hechtsprung war er in der kleinen Werkstatt, rollte sich seitlich aus der Schußlinie und wechselte gleichzeitig das Magazin. Dann legte er den Hebel auf Einzelfeuer um. Bei 750 Schuß in der Minute war es ratsam, Munition zu sparen. Er versuchte, nicht daran zu denken, was die Terroristen möglicherweise mit Vreni gemacht hatten. Wer weiß, vielleicht war er doch nicht zu spät gekommen. Ihm blieb nichts anderes übrig, als zu glauben, daß sie noch am Leben war.

Unten wurde wieder geschossen. Eine Kugel durchschlug so dicht neben ihm die Holzwand, daß sein Gesicht von Splittern getroffen wurde. Er ließ sich erneut flach auf den Boden fallen.

»Tolle Kanone«, murmelte er. Am Knall hatte er die Pistole des Bären erkannt. Das war eben das Riskante an Waffen mit hoher Durchschlagskraft. Bei Umzingelungsmanövern konnte es einem passieren, daß man seine eigenen Leute abknallte.

Fitzduane wischte sich das Blut vom Gesicht. Die von den Splittern verursachten Wunden taten ein bißchen weh, aber es war nichts Ernstes. Er robbte auf die Schlafzimmertür zu, packte einen Besen, der an der Wand der Werkstatt lehnte, und drückte mit dem Stiel langsam die Klinke herunter.

Im Schlafzimmer war es stockfinster. Fitzduane erblickte lediglich ein Fenster, in dem sich ein rechteckiges Stück Nachthimmel abzeichnete. Er lauschte auf Atemgeräusche und versuchte zu erkennen, ob sich etwas bewegte, aber da war nichts. Nach kurzem Zögern knipste er kurz die Taschenlampe an und sah sich um.

Das Schlafzimmer war noch genauso, wie er es in Erinnerung hatte, aber das war jetzt nicht von Belang. Für einen kurzen Augenblick sah er Vreni, die an einem Seil hing, und der Schock war so groß, daß ihm schwarz vor Augen wurde. Er mußte seine gesamte Willenskraft aufbieten, um nicht durchzudrehen. Vor seinem geistigen Auge schob sich Vrenis Gesicht über das ihres toten Bruders. Es war ein Kaleidoskop des Horrors. Die Worte des Gerichtsmediziners in Cork kamen ihm in den Sinn: »Vielleicht lebte er noch...« Mein Gott, es schien eine Ewigkeit her zu sein!

Er tastete sich geduckt vorwärts und riskierte es, die Taschenlampe nochmals kurz anzuknipsen. Vreni hing in dem Durchstieg; ihr Kopf und ein Teil des Oberkörpers ragten heraus. Fitzduane packte sie unter den Achseln, zog sie hoch und legte sie im Schlafzimmer auf den Fußboden. Rasch lockerte er die Schlinge und zog sie ihr über den Kopf. Er konnte kein Lebenszeichen an Vreni feststellen, aber er wußte, daß er versuchen mußte, sie durch Mund-zu-Mund-Beatmung wiederzubeleben. Andererseits: Unten war eine Schießerei im Gange, und möglicherweise war der Bär in Bedrängnis. Vorsichtig lugte er über den Rand des Durchstiegs und erblickte am Wohnzimmerfenster die Umrisse eines Menschen. Im selben Augenblick feuerte der Bär draußen einen Schuß ab. Fitzduane wußte, daß der Bär kaum noch Munition hatte. Er erwog, einfach durch das Loch in der Zimmerdecke nach unten zu springen, ließ es dann aber lieber bleiben. Es gab elegantere Methoden, Selbstmord zu begehen. Er wäre den Terroristen direkt vor die Mündung gesprungen und obendrein dem Bär in die Schußlinie geraten. Außerdem hätte er Vreni allein lassen müssen. Es gab nur eine Möglichkeit: Er mußte die Verbrecher von oben unter Beschuß nehmen. Der Winkel war nicht sonderlich günstig, aber wenn er sich mit der linken Hand abstützte und die Skorpion in die Rechte nahm wie eine Pistole, konnte es klappen.

Die Gestalt am Fenster zuckte zusammen, als sie von einer Kugel getroffen wurde, doch dann tauchte sie blitzschnell weg und wurde von der Dunkelheit verschluckt. Fitzduanes Hoffnung, einen Volltreffer gelandet zu haben, zerstob in einem Kugelhagel. Er hatte gerade noch Zeit, den Kopf zurückzuziehen. Die Geschosse prallten von einem eisernen Ofen ab, heulten als Querschläger durch den Raum und bohrten sich in Bretter und Balken.

Irgendwo zerbarst Glas, und dann vernahm Fitzduane zweimal kurz nacheinander das dumpfe Geräusch, das entsteht, wenn jemand aus geringer Höhe aus einem Fenster springt und auf weicher Erde landet. Fitzduane trat rasch ans Schlafzimmerfenster und sah draußen jemanden auf die kleine Scheune zurennen. Wo war der zweite Terrorist?

Plötzlich krachte es unten, und die Haustür flog auf. Jemand brüllte etwas. Als Fitzduane vorsichtig über den Rand des Durchstiegs blickte, sah er den Bär, der selbstzufrieden grinsend zu ihm hinaufblickte. »Das Ding funktioniert wirklich prächtig«, sagte er, »nur ist mir leider die Munition ausgegangen. Nächstes Mal werde ich mich besser eindecken.«

»Einer von den Kerlen ist noch in der Nähe«, warnte Fitzduane. »Der andere hat sich zur Scheune abgesetzt. Ich glaube nicht, daß die schon zu einem Waffenstillstand bereit sind.«

Kaum hatte er das gesagt, flog ein runder schwarzer Gegenstand durch das Wohnzimmerfenster und rollte über die Dielenbretter. Fitzduane zog den Kopf ein. Ein Blitz, ein ohrenbetäubender Knall und fast gleichzeitig eine so starke Druckwelle, daß Fitzduane zurückgeschleudert wurde. Das von der Decke herabbaumelnde Seil wurde vom Schrapnell durchgetrennt, fiel auf ihn herab und wickelte sich um ihn. Fitzduane empfand eine fast körperliche Übelkeit, als wäre das Seil vergiftet. Er streifte es ab und robbte zum Fenster. Als er über den Sims äugte, sah er eine Gestalt im Zickzack auf die Scheune zulaufen. Er feuerte, bis das Magazin leer war, stand jedoch noch so unter Schock, daß er nicht traf.

Kaum hatte er sich geduckt, wurde das Feuer von der Scheune aus erwidert. Keine Munition mehr! Er saß in der Klemme. Wenn er sich nicht rasch etwas einfallen ließ, konnte die Geschichte böse ausgehen. Jetzt hieß es nachdenken.

Er erinnerte sich an etwas, das ihm bei seinem ersten Besuch aufgefallen war: Peter Haags Armeekarabiner hatte im Schlafzimmer an der Wand gehangen, ein befremdlicher Anblick. Die Waffe war noch da. Sie konnte es ohne weiteres mit der Skorpion aufnehmen, vorausgesetzt, er fand die dazugehörige Munition. Irgendwo im Haus mußte es eine Schachtel mit zwanzig Schuß geben – aber wo? Er sah aufs Geratewohl in der Nachttischschublade nach. Nichts. Terrorist oder nicht – Peter Haag war vor allem Schweizer, und so hatte er sich an die Vorschrift gehalten, daß Karabiner und Munition getrennt aufbewahrt werden mußten.

Das Sturmgewehr an sich gepreßt, kletterte Fitzduane durch den Durchstieg nach unten ins Wohnzimmer. Der Bär lag auf dem Fußboden. Halb ohnmächtig murmelte er etwas in Berner Mundart. Der große eiserne Ofen hatte ihn offenbar gegen die volle Wucht der Detonation abgeschirmt, aber er hatte trotzdem eine Menge abbekommen.

»Herrgott, das ist nicht der richtige Augenblick, um mir Unterricht in Schwyzerdütsch zu geben, Heini!« raunte Fitzduane. Munition! Er brauchte Munition!

Draußen knallten Schüsse. Großkalibrige Geschosse durchschlugen die Holzwände. Die hatten anscheinend für alle Fälle schweres Gerät in der Scheune zurückgelassen, sagte sich Fitzduane. Eine Waffe klang wie ein für die Großwildjagd bestimmtes Gewehr. Die langsame Schußfolge wurde durch hohe Durchschlagskraft wettgemacht. Jedenfalls boten Holzwände dagegen keinen Schutz. Es war nur eine Frage der Zeit, bis der Bär, Vreni oder er selbst getroffen wurden. Der Schütze zielte systematisch auf bestimmte Stellen, und in dem kleinen Haus gab es nicht viel Deckung. Fitzduane zog den Bär weiter hinter den Ofen und verbot sich, an Vreni zu denken, die den Gewehrkugeln schutzlos ausgeliefert war. Wahrscheinlich war sie ohnehin längst tot. Wozu machte er sich also noch Sorgen um sie?

Verzweifelt durchsuchte er Schränke und Regale nach Munition. Vielleicht hat der Kerl sie wie Guido hinter Marmeladengläsern versteckt, überlegte er. Falls Anhänger von Rudolf Steiner überhaupt Marmelade essen! Wenn ich nicht bald fündig werde, kann ich im Jenseits Herrn Steiner höchstpersönlich fragen.

Eine Gewehrkugel traf ein Glas Bohnen, eine zweite zertrümmerte einen Behälter voll Naturreis. Organisch angebaute Nahrungsmittel, vermischt mit Glassplittern, flogen wie Schrapnelle durch die Luft, eine unbekömmliche Kost. Fitzduane griff nach der Flasche mit dem selbstgebrannten, atemberaubend starken Schnaps – und da lag die Schachtel mit der Munition. Eilig riß er sie auf und machte sich daran, das Magazin des Sturmgewehrs zu laden. Dabei hoffte er inständig, daß keine Reiskörner oder andere Fremdkörper in den Mechanismus geraten waren. Als er fertig war, lief er geduckt durch die Küchentür ins Freie und suchte sich hinter einer Hausecke eine günstige Schußposition. Er legte sich flach auf den Boden, klappte den Ständer des Gewehrs aus und justierte das Nachtsicht-Zielfernrohr. Ein Sack, der dem Geruch nach zu schließen ein organisches Düngemittel enthielt, mußte als Schanzwerk herhalten.

Die Terroristen in der Scheune hatten das Feuer eingestellt. Eine schattenhafte Gestalt trat ins Freie, blieb kurz stehen und ging dann zwar vorsichtig, doch gleichzeitig auch wie jemand, der keinen Widerstand mehr erwartete – kein Wunder nach dem Sperrfeuer und der Handgranate – auf das Bauernhaus zu.

Fitzduane wartete ab. Die Gestalt war nun schon ziemlich nahe, und ihre Bewegungen verrieten Achtlosigkeit. Wo mag der andere stecken, fragte sich Fitzduane und suchte mit den Augen die Scheune ab. In diesem Augenblick flog das Tor auf, und ein schweres Motorrad schoß ins Freie. Die beiden wollten also erst im Bauernhaus nach dem Rechten sehen und sich dann absetzen. Blieb nur noch eine Frage offen: Waren es wirklich nur zwei, oder mußte man mit weiteren Überraschungen rechnen?

Fitzduane war sich darüber im klaren, daß er eigentlich gesetzlich verpflichtet war, »Halt, Polizei!«, »Hände hoch!« oder ähnlichen Quatsch zu rufen, doch für Gesetzestreue war dies nicht der richtige Augenblick. Er schoß den auf ihn zukommenden Terroristen viermal in die Brust. Der Mann brach neben dem Feldweg zusammen und rutschte ein Stück den Hang hinunter.

An der Stelle, wo der Fahrer die schwere Maschine angehalten hatte, zuckte Mündungsfeuer auf. Der Geschoßhagel bestrich die gesamte Fassade des Hauses. Ein Motor röhrte los, und die Maschine donnerte den Feldweg entlang. Der Scheinwerfer blendete Fitzduane. Als das Motorrad auf seiner Höhe war, fuhr es über eine dicke Wurzel und kam ins Schleudern, aber der Fahrer fing die Maschine geschickt ab.

Der flüchtende Terrorist hatte schon fast den Mercedes der ermordeten Leibwächter erreicht, als ihn eine Kugel aus Fitzduanes Gewehr traf. Krachend rammte das Motorrad die Flanke des Wagens. Der Fahrer flog durch die Luft und landete im Schnee. Fitzduane zielte sorgfältig, bevor er nochmals abdrückte. Er schoß so lange, bis sich die Gestalt nicht mehr rührte.

Als ein paar Minuten später mit Armeekarabinern bewaffnete Leute aus dem Dorf eintrafen, fanden sie Fitzduane, der Vreni im Arm hielt. Sie war schlaff und allem Anschein nach leblos. Ihre Haut fühlte sich kühl an. Auf dem Gesicht des Iren lag ein seltsames Lächeln.

Jemand packte ihn an den Schultern und schüttelte ihn, aber er hatte keine Lust, aus dem wohlig-warmen Kokon des Schlafes zu kriechen. »Chef!« sagte eine vertraute Stimme. »Chef, wir haben einen Namen!«

Widerstrebend kehrte der Kripochef in die reale Welt zurück. Er hatte bereits vergessen, was er geträumt hatte, aber es war bestimmt besser als die Tretmühle, die ihn in wachem Zustand erwartete. Andererseits sagte er sich, daß er vielleicht ein wenig zu pessimistisch war. Die von Projekt K erzielten Fortschritte hatten ihn so angenehm überrascht, daß er in der Hoffnung auf einen Durchbruch beschlossen hatte, noch ein paar Stunden zu bleiben. Natürlich war ihm auch jeder Vorwand recht, um sein Büro zu meiden, denn dort wurde er seit einiger Zeit mit Hiobsbotschaften geradezu bombardiert.

»Ein Name?« Er öffnete die Augen, blinzelte und setzte sich plötzlich mit einem Ruck auf. »Mein Gott!« sagte er zu Henssen. »Sie sehen ja furchtbar aus!«

»Mein Kreislauf ist im Eimer«, sagte Henssen. »Wenn wir diese Sache hinter uns haben, brauche ich einen Monat Urlaub.«

Der Kripochef trennte sich vollends von der gemütlichen Couch und nippte an dem heißen schwarzen Kaffee, den Henssen ihm eingeschenkt hatte. Aus dem Nebenraum drangen Computergeräusche an sein Ohr. Er warf einen Blick auf die Uhr.

»Ein neuer Tag«, meinte Henssen. »Sie haben nur ein paar Stunden geschlummert, aber inzwischen hat sich einiges getan. Es gibt gute und schlechte Nachrichten.«

Der Kripochef erinnerte sich, daß ihm etwas vor dem Einschlafen zu schaffen gemacht hatte. »Was ist mit dem Bär und dem Iren?« fragte er. »Sind sie zurück?«

»Ja und nein«, antwortete Henssen und berichtete, was er von der Kantonspolizei erfahren hatte.

Der Kripochef schüttelte fassungslos den Kopf. »Unfaßbar! Ich glaube, ich träume noch. Waren das die guten oder die schlechten Nachrichten?«

»Kommt auf den Blickwinkel an.«

»Und auf den Betrachter.« Der Polizeichef wußte nicht, was er von alledem halten sollte. Er stellte seine Tasse auf den Tisch und stand auf. »Sie sagten gerade, Sie hätten einen Namen«, sagte er zu Henssen. »Soll das heißen, daß Ihre Computer nicht mehr im dunklen tappen, sondern den Henker gefunden haben?«

Henssen machte ein betretenes Gesicht. »Wir haben jetzt einen Hauptverdächtigen und noch ein paar Kandidaten. Kommen Sie mit und überzeugen Sie sich selbst.«

Der Kripochef folgte Henssen in den Computerraum. Nur ein einziges Terminal war in Betrieb. Es hatte einen besonders hochauflösenden Monitor. Henssen fand, daß er angenehmer für seine müden Augen war. Auf dem Bildschirm stand ein Name, gefolgt von Quellenangaben. Der Kripochef warf einen Blick darauf und hatte plötzlich das Gefühl, als würde er gleich den Verstand verlieren.

Auf dem Bildschirm stand: GRAFFENLAUB, BEAT VON.

»Ihr seid alle irre«, sagte der Kripochef. »Und eure blöden Computer spinnen auch.«

Henssen, Kersdorf und die anderen waren zu erschöpft, um sich mit dem Kripochef auf ein Streitgespräch einzulassen. Henssen gab einen Befehl in den Computer ein. Es entstand eine kurze Pause, dann druckte der Hochleistungsprinter den Befund des Elektronengehirns aus. Ein Computer wird nie müde, und was dieser zu Papier brachte, war eine Sensation.

Er hatte das drahtlose Telefon vergessen. Mechanisch drückte er auf einen Knopf, als es zu piepsen anfing. Dort lag Erika tot in einer Lache halbgeronnenen Blutes. Er hatte keine Ahnung, wie spät es war und wie alles weitergehen sollte. Er reagierte einfach nur.

»Herr von Graffenlaub?« sagte eine Stimme an seinem Ohr. »Herr Beat von Graffenlaub?« Die Stimme klang beunruhigt und kam ihm irgendwie bekannt vor, als gehörte sie zu jemandem, mit dem er sich erst vor kurzem unterhalten hatte.

»Ja, was ist?«

»Hier Mike Findlater von der Firma ME Personen- und Objektschutz. Ich habe Ihnen eine wichtige Mitteilung zu machen, eine sehr wichtige sogar.«

Beat von Graffenlaub hörte sich an, was der Mann zu sagen hatte, und seine anfänglichen Befürchtungen verwandelten sich erst in große Erleichterung und dann in übermächtige Freude. Vreni, seine kleine Vreni lebte! Tränen der Dankbarkeit rannen über seine Wangen.

Er hörte nicht, wie der Nebeneingang der Wohnung geöffnet wurde.

Die üblichen polizeilichen Methoden wurden bei der Berner Kripo für eine Zeitlang auf Eis gelegt. Statt dessen trat die eilig zusammengetrommelte Spezialeinheit für Terrorismusbekämpfung in Aktion. Knapp eine halbe Stunde, nachdem sich der Name BEAT VON GRAFFENLAUB grell auf dem Computerschirm abgezeichnet hatte, war das Gebäude, das ihm gehörte, umstellt, doch es sollte noch volle sechs Stunden dauern, bis sich ein paar hochqualifizierte Spezialisten Zugang verschaffen konnten. Das lag an den umfangreichen Maßnahmen, die notwendig waren, um den Henker, der bestimmt allerlei Sicherheitsvorkehrungen getroffen hatte, zu überlisten. Sonst hätte man sich vielleicht auf manch böse Überraschung gefaßt machen müssen. Such- und Ortungsgeräte verschiedenen Typs wurden eingesetzt, um Sprengladungen und sonstige Fallen ausfindig zu machen, und das ganze Gebäude wurde sorgfältig nach anderen Ausgängen abgesucht, durch die der Verbrecher entkommen konnte.

Gegen alle Einwände ranghoher Untergebener bestand der Kripochef darauf, persönlich den kleinen Trupp anzuführen, der nach Abschluß aller Vorbereitungen in den Gebäudekomplex eindringen sollte. Sie benutzten nicht die Tür, um in Erikas Wohnung zu gelangen, sondern kletterten durch ein Loch, das man mit Spezialgerät in eine Trennwand geschnitten hatte, nachdem man zuvor mittels Metall- und Sprengstoffdetektoren geprüft hatte, ob die Luft auf der anderen Seite rein war. Die Luft enthielt Spuren verbrannten Schießpulvers. Bei der Überprüfung hatte man auch einen zweiten Eingang zu der Wohnung gefunden, genauer gesagt die Verbindungstür zu einer Wohnung im angrenzenden Gebäude.

In Erika von Graffenlaubs Unterschlupf fanden die Männer zwar, wonach sie suchten, aber es war nicht so, wie sie es sich gewünscht hatten. Gewiß, Beat von Graffenlaub war da, allerdings befand er sich in einem Zustand, der ihm, dem angeblichen Täter, einen Platz auf der Liste der Opfer sicherte. Er lag quer über seiner Frau, und sein Blut vermischte sich mit ihrem: Die Spitze einer Hellebarde aus dem fünfzehnten Jahrhundert ragte eine gute Handbreit aus seiner Brust, und der dazugehörige Stiel stak in seinem Rücken wie ein Pfahl in der Erde.

Dem Kripochef brach unter der kugelsicheren Weste der Schweiß aus. »Irrsinn!« war alles, was er herausbrachte.

Die einzig gute Nachricht in dem allgemeinen Fiasko war, daß die kleine, vom Computer zusammengestellte Liste der Hauptverdächtigen nun zu einem einzigen Namen zusammengeschnurrt war: Bridgenorth Lodge. Der Kripochef forderte per Funk einen Bericht darüber an, was man über den Mann in Erfahrung gebracht hatte. Er verdrängte jeden Gedanken an das tragische Ende von Beat von Graffenlaub. Zeit zum Wundenlecken würde es später noch genug geben.

Laut Computerdatei handelte es sich bei Bridgenorth Lodge um einen in Bern lebenden Amerikaner. Er war sogar in der Stadt geboren – was ihn für den Kripochef natürlich noch längst nicht zu einem Schweizer machte. Eine der Prämissen, die man in den Computer einprogrammiert hatte, war, daß der Henker kein Schweizer Staatsbürger war. Der Kripochef hatte von Henssen wissen wollen, wie man zu dieser Überzeugung gelangt war, und Henssen hatte ihn an den Bär verwiesen.

Auf eine entsprechende Frage hatte der Bär lediglich mit den Achseln gezuckt und gesagt: »Ich spüre einfach, daß der Kerl kein Schweizer ist.« Mehr hatte der Kripochef, der die ganze Geschichte auch so schon verrückt genug fand, ihm nicht entlocken können. Nach allem, was er mit dem Bär erlebt hatte, sagte er sich, daß sein Untergebener bestimmt eine ebenso gute Nase hatte wie der Computer.

Kapitel 21

Bereits wenige Minuten nachdem der Name BRIDGENORTH LODGE auf dem Bildschirm erschienen war, umstellten schwerbewaffnete Polizisten das Haus des Amerikaners in Berns vornehmem Wohnviertel Muri. Bis dorthin waren es vom Polizeipräsidium nur fünf Minuten. In Muri wohnten vor allem Diplomaten, hohe Beamte und die Exfrauen erfolgreicher Geschäftsleute. Sogar für Schweizer Verhältnisse waren die Häuser gediegen und teuer. Viele standen auf weitläufigen, durch Hecken und Bäume abgeschirmten Grundstücken.

Das Haus von Bridgenorth Lodge war nicht nur abgeschirmt, sondern geradezu unsichtbar. Es stand weit von der Straße zurückgesetzt auf einem achttausend Quadratmeter großen Grundstück. Dichter Baumbestand und hohe Büsche schützten es ringsum gegen neugierige Blicke. Auf der Rückseite gab es einen richtigen kleinen Privatwald, der wie das gesamte Gelände von einer vier Meter hohen Mauer umfriedet war und an die Flußauen der Aare grenzte. Der Stacheldraht auf der Mauer stand unter Hochspannung, und das Tor, an dem es keine Klingel gab, bestand aus Stahlplatten und einer Eichenholzverkleidung.

Der Kripochef hätte das Anwesen am liebsten ein paar Tage lang observieren lassen, bevor man drastischere Maßnahmen ergriff, doch die Umstände ließen dies nicht zu. Der Henker war einfach zu gefährlich, als daß man ihn länger als unbedingt erforderlich auf freiem Fuß lassen durfte. Außerdem galt es, so schnell wie möglich festzustellen, ob man sich auf der richtigen Fährte befand. Schließlich war selbst ein Computer nicht unfehlbar. Womöglich war dieser Lodge nicht der gesuchte Verbrecher, sondern ein kauziger Milliardär mit ausgeprägtem Sinn für Privatsphäre.

Der Kripochef wünschte, es gäbe eine bessere Methode, sich über Lodge Klarheit zu verschaffen, aber ihm fiel keine ein. Auch diesmal wollte er wieder den Trupp anführen, der sich – notfalls mit Gewalt – Zugang zu dem Haus verschaffen sollte, und allein bei dem Gedanken daran brach ihm der Angstschweiß aus. Er hatte einen unangenehmen Geschmack im Mund, und seine Haut fühlte sich kalt und feucht an. Böse Vorahnungen plagten ihn.

Mühsam schluckte er sie herunter und gab den Einsatzbefehl. Der Trupp setzte sich in Bewegung.

Henssen legte behutsam den Hörer auf und starrte geistesabwesend vor sich hin. »Verdammte Geschichte!« murmelte er.

Kersdorf blickte auf. »Was ist los? Haben Sie diesen Lodge geschnappt?«

Henssen machte eine ratlose Geste. »Nein, aber die Spezialeinheit hat zwei Mann verloren, und ein halbes Dutzend ist verletzt. Der Chef hat auch was abbekommen, aber es ist nichts Ernstes.«

Kersdorf war sprachlos vor Schock. Schließlich sagte er: »Lodge ist also der Mann, hinter dem wir her sind. Was ist mit ihm?«

»Unsere Leute wissen nicht einmal, ob er im Haus war, als sie es stürmten«, antwortete Henssen und hob resigniert die Schultern. »Als sie endlich drin waren, war der Vogel jedenfalls ausgeflogen.«

»Wieso gab es dann Tote und Verwundete?«

»Weil im Fußboden und in den Zimmerdecken Sprengsätze versteckt waren, die durch ein automatisches System untereinander vernetzter Sensoren ausgelöst wurden – Sie wissen schon: Hitze, Schall, Druck und so weiter. Die Bomben hatten offenbar eine Umhüllung, die sie gegen jede Art von Detektor immun machte. Darauf waren unsere Leute nicht gefaßt. Man kann auch sagen: Der Henker war einfach schlauer. Genug Übung hat er ja. Der Teufel soll ihn holen!« Henssens Stimme klang deprimiert. Er hielt inne und massierte sich die Schläfen.

»Ich glaube, wir sollten uns ein bißchen aufs Ohr legen«, meinte Kersdorf. Er wies mit dem Kinn auf den Computer und fügte hinzu: »Es wird nicht mehr lange dauern, bis wir den Kerl haben. Immerhin haben wir schon ein paar Verhaltensmuster.«

»Wer weiß, was bis dahin noch alles passiert«, sagte Henssen.

Der Bär hatte in Tiefenau ein Einzelzimmer bekommen. Zehn Tage erstklassiger medizinischer Versorgung und die außerdienstlichen Zuwendungen einer Krankenschwester mit einem gewissen Funkeln in den Augen hatten aus ihm zwar keinen neuen, jedoch zumindest einen gründlich generalüberholten Menschen gemacht. Mit einem zufriedenen Seufzer schob er das Tablett weg und teilte sich mit Fitzduane den Rest Burgunder.

Fitzduane nahm die leere Flasche und warf einen Blick auf das Etikett. »So so, ein Beaune Jahrgang 1961. Was muß das für eine Frau sein, die dir so einen Tropfen kredenzt! Das ist ein Spitzenwein und keine Möbelbeize.«

»Hm«, machte der Bär, dessen Gesicht rosig angelaufen war. »Sie heißt Frau Maurer. Wenn Sie nichts dagegen haben, möchte ich sie aus dem Spiel lassen.«

Fitzduane grinste und trank sein Glas leer.

»Was passiert da draußen?« fragte der Bär. »Wenn ich so weitermache, kriege ich vor lauter Faulenzerei eine Herzattacke. Man läßt mich nicht telefonieren und speist mich mit so spärlichen Nachrichten ab, daß ich gespannt bin wie ein Flitzbogen.«

»Na, ganz so schlimm wird es wohl nicht sein.«

»Geht es Vreni besser?«

»Nein. Sie hat zwar überlebt und sich körperlich gut erholt, aber der Kopf spielt nicht mit. Sie ist stumm wie ein Fisch, schläft die meiste Zeit und dreht durch, wenn man ihr ein paar Fragen stellt. Sie kriegt regelrechte Anfälle. Deshalb haben die Ärzte angeordnet, daß sie in Ruhe gelassen werden muß.«

»Armes Mädchen«, sagte der Bär. »Und was ist mit diesem Lodge?«

»Der ist spurlos verschwunden – nein, er ist gar nicht erst aufgetaucht. Das ganze Haus mußte von Pionieren der Armee buchstäblich entschärft werden, und das war keine leichte Aufgabe. Überall gab es hinterhältige Fallen. Danach waren die Spezialisten von der Spurensicherung an der Reihe. Es besteht kein Zweifel mehr, daß Lodge der Henker ist. Die Frage ist nur: Wer ist Lodge?«

»Was wollen Sie damit sagen?«

»Von den Nachbarn war kaum etwas über ihn zu erfahren«, erläuterte Fitzduane. »Der Mann hat sich mit niemandem eingelassen und war die meiste Zeit auf Reisen. Das paßt alles ins Bild. Zum Glück gibt es ein paar recht genaue Beschreibungen, obwohl ihn kaum jemand aus der Nähe gesehen hat, höchstens mal an einem warmen Tag durch ein runtergekurbeltes Autofenster oder bei Regen unter einem Schirm.«

»Soweit ich weiß, soll er blond, mittelgroß und bärtig sein«, sagte der Bär.

»Genau. Die Berner Fremdenpolizei hat das bestätigt.«

»Wo liegt dann das Problem?«

»Man hat ein bißchen in den USA nachgeforscht und kein einziges Foto von ihm gefunden. Sein Vater war ein hohes Tier bei der CIA und hat anscheinend aus Gründen der Sicherheit darauf geachtet, daß er und seine Familie nie fotografiert wurden. Außerdem stimmen die Beschreibungen nicht überein. Als junger Mann soll Lodge dunkelbraunes Haar und braune Augen gehabt haben.«

»Eine gute Perücke und Kontaktlinsen schaffen da leicht Abhilfe.«

Fitzduane schüttelte den Kopf. »Nein, so leicht ist das nicht. In der Schweiz kommt kein Ausländer an der Fremdenpolizei vorbei. Lodge ist mehrmals vorgeladen und von einem erfahrenen Beamten mehrere Stunden lang vernommen worden. Der Mann beschwört, daß das blonde Haar des Amerikaners echt ist und daß er keine Kontaktlinsen trug. Das Paßfoto, das man zu den Akten genommen hatte, stimmte ziemlich genau mit den Beschreibungen der Nachbarn überein.«

»Gibt es Fingerabdrücke?«

»Nein. Bei betuchten Ausländern mit gutem Leumund verzichtet die Fremdenpolizei darauf, und in den USA waren auch keine aufzutreiben. Im Haus gab es zwar eine Menge verschiedener Fingerabdrücke, aber ohne Vergleichsmöglichskeiten können die Leute von der Spurensicherung mit ihnen nicht viel anfangen. Der Kerl spielt anscheinend gern mit dem Feuer, aber er ist dabei verdammt vorsichtig.«

»Lodge ist also der Henker«, sagte der Bär, »aber vielleicht ist Lodge nicht Lodge, und obendrein ist Lodge, der vielleicht nicht Lodge ist, spurlos verschwunden.«

»Sie sagen es.«

Der Bär blickte durch die Fenstertür ins Freie. Trotz des Sicherheitsrisikos hatte er auf einem Zimmer im Erdgeschoß mit direktem Zugang zum Garten bestanden. Die Fenstertür stand einen Spaltbreit offen. Von draußen drang der Duft von frisch gemähtem Gras herein. Irgendwo in der Ferne brummte ein Rasenmäher. »Ich hasse Krankenhäuser«, sagte der Bär, »aber wenn ich nicht aufpasse, gewinne ich dieses richtig lieb.« Er überlegte kurz. »Gibt es zahnärztliche Unterlagen?«

»Vor ein paar Tagen wurde die Praxis eines Prominentenzahnarztes durch Feuer total zerstört, und danach fand man den verkohlten Zahnarzt mit Draht an den Behandlungsstuhl gefesselt.«

»Klingt nach makabrem Henkerhumor«, sagte der Bär. »Aber da es hier um einen Zahnarzt geht, kommen bestimmt noch eine ganze Reihe anderer Patienten als Täter in Frage.«

»Der Hinweis erübrigt sich fast, daß die gesamte Kundenkartei und alle sonstigen Unterlagen vernichtet wurden. Zum Glück hatte der Zahnarzt sicherheitshalber von allem Kopien gemacht und in seinem Bankschließfach deponiert.«

»Na, da wird sich die Witwe aber freuen! Spaß beiseite: Ist etwa ein Abdruck von Mister Lodges Gebiß dabei?«

»Erraten.« Fitzduane hob sein Glas. »Auf Ihre Gesundheit!«

Der Kripochef saß am Computer. Sein Gesicht hatte während der gefährlichen Hausdurchsuchung im Stadtteil Muri ein paar Platz- und Schnittwunden abbekommen, die zum Glück nicht so schlimm waren, wie sie aussahen. Vor ein paar Tagen hatte man die Fäden gezogen, und die Verletzungen heilten schnell, aber die Ärzte hatten ihn gewarnt, daß er dauerhafte Narben behalten würde, falls er sich nicht zu einer »Schönheitsoperation« entschloß. Die Vorstellung, daß ihm jemand Haut vom Gesäß ins Gesicht verpflanzen würde, behagte ihm jedoch nicht. Lieber wollte er die Narben behalten, die ihm vielleicht sogar ein verwegenes Aussehen geben würden. Verfluchter Henker! Der Kerl hatte es doch tatsächlich fast geschafft, ihn in seine Bestandteile zu zerlegen.

Er tippte mit dem Zeigefinger auf die Computertastatur. »Ihr habt mich davon überzeugt, daß dieser Kasten funktioniert«, sagte er. »Wie kommt es, daß er uns jetzt, wo wir so dicht vor dem Ziel sind, angeblich nicht mehr weiterhelfen kann?«

Henssen zuckte ratlos mit den Achseln. »Nur wenn man ihm die richtigen Fragen stellt, bekommt man die richtigen Antworten.«

Der Kripochef starrte das Gerät wütend an. Am liebsten hätte er den Kasten solange geschüttelt, bis er die Lösung des Problems ausspuckte, denn er war felsenfest überzeugt: Der Computer kannte des Rätsels Lösung. Die Frage war nur, wie man sie ihm abluchsen konnte. Wahrscheinlich übersahen sie alle einen ganz einfachen, offenkundigen Sachverhalt. Er stand auf und ging ein paarmal im Raum auf und ab. Dann setzte er sich zu Henssens großer Erleichterung erneut hin und sagte:

»Erzählen Sie mir mehr über diese Maschine. Ich möchte genau wissen, wie sie funktioniert.«

Fitzduane empfand es als eine angenehme Zerstreuung, im Marzili spazierenzugehen. Der langgestreckte Park liegt eingezwängt zwischen der Aare und einer teuren Berner Wohngegend. Er wird vom Bundeshaus, einer Reihe anderer Regierungsgebäude, dem Sitz der Interpol und der Hauptverwaltung der Bundespolizei überragt. Frauen, die der warmen Frühjahrssonne den blanken Busen boten und sich auf diese Weise für einen langen, kalten Winter entschädigten, waren im Marzili durchaus keine Seltenheit, im Gegenteil: Die Brustspitzen Hunderter von Sekretärinnen und anderer weiblicher Angestellter aus dem Regierungsviertel reckten sich dem Muttergestirn entgegen wie ein besonderer Typus von Solarzellen eines Sonnenkraftwerks.

Fitzduane kam sich in seinem leichten Baumwollblouson, unter dem er eine schußsichere Weste trug, irgendwie fehl am Platze vor. Er warf dem Bär, der leise vor sich hinsummend neben ihm herging, einen verstohlenen Blick zu. Auf den ersten Blick sah man ihm nicht an, daß er einen zweiwöchigen Krankenhausaufenthalt hinter sich hatte: Seine rosigen Wangen deuteten eher auf einen Menschen hin, der vor Gesundheit strotzte. Doch wer ihn ein wenig kannte, ahnte, daß noch etwas anderes im Spiel war. Vielleicht die Liebe? Bravo, Frau Maurer! Fitzduane hatte inzwischen in Erfahrung gebracht, daß sie mit Vornamen Katia hieß.

»Finden Sie nicht auch, daß man hier auf ganz andere Gedanken kommen kann?« fragte Fitzduane und beobachtete, wie sich eine atemberaubende, nur mit einem Bikinihöschen bekleidete Rothaarige ein Stück weiter vorn auf ein ausgebreitetes Handtuch legte, die Augen schloß und sich mit leicht angezogenen, gespreizten Beinen der Sonne hingab. Ein paar rötliche Härchen, die seitlich aus dem Höschen hervorlugten, waren der Beweis, daß sie kein gefälschter Rotschopf war. Sie sah wirklich zum Anbeißen aus.

»Oh, ganz im Gegenteil, ich finde, hier wird alles auf den Punkt gebracht«, spöttelte der Bär.

Fitzduane mußte grinsen. Sie hatten den Uferweg erreicht, der an der Aare entlangführt. Ein paar hundert Meter flußabwärts erblickten sie die Kirchenfeldbrücke und die Stelle, wo die Leiche von Klaus Minder aus dem Wasser gefischt worden war.

Der Bär setzte sich auf eine Bank. Plötzlich sah er sehr müde aus. Er hob einen trockenen Ast auf, warf ihn in den Fluß und sah zu, wie er schaukelnd stromabwärts trieb. Als er seinen Blicken entschwunden war, zog er ein zerknittertes Kuvert aus der Tasche und strich es auf dem Knie glatt.

»Erinnern Sie sich an unsere Wette?« fragte er. »Ich habe den Umschlag heute morgen im Krankenhaus beim Anziehen gefunden.«

»Sieht so aus, als hätte ich mich geirrt«, sagte Fitzduane. »Es steht wohl so gut wie fest, daß Lodge der Henker ist. Wer weiß, wohin er sich abgesetzt hat! Die Polizei hat zwei Wochen lang ganz Bern abgesucht – vergeblich.«

»Wieso haben Sie geglaubt, daß es Balac ist?«

Fitzduane hob eine Handvoll Kieselsteine auf und warf einen nach dem anderen in den Fluß. Er mochte das gedämpfte Plumpsen, und er fragte sich, wie viele Menschen vor ihm an dieser Stelle gesessen und Steine ins Wasser geworfen haben mochten. Gab es im Flußbett womöglich bereits so etwas wie einen Damm aus Kieselsteinen, der eines Tages so hoch sein würde, daß er die Aare staute und sie über die Ufer trat?

»Aus mehreren Gründen«, beantwortete er die Frage. »Erstens hatte ich von Anfang an das Gefühl, daß bei ihm der Schein trügt. Und zweitens gab es da eine Menge Indizien: Er hat das richtige Alter, ist ein Intimus von Erika, verfügt über den notwendigen

Charme und ist eine dominante Persönlichkeit. Als Künstler kennt er sich ausgezeichnet mit der menschlichen Anatomie aus, und seine Arbeit rechtfertigt häufige Reisen. Außerdem hat er ein an Verfolgungswahn grenzendes Sicherheitsbedürfnis, und von seinem Atelier ist es nicht weit bis zu der Stelle, wo man Klaus Minder gefunden hat. Ich habe längst nicht alle Punkte aufgezählt, weil sie sich inzwischen von selbst erledigt haben. Wir wissen jetzt, wer unser Mann ist, und er heißt nicht Balac.«

»Hmm«, machte der Bär. Er sah nicht mehr ganz so müde aus.

»Übrigens traue ich Balac keine Abscheulichkeit zu wie die Sache mit der jungen Frau auf dem Schachbrett«, sagte Fitzduane.

»Wir haben es mit einem Spieler zu tun«, sinnierte der Bär. »Der Mann, den wir den Henker nennen, läßt sich nicht von rationalen Erwägungen leiten. Er hat seine eigene Logik. Anscheinend macht es ihm besonderen Spaß, die Polizei an der Nase herumzuführen. Das ist übrigens keineswegs originell. Ich habe mal einen Autodieb festgenommen, der seit Jahren unbehelligt sein Unwesen trieb – bis ihn der Hafer juckte und er einen Streifenwagen mit Blaulicht, Funkgerät und dem ganzen Klimbim klaute. Als ich ihn fragte, warum er so etwas Dummes getan hatte, antwortete er, er hätte einfach nicht widerstehen können.«

Fitzduane mußte lachen. »Wie fühlen Sie sich?« erkundigte er sich.

»Oh, ganz gut, wenn ich bedenke, daß dies mein erster Tag im Freien ist. Manchmal wird mir noch ein bißchen schwummerig. Ich glaube, ich werde mir einen schönen langen Urlaub gönnen, sobald wir diese Geschichte hinter uns haben.«

»Ich bin mir nicht sicher, ob Sie heute zu der Besprechung gehen sollten.«

»Davon kann mich nichts abhalten. Dieser Fall ist für mich längst zu einer persönlichen Herausforderung geworden. Ich lasse nicht locker, solange der Henker noch am Leben ist.«

»Hat der Mann nicht wie jeder andere Bürger Anspruch auf ein ordentliches Gerichtsverfahren?«

Der Bär schüttelte den Kopf. »Nein, dies ist kein Fall wie jeder andere, und deshalb gelten ganz andere Spielregeln. Hier geht es darum, die Menschheit von einem Infektionsherd zu befreien, bevor die Seuche um sich greift.«

Sie gingen noch ein Stück an der Aare entlang und überquerten dann die Dalmazibrücke. Von dort waren es bis zu dem Haus, in dem das Team vom Projekt K untergekommen war, nur noch zehn Minuten zu Fuß. Doch es war Fitzduane nicht entgangen, wie schwach der Bär noch war. Deshalb rief er lieber per Funk einen Streifenwagen der Polizei. Der Bär erhob keinen Einspruch. In sich gekehrt hing er seinen Grübeleien nach.

Der Kripochef ließ den Blick über die versammelte Mannschaft von Projekt K schweifen und fixierte dann den Bär.

»Sie sollten nicht hier sein, Heini, das wissen Sie verdammt gut! Glauben Sie bloß nicht, daß ich mit anpacke, wenn Sie zusammenklappen und auf einer Bahre weggeschafft werden müssen. Dafür sind Sie mir ein bißchen zu schwer.«

Der Bär nickte. »Schon gut, Chef. Sie sind ja auch kein junger Mann mehr.«

»Er braucht seine Kraft für andere Dinge«, ließ sich Charlie von Beck vernehmen.

»Jetzt haltet mal alle die Klappe und hört gut zu«, sagte der Kripochef. »Vor kurzem konnten wir in diesem Fall den ersten größeren Durchbruch verbuchen. Der Preis war hoch, aber immerhin haben wir hier in Bern das Hauptquartier des Henkers ausgehoben und wissen jetzt auch ziemlich genau, mit was für einem Menschen wir es zu tun haben. Seit den Vorfällen in Muri vor ein paar Wochen tappen wir leider im dunkeln, was die Identität und den Verbleib des Henkers angeht. Es ist, als hätte sich der Kerl in Luft aufgelöst. Glücklicherweise besitzen wir ein Foto von ihm und vermutlich auch seine zahnärztlichen Unterlagen. Die Ermordung des Zahnarztes geschah nach der Razzia in Lodges Haus, darum würde mich nicht wundern, wenn sich der Henker in diesem Augenblick noch irgendwo in Bern aufhält. Das Foto wird uns nicht unbedingt weiterhelfen, denn offenbar versteht er sich darauf, seine äußere Erscheinung völlig zu verändern. Schlimmer noch: wir müssen darauf gefaßt sein, daß er jederzeit einen weiteren Mord begehen kann.

Ich habe Sie alle heute zu dieser Besprechung gebeten, um Ihnen eine Änderung unserer Fahndungsmethoden vorzuschlagen. Seit Muri haben wir uns allein darauf konzentriert, Lodge aufzuspüren. Das ist uns nicht gelungen. Deshalb glaube ich, daß der Zeitpunkt für eine flexiblere Methodik gekommen ist, und die erstreckt sich auch auf die Art, wie wir den Computer einsetzen.« Der Kripochef gab Henssen ein Zeichen.

Henssen stand auf und lehnte sich an einen Schreibtisch. Dann sah er sich fast hilfesuchend um, räusperte sich und sagte mit belegter Stimme: »Der Chef ist überzeugt, daß der Computer die Lösung bereits kennt, und daß wir ihm nur die richtigen Fragen stellen müssen. Vielleicht hat er recht. Lassen Sie mich also kurz erläutern, wie wir bisher vorgegangen sind – und was noch zu tun ist. Die Identifizierung von Lodge haben wir einer Mischung aus schneller Datenverarbeitung und menschlichem Urteilsvermögen zu verdanken. Wir konnten sozusagen ein Phantombild des Henkers entwerfen und kamen durch eine sogenannte Rasterfahndung, bei der alle verfügbaren Daten durchgesiebt wurden, auf zwei Hauptverdächtige. Einer davon ist anscheinend der Richtige. Ehrlich gesagt war auch ein bißchen Glück im Spiel.«

»Darf ich kurz unterbrechen?« sagte der Bär. »Ich dachte, wir hätten uns von Anfang an darauf geeinigt, daß es sich bei dem Mann nicht um einen Schweizer handelt. Wie konnte der Computer dann auf Beat von Graffenlaub kommen? Übrigens stimmte auch das Alter nicht.«

Henssen machte ein betretenes Gesicht. »Tja, Heini, ich glaube, da bin ich Ihnen wirklich eine Erklärung schuldig. Ich habe, offen gestanden, ein bißchen eigenmächtig gehandelt. Da es keinen schlagenden Beweis dafür gibt, daß der Kerl kein Schweizer ist, habe ich die Verläßlichkeit dieser Prämisse beim Programmieren des Computers ziemlich niedrig eingestuft, und deshalb überwogen dann bei der Auswertung andere Indizien.«

»Das klingt einleuchtend«, gab der Bär zu, »aber es wäre nett gewesen, wenn Sie mich eingeweiht hätten.«

»Können wir uns wieder dem Kern des Problems zuwenden?« fragte der Kripochef leicht ungehalten.

»Natürlich«, sagte Henssen. »Wo war ich stehengeblieben?«

»Bei der Rasterfahndung«, kam Kersdorf ihm zu Hilfe.

»Richtig. Also, bei der Rasterfahndung gelangt man zu Ergebnissen, indem man die vorhandenen Daten nach bestimmten Regeln so lange durch immer feinmaschigere Netze siebt, bis etwas hängenbleibt. Gleichzeitig werden nach bestimmten Kriterien Vergleiche angestellt und Alternativen gewichtet. Ein Beispiel: Wenn jemand in einer Bank eine Waffe zückt und Geld verlangt, kann es sich theoretisch um einen Sicherheitstest handeln, aber meistens dürfte es wohl um einen Banküberfall gehen.«

»Da soll mir einer sagen, Computer können nicht denken!« warf Charlie von Beck ein, der zur Abwechslung mal wieder einen Samtanzug und eine Fliege trug.

Henssen überging den Zwischenruf. »Diese deduktive beziehungsweise selektive Methode stellt natürlich nur eine von mehreren Möglichkeiten dar. Man kann auch umgekehrt vorgehen, also von Anfang an davon ausgehen, daß der Mann, der in der Bank eine Waffe zückt und Geld verlangt, ein Verbrecher ist und dann nach Fakten suchen, die diese Annahme untermauern. Diese Methode eignet sich hervorragend dazu, einen bereits Verdächtigen unter die Lupe zu nehmen. Außerdem erlaubt sie uns, außer unseren rationalen Fähigkeiten auch unsere Intuition ins Spiel zu bringen.«

Der Bär fing Fitzduanes Blick auf und grinste.

»Kurz gesagt«, ergriff der Kripochef das Wort, »hat wohl niemand von uns so recht begriffen, was für ein vielseitiges Instrument uns zur Verfügung steht. Jedenfalls haben wir längst nicht alle Möglichkeiten des Computers ausgeschöpft. Statt die Maschine beispielsweise zu fragen: Wer kennt sich mit Plastiksprengstoff aus?, könnten wir sie fragen: Welcher Personenkreis hat im weitesten Sinne mit Plastiksprengstoff zu tun? Dieses Verfahren greift auf eine viel umfangreichere Datenmenge zurück.« Er erhob sich. »Wir sollten uns vor Engstirnigkeit hüten, meine Herren, und es lieber mit ein bißchen kreativer Anarchie versuchen. Dieser verfluchte Henker muß unschädlich gemacht werden – egal wie.« Er warf einen zornigen Blick in die Runde und verließ den Raum.

»Kreative Anarchie!« entfuhr es Charlie von Beck. »Wie kann ein Schweizer so etwas sagen! Als kreativer Anarchist hätte Wilhelm Tell bestimmt danebengeschossen, und unsere Kuckucksuhren würden auch nicht funktionieren.«

Auf Katias Betreiben, die fest überzeugt war, daß gewisse Speisen bestimmten Körperfunktionen förderlich sind, aß der Bär während der nächsten Tage viel Fisch – in der von einer kontinentalen Landmasse umschlossenen Schweiz ein Luxus –, und so war er rasch wieder auf dem Damm.

Der Bär war durchaus nicht ungesellig, sonderte sich aber mehr ab als früher. Er ging hierhin und dorthin, telefonierte viel, ohne zu sagen, mit wem, und bekam von der Post eine Anzahl Pakete und Päckchen, die er nur auspackte, wenn er allein war. Gesprächen wich er zwar nicht aus, aber über den Henker äußerte er sich nie. Vor allem jedoch: er war die ganze Zeit verblüffend gut gelaunt.

Eines Morgens trat Fitzduane, der am Vorabend allzu ausgiebig verschiedenen Sorten von Schweizer Obstschnaps zugesprochen hatte, zu der skandalös frühen Stunde, die in der Schweiz dem Frühstück vorbehalten ist, gähnend ins Wohnzimmer. Mit einem Ruck blieb er stehen und rieb sich ungläubig die Augen. Der Bär machte mitten im Raum einen Kopfstand. Die Arme waren gekreuzt, die Augen geschlossen. »Guten Morgen«, sagte er, ohne die Haltung zu verändern.

Fitzduane machte auf dem Absatz kehrt und stellte sich für fünf Minuten unter die kalte Dusche. Erst kurz bevor er den Hahn zudrehte, merkte er, daß er vergessen hatte, Pyjama und Bademantel auszuziehen. Immerhin war die gespenstische Erscheinung verschwunden, als er wenig später einen Blick ins Wohnzimmer warf.

Beim Frühstück ließ sich der Bär über die Vorzüge von Fisch als Gehirnnahrung aus. »Wußtest du«, fragte er Fitzduane – sie duzten sich seit ein paar Tagen –, »daß das Gehirn ebenso wie Fisch große Mengen einer ungesättigten Fettsäure enthält?«

Dem Iren, der gerade ein Toast mit Butter und Marmelade bestrich, drehte sich fast der Magen um.

Der Bär biß herzhaft in eine Karotte, daß es nur so krachte. »So kann man doch nicht einen neuen Tag anfangen!« sagte er und kräuselte die Nase. »Ich werde Katia bitten, dir eine Diät zusammenzustellen.«

Fitzduane erwiderte nichts, sondern reicherte seinen Orangensaft mit einem Schuß Obstler an und trank das Glas ohne abzusetzen halb leer.

Später am Vormittag betrat Fitzduane nach einem Abstecher zur Redaktion des *Bund*, wo ein Stapel Zeitungsausschnitte, Aktennotizen und Fotos abzuholen waren, im Schlepptau des Bären, der ein Liedchen summte und vor Energie geradezu zu bersten schien, das Berner Kunstmuseum. Nachdem sie diverse Portale, Tore, Türen, Hallen, Vorzimmer und Anbauten passiert hatten, ging es einen so dämmerigen Flur entlang, daß Fitzduane am gesunden Menschenverstand der Museumsleitung zweifelte. Erwartete man von den Besuchern etwa, daß sie Taschenlampen mitbrachten? Er mußte an Kuno Gonschiors Ausstellung in der Galerie Loeb denken: lauter schwarze Rechtecke. Dort war er Erika zum erstenmal begegnet. Es schien eine Ewigkeit her zu sein.

Der Bär blieb stehen und kratzte sich am Kopf. »Ich glaube, wir haben uns verlaufen.«

Fitzduane lehnte sich an eine Wand, während der Bär ein Streichholz anriß und in seinem Notizbuch blätterte. Wenn er weiterhin so hypermotorisch und hypereuphorisch ist, dachte Fitzduane, muß ich ihm jeden Morgen heimlich eine Beruhigungspille in den Orangensaft werfen, sonst kriegt er bald einen Herzanfall.

Plötzlich knatterte eine langgezogene, ohrenbetäubende Maschinengewehrsalve los. Fitzduane warf sich der Länge nach auf den Boden. Ein großes Stück der Wand, an der er eben noch gelehnt hatte, fiel krachend nach innen, und grelles Licht brach durch die Lücke. Fitzduane war innerlich darauf gefaßt, daß der Erzengel Gabriel erschien, doch stattdessen kletterte eine mit einem staubbedeckten blauen Overall bekleidete und mit einem schweren Preßlufthammer bewaffnete Gestalt durch das Loch. Von Flügeln war nichts zu sehen. Der Mann neigte den Kopf ein wenig zur Seite, beäugte kritisch die Öffnung und nickte zufrieden. Die SIG 9 mm in Fitzduanes Faust, die auf sein Herz gerichtet war, schien er nicht zu bemerken.

»Aha!« sagte der Bär erfreut. »Wir haben uns also doch nicht verlaufen.« Er sah Fitzduane an. »Nicht schießen! Das ist Paulus von Beck, Charlie von Becks Cousin. Er ist der Experte des Museums für Ölbilder, ein erfolgreicher Bildhauer der Avantgarde und wer weiß was noch. Seinetwegen sind wir hier.«

Fitzduane sicherte die Pistole und schob sie zurück in den Schulterholster. Ärgerlicherweise hatte man ihm noch immer nicht die Schrotflinte zurückgegeben. Er stand auf, klopfte sich den Staub von der Kleidung und gab Beck die Hand. »Ist das Bildhauerei im wörtlichen Sinn, oder haben Sie beim Eindübeln von einem Bilderhaken ein bißchen zu schweres Geschütz aufgefahren?«

Paulus von Beck bestellte ihnen Kaffee und ließ sie dann für eine Weile in seinem Büro allein. Nachdem er sich gewaschen und umgezogen hatte, ging er in die Restaurierungsabteilung des Museums, um den Inhalt des Aktenordners, den der Bär mitgebracht hatte, unter die Lupe zu nehmen. Als er zurückkam, hatte er nichts mehr von einem Bildhauer: Er trug einen eleganten italienischen Zweireiher aus anthrazitgrauem Tuch und dazu eine handgemalte Seidenkrawatte.

Paulus war älter als sein Cousin Charlie und wirkte nicht wie ein versponnener Kunstexperte, sondern eher ein bißchen verspielt. Er hatte ein feingeschnittenes Intellektuellengesicht, eine weiche, leicht gewellte Mähne und blaue Augen mit einem seltsamen Stich ins Violette. Er sah den Bär ernst an. Fitzduane hatte den Verdacht, daß der Bär einen Fund von ungeahnter Tragweite gemacht hatte.

»Sergeant Raufmann, bevor ich Ihnen irgendwelche Fragen beantworte, möchte ich Sie bitten, zu ein paar wichtigen Punkten Stellung zu nehmen.«

Der Bär antwortete genauso formell wie sein Gegenüber: »Selbstverständlich. Als Polizist bin ich zwar nicht daran gewöhnt, verhört zu werden, aber ich werde mein möglichstes tun.« Das Wort Polizist hatte er kaum merklich betont. Er will ihn diskret warnen, sich jedes Wort genau zu überlegen, dachte Fitzduane.

»Vielen Dank«, sagte Beck. Ihm war anzumerken, daß er die Warnung verstanden hatte. Bevor er weitersprach, ließ er sich viel

Zeit. Er rückte eine kleine Bronzeplastik auf seinem Schreibtisch zurecht, legte allerlei Papiere zu einem säuberlichen Stapel aufeinander, räusperte sich. Fitzduane überlegte, ob er nicht einmal um den Block spazieren sollte.

»Meine erste Frage«, sagte Beck endlich. »Haben Ihre Ermittlungen mit der Mordserie zu tun, von der unsere Stadt seit einiger Zeit heimgesucht wird?«

Der Bär nickte. »Das haben sie.«

Beck holte tief Luft. »Zweitens. Sie haben mich gebeten, das Werk eines bestimmten Künstlers zu kommentieren. Haben Sie den Verdacht, daß dieser Künstler unmittelbar in die Mordfälle verwickelt ist?«

Der Bär zögerte kurz. »Ja«, sagte er dann.

»Sie glauben also nicht, daß er nur eine harmlose Randfigur ist und gegen seinen Willen in die Sache verstrickt worden ist?«

»Alles ist möglich.«

»Aber Sie glauben nicht daran?«

Der Bär seufzte. »Nein. Ich bin überzeugt, daß unser Freund von den Zehen bis zur Pinselspitze in der Tinte sitzt. Für mich ist er ein skrupelloser, geistesgestörter Mörder mit einem perversen Sinn für Humor. Er muß möglichst schnell ausgeschaltet werden, bevor er noch mehr Existenzen vergiftet oder vernichtet. Hören wir doch auf, um den heißen Brei herumzureden! Warum sagen Sie mir nicht einfach, was Sie wissen oder vermuten? Ich bin am Ende meiner Geduld. Hier geht es um Mord, nicht um ein Gesellschaftsspiel!«

Aus Becks Gesicht war alle Farbe gewichen. Er sah aus, als würde er sich gleich übergeben. »Nur noch eine dritte Frage, dann sage ich Ihnen alles, was Sie wissen wollen. Kann ich mich darauf verlassen, daß Sie meine Aussagen mit äußerster Diskretion behandeln? Daß nichts der Presse zugespielt wird und ich nicht vor Gericht aussagen muß?«

»Hören Sie, da draußen läuft irgendwo ein Massenmörder frei herum! Wenn ich Sie mit einem Seil um den Hals durch Bern führen müßte, um dem Kerl das Handwerk zu legen, würde ich es tun. Andererseits sind Sie der Cousin eines angesehenen Mannes, der am selben Strick zieht wie ich. Wenn ich etwas für Sie tun kann, werde ich es tun. Aber Sie müssen verstehen, daß wir hinter einem Hai und nicht hinter einer Kaulquappe her sind.«

Fitzduane schaltete sich in das Gespräch ein: »Herr von Beck, offen gesagt habe ich den Eindruck, daß Sie längst beschlossen haben, uns reinen Wein einzuschenken, und wir wissen das zu schätzen. Übrigens sollten Sie das tun, in Ihrem eigenen Interesse. Wir sind hinter einem Killer her, der die unangenehme Eigenschaft hat, alle Personen zu beseitigen, die ihn irgendwie belasten könnten. Deshalb kann ich Ihnen nur dazu raten, uns zu helfen, ihn dingfest zu machen, bevor er Sie kaltmacht.«

Jetzt sprach aus Becks Zügen nackte Angst. »Ja, ja, ich weiß, Sie brauchen nicht weiterzureden«, stammelte er. Der Bär und Fitzduane ließen ihm Zeit, sich zu sammeln.

»Bevor ich mich als Kunstsachverständiger äußere«, sagte Beck schließlich, »möchte ich Ihnen unbeschönigt mein persönliches Verhältnis zu Simon Balac schildern. Ich bin homosexuell. In einer kleinen Stadt wie Bern lernen sich Menschen mit ähnlichen Interessen, Neigungen und Veranlagungen früher oder später unweigerlich kennen. Die hiesige Künstlerkolonie ist relativ klein. Ich begegnete Balac – alle reden ihn immer nur mit dem Nachnamen an – vor etwa fünf Jahren zum erstenmal. Wir... wir wurden enge Freunde.«

»Daß Sie homosexuell sind oder mit Balac eine Affäre hatten, ist der Polizei egal. Ihr Liebesleben geht uns nichts an.«

»Schon, aber ich habe Ihnen noch nicht alles gesagt. Sehen Sie, Balac ist eine starke Persönlichkeit mit ziemlich breitgefächerten erotischen Neigungen. Er hat einen starken Sexualtrieb und liebt Abwechslung. In seiner Gegenwart wird man gefügig, läßt alles mit sich machen und ist nur darauf bedacht, ihm zu gefallen. Man tut Dinge, an die man unter normalen Umständen nicht einmal im Traum denken würde. Balac ist ein hochkarätiger Künstler, und die Spleens solcher Menschen muß man tolerieren – jedenfalls redete ich mir das ein. Um ehrlich zu sein, war es mit ihm in sexueller Hinsicht so aufregend, daß ich mich einfach mitreißen ließ. Alles schmeckte so süß wie verbotene Früchte. Balac hat sowohl mit Männern als auch mit Frauen seinen Spaß. Er mag Gruppensex in allen möglichen Varianten und vergnügt sich auch mit Kindern, sexuell reifen, aber noch minderjährigen. Er genießt es, sie sozusagen einzuweihen und für immer zu verderben. Wirklich, er gestaltet alles unglaublich erregend und setzt allerlei Stimulantien ein: Alkohol und verschiedene andere Drogen. Vor allem aber bringt er seine außerordentliche Vitalität und sein unwiderstehliches Charisma ins Spiel.«

»Ruedi und Vreni von Graffenlaub sind wohl auch durch seine Schule gegangen?« fragte Fitzduane.

»Richtig.«

»Und Erika?« wollte der Bär wissen.

»Die auch.«

»Hm, erzählen Sie weiter«, sagte der Bär. »Weiß Ihr Cousin darüber Bescheid?«

Beck schüttelte energisch den Kopf. »Er weiß nur, daß ich schwul bin. Für mich ist er so etwas wie ein wohlgesinnter guter Freund. Einmal war ich drauf und dran, ihm alles zu erzählen, aber dann habe ich es doch nicht über mich gebracht.«

»Ich fürchte, jetzt müssen wir ihn einweihen«, meinte der Bär. »Das verstehen Sie doch, nicht wahr?«

Paulus von Beck nickte.

Es war fast vier Uhr, als sie das Museum verließen. Während der Bär überlegte, wo er seinem unüberhörbar brummenden Magen etwas Gutes antun konnte – Fisch hatte er plötzlich satt –, stellte Fitzduane endlich die Frage, die ihn beschäftigt hatte, seit Paulus von Beck bewiesen hatte, daß er durch Wände gehen konnte: »Ist es in der Schweiz üblich, um der künstlerischen Ausdrucksfreiheit willen die Bausubstanz von Museen zu beschädigen?«

Der Bär mußte lachen. »So was nennt man Aktionskunst. Aber Spaß beiseite: Dieser Teil vom Museum soll sowieso abgerissen und durch einen Neubau ersetzt werden, und man hielt es für eine witzige Idee, Künstler in diesen Prozeß einzubeziehen.«

»Aha.«

»Selbst für die bizarrsten Dinge gibt es meist eine ganz einfache Erklärung, findest du nicht?«

»Nein.«

Für den Kripochef war das Hauptquartier von Projekt K inzwischen zu einer Art Zufluchtsort geworden. Nur dort fand er Zeit, in aller Ruhe nachzudenken; nur dort blieb er von ungeduldigen Anfragen der Lokalpolitiker verschont; nur dort mußte er nicht ständig Anrufe aus den Zentralen ausländischer, mit der Terrorismusbekämpfung betrauter Spezialeinheiten entgegennehmen, die auch ein Stück vom Henker abhaben wollten, am liebsten gehäutet und ausgestopft, damit sie es sich wie eine Trophäe an die Wand hängen konnten; nur dort hatte er den Eindruck, daß man in diesem Fall Fortschritte machte, während die Fahndung auf internationaler Ebene sich immer mehr verzettelte und wohl nur noch auf einen Zufallserfolg hoffen konnte; nur dort war er eine Zeitlang vor seiner Frau und seinen beiden Mätressen sicher, die, wenn er sich einmal für längere Zeit nicht blicken ließ, davon ausgingen, daß er seine Gunst gerade einer anderen zukommen ließ. Wirklich, es war kein Kinderspiel, Chef der Berner Kriminalpolizei zu sein.

Der Zufall fügte es, daß sich der Kripochef gerade im Computerraum aufhielt, als Henssen mit den Auswertungen eines bestimmten Datenmaterials fertig war, um die der Bär ihn gebeten hatte. Ungläubig starrte der Kripochef den Bildschirm an. Hatten sie tatsächlich die Antwort gefunden? Konnten sie den lästigen Iren endlich zurück auf sein verregnetes Eiland schicken? Durfte man hoffen, daß der Henker ausgespielt hatte und daß es in Bern künftig nur noch zwei Leichen im Jahr geben würde, wie in den guten alten Zeiten ? Falls ja, hatte man guten Grund, eine Flasche Champagner zu köpfen.

Der Kripochef versuchte, seiner Hoffnung nicht allzu sehr die Zügel schießen zu lassen. »Sind Sie sicher?« fragte er den Bär. »Absolut sicher?«

»Absolut sicher sind nur drei Dinge, Chef: daß wir alle sterben müssen, daß der Schweizer Franken eine harte Währung bleibt und daß die Reichen immer reicher werden.«

Kadar war nicht darauf gefaßt gewesen, daß die Polizei Lodge auf die Schliche kommen könnte, und er begriff nicht, wie das hatte geschehen können. Gerade mit Lodge hatte er sich solche Mühe gegeben! Als Lodge war er weit weniger Risiken eingegangen als in anderen Rollen.

Lodges Verlust traf ihn, als wäre ein Freund gestorben. Verständlich, daß er um ihn trauerte, oder? Schließlich war Lodge buchstäblich ein Teil seiner selbst gewesen. Manchmal wußte er nicht recht, wer er nun eigentlich wirklich war. Lodge war seine einzige echte Verbindung zur Vergangenheit gewesen, und dieses Bindeglied war nun zerstört. Er fühlte sich wie ein... ja, richtig, wie ein Waisenkind.

Aber vielleicht nahm er das alles ein bißchen zu schwer. Für die Formalitäten in der Einwanderungsbehörde und bei der Fremdenpolizei hatte er damals einen Strohmann vorgeschoben, einen unbekannten Schauspieler, der wenig später unter einem halben Meter Beton die letzte Ruhe gefunden hatte. Die Schweizer Bürokratie hatte also Fotos und Angaben zur Person, die nicht von ihm, Kadar, stammten. Vielleicht sollte er einfach wieder als Lodge auftauchen und empört gegen den Mißbrauch seiner Identität protestieren? Natürlich müßte er das aus dem Ausland tun, sonst könnte es Probleme geben. Auf jeden Fall war es machbar. Aber war es nicht zu riskant? Hm, er wollte sich alles genau überlegen.

Noch zwei Tage, dann würde er aus Bern abreisen, und der große Coup würde in die »heiße« Phase eintreten, wie er es nannte. Mag sein, daß es klüger wäre, die Stadt sofort zu verlassen, aber alles war sorgfältig geplant, und er hatte sich auf jede erdenkliche Weise abgesichert. Genau besehen war es eher von Vorteil, wenn er noch blieb.

Er warf einen Blick auf das Thermometer, das in Paul Straubs Leiche steckte. Sie taute auf, aber zu langsam. Am liebsten hätte er heißes Wasser über den Toten gekippt, nur wußte er nicht, wie sich das auswirken würde, und er wollte auf keinen Fall irgend einem Gerichtsmediziner einen Fingerzeig geben. Eine verkohlte Leiche sollte möglichst nicht nass oder gar innen noch tiefgefroren sein. Sonst könnte es sein, daß jemand mißtrauisch wurde.

Kadar drehte die Heizung weiter auf. Eine Sauna ist für solche Zwecke wirklich praktisch, dachte er. Er konnte ein bißchen Übergewicht loswerden und sich in Form halten, während die

Dinge unter seinen Augen ihren Lauf nahmen. Stimmten seine Berechnungen, müßte Straub in sechs bis acht Stunden völlig aufgetaut sein. Dann würde er ihn in den großen Bosch-Kühlschrank packen, sozusagen auf Abruf. Falls die Leiche diesmal noch nicht benötigt würde, würde er sie wieder einfrieren – man konnte ja nie wissen.

»Ironischerweise haben mich nicht die elektronische Spürnase des Computers oder die üblichen polizeilichen Ermittlungsmethoden auf die richtige Fährte gebracht, sondern Fitzduanes Intuition.« Er warf dem Iren einen Blick zu. »Darauf kannst du dir was einbilden, Hugo.«

Zu den anderen gewandt, fuhr er fort: »Hugo hat geahnt, daß der Maler Simon Balac der Mann ist, hinter dem wir her sind. Es gab ein paar belastende Indizien, aber keine handfesten Beweise. Dann identifizierte der Computer Lodge, und verständlicherweise konzentrierten wir uns völlig auf ihn. Ich hatte als einziger jede Menge Zeit und wurde nicht von Kleinkram abgelenkt, weil ich im Krankenhaus lag. Ihr habt mich nicht gerade mit Neuigkeiten bombardiert.« Er blickte vorwurfsvoll in die Runde.

»Zu Ihrem eigenen Wohl, Heini«, sagte Charlie von Beck, »und auf Anweisung der Ärzte.«

»Was wissen die Ärzte schon!« brummte der Bär. »Egal. Nachdem Fitzduane mir seinen Verdächtigen genannt hatte, dachte ich über typische Verhaltensmuster des Henkers nach und sah mich vor eine beunruhigende Frage gestellt: Was, wenn der Henker und Balac eine und dieselbe Person sind?«

»Beweise!« forderte der Kripochef. »Oder ihr laßt mich den Burschen eine Stunde lang unter vier Augen in die Mangel nehmen.«

»Nur mit der Ruhe«, entgegnete der Bär. »Uns Schweizern sagt man doch Besonnenheit nach. Hören Sie mich an, dann werden Sie schon sehen, wie alles zusammenpaßt. Zuerst einmal möchte ich Sie daran erinnern, daß der Henker sich gewohnheitsgemäß immer einen Ausweg offenhält. Wenn die Polizei eines seiner Verstecke auffliegen läßt, kann man von vornherein mit zweierlei rechnen: Es gibt nicht nur jede Menge Fallen und Hinterhalte, sondern auch einen vorausschauend angelegten Notausgang. Der Henker gehört nicht zu denen, die sich aus dem vierten Stock stürzen, während die Polizei unten die Haustür aufbricht. Nein, der Bursche ist immer bestens auf den Ernstfall vorbereitet. Er hat den Tick, alles genau zu planen, und er braucht das Gefühl, daß er gegen jede Zufälligkeit gewappnet ist.«

»Ist er anscheinend wirklich«, raunzte der Kripochef.

»Wenn man ihm diese Verhaltensmuster zuschreibt und außerdem davon ausgeht, daß er die Dreckarbeit von einer Reihe scheinbar unabhängiger Terrorgruppen machen läßt, dann gelangt man zwangsläufig zu dem Schluß, daß er unter dem Deckmantel von mindestens zwei verschiedenen Identitäten operiert. Sicher handelt es sich dabei nicht nur um falsche Papiere, die genaueren Ermittlungen nicht standhalten würden. Nein, der Mann hat sich wahrscheinlich eine oder mehrere bürgerliche Scheinexistenzen aufgebaut. Wenn eine auffliegt, wechselt er einfach die Maske. Wir wissen, daß er ein gewisses Risiko liebt – das vermeidbare –, und deshalb sagt mir mein Gefühl, daß er nicht einfach untertaucht, wenn man ihm auf die Schliche kommt. Vermutlich befindet er sich noch in der Stadt und spielt die Rolle eines ehrbaren Mitglieds der Gesellschaft, hinter dem niemand einen Verbrecher vermuten würde...

Mein nächster Schritt bestand darin, alle vorhandenen Daten nochmals durch den Computer laufen zu lassen, allerdings nach anderen Kriterien. Wir hatten uns bislang auf zwei Hauptverdächtige konzentriert, nämlich auf Beat von Graffenlaub und Lodge, und als wir bei Lodge fündig wurden, glaubten wir, alle anderen aussondern zu können. Erinnern wir uns aber, daß anfänglich ein paar hundert Namen auf der Liste standen.

Wenn wir sie alle nach der Dringlichkeit des Tatverdachts hätten ordnen wollen, wäre wohl das Schweizer Bankgeheimnis abgeschafft, bis wir ein Ergebnis gehabt hätten. Deshalb beschloß ich, den Gaul anders aufzuzäumen. Warum nicht Lodge, über den wir bereits so viel wissen, mit allen anderen Verdächtigen vergleichen, um Ähnlichkeiten und Übereinstimmungen herauszufinden? Wir wissen, daß Lodge viel gereist ist, welche Kreditkarten er benutzt hat, wie seine finanziellen Verhältnisse waren und was für

Zeitungen er abonniert hatte. Diese Details waren es ja gerade, die uns auf seine Spur brachten. Wir hatten zwar keinerlei Beweise gegen ihn, aber das Profil stimmte.

Als wir nun den Computer entsprechend umprogrammierten, passierte etwas Unerwartetes: Simon Balac wurde an die Spitze der Liste katapultiert, und frühere Spitzenkandidaten bildeten plötzlich das Schlußlicht.«

»Erzählen Sie mir bloß nicht, daß Heini den Computer selbst programmiert hat«, sagte der Kripochef zu Henssen.

»Allmählich nahm die Sache Konturen an«, fuhr der Bär unbeirrt fort, »und wir konnten das Mosaik Stück für Stück zusammenfügen. Dabei war das, was wir *nicht* über Balac herausfanden, mindestens so aufschlußreich wie das, was wir herausfanden. Ich will Ihnen ein paar Beispiele geben: Balac reist angeblich viel, weil er ein erfolgreicher Künstler ist und seine Werke überall ausgestellt werden, aber wenn man seine Buchungen und die Abrechnungen seiner Kreditkarten unter die Lupe nimmt, fallen einem sofort gewisse Unstimmigkeiten auf.«

»Vielleicht zahlt er manchmal aus steuerlichen Gründen lieber bar«, gab Kersdorf zu bedenken. »Das tun viele. Oder er mag einfach keine Kreditkarten.«

Der Bär schüttelte den Kopf. »Er hat jede Menge Kreditkarten und macht hier in Bern ausgiebig von ihnen Gebrauch, jedenfalls mehr als auf Reisen. Das ist auf den ersten Blick nicht weiter auffällig, doch eine statistische Analyse ergibt, daß er erheblich vom Normalwert abweicht. So unerheblich das alles klingen mag, legt es doch zumindest den Verdacht nahe, daß der Mann etwas zu verbergen hat. Das gilt auch für seine Reisevorkehrungen. Selbst wenn er alle Tickets bar bezahlt, müßte sein Name doch in den Computern der Luftlinien gespeichert sein. Ist er aber nicht! Herr Balac verschwindet aus Bern und taucht in einer anderen Stadt auf, ohne eine Spur zu hinterlassen, die Aufschluß darüber gibt, wie er dort hingelangt ist. Da stimmt etwas nicht. Kann sein, daß er gern unter falschem Namen reist, aber auch das wäre nicht koscher, denn es würde bedeuten, daß er einen falschen Paß besitzt. Bedenken Sie bitte, wie streng die Passagierkontrollen in den Flughäfen mittlerweile gehandhabt werden. Man vergleicht die Flugtickets mit den Pässen. Der Name Balac ist in Bern noch nie registriert worden.«

»Gut, vielleicht hat er sich eines Paßvergehens schuldig gemacht«, schaltete sich der Kripochef ein, »aber das heißt noch lange nicht, daß er der Henker ist.«

»Lassen Sie mich fortfahren. Wir haben also jetzt eine Person, die laut Computer große Ähnlichkeit mit Lodge aufweist. Dazu kommen nicht nur die Unstimmigkeiten im Umgang mit Kreditkarten und beim Buchen von Flugtickets, sondern vor allem die Tatsache, daß Balacs Reiseziele verdächtig oft zumindest annähernd mit den Orten übereinstimmen, an denen zum selben Zeitpunkt und allem Anschein nach auf Betreiben des Henkers ein Verbrechen begangen worden ist. Theoretisch mußte der Henker sich dazu nicht in derselben Stadt, ja nicht einmal im selben Land aufhalten, sondern es reichte, wenn er sich verkehrs- und kommunikationstechnisch in bequemer Reichweite befand. Noch etwas: Es kann als erwiesen gelten, daß Balac in Lenk war, als die Sache zwischen Rudolph von Graffenlaub und seiner Stiefmutter Erika passierte. Nachdem wir mit Beschreibungen nicht weiter kamen, sind Fitzduane und ich vor kurzem nochmals mit Fotos von Balac nach Lenk gefahren, und da hatten wir mehr Glück: Er ist identifiziert worden.«

»Fotos?« fragte Henssen beunruhigt. »Falls einer von unseren Leuten sie gemacht hat, kann ich nur hoffen, daß der Henker ihn dabei nicht beobachtet hat. Dem Kerl sind alle Mittel recht, um die eigene Haut zu retten.«

»Die Fotos stammen aus dem Archiv der angesehenen Zeitung *Der Bund*. Das Blatt mag als bieder und behäbig gelten, aber man leistet dort gründliche Arbeit. Über jede Lokalgröße gibt es eine Akte. Balacs Bilder sind schon so oft ausgestellt worden, daß sein Dossier ganz schön dick ist. Ich habe zahlreiche Fotos von ihm und seinem Werk. Erlauben Sie mir, daß ich später darauf zurückkomme. Der nächste Punkt scheint mir besonders interessant. Da der Henker an seinen Häusern offenbar erhebliche Umbauten hat durchführen lassen, überlegte ich mir, daß man da vielleicht einmal nachhaken sollte. Mag sein, daß die Bauarbeiten zum Teil ganz offiziell ausgeführt worden sind, so zum Beispiel der Einbau der gepanzerten Tür in Muri, aber bestimmte bauliche Maßnahmen setzen Geheimhaltung und hohes handwerkliches Können voraus. Wahrscheinlich hat der Henker sich jeweils kleine Facharbeitertrupps kommen lassen, sie für die Dauer der Umbauten abgeschirmt gehalten und anschließend liquidiert, wie es seine Art ist. Mit Hilfe des Computers haben wir ein bißchen nachgeforscht und sind auf vier Fälle gestoßen, die ins Bild passen, weil jedesmal ein Trupp hochqualifizierter Techniker ums Leben gekommen ist – angeblich durch einen Unfall. Beispielsweise ist vor ungefähr achtzehn Monaten ein mit italienischen Fachleuten besetzter Kleinbus in Norditalien in einen Abgrund gestürzt, nachdem ein Reifen geplatzt war. Die Carabinieri hatten die Mafia im Verdacht, weil sie im Baugewerbe eifrig mitmischt und der Reifen von einer kleinen Sprengladung zerfetzt worden war. Im Gegensatz zu den anderen drei ›Unfällen‹ gab es einen Überlebenden. Der Mann, der schwere Verbrennungen erlitten hatte, erzählte ziemlich wirres Zeug über einen Spezialauftrag, ständiges Rauschen von Wasser und Terpentingestank, von dem ihm fast schlecht geworden sei.«

»Lodges Haus in Muri«, sagte der Kripochef. »Das Grundstück grenzt an die Aare.«

»Stimmt, aber zwischen Haus und Fluß gibt es ein Wäldchen, das das Rauschen schluckt. Ich habe es überprüft.«

»Sie denken an Balacs Haus unten am Wasserwerk?« fragte Beck.

»Nicht weit davon wurde Minders Leiche gefunden«, ergänzte der Kripochef.

»Stimmt«, antwortete der Bär.

»Kann man mit dem italienischen Spezialisten reden?« wollte der Kripochef wissen.

»Nur wenn Sie einen direkten Draht zum Jenseits haben. Kaum war der Mann einigermaßen genesen und aus dem Krankenhaus entlassen, pumpte ihn jemand mit einer doppelläufigen Lupara voll Blei.«

»Fahren Sie fort«, sagte der Kripochef mit einem Seufzer. »Wie ich Sie kenne, haben Sie noch einen Trumpf im Ärmel.«

»Erraten, Chef«, sagte der Bär. »Ich werde ihn gleich ausspielen.«

»Vorher würde ich gern wissen, ob Sie eine Ahnung haben, was für einen Auftrag die Italiener ausgeführt haben und wer sie angeheuert hat. Hat der Überlebende sich dazu geäußert?«

»Sie wurden offenbar von einem Mittelsmann angeheuert, der ihnen eine erfundene Geschichte auftischte – von einem exzentrischen iranischen General, der nach Khomeinis Machtergreifung in die Schweiz geflohen war und Angst hatte, von den Revolutionären Garden ermordet zu werden.«

»Eine gute Geschichte«, sagte Charlie von Beck. »Das hat es tatsächlich schon gegeben.«

»Und worin bestand der eigentliche Auftrag?« fragte der Kripochef.

»Die Männer sollten ein ausgefeiltes Sicherheitssystem installieren. Mehr ist nicht bekannt. Wir wissen nur, daß der einzige Überlebende Hydraulikspezialist war.«

»Mir gefällt das alles nicht«, sagte der Kripochef.

»Ich bin bald fertig«, versicherte der Bär. »Der nächste Punkt betrifft die Blutgruppe. Wir kennen die Blutgruppe des Henkers, weil wir in der toten Frau auf dem Schachbrett Sperma von ihm gefunden und es analysiert haben. Ich hätte mich sehr gewundert, wenn Balac nicht dieselbe Blutgruppe hätte. Hat er aber.«

»Wie zum Teufel haben Sie Balacs Blutgruppe rausgefunden, ohne ihn mißtrauisch zu machen?« fragte der Kripochef.

Der Bär grinste. »Ich habe mir alle möglichen Tricks ausgedacht, um an sie ranzukommen, aber dann habe ich einfach bei der Blutbank angerufen, und siehe da, Balac ist ein Spender.«

»Wie bitte?« entfuhr es dem Kripochef.

»Jawohl, er ist Blutspender. Er ist überhaupt ein Bürger, der sich sehr fürs Gemeinwohl einsetzt, dieser Simon Balac. Als Mitglied mehrerer gemeinnütziger Vereine scheint ihm viel an der Erhaltung des Berner Stadtbildes zu liegen, und da er offenbar ein inniges Verhältnis zur Natur hat, unterstützt er ein paar Umweltschutzorganisationen. Wandern ist eine seiner Lieblingsbeschäftigungen, weshalb er auch dem Verein ›Berner Wanderwege‹ angehört.«

»Wandern? Wie soll ich das verstehen ?« fragte Fitzduane.

»Ach, es gibt Leute, die mit einem Rucksack auf dem Rücken

durch den Wald stiefeln und kleinen gelben Schildern folgen«, erläuterte Charlie von Beck. »Sehr gesund.«

»Nicht immer«, meinte der Bär. »Denken Sie an Siegfried den Tätowierer.«

»Ja, der ist an einer Stelle gefunden worden, wo man ihn nicht aus einem Auto geworfen haben kann«, warf der Kripochef ein. »Bitte reden Sie weiter, Heini. Die Sache wird allmählich richtig interessant.«

»Bevor ich zum Hauptpunkt komme, ein paar Worte zu Ivo und der Frage der Alibis. Ivo wurde leider ermordet und seine Aufzeichnungen wurden arg ramponiert, bevor er auspacken konnte, aber zum Glück haben wir ein paar Stellen entziffern können. Unter anderem ist von purpurroten Räumen die Rede. Beachten Sie bitte die Mehrzahl! Sowohl in Lodges Haus in Muri als auch in Erika von Graffenlaubs Wohnung gibt es ein rotes Zimmer mit schwarzen Kerzen und gewissen Gerätschaften, die auf Schwarze Magie und sexuelle Rituale schließen lassen. Unsere Leute haben dort Blutspuren und Sperma von Personen mit unterschiedlicher Blutgruppe gefunden. Fast noch interessanter ist allerdings das Material, in das Ivo seine gesammelten Gedichte gewickelt hatte: ein Stück Leinwand, wie Maler es benutzen. Es ist echtes Leinen, von Hand grundiert und weist Spuren von Ölfarbe auf. Analysen im Labor haben zweifelsfrei erwiesen, daß es aus Balacs Studio stammt.«

Der Bär verstummte, und auch die anderen schwiegen betroffen. Schließlich sagte der Kripochef: »Sie haben mich fast überzeugt, Heini, aber als Beweismaterial würde das alles vor Gericht nicht ausreichen. Balac bräuchte nur zu behaupten, daß er das Stück Leinwand in den Müll geworfen hat und daß er keinen Menschen namens Ivo kennt. Niemand könnte ihm das Gegenteil beweisen.«

»Chef«, erwiderte der Bär, »dieser Balac ist ein gerissener Hund. Es dürfte uns schwerfallen, hieb- und stichfeste Beweise gegen ihn zusammenzubringen. Wenn Sie mich fragen, sollten wir aufgrund der belastenden Indizien einen Haftbefehl gegen ihn erwirken und sein Haus gründlich durchsuchen. Danach sollte der Fall einem tüchtigen Untersuchungsrichter übergeben werden.«

»Mit mir können Sie nicht rechnen«, sagte Charlie von Beck. »Es gibt da leider einen kleinen Interessenkonflikt.« Leises Raunen: Alle im Raum wußten inzwischen mehr oder weniger über Paulus von Beck Bescheid.

»Dafür können Sie nichts«, sagte der Kripochef. »Meiner Meinung nach sollten Sie trotzdem die Ermittlungen leiten. Lassen Sie uns anhören, was Heini sonst noch herausgefunden hat, und dann darauf zurückkommen.«

Der Bär sah den Richter an. »Was ich über Ihren Cousin zu berichten habe, ist alles andere als angenehm. Wollen Sie sich das wirklich antun?«

Charlie von Beck nickte. »Ja. Bitte nehmen Sie auf mich keine Rücksicht.«

»Gut.« Der Bär legte ihm kurz die Hand auf die Schulter. »Ist ja auch nicht persönlich gemeint.« Er hielt kurz inne und fuhr dann fort: »Zu gern würde ich sagen, ich hätte dank geduldiger und langwieriger Ermittlungstätigkeit herausgefunden, daß Paulus von Beck in diesen Fall verwickelt ist – übrigens nur als Randfigur. Doch ehrlich gesagt war es ein reiner Zufallstreffer. Ich wandte mich an ihn, weil ich ihn als Kunstexperten um eine Stellungnahme zu Balacs Gemälden bitten und ihn außerdem zu der Tätowierung befragen wollte, die immer wieder im Zusammenhang mit dem Henker auftaucht. Ein von einer Blumengirlande umgebenes A ist nicht gerade ein sehr gängiges Motiv, und ich wollte wissen, ob es damit eine besondere Bewandtnis hat. Deshalb legte ich ihm Fotos vor.«

»Woher haben Sie Fotos von Balacs Bildern?« wollte der Kripochef wissen.

»Vom *Bund*. Wie bereits erwähnt, hat die Zeitung eine Reihe von Artikeln über Balac gebracht, und im Archiv gibt es eine Menge unveröffentlichtes Material. Ich fand nicht nur die üblichen Schwarzweißaufnahmen, sondern auch eine Serie von Farbdias, die ein Fotograf in der Hoffnung gemacht hatte, sie an ein Magazin weiterverkaufen zu können. Eigentlich hätte ich mir die ganze Mühe sparen können. Es stellte sich nämlich heraus, daß Paulus von Beck Balacs Werk genauestens kennt. Nachdem er die Tätowierung überprüft und ich ihm gewisse Einzelheiten erzählt hatte, war er so erschüttert, daß er sich zu einem… zu einer umfassenden Aussage entschloß.« Fast hätte der Bär statt Aussage das Wort Geständnis gebraucht.

»Wollen Sie damit etwa andeuten, Paulus von Beck sei zu dem Schluß gelangt, daß Balac die Tätowierung entworfen hat?« fragte der Kripochef aufgeregt.

»Genau.« Der Bär lächelte Henssen zu. »Es gibt anscheinend doch noch Dinge, die der Mensch besser kann als der Computer.«

»Geben Sie uns noch ein paar Jahre, dann sind solche morphologischen Analysen für Computer ein Kinderspiel«, sagte Henssen.

»Wenn das alles stimmt, was Sie da erzählen, ist der Kerl geliefert!« frohlockte der Kripochef. »Heini, Sie sind ein Genie!«

»Ich bin noch nicht ganz fertig.« Der Bär entnahm einem Aktenordner ein Kärtchen und reichte es seinem Vorgesetzten. »Balacs Visitenkarte«, sagte er. »Schauen Sie sich das Emblem an. Er benützt es auch im Briefkopf und in den Ausstellungskatalogen.«

Die Ähnlichkeit mit der Tätowierung war verblüffend. Der einzige Unterschied bestand darin, daß die Blumengirlande kein A, sondern ein B umschloss.

»Der Kerl ist nicht nur ein Killer, sondern obendrein ein eingebildeter Dummkopf«, sagte der Kripochef.

»Nein, er ist verdammt clever«, widersprach der Bär. »Dieses Emblem ist tausendfach verbreitet worden – auf Briefbögen, Katalogen, Broschüren und Plakaten. Deshalb beweist es überhaupt nichts, denn es könnte doch gut sein, daß es einen Nachahmer gefunden hat. Dazu kommt, daß nach Paulus von Becks Meinung das A und das B nicht von derselben Person entworfen worden sind. Genauer gesagt: Er ist überzeugt, daß das A nicht von Balac stammt.«

Der Kripochef machte ein betroffenes Gesicht. »Der ist anscheinend wirklich mit allen Wassern gewaschen.«

»Er ist wie Ikarus«, sagte der Bär. »Irgendwann kommt er der Sonne zu nahe und stürzt ab.«

Kapitel 22

Fitzduane legte die Kassette, auf der er das Gespräch mit Paulus von Beck aufgenommen hatte, in den Rekorder und drückte auf den Startknopf. Die Aufnahmequalität war so gut, daß sich die Zuhörer in das kleine Büro im Museum versetzt fühlten. Paulus von Becks Stimme war die innere Anspannung anzuhören. An der Stelle, die er mit dem Bär vereinbart hatte, stoppte Fitzduane das Band. Im Raum herrschte betroffenes Schweigen.

»Zum ersten Mal haben wir einen Zeugen, dessen Aussage den Verdacht erhärtet, daß Balac zumindest tief in diesen Fall verstrickt ist. Wir wissen, daß er regelmäßigen Umgang mit Erika von Graffenlaub hatte und daß er damals Ruedi und Vreni verführt hat. Außerdem steht fest, daß er in ähnlicher Weise wie der Henker von Drogen Gebrauch macht. Das Netz zieht sich zusammen.«

»Zwischen Orgien mit Minderjährigen und Mord gibt es einen gewaltigen Unterschied«, wandte Charlie von Beck ein. »Ich hätte mich gefreut, wenn wir dem Kerl endlich auf die Schliche gekommen wären, aber ich befürchte, daß es für alles eine simple Erklärung gibt. Zugegeben, Sie haben Ihren Verdacht gut untermauert, aber was wir brauchen, sind handfeste Beweise.«

Der Bär blickte in die Runde. Es war nicht zu übersehen, daß fast alle so dachten wie der Richter. Der Kripochef schien sich nicht ganz schlüssig zu sein.

»Hugo und ich hatten beide den Eindruck«, sagte der Bär, »daß Paulus von Beck Todesängste aussteht. Warum? Weiß oder ahnt er vielleicht etwas, das ihm gefährlich werden könnte? Den meisten von Ihnen ist wohl bekannt, daß man bei einem Verhör von der Ausstrahlung und Gestik des Verhörten oft mehr ableiten kann als von seinen Antworten. Manchmal kommt es zwischen Fragesteller und Befragtem zu einer Art telepathischem Kontakt. Bei Paulus von Beck hatten Hugo und ich schon nach kurzer Zeit das Gefühl, auf eine heiße Spur gestoßen zu sein.«

Fitzduane legte den Finger auf den Startknopf des Kassettenrekorders.

»Das Wichtigste habe ich Ihnen noch nicht vorgespielt«, sagte der Bär.

»Lassen Sie es uns hören«, sagte der Kripochef.

Ein leises Knacken, dann kam die Stimme des Bären aus dem Lautsprecher: »Hören Sie«, sagte er, »Sie meinten vorhin, Ihre Beziehung zu Balac hätte vor etwa fünf Jahren angefangen.«

»Richtig.«

»Und? Besteht sie noch?«

»Nein – das heißt, eigentlich schon.«

»Damit kann ich nicht viel anfangen«, sagte der Bär.

»Es ist schwer zu erklären. Unsere Beziehung hat sich gewandelt und ist irgendwann eingeschlafen, aber ab und zu ruft er mich an, und dann gehe ich zu ihm.«

»Wieso, wenn Sie miteinander fertig sind?«

»Ich... ich habe keine andere Wahl. Er hat mich in der Hand.«

»Sind Sie ihm hörig?«

»Nein, darum geht es nicht. Er hat Fotos und gewisse andere Druckmittel gegen mich, und er hat mir damit gedroht, alles der Polizei zu übergeben.«

»Ihr Liebesleben ist uns egal«, sagte der Bär. »Um was für Fotos handelt es sich denn?«

Stille, dann Schluchzen. Ein Knacken deutete darauf hin, daß die Tonbandaufzeichnung an dieser Stelle unterbrochen worden war. Das Gespräch ging mitten in einem Satz weiter: »... peinlich, schrecklich peinlich«, sagte Paulus von Beck mit gequälter Stimme.

»Die Graffenlaub-Geschwister waren also nicht die einzigen Minderjährigen, die in diese Geschichte verwickelt sind?« fragte der Bär.

»Nein.«

»Wie alt waren die anderen?«

»Unterschiedlich alt, aber meist so um die Fünfzehn.«

»Aber es waren auch jüngere darunter?«

»Ja.«

»Wie alt war der oder die Jüngste?«

Paulus von Beck antwortete nicht gleich, dann gab er sich einen Ruck und sagte widerstrebend: »Vielleicht zwölf, aber so genau kann ich das nicht sagen.«

Ein lautes Krachen: Charlie von Beck hatte seine Kaffeetasse auf den Boden geschmettert. Sein Gesicht war vor Wut aschfahl. Fitzduane stoppte das Band. »Dieser Idiot! Dieser verdammte, verantwortungslose, ekelhafte Idiot!« fluchte Charlie von Beck. »Wie konnte er nur?«

»Beruhigen Sie sich«, sagte der Kripochef. »Hoffentlich war die Tasse leer. Ich habe fast einen Herzschlag gekriegt.«

Der Richter lächelte verkniffen. Nach einer Weile gab der Kripochef Fitzduane das Zeichen fortzufahren.

»Wo haben die Sexspiele stattgefunden?« fragte der Bär.

»Oh, mal hier, mal dort.«

»Auch bei Ihnen zu Hause?«

»Nein, nie. Balac hat alles inszeniert, und er legt Wert auf einen bestimmten Rahmen. Außerdem wollte er immer bestimmte Dinge in Reichweite haben, ich meine Drogen und anderes Zubehör.«

»Wo fanden also die Treffs statt?«

»Das sagte er mir meist nicht. Er holte mich ab und verband mir die Augen. Er mag solche Spielchen. Manchmal benahm er sich wie ein Fremder, der sich mit mir zum erstenmal traf.«

»Ist er mit Ihnen auch zu Erikas Wohnung gefahren?«

»Ja, aber nicht oft. Meistens sind wir zu seinem Studio unten an den Wasserwerken gefahren.«

»Sie sagten gerade, daß er Wert auf einen bestimmten Rahmen legt. Können Sie ein bißchen mehr dazu sagen?«

»Nun, er mag bestimmte Rituale«, antwortete Paulus von Beck mit unsicherer, gequälter Stimme.

»Zum Beispiel?«

»Zum Beispiel so etwas Ähnliches wie einen Schwarze Messe, ich meine eine Art Parodie, mit schwarzen Kerzen und vorgetäuschten Menschenopfern. Es war ganz schön schaurig.«

Fitzduane schaltete sich ein: »Könnten Sie uns die Räumlichkeiten beschreiben?«

»Die Zimmer waren immer gleich dekoriert: purpurrote Wände, schwarze Seidendraperien und Weihrauchschwaden. Mal trugen wir Masken, mal die anderen Teilnehmer.«

»Erzählen Sie uns von den Opferritualen«, sagte der Bär. »Sie waren vorgetäuscht, sagten Sie?«

»Ja, die Sache wurde so inszeniert, daß das Opfer scheinbar beim Orgasmus starb. Erika fand daran besonders großen Gefallen. Sie hatte einen breiten, schweren Dolch, mit dem sie herumfuchtelte. Einmal brachte sie eine Katze mit und erstach sie genau in dem Moment, als ich auf dem Höhepunkt war. Ich war über und über mit Blut besudelt.« Es waren Geräusche zu hören, als würde sich jemand übergeben.

Der Kripochef forderte Fitzduane mit einem Wink auf, das Band erneut zu stoppen. Er war sichtlich geschockt. Allmählich ging ihm die Tragweite dessen auf, was er gerade gehört hatte. »Und irgendwann wurden dann tatsächlich Menschen geopfert«, brach es aus ihm heraus. Mir wird allein schon bei dem Gedanken übel. Müssen wir uns noch viel von diesem Zeug anhören?«

»Nein«, antwortete der Bär. »Ich kann den Rest im Telegrammstil zusammenfassen, wenn Sie wollen.«

Der Kripochef legte die Fingerspitzen aneinander und starrte vor sich hin. Nach einer Weile sagte er: »Es haut mich fast um. Es ist so unglaublich pervers, so krankhaft und böse!«

»Wir haben Paulus nach dem Dolch gefragt«, sagte der Bär. »Er meinte, es sei eine Spezialanfertigung, die Kopie von einem Opfermesser, wie es einst bei einem heidnischen Kult in Irland verwendet worden sei. Balac habe in einem seiner Bücher zufällig eine Abbildung davon gefunden. Anscheinend hat Balac eine richtige Privatbibliothek mit pornographischen Werken und Büchern über Schwarze Magie. Er läßt sich bei seinen Spielen von diesen Büchern inspirieren und hat nach und nach einen Katalog fester Regeln zusammengestellt, den er ›die Satzung‹ nennt.«

»Wer außer Balac, Erika und den Minderjährigen hat sonst noch mitgemacht?« wollte der Kripochef wissen. »Kannte Paulus den einen oder anderen Jugendlichen? Und spielten außer ihm noch andere Erwachsene mit?«

»Ja, es gab noch ein paar andere«, antwortete der Bär, »aber sie waren immer maskiert. Er meint, er hätte ein paar an der Stimme wiedererkannt.« Der Bär nannte mehrere Namen, und der Kripochef schüttelte fassungslos den Kopf. Daß ein ausländischer Botschafter dabei war, ging ja noch an, aber die anderen gehörten zur Crème der Berner Gesellschaft!

»Manchmal wurden auch ein paar Strichjungen eingeladen«, fuhr der Bär fort. »Paulus erinnert sich an ein paar Vornamen. Einer hieß Klaus, und der Beschreibung nach kann es nur dieser Minder gewesen sein. Auch der Affe war mit von der Partie. Ivo hat ihn sich vorgeknöpft, weil er wußte, daß er an denselben Orgien wie Minder teilgenommen hatte. Er wollte ihn zum Reden bringen, und dabei hat er anscheinend ein bißchen zu kräftig hingelangt, der kleine Spinner. Er wollte unbedingt rausfinden, wer ihm seinen lieben Klaus gekillt hatte. Armer Sir Ivo! Er hat zuviel rausgefunden und mußte deshalb selber dran glauben.«

»Heini«, sagte der Kripochef zum Bär, »ich glaube, jetzt reicht's. Die Frage ist, wie wir diesen Psychopathen schnappen können, ohne daß noch mehr Menschen sterben.«

»Da können wir ein paar Vorschläge machen«, meldete sich Fitzduane zu Wort. »Wir haben uns dabei ein bißchen von den alten Griechen inspirieren lassen.«

In der Nähe von Sand gab es noch ein zweites militärisches Übungsgelände. Der Mann im Kampfanzug war so tiefgebräunt wie jemand, der sich die meiste Zeit in den Bergen aufhält. Um die Augen war die Haut heller, ein Hinweis, daß er oft Skibrillen trug. Er hatte den Rang eines Majors der Grenadiere, die innerhalb der Schweizer Armee als Eliteeinheit gelten, und war außerdem Antiterrorismus-Experte. Normalerweise beriet er die Bundespolizei bei der Terrorismusbekämpfung, stellte jedoch sein Wissen und Können auch auf kantonaler oder gar kommunaler Ebene bereitwillig zur Verfügung. Seine Spezialität waren Sprengstoffe.

»Sie haben nicht vor, einfach ein Loch in das Haus zu pusten, nehme ich an?« fragte er den Bär lässig. »Man könnte die Sprengladung großzügig bemessen und sich leicht Zugang verschaffen. Bei der Armee wird diese Methode immer dann angewandt, wenn man es nicht für geraten hält, durch die Tür reinzuspazieren.« Er grinste belustigt.

»Sehr witzig«, sagte der Bär, »aber wenn wir eine Wand wegsprengen, könnte das den Leuten, die sich dahinter aufhalten, übel bekommen.«

»Und da ich wahrscheinlich einer von diesen Leuten sein

werde«, warf Fitzduane ein, »kann ich mich für die Methode nicht gerade begeistern. Sie wollen doch nicht, daß mir was passiert, oder?«

Der Major machte ein entsetztes Gesicht. »Lieber Freund, wir werden Ihnen kein Härchen krümmen! Es ist durchaus möglich, die Sprengwirkung exakt zu kalkulieren. Ein dumpfer Knall, und schon hat ein Haus einen neuen Eingang.«

»Ich kannte mal einen Sprengmeister der amerikanischen Special Forces«, erzählte Fitzduane. »Er hieß Dudzcinski, aber sie nannten ihn nur ›No-Prob-Dud‹, weil er vor jeder Sprengung, egal wie kompliziert sie war, immer ›no problem‹ sagte. Er war ein echter Könner.«

»Na also«, sagte der Major.

»Leider hat er sich eines Tages in die Luft gesprengt«, sagte Fitzduane, »und einen halben Sturmtrupp dazu. Seitdem ist mein Vertrauen in Sprengstoffexperten erschüttert. Ich nehme an, Sie wollen nicht wissen, was seine letzten Worte waren?«

»Nein«, sagte der Major.

»Übrigens ist es gut möglich, daß in den Wänden des Hauses, in das wir reinwollen, Claymore-Minen und ähnliche Überraschungen verborgen sind. Wir brauchen eine Ladung, die uns einen Zugang schafft, ohne daß alles in die Luft fliegt.«

Ein Lastwagen kam langsam auf sie zugerollt. Hinten auf der Ladefläche befand sich, gut vertäut, ein flacher Kasten, etwa so groß wie ein Türrahmen. Der Laster hielt, drei Soldaten sprangen heraus, lösten die Verschnürung und bugsierten den Kasten vorsichtig zu einer anderthalb Zentimeter dicken Stahlplatte, die mit Bolzen an der Mauer eines Gemäuers festgeschraubt war.

»Eigentlich kann man ohne weiteres davor stehen bleiben, aber wir müssen die Sicherheitsvorschriften befolgen und in Deckung gehen«, meinte der Major. Fitzduane und der Bär ließen sich das nicht zweimal sagen. Bereitwillig begaben sie sich in den Schutz eines Beobachtungsbunkers seitlich von der Wand mit der Stahlplatte und dem flachen Kasten. Die drei Soldaten gesellten sich zu ihnen. Als letzter kam der Major hereingeschlendert, lässig und offenbar voller Vertrauen in sein Können. Alle im Bunker setzten Stahlhelme auf. Fitzduane kam sich ein bißchen lächerlich vor.

Der Major hielt ein Funkgerät von der Größe und Form eines Füllfederhalters in der Hand. »Sie kennen das Prinzip von einem sogenannten Präzisions-Richtsprengsatz, nehme ich an?« fragte er.

Fitzduane und der Bär nickten. Das Prinzip beruhte darauf, die ganze Sprengwirkung durch eine entsprechende, nach einer Seite offene Ummantelung in die gewünschte Richtung zu lenken. Das Verfahren war im Lauf der Zeit so weit verfeinert worden, daß man aus einem festen Untergrund Streifen von beliebiger Form heraussprengen konnte.

»Es würde die Sache erheblich erleichtern, wenn wir nur ein einziges Material durchtrennen müßten«, sagte der Major. »Panzerstahl allein ist kein Problem, aber bei Verbundwerkstoffen können die seltsamsten Dinge passieren. In diesem Fall haben wir die Sprengladung auf der Rückseite der flachen Kiste angebracht. Die Hohlräume sind mit einer schußsicheren, durch Keramikplatten verstärkten Kevlar-Panzerung ausgekleidet. Panzerstahl schied wegen des hohen Gewichts von vornherein aus. Vorn ist genug Platz zum Verpacken eines großformatigen Gemäldes. Alles ist so, wie Sie es sich gewünscht haben: Um das Bild anzuschauen, muß man nicht die ganze Kiste auseinandernehmen, sondern braucht nur die vordere, an Scharnieren aufgehängte Platte zurückzuklappen.«

»Wird das Gemälde durch die Explosion beschädigt?« fragte Fitzduane. »Um den Mann, auf den wir es abgesehen haben, erfolgreich zu ködern, müssen wir ihm mit einem ziemlich wertvollen Bild kommen. Nach allem, was ich hierzulande erlebt habe, würde ich mich nicht wundern, wenn man mich für den Schaden haftbar macht.«

Der Major seufzte. »Herr Fitzduane, Sie belieben wohl zu scherzen. Ich kann Ihnen versichern, daß das Gemälde keinen Kratzer abbekommen wird. Die ganze Wucht der Explosion wird auf die Stahlplatte und die Mauer dahinter gelenkt. Die Leinwand wird sich nicht einmal kräuseln. Sehen Sie selbst!«

Er drückte auf einen Knopf des Funkgeräts. Ein rechteckiges Stück der Stahlplatte und der Wand, fein säuberlich wie mit einem Schneidbrenner herausgetrennt, kippte vornüber. Keinerlei Rauchentwicklung, lediglich ein wenig Staub, der vom Wind davongetragen wurde.

Fitzduane ging zu der großen Kiste und klappte den Deckel auf. Statt eines Gemäldes erblickte er ein großes Plakat, das die Tugenden der Swissair pries. Es war unversehrt. Er drehte sich zu dem Major um, der lässig die Arme vor der Brust verschränkt hatte. »In Troja wären Sie der absolute Knüller gewesen«, sagte Fitzduane, warf noch einen Blick auf die Transportkiste und fügte hinzu: »Ich hätte da noch einen kleinen Verbesserungsvorschlag für unseren Plan. Wie gut kennen Sie sich mit sogenannten Blendgranaten aus?«

»Simon«, sagte Fitzduane ins Telefon, »empfangen Sie morgen mittag wieder Gäste wie jede Woche?«

»Oh, natürlich«, antwortete Balac lachend, »und Sie sind natürlich herzlich eingeladen.«

»Ich möchte mich morgen von Ihnen verabschieden. Meine Zeit in Bern ist um. Ich habe hier alles erledigt und fahre an einem der nächsten Tage nach Hause zurück.«

»Sie haben Bern wirklich von einer ganz anderen Seite kennengelernt als die Touristen. Wir werden Sie vermissen. Also dann, bis morgen.«

»Ciao«, sagte Fitzduane, legte auf und sah den Bär an. »Jetzt hängt es von Paulus von Beck ab, ob wir nach Plan A oder nach Plan B vorgehen.«

Sie fuhren von der Kirchenfeldstraße zum Polizeipräsidium und trainierten im Schießstand zwei Stunden Pistolenschießen unter Nahkampfbedingungen. Der Bär erwies sich als kundiger Instrukteur. Fitzduane merkte bereits nach kurzer Zeit, daß er rasch seine alte Treffsicherheit zurückerlangte. Während der letzten zwanzig Minuten schossen sie mit Glaser-Munition.

»Die Patronen deiner Schrotflinte basieren auf demselben Prinzip«, sagte der Bär. »Vielleicht bist du der Meinung, daß 9 mm ein zu kleines Kaliber ist, und bei normaler Munition hättest du nicht ganz unrecht, aber vergiß nicht, daß ein Treffer mit einer Glaser-Patrone in neunzig Prozent aller Fälle tödlich ist.«

Fitzduane hielt eines der Geschosse in die Höhe. »Haben die Diener des Gesetzes ein Monopol auf diese Dinger?«

»Sie sind nicht im freien Handel erhältlich«, antwortete der Bär.

Fitzduane verzog spöttisch den Mund.

Der Kripochef telefonierte über eine abhörsichere Leitung mit Kilmara in Irland.

Kilmaras Stimme klang besorgt. »Gibt es wirklich keine andere Lösung? Hugo ist nicht mehr zwanzig, und mit den Jahren lassen die Reflexe nach.«

»Er hat den Plan selber ausgeheckt. Außerdem: Sie wissen ja, was beim letzten Einsatz nach Schema F passiert ist. Es hat Verluste gegeben. Fitzduane ist überzeugt, daß wir halb gewonnen haben, wenn wir erst in dem Haus drin sind. Balac wird sich hüten, einen großen Feuerzauber zu entfachen, wenn er selber mittendrin ist. Es wird eine ganz normale Verhaftung, Schritt für Schritt.«

»Angenommen, Balac ist nicht allein. Was dann?«

»Fitzduane unternimmt nichts, solange die Sprengladung in der Bilderkiste nicht gezündet worden ist. Wir bringen auch Blendgranaten zum Einsatz, um ein bißchen Zeit zu gewinnen und ihm möglichst rasch zu Hilfe zu kommen. Für diesen Einsatz bieten wir unsere besten Leute auf.«

»Mir wäre es lieber, wenn Sie Balac aus seinem Bau locken könnten«, sagte Kilmara. »Wer weiß, was für böse Überraschungen in dem alten Wasserwerk auf Ihre Männer warten.«

»Wir tun unser Bestes. Paulus von Becks Gemälde ist bestimmt ein guter Köder, und falls Balac ihn schluckt, braucht Fitzduane bei der Verhaftung nicht dabei zu sein. Auf Plan B steigen wir nur um, wenn es nicht so glatt läuft, wie wir hoffen. Glauben Sie denn, daß Fitzduane es nicht packen wird?«

Kilmara seufzte. »Er ist ein harter Bursche, aber mir ist trotzdem nicht ganz wohl bei der Sache. Ich fühle mich irgendwie für ihn verantwortlich.«

»Wir haben keine andere Wahl. Der Kerl riecht jeden Polizisten von weitem, egal, wen wir einsetzen. Fitzduane kommt immerhin ohne Gewaltanwendung in sein Haus rein. Wenn er erst drin ist, können wir nur hoffen, daß alles gut geht.«

»Und was ist mit diesem Paulus?« wollte Kilmara wissen. »Er hat eine sehr intime Beziehung zu Balac gehabt. Wer sagt uns, daß er dichthält? Wenn er singt, ist Hugo ein toter Mann.«

»Charlie von Beck schwört, daß wir seinem Cousin vertrauen können. Sowohl der Bär als auch Fitzduane sind überzeugt, daß der Mann die Wahrheit gesagt hat. Außerdem begleiten ihn ein paar von meinen Leuten. Wir zapfen sein Telefon an und können notfalls die ganze Aktion abblasen.«

»Um jemandem eine Nachricht zukommen zu lassen, ist man nicht unbedingt aufs Telefon angewiesen«, gab Kilmara zu bedenken.

»Stimmt, aber morgen um diese Zeit ist die Sache ausgestanden.«

Nachdem er aufgelegt hatte, drehte sich Kilmara zu dem Mann um, der auf der anderen Seite von seinem Schreibtisch saß.

»Haben Sie alles mitgekriegt?«

Der Mossad-Agent nickte.

»Wie fühlt man sich, wenn man nach langer Zeit wieder in Irland ist?« fragte Kilmara.

Der Mann lächelte. »Wie immer. Es hat sich nichts Wichtiges verändert.«

»Ich möchte mich mit Ihnen über die Botschaft der USA unterhalten. Und über ein paar andere Dinge«, sagte Kilmara. »Wie wär's mit einem Drink?« Er entnahm einer Schreibtischschublade eine Flasche irischen Whiskey und zwei Gläser. Die Flasche war leer, als sie zu später Stunde das Gespräch beendeten.

Der schlafende Junge hatte ihm den Rücken zugekehrt. Die Daunendecke war bis zu seiner Hüfte gerutscht. Er war nackt. Paulus versuchte zu rekonstruieren, wo er den Kleinen aufgetrieben hatte. Er streichelte seinen Rücken und mußte sich eingestehen, daß er sich nicht an das Gesicht des Jungen erinnern konnte. Er hatte goldblondes Haar, und seine Wangen bedeckte allenfalls ein leichter Flaum. Wahrscheinlich war er nicht älter als 14 oder 15 Jahre. Paulus spürte, daß er eine Erektion bekam. Er legte einen Arm um den Schlafenden, tastete nach dessen schlaffem Glied, streichelte es kundig und fühlte, wie es in seiner Hand anschwoll.

Als er den Unterleib an den glatten, festen Hintern des Jungen preßte, erwiderte dieser den Druck. Paulus verspürte plötzlich den Wunsch, das Gesicht des Jungen zu sehen. Mit der einen Hand streichelte er weiter seinen Penis und wollte gerade mit der anderen seinen Kopf zu sich hindrehen, als sich der Junge herumwälzte und plötzlich über ihm war. Er wirkte viel größer und älter, als Paulus ihn sich vorgestellt hatte, und in seiner Hand blitzte ein kurzes Messer mit breiter Klinge. Die Spitze des Messers verharrte für den Bruchteil einer Sekunde über Paulus' Kehle, aber zum Schreien war es zu spät. Ein gräßlicher Schmerz durchzuckte ihn, und dann sah er dicht vor seinen Augen eine Fontäne aus Blut, aus seinem Blut.

Sein Arm wurde geschüttelt. Er traute sich nicht hinzusehen. Sein Körper verströmte intensiven Schweißgeruch, und er wurde sich bewußt, daß er nicht normal atmete, sondern heftig keuchte.

»Sie haben geschrien«, sagte eine Stimme. Paulus öffnete die Augen. Neben seinem Bett stand ein Polizeibeamter. In einem Schulterhalfter trug er eine automatische Pistole, und in der rechten Hand hielt er eine Heckler & Koch-Maschinenpistole vom Typ MP-5. In der offenen Schlafzimmertür zeichneten sich die Umrisse eines zweiten Beamten ab.

»Entschuldigen Sie«, sagte Paulus. »Ich hatte einen Alptraum.«

Der muß ganz schön schlimm gewesen sein, dachte der Beamte. »Kann ich etwas für Sie tun?« fragte er mit ausdruckslosem Gesicht.

Paulus sah den Mann an. »Nein, danke«, sagte er. »Wie spät ist es?«

Der Beamte, der gerade gehen wollte, warf einen Blick auf die Uhr. »Viertel vor vier«, sagte er, bevor er die Tür hinter sich zuzog.

Paulus fand keinen Schlaf mehr. Er kam sich wie ein Verräter vor. Ich kann es nicht tun, sagte er sich.

Balac nahm einen Schluck Orangensaft. Er hörte sich die Tonbandaufzeichnung des Gesprächs mit Fitzduane an. Die Auswertung mit einem speziellen Gerät hatte keinerlei Hinweise auf Streßsymptome in Fitzduanes Stimme geliefert. Der Apparat hatte sich schon ein paarmal als nützlich erwiesen, doch in diesem Fall reichte das vorhandene Material anscheinend nicht aus. Wahrscheinlich arbeiteten irgendwo Spezialisten an der Verbesserung des Geräts, doch einstweilen mußte Balac sich auf seine Intuition verlassen.

War etwas faul mit Fitzduane? Wohl kaum. Seit sie sich kennengelernt hatten, hatten sie ein paarmal miteinander telefoniert. Es war eigentlich ganz normal, daß Fitzduane vor der Abreise noch einmal kurz bei ihm vorbeischauen wollte. Dies ist mein letzter Tag in Bern, sagte sich Balac, und zufällig ist es auch Fitzduanes letzter Tag. Ein Omen? Wo so viel auf dem Spiel stand, war es vielleicht ratsam, das Spiel nicht noch weiter auf die Spitze zu treiben, sondern die Stadt gleich zu verlassen.

Und dennoch: der größte Reiz bestand ja gerade darin, alles auf die Spitze zu treiben. Kein Kletterer bricht kurz vor dem Ziel den Gipfelsturm ab, bloß weil die Wetteraussichten ein bißchen ungünstig sind. Nein, es galt durchzuhalten. Das Schöne an einem Risiko war der köstliche Kitzel, den es einem verschaffte. Ich spiele mit meinem Leben, dachte Balac, und ein lustvoller Schauer lief ihm über den Rücken.

Später, im Whirlpool, machte er sich nochmals Gedanken über seinen letzten Tag in Bern und kam zu dem Schluß, daß ein paar zusätzliche Sicherheitsmaßnahmen sicher kein Fehler wären. Gut, diese Art von Glücksspielen machte Spaß, aber nur ein Dummkopf reizte zu hoch. Er griff zum Telefon und wählte eine Nummer. Ja, sie würden sofort aufbrechen und rechtzeitig vor dem Mittagessen ankommen.

Fitzduane stand früh auf. Der Bär fuhr ihn zum Waisenhausplatz. Anderthalb Stunden lang trainierte er Nahkampf ohne Waffen. Sein Partner war ein bemerkenswert humorloser Ausbilder der Berner Polizei. Kurz vor Ende des Trainings probierte Fitzduane, der ziemlich geschafft war, ein paar spezielle Schläge aus, die man ihm damals bei den Fallschirmjägern beigebracht hatte. Die Folge war, daß man den Ausbilder auf einer Bahre raustragen mußte.

Der Bär wirkte ziemlich geschockt. »Das hätte ich dir nicht zugetraut«, sagte er.

Fitzduane erwiderte ruhig: »Ich bilde mir nichts darauf ein.

Solche Methoden sollte man nur im äußersten Notfall anwenden.« Er tippte sich an die Stirn. »Da sitzt die beste Waffe«, sagte er und lächelte grimmig.

Sie gingen zum Schießstand und machten eine weitere Stunde lang Schießübungen auf kurze Distanz. Dabei verfeuerten sie ausschließlich Glaser-Munition. Fitzduane war gut in Form. Als sie fertig waren, roch seine Kleidung nach verbranntem Schießpulver, doch nachdem sie geduscht und sich umgezogen hatten, war der Geruch verschwunden.

Untersuchungsrichter Charlie von Beck musterte seinen Cousin. Paulus war bleich und wirkte übernächtigt. Er roch leicht nach einer Mischung aus säuerlichem Schweiß und Aftershave, war jedoch tadellos gekleidet wie immer. Ohne Zweifel ist er das schwächste Glied in der Kette, sagte sich Charlie von Beck. Zum Glück konnte Paulus sein Aussehen und seine Nervosität damit erklären, daß er im Begriff war, nicht nur den Besitzer eines Gemäldes, sondern auch das Museum auszutricksen. Es war eine gute Story, aber ob sie gut genug war, das würde sich zeigen.

Charlie von Beck sah seinen Cousin seit dessen Beichte mit anderen Augen und fragte sich, ob die gestellte Betrügerei in Wirklichkeit nicht eine Neuauflage von etwas war, das tatsächlich stattgefunden hatte. Paulus hatte die ganze Zeit weit über seine Verhältnisse gelebt. Doch vielleicht sind das voreilige Trugschlüsse, sagte sich Charlie von Beck. Hatte er ihm bisher nicht hundertprozentig getraut? Warum sollte er jetzt eine Kehrtwendung um machen, bloß weil sein Cousin ein etwas zweifelhaftes Liebesleben führte? Immerhin war er sein Blutsverwandter.

Das Funkgerät knackte. Einer nach dem anderen meldeten die an dem Unternehmen beteiligten Männer, daß sie ihre Stellung bezogen hatten. Charlie von Beck warf einen Blick auf die Uhr. Bald war es Zeit für den Anruf.

Paulus barg das Gesicht in den Händen und fing an zu schluchzen. Als er den Kopf hob und Charlie von Beck ansah, war sein Gesicht tränennaß. »Ich... Ich kann es nicht tun. Ich habe Angst vor ihm. Du weißt nicht, wie stark und wozu er imstande ist. Er hat einen untrüglichen Riecher und merkt bestimmt, daß etwas nicht stimmt.« Paulus' Stimme überschlug sich fast. »Verstehst Du denn nicht? Er wird mich umbringen!«

Der Kripochef schob zwei Tabletten und ein Glas Wasser über den Tisch zu Paulus. »Valium«, sagte er. »Eine starke Dosis. Schlucken Sie es!«

Folgsam schluckte Paulus das Valium. Der Kripochef wartete ein paar Minuten ab, dann sagte er mit ruhiger Stimme: »Entspannen Sie sich. Atmen Sie ein paarmal tief durch. Machen Sie die Augen zu und denken Sie an gar nichts. Sie brauchen sich keine Sorgen zu machen, ehrlich. In ein paar Stunden ist alles vorbei.«

Paulus gehorchte ihm wie ein gefügiges Kind. Er lehnte sich im Sessel zurück und hörte sich an, was der Kripochef in zwanglosem Plauderton zu ihm sagte. Seine Stimme klang angenehm tröstlich. Nach einer Weile verstand Paulus nicht mehr ganz den Sinn der Worte, aber das machte nichts. Schließlich döste er ein, und als er zwanzig Minuten später aufwachte, fühlte er sich erfrischt und ausgeruht. Der Kripochef saß ihm noch immer gegenüber und strahlte ihn an. Er trank Tee. Auf dem Tisch standen ein paar saubere Tassen. Charlie von Beck nahm die Teekanne und fragte: »Milch oder Zitrone?«

Paulus hielt die Teetasse mit beiden Händen fest und führte sie an die Lippen. Er war jetzt ganz ruhig und wußte, was er zu tun hatte.

»Lassen Sie uns ein letztes Mal alles durchsprechen«, sagte der Kripochef und lächelte. »Übung macht den Meister.« Paulus lächelte halbherzig zurück. »Sie brauchen sich meinetwegen keine Sorgen mehr zu machen. Es geht mir wieder gut.«

»Lassen Sie uns trotzdem noch einmal alles durchgehen.«

Paulus nickte. »Also gut. Ich rufe Balac an und sage ihm, daß man mir ein Gemälde zur Begutachtung überlassen hat und daß ich gern wüßte, was er von dem Bild hält. Deswegen wäre ich ihm sehr dankbar, wenn er es sich so schnell wie möglich ansehen würde. Die Sache sei mir sehr wichtig. Dann deute ich an, daß eventuell die Möglichkeit besteht, das Gemälde weit unter dem realen Wert zu kaufen. Ich lasse auch durchblicken, daß ich das Museum in diesen Fall gern ausklammern und die Sache privat abwickeln würde. Ich wolle aber erst etwas unternehmen, nachdem meine eigene Beurteilung von jemand anderem untermauert worden sei. Sonst sei mir das Risiko zu groß. Nachdem ich das gesagt habe, frage ich ihn geradeheraus, ob er in die Sache einsteigen will, für den Fall, daß ich den Realwert des Bildes richtig eingeschätzt habe.«

»Das wird Balac auf keinen Fall verdächtig vorkommen«, sagte der Kripochef. »Sie haben ihn doch schon mehrmals um seine Meinung gebeten, nicht wahr?«

»Ja, oft. Er versteht eine Menge von Maltechnik. Dies wird allerdings das erste Mal sein, daß ich ihm den Vorschlag mache, nebenbei ein privates Geschäft abzuwickeln. Er hat schon mehrmals bei mir auf den Busch geklopft, aber immer so getan, als würde er scherzen.«

»Ich glaube, er wird den Köder schlucken«, meinte Charlie von Beck. »Wir müssen ihm jetzt nur noch plausibel machen, warum die Sache so eilig ist. So etwas macht ihm bestimmt Spaß. Ich glaube, er genießt es, andere Menschen auf die schiefe Bahn zu bringen.«

»Ja, ich werde versuchen, ihm klarzumachen, wie dringend die Angelegenheit ist, und dann bitte ich ihn, heute noch ins Museum zu kommen, weil ich das Gemälde dort nicht länger behalten und vor neugierigen Blicken schützen kann.«

»Wer ist der angebliche Besitzer?« fragte der Kripochef.

»Ein Diplomat, der wegen irgendeiner Weibergeschichte in der Klemme ist und rasch Bargeld braucht. Er weiß, daß es ein gutes Bild ist, ahnt aber nicht, wie wertvoll es ist.«

»Und wenn Balac fragt, um was für ein Gemälde es sich handelt?« fragte Charlie von Beck.

»Das sage ich ihm nicht am Telefon, sondern spanne ihn ein bißchen auf die Folter. Er mag solche Spielchen.«

»Das kann man wohl sagen«, sagte Charlie und warf wieder einen Blick auf die Uhr.

»Das Bild ist eine Picasso-Collage«, sagte Paulus. »Die Frage ist nur: Ist sie echt, oder stammt sie nur von einem Picasso-Schüler?«

»Und? Ist sie echt?«

»Ja.«

»Was ist sie wert?« fragte der Kripochef.

»Ungefähr eine halbe Million Dollar. Das Bild gehört nicht zu den bedeutenden Werken von Picasso, und außerdem sind Collagen nicht jedermanns Sache.«

»Eine halbe Million Dollar!« entfuhr es dem Kripochef. »Hoffentlich kommt es zu keiner Schießerei oder einer Dollarschwäche gegenüber dem Schweizer Franken. Wo haben Sie es her?«

»Das sage ich lieber nicht.«

»Und du bist sicher, das Balac das Bild nicht kennt?« fragte Charlie von Beck.

»Es hat die letzten zwanzig Jahre in einem Banksafe verbracht, weil der britische Besitzer sich die Erbschaftssteuern sparen wollte.«

»Aha!« sagte der Kripochef, der etwas für eindeutige Motive übrig hatte. »Soviel Geld für ein Bild! Als kleiner Junge habe ich auch Collagen angefertigt. Ein paar liegen noch irgendwo zu Hause rum.«

»Schade, daß Sie nicht Picasso heißen«, meinte Charlie von Beck. In diesem Moment fing seine Armbanduhr an zu piepsen.

»Sie sind dran«, sagte der Kripochef zu Paulus. Paulus hob den Telefonhörer ab.

Der Mann im dritten Stock des Lagerhauses, von dem aus der Eingang zu Balacs Studio zu sehen war, sagte etwas in sein Funksprechgerät. Er war gerade mit seiner Durchsage fertig, als sein Partner aus dem Lastenaufzug trat. »Was Neues?« fragte er und stopfte sich das Hemd in die Hose.

Der andere setzte den starken Feldstecher ab und nickte. »Gerade hat ein Mercedes mit Zürcher Nummernschild vor dem Haus gehalten. Drei Männer sind ausgestiegen, dann ist das Auto weitergefahren. Einer hat etwas in die Gegensprechanlage an der Tür gesagt und Balac hat sie reingelassen. Alle drei haben Sporttaschen mitgebracht. Ich habe sie gefilmt.« Er zeigte auf eine Videokamera, die auf ein schweres Stativ montiert war.

»Komisch«, meinte sein Kollege. »Man hat uns doch erzählt, daß Balac nur mittags Leute ins Haus läßt, weil er die restliche Zeit malt und nicht gestört werden will.«

»Die drei hat er trotzdem reingelassen«, sagte der Mann mit

dem Fernglas. Der andere spulte den Videofilm zurück, drückte auf die Start-Taste und sah sich aufmerksam die Filmsequenz an. Leider waren die Gesichter der drei Männer nicht deutlich zu erkennen. Doch bevor sich die Stahltür hinter den dreien schloß, drehte sich der letzte kurz um. Der Mann an der Videokamera gab einen Grunzlaut von sich. »Du weißt, wer das war?«

»Ja«, sagte sein Kollege. »Angelo Lestoni. Deshalb kann es sich bei den beiden anderen nur um seine Brüder Pietro und seinen Cousin –«

»– Julius handeln«, schloß der andere.

»Hast du es per Funk durchgegeben?«

»Klar.«

Der andere wandte sich von der Videokamera ab, zog seine schußsichere Weste über und macht sich daran, sein auf ein Stativ montiertes Scharfschützengewehr zu überprüfen. Es handelte sich um ein selbstladendes Modell von Heckler & Koch und war sowohl auf große Treffsicherheit wie auch auf eine rasche Schußfolge ausgelegt. So eine Knarre kostet bestimmt so viel wie ein gebrauchter Porsche, dachte der Mann und strich mit den Fingern über den handgefertigten Kolben und den mattglänzenden Stahl des Laufes. Vor die Wahl gestellt, würde er sich für das Gewehr entscheiden.

Der Bär und Fitzduane saßen im Konferenzraum des Polizeihauptquartiers am Waisenhausplatz. Sie hatten gerade die Meldung bekommen, daß Balac aus Zeitgründen sein Studio nicht verlassen wollte, sich Paulus von Becks Gemälde jedoch gern ansehen würde, wenn letzterer es um die Mittagszeit zu ihm schaffen könnte. Sobald die anderen Gäste fort wären, hätten sie genügend Zeit, um alles zu besprechen.

Der Henker ließ sich also nicht aus seinem Bau locken. Also mußte Plan B zum Einsatz kommen. Fitzduane hatte kaum mit etwas anderem gerechnet.

Der Bär sprach die Operation mit dem zehnköpfigen Kommando nochmals in allen Einzelheiten durch. Blaupausen von Balacs Studio, die sie sich im Stadtbauamt besorgt hatten, waren mit Reißzwecken an einer großen Mitteilungstafel befestigt worden.

Der Bär hatte von den kritischen Phasen des Angriffs Skizzen angefertigt. Den Zeigestock in der Hand, sagte er zu den Männern:

»Die meisten von euch waren in Muri dabei. Ihr wißt also, was passieren kann, wenn man Sprengladungen einsetzt, um in ein Gebäude zu gelangen. Wir müßten in diesem Fall mit Verlusten rechnen, und es wäre trotzdem nicht sicher, daß wir den Henker schnappen. Nach den bisherigen Erfahrungen müßten wir eher mit dem Gegenteil rechnen.

Der Grundgedanke unseres Plans ist diesmal, einen Mann ins Haus zu schleusen, der den Henker daran hindert, Abwehrmaßnahmen zu ergreifen. Dieser Mann ist Hugo Fitzduane, den Sie hier neben mir sehen. Schauen Sie ihn sich gut an! Ich möchte nicht, daß er aus Versehen erschossen wird.«

»Ich auch nicht«, sagte Fitzduane grinsend. Die anderen lachten.

»Wir haben Pläne von Balacs ehemaligem Lagerhaus, aber das Innere ist mit hoher Wahrscheinlichkeit total umgestaltet worden. Wer weiß, was für böse Überraschungen uns dort erwarten. Balac muß auf jeden Fall daran gehindert werden, das eigentliche Studio zu verlassen, also den großen Raum im Erdgeschoß, nicht weit vom Hauseingang entfernt, wo er nicht nur malt, sondern mittags auch Gäste empfängt. Glücklicherweise ist uns deshalb der Grundriß von diesem Teil des Hauses bekannt.« Der Bär zeigte auf einen der Pläne an der Wand.

»Von der Mittagszeit abgesehen, ist Balac nur telefonisch zu erreichen, und meist ist sein Anrufbeantworter eingeschaltet. Von zwölf bis ungefähr vierzehn Uhr dürfen ihn Freunde und Bekannte besuchen, danach schottet er sich wieder ab. Diese Art von Tageslauf wirkt für einen Künstler durchaus plausibel und ist für einen Terroristen überaus praktisch.

Herr Fitzduane ist schon ein paarmal zu Balacs kaltem Mittagsbuffet gegangen und hat festgestellt, daß die meisten Besucher erst gegen zwölf Uhr zwanzig erscheinen. Es ist also wichtig, daß die Operation vorher über die Bühne geht. Wir wollen nicht, daß harmlose Bürger dieser Stadt ins Kreuzfeuer geraten.

Werfen wir jetzt noch einmal einen Blick auf die einzelnen Phasen. Phase eins: Kurz nach zwölf fährt Paulus von Beck mit einem Lieferwagen vor. Zwei Männer begleiten ihn, die die Kiste mit dem Gemälde abladen. Wenn wir Glück haben, dürfen sie das Bild selber ins Studio schleppen. Dort können Sie dann Balac sofort dingfest machen. So wie wir ihn einschätzen, wird er die Kiste jedoch nach Passieren der äußeren Tür abstellen lassen und unsere Männer zurückschicken. Wie Sie wissen, ist die Eingangshalle durch drei Türen abgesichert, und es wird immer nur jeweils eine geöffnet. So eine Doppelschleuse gehört zu den klassischen Methoden der Gebäudesicherung. Sie ist schwer zu knacken, weil alle drei Türen aus Panzerstahl sind. Um dieses Problem zu bewältigen, setzen wir sozusagen ein Trojanisches Pferd ein...

Phase zwei: Ein paar Minuten nach Paulus von Becks Ankunft trifft Fitzduane ein. Falls die beiden Männer, die Paulus mitgebracht hat, tatsächlich nicht ins Haus gelassen werden, kann er Paulus seine Hilfe anbieten, zusammen schaffen sie die Kiste mit dem Bild ins Studio und lehnen sie an die Wand. Von Paulus wissen wir, daß es dort eine bestimmte Stelle gibt, wo Balac manchmal Bilder zur Begutachtung aufhängt. Anscheinend ist dort die Beleuchtung am günstigsten. Die Stelle ist hier auf diesem Plan eingezeichnet.

Phase drei: Wir sind also jetzt in der Höhle des Löwen. Fitzduanes Aufgabe ist es, Balac zu neutralisieren und die Sprengladung in der Packkiste zu zünden. Sobald das geschehen ist, stürmen wir durch das Loch in der Mauer, wie wir es geübt haben, und nehmen Balac fest. Irgendwelche Fragen?«

Der zweite Befehlshaber des Sturmtrupps, ein intelligent wirkender, knapp dreißigjähriger Polizeileutnant, fragte: »Ist Paulus von Beck bewaffnet?«

»Nein«, antwortete der Bär. »Er hat bis vor kurzem in enger Beziehung zu Balac gestanden, und obwohl wir nicht glauben, daß er in irgendwelche kriminellen Machenschaften verwickelt ist, wollen wir lieber kein Risiko eingehen.«

»Was ist, wenn Gäste erscheinen, bevor Fitzduane losschlägt?« wollte der Leutnant wissen.

Der Bär verzog das Gesicht zu einer Grimasse. »Wir müssen uns darauf verlassen, daß Herr Fitzduane die Lage richtig einschätzt und den richtigen Zeitpunkt wählt. Unser Plan ist sicher nicht optimal, aber er ist das geringere Übel.«

Es wurden noch eine Reihe Fragen gestellt und die allerkleinsten Einzelheiten durchgesprochen. Die Mitglieder des Kommandos waren fähige, gutausgebildete Männer. Fitzduane fand das beruhigend, aber es konnte ihn nicht über die unangenehme Tatsache hinwegtäuschen, daß er sich, nachdem er die Aktion eröffnet hätte, laut Einsatzplanung zwanzig bis dreißig Sekunden lang allein gegen einen Massenmörder würde behaupten müssen, denn auf den unbewaffneten und alles andere als kampferprobten Paulus von Beck würde er nicht zählen können. Dieses Mittagessen versprach alles andere als ein Vergnügen zu werden.

Die letzten Fragen waren beantwortet. Im Gänsemarsch defilierten die Mitglieder des Sturmtrupps an Fitzduane vorbei. Der befehlshabende Offizier bildete das Schlußlicht. Er gab dem Iren die Hand und sagte: »Herr Fitzduane, meine Männer und ich wünschen Ihnen alles Gute.«

»Wenn alles vorüber ist, gebe ich einen Drink aus«, sagte der Bär. »Für alle.«

»Das wird teuer«, sagte Fitzduane lächelnd.

Der Offizier salutierte knapp und verließ den Raum.

Aufmerksam verfolgte Paulus von Beck, wie die Transportkiste, die die Picasso-Collage enthielt, auf den Lieferwagen geladen wurde. Er sorgte sich weniger um die Sicherheit des Gemäldes – obwohl das natürlich ein wichtiger Punkt war – als vielmehr darum, daß die Männer mit ihrer Art, sich zu bewegen, Balacs Argwohn erregen könnten. Die beiden Polizisten in Overalls hatten keine Erfahrung in der Handhabung eines Kunstwerkes, das so viel wert war, wie ein durchschnittlicher Polizeibeamter in seinem ganzen Leben verdient. Mehrmals mußte die Übung wiederholt werden, bis die beiden wie routinierte Packer eines Umzugsunternehmens wirkten – zumindest auf den ersten Blick.

Paulus dachte darüber nach, daß jede Arbeit nicht nur Können erfordert, sondern auch ein unverwechselbares äußeres Erscheinungsbild hat. Man könnte meinen, daß man einen Mann nur in einen Overall zu stecken braucht, damit er wie ein Möbelschlepper aussieht, aber dem ist nicht so. Ein Mensch, der sich seinen Lebensunterhalt mit dem Befördern schwerer Gegenstände verdient, entwickelt unwillkürlich bestimmte Handgriffe und Bewegungen, die selbst Schwerstarbeit fast wie ein Kinderspiel aussehen lassen.

Die beiden verkleideten Polizisten hielten Paulus von Becks kritischen Blicken nicht stand. Sie setzten einfach zuviel Muskelkraft ein und zuwenig Grips, als sie die schwere Kiste hochhievten. Aber kann man denn von Polizisten etwas anderes erwarten? dachte Paulus und ging rasch in sein Büro zurück. Ihm blieb kaum Zeit, sich fertigzumachen. Mein Gott, in ein paar Minuten war er vielleicht tot oder schwer verwundet!

Er spürte sein Herz pochen, und seine Stirn war schweißnaß. Auf dem Tisch stand ein Glas Wasser, und daneben lagen in einer Untertasse ein paar Valium-Tabletten. Der Kripochef hatte sie dagelassen. Paulus konnte der Versuchung kaum widerstehen. Er nahm eine der Tabletten zwischen Daumen und Zeigefinger und hob sie hoch. Also so wird man süchtig, dachte er. So entsteht körperliche Abhängigkeit. Ob seine sexuellen Bedürfnisse wohl auch diese Bezeichnung verdienten? War das der springende Punkt in seinen Beziehungen zu Balac?

Wütend warf er die Valium-Tablette weg. Was geschehen war, konnte nicht rückgängig gemacht werden. Jetzt mußte er einen klaren Kopf behalten und tun, was nötig war. Er klappte seine Aktentasche auf und entnahm ihr eine gedrungene Pistole, eine Ditonic Kaliber 45. Die Waffe war dem 45er Colt der US-Army nachempfunden, obwohl kleiner und leichter gebaut, damit sie besser versteckt getragen werden konnte, und sie verfeuerte dieselbe Munition, mit der ein Angreifer wirksam gestoppt werden konnte.

Paulus von Beck lud durch und schob die Waffe in ein Schnellzieh-Holster auf seinem Rücken, dicht über der Hüfte. Er wußte aus Erfahrung, daß sie sich an der Stelle nicht unter dem Anzug abzeichnete, denn er hatte sie schon oft dort getragen, wenn er ein wertvolles Kunstwerk zu einem Sammler brachte. Solche Leute wußten diese Art von Sicherheitsmaßnahmen ebenso zu schätzen wie Diskretion. Schließlich waren sie Schweizer. Paulus von Beck, von Beruf Kunstexperte und Bildhauer, wußte mit der Pistole umzugehen, denn er hatte es in der Schweizer Armee schon bis zum Hauptmann gebracht und würde wahrscheinlich irgendwann einen Posten im Generalstab innehaben.

Charlie von Beck trat ein, schloß die Tür hinter sich und lehnte sich dagegen. Er hatte darüber nachgedacht, daß Paulus und er sich früher einmal so nahegestanden hatten wie Brüder. »Weißt du, Paulus«, sagte er, »ich habe in den letzten Tagen nicht eben sehr liebevoll an dich gedacht.«

Paulus lächelte kaum merklich. »Dasselbe kann ich von mir sagen.«

»Da hat man jemanden gern und traut ihm; wenn man dann herausfindet, daß er alles andere als vollkommen ist, fühlt man sich gekränkt«, sagte Charlie. »Man empfindet es als Verrat und fängt an, sich bestimmte Fragen zu stellen. Dann kann es passieren, daß man beginnt, einen Menschen zu hassen, den man vor kurzem noch sehr gemocht hat. Es drängt einen, diesen Menschen zu verletzen, sozusagen als Ausgleich für die Kränkung.«

»Eine verständliche Reaktion«, meinte Paulus. Es war Zeit zum Gehen, aber sein Cousin lehnte noch immer unschlüssig an der Tür. »Ich muß jetzt gehen«, sagte Paulus. »Entspann dich. Du brauchst hier keine Rede zu halten. Ich weiß, was zu tun ist.«

»Du verdammter Spinner!« sagte Charlie, legte beide Arme um Paulus und zog ihn an sich, ließ ihn aber gleich wieder los, trat einen Schritt zurück und sagte verwirrt: »Blut ist eben doch dicker als –«

»– als ein verirrter Penis.« Paulus lächelte säuerlich. »Keine Sorge, ich werde unserer Sippe keine Schande bereiten.«

»Ich weiß.« Charlie trat zur Seite. Durch das Fenster beobachtete er, wie Paulus draußen in sein Auto stieg und wegfuhr. Der Lieferwagen mit den beiden verkleideten Polizisten und dem Picasso in der Transportkiste folgte ihm in kurzem Abstand.

Er fragte sich, ob er Paulus davon hätte abbringen sollen, eine Pistole zu tragen. Der Kripochef hatte darauf bestanden, daß Paulus unbewaffnet zu Balac fuhr, und Fitzduane hatte ihm nicht widersprochen. Nicht auszudenken, wenn er, Charlie, seinen Cousin falsch eingeschätzt hatte! Hoffentlich hatte Balac nicht die Gewohnheit, seine Gäste zu umarmen. Zwar war die Waffe unter dem Jackett nicht zu sehen, aber er würde sie spüren, wenn er sie zufällig berührte. Charlie von Beck sah zum x-ten Mal auf die Uhr. In weniger als einer Stunde würden die Würfel gefallen sein. Er verließ das Museum und fuhr zum Waisenhausplatz.

»Wieviel Zeit bleibt uns?« Die Mundwinkel des Kripochefs zuckten, und sein ganzer Körper drückte Wut aus, aber er hatte seine Stimme unter Kontrolle – einigermaßen. In der Hand hielt er einen Zettel mit einer Mitteilung.

»Fünf oder sechs Minuten«, sagte der Bär. »Charlie hat gerade durchgegeben, daß Paulus planmäßig losgefahren ist. Er müßte gleich bei Balac ankommen.«

Der Kripochef hielt dem Bär den Zettel unter die Nase. »Die Lestonis sind da.«

Der Bär sah seinen Vorgesetzten schockiert an. »Sehen Sie sich mal die Zeitangabe an! Die Nachricht ist fast eine Stunde alt.«

»Stimmt. In der Nachrichtenzentrale hat irgendein Neuling Mist gebaut. Aber lassen wir das. Zum Jammern haben wir jetzt keine Zeit.«

Fitzduane hatte gerade ins Auto steigen wollen, um loszufahren. Hinter seinem Wagen war ein Konvoi von Polizeifahrzeugen und Lastwagen aufgereiht. Sobald er drin wäre, sollten sie Balacs Lagerhaus umzingeln. Armeeeinheiten warteten auf den Einsatzbefehl, und Luftaufklärung wäre innerhalb von Minuten zur Stelle.

»Wer sind diese Lestonis?« fragte Fitzduane.

Der Kripochef schüttelte den Kopf. »Ausgeschlossen, daß sie in das Haus reingehen. Wir müssen die Sache auf die übliche Art durchziehen. Ich meine, im Sturmangriff.«

»Die Lestonis sind professionelle Leibwächter«, erklärte der Bär. »Sie lassen sich besonders gern von ausgesprochen dubiosen Persönlichkeiten und Organisationen anheuern, beispielsweise von der libyschen Volksfront oder dem syrischen Geheimdienst. Bei der Arbeit neigen sie, gelinde ausgedrückt, zu vorbeugenden Schlägen. Man hat ihnen bis jetzt nichts nachweisen können, aber in mehreren Ländern geht man in Polizei- und Geheimdienstkreisen davon aus, daß bis dato mindestens elf Menschenleben auf ihr Konto gehen.«

»Lassen Sie sie doch einfach wegen Erregung öffentlichen Ärgernisses festnehmen«, flachste Fitzduane. »Wird nach ihnen gefahndet?«

»Nein, nur eine Anweisung der Interpol, sie zu überwachen«, antwortete der Polizeichef.

»Wir Schweizer weisen solche Killer oft unter einem Vorwand aus, zum Beispiel wegen Falschparken, und überlassen es dann den Israelis, sie in einer dunklen Gasse zu erledigen. Aber das tut jetzt nichts zur Sache. Fest steht, daß die Lestonis seit fast einer Stunde bei Balac sind.«

»Vielleicht sind sie Kunstsammler geworden«, spottete Fitzduane. Er war nicht ganz bei der Sache, weil er seine Waffen und sonstigen Ausrüstungsgegenstände ein letztes Mal überprüfte. Der Fernzünder für die in der Transportkiste verborgene Sprengladung war dicht oberhalb seiner Uhr mit Klebeband am Arm befestigt. Außerdem gab es noch einen anderen Miniatursender, der Geräusche im Haus nach draußen zur Polizei funkte. In einem Upside-Down-Schulterhalfter steckten eine mit Glaser-Munition geladene SIG 9 mm Automatik und zwei Reservemagazine. Als zusätzliche Waffe trug Fitzduane in einem an das rechte Bein geschnallten Halfter eine fünfschüssige Smith & Wesson Kaliber 38. Hinten auf dem Rücken war unter dem Gürtel ein rasiermesserscharfes Stilett mit einem Clip befestigt. In der linken Jackentasche steckte eine kleine CS-Gaspatrone, in der rechten ein Paar Handschellen aus Nylon. Dieses Outfit rundete eine schußsichere Weste aus Kevlar ab, die unter dem Hemd wie ein T-Shirt aussah. Nichts schien zu fehlen. Für eine mittägliche Stippvisite bei einem Bewohner dieser Stadt, in der seit der napoleonischen Ära Frieden herrschte, war das eine aberwitzige Ausrüstung.

»Ich gehe in das Haus rein«, sagte Fitzduane und staunte über seine eigenen Worte. Seine Stimme hatte sich anscheinend selbständig gemacht.

Der Polizeichef hielt vier Finger hoch und sagte, jedes Wort einzeln betonend: »Gegen vier Kerle wie die drei Lestonis und Balac haben Sie nicht die Spur einer Chance. Glauben Sie bloß nicht, daß Sie den Überraschungseffekt auf Ihrer Seite haben! Sie haben es mit Profis zu tun. Deren Job ist es, andere Leute umzubringen, und davon verstehen sie eine Menge. Die haben viel

Übung, die haben Spaß daran und sind motiviert. Obendrein sind sie jünger als Sie und haben schnellere Reflexe. Das sollten Sie nicht unterschätzen.«

Er nahm einem Beamten, der gerade vorbeiging, das Klemmbrett weg, drehte den Vordruck um, der darauf befestigt war, und zückte einen Kugelschreiber.

»Sehen Sie hier«, sagte er und zeichnete ein paar Kreuze auf das Papier. »Angenommen, dies hier ist Balac. Wenn Sie auf ihn zutreten, werden Sie immer mindestens einen der Lestonis im Rücken haben. Ich weiß nicht, wie Sie da lebend rauskommen wollen, egal wie geschickt und schnell Sie vorgehen. Selbst die Schockwirkung der Detonation wird Ihnen nicht viel helfen. Vergessen Sie nicht, daß Sie genau wie die anderen dem Effekt der Blendgranaten ausgesetzt sind. Gut, Sie sind auf die Explosion vorbereitet, aber Sie können bestenfalls zwei oder drei Gegner ausschalten, bevor man Sie selbst umlegt. Nun frage ich Sie: Ist der Einsatz nicht ein bißchen hoch? Nein, sagen Sie nichts! Sie wissen selber, daß Sie nicht gewinnen können. Falls Sie das Gegenteil behaupten, beweisen Sie nur, daß Sie verrückt sind. Oder ein Dummkopf, was noch schlimmer ist.«

»Das Spiel heißt nicht Vier-gegen-Einen. Sie haben Paulus von Beck vergessen.«

»Der zählt nicht. Er ist nur eine wehrlose Schwuchtel, und wir wissen nicht, auf welche Seite er sich im Ernstfall schlägt. Die Lestonis knallen ihn ab wie eine Schießbudenfigur, wenn er etwas zu unternehmen versucht. Für diese Leute ist Morden so normal wie für Sie die tägliche Rasur. Die haben keinerlei Skrupel, und das macht sie so gefährlich.«

Als Fitzduane ins Auto stieg, fragte er sich, ob Balac ahnte, daß man ihm auf die Schliche gekommen war? Nein, wahrscheinlich nicht. Der Polizeichef stand draußen neben dem Wagen und hielt sich das Funksprechgerät ans Ohr. Er konnte schlecht verstehen, was man ihm durchgab, weil überall Motoren ansprangen. Schließlich bestätigte er mit bellender Stimme, daß er die Nachricht erhalten hatte, wandte sich Fitzduane zu und sagte: »Die Transportkiste ist ins Haus geschafft worden. Wie erwartet, durften unsere Leute nicht mit rein. Zwei Männer sind rausgekommen und haben die Kiste ins Haus geschleppt. Paulus ist hinter ihnen rein.«

»Das müssen zwei Lestonis gewesen sein«, meinte der Bär.

»Sieht so aus«, pflichtete der Polizeichef ihm bei.

»Ich muß los«, sagte Fitzduane durch die offene Autotür. »Ich darf Paulus nicht zu lange allein lassen. Keine Angst, ich werde mir was ausdenken.« Damit schlug er die Tür zu.

»Nein«, sagte der Polizeichef, packte den Griff und zog die Tür halb auf. »Ich kann das nicht zulassen, es ist zu gefährlich, verdammt nochmal! Paulus soll allein sehen, wie er zurecht kommt.« Er streckte den Arm aus, um die Autoschlüssel aus dem Schloß zu ziehen.

Der Bär war mit ein paar raschen Schritten bei ihm und hielt seinen Arm fest.

»Um Gottes Willen, Max, seien Sie vernünftig! Wir haben jetzt keine Zeit für lange Diskussionen.«

»Er fährt nicht!« beharrte der Kripochef.

»Ich mache einen Kompromißvorschlag«, sagte der Bär. »Fitzduane fährt hin, peilt im Haus die Lage, rührt das kalte Büffet nicht an, sondern verabschiedet sich rasch und verduftet. Sobald er draußen ist, sprengen wir das Loch in die Wand. Auf diese Weise erfahren wir immerhin, ob Balac da ist, und verschaffen uns einen aktuellen Überblick über die Lage. Auf jeden Fall wird Fitzduane in Sicherheit sein, bevor die Fetzen fliegen.«

Der Kripochef funkelte Fitzduane zornig an. »Einverstanden? Keine Heldentaten, bitte! Sie fahren hin, sehen sich um, und verziehen sich wieder.«

Fitzduane lächelte: »Klingt vernünftig.«

Der Kripochef schlug die Autotür zu. »Sie sind ein Idiot«, sagte er. »Viel Glück, Sie Idiot!«

»Bleiben Sie am Ball«, sagte Fitzduane und fuhr los. Er ließ den großen Polizeiparkplatz am Waisenhausplatz hinter sich und nahm Kurs auf Balacs Studio.

Balac genoß diese zwanglosen mittäglichen Zusammenkünfte in seinem Haus. Hier, auf eigenem Terrain, fühlte er sich sicher, hier gab er den Ton an. Von zwölf bis zwei Uhr war er für ein paar handverlesene Gäste zu sprechen, und obwohl alles scheinbar so locker zuging, erschien niemand, der nicht ausdrücklich eingeladen war. Balac konnte sich für kurze Zeit vorgaukeln, ein ganz normales bürgerliches Leben zu führen. Natürlich wußte er, daß dies Augenwischerei war, aber das steigerte sein Vergnügen nur.

Ein Künstler zu sein hatte seine praktischen Seiten. Man konnte sich so exzentrisch benehmen, wie man wollte, ohne daß sich jemand darüber wunderte. Im Gegenteil, es war gut fürs Geschäft. Viele Leute hielten seinen unübersehbaren Sicherheitstick – man denke nur an die dreifach gesicherten Stahltüren und die TV-Monitore – für einen sehr werbewirksamen Gag. Auf jeden Fall verlieh es seinem Lebensstil etwas Dramatisches, ließ ihn noch mysteriöser und seine Bilder noch wertvoller erscheinen. Wer als Künstler viel Geld verdienen will, überlegte Balac, muß vor allem verstehen, sich richtig in Szene zu setzen. Konnte man sich noch theatralischer benehmen als ein Picasso oder Dal? Nein, für ihn gab es keinen Zweifel: Kunst war Teil des Showbusineß. Genau genommen galt das auch für den Terrorismus.

»Ich bin ein Mensch, dem man nichts vormachen kann«, sagte er sich, und der Gedanke gefiel ihm. Er entkorkte eine Flasche Gurten-Bier und kippte die Hälfte hinunter, daß es nur so gluk-kerte. Die Lestonis beobachteten paffend Paulus von Beck, der sich scheu in der Nähe der Transportkiste mit dem Picasso herumdrückte.

Fast bereute Balac, daß er die Lestonis hatte kommen lassen. Sie fielen in dieser Umgebung aus dem Rahmen, denn man sah ihnen leider genau an, was sie waren: professionelle Killer. Kaum zu glauben, aber sie waren alle drei mit einer Melone auf dem Kopf aufgekreuzt, und am liebsten hätten sie ihre Hüte nicht abgenommen, aber damit waren sie bei Balac nicht durchgekommen. Jetzt hingen die Melonen nebeneinander an drei Bilderhaken. Es sah aus wie eine surrealistische Skulptur. Der Geruch parfümierter Haarpomade schwebte im Raum. »Scheiß drauf!« sagte Balac zu sich selbst und kippte den Rest Bier herunter. Er war verdammt gut aufgelegt.

Der Picasso, durch die Verpackung noch immer den Blicken entzogen, stand genau an der richtigen Stelle. Nachdem Paulus dies zu seiner Erleichterung festgestellt hatte, machte er sich daran, die Beleuchtung so zu regulieren, daß die Wirkung optimal war. Die Lestonis lehnten in ziemlich großem Abstand an der hinteren Wand, so daß sie den ganzen Raum überblicken konnten. Balac war sich darüber im klaren, daß er sie den anderen Gästen nicht als Geschäftsleute vorstellen konnte, die sich für sein Werk interessierten. Außer Gewaltverbrechen gegen Bezahlung gab es wenige Tätigkeiten, die man ihnen zugetraut hätte, zum Beispiel Rauschgifthandel, Zuhälterei oder Waffenschmuggel. Für letzteres hätten Schweizer Bürger noch am ehesten Verständnis gehabt. Nein, dachte Balac, ich werde einfach behaupten, sie seien Leibwächter, die ich angeheuert habe, damit meine nächste Ausstellung ein bißchen mehr Pep hat. Die braven Bürger von Bern mögen so etwas und kaufen mir bestimmt ab, daß wir heute so eine Art Generalprobe machen.

Der Summer an der Tür war zu hören. Balac warf einen Blick auf die in die Wand eingelassenen TV-Monitoren: Fitzduane schaute ein letztes Mal vorbei, bevor er in sein trübes, verregnetes Land zurückkehrte. Mit einer Fernbedienung steuerte Balac die elektrisch betriebenen Stahlschiebetüren. Auf den Bildschirmen beobachtete er, wie Fitzduane eine Tür nach der anderen passierte, und als die letzte hinter ihm zuglitt, dachte er: Welch köstliche Ironie, einen Mann zu empfangen, der die ganze Stadt nach jemandem absucht, ohne zu ahnen, daß ich der Gesuchte bin.

Sie gaben sich die Hand. »Ich kann nicht lange bleiben«, sagte Fitzduane. »Ich wollte Ihnen nur auf Wiedersehen sagen. Heute abend fliege ich von Zürich aus nach Irland zurück, und ich muß vorher noch jede Menge erledigen.«

Balac lachte. »Ein Schweizer würde so etwas nicht sagen. Er hätte seine Abreise längst genauestens organisiert. Nachdem er seine Checkliste zum drittenmal durchgegangen wäre, würde er aus Angst, zu spät zu kommen, ein paar Stunden vor Abflug zum Airport rausfahren.«

Fitzduane lächelte. Auch diesmal konnte er sich Balacs magnetischer Ausstrahlung nicht entziehen. Er wußte genau, was für ein sadistischer Krimineller dieser Mensch war, und er brauchte sich nur zu vergegenwärtigen, wie einige seiner Opfer ausgesehen hatten, damit sich ihm fast der Magen umdrehte, aber trotzdem war es unmöglich, von ihm nicht beeindruckt zu sein. In seiner Gegenwart verstand er ohne weiteres, daß Paulus ihm hörig geworden war. Von diesem Mann, den sie den Henker nannten, ging eine unwiderstehliche Kraft aus. Unwillkürlich wollte man ihm gefallen und freute sich über jedes beifällige Kopfnicken. Man badete geradezu in dem hypnotischen Kraftfeld, das ihn umgab. Ja, dieser Mann hatte Charisma. Er war mehr als charmant, er war bezwingend.

Anhand des Polizeiberichtes, den der Bär ihm ins Auto gereicht hatte, identifizierte Fitzduane einen der Lestonis als den Cousin Julius. Er stand schräg links von Balac. Wäre Fitzduane Linkshänder gewesen, hätte er sich bestimmt rechts postiert. Für einen Typen seiner Sorte war es fast schon ein Reflex, immer die Hand im Auge zu behalten, mit der ein Gegner zur Waffe greifen könnte. Allmählich begann Fitzduane den Kripochef zu verstehen. Er hatte recht: Trotz Überraschungseffekt konnte er, Fitzduane, allenfalls einen Lestoni ausschalten, nicht alle drei, von Balac ganz zu schweigen.

Fast kam er sich wie ein Dummkopf vor, weil er diesen idiotischen Plan ausgeheckt hatte. Die Sache war so gefährlich, daß das Wort tollkühn nicht annähernd hinreichte. Jetzt konnte sich Fitzduane vorstellen, wie sich die zwanzig Griechen in dem Trojanischen Pferd gefühlt haben mußten, während die Trojaner draußen erörterten, ob sie den hölzernen Gaul in die Stadt schaffen sollten oder nicht. Wären die Lestonis damals dabeigewesen, hätten sie darauf bestanden, daß das Pferd verbrannt wurde. Wie mußten sich die Griechen in ihrem luftigen Versteck gefreut haben, als die Trojaner sich anders entschieden!

»Ich möchte Ihnen Julius vorstellen«, sagte Balac und zeigte auf den Mann zu seiner Rechten. Der Killer nickte, machte jedoch keinerlei Anstalten, Fitzduane die Hand zu geben. Balac wies auf die anderen beiden Lestonis. »Dies ist Angelo, und der dort drüben ist sein Bruder Pietro.« Die beiden starrten Fitzduane an, ohne mit der Wimper zu zucken.

Fitzduane nahm sich vor, rasch ein Glas Bier zu trinken – sein Gaumen war so trocken wie Wüstensand – und sich dann schleunigst aus dem Staub zu machen. Er schenkte sich ein Glas mit viel Schaum ein und nahm einen Schluck. Es schmeckte einfach göttlich.

Julius flüsterte Balac etwas ins Ohr. Er hielt einen Wanzendetektor im Taschenformat in der Hand. An dem Gerät blinkte ein rotes Lämpchen. Balacs Blick wanderte von Fitzduane zu Paulus von Beck.

Wie Balac dahintergekommen war, daß sie beide mit von der Partie waren, sollte Fitzduane nie ganz begreifen, aber von diesem Augenblick an gab es für ihn keinen Zweifel: Balac hatte sie durchschaut.

Ein Bestandteil des Plans, der dem Bär besonderes Kopfzerbrechen bereitet hatte, war das korrekte Funktionieren der Sprengladung. Zuletzt, auf dem Truppenübungsplatz von Sand, war alles ganz präzise abgelaufen, aber das war ja auch ein Test unter optimalen Bedingungen gewesen. Der Bär wußte aus Erfahrung, daß die Dinge im Ernstfall meist nicht ganz so glatt abliefen, und das konnte in diesem Fall bedeuten, daß entweder ein zu kleines oder zu großes Loch in die Mauer gesprengt wurde. Beides konnte den Sturmtrupp daran hindern, möglichst schnell ins Innere des Hauses einzudringen, und das wiederum konnte für Fitzduane und Paulus fatale Folgen haben. Zwar hatte Fitzduane mit dem Kripochef vereinbart, daß er zum Zeitpunkt der Explosion das Gebäude bereits wieder verlassen hätte, aber der Bär hatte das ungute Gefühl, daß etwas dazwischen kommen würde.

Falls Fitzduane nicht rechtzeitig rauskam, müßte die Sturmtruppe so schnell wie möglich rein – und dazu brauchte sie sozusagen einen übergroßen Büchsenöffner. Der Bär unterbreitete das Problem Henssen, Kersdorf und dem Computer. Alle drei hatten dieselbe Antwort parat, und sie hatte mit drei Dingen zu tun, die im Alltag der Schweiz eine Schlüsselrolle spielen: der Schnee, die Armee und Geld.

Der Bär hatte sich an einer strategisch günstigen Stelle postiert, wo man ihn von Balacs Haus aus nicht sehen konnte. Er saß mit ein paar Mitgliedern des Sturmtrupps in einem Kampfpanzer, der zum Modernsten gehörte, was die Schweizer Armee zu bieten hatte. Mit den Händen drückte er den Kopfhörer an seine Ohren und lauschte den Geräuschen, die Fitzduane in Balacs Haus beim Biertrinken machte. An dem Bug des riesigen Panzers, dessen Motor schon warmgelaufen war, hatte man einen gewaltigen Schneepflug montiert. Sowohl die schwenkbare Kanone im Turm als auch die Maschinengewehre waren mit scharfer Munition geladen.

Der Bär hatte kurzerhand entschieden, daß man nicht länger kleckern durfte, sondern klotzen mußte, wenn man diesem Psychopathen das Handwerk legen wollte. Probeweise betätigte er den Lademechanismus eines der großkalibrigen Maschinengewehre. Das müßte reichen, dachte er nach einem Blick auf die massigen Geschosse.

Er zuckte zusammen. Was er im Kopfhörer vernahm, verschlug ihm einen Moment lang die Sprache, dann brüllte er in das Kehlkopfmikrofon: »Los!«

Mit dumpfem Grollen setzte sich der tonnenschwere Panzer in Bewegung.

Mit zusammengekniffenen Augen starrte Balac Fitzduane an, als versuchte er, dessen Gedanken zu lesen. Seine lässige, joviale Art war mit einem Schlag von ihm abgefallen, und sein Gesicht hatte plötzlich einen tückischen, satanischen Ausdruck. Äußerlich hatte es sich nicht verändert, aber die Bosheit, die aus ihm sprach, traf Fitzduane wie ein Dolch.

Ohne die täuschende Maske wirkte der Henker wahrhaft diabolisch, er war die Verkörperung des Bösen. Dieser Eindruck war so stark, daß Fitzduane ihn geradezu körperlich spüren konnte. Er glaubte den Gestank von Fäulnis und Verworfenheit wahrzunehmen, er roch das warme Blut all der Opfer, witterte ihre toten Leiber, die irgendwo verwesten.

Die Lestonis hatten ihre Waffen gezogen – Julius eine abgesägte Schrotflinte, die beiden anderen eine Ingram beziehungsweise Skorpion. Ihre Mündungen zeigten auf Fitzduane. Langsam hob er die Arme und faltete sie auf seinen Kopf, als würde er sich geschlagen geben. Durch den dünnen Stoff des Jacketts spürte der Mittelfinger seiner rechten Hand den Knopf, durch den per Fernzündung nicht nur die Sprengladung in der Transportkiste mit dem Picasso-Gemälde, sondern auch die Blendgranaten ausgelöst werden konnten. Doch was nützte ihm das? Die Lestonis hätten auf jeden Fall noch Zeit, um den Abzug durchzuziehen. Oder vielleicht nicht? Er wollte es lieber nicht ausprobieren. Vorsorglich ließ er jedoch den Finger auf dem Knopf liegen.

»Wo ist das Mikrofon, Hugo?« fragte Balac.

»Vorne in meinem Hemd, über dem Gürtel.«

Balac war mit einem Schritt bei ihm, riß das winzige Mikrofon heraus und zertrat es unter dem Absatz. Dann nahm er Fitzduane das Schulterhalfter mit der SIG-Pistole ab und reichte beides Julius, der sich die Pistole in den Gürtel steckte. Balac ging rückwärts zu einem Sofa, nahm darauf Platz und betrachtete Fitzduane nachdenklich. Er entkorkte eine Flasche Bier, nahm einen Schluck und wischte sich mit dem Handrücken den Mund ab. Anschließend stand er auf und reckte sich mit der Geschmeidigkeit eines wilden Tieres. Er war körperlich in Höchstform. Sein Blick wanderte von Paulus zu Fitzduane und zu der Transportkiste. »Man nehme sich vor einem Danaer-Geschenk in acht«, sagte er.

Paulus zuckte kaum wahrnehmbar zusammen, aber Balac hatte es bemerkt. Er ging zu ihm, stellte sich dicht vor ihn hin, sah ihn durchdringend an und sagte, ohne den Kopf abzuwenden: »Pietro, sieh mal nach, was in der Kiste ist.«

Pietro hängte sich die Maschinenpistole über die Schulter und ging quer durch den Raum. Als er den Deckel der Kiste aufklappte, kam der Picasso in seiner ganzen fremdartigen Schönheit zum Vorschein.

»Es ist wirklich ein Bild drin«, sagte Pietro. »Ziemlicher Schrott, wenn Sie mich fragen.«

Balacs Blick bohrte sich noch immer in Paulus von Becks Augen. »Sieh an«, sagte er, »du hast mir also tatsächlich einen Picasso gebracht. Die böse Überraschung lauert also woanders.« Mit lauter Stimme rief er Pietro zu: »Untersucht die Kiste gründlich! Auch die Rückseite.«

Das restliche Blut wich aus Paulus' Gesicht. Balac nickte mehrmals. Sein Blick ließ Paulus noch immer nicht los.

Pietro zückte ein Messer und machte sich daran, die Bretter am

Rand der Kiste wegzustemmen. »Nichts Verdächtiges«, meldete er nach ein paar Minuten. Holzsplitter lagen über den Fußboden verstreut.

»Sieh dir auch die Rückseite an«, befahl Balac.

Die schwere Kiste lehnte ganz dicht an der Wand, genau wie man Paulus instruiert hatte, und deshalb fiel es Pietro nicht leicht, sie ein Stück abzurücken. Er gab sich damit zufrieden, sie nur auf einer Seite so weit von der Hauswand wegzuschieben, daß er eines der festgenagelten Bretter entfernen konnte. Trotz der Beengtheit schaffte er das erstaunlich schnell. Unter der äußeren Verplankung kam eine Art Kasten aus dünnem Sperrholz zum Vorschein. Pietro brach ihn mühelos mit dem Messer auf. Seine Augen weiteten sich, als er die Sprengladung erblickte. »Da ist etwas drin, das wie Sprengstoff aussieht«, sagte er. Er war halb von der Kiste verdeckt, und als er einen Schritt rückwärts machen wollte, verfing sich seine Jacke an einem Nagel, der an der Rückseite der Kiste herausragte.

Balac beugte sich plötzlich vor, legte den linken Arm um Paulus und preßte die Lippen auf seinen Mund. »Tut mir leid, keine kleinen Knaben mehr«, sagte er und machte mit dem rechten Arm eine ruckartige Bewegung. Paulus krümmte sich zusammen und riß vor Schmerz den Mund auf. Balac ließ ihn los und trat zurück. Der Knauf eines Messers ragte aus Paulus' Unterleib. Balac packte ihn und zog das Messer heraus. Ein Schwall von Blut quoll aus der Wunde. Paulus brach langsam zusammen und blieb zuckend auf dem Fußboden liegen.

Das Messer in der Hand, drehte sich Balac zu Fitzduane um. Obwohl die Klinge blutverschmiert war, erkannte Fitzduane, daß es sich um die Nachbildung eines keltischen Opferdolchs mit breiter, kurzer Klinge handelte, eines sogenannten Scua.

»Versucht den Zündmechanismus zu finden«, sagte Balac zu Pietro, der sich noch immer mühte, von dem Nagel loszukommen. Zu Angelo gewandt, befahl Balac: »Geh hin und hilf ihm!«

Julius hatte sich von dem, was geschah, keinen Augenblick lang ablenken lassen. Seine Waffe war unverwandt auf Fitzduane gerichtet. Dem Iren wurde fast übel, als er sah, was Balac mit Paulus gemacht hatte, und jetzt kam dasselbe Messer auf ihn zu. Er mußte innerhalb der nächsten Sekunden handeln, doch wenn er etwas unternahm, war er so gut wie tot. Auf die kurze Entfernung würde Pietros doppelläufige Schrotflinte ihm den Kopf von den Schultern blasen. Die schußsichere Weste beschützte vielleicht einigermaßen seinen Oberkörper, aber das hing auch davon ab, welche Munition Julius benutzte.

Balac blieb etwa drei Schritte vor Fitzduane stehen. »Sie müssen sich auf etwas viel Schlimmeres gefaßt machen«, sagte er. »Der Schmerz wird größer sein als alles, was Sie sich vorstellen können, und es gibt nur eine Erlösung: den Tod. Wie fühlt man sich, wenn man weiß, daß alles zu spät ist?« Seine Augen glänzten. Ein Blutstropfen fiel von der Klinge des Dolches und zerplatzte auf dem Fußboden.

Angelo schrie etwas auf italienisch, und obwohl seine Stimme fast verzweifelt klang, starrte Julius weiterhin Fitzduane an, und die beiden Läufe der Schrotflinte blieben auf den Iren gerichtet.

»Julius!« brüllte Balac und zeigte auf Paulus von Beck, der es irgendwie geschafft hatte, sich hochzustemmen und nun auf dem Fußboden kniete. Blut sickerte zwischen seinen Lippen hervor. »Sempach! Sempaaach!« rief er, die Automatik mit beiden Händen umklammert, und drückte ab. Mündungsfeuer zuckte auf, und in Julius Lestonis Stirn war plötzlich ein sauberes, rundes Loch.

Fitzduane sah, wie die doppelläufige Schrotflinte zur Seite schwenkte. Er wartete keine Sekunde länger, sondern schloß die Augen, drückte auf den Knopf und ließ die Sprengladung in der Transportkiste detonieren. Obwohl er innerlich auf die Explosion vorbereitet war, warf sie ihn fast um. Gleichzeitig mit der Sprengladung gingen mit ohrenbetäubendem Krachen drei Blendgranaten hoch, und brennendes Magnesium tauchte den ganzen Raum in gleißendes Licht. Das grelle Weiß drang durch Fitzduanes geschlossene Augenlider. Fast fürchtete er, daß ihm bei dem Krach die Trommelfelle geplatzt waren, und er mußte alle Kraft zusammennehmen, um nicht völlig die Orientierung zu verlieren. Benommen schüttelte er den Kopf und öffnete die Augen.

Er sah seine SIG-Automatik neben Julius auf dem Boden liegen. Sie war aus dem Gürtel des Killers gerutscht. Mit einem Satz war Fitzduane neben dem Toten und schnappte sich die Waffe. Balac schien sich in Luft aufgelöst zu haben.

Da die Transportkiste von der Wand abgerückt worden war und Pietros Körper die Wucht der Explosion zusätzlich vermindert hatte, war das rechteckige Stück der Wand, an dem die Kiste gelehnt hatte, nur teilweise herausgesprengt worden. Durch Staub und Qualm hindurch erkannte Fitzduane für den Bruchteil einer Sekunde Angelo Lestonis Gestalt. Er feuerte in die Richtung, und seine Schüsse wurden mit einer Geschoßgarbe aus der Maschinenpistole beantwortet. Er ließ sich zu Boden fallen und robbte sich seitlich aus dem Schußfeld. Kugeln zischten über ihn hinweg. Jetzt konnte er Angelos Beine sehen und feuerte erneut.

In diesem Augenblick kippte die Hauswand nach innen. Der Lärm war höllisch – das Grollen einer großen Maschine, das Kreischen von Stahl auf Stein, das Krachen berstenden Mauerwerkes und das Knallen von Schüssen. Der Lauf eines großkalibrigen Maschinengewehrs ragte in den Raum hinein und und spuckte Leuchtspurgeschosse. Sie fanden ihr Ziel: Angelo Lestoni wurde buchstäblich in die Höhe gehoben und fiel gleich darauf durchsiebt und schlaff wie eine Gliederpuppe zu Boden.

Einen kurzen Moment lang erblickte Fitzduane am anderen Ende des Studios Balac. Er schoß in kurzer Folge zweimal auf ihn.

Rumpelnd rollte der Panzer noch weiter vor und versperrte ihm die Sicht. Mit trockenem, durchdringendem Knall explodierten eine Reihe verborgener Schrapnellminen, aber ihre tödlichen Kugeln prallten von den Stahlplatten des Panzers ab.

Das andere Ende des Studios war jetzt ein einziges Flammenmeer. Mehrere Mitglieder des Sturmtrupps packten Fitzduane, schleppten ihn aus dem Gebäude und hievten ihn in eine wartende Ambulanz. Paulus von Beck lag bereits auf einer Bahre. Sanitäter beugten sich über ihn.

Rufe, Explosionen, das Knallen großkalibriger Waffen. Fitzduane verspürte einen stechenden Schmerz am Arm und sah über sich einen Mann in einem weißen Kittel. Hinter ihm stand der Bär, auf dem Kopf eine Art Helm. Dann wurde alles schwarz.

Buch III

Das Töten

»Die Iren sind ein haltloses, unbezähmbares, abergläubisches, abscheuliches, whiskeysaufendes, taktloses, lasterhaftes, jähzorniges und kriegslüsternes Volk.«

Giraldus Cambrensis aus Wales,
13. Jahrhundert

Kapitel 23

Da er davon ausgegangen war, daß er nur zwei Wochen, nicht jedoch zwei Monate in der Schweiz bleiben würde, hatte er den Landrover im Parkhaus für Langzeitparker auf dem Gelände des Flughafens von Dublin abgestellt, und er war fast ein bißchen überrascht, daß das Auto, bedeckt mit einer dicken Schicht aus unverbranntem Flugzeugtreibstoff und Dubliner Schmutz, bei seiner Rückkehr noch da war.

Widerstrebend streckte er den Arm aus, um die schmierige Tür zu öffnen. Eine plötzliche Böe des eisigen Nordwinds blies ihm den Regen ins Gesicht und durchnäßte den oberen Teil seines Hemdes. Er gab sich einen Ruck, riß den Schlag auf, warf seine Reisetaschen ins Innere des Autos und kletterte hinter das Steuer. Eine nasse, sich schnell ausdehnende Kälte am rechten Fuß zeigte an, daß er in eine Pfütze getreten war. Er knallte die Tür zu, so daß Wind und Regen nicht mehr in seinen kalten, klammen Käfig aus Aluminium und Glas eindringen konnten.

Unter der Schädeldecke schien eine Ratte an den Nervenenden zu knabbern, aber es war nichts weiter als ein ganz normaler Kater. Die verdammten Schweizer mit ihren Abschiedsparties!

Andererseits: Warum zum Teufel mußte er ausgerechnet in einem so gräßlichen, von Wind und Regen gepeitschten Land wie Irland leben? Es war Mai, aber er war bis auf die Knochen durchgefroren.

»Ich dachte schon, du seist tot«, sagte Kilmara aufgeräumt, »tot oder dem Tode nahe, umhegt von appetitlichen Krankenschwestern auf der Intensivstation der Tiefenau-Klinik.« Er rieb sich das Kinn, dachte kurz nach und sagte: »Trotzdem habe ich uns für alle Fälle ein Abendessen gekocht.« Er ging Fitzduane voran in die geräumige Küche. »Ich habe Adeline und die Kinder für eine Zeit woanders untergebracht.«

»Ich habe mich von diesen Scheißkerlen nicht kleinkriegen lassen«, sagte Fitzduane trocken. »Okay, ich war von dem Feuerzauber ein bißchen betäubt, aber es mußte erst ein Sanitäter mit einer Spritze kommen, damit bei mir das Licht ausging. Der Mann kann wirklich stolz sein auf seine Heldentat.«

»Nimm dir einen Drink und entspann dich«, sagte Kilmara. »Ich klappere unterdessen ein bißchen mit Töpfen und Pfannen. Nach dem Essen kannst du mir alles erzählen.« Er reichte Fitzduane eine Karaffe voll Whiskey. »Ich darf doch wohl davon ausgehen, daß du über Nacht bleibst? Das solltest du auf jeden Fall tun. Du siehst erbärmlich aus.«

»Es lebe die Schweizer Gastfreundschaft!« sagte Fitzduane und ließ sich in den Sessel neben dem Kamin fallen. »Ein komisches Gefühl, wieder hier zu sein. Komisch, deprimierend und ernüchternd, von der Kälte und Nässe ganz zu schweigen.«

»Du bist wer weiß wie oft in sonnigeren Gegenden gewesen«, sagte Kilmara, »aber irgendwann bist du immer zurückgekommen. Allmählich solltest du wissen, was dich hier erwartet. Oder ist es etwa diesmal anders als sonst?«

»Ich weiß nicht recht«, antwortete Fitzduane. »Das heißt: vielleicht weiß ich es verdammt gut.« Augenblicke später war er eingeschlafen. Das passierte ihm oft in Kilmaras Haus.

Fünf Stunden später.

Der Tisch war abgeräumt, die Spülmaschine vollgepackt. Sie hatten die Alarmanlage überprüft und die Hunde losgekettet, die sich auf dem Grundstück nun frei bewegen konnten. Kilmara hatte über eine abgesicherte Telefonleitung vom wachhabenden Offizier der Rangers einen kurzen Bericht erhalten. Es war fast Mitternacht.

Getrieben von einem für die Jahreszeit untypischen Sturm prallte der Regen in schrägen Bahnen gegen die Doppelfenster. Schwere Vorhänge dämpften das Tosen, und nur hin und wieder war im Kamin ein geisterhaftes Wimmern zu vernehmen. Kilmara und Fitzduane saßen im Arbeitszimmer vor dem offenen Feuer, Kaffee, Drinks und Zigarren in bequemer Reichweite.

Fitzduane hatte das, was er in Bern erlebt hatte, noch immer nicht ganz verkraftet. Er war viel erschöpfter, als er geglaubt hatte, und fühlte sich nach ein paar Stunden Schlaf nur mäßig erfrischt. Kilmara, dem der Zustand des Freundes nicht entgangen war, hatte das Abendessen bis kurz vor Mitternacht verschoben.

Die Standuhr schlug zwölfmal. »Höllisch spät für ein ernsthaftes Gespräch«, meinte Fitzduane.

Kilmara lächelte. »Tut mir leid, aber morgen bin ich ausgebucht. Ich muß dir unbedingt ein paar Fragen stellen.«

»Schieß los!«

»Der Henker«, sagte Kilmara. »Er ist also tot. Fangen wir mit ihm an.«

»Der Henker«, wiederholte Fitzduane nachdenklich. »So viele Namen! Komisch, für mich ist er Simon Balac, wenn ich an ihn denke.«

»Das war nur einer von seinen Decknamen, wie Whitney. Diesen Namen hatte er sich anscheinend zum Angedenken an einen blonden Freund zugelegt, der in Kuba für die CIA tätig war und dessen Verlust ihm sehr nahegegangen ist. Nach allem, was wir wissen, hieß der Henker in Wirklichkeit Lodge. Hast du dir das Material angesehen, das die CIA uns gnädigerweise geschickt hat?«

Fitzduane nickte. Er erinnerte sich an die lapidaren Sätze, mit denen Lodges Kindheit und Jugend in Kuba geschildert wurde: Ein hochbegabter, ängstlicher, einsamer Junge, der sich zu einem psychopathischen Genie entwickelte. Fitzduane bezweifelte, daß man ihnen die komplette Personalakte überlassen hatte. Die CIA war im allgemeinen nicht sehr mitteilsam, wenn es um Kuba ging.

»Nennen wir ihn doch auch einfach den Henker«, schlug Fitzduane vor. »Die Presseleute scheinen sich auf diese Bezeichnung geeinigt zu haben.«

»Der Henker mag tot sein, aber ich frage mich, ob damit auch automatisch alle Aktionen abgeblasen sind, die er angezettelt hat. Ein Bekannter, der für den Mossad arbeitet, hat ein paar Andeutungen gemacht, die mich ein bißchen beunruhigen.«

»Was hat er gesagt?« wollte Fitzduane wissen.

»Du bist zuerst dran«, sagte Kilmara.

Später, als Fitzduane mit seinem Bericht fertig war, fragte Kilmara: »Du hast also nicht mit eigenen Augen gesehen, wie der Henker umgekommen ist?«

»Nein«, antwortete Fitzduane. »Nachdem Paulus ›Sempach!‹ gerufen und Julius Lestoni erschossen hatte, ging alles sehr rasch. Es war eine Sache von Sekunden. Balac sah ich noch einmal kurz am anderen Ende des Studios. Ich schoß ein paarmal auf ihn, aber ich glaube nicht, daß ich ihn getroffen habe. Dann war plötzlich die Hölle los, als der Bär mit dem Panzer aufkreuzte. Mehr habe ich nicht mitgekriegt. Als ich später in der Tiefenau-Klinik aufwachte, erzählte man mir den Rest. Die Männer der Sturmtrupps sahen, wie der Henker das Studio durch eine Tür verlassen wollte. Sie schossen aus allen Rohren auf ihn, doch dann explodierten plötzlich Brandbomben und verwandelten den ganzen Raum in ein Flammenmeer. Das Gebäude mußte abgeriegelt werden und brannte völlig aus. Sobald sich das Gemäuer einigermaßen abgekühlt hatte, gingen die Männer rein und stocherten in den Trümmern herum. Sie fanden mehrere Leichen. Der Henker konnte anhand zahnärztlicher Unterlagen identifiziert werden. Anscheinend hatte er versucht, diese Unterlagen zu vernichten, aber zum Glück hatte der Zahnarzt in einem Bankschließfach Duplikate verwahrt. Wie auch immer, angesichts der eingesetzten Mittel war dies das Ende des Henkers. Ich mußte danach noch ein paar Tage in Bern bleiben und der Polizei eine Menge Fragen beantworten. Abends haben der Bär und ich uns immer ganz schön vollaufen lassen.«

»Warum hat Paulus von Beck ›Sempach!‹ gerufen?« fragte Kilmara.

Fitzduane lächelte. »Liebe, Ehre, Pflichtgefühl – wir haben alle irgendwelche Prinzipien, die unser Handeln bestimmen.«

»Ich kann dir nicht ganz folgen.«

»Die Becks gehören zur Berner Aristokratie«, erläuterte Fitzduane. »Paulus hatte das Gefühl, daß er die Familienehre besudelt hatte, und glaubte, seine Schuld sühnen zu können, indem er mithalf, den Henker unschädlich zu machen. In der Schlacht von Sempach besiegten die Eidgenossen Herzog Leopold III. von Österreich. Das bedeutete den Anfang vom Ende der österreichischen Herrschaft in der Schweiz. Einer von denen, die besonders heldenhaft kämpften, war ein von Beck.«

Kilmara sah den Freund nachdenklich an und schwieg lange. Dann schüttelte er den Kopf und sagte: »Was ist los mit dir? Der Henker ist tot. Die Sache ist also ausgestanden, oder?«

Fitzduane warf Kilmara einen prüfenden Blick zu. »Der Kripochef in Bern meint, es sei alles vorbei, und wenn er das sagt, wird es wohl stimmen. Er hat die ganze Abschiedsparty für mich finanziert und mich danach persönlich zum Flughafen gefahren. In Bern herrschen jetzt wieder normale Zustände. Wenn ich mich dort noch mal blicken lasse, trifft ihn bestimmt der Schlag.«

Kilmara lachte, wurde aber gleich wieder ernst. »Hugo, ich kenne dich jetzt seit zwanzig Jahren. In dieser Zeit habe ich deine Intuition und dein Urteilsvermögen schätzen gelernt. Irgend etwas macht dir zu schaffen, das spüre ich.«

Fitzduane seufzte. »Stimmt. Ich bin mir überhaupt nicht sicher, ob die Sache ausgestanden ist, aber ich weiß nicht, warum ich dieses Gefühl habe. Was ich in Bern erlebt habe, hat mich ganz schön geschafft, und ich habe jetzt nur einen einzigen Wunsch: Ich möchte nach Hause fahren, mich in einen Sessel setzen, Däumchen drehen und darüber nachdenken, was ich mit dem Rest meines Lebens anfange. Auf jeden Fall will ich keine Fotos mehr von irgendwelchen Kriegsschauplätzen machen. Ich bin zu alt, um mich erschießen zu lassen, und zu jung zum Sterben. Und das Geld brauche ich auch nicht.«

»Was ist mit Etan?« fragte Kilmara. »Welche Rolle spielt sie in diesem Stück? Während deiner Abwesenheit hat sie mich ein paarmal angerufen und sich mit mir zum Mittagessen verabredet. Ich habe das Gefühl, daß sie mich als Verbindungsmann eingespannt hat, und es wäre mir lieber, wenn ihr euch direkt miteinander unterhaltet. Ich finde es verrückt, daß ihr jedesmal, wenn du unterwegs bist, die Verbindung total abreißen laßt.«

»Das hatte seinen Grund«, sagte Fitzduane. »Wir glaubten, daß uns die Distanz helfen würde, die Übersicht zu behalten.«

»Wie gesagt, ich finde es verrückt. Wenn man euch zusammen sieht, seid ihr ein Herz und eine Seele, und dann laßt ihr manchmal monatelang nichts voneinander hören! Im Altertum schickten sich die Leute Tontäfelchen, und heutzutage gibt es ein Ding namens Telefon«, meinte Kilmara kopfschüttelnd. Er hatte seine Pfeife neu angezündet. »Wieso glaubst du, daß die Sache noch nicht ausgestanden ist?« fragte er Fitzduane. »Willst du damit andeuten, daß der Henker vielleicht nicht in dem brennenden Haus umgekommen ist?«

Fitzduane ließ sich mit der Antwort Zeit. »Der Henker versteht es meisterhaft, andere Menschen zu täuschen«, sagte er schließlich. »Ich würde mich bedeutend wohler in meiner Haut fühlen, wenn wir seine Leiche gefunden und identifiziert hätten. Zahnärztliche Unterlagen können gefälscht werden. Andererseits muß ich als Augenzeuge sagen, daß ich mir nicht vorstellen kann, wie er entkommen sein soll. So eine Feuersbrunst überlebt niemand.«

»Ja, alles spricht dafür, daß der Henker tot ist«, pflichtete Kilmara ihm bei, »aber das heißt noch lange nicht, daß die Leute, die für ihn gearbeitet haben, die Hände in den Schoß legen oder sich einen ganz normalen Job suchen. Vergiß nicht, daß der Henker mit kleinen Terroristengruppen gearbeitet hat, die absolut unabhängig voneinander operieren. Bestimmt warten schon andere Leute darauf, das Kommando zu übernehmen. Es gibt da noch ein paar andere Dinge, die mir zu schaffen machen, zum Beispiel Ruedi von Graffenlaubs Tod durch Erhängen und andere sonderbare Vorkommnisse auf deiner Insel. Unter den Internatszöglingen gibt es eine Menge Kinder aus stinkreichen Familien. Kein Wunder, daß der Henker dort ebenfalls sein Unwesen getrieben hat. Nach allem, was wir wissen, schreckte er auch vor Entführungen nicht zurück. Ob er Ruedi und dessen Freunde zu diesen seltsamen Maskeraden und Opferritualen verführt und sie dann als Informanten für eine geplante Entführung benutzt hat? Wer weiß, vielleicht wollte er die gesamte Schülerschaft kidnappen. Das Internat liegt weit vom Schuß, und die Eltern der meisten Kinder sind reicher, als wir beide es uns vorstellen können.«

»Und dann sind da noch diese Geranien«, sagte Fitzduane schläfrig.

»Die was?« fragte Kilmara.

»Die Geranien. Die ganze Zeit tauchen welche auf. Erst in den Tätowierungen, dann in Ivos Notizen, und jetzt hat jemand das Wort sogar in Etans Wohnung an die Wand gemalt. Ich will verdammt sein, wenn ich weiß, was das zu bedeuten hat.«

Kilmara kippte den Rest Brandy hinunter und fragte sich, ob es überhaupt einen Sinn hatte, sich mit Fitzduane zu unterhalten, wenn er so müde war wie jetzt. Da die Zeit drängte, beschloß er, nicht lockerzulassen.

»Lassen wir die Blumen einstweilen beiseite«, sagte er sachlich. »Sie scheinen mir derzeit nicht das wichtigste Problem zu sein.« Er schenkte Brandy nach.

Fitzduane mußte sich anstrengen, das Glas ruhig zu halten. Das machte ihn wieder einigermaßen wach. »Sag mir, wo dich der Schuh drückt«, forderte er Kilmara auf.

»Mein Freund, der Premierminister, pfuscht mir ständig ins Handwerk.«

»Hast du schon einmal daran gedacht, dir eine andere Tätigkeit zu suchen? Ich kann mir etwas Interessanteres vorstellen, als für einen krummen Hund wie Delaney zu arbeiten. Ja, genau das ist er, ein krummer Hund, und er wird immer einer sein.«

Kilmara dachte genau wie Fitzduane, aber er ging auf die Bemerkung nicht ein. »Ein guter Freund, der für den Mossad tätig ist, hat mir geflüstert, daß eine über siebzig Mann starke, in Libyen stationierte Terroristengruppe einen Anschlag auf ein Objekt in unserem Land plant.«

»Die sind doch nicht etwa von der PLO?« fragte Fitzduane. »Haben sie vielleicht zuviel Sonne abgekriegt und wollen sich hier bei uns mal zur Abwechslung bis auf die Haut naßregnen lassen?«

»Ich habe nicht gesagt, daß diese Leute zur PLO gehören«, sagte Kilmara. »Es handelt sich um Söldner, und es kann natürlich sein, daß der eine oder andere ein Anhänger der PLO ist. Falls die Israelis recht haben, soll irgendwann im Mai ein Anschlag auf die US-Botschaft in Dublin verübt werden.«

»Wie wollen siebzig bewaffnete Terroristen in unser Land einreisen?« fragte Fitzduane. »Und was hat ein eventueller Anschlag auf die amerikanische Botschaft mit mir zu tun? Ich habe nicht vor, mich im Mai in Dublin aufzuhalten, sondern will auf meiner Insel Nacht für Nacht zwölf Stunden schlafen, mich tagsüber mit den Möwen unterhalten, über hochgeistige Dinge nachsinnen und viel Kräutertee trinken. Kurz, ich will mich aus jeder Art von Schlamassel raushalten.«

»Wenn du hier bei mir bleibst«, sagte Kilmara, »garantiere ich dir, daß du auf deine Kosten kommst. Seit uns unser Freund vom Mossad besucht hat, haben wir uns intensiv mit dieser Angelegenheit befaßt, und obwohl es heißt, daß der Henker tot ist, sind wir zu Schlußfolgerungen gelangt, über die du dich vielleicht ein bißchen wundern wirst. Für uns riecht der geplante Anschlag auf die US-Botschaft eindeutig nach dem Henker, meinetwegen auch nach seinen Erben oder Nachfolgern. Das Ganze scheint ein Ablenkungsmanöver zu sein, und der Himmel weiß, welches das eigentliche Ziel ist. Vielleicht befindet es sich überhaupt nicht in Irland, sondern ganz woanders, möglicherweise sogar im Nahen Osten. Der Verdacht, daß es sich um ein Ablenkungsmanöver handelt, bringt uns natürlich nicht weiter. Die Rangers haben den Auftrag, die amerikanische Botschaft zu sichern, bis Entwarnung gegeben wird. Mir verbleiben fürs erste kaum Zeit und Mittel, um andere drohende Gefahren abzuwehren. Um über einen längeren Zeitraum Objektschutz im großen Stil zu betreiben und gleichzeitig andere Operationen durchzuführen, bräuchte ich mehr Personal.«

»Ich dachte, die Rangers seien eine mobile Einsatztruppe und nur in begrenztem Maß für Objekt- und Personenschutz zuständig«, bemerkte Fitzduane.

»Ja, normalerweise ist das so«, antwortete Kilmara verdrießlich, »aber diesmal ist über meinem Kopf entschieden worden. Irland steht zu Uncle Sam in einer besonderen Beziehung, und mein Freund der Premierminister hat das geschickt ausgenutzt, um uns vor seinen Karren zu spannen. Die Rangers sind ein disziplinierter Haufen, und es gibt Fälle, wo man sich zähneknirschend fügen muß.«

»Was hat das alles mit mir zu tun?« wollte Fitzduane wissen.

»Ich möchte mir deinen guten Riecher zunutze machen«, sagte Kilmara. »Wenn du wirklich glaubst, daß der Henker endgültig ausgeschieden ist, dann schließe ich mich deiner Beurteilung an. Aber vielleicht bist du wirklich zu müde, um dazu etwas zu sagen.«

Fitzduane gähnte. Die Uhr schlug drei Uhr morgens. Er war so müde, daß er sich fühlte, als wäre er schwerelos. »Was kann ich für dich tun?« fragte er Kilmara.

»Ich möchte dir ein Funkgerät und ein paar andere Ausrüstungsgegenstände mitgeben. Du kannst meinetwegen auf deiner Insel ein ganz normales Laben führen, aber bitte halte Augen und Ohren offen. Falls dir irgend etwas auffällt, melde dich bei mir. Ich lasse mich dann sofort bei dir blicken.«

»Ich dachte, du hättest für so etwas keine Zeit.«

»Ich werde mir eine Ausrede einfallen lassen. Vielleicht ist es nicht nötig, aber im Ernstfall lasse ich mich nicht bremsen, schon gar nicht von irgendwelchen Bürokraten.«

Fitzduane war eingenickt. Draußen hatte sich der Sturm ein wenig gelegt.

Botschafter Noble fühlte sich wie ein kleiner Junge, der von zu Hause ausgerissen ist, während er in seinem geliehenen Ford Fiesta gemächlich durch die hügelige, mit Seen gesprenkelte Landschaft von Connemara fuhr. Seit Jahren waren dies die ersten freien Tage, die er völlig unbehelligt vom Außenministerium verbringen durfte. Er genoß es, ohne Leibwächter nach Gutdünken drauflos zu fahren. Gut, in Nordirland gab es Probleme, von denen man allerdings als Ausländer nicht viel merkte, doch auf dieser Insel herrschte tiefer Friede, hatte man ihm versichert.

Die größten Bedrohungen, mit denen er rechnen mußte, hatten allenfalls mit der Art zu tun, wie Iren autofahren, oder mit ihrer Spendierfreudigkeit in puncto Alkohol. Ach ja, dann war da noch das Wetter: Man hatte ihm geraten, sich warm anzuziehen und einen Regenschirm mitzunehmen. Falls er vorhätte zu angeln, wäre es am besten, ein kleines Boot nebst ortskundigem Führer zu mieten.

Wenn ich alle Ratschläge befolge, überlegte er, vergrößere ich das Haushaltsdefizit der USA um etwa zweitausend Dollar. So nahm er denn zwar einen Regenschirm mit, verzichtete aber auf die Anschaffung von Thermo-Unterwäsche. Auch das Angeln mit Boot und Führer konnte ein paar Tage bis zu seiner Ankunft auf Fitzduanes Insel warten. Er freute sich darauf, seinen Sohn wiederzusehen und zu erfahren, wie es ihm im Draker-College ging.

Bis dahin wollte er nach Herzenslust faulenzen: keine Unterredungen mit Diplomaten, keine Krisensitzungen, keine Telexe, keine Pressekonferenzen. Und auch keine offiziellen Dinners oder

Empfänge, dachte er, während er seine Bohnensuppe direkt aus der Büchse löffelte und auf einem kleinen Campingkocher Wasser heiß machte. Auch über eventuelle Terroranschläge brauchte er sich hier nicht den Kopf zu zerbrechen. Er hatte seine Sorgen im Büro zurückgelassen, so wie es gewisse Bücher empfahlen, die einem praktische Hilfe für alle Lebenslagen versprachen.

Er blickte zum bleigrauen Himmel auf, lauschte dem Trommeln des Regens auf seinem Schirm und dachte: Wie schön das Leben sein kann!

Fitzduane schlief sich richtig aus. Die Mittagszeit war schon vorbei, als er sich ein kräftiges Frühstück gönnte. Draußen hatte sich der Sturm inzwischen ausgetobt, aber es regnete weiterhin so heftig, als wollte der Himmel Fitzduane nachdrücklich daran erinnern, daß er wieder daheim in Irland war.

Kilmara hatte das Haus bereits vor Stunden verlassen, jedoch auf einen Zettel geschrieben, wie die Alarmanlagen und sonstigen Sicherheitsvorkehrungen zu handhaben waren. Es war kein leichtes Unterfangen, Kilmaras Haus zu verlassen oder zu betreten, ohne irgendeines der Alarmsysteme auszulösen. Die Codes wurden täglich in unregelmäßigen Abständen geändert. Fitzduane fragte sich, wie Adeline damit zurecht kam, mit einer lebenden Zielscheibe verheiratet zu sein. Diese Tatsache machte auch sie selbst zu einer Zielscheibe, überlegte er. Und die Kinder? Was für ein Leben. Hatten sie vielleicht auch ihn, Fitzduane, im Visier, seit er dem Henker begegnet war? Falls ja – wie lange mußte er sich als gefährdete Person betrachten? Was war, wenn er eines Tages Frau und Kinder hätte? Zum erstenmal im Leben machte sich Fitzduane klar, daß kein Ende abzusehen war, wenn man sich mit Terroristen anlegte. Es war wie ein permanenter Kriegszustand.

Er schlug sich noch mit solchen unangenehmen Gedanken herum, als er leise Geräusche zu hören glaubte, die von der Vorderseite des Hauses kamen. Aber es war doch angeblich niemand außer ihm da! Es hatte so geklungen, als machte jemand eine Tür auf und zu. Danach war es wieder völlig still.

Am liebsten wäre er sitzengeblieben und hätte so getan, als habe er nichts gehört. Er warf einen Blick auf die Monitoren der Alarmanlagen – in jedem Raum gab es welche –, aber sie zeigten nichts Verdächtiges.

Vorsichtshalber nahm er die Remington, entsicherte sie und lud durch. Auf Zehenspitzen verließ er die Küche und schlich den Korridor entlang zur Diele. Dort mußte er sich zwischen zwei Türen entscheiden. Während er noch überlegte, wurde die Wohnzimmertür aufgestoßen. Fitzduane ging blitzschnell in die Hocke.

Etan stand im Türrahmen.

»Heiliger Bimbam!« entfuhr es Fitzduane.

Etan lächelte. »Das war Kilmaras Idee«, sagte sie. »Man stelle sich vor, der Befehlshaber der Rangers als Kuppler!« Sie warf einen Blick auf die Waffe in Fitzduanes Faust. »Er hat mir eine Menge über dich erzählt. Ich sehe jetzt manches klarer.«

Fitzduane wurde sich bewußt, daß er noch immer auf sie zielte. Er ließ die Remington sinken, schob den Sicherungshebel vor und legte sie behutsam neben sich auf den Fußboden. Plötzlich fühlte er sich schwach und vor Schreck wie gelähmt. Er kam sich ein bißchen dumm vor. Sein Herz pochte heftig, und er war so froh, Etan vor sich zu sehen. Erleichtert setzte er sich auf den Boden.

»Hugo, ist alles in Ordnung?« fragte sie besorgt. »Um Gottes willen, sag etwas! Du bist leichenblaß.«

Als Fitzduane zu ihr aufblickte, erkannte sie die Freude in seinen Augen. Er schüttelte den Kopf und sagte: »So was Verrücktes!«

Etan hatte die Hosenbeine ihrer Jeans in die halbhohen Stiefel gestopft. Sie trug einen dicken Pullover, und ihr Parfum stieg ihm in die Nase, als sie die Waffe mit dem Fuß wegschob und sich neben ihm auf die Knie ließ. »Du fährst doch nicht gleich wieder weg, oder?« fragte sie. Ohne seine Antwort abzuwarten, pellte sie sich aus Pullover und Bluse. Sie trug keinen BH. Ihre Brüste waren fest und voll, mit vorstehenden Nippeln. Sie legte ihm die Hände auf die Schultern und drückte ihn sacht nach hinten. Er wehrte sich nicht.

»Der Soldat ist also aus dem Krieg heimgekehrt«, sagte sie, und ihre Stimme klang ein wenig heiser. »Wo bist du die ganze Zeit gewesen? Und was hast du getrieben?« Sie öffnete seine Gürtelschnalle, machte den Reißverschluß auf und umschloß sein Glied mit ihrer Hand. »Ich frage, weil ich sozusagen einen Besitzanspruch auf den da habe«, sagte sie und drückte kräftig zu. »Als ich ein kleines Mädchen war, hat mich meine Mutter ermahnt, niemals etwas in den Mund zu nehmen, von dem ich nicht weiß, was vorher damit passiert ist.« Sie kitzelte ihn mit der Zungenspitze. »Also: wo ist der Kleine überall gewesen?« Sie nahm die Hand weg, sah genauer hin und meinte: »So klein ist er eigentlich gar nicht.« Rasch streifte sie die Stiefel ab, schlüpfte aus den Jeans und legte sich bäuchlings auf den Teppich. »Ich will, daß du mich so nimmst«, sagte sie. »Schön langsam und ganz tief.« Einladend hob sie leicht den Hintern an und spreizte die Beine. Fitzduane schob seine Hand zwischen ihre Schenkel und streichelte sie dort, wo sie es am liebsten hatte. Er ließ seine Zunge über ihren Rücken abwärts gleiten. Er ließ sie ziemlich lange stöhnen und erschauern, bis er sie endlich von hinten nahm. Irgendwann drehte er sie um und legte sich auf sie. Sie nahm eine seiner Brustwarzen in den Mund und zog daran. Keuchend trieb er sein Glied immer wieder tief in sie hinein, und bald waren sie unten ganz naß und glitschig.

Später, als alles vorbei war, nahm er sie in den Arm und drückte sie fest an sich. »Weißt du«, sagte er und küßte sie zärtlich auf die Stirn, »für mich ist dies ein Jahr der starken Frauen.« Seine Stimme klang so, als müßte er gleich lachen.

Etan biß ihm ins Ohr, stützte den Kopf auf eine Hand und streichelte ihn mit der anderen zwischen den Beinen. »Erzähl mir ein bißchen von Erika«, forderte sie ihn mit unschuldigem Lächeln auf.

Kilmara saß in seinem Büro und studierte zum x-ten Mal die Baupläne der Dubliner US-Botschaft und deren Sicherheitsvorkehrungen. Je öfter er sich die Unterlagen ansah, desto unwohler fühlte er sich in seiner Haut.

Das Botschaftsgebäude war in glücklicheren Zeiten gebaut worden, als ein paar faule Eier, die an den Scheiben der Botschafterlimousinen zerplatzten, als gewaltsame Protestaktion galten. Heutzutage konnte man meinen, daß das Gebäude absichtlich so konzipiert war, daß es Terroristen leichtes Spiel bot.

Das dreigeschossige, unterkellerte, kreisrunde Haus hatte eine

Fassade, die hauptsächlich aus Glas mit Stahlbetonumrahmung bestand. Hinter diesen vielen Fensterscheiben befanden sich die über alle drei Stockwerke verteilten Büroräume. Den Kern des Gebäudes bildete ein runder Lichthof, in den man von den kreisförmigen Korridoren hinunterblicken konnte. Die Botschaft stand an der Spitze eines V-förmigen, von zwei Straßen flankierten Areals und war von den meisten der benachbarten Häuser gut einzusehen. Die kurze, zum Parkplatz im Kellergeschoß führende Rampe war lediglich durch eine rot-weiß gestreifte Schranke gesichert.

Ein Terrorist, der in das Botschaftsgebäude eindringen wollte, würde geradezu vor eine schwierige Wahl gestellt, so viele Möglichkeiten hatte er. Ein Attentat war so kinderleicht, daß jemand, der nicht so gut Bescheid wußte wie der zutiefst beunruhigte Kilmara, argwöhnen mußte, daß die Sache einen Haken hatte. Sportliche Charaktere mit einem Sinn für Fairneß müßten sich eigentlich ein anderes Objekt aussuchen, das ihnen mehr entgegenzusetzen hatte. Sogar die Kanalisationsrohre waren nicht gesichert, aber Kilmara sagte sich, daß sich ein Terrorist angesichts der reichen Auswahl bestimmt für eine hygienischere Art des Eindringens entscheiden würde.

Niedergeschlagen klappte er den Aktenordner zu. Das Gebäude war nicht einmal gegen eine kleine Schar gutausgebildeter Terroristen zu schützen, sofern man nicht beide Straßen sperrte, was unmöglich war, weil es sich bei einer um eine Durchgangsstraße in Richtung des Dubliner Südens handelte, und sofern man nicht weiterhin das Botschaftsgebäude von einem ganzen Bataillon Soldaten abriegeln ließ, was wegen der angespannten Lage der öffentlichen Finanzen ausschied. Es gegen einen siebzig Mann starken Trupp absichern zu wollen, war von vornherein zum Scheitern verurteilt – es sei denn, das Glück kam einem zu Hilfe.

Seufzend schlug er den Aktenordner erneut auf. Bisher hatte sich bei ihm das Sprichwort bewahrheitet, daß demjenigen das Glück am ehesten lächelt, der keine Mühe scheut. Ob das auch für die Gegenseite gilt? fragte er sich und dachte den Gedanken lieber nicht zu Ende.

Eine nüchterne Beurteilung der Lage ergab folgendes: Erstens gab es Befehle und Anweisungen, die er befolgen mußte. Zweitens belief sich die gesamte Mannschaftsstärke der Rangers auf sechzig Mann. Ein Drittel der Truppe wurde gebraucht, um die Botschaft einigermaßen abzusichern, und da dies in drei Schichten geschah, wurde die ganze Spezialeinheit für diese Aufgabe in Beschlag genommen; drittens mußten die Rangers in einer Weise operieren, die das genaue Gegenteil dessen war, wozu man sie ausgebildet hatte. Die Männer hatten feststehende Anweisungen und mußten einen eventuellen Angriff abwarten, statt flexibel zu reagieren und die Initiative an sich zu reißen; viertens wurde das routinemäßige Training zeitlich arg beschnitten. Um sich ihre außerordentlich hohe Treffsicherheit zu bewahren, machten die Rangers zumindest dreimal pro Woche mehrere Stunden lang Schießübungen. Fünftens war er, Kilmara, zeitlich völlig davon in Anspruch genommen, diese idiotische Operation zu leiten; sechstens wußte nur der liebe Gott, was für schlimme Dinge woanders passierten.

Es war wirklich ein schöner Schlamassel!

Fitzduane übernachtete noch ein weiteres Mal in Kilmaras Haus und brach am nächsten Morgen zu seiner Insel auf. Nach der Liebesnacht und dem darauffolgenden langen, tiefen Schlaf fühlte er sich körperlich frisch und ausgeruht.

Kilmara hatte angerufen und Bescheid gesagt, daß er nicht nach Hause kommen werde. Das Pärchen sei also gänzlich ungestört.

»Hast du Pärchen gesagt?« fragte Fitzduane und streichelte Etans Brustwarzen mit den Fingerspitzen.

»Ja. Seid ihr etwa keins?«

Fitzduane lachte. »Wir haben beschlossen zu heiraten.«

»Wurde auch Zeit«, meinte Kilmara. »Jetzt muß ich aber los.« Zwei Minuten später rief er noch einmal an. »Verliebte sind gefährdet, weil sie vergeßlich sind«, sagte er. »Denkt an meine Worte!«

»Ich fühle mich nicht gefährdet«, sagte Fitzduane. »Solltest du aber, damit ich mir nicht ganz so viele Sorgen um dich machen muß. Melde dich per Funk, sobald du zu Hause angekommen bist. Das Gerät hat einen automatischen Zerhacker. Du kannst also frei heraus reden.«

Nachdenklich legte Fitzduane den Hörer auf. Etans Zunge glitt spielerisch über sein Glied. »Jetzt paß mal gut auf, was ich mit dir mache«, sagte sie. Das brauchte sie ihm nicht zweimal zu sagen: Er war ganz bei der Sache.

Die Säulen des Herkules, wie die von einem Felsen gleichen Namens dominierte Straße von Gibraltar im Altertum hieß, ist eine der bekanntesten Meeresengen, gleichsam ein Nadelöhr für die internationale Seeschiffahrt. Abgesehen von den rund 28000 Einwohnern, die auf einem Areal von den Ausmaßen eines großen Parkplatzes zusammengepfercht leben, gibt es auf Gibraltar allerlei Anlagen zur Überwachung des Luftraumes und der Meeresenge, eine Menge Waffen, ausgehöhlte Felsen, Militär, sonstiges Personal und Affen. (Die Reihenfolge dürfte einigermaßen stimmen.)

Angesichts all der Spione, Uniformträger, Affen und technischen Apparaturen war zu erwarten, daß der italienische Frachter *Sabine* die Meeresenge von Gibraltar nicht unbemerkt passieren würde. Das Schiff war von Libyen nach Irland unterwegs. Dort sollte es eine Ladung Vieh an Bord nehmen, das nach Rückkunft in Tripolis unter Beachtung dortiger Bräuche geschlachtet werden sollte.

Daß die Libyer in Irland Vieh kauften, war allseits bekannt, und das gelegentliche Auftauchen der *Sabine* in Gibraltar war fast schon zur Routine geworden. Diesmal gab es jedoch eine kleine Abweichung vom üblichen Schema: Die *Sabine* lief Gibraltar nicht an, um Treibstoff zu bunkern. Offenbar hatte der Kapitän alle bürokratischen Schikanen und den in Gaddafis Reich herrschenden Schlendrian über sich ergehen lassen und die Tanks seines Schiffes bereits in Tripolis gefüllt – eine Maßnahme, die erfahrene Kapitäne nur ergreifen, wenn ihnen absolut keine andere Wahl bleibt.

Einem neugierigen Fragesteller, hätte es denn einen gegeben, wäre achselzuckend geantwortet worden, das Bunkern in Tripolis sei Teil einer besonderen Abmachung gewesen, und dabei hätte man Daumen und Zeigefinger einer Hand aneinander gerieben. Eine solche Antwort reichte im allgemeinen aus.

Sobald die *Sabine* die Säulen des Herkules hinter sich gelassen hatte, nahm sie Kurs auf Irland.

Kapitel 24

Fitzduane machte in Galway einen Zwischenstopp, um etwas zu essen einzukaufen. Die Fahrt von Dublin zu seiner Insel dauerte in dem alten Landrover insgesamt sieben Stunden. Den ganzen Tag regnete es heftig, doch dann wurden Etan und Fitzduane mit einer so wunderschönen Abenddämmerung belohnt, daß er sich fragte, wie er seine Heimat jemals hatte verlassen können. Sie konnte so verdammt schön sein!

Die gute Laune sollte ihm bald vergehen: Sie sahen die Burg schon von fern, da setzte der Regen wieder mit voller Wucht ein, als wollte er sie daran erinnern, daß man sich auf nichts verlassen kann.

»Verflixt, warum ist das Wetter hier so launisch?« murmelte er beim Ausladen. Am liebsten hätte er alles bis zum nächsten Morgen im Landrover gelassen, aber der Inhalt der vier länglichen und ziemlich schweren Kisten sowie ein paar Container, die Kilmara ihm mitgegeben hatte, mußten so schnell wie möglich hinter Schloß und Riegel verwahrt werden.

Unterwegs hatte er Etan detailliert erzählt, was er in letzter Zeit erlebt hatte. Nun setzte er drinnen in der Burg Murrough ins Bild, indem er ihm die Ereignisse der jüngsten Vergangenheit bei einem Drink im Telegrammstil schilderte. Seine Bedenken und Vorbehalte, was den Tod des Henkers betraf, behielt er wohlweislich für sich. Er wollte die anderen nicht unnötig beunruhigen.

Murrough und Oona hatten die Räume gelüftet und in den Kaminen Feuer gemacht. Die Zentralheizung war früher am Tag angeschaltet worden, und so herrschte in der Burg gemütliche Wärme. Es war schön, wieder zu Hause zu sein.

Murrough schwieg lange, nachdem Fitzduane ihm alles berichtet hatte. »In einigen Tagen werdet ihr ein paar von den Leuten, die ich vorhin erwähnt habe, kennenlernen«, sagte Fitzduane. Er füllte Etans und Murroughs Glas. »Schätze, ich habe in der letzten Woche in Bern ein bißchen zu tief in die Flasche geschaut. Aus Freude darüber, daß wir den Henker endgültig los sind, haben wir pausenlos gefeiert. Heini Raufmann hat noch Genesungsurlaub. Ich habe ihn kurzerhand hierher eingeladen, damit er sieht, daß wir auch ein zivilisiertes Volk sind. Später habe ich auch noch Henssen und Andreas von Graffenlaub auf die Gästeliste gesetzt. Andreas braucht dringend ein bißchen Abwechslung. Er hält sich tapfer, aber diese Geschichte hat ihn doch arg mitgenommen. Besonders der Tod seines Vaters war ein schlimmer Schlag für ihn.«

»Der arme Kerl«, sagte Etan.

»Heini Raufmann – ist das der, den sie den ›Bär‹ nennen?« fragte Murrough.

»Ja, und wenn man ihn sieht, weiß man, warum«, antwortete Fitzduane.

»Es wird schön sein, in diesem alten Kasten so viele Gäste zu haben«, sagte Etan. Seit ihrer Ankunft benahm sie sich unübersehbar wie die künftige Hausherrin. Es dämmerte Fitzduane, daß sich sein Leben viel drastischer verändern würde, als er geglaubt hatte. Ihm war klar, daß die Einrichtung der Burg allzusehr von den zahlreichen ausgestopften Tieren, Jagdtrophäen und mittelalterlichen Waffen dominiert wurde, aber konnte man in einer Burg etwas anderes erwarten? Leicht beunruhigt fragte er sich, was für Veränderungen Etan wohl vorschwebten.

Etan sah ihn lächelnd an. »Spitzengardinen vor den Fenstern und geblümte Tapeten«, sagte sie lächelnd, als hätte sie seine Gedanken erraten.

»Nur über meine Leiche«, protestierte Fitzduane.

»Ich glaube, ich muß jetzt gehen«, sagte Murrough, blieb jedoch sitzen. Mit seiner Bemerkung hatte er das Gespräch nur wieder auf ernsthaftere Themen bringen wollen. Fitzduane, der ihn genau kannte, fragte: »Was macht Ihnen zu schaffen, Murrough?«

Der antwortete nicht gleich. »Diese jungen Leute aus dem Internat, die einen alten Kult neu belebt haben, den man lieber für alle Zeiten vergessen sollte – was ist mit ihnen?«

»Der Direktor war zuerst ziemlich schockiert, aber dann hat er alles auf den jugendlichen Leichtsinn seiner Zöglinge geschoben. Er will nicht noch mehr Skandale, sondern die Angelegenheit am Ende des Schuljahrs auf seine Art regeln, wie er sagte. Er hat darum gebeten, die Angelegenheit einstweilen auf sich beruhen zu lassen, und die Polizei ist darauf eingegangen. Man hat zwar nicht herausfinden können, welche Schüler bei der schauerlichen Maskerade mitgemacht haben, aber niemand sollte so tun, als würde in den Wäldern dieser Insel ein Wolfsmensch sein Unwesen treiben.«

»Aber was ist mit unserer geköpften Ziege und den Spuren einer Opferhandlung?« fragte Murrough entrüstet. »Steckt dahinter nicht ein bißchen mehr als – wie hat sich der Direktor ausgedrückt – jugendlicher Übermut?«

»Allerdings«, gab Fitzduane zu, »nur kann man niemandem etwas beweisen, und außerdem will man nicht noch mehr Aufsehen erregen. Das Draker-College ist für unseren Landkreis eine gute Einnahmequelle. Sein Ruf hat in letzter Zeit erheblich gelitten, und ich glaube, daß die Polizei sich deshalb ein bißchen zurückhält.«

Murrough grübelte über das Gespräch nach, Etan war vor dem Kamin eingeschlafen. Nach einer Weile stand Murrough auf und sagte: »Die Sache ist also erledigt?«

Fitzduane starrte in die ersterbende Glut. Seine Unterhaltung mit Kilmara und seine bösen Vorahnungen schienen plötzlich in weite Ferne gerückt und gegenstandslos zu sein. Außerdem: Sie hatten schon über die Hälfte des Monats Mai hinter sich. Er beschloß, das Problem für eine Weile zu verdrängen und sich richtig auszuschlafen.

»Ja, hoffentlich«, antwortete er.

Botschafter Harrison Noble fand, daß sich die Dinge fabelhaft anließen.

Er streckte sich wohlig in seinem Bett aus und beglückwünschte sich selbst dazu, daß er eine so gemütliche und praktische Bleibe gefunden hatte: Er wohnte auf der Insel, nahe der Schule, die sein Sohn besuchte, die Hausherrin war eine ausgezeichnete Köchin, und ihr Mann, der Murrough hieß, war bereit, ihn in seinem Boot zu einer Angeltour mitzunehmen.

Kaum hatte Harrison Noble das Licht gelöscht, war er bereits eingenickt. Er schlief so tief und entspannt wie jemand, der mit sich und der Welt rundum zufrieden ist.

Obwohl sie ihre Instruktionen befolgt und die Pillen gegen Seekrankheit geschluckt hatten, wurde den meisten Passagieren an Bord der *Sabine* auf der Fahrt durch die Biskaya sterbensübel.

Ohne die übliche Ladung von 1400 Rindern und der entsprechenden Menge an Futter und Wasser schlingerte das Schiff unangenehm. Siebzig schwerbewaffnete Männer, die Kisten voll Munition, Sprengstoff, Boden-Luft-Raketen und mehrere Schlauchboote gaben keinen ausreichenden Ballast ab.

Die Klimaanlage wurde zum Glück ohne weiteres mit den Gerüchen und Ausdünstungen fertig. Als der Frachter sich der Südküste Irlands näherte, hatten sich die Passagiere längst von der Seekrankheit erholt. Sie machten sich daran, sorgfältig ihre Waffen zu putzen und gingen den Einsatzplan ein letztes Mal in allen Einzelheiten durch.

Für den Fall einer konkreten Bedrohung des Botschaftsgebäudes hatte der Kulturattaché den Vorsitz im Krisenstab, der die Sicherheitsmaßnahmen koordinieren sollte. Ein Diplomat, der sich im Dienst vor allem mit Fragen des Kulturaustauschs befaßte, zu Besuch weilende heimische Baseballteams betreute und die Anfragen und Gesuche von manchmal ziemlich schrulligen Gelehrten oder Autoren zu beantworten hatte, schien nicht gerade die geeignete Person für die Abwehr terroristischer Anschläge zu sein; doch zufällig war der amerikanische Kulturattaché in Dublin zugleich der ranghöchste CIA-Agent vor Ort, ein Mann, der in Lateinamerika einschlägige Erfahrungen gesammelt und manch heikle Situation gemeistert hatte.

Nach der letzten, ziemlich unangenehmen Erfahrung – sein aus Gründen der Sparsamkeit ungepanzerter Dienstwagen war in San Salvador von den Kugeln einer Maschinenpistole durchsiebt, der Chauffeur getötet worden – hatte der Attaché um Versetzung in ein weniger gefährliches Land gebeten und war nach Irland geschickt worden, um dort beim Golf sein Nervenkostüm zu restaurieren. Seine Erholung hatte gute Fortschritte gemacht, bis wegen des drohenden Anschlags auf die Dubliner Botschaft Alarm geschlagen wurde.

Seitdem saß der Attaché in seinem Büro herum, wischte sich den Angstschweiß von der Stirn, trank mehr, als für Leber und Karriere gut war und hoffte inständig, daß die optische und akustische Überwachungsanlage, die Kilmara zusätzlich angefordert hatte, einen Angriff auf die Botschaft rechtzeitig vereiteln würde. Am besten wäre es natürlich, wenn überhaupt kein Angriff stattfinden würde.

Für den Kulturattaché war das Warten eine Zerreißprobe, er fühlte sich schutzlos wie eine Schießbudenfigur. Er wußte, was passieren kann, wenn man dem Feind ins Visier gerät: Sein sterbender Chauffeur hatte in San Salvador die Hände gegen den Unterleib gepreßt, damit die Eingeweide nicht herausquollen.

Am nächsten Morgen sah das Wetter noch immer bedrohlich aus, doch es regnete zur Abwechslung einmal nicht. Fitzduane und Etan sattelten die Pferde und machten gemächlich einen Ritt über die Insel.

Das Gefühl der Erschöpfung, das Fitzduane seit seiner Rückkehr so zugesetzt hatte, schien sich endgültig verflüchtigt zu haben. Er empfand den Wind, der ihm ins Gesicht blies, als erfrischend und kräftigend.

Als sie schon fast wieder zu Hause waren, überkam Fitzduane jedoch eine Ahnung von kommendem Unheil, mit der er anfänglich nichts anzufangen wußte. Etan und er hatten sich entspannt über ihre gemeinsame Zukunft unterhalten, doch jetzt, als die Burg schon in Sicht war, verstummte er unversehens, und in seinem Kopf wirbelten Gedanken, Erinnerungen und Gesprächsfetzen durcheinander. Vergeblich versuchte er die Ursache seines beunruhigenden Gemütszustandes zu ermitteln.

Während der vergangenen beiden Tage war er zu müde gewesen, um klar zu denken und gleichzeitig auf seine Intuition zu hören. Er hatte alle Zweifel und bösen Vorahnungen verdrängt, aber jetzt vergegenwärtigte er sich alles, was gesagt worden war, und versuchte, es mit seinen eigenen Erfahrungen und Erkenntnissen in eine Beziehung zu bringen.

Abgesehen von dem im Computer gespeicherten Material war er, Fitzduane, einer der wenigen, die einigermaßen über den Henker Bescheid wußten. ›Kennen‹ war vielleicht nicht das richtige Wort, um sein Verhältnis zum Henker zu beschreiben, aber zweifellos hatte ihm der persönliche Kontakt mit dem Terroristen einen Einblick in dessen komplexen Charakter gewährt.

Der Henker tat selten etwas ohne eine bestimmte Absicht, mochte seine psychische und geistige Verfassung nach normalen Maßstäben auch ziemlich abstrus sein. Er war eine Spielernatur mit einer fein austarierten Tendenz zur Selbstzerstörung. Ein genialer Planer und Organisator, der über die seinen Zwecken überaus dienliche Fähigkeit verfügte, die Schachzüge des Gegners vorwegzunehmen. Er genoß es, die Gegenseite an der Nase herumzuführen und gerade so viele Spuren zu hinterlassen, daß seine Verfolger angespornt wurden. Gleichzeitig jedoch sorgte er dafür, daß sie immer ein wenig zu spät kamen. Er war ein Meister der Finten und der Täuschungsmanöver, und in diesem Punkt ähnelte er Kilmara. Mit reichhaltigen Mitteln ausgestattet, dachte und plante er in großem Maßstab. Henssen war mit Hilfe des BKA-Computers zu der Schlußfolgerung gelangt, daß der Henker nach der Abwicklung einzelner diverser Operationen ein grandioses Finale inszenieren würde.

War es denkbar, daß das Massaker in Balacs Studio Bestandteil eines vom Henker ausgetüftelten komplizierten Plans war? Und falls ja: Wozu der ganze Aufwand? Welches war das Hauptmotiv des Henkers, abgesehen von dem Lustgewinn, den er anscheinend daraus bezog, daß er das »System« austrickste? Politische Beweggründe waren jedenfalls nicht im Spiel. Der Henker spannte gern politisch engagierte Leute vor seinen Karren, hatte aber selber anscheinend nur ein einziges Ziel: Geld. Fitzduane bezweifelte, daß Geld für ihn einen Wert an sich darstellte. Vermutlich war es für ihn eine Art Maßstab für seine eigene Tüchtigkeit – und dann hatte Geld natürlich noch die praktische Eigenschaft, seinem Besitzer Macht und Handlungsfreiheit zu gewähren.

Ein immer wiederkehrendes Thema im Verhaltensmuster des Henkers – und ein schauriger Kontrapunkt zu seinem unbestreitbaren, wenn auch makabren Sinn für Humor – war die barbarische Grausamkeit. Dieser Mann genoß es anscheinend, anderen Menschen Schmerz und Leid zuzufügen. Man hätte meinen können, daß er sich für alle Qualen und Nöte rächte, die er in einer früheren Phase seines Lebens hatte durchmachen müssen.

Rache war zweifellos Teil seiner Motivation.

Aber der Henker war doch tot! Die Berner Kripo war kein

Verein von Amateuren. Das gesamte Haus des Henkers war mit äußerster Sorgfalt durchsucht worden. Man hatte eine Leiche gefunden und bei der Obduktion mit Sicherheit typisch schweizerische Sorgfalt walten lassen. Auch bei der Auswertung der zahnärztlichen Unterlagen war den Bernern wohl kein Irrtum unterlaufen. Doch waren diese Unterlagen tatsächlich die des Henkers? Für einen Menschen wie ihn, der sich so meisterhaft darauf verstand, die Identität zu wechseln, wäre es ein leichtes gewesen, die Unterlagen zu fälschen und die Leiche eines anderen Menschen für seine eigene auszugeben. War er also wieder einmal seiner Entlarvung zuvorgekommen und hatte er die Katastrophe nur inszeniert, um seine Verfolger erneut in eine Sackgasse zu locken?

Das Problem bestand darin, daß alle Beteiligten glauben wollten, der Henker sei tot. Sie waren müde und hatten es satt, sich mit dieser Angelegenheit herumzuschlagen – und sie hatten Angst. Der Henker hatte sich als undurchschaubarer, gefährlicher Gegner erwiesen. Falls er noch lebte, konnte er jederzeit zuschlagen. Das bedeutete, daß auch die Ehefrauen und Kinder ihres Lebens nicht mehr sicher wären. Ein Leben in ständiger Furcht erwartete sie. Aber was denke ich da, sagte sich Fitzduane. Der Mann ist tot! Man hatte ihn unter Einsatz aller erdenklichen Mittel zur Strecke gebracht. Kein einzelner Mensch konnte sich auf die Dauer gegen die geballte Macht der Polizei und des Staates behaupten.

Wirklich nicht?

Balacs Bild erstand vor Fitzduanes geistigem Auge, so scharf und klar, als stünde er ihm von Angesicht zu Angesicht gegenüber. Seine Augen funkelten amüsiert, seinen Mund umspielte ein Lächeln.

In diesem Augenblick verhärtete sich in Fitzduane der Verdacht zur Gewißheit, daß die Angelegenheit noch nicht ausgestanden war. Nein, der Henker war noch lebendig, verdammt lebendig sogar! Die Angst schüttelte Fitzduane wie ein heftiger Schmerz. Pooka wieherte und bockte instinktiv. Aus Fitzduanes Gesicht war alles Blut gewichen. Etan sah ihn fassungslos an. War er krank? Gottlob war es nicht mehr weit bis zur Burg.

Als sie gleich darauf in den Burghof ritten, erblickten sie Christian de Guevain, einen Bankier aus Paris, der sich wie Fitzduane für mittelalterliche Waffen interessierte und sich besonders gut mit Langbögen auskannte. Er stieg gerade aus einem Taxi, aus dem Angelruten und sonstige Gerätschaften herausragten. Als er Fitzduane und Etan erblickte, rief er ihnen einen Gruß zu, doch dann sah er Fitzduanes Gesicht und stutzte.

»Du hast mich doch eingeladen!« sagte er verwundert. »Hast du meinen Brief nicht erhalten? Gibt es ein Problem?«

Fitzduane zwang sich zu einem Lächeln. Er hatte Christians bevorstehenden Besuch total vergessen.

»Kein Problem«, sagte er. »Jedenfalls keins, daß mit dir zu tun hat.«

Er betrachtete Guevains Tweedjacke und -hut. Beide Kleidungsstücke waren über und über mit selbstgemachten Angelfliegen gespickt. Die grellbunten Federn ließen den Franzosen so aussehen, als wäre er von winzigen tropischen Vögeln bedeckt.

Botschaftsgebäude und die dazugehörenden Grundstücke werden von Gastländern als Territorium des betreffenden Landes betrachtet. Für alle Sicherheitsmaßnahmen bedeutete dies, daß die Zuständigkeit von Kilmaras Rangers an den Grundstücksgrenzen der US-Botschaft endete. Die Sicherheit im Innern war Aufgabe der Marines und anderer, dem Außenministerium der USA unterstellter Sicherheitskräfte.

Kilmara und sein Gesprächspartner von der CIA, der Kulturattaché, bedauerten angesichts der Verletzbarkeit des Gebäudes die unsinnige Teilung in zwei Zonen, doch weder der amerikanische Botschafter noch das irische Außenministerium hielten es für geraten, die diesbezüglichen Bestimmungen des Wiener Abkommens zu umgehen.

Sie konnten einen ersten Erfolg verbuchen, als der Inhaber einer Immobilienagentur, der auf Kilmaras Betreiben von der Polizei unter Druck gesetzt worden war, meldete, eine Wohnung, von der die amerikanische Botschaft zu überblicken war, sei für kurze Zeit an vier Japaner vermietet worden, die sich in Irland angeblich nach dem geeigneten Standort einer Fabrik für elektronische Bauteile umsehen wollten. Die vier hätten den Wunsch geäußert, sofort einzuziehen und anstandslos die von dem Immobilienagenten geforderte Vorauszahlung geleistet. Referenzen und weitere Unterlagen wollten sie später nachreichen.

Alle leerstehenden Wohnungen und nicht wenige der besetzten waren vorsorglich verwanzt worden. Die zentrale Empfangsstation hatte man in der Botschaft untergebracht, aber die gesamte optische und akustische Überwachung wurde vom Hauptquartier der Rangers in der Shrewsbury Road aus geleitet.

Die miniaturisierten Abhörvorrichtungen entsprachen dem neuesten Stand der Technik, und so war die Übertragungsqualität ausgezeichnet. Die sprachkundigen Rangers beherrschten zusammen achtzehn Sprachen – darunter Arabisch und Hebräisch, denn schließlich dienten irische Soldaten in der im Libanon stationierten UNO-Friedenstruppe –, aber leider konnte keiner Japanisch.

Zum Glück fiel Günther ein, daß einer der Marinesoldaten, mit denen er sich in der Botschaft unterhalten hatte, japanischer Herkunft war, was natürlich nicht zwangsläufig bedeutete, daß er Japanisch sprach.

Doch, er sprach Japanisch. Während Kilmara nun die schriftliche Übersetzung der abgehörten Gespräche las, kamen ihm allmählich Zweifel, ob er nicht ein wenig voreilig davon ausgegangen war, daß der Anschlag auf die Botschaft lediglich eine leere Drohung war, die von einer anderen Aktion ablenken sollte. So, wie es jetzt aussah, mußten sie sich tatsächlich auf ein Attentat gefaßt machen. In diesem Verdacht wurde er noch bestärkt, als am nächsten Tag eine größere Gruppe von Touristikexperten im nahe gelegenen Jurys Hotel abstieg. Diese Leute, zweiundsiebzig an der Zahl, stammten durch die Bank aus dem Nahen Osten.

Alle personellen Reserven wurden mobilisiert, freie Tage gestrichen. Kilmara sah sich vor die Frage gestellt, wann er zuschlagen sollte. Vielleicht habe ich Fitzduane unnötig Angst gemacht, sagte er sich, aber lieber übervorsichtig als tot.

Insgesamt fand er, daß er sich in letzter Zeit zu sehr vom Lauf der Dinge hatte ablenken lassen, statt gründlich nachzudenken und die Initiative zu ergreifen. Er lehnte sich in seinem Bürosessel zurück und machte sich daran, alle Fakten einer gründlichen Prüfung zu unterziehen. Eine halbe Stunde später war er froh, dies getan zu haben. Er schaltete seinen Computer ein und fing an, ein bißchen mit den vorhandenen Daten und Materialien zu jonglieren.

Am Nachmittag gab der Himmel jeglichen Versuch auf, seine Neutralität zu wahren, und ließ über der Westküste Irlands einen Teil der Wassermassen des Atlantischen Ozeans niedergehen.

Etan und Oona zerbrachen sich gemeinsam den Kopf darüber, wer wo und mit wem schlafen sollte, während Fitzduane sich in seinem Arbeitszimmer einschloß, um die Post der vergangenen beiden Monate zu durchforsten.

Es waren auch ein paar Briefe aus Bern dabei, nichts Besonderes, außer daß einer der Briefschreiber eine Broschüre des Fremdenverkehrsamtes beigelegt hatte, in der alle künftigen Veranstaltungen aufgeführt waren. Fitzduane blätterte achtlos in dem Heft und wurde sich mit einem Mal bewußt, daß er fast so etwas wie Heimweh nach Bern fühlte. Plötzlich fiel sein Blick auf eine unscheinbare Eintragung. Normalerweise hätte ihn die Mitteilung nicht mehr interessiert als eine gelehrte Abhandlung über das Fell der tibetischen Yaks, doch seine sich ständig steigernde innere Unruhe und das unablässige Nachdenken über den Henker bewirkten, daß in seinem Kopf plötzlich die Alarmglocken schrillten.

Er las, daß der 20. Mai, ein Mittwoch, in Bern zum »Geraniεntag« deklariert worden war. Alle braven Bürger der Stadt sollten ihre Häuser mit dieser speziellen Blume schmücken und Bern in ein rotes Blütenmeer verwandeln.

Das Datum für dieses Ereignis war zu auffällig, als daß es ein bloßer Zufall sein konnte, zudem paßte das bestens zum makabren Humor des Henkers.

Fitzduane packte das Funkgerät aus und rief Kilmara an. Die Übertragungsqualität war gut, aber man sagte ihm, der Colonel sei gerade nicht zu sprechen. Fitzduane unterließ es wohlweislich, seine Mutmaßungen über den Berner Geranientag durch einen Mittelsmann an Kilmara weiterreichen zu lassen. Man würde ihn nur für verrückt halten.

»Bitten Sie ihn, mich anzurufen«, sagte er. »Es ist dringend. Ende.«

Anschließend half Fitzduane den Frauen beim Bettenmachen.

Der Bär hatte vom Flughafen aus angerufen – er habe seine Krankenschwester mitgebracht und hoffe, sie sei Fitzduane willkommen. Andreas von Graffenlaub werde übrigens von seiner israelischen Freundin begleitet. Sie warteten noch auf Henssen, wollten in Dublin übernachten und am nächsten Morgen früh losfahren, um gegen Mittag auf der Insel einzutreffen.

Fitzduane fragte sich, ob er seinen Gästen klargemacht hatte, daß seine Burg vergleichsweise klein war. Wenn jetzt noch ein unerwarteter Gast auftauchte, würde er im Stall bei den Pferden schlafen müssen.

Der Abend ließ sich gut an, doch Fitzduane mochte sich noch so sehr anstrengen, er kam einfach nicht richtig in Fahrt.

Zwar lächelte und lachte er, wenn es von ihm erwartet wurde, ja er hieß seine Gäste sogar mit einer kleinen Ansprache willkommen, die beifällig aufgenommen wurde, doch er konnte Etan nichts vormachen. Sein Hinweis, er habe anscheinend die in der Schweiz gemachten Erlebnisse noch nicht ganz verdaut, stellte sie nicht rundum zufrieden. Zum Glück sorgte Harrison Noble, der zu ihrer Rechten saß, für Ablenkung, und dann war da noch Christian de Guevain, der mit ihr unverhohlen quer über den Tisch flirtete. Fitzduane blieb also eine Weile sich selbst überlassen und konnte ungestört seinen Gedanken nachhängen.

Nach dem Essen, als Likör serviert und die Anglergeschichten allmählich immer unglaubwürdiger wurden, entschuldigte sich Fitzduane und ging in sein Arbeitszimmer, um nochmals zu versuchen, Kilmara zu erreichen. Diesmal stellte man ihn sofort durch. Das Gespräch, das er dann mit Kilmara führte, war nicht geeignet, um seine Befürchtungen zu zerstreuen.

Er saß vor dem Kamin und starrte unverwandt ins Feuer, als Etan eintrat. Sie setzte sich neben ihn auf den Fußboden, blickte zu ihm auf und sagte: »Erzähl mir, was los ist.«

Er sagte ihr alles, restlos alles, und als er fertig war, sah Etan ihn stumm und zutiefst beunruhigt an.

Fitzduane schlief unruhig und stand im Morgengrauen auf.

Mehrere Stunden lang ritt er kreuz und quer über die Insel. Sein

Blick glitt fragend über die Landschaft, als könnte sie ihm verraten, was der Henker vorhatte. Ringsherum bot sich ihm ein Bild idyllischen Friedens. Einen Augenblick lang kam ihm der Verdacht, daß die mittlerweile übermächtige Ahnung kommenden Unheils vielleicht doch gänzlich gegenstandslos war.

Der morgendliche Dunst löste sich unter der wärmenden Sonne auf. Dies versprach ein besonders schöner Tag zu werden. Am Himmel war keine einzige Wolke zu sehen, der starke Westwind hatte nachgelassen. Es wehte nur noch eine sanfte Brise. Die Luft war nach dem Regen klar und köstlich kühl. Insekten summten und Vogelrufe waren zu hören. Angesichts von soviel ländlicher Beschaulichkeit fiel es Fitzduane schwer, seiner Phantasie freien Lauf zu lassen und sich in den Henker hineinzuversetzen, um zu erraten, was er im Schilde führte.

Zweifellos gab das Draker-College für den Henker ein lohnendes Ziel ab, und wenn man seine besonderen Vorlieben berücksichtigte, drängte sich die Vermutung geradezu auf, daß er eine Entführung plante. Zweifellos war ihm bekannt, daß die Familien vieler Schüler reich genug waren, um eine mit großem Aufwand durchgeführte Aktion rentabel erscheinen zu lassen.

Im College hatte man ein paar Sicherheitsmaßnahmen ergriffen. Kilmara hatte diskret seine Beziehungen spielen lassen und bewirkt, daß sechs Polizisten in Zivil mit dem Schutz des Internats beauftragt worden waren. Man hatte sie im Hauptgebäude untergebracht, und es war damit zu rechnen, daß sie mit jeder eventuellen Bedrohung fertig würden, zumindest solange, bis Hilfe von außen kam. Die Achillesferse des ganzen Arrangements bestand natürlich darin, daß es ziemlich lange dauern würde, nämlich mehrere Stunden, bis diese Hilfe vom Festland aus eintreffen würde. Fitzduanes Insel gehörte zu den entlegensten und am schwersten zu erreichenden Orten des Landes. Die örtliche Polizei würde vielleicht schneller eintreffen, aber was sie gegen bis an die Zähne bewaffnete Terroristen ausrichten konnte, stand auf einem anderen Blatt.

Wenn die Eltern so reich waren, hatte Fitzduane zu Kilmara gesagt, konnten sie doch zusätzliche Sicherheitsmaßnahmen finanzieren. Mit dieser unüberlegten Bemerkung hatte er sich zweifellos ein bißchen vergaloppiert. Falls die Eltern auch nur den leisesten Verdacht schöpften, daß ihren Sprößlingen Gefahr drohte, erklärte Kilmara ihm, würden alle Schüler ruckzuck zurück zu Mami und Papi in Saudiarabien, Dubai oder Tokio fliegen. Keine Schüler bedeutete kein College, und kein College bedeutete kein Geld in der Gemeindekasse. Solange es keine handfesten Beweise für eine drohende Entführung gab, sei es besser, den Mund zu halten. Also Schwamm drüber.

Das Meer, so oft grau und bedrohlich, zeigte heute sein heiterstes Gesicht. Es war von geradezu mediterranem Blau, aber Fitzduane ließ sich davon nicht täuschen. Er wußte, daß die Fluten des Atlantiks sogar um diese Jahreszeit alles andere als warm waren: Das Thermometer hätte nur wenige Grad über dem Gefrierpunkt angezeigt.

»Der ganze Friede ist nur Augenwischerei«, sagte er zu Pooka. »Die Frage ist nur, wann die Bombe hochgeht.« Die Stute ließ sich zu keinem Kommentar herbei, sondern rupfte teilnahmslos an einem Grasbüschel.

Eine dünne Rauchfahne, die aus dem Kamin von Murroughs Kate aufstieg, erregte seine Aufmerksamkeit. Er überredete Pooka, den morgendlichen Imbiß zu unterbrechen, und hielt in leichtem Galopp auf das kleine Haus zu. Murrough stand in der offenen Tür. Fitzduane konnte schon von weitem die Rühreier mit Speck riechen. Schlagartig verspürte er einen Bärenhunger.

»Sie sind heute früh auf den Beinen«, meinte Murrough. »Was ist los? Hat Etan Sie vor die Tür gesetzt?«

Oona blickte ihrem Mann über die Schulter. »Guten Morgen, Hugo«, sagte sie. »Hören Sie nicht auf meinen Mann, er hat kein Taktgefühl. Kommen Sie rein und frühstücken Sie mit uns.«

Fitzduane stieg ab. »Ich lasse mich nicht zweimal bitten«, sagte er. »Geben Sie mir nur noch eine Minute. Ich muß Ihren Mann was fragen. Vielleicht kann er mir auf die Sprünge helfen.«

Oona lächelte spöttisch. »Na, dann mal viel Glück«, sagte sie über die Schulter und verschwand in der Küche.

Murrough trat ins Sonnenlicht hinaus. »Ich glaube, ich träume«, sagte er. »Keine einzige Wolke am Himmel!«

»Murrough«, sagte Fitzduane, »als Sie mir gestern abend die

neuesten Klatschgeschichten aus der Gegend erzählt haben, erwähnten Sie auch, daß hier vor kurzem ein Flugzeug gelandet ist. Ich hab gestern wohl nicht richtig hingehört und frage mich jetzt, ob ich Sie richtig verstanden habe. Ist die Maschine hier auf der Insel oder drüben auf dem Festland gelandet?«

Murrough füllte seine Lungen mit der frischen Morgenluft und ließ wohlgefällig seine Hosenträger schnalzen. »Oh, nicht auf dem Festland«, sagte er. »Der Bursche am Steuerknüppel hat die Kiste hier auf der Insel runtergebracht, genau gesagt drüben auf der Zufahrtsstraße zum College.«

»Ich dachte, die sei zu kurz«, sagte Fitzduane. »Und zu rumpelig.«

»Rumpelig oder nicht, der Bursche ist gelandet, sogar ein paarmal. Ich bin hingegangen und hab mich mit ihm unterhalten. Für einen Ausländer war er ziemlich nett. Er hatte zwei Passagiere an Bord, angeblich Verwandte von einem Schüler.«

»Erinnern Sie sich an den Namen des Schülers?« fragte Fitzduane.

Murrough schüttelte den Kopf.

»Was für ein Flugzeug war es?«

»Eine ziemlich kleine Kiste, aber mit zwei Motoren. Viereckig wie ein Karton. Wie die Flugzeuge, die zu den Araninseln rüberfliegen.«

»Aha, eine Britten-Norman Islander«, meinte Fitzduane. »Eine Kreuzung zwischen einem fliegenden Lieferwagen und einem Jeep. Schätze, daß ein guter Pilot so eine Maschine hier tatsächlich heil runterbringt. Sie braucht nur ein paar hundert Meter einigermaßen ebene Landebahn, bei Gegenwind sogar weniger.«

»Was ist daran so interessant?« wollte Murrough wissen.

»Das sage ich Ihnen nach dem Frühstück. Ich will Ihnen nicht den Appetit verderben.« Er betrat nach Murrough die Kate. Harry Noble saß an dem Tisch aus Kiefernholz, die Hände um eine große Tasse Tee geschlossen.

»Guten Morgen, Herr Botschafter«, sagte Fitzduane.

Dem Amerikaner klappte das Kinn herunter. »Woher zum Teufel wissen Sie das?« fragte er verblüfft.

Fitzduane nahm Platz und sah hocherfreut zu, wie Oona ihm

Tee einschenkte. »Ich bin mit ein paar hohen Tieren befreundet«, sagte er.

Botschafter Noble schüttelte düster den Kopf. Es war so schön gewesen, inkognito unterwegs zu sein! Jetzt mußte er jederzeit damit rechnen, daß ein paar Beamte der US-Botschaft an Fallschirmen vom Himmel heruntergesegelt kamen. Aus einer gemütlichen Angelpartie wurde wohl nichts.

»Ich möchte Sie um einen kleinen Gedankenaustausch bitten«, sagte Fitzduane. »Leider gehört das, was ich Ihnen zu sagen habe, bestimmt nicht zu den angenehmsten Dingen, die Sie zu Ohren bekommen haben.«

Oona servierte das Frühstück. »Erst wird gegessen«, bestimmte sie. »Die Sorgen können warten.«

Sie machten sich über das Rührei her. Dann sagte Fitzduane, was er auf dem Herzen hatte.

»Hmm«, machte der Botschafter, als Fitzduane fertig war. »Können Sie es vertragen, daß ich kein Blatt vor den Mund nehme?«

»Oh, natürlich«, antwortete Fitzduane.

»Eine Menge Gefühle, die aus dem Bauch kommen, aber wenige Fakten«, sagte der Botschafter. »Sie haben die zuständigen Behörden Ihres Landes über Ihren Verdacht informiert, und mehr kann man im Moment nicht tun. Meiner Ansicht nach ist es höchst unwahrscheinlich, daß etwas passiert. Nach dem, was Sie in der Schweiz erlebt haben, sind Ihre Nerven wahrscheinlich ein bißchen angegriffen.«

Fitzduane nickte. »Das wäre eine verständliche Reaktion«, sagte er. »Ich verlasse mich meist auf meine Eingebung, und sie hat mich bisher so gut wie nie im Stich gelassen.«

Murrough ging zu einem Schrank und entnahm ihm ein Gewehr mit einem starken Zielfernrohr. Es war die Scharfschützenversion der Lee-Enfield Mark IV Kaliber .303. Das Basismodell war bis Anfang der sechziger Jahre wichtigste Waffe der irischen Armee gewesen und dann durch die FN ersetzt worden. Fitzduane kannte das Gewehr von den Kämpfen im Kongo. Er nahm es Murrough aus der Hand und zerlegte es mit geübten Bewegungen. Noble entging nicht, daß er dabei nicht hinschaute, so gut saß jeder Griff.

»Mr. Noble«, sagte Murrough, »manchmal spürt man, daß etwas in der Luft liegt, ohne zu wissen, was.« Er wies auf Fitzduane. »Ich kenne diesen Mann schon wer weiß wie lange und habe an seiner Seite gekämpft – Gott sei Dank. Seitdem weiß ich, daß es sich lohnt, auf ihn zu hören. Gut möglich, daß ich sonst nicht mehr am Leben wäre.«

Der Botschafter betrachtete ausgiebig Murroughs von Wind und Wetter gegerbtes Gesicht. »Nur ein Dummkopf ignoriert die Ratschläge alter Hasen«, sagte er lächelnd. Murrough grinste erfreut. »Irgendwelche Vorschläge, wie es weitergehen soll?«

»Ja, ein paar.«

Der Bär konnte nicht leugnen, daß seine erste Reaktion auf Irland nicht gerade positiv war, um es vorsichtig auszudrücken. Das graue Wetter verstärkte noch den ungünstigen Eindruck, den das Land auf ihn machte. Aber auch ohne Tief, den eisigen Wind und den bleigrauen Himmel – in der Schweiz war es beim Abflug warm und sonnig gewesen – hätte ihm selbst der wohlwollendste Besucher beigepflichtet, daß die Stadt Dublin (mehr hatte er bisher von Irland nicht kennengelernt) irgendwie – er suchte nach dem richtigen Wort – schmuddelig wirkte.

Andererseits gingen von der Stadt eine Vitalität und ein Schwung aus, nach dem man sich in Bern vergeblich umgesehen hätte. Die Straßen waren voll von jungen Leuten, die keß, unternehmungslustig und lebensfroh wirkten. Jeder Winkel roch geradezu nach einer langen, bewegten Geschichte und alten Traditionen. An den Fassaden einiger älterer Gebäude waren noch die Einschußlöcher aus der Zeit des Aufstandes gegen die Briten im Jahr 1916 zu sehen.

Am ersten Abend gingen sie aus. Im Restaurant wurden sie etwas schleppend, aber freundlich bedient. Sie aßen ein ausgezeichnetes Fischgericht, hörten Musik, die in ihnen bisher ungekannte Empfindungen auslöste, und tranken viel zuviel dunkles Bier und Irish Coffee.

Mitternacht war längst vorbei, als sie ins Bett fielen. Um acht Uhr morgens gab es Frühstück.

Der Bär fühlte sich nach dem Aufstehen ziemlich wirr im Kopf und fragte sich besorgt, wie ihm wohl die beiden Wochen in Irland bekommen würden. Die anderen meinten, sie hätten sich so gut amüsiert wie seit Jahren nicht mehr. Alles sei hier total anders als in der Schweiz.

Als sie mehrere Stunden später die Insel erreichten, hielten sie an der Brücke an, um einen Blick in die Tiefe zu werfen, wo der Atlantik an der Steilküste nagte. Vor ihnen hob sich in der Ferne Fitzduanes Burg wie ein Scherenschnitt vor dem blauen Himmel und dem schimmernden Ozean ab.

»Unglaublich!« sagte der Bär, als sie aus dem Wagen stiegen und von Fitzduane empfangen wurden.

Der Hausherr grinste. »Warte nur ab, bis du dich hier richtig umgesehen hast.«

»Ich habe gerade überlegt«, sagte Henssen, »daß wir eigentlich gar nichts zu unternehmen brauchen, wenn der Henker auftaucht. Es gibt zwei günstige Umstände: Er hat es nicht auf uns abgesehen, und wir haben eine Burg, in der wir uns verschanzen können. Wir brauchen nur das Fallgitter runterzulassen, uns hinzusetzen und Schnaps zu trinken, bis Hilfe eintrifft.«

»Typisch deutsche Zaungastmentalität!« empörte sich der Bär. »Wollen Sie etwa ein ganzes Haus voll Kindern einem skrupellosen Bastard wie dem Henker ausliefern? Ich bitte Sie! Das kann nicht Ihr Ernst sein.«

»Ausgerechnet Sie müssen mich einen Zaungast nennen!« erwiderte Henssen unbeeindruckt, »was habt Ihr Schweizer die letzten fünfhundert Jahre denn anderes getan, als in schlechten Zeiten zuzuschauen, Toblerone zu knabbern und anschließend die Leichen zu fleddern?«

»Beruhigt euch, ihr beiden!« mischte sich Fitzduane ein. »Vielleicht ist es nur ein Fehlalarm.« Die kleine Gruppe schwieg. Sie saßen an dem riesigen Eichentisch im Rittersaal. Das Möbel war Jahrhunderte alt, und an seiner stark nachgedunkelten Platte hätten dreimal so viele Gäste Platz gefunden wie das Dutzend, das jetzt dort saß. Alle Augen waren auf Fitzduane gerichtet. »Ich habe da nur ein ungutes Gefühl im Bauch«, sagte er.

Der Botschafter ergriff das Wort. Er hatte seinen Sohn Dick zum Mittagessen mitgebracht und wollte ihn erst wieder im College abliefern, nachdem sich die verworrene Situation geklärt hatte. Die anderen fragten sich insgeheim, ob er vielleicht auch auf der Abschußliste des Henkers stand. Schließlich leitete er im Außenministerium die für die Terrorismusbekämpfung zuständige Dienststelle und würde also eine gute Trophäe an der Wohnzimmerwand des Henkers abgeben.

Er räusperte sich. »Als Außenstehender muß ich sagen, daß mich die vorhandenen Fakten und Argumente nicht überzeugen.« Einige der anderen protestierten vernehmlich. Harrison hob die Hand. »Aber die meisten von Ihnen kennen den Hausherrn besser als ich und verlassen sich auf seine Intuition. Deshalb sage ich: Wir sitzen alle in einem Boot und müssen gemeinsam tun, was in unseren Kräften steht. Lieber auf Nummer Sicher gehen, als sich totschießen zu lassen.« Er blickte in die Runde. Mehrere Köpfe nickten zustimmend. »Jetzt müssen wir noch festlegen, was jeder von uns tun soll«, schloß er.

»Moment mal«, meldete sich der Bär, »für demokratische Sandkastenspiele ist dies nicht der richtige Augenblick. Wir sind hier in Fitzduanes Burg auf Fitzduanes Insel, und Fitzduane kennt den Henker am besten. Er soll entscheiden, wie es weitergeht.«

»Klingt vernünftig«, meinte Henssen.

»Ich glaube, Sie sind gewählt«, sagte der Botschafter zu Fitzduane, und die anderen murmelten beifällig.

Fitzduane stand auf und ging zu einer Schießscharte. Das schmale Fenster, das nachträglich eingebaut worden war, stand offen. Von der See her blies ihm eine frische Brise ins Gesicht.

Weit draußen erblickte er ein Schiff. Es war ein kleiner Frachter, vielleicht einer von diesen Viehtransportern, und er hielt anscheinend auf die Landzunge zu, auf denen das Draker College stand. Das Wetter war noch immer prächtig. Am liebsten wäre Fitzduane jetzt mit Pooka über die Insel geritten und hätte die warme Sonne auf der Haut und den Wind im Gesicht gespürt, statt sich innerlich auf das gefaßt zu machen, was auf sie zukam. Er ging zum Tisch zurück. Etan lächelte ihm zu. Er lächelte zurück.

»Bevor wir uns mit Einzelheiten befassen, muß ein Punkt geklärt werden«, sagte er zu der kleinen Gruppe. »Ich kann euch nur sagen, was ich fühle, und ich habe das Gefühl, daß etwas Schlimmes auf uns zukommt.« Sein Blick wanderte von einem zum anderen. »Es könnte sein, daß ein paar von uns umkommen. Noch ist Zeit, sich in Sicherheit zu bringen.«

Niemand rührte sich. Fitzduane wartete eine Weile ab, dann sagte er: »Also gut, meine Freunde, dann werde ich euch jetzt erklären, was wir tun werden.« Bevor er weiterredete, warf er einen Blick auf die Uhr. Es war siebzehn Minuten nach drei.

Kapitel 25

An Bord der Sabine – 15 Uhr 23

Obwohl es ihn Mühe kostete, hielt Kadar das Klemmbrett mit der linken Hand fest, als wollte er sich selbst demonstrieren, daß die Hand noch intakt war. Der Schmerz war durchaus erträglich, und die Wunde heilte zufriedenstellend. Das Problem war das psychische Trauma. Er hatte ein Teil seines Körpers verloren, und die Folge war ein Gefühl der Verletzbarkeit, das ihn auch im Wachzustand unterschwellig quälte.

Schuld an allem war der Ire. Eine Kugel aus Fitzduanes Pistole hatte ganz zum Schluß, als im Studio die Hölle losbrach, seine perfekt vorbereitete Flucht fast vereitelt. Das Geschoß hatte den linken Mittelhandknochen zertrümmert und den Finger abgerissen, so daß unterhalb des Knöchels nur ein paar Splitter übrig geblieben waren. Zu Kadars Überraschung hatte er anfänglich keinen Schmerz verspürt. Problemlos hatte er sich wie geplant vom Schauplatz des Geschehens absetzen können und dann sogar mit dem gewohnten Tempo die Reißverschlüsse, Riemen und Schnallen von Taucheranzug und Atemgerät schließen und festziehen können.

Der Schmerz hatte ihn erst wie ein Schlag getroffen, als er von der verborgen angebrachten Rutsche in die eisigen Wasser der Aare katapultiert wurde. Es war so schlimm gewesen, daß er laut geschrien und sich in die unverrückbar an seinen Kopf festgeschnallte Tauchermaske übergeben hatte, ein ekelhaft klaustrophobisches Erlebnis, daß ihn noch jetzt erschauern ließ, wenn er daran zurückdachte.

Fitzduane: Er hätte sich den verdammten Iren gleich am Anfang vom Hals schaffen sollen, statt ihn Erika zu überlassen. Doch wenn er ehrlich zu sich selbst war, traf die Schuld nicht allein Erika. Er, Kadar, hatte Fitzduane gemocht und ihn irgendwie faszinierend gefunden. Das war ihn teuer zu stehen gekommen. Er würde künftig der noblen Seite seines eigenen Charakters nicht mehr nachgeben. Sie hatte ihn einen Finger gekostet.

Kadar warf einen Blick auf die Wanduhr. Das Gehäuse aus poliertem Messing war alt, der Mechanismus dagegen modern – ein typisches Beispiel dafür, wie sorgfältig der Frachter umgerüstet worden war.

Das Schiff war für den Plan perfekt geeignet. Äußerlich unauffällig, war es im Inneren sauber und bequem. Überrascht und erleichtert hatte Kadar das Fehlen übler Gerüche vermerkt. Offensichtlich reiste modernes Vieh äußerst hygienisch und bequem – um dann allerdings bald nach der Ankunft in Libyen rituell geschlachtet zu werden, indem man ihm seelenruhig die Kehle durchschnitt. Die Parallelen zu seinem eigenen Unternehmen drängten sich Kadar geradezu auf: Auch seinen Geiseln würde es nicht an Platz und frischer Luft mangeln. Von drangvoller Enge, wie sie in entführten Flugzeugen herrschte, von abgestandener Luft, blockierten Toiletten und mangelndem Platz, um die Beine auszustrecken, konnte hier an Bord nicht die Rede sein. Nein, die *Sabine*, mit ihrer ausgezeichneten Klimaanlage und den geräumigen Verschlägen für das Vieh im Laderaum, war für eine Massenentführung geradezu maßgeschneidert. Notfalls würde sie sich genau so gut für eine Massenexekution eignen.

Die Operation Geranie war der größte und ehrgeizigste Plan, den Kadar jemals ersonnen hatte. Er wollte diese Phase seiner erfolgreichen Laufbahn mit einem Knalleffekt abschließen. Die Experten für Terrorismusbekämpfung würden überall in der Welt reichlich Stoff zum Nachdenken haben, nachdem sich seine Pioniertat herumgesprochen hätte.

Kadar genoß das Pläneschmieden, doch die kurze Ruhe vor dem

Sturm nach Abschluß aller Vorbereitungen verschaffte ihm den köstlichsten Nervenkitzel. Dann sonnte er sich in dem Gefühl, gute Arbeit geleistet zu haben, und zitterte innerlich in Erwartung des Kommenden.

Der Haken bei den meisten Entführungen mit zahlreichen Geiseln bestand darin, daß die Terroristen die Sache von Anfang an falsch einfädelten und rasch die Kontrolle verloren. Im allgemeinen operierten sie in viel zu kleinen Gruppen. Selbst in einem engen Flugzeug fällt es einem halben Dutzend Fanatikern schwer, Hunderte von Passagieren über einen längeren Zeitraum unter Kontrolle zu behalten. Auch Terroristen müssen ab und zu etwas essen, ein bißchen schlafen und hin und wieder die Toilette aufsuchen. Jede Ablenkung ist riskant. Man schaut sich die hübschen Frauen in der Maschine ein bißchen zu genau an, da fliegen einem plötzlich Blendgranaten und andere Feuerwerkskörper um die Ohren, und peng! ist die Terroristenszene um ein paar Märtyrer reicher. Aus Kadars Sicht war ein solches Vorgehen Pfuscherei. Das Argument, auch eine mißglückte Entführung sei wegen des öffentlichen Aufsehens nützlich, überzeugte ihn nicht im geringsten.

Ein anderes Handicap der meisten Entführer besteht darin, daß sie sich zumeist mit leicht zu versteckenden Waffen zufriedengeben müssen, also unzureichend ausgerüstet sind, während ihre Gegner, die Polizei und die Sturmtrupps spezieller Antiterrorismuseinheiten über ein umfangreiches Arsenal von Waffen und Fernmeldeeinrichtungen verfügen. Seit geraumer Zeit hatte sich das Kräfteverhältnis immer mehr zuungunsten der Terroristen entwickelt. Terrorismusbekämpfung war zu einem Gewerbezweig geworden.

Abgesehen vom Personalproblem und der unzureichenden Feuerkraft hatte die von Terroristen üblicherweise bei Entführungen angewandte Taktik einen besonders schwerwiegenden Makel: Nachdem der eigentliche Anschlag ausgeführt war, hing der weitere Ablauf des Geschehens fast ausschließlich von der Gegenseite ab. Die Entführer waren zum Abwarten verdammt und schwitzten Blut und Wasser, während der Gegner auf Zeitgewinn spielte und eine Hinhaltetaktik verfolgte. Die Terroristen konnten nur eines tun: Geiseln ermorden, um ihre grimmige Entschlossenheit zu demonstrieren, doch dadurch bewirkten sie erfahrungsgemäß nur, daß ihre Belagerer ohne Rücksicht auf Verluste zum Sturmangriff ansetzten. Bisher war dieser in den meisten Fällen erfolgreich gewesen, und die Angreifer hatten nur geringe Verluste hinnehmen müssen.

Zu guter Letzt gab es dann noch das Problem, daß die Terroristen oft nicht zu wissen schienen, was sie erreichen wollten, oder daß ihre Forderungen zu hoch geschraubt oder aus politischen Gründen inakzeptabel waren. Manchmal traf beides zu. Als Profi und Harvard-Absolvent hatte Kadar dafür kein Verständnis.

Alles in allem war die Bilanz, was Entführungen anging, nicht erfreulich, es sei denn, man hatte es vor allem darauf angelegt, weltweites Aufsehen zu erregen. Kadar ging es in erster Linie um Geld, wenngleich er es nicht ungern sah, daß sich die Massenmedien mit ihm befaßten. So hatte er sich über die vielen Nachrufe nach seinem angeblichen Tod geradezu diebisch gefreut.

Aus seiner Sicht war es Zeit, bei Entführungen gänzlich neue Methoden anzuwenden, und genau dies gedachte er bei der Operation Geranie zu tun.

Fitzduanes Burg – 15 Uhr 55

Fitzduane hatte die mit der Sicherung des Draker-Colleges beauftragten Polizeibeamten in Zivil angerufen und für alle Fälle auch mit dem Direktor gesprochen. Dieser hatte sich seine Befürchtungen höflich angehört, jedoch kaum einen Hehl daraus gemacht, daß er sie nicht ernst nahm. Fitzduane brauchte kein Hellseher zu sein, um zu merken, daß er seine Zeit vergeudete. Die Sonne lachte noch immer am wolkenlosen Himmel und machte die Vorstellung, daß diesem idyllischen Ort eine ernste Gefahr drohte, nur noch unglaubwürdiger.

Sergeant Tommy Keane von der Polizeiwache drüben auf dem Festland war mit seinem Fahrrad aufgetaucht. In einem Gespräch unter vier Augen konnte Fitzduane ihn dazu überreden, während der nächsten Stunden auf der Insel zu bleiben. Zum Angeln ist es sowieso zu warm, sagte sich Keane. Das konnte bis zum Abend warten. In der Zwischenzeit war es vielleicht keine schlechte Idee, seinen exzentrischen Freund Fitzduane im Auge zu behalten – und ihn vielleicht vor Kummer zu bewahren.

Fitzduanes kleine Truppe war nun also zwölf Mann stark. Zehn, Fitzduane eingeschlossen, versammelten sich im Rittersaal, während Murrough und dessen Frau auf dem zinnenbewehrten Turm in Stellung gingen. Durch ihre starken Ferngläser konnten sie die Brücke und den größten Teil der Insel beobachten. Die Sichtverhältnisse waren ausgezeichnet, bis sich ein feiner Dunstschleier bildete, der die Dinge in größerer Entfernung verschwimmen ließ.

Fitzduane ergriff das Wort: »Unser vorrangiges Ziel ist die Sicherung der Burg. Deshalb werde ich euch nachher ein bißchen herumführen, damit Ihr euch mit den Örtlichkeiten vertraut machen könnt. Jetzt will ich euch erst einmal erklären, welche Verteidigungsmaßnahmen wir ergreifen können.«

Er drehte sich zu einer Staffelei um, auf die er eine Holzplatte mit dem darauf gemalten Plan der Burg gestellt hatte. Der Plan war vor drei Jahrhunderten gemalt worden, und so waren die Farben entsprechend verblaßt. Einen Moment lang mußte er daran denken, wie oft sich wohl seine Vorfahren in diesem Saal versammelt hatten, um eine drohende Gefahr abzuwenden. Meistens war ihnen dies durch Verhandlungen gelungen. Fitzduane bezweifelte, daß auch ihm dies an diesem Tag gelingen könnte.

»Wie ihr seht«, sagte er, »steht die Burg auf einem niedrigen Felsvorsprung, der ins Meer hinausragt. Diese Lage schützt das Gebäude zwar nicht gegen einzelne gut ausgebildete Angreifer von der Seeseite her; doch der Felsen ist steil und auch bei Ebbe glitschig, weil er von Algen bewachsen ist; deshalb muß eine Attacke größeren Stils zwangsläufig von der Landseite her erfolgen.

Wenn ich Burg sage, meine ich übrigens das gesamte von einer Mauer umschlossene Areal, aber die Burg selbst besteht natürlich aus unterschiedlichen Bauteilen, die aus verschiedenen Epochen stammen. Am ältesten ist der sechzig Fuß hohe steinerne Turm, das Herzstück der Burg. Eine Wendeltreppe führt durch fünf übereinanderliegende, mit Schießscharten versehene Räume zu einer von Zinnen umgebenen Plattform.

An den Turm grenzt das langgestreckte, rechteckige Gebäude

an, in dem wir uns gerade befinden. Es wird das große Haus genannt und ist durch eine Tür mit dem zweiten Stockwerk des Turms verbunden. Dieser Teil der Burg wurde in einer Zeit gebaut, als es in unserem Land ein bißchen zivilisierter zuging, man aber trotzdem weiterhin auf der Hut sein mußte. Das große Haus ist dreistöckig und hat ein Giebeldach. Das Obergeschoß besteht aus diesem Saal und der Küche, darunter gibt es mehrere Schlafzimmer, und im Erdgeschoß befinden sich die Lagerräume und Gerätekammern. Die seeseitige Außenmauer ist Teil der Befestigungsanlage und kann von den oberen Räumen des Turms aus gut überblickt werden. Allerdings gibt es in diesem Bereich keinen durch Zinnen geschützten Wehrgang, so daß das Giebeldach anfällig gegen Brandgeschosse ist.

Der Rest der Burg besteht aus dem von einer zwanzig Fuß hohen Mauer umschlossenen Hof. Unter dem Wehrgang der Mauer befinden sich die Bäckerei, die Stallungen und andere Wirtschaftsräume. Den Schwachpunkt dieser äußeren Befestigung bildet natürlich das Haupttor, und um es besser verteidigen zu können, hat man über dem Tor einen gedrungenen, viereckigen Turm errichtet. Das Fallgitter ist noch dasselbe wie früher.«

»Wie funktioniert das Fallgitter?« fragte Andreas von Graffenlaubs israelische Freundin.

Fitzduane hatte inzwischen erfahren, daß ihre Familie vor der Emigration nach Israel der jüdischen Gemeinde von Dublin angehört hatte. Sie hieß Judith Newman, und ihr Aussehen bekräftigte den Slogan *Make love not war.* Auf die Kunde von einem eventuell drohenden terroristischen Anschlag hatte sie gelassen reagiert. Was Wunder: sie kam aus einem Kibbuz nahe der syrischen Grenze.

»Das gitterförmige eiserne Tor wird hochgezogen, um den Durchlaß freizugeben. Wenn sich jemand mit unfreundlichen Absichten nähert, läßt man es einfach herunterfallen. Unten hat es lanzenförmige Spitzen. Jemand, der sich zum falschen Zeitpunkt darunter befindet, hat also nichts zu lachen. Früher wurde es mit Muskelkraft hochgehievt, aber die große Seilwinde ist durch einen Elektromotor ersetzt worden.«

»Man kann durch das Gitter hindurchsehen«, sagte Judith. »Warum hat man kein solides Tor gebaut?«

»Weil man auf diese Weise hindurchschießen kann, aber das Gewicht hat auch eine Rolle gespielt, nehme ich an. Ein Tor dieser Größe aus einem Stück wäre mittels einer Winde wahrscheinlich nicht sehr leicht hochzukurbeln.«

»Der Burghof konnte also von außen unter Beschuß genommen werden?«

»Die meisten Geschosse prallten wohl an dem eisernen Gitter ab. Die Gitterstäbe sind zwei Zoll dick und vier Zoll auseinander. Aber Sie haben recht, wenn das innere Holztor zerstört wurde und nur das Fallgitter übrigblieb, war der Hof dem feindlichen Feuer ausgesetzt. Notfalls konnten sich die Verteidiger in den Wehrgang oder in das Tunnelsystem flüchten.«

»Tunnels?« fragte der Bär.

»Ja, Tunnels«, antwortete Fitzduane. »Sie sind einer der Gründe dafür, warum die Fitzduanes all die Jahrhunderte überdauert haben. Unter der Burg gibt es ein richtiges Netz von Tunnels.«

»Sie hätten Architekt werden und sich auf den Bau von Botschaften spezialisieren sollen«, meinte Botschafter Noble trocken.

An Bord der Sabine – 16 Uhr 30

Die Befehlshaber der drei Einheiten – ihre Decknamen waren Baudelaire entlehnt und lauteten Malabar, Ikarus und Phantom – betraten im Gänsemarsch den Raum und salutierten. Kadar legte Wert auf Gehorsam und respektvolle Distanz. Militärische Disziplin und professionelle Sachlichkeit waren zwei Dinge, die er besonders schätzte.

Zwei der Befehlshaber, nämlich Malabar und Ikarus, waren Araber. Sie trugen karierte Kopftücher und Kampfanzüge mit Tarnmuster. Der dritte, Phantom, stammte aus Sardinien und hieß in Wirklichkeit Giorgio Massana. Er steckte bereits in einem Taucheranzug.

»Rührt euch«, sagte Kadar. »Und nehmt Platz.«

Zum Quartier des Kapitäns gehörte auch ein kleiner Aufenthaltsraum. Die drei mit Munitionstaschen und anderen Ausrüstungsgegenständen beladenen Befehlshaber quetschten sich hinter den schmalen Tisch auf die Polsterbank. Erwartungsvoll sahen sie Kadar an. Er hatte sie schon gründlich eingewiesen, aber sie wußten, daß man bei ihm immer auf neue Informationen und Instruktionen gefaßt sein mußte. Er hatte etwas von einer sich häutenden Python.

Kadar tat so, als konsultiere er die auf seinem Klemmbrett befestigten Papiere, aber in Wahrheit wollte er nur einen plötzlichen, peinigenden Schmerz überspielen. Seine Linke steckte in einem Handschuh, der fehlende Finger war durch eine Prothese ersetzt worden. Kadar hatte die Operation Geranie mit Hilfe eines Computers ausgearbeitet. Das Resultat waren so viele Karten, Pläne und Merkblätter, daß sie ein ganzes Buch gefüllt hätten. Jetzt wollte er jedoch nur mit den drei Männern ein paar wichtige Punkte durchsprechen. Er fühlte sich wie ein Fußballtrainer vor einem entscheidenden Match. Eigentlich haßte er es, Schlachtreden zu halten, aber sie waren zweifellos wirkungsvoll.

Nach einem Blick auf die Uhr sagte er: »Um 17 Uhr 30 machen der Lehrkörper und das Personal des College Feierabend. Die Leute, die auf dem Festland, im Dorf oder in dessen Nähe wohnen, fahren in einem Minibus nach Hause. Spätestens um 17 Uhr 50 haben sie die Insel verlassen. Im College verbleiben, abgesehen von den 58 Schülern, turnusmäßig drei oder vier Aufseher zurück. Das vorbereitete Abendessen wird von den Schülern serviert.« Kadar lächelte. »Ach ja, und dann gibt es da noch eine sechsköpfige bewaffnete Wachmannschaft.«

Nach einer kurzen Pause fuhr er fort: »Der für unsere Zwecke entscheidende Zeitraum erstreckt sich von 17 Uhr 50 bis 22 Uhr. Zwar gibt es auch danach noch für kurze Zeit spärliches Tageslicht, aber ich habe es in meinen Plänen nur als Sicherheitsfaktor berücksichtigt. Unser Ziel ist es, die erste Phase des Unternehmens bis 22 Uhr abzuschließen. Um 18 Uhr versammeln sich die Schüler und die Aufseher routinemäßig zum Abendappell, wie sie es nennen. Kurz vorher sind folgende Maßnahmen zu ergreifen: Alle Verbindungen zwischen der Insel und dem Festland müssen abgeschnitten werden. Telefon- und Telexleitungen werden gekappt, die Brücke wird so gesprengt, daß es wie ein Unfall aussieht, alle Radios oder Funkgeräte werden zerstört. Eine kleine Schülergruppe unter Führung eines Erziehers – allesamt Mitglieder des Opferkults –«, wieder lächelte Kadar, »wird die Polizeibeamten in Zivil töten und die restlichen Schüler mit ihren Aufsehern in den Saal einsperren, in dem sie versammelt sind. Gleichzeitig landen Mitglieder von Phantoms Einheit in einer Pilatus Britten-Norman Islander, einem kleinen zweimotorigen Flugzeug, das nur eine kurze Start- und Landebahn benötigt, auf der Zufahrtsstraße zum College. Andere Mitglieder von Phantoms Einheit überfallen unterdessen Fitzduanes Burg und liquidieren die Bewohner. Sobald der Brückenkopf von Phantoms Einheit und unseren jungen Helfern gesichert ist, geht der Rest unserer Truppe, also Malabars und Ikarus' Einheiten, an Bord der schnellen Schlauchboote, landet wie geplant und geht weisungsgemäß in Stellung. Spätestens um 18 Uhr 30 müssen die Landung abgeschlossen und alle Objekte gesichert sein. Anders ausgedrückt: Wir müssen die gesamte Insel in unsere Gewalt gebracht haben, ohne daß man auf dem Festland etwas gemerkt hat. Um 19 Uhr startet das kleine Flugzeug, das mit zusätzlichen Treibstofftanks unter den Flügeln ausgerüstet ist und auf diese Weise einen Aktionsradius von 1500 Seemeilen hat, mit zwei besonders wichtigen Geiseln an Bord. Anschließend haben wir die ganze Nacht Zeit, um unsere Stellungen auszubauen. Besonders wichtig ist in diesem Zusammenhang, daß überall Sprengladungen in der Weise angebracht werden, daß bei einem Sturmangriff auf uns alle Geiseln mit Sicherheit umkommen würden. Da wir lediglich Geld fordern, also etwas, womit die Eltern der meisten Schüler reichlich gesegnet sind, wird man sich vor jedem übereilten Schritt hüten.«

Kadar unterbrach sich kurz und trank einen Schluck Mineralwasser.

»Über den Verbleib der beiden besonders wichtigen Geiseln werden wir uns natürlich ausschweigen – eine zusätzliche kleine Überraschung für unsere Freunde. Der Vater der beiden ist eine Schlüsselfigur bei den derzeitigen Friedensverhandlungen im Nahen Osten. Er ist mit dem Präsidenten der USA befreundet, und deshalb werden die irischen Behörden keinerlei Risiko eingehen, das ihr Leben in Gefahr bringen könnte. Nein, die Regierung wird sich geschlagen geben, und die Eltern werden zahlen. Niemand muß fürchten, das Gesicht zu verlieren, denn alles wird unbemerkt von den Massenmedien ablaufen. Unsere Freunde in Libyen haben sich übrigens bereit erklärt, die Vermittlerrolle zu spielen.

Bei Entführungen neigen Polizei und Behörden dazu, die Verhandlungen in die Länge zu ziehen. Man geht davon aus, daß die Kidnapper ihre Drohung, Geiseln zu töten, in den allermeisten Fällen nicht wahrmachen. Tatsächlich stehen Entführer in dem Ruf, häufig zu bluffen und vor Gewalt zurückzuschrecken, wenn es hart auf hart geht. Um die irische Regierung und die betroffenen Eltern zu überzeugen, daß wir es toternst meinen, werden zehn der Schüler und mehrere Aufseher gleich zu Anfang exekutiert. Die Hinrichtungen werden fotografiert und mit einer Videokamera gefilmt. Es ist Vorsorge getroffen, daß die Filme und Fotos an die Eltern der restlichen Schüler weitergeleitet werden. Es kann also von Anfang an keine Zweifel über unsere tödliche Entschlossenheit geben.

Euch wird aufgefallen sein, daß wir die Eltern und die irische Regierung gleichzeitig kontaktieren. Das soll die staatlichen Stellen von dem Versuch abschrecken, die ganze Angelegenheit im Alleingang zu erledigen. Außerdem können wir so ein Höchstmaß an Druck ausüben. Es ist sichergestellt, daß jeweils beide Elternteile unterrichtet werden.

Die Art und Weise, wie das Lösegeld übergeben werden muß, ist schriftlich fixiert, und die Unterlagen befinden sich bei unseren libyschen Vermittlern, die unseren Rückzug von der Insel offiziell, also auf Regierungsebene, überwachen werden. Es wird nicht das erste Mal sein, daß sie diese Rolle spielen. Sie treten in solchen Situationen gern als Vertrauensmänner auf.

Sobald die Brücke von Pionieren der irischen Armee wiederhergestellt ist, was nur eine Sache von Stunden sein dürfte, verläßt unsere Truppe die Insel in einem aus mehreren Bussen bestehenden Konvoi und fährt zum Shannon Airport. Dort steigen wir in einen libyschen Jet, der uns in Sicherheit bringt. Die Geiseln fliegen mit. Sie werden nach der Ankunft in Libyen freigelassen.«

Kadar lächelte vielsagend. »Es sei denn, mir fällt etwas besonders Spaßiges ein.« Er sah nacheinander die Befehlshaber der drei Einheiten an. »Irgendwelche Fragen?«

Die Männer, kräftige, selbstbewußte Kerle, schwiegen. Sie bewunderten und fürchteten Kadar. Er war brillant, gewalttätig und undurchschaubar – aber es lohnte sich, für ihn zu arbeiten. Die Erfahrung hatte gezeigt, daß es ratsam war, ihm blind zu gehorchen. Normalerweise wollte Kadar nicht mit Fragen behelligt werden, doch heute gab er sich fast leutselig. Seine gute Laune und seine Begeisterung waren ja auch verständlich: Der Plan schien hieb- und stichfest, und die drei Befehlshaber waren überzeugt, das er klappen würde.

Der Mann mit dem Decknamen Phantom ergriff als erster das Wort: »Die nächsten beiden Stunden könnten kritisch sein. Wie groß ist das Risiko, daß ein Schiff der irischen Marine auftaucht? Und was ist mit dieser Eliteeinheit, von der man so viel hört? Ich meine die Rangers.«

Kadar lächelte amüsiert. Er war sich bewußt, daß er ein wenig angeberisch wirken mußte, aber er genoß das Gefühl, an alles gedacht zu haben und unschlagbar zu sein. Konnte man ihm das verdenken?

»Die irische Marine muß 3000 Kilometer Küste überwachen, hat dafür aber nur vier Schiffe zur Verfügung. Die Wahrscheinlichkeit, daß eins davon im falschen Moment auftaucht, ist praktisch Null. Trotzdem –« er machte eine rhetorische Pause, »– trotzdem habe ich mir etwas einfallen lassen, um dieses eine Schiff der Küstenwacht abzulenken. Es hat einen anonymen Funkspruch empfangen und hat daraufhin Kurs auf die Küste bei Kerry genommen, um ein paar unerlaubt in irischen Hoheitsgewässern fischende spanische Kutter zu verscheuchen.«

»Und die Rangers?« fragte Phantom.

Jetzt lächelte Kadar nicht nur, sondern lachte schallend. »Sie stellten theoretisch ein Problem dar, aber sie sind ganz brav in eine Falle gelaufen, die ich ihnen in Dublin gestellt habe.« Er sah seine Untergebenen triumphierend an. »Bei den Rangers ist man überzeugt, daß wir einen Anschlag auf die amerikanische Botschaft in Dublin planen, und jetzt haben sie alle Hände voll damit zu tun, das Gebäude zu schützen.«

»Es gibt also nichts, was uns stoppen könnte«, konstatierte Ikarus.

»Absolut nichts.« Kadar verspürte dort, wo er früher einen Finger gehabt hatte, plötzlich einen schmerzhaften Kitzel. »Nichts«, wiederholte er.

Fitzduanes Burg – 16 Uhr 45

Fitzduane redete nicht gern über das Tunnelsystem unter der Burg: Es war von seinen Ahnen seit alten Zeiten stets wie eine Trumpfkarte behandelt worden. Jetzt hatte er keine andere Wahl, als seinen Gästen die unterirdischen Anlagen zu zeigen, doch begnügte er sich mit einem Rundgang des oberen Teils, der vom Erdgeschoß des Turms aus zu erreichen war.

Nachdem sie eine Geheimtür passiert hatten, knipste Fitzduane das Licht an. Eine Rampe führte hinab zu einem Gang mit gewölbter Decke. Mit einem Wink forderte Fitzduane die anderen auf, ihm zu folgen. Der Gang führte unter dem Burghof hindurch zu dem gedrungenen Wehrturm über dem Tor. Über eine Wendeltreppe gelangten sie in den Raum, von wo aus das Fallgitter mittels der Seilwinde hochgezogen oder heruntergelassen werden konnte. Durch Schießscharten und Gucklöcher waren die Auffahrt und der Platz vor dem Tor zu überblicken.

Fitzduane führte die Gruppe zurück in den Tunnel. »Jetzt wißt ihr, wie ihr ungesehen vom großen Turm zum Tor gelangen könnt«, sagte er. »Falls der Tunnel vom Gegner entdeckt wird, kann er vom Turm aus durch eine schwere eiserne Schiebetür blockiert werden, aber wie lange die modernen Waffen mit hoher Sprengkraft standhalten würde, ist eine andere Frage. Alles, was ihr hier seht, stammt aus einer Zeit, als man mit Schwertern und Lanzen kämpfte.«

Guevain sah sich neugierig um. »Wie hat man diese Burg gebaut? Ich meine, von außen sieht sie aus, als würde sie dicht über dem Meer auf einem massiven Granitfelsen sitzen. Schätze, daß wir uns hier unten nahe dem Meeresspiegel befinden.«

Fitzduane lächelte. »Bei Flut befindet man sich hier unterhalb des Meeresspiegels, aber keine Sorge, es kann nichts passieren. Meine Vorfahren haben diesen Standort wegen der besonderen geologischen Beschaffenheit gewählt. Der scheinbar massive Granitfelsen hat in Wirklichkeit eine tiefe Mulde wie ein großer Pfannkuchen. Die Vorteile dieser Form waren unübersehbar. Über viele Generationen hat sich meine Sippe immer tiefer in den Felsen hineingebuddelt.«

»Du auch?« fragte der Bär.

»Nein, ich mag keine Tunnels.« Fitzduane ging zu einer Tür mit schweren eisernen Beschlägen. Lautlos drehte sich der Schlüssel im Schloß. »Dies ist die Waffenkammer«, sagte er und trat zur Seite. Erst als alle eingetreten waren, machte er Licht.

Überraschte Ausrufe waren zu hören. Die Wände waren vom Fußboden bis zur Decke mit Schwertern, Dolchen, Hellebarden, Keulen, Lanzen, Bögen, Pfeilen, Rüstungen, Musketen und anderen Handfeuerwaffen behängt. Außerdem gab es eine Menge Regale, die ebenfalls mit allerlei kriegerischem Gerät gefüllt waren.

»Unglaublich!« entfuhr es Guevain. »Diese Sammlung muß unschätzbar wertvoll sein!«

»Früher war sie noch größer«, sagte Fitzduane, »aber mein Großvater hat ein paar Prunkstücke verkauft, um sich einen schönen Lebensabend zu machen.«

»Woher stammt das alles?« wollte Henssen wissen.

»Eine Burg dient in erster Linie der Verteidigung«, sagte Fitzduane. »Die meisten Waffen, die ihr hier seht, stammen aus eigenen Beständen. Im Lauf der Jahrhunderte veränderte sich die Waffentechnik, und meine Sippe ging mit der Zeit. Das alte Zeug wurde nicht weggeworfen. Dafür war man zu geizig.«

»Das modernste Stück in diesem Raum ist wohl die Brown-Bess-Muskete dort drüben«, meinte Botschafter Noble. »In Waterloo hat sie gute Dienste geleistet, aber gegen das moderne Gerät, mit dem Terroristen heutzutage ausgerüstet sind, kann sie wohl nicht viel ausrichten.«

Fitzduane nickte. Er ging zu der gegenüberliegenden Wand und bediente einen Mechanismus. Ein Teil der Regalwand schwang zur Seite und gab eine Tür frei. Er schloß sie auf und ließ die anderen eintreten. Der angrenzende Raum war etwas kleiner als die vordere Waffenkammer. Die Wände waren weiß gestrichen.

Grelles Licht fiel auf Werkzeuge, elektrische Geräte und Werkbänke. In hölzernen Regalen lagen zahlreiche Waffen aus dem späten 19. und der ersten Hälfte des 20. Jahrhunderts. In der Mitte des Raums stand ein großer Tisch, auf dem eine Anzahl Waffen lagen.

»Hm, damit kann man schon mehr anfangen«, meinte Guevain und nahm ein M-16-Sturmgewehr zur Hand. »Wo hast du das her?«

»Ich habe es aus Vietnam mitgebracht.«

»Und das hier?« fragte Noble und zeigte auf ein Kalaschnikow-Sturmgewehr Modell AK-47.

»Aus dem Libanon.«

»Und die?« Der Bär hob eine langläufige Mauserpistole mit hölzernem, abschraubbarem Gewehrkolben hoch.

Fitzduane lachte. »Die ist ein Andenken aus dem irischen Unabhängigkeitskrieg. Ein ziemlich seltenes Modell. Es verschießt 9mm-Parabellum-Patronen.«

»Was ist da drin?« erkundigte sich Andreas von Graffenlaub und wies auf die Kisten. Fitzduane ging hin und entnahm einer Kiste ein gedrungenes, automatisches Gewehr, dessen Magazin nicht wie üblich vor dem Bügel des Abzugs, sondern dahinter angebracht war. Die Waffe war mit einem kompakten Zielfernrohr ausgerüstet.

»Diese Waffen sind Leihgaben«, erklärte Fitzduane und sagte ein paar Worte über Kilmara und die Rangers. »Wir hätten ein paar mehr davon gebrauchen können.« Er hob eines der automatischen Gewehre hoch. »Es handelt sich um die neue Enfield SA-80 der britischen Armee. Da sich das Magazin hinter dem Abzug befindet, ist die Waffe bei gleicher Länge des Laufes um dreißig Prozent kürzer. Deshalb ist sie besonders gut für den Einsatz in engen Räumen geeignet.« Er zeigte auf das Zielfernrohr. »Dank der vierfachen Vergrößerung ist eine Treffsicherheit gewährleistet wie bei kaum einem anderen Sturmgewehr. Einschließlich einem vollen Magazin wiegt das ganze Ding fünf Kilo, ist also für die Größe ziemlich schwer, aber das zahlt sich bei Schnellfeuer aus, weil man das Gewehr unter Kontrolle behalten kann. Was moderne Waffen angeht, haben wir also vier SA-80-Gewehre, vier automatische

Browning-Pistolen Kaliber 9 mm, einen Hawk-Granatwerfer sowie dazugehörige Granaten und noch ein paar andere Dinge wie zum Beispiel Schrapnellminen. Auf den ersten Blick scheint das eindrucksvoll, aber unsere Gegner sind uns zahlenmäßig wahrscheinlich weit überlegen.« Sie sind auch jünger und besser trainiert, dachte er, sagte es aber nicht.

Alle schwiegen. Der Anblick des modernen Waffenarsenals, das so gar nichts mit dem Kriegsgerät zu tun hatte, das Sammler an der Wand hängen haben und Gästen stolz nach dem Essen zeigen, machte alle betroffen.

Dublin, Hauptquartier der Rangers – 17 Uhr 08

Kilmara legte das Telefon auf die Gabel. Das rote Lämpchen, das aufleuchtete, wenn der Zerhacker eingeschaltet war, erlosch. Achselzuckend sagte er: »Ich habe gerade mit dem diensthabenden Sergeant der Wachmannschaft im Draker-College gesprochen. Er sagt, es sei ein herrlicher Tag. Die Schüler tun das, was junge Leute auf einer einsamen Insel zu tun pflegen. Zwei seiner Leute haben ein bißchen zu lange in der Sonne gesessen und einen knallroten Kopf bekommen.«

»Klingt nach Schwerarbeit«, meinte Günther. »Was ist mit Fitzduane?«

»Mit ihm habe ich auch geredet. Er ist weiterhin überzeugt, daß es Stunk geben wird, hat aber keine Beweise. Seine Burg hat er so organisiert, als müßte er ein Fort gegen die Sioux verteidigen. Er will heute noch zum College rübergehen und den Leuten dort seine Hilfe anbieten. Wenn wir Pech haben, verwechseln die Beamten Fitzduanes Freunde mit Terroristen und sie knallen sich alle gegenseitig ab.«

»Wie viele Leute sind in der Burg?«

»Ein knappes Dutzend, und immerhin neun von ihnen haben eine militärische Ausbildung. Allmählich ist mir nicht mehr ganz geheuer, daß ich ihm diese Waffen geliehen habe.«

»Sie meinen also, das Ganze sei ein Fehlalarm?« fragte Günther.

Kilmara schaute mürrisch vor sich hin. »Genau da liegt der Hund begraben. Ich glaube, daß was in der Luft liegt, aber es ist reine Intuition, und außerdem vertraue ich auf Fitzduanes Riecher. Alles spricht dafür, daß die Bombe hier in Dublin hochgeht. Trotzdem sagt mit mein Bauch, daß ich hier wie ein Kater vor dem falschen Mauseloch sitze.«

»Aber was ist mit den Japanern und den zweiundsiebzig Touristikfachleuten aus dem Nahen Osten? Das irische Fremdenverkehrsamt wußte bis vor kurzem nichts von ihrem angeblichen Kongreß.«

»Na und? Ich habe nachgedacht. Der Henker interessiert sich meines Wissens kein bißchen für Politik. Warum sollte er es also auf die US-Botschaft abgesehen haben? Was ist da für ihn zu holen? Er ist nur hinter Geld her.«

»Der Henker ist tot«, konstatierte Günther.

»Das klingt wie eine amtliche Mitteilung.«

Günther grinste. »Ich habe nur wiederholt, was alle sagen.«

»Hm. Was haben wir davon, daß wir bei diesem Einsatz einen Haufen Überstunden machen und unser Budget überziehen?« grübelte Kilmara laut.

»Ich finde es absurd, daß der Schutz der Botschaft derartig unsere Kräfte bindet.«

»Da sagst du mir nichts Neues. Schuld an allem sind politische Gründe. Jetzt, wo wir alles mit dem Computer durchgespielt haben, interessiert mich hauptsächlich, ob wir nicht doch noch eine kleine Reserveeinheit abzweigen können.«

»Ja, ungefähr ein Dutzend Männer«, sagte Günther, »uns beide nicht inbegriffen.«

»Klingt nicht schlecht. Ich habe es satt, hier hinter dem Schreibtisch zu sitzen.«

»Mit den Hubschraubern sieht es nicht gut aus«, meldete Günther. »Fast alle Maschinen des Air Corps sind zur Abschirmung des Botschaftsgebäudes, der Botschafterresidenz in Phoenix Park und des Flughafens abgeordert. Außerdem müssen sie vor Anbruch der Dunkelheit landen. Schade, daß wir keine Maschinen mit Nachtflugausrüstung haben.«

»Mit dem Auto braucht man fünf bis sechs Stunden«, sagte Kilmara.

»Eher sechs, wenn wir beide Fitzduanes Insel meinen. Ab Galway ist die Straße sehr schlecht. Außerdem müßten wir die Strecke mit unseren schwerbeladenen Fahrzeugen bei Dunkelheit bewältigen.«

»Die Brücke zwischen Festland und Insel kann leicht und schnell zerstört werden«, überlegte Kilmara. »Also: falls wir uns dazu entschließen, bleibt uns nur der Luftweg.«

Die nächsten Minuten schwieg er und überdachte die Situation noch einmal gründlich. Auf den ersten Blick schien es logisch, daß wegen der US-Botschaft ein solcher Aufwand getrieben wurde. Alle Anzeichen deuteten auf eine konkrete Gefahr hin. Die Ankunft der Japaner – zwei standen, wie man inzwischen ermittelt hatte, mit militanten Terroristengruppen in Verbindung – hatte die letzten Zweifel zerstreut. Aus heimlich mitgeschnittenen Gesprächen ging hervor, daß die Japaner als Vorhut der Touristikexperten aus dem Nahen Osten fungiert hatten. Das irische Fremdenverkehrsamt war befremdlicherweise erst in letzter Minute informiert worden. Kilmara hätte die Japaner jetzt schon hochnehmen können, aber da nichts über die Bewaffnung der Terroristen bekannt war, schien es ratsam, noch ein bißchen Zeit zu gewinnen und entsprechende Ermittlungen anzustellen.

Insgesamt wirkte alles sehr schlüssig – allzu schlüssig. Kilmaras innere Stimme rief: »Alles Täuschung!«, doch falls dieses Täuschungsmanöver vom Henker inszeniert worden war, traute Kilmara ihm ohne weiteres die Skrupellosigkeit zu, aus der Farce eine blutige Tragödie zu machen.

Abgesehen vom Henker mußten auch andere potentielle Risiken einkalkuliert werden. Eigentlich hätten die Rangers jederzeit über rasch zu mobilisierende Reserven verfügen müssen. Der springende Punkt war, wie und wofür die Rangers derzeit eingesetzt wurden. Statt ihren eigentlichen Auftrag als Eingreiftruppe zur Terrorismusbekämpfung zu erfüllen, hatte man ihnen eine Aufgabe zugewiesen, für die eigentlich die Polizei und die Armee zuständig waren.

Kilmara rang sich zu einer Entscheidung durch. »Günther, im Augenblick können wir für Fitzduane nicht viel mehr tun, als die Lage im Auge zu behalten und unsere Reserveeinheit auf dem Flugplatz von Baedonnel auf Abruf bereit zu halten. Im übrigen lasse ich mich vom Henker mit seinem Blumentick und von Fitzduanes komischen Vorahnungen nicht zu überstürzten Handlungen hinreißen.«

Günther stand auf. »Recht so.«

»Moment«, sagte Kilmara, »ich bin noch nicht ganz fertig. Falls wir dort gebraucht werden, muß alles verdammt schnell gehen. Kann sein, daß der Gegner über eine außerordentlich hohe Feuerkraft verfügt. Deshalb will ich, daß die Optica startklar gemacht wird und alle Männer für einen Einsatz unter besonders schweren Bedingungen gerüstet sind.«

»Die Milan auch?«

»Alles, was verfügbar ist. Ich werde den Einsatz von der Optica aus leiten.«

»Und was ist mit mir?«

»Du springst doch gern aus Flugzeugen. Da wirst du doch diese Gelegenheit nicht auslassen?«

»Das kann ja lustig werden«, meinte Günther und verließ den Raum.

»Je älter man wird, desto weniger lustig ist es, weil man einen Freund nach dem anderen verliert«, sagte Kilmara zu sich selbst.

Fitzduanes Burg – 17 Uhr 15

Der Wärmedunst hatte sich verdichtet. Murrough reichte Fitzduane das Fernglas. Fitzduane spähte angestrengt in die Richtung, in die Murrough zeigte, dann ließ er den Feldstecher sinken.

»Ich weiß nicht recht«, meinte er. »Das Schiff ist nur ein verwischter Fleck und wird zum Teil von der Landzunge verdeckt. Sieht wie ein Frachter aus.« Er drehte sich zu Murrough um. »Tagsüber ist dort draußen fast stündlich ein Schiff vorbeigefahren. Was ist an diesem so auffällig?«

Murrough nahm ihm das Fernglas aus der Hand und warf einen kurzen Blick hindurch. »Stimmt, die Sicht hat sich verschlechtert, aber wenn ich mich nicht täusche, liegt unser Freund dort drüben seit einer Weile still.«

»Wie lange schon?«

»Schätzungsweise zwanzig Minuten.«

»Aus welcher Richtung ist er gekommen? Beobachten Sie ihn schon länger?«

»Von Süden«, antwortete Murrough. »Das Schiff kam von weit draußen und fuhr ziemlich langsam. Einer von diesen Viehtransportern mit hohen Aufbauten und jeder Menge Entlüftungsschächten, die wie Pilze aussehen.«

»Wie groß sind solche Kähne?«

»Keine Ahnung, aber bestimmt groß genug, um an die tausend Stück Vieh samt Futter aufzunehmen.«

Fitzduane setzte den Feldstecher an die Augen und machte einen langsamen Schwenk von 360 Grad. Ja, es war anscheinend wirklich dasselbe Schiff, das ihm nachmittags aufgefallen war. Sein Blick wanderte weiter. Als er die Brücke im Visier hatte, hielt er inne. Ein geschlossener Lieferwagen fuhr gerade über die Brücke auf die Insel und hielt am Straßenrand. Zwei Männer stiegen aus und sahen sich um.

Fitzduane gab Murrough den Feldstecher.

»Angler«, sagte Murrough. »Ich kann die Angelruten und sonstiges Zubehör erkennen.«

»Und die Seile? Seit wann benutzen Angler Seile?« Er nahm Murrough das Glas weg und sah zu, wie einer der Männer dem anderen dabei half, sich am Brückenpfeiler abzuseilen. Der Mann am Seil hatte ein dickes Bündel bei sich. Der andere machte oben auf der Brücke unterdessen eine Sporttasche auf und nahm etwas heraus. Als er es mit einem bananenförmigen Gegenstand zusammensteckte, gab es für Fitzduane keinen Zweifel mehr darüber, mit was der Mann dort hantierte.

»Verdammt!« rief er. »Der Kerl hat eine AK-47! Ich fresse einen Besen, wenn die Scheißkerle nicht die Brücke in die Luft sprengen wollen.«

Murrough brachte sein Scharfschützengewehr in Anschlag und blickte durch das Zielfernrohr.

Der Mann am Seil kletterte rasch hoch, und gleich darauf liefen die beiden von der Brücke weg und gingen in Deckung. Ein dumpfer Knall war zu hören, eine kleine Rauchwolke stieg auf, und ein paar Trümmer flogen durch die Luft, aber der Brücke schien nichts passiert zu sein.

»Pfuscher!« sagte Murrough und verschluckte sich fast, als das der Insel zugewendete Ende der Brücke plötzlich zusammenkrachte und das ganze Bauwerk ins Meer rutschte. Die beiden Saboteure standen auf, verließen ihre Deckung und gingen hin, um ihr Werk zu besichtigen. Vom Rand des Kliffs warfen sie einen Blick in die Tiefe. Dann drehte sich einer der beiden um und richtete sein Fernglas ein paar Sekunden lang auf die Burg. Nachdem er dem anderen einen Wink gegeben hatte, legte er die AK-47 an und zielte auf den Turm. Das Mündungsfeuer zuckte, und eine Geschoßgarbe traf das alte Gemäuer.

Fitzduane und Murrough drückten fast gleichzeitig ab. Die SA-80 war fast rückschlagfrei und genauso zielsicher wie behauptet. Die beiden Terroristen waren bereits tot, als sie an der Stelle, wo die Brücke verschwunden war, aufs Wasser schlugen. Die Gischt färbte sich sekundenlang hellrot.

»Volltreffer«, sagte Fitzduane. »Bleiben Sie hier, bis ich Ablösung schicke. Kommen Sie dann runter in den Burghof. Wir holen uns den Lieferwagen her, und dann muß ich einen Funkspruch durchgeben.«

In diesem Moment knackte es im Walkie-Talkie. »Bitte sofort ins Arbeitszimmer kommen«, sagte eine Stimme aufgeregt.

Fitzduane hängte sich die SA-80 um und eilte die Wendeltreppe hinab. Die Tür zum Arbeitszimmer stand offen. Etan lag zusammengesunken in einem Sessel, preßte ein blutdurchtränktes Tuch an die Stirn und blickte wie benommen vor sich hin. Das Funkgerät, das Kilmara Fitzduane überlassen hatte, war hoffnungslos beschädigt. Botschafter Noble stand dicht neben der Tür, in einer Hand eine Browning-Automatik, in der anderen ein Walkie-Talkie. Vor Schock war er kreideweiß im Gesicht. Er starrte die verrenkte Gestalt an, die mit dem Gesicht nach unten auf dem Fußboden lag. Neben der rechten Hand des Toten erblickte Fitzduane einen seltsam geformten Dolch. Er drehte den Toten auf den Rücken. Das Gesicht war von einer grotesken Wolfsmaske verdeckt, das Hemd darunter von mehreren Einschüssen durchlöchert und blutgetränkt.

Botschafter Noble sagte mit unsicherer Stimme: »Ich hörte Etan schreien, lief hin und sah, wie dieses gräßliche Wesen auf sie einstach, sich umdrehte und auf mich losging. Als ich den Dolch sah, drückte ich ab.« Fitzduane zog dem Toten die Maske vom

Gesicht. »Oh Gott!« rief Noble und ließ sich auf die Knie fallen. »Was habe ich getan?« Er schlang die Arme um die Leiche seines Sohnes. Tränen rannen ihm übers Gesicht.

Nach längerem Schweigen sagte Fitzduane: »Es ist nicht Ihre Schuld. Sie hatten keine andere Wahl.«

Harry Noble starrte ihn ausdruckslos an. »Dick hat also dem Opferkult angehört, von dem Sie uns erzählt haben«, sagte er leise.

»Sieht so aus. Genau so geht der Henker vor: Er manipuliert und korrumpiert, und bei jungen Leuten hat er natürlich besonders leichtes Spiel.«

Harry Noble beugte sich über seinen Sohn und küßte ihn auf die Stirn. Dann hob er die Browning auf, sah Fitzduane an und sagte: »Ich hätte nicht an Ihren Worten zweifeln sollen. Egal, was passiert – ab jetzt können Sie voll mit mir rechnen.«

Fitzduane ging zu Etan und nahm sie in den Arm. Sie schluchzte, aber ihre Augen waren trocken. Nach einer Weile beruhigte sie sich. »Es geht also wirklich los«, sagte sie.

»Ja«, bestätigte Fitzduane.

Plötzlich stand der Bär in der offenen Tür. »Das Telefon ist tot«, verkündete er, »und der Strom ist auch ausgefallen. Wir versuchen gerade, den Generator anzuwerfen.«

»Da gibt es einen kleinen Trick«, sagte Fitzduane, doch da fing irgendwo ein großer Dieselmotor zu tuckern an, und die Lampe auf dem Schreibtisch brannte.

»Jetzt sind wir nur noch zwölf«, sagte Etan.

»Wir schaffen es trotzdem«, versicherte der Bär.

Draker-College – 17 Uhr 45

Sergeant Pat Brogan, der Befehlshaber der mit dem Schutz des College beauftragten Polizeibeamten, wartete darauf, daß der Minibus mit dem Personal endlich abfuhr. Bei jedem Schichtwechsel des Haus- und Reinigungspersonals bestand die Gefahr, daß sich eine Person einschlich, die nichts Gutes im Schilde führte. Sobald der Minibus weg war, mußten sie nur auf die Schüler und ein paar Mitglieder des Lehrkörpers aufpassen, und er konnte sich entspannen.

Alles in allem ein angenehmer, aber eine Spur zu langweiliger

Job, dachte Pat Brogan. Er und die anderen waren in bequemen Einzelzimmern untergebracht, die nicht nach verschwitzten Socken rochen wie die Baracken an der Grenze. Man hatte für sie sogar ein Arbeitszimmer in einen Aufenthaltsraum mit Fernseher, Sesseln und Teeküche umfunktioniert und umsichtigerweise einen Kühlschrank hineingestellt, damit sie stets frische Milch hatten. Prompt hatten sie den Kühlschrank mit Büchsenbier vollgeladen.

Als Pat Brogan nach dem abendlichen Schichtwechsel auf den Aufenthaltsraum zusteuerte, freute er sich vor allem auf ein kaltes Bier. Es war ein langer, herrlich warmer Tag ohne besondere Vorfälle gewesen. Sein Gesicht war knallrot, weil er ein bißchen zuviel Sonne abbekommen hatte. Irgendwo hatte er gelesen, daß Rothaarige besonders anfällig für Sonnenbrand waren. Das hatte angeblich mit Pigmentmangel zu tun. So, wie sein Kollege O'Malley aussah, schien an der Theorie was dran zu sein.

Pat Brogan betrat den Aufenthaltsraum, nahm das Magazin aus seiner Uzi-Maschinenpistole und verwahrte die Waffe im Schrank. Den Smith & Wesson-Revolver Kaliber 38, den er in einem Schulterhalfter trug, legte er nicht ab. Sie hatten Befehl, auch außerhalb des Dienstes eine Waffe zu tragen. Für Pat war dies längst zu einer Routineangelegenheit geworden, wie das Tragen eines Hemdes.

Der Fernseher lief, und die Sessel standen davor wie immer. Wahrscheinlich haben es sich meine drei dienstfreien Kollegen schon darin bequem gemacht, dachte Pat und hoffte, daß sie ihm ein paar Biere übriggelassen hatten. An warmen Tagen wie diesem schmolz der Vorrat zusammen wie Schnee in der Sonne. Als er eine Büchse aus dem Kühlschrank nahm, bemerkte er geistesabwesend, daß anscheinend eine freundliche Seele für reichlich Nachschub gesorgt hatte: Der Kühlschrank war fast voll.

Normalerweise hätte er die Büchse sofort aufgemacht und einen großen Schluck genommen, bevor er zu seinem Sessel ging, der, wie es ihm als Dienstältestem zustand, in der Mitte genau gegenüber dem Fernseher stand. Diesmal erregte jedoch eine Szene auf dem Bildschirm seine Aufmerksamkeit, und so steuerte er, die ungeöffnete Bierdose in der Hand, auf seinen Sessel zu.

Biergeruch und eine andere, unangenehmere Ausdünstung stiegen ihm in die Nase. Da hat jemand gefurzt, dachte er und ärgerte sich ein bißchen über den Mangel an Selbstkontrolle und Disziplin. Manche Leute kannten anscheinend nicht den Unterschied zwischen Zwanglosigkeit und Rücksichtslosigkeit. Pat Brogan warf einen Blick über die Rückenlehnen der Sessel, um nachzusehen, wer der Sündenbock sein könnte. Wie versteinert blieb er stehen. Alle drei Kollegen lagen seltsam verrenkt in ihren Sesseln.

Die Gesichter waren im qualvollen Todeskampf zu einer Grimasse erstarrt, die Kleider mit Erbrochenem besudelt. O'Marley hatte sterbend die Bierdose in seiner Hand zerquetscht.

Die Angst traf Brogan wie ein Faustschlag. Er taumelte rückwärts und stieß den Fernseher vom Tisch. Funken stoben, Scherben klirrten. Plötzlich stand ein Wesen mit einem Tierkopf in der offenen Tür. Brogan mußte an die Gerüchte denken, die ihm gleich nach der Ankunft im College zu Ohren gekommen waren. »Ein paar von unseren Schülern haben sich eine seltsame Freizeitbeschäftigung ausgesucht«, hatte ein Lehrer zu ihm gesagt. »Behalten Sie sie im Auge, aber hängen Sie die Sache nicht an die große Glocke.«

»Heilige Mutter Gottes, das ist wirklich ein seltsamer Zeitvertreib!« dachte er.

»Sind Sie nicht neugierig?« fragte die Gestalt an der Tür mit gedämpfter Stimme. »Sie sind doch Polizist! Wollen Sie nicht wissen, wer die drei umgebracht hat?«

Mit ein paar raschen Schritten war des Wesen mit dem Tierkopf mitten im Raum. Brogan griff nach seinem Revolver, aber da tauchte eine zweite Gestalt im Türrahmen auf, eine Ingram-Maschinenpistole im Anschlag. Ein kurzer Feuerstoß: Die Geschosse bohrten sich neben Brogan in die Wand. Er sah, daß die kleine, handliche Waffe mit einem klobigen Schalldämpfer ausgestattet war, und begriff, warum die Schüsse so wenig Lärm gemacht hatten. Er ließ den Revolver zu Boden fallen und hob langsam die Hände. Innerlich gestand er sich ein, daß er nie so recht an einen drohenden Überfall auf das College geglaubt hatte – genausowenig wie die Vorgesetzten, die ihm Instruktionen erteilt und ihn hierher geschickt hatten. Terroristische Aktivitäten waren Stoff für die Massenmedien, ein gefundenes Fressen für die Nachrichtensendungen im Fernsehen. Im Alltag normaler Bürger kam so etwas nicht vor.

»Wir haben Zyankali benutzt«, sagte die Gestalt mit dem Dolch. Sie hatte sich Brogan von rechts genähert. »Nicht sehr originell, aber es wirkt schnell. Leider ist es alles andere als schmerzlos. Es war nicht ganz leicht, das Zyankali mit einer Injektionsnadel in die Bierdosen zu spritzen, aber Sie müssen zugeben, daß wir gute Arbeit geleistet haben.« Die Stimme des tierköpfigen Wesens klang belustigt.

Brogan wollte etwas sagen, aber sein Mund war trocken. Die Gestalt mit dem Tierkopf lachte. »Angst, was? Angst vor ein paar Halbstarken! Dafür haben Sie uns doch gehalten, oder etwa nicht? Wie kurzsichtig! Das Durchschnittsalter in unserer Bande ist neunzehn. Wir sind alt genug, um zu wählen, Militärdienst zu machen und andere Menschen zu töten, zum Wohl unseres Landes oder auf eigene Faust. Warum haben Sie uns nicht ernster genommen? Sie wußten doch über uns Bescheid. Das steht in ihren Unterlagen. Die Art, wie Sie hier für Sicherheit gesorgt haben, war phantasielos und stümperhaft. Sie haben immer nur an eine Bedrohung von außen gedacht, und selbst die haben Sie unterschätzt.«

»Warum habt Ihr gerade absichtlich daneben geschossen?«

»Sie haben wirklich keine Phantasie«, sagte die Gestalt mit dem Dolch, holte aus und stieß Brogan die Klinge durch die Rippen hindurch in die Lunge, damit er an seinem eigenen Blut ertrank.

Eine dritte Gestalt mit Tierkopf tauchte in der Tür auf. »Wir haben die anderen beiden erledigt«, meldete sie.

»Ohne Lärm zu machen?« Die Gestalt mit dem Dolch freute sich, daß alles reibungslos lief. Sie hatten sechs bewaffnete Männer ausgeschaltet, ohne einen von ihnen zu erschießen. Die Schüler und die restlichen Aufseher hatten sich inzwischen zum Abendappell versammelt. Noch ein paar Minuten, dann hätten sie das ganze College in der Gewalt. Kadars Leute bräuchten nichts mehr zu tun. Er würde sich bestimmt freuen. So streng, wie er Versager bestrafte, so großzügig belohnte er Tüchtigkeit. Wenn Dick auf der Burg, drüben auf der anderen Seite der Insel, genauso gute Arbeit geleistet hatte…

»Kein Lärm«, meldete die neu hinzugekommene Gestalt. »Die beiden haben anstandslos den Tee getrunken, den wir ihnen gebracht haben.«

»Fünf von den sechs sind also an Zyankali gestorben«, sagte der mit dem Dolch.

»Wer von uns hat richtig geraten?« Sie hatten untereinander eine Wette abgeschlossen. Dem Gewinner winkten zehn irische Pfund.

»Ich«, sagte die Gestalt mit der Ingram-Maschinenpistole.

»Gehen wir«, sagte der mit dem Dolch. Er nahm Brogan die Schlüssel ab, schloß den Schrank auf, schob ein Magazin in die Uzi und steckte sich ein paar Reservemagazine in die Taschen.

Fitzduanes Burg – 17 Uhr 46

Fitzduane, der eigentlich Frauen gegenüber keine Vorurteile hatte, war trotzdem immer dagegen gewesen, Frauen an die vorderste Front zu lassen. In einem Dutzend Kriegen hatte er immer wieder tote Frauen gesehen und sogar erlebt, wie ein verwaister Säugling an der Brust seiner bereits erkaltenden Mutter nuckelte. Solche Erfahrungen hatten bewirkt, daß sich seine Sichtweise, was Frauen im Krieg anging, verhärtete. Diesmal bestand jedoch ein reichliches Drittel seiner kleinen Streitmacht aus Frauen, und diese Frauen dachten nicht daran, sich in einen sicheren Kellerraum einsperren zu lassen. Da Fitzduane alle verfügbaren Kräfte brauchte, hoffte er, daß sie, sozusagen, ihre Frau stehen würden.

Er versuchte einen Kompromiß zu finden, indem er jeder Frau möglichst eine Aufgabe zuteilte, die ihrer Ausbildung und ihrer Erfahrung entsprach. Das Resultat war nicht rundum zufriedenstellend. Mit Katia Maurer gab es kein Problem: Als Krankenschwester stand ihre Rolle von vornherein fest, und so richtete man in einem unterirdischen Lagerraum eine Art Notlazarett ein. Dem Bär war das mehr als recht. Oona war genau die Richtige, um sich um die Verpflegung zu kümmern. Sie kannte sich in der Burg aus und wußte, wo die Vorräte lagerten. Ihr Zuständigkeitsbereich war die Küche neben dem Rittersaal.

Judith Newman, das israelische Mädchen, tat sich bei den

Schießübungen im Haupttunnel – gegen den höllischen Lärm steckte sie sich Pfropfen in die Ohren – so hervor und pochte so nachdrücklich auf ihre militärische Ausbildung, daß Fitzduane sie der kämpfenden Truppe zuteilen mußte und sie mit Murrough, Guevain, Andreas von Graffenlaub und Henssen auf Patrouille zum Draker-College schickte.

Etan, die letzte im Bunde, war zwar unerfahren, jedoch fest entschlossen zu kämpfen. Ein Pluspunkt bestand darin, daß sie, vom Bär sachkundig angeleitet, in kurzer Zeit ziemlich gut Schießen lernte. Obwohl Fitzduane dringend jede hilfreiche Hand benötigte, hatte er Etan davon abzubringen versucht, mit der Waffe in der Faust mitkämpfen zu wollen. Er hatte sie hinter sich her ins Arbeitszimmer gezogen, die Tür zugemacht und ein paar Minuten lang eindringlich auf sie eingeredet. Sie hatte ihm wortlos zugehört, ihm dann die Arme um den Hals gelegt und ihn zärtlich geküßt. »Wir sind hier nicht im Kongo«, hatte sie gesagt und ihm tief in die Augen geschaut. »Ich bin nicht Anne-Marie. Es wird schon alles gutgehen.«

Fitzduane war zusammengezuckt, als sie den Namen seiner toten Frau aussprach, aber dann hatte er Etan in den Arm genommen, sie fest an sich gezogen und erst losgelassen, als man nach ihm rief.

Von Tommy Keane abgesehen, der Murrough oben auf der Plattform des Turms abgelöst hatte, waren jetzt alle Verteidiger der Burg im Hof versammelt. Wegen der Schießübungen im Tunnel – Fitzduane wollte nicht, daß der Lärm dem Gegner verriet, wie gut sie bewaffnet waren – roch ihre Kleidung nach verbranntem Pulver und Waffenöl. Zufrieden vermerkte Fitzduane, daß jetzt alle, einschließlich Katja Maurer und Oona, eine Waffe trugen. Jeder von ihnen hatte sich auf seinen Wunsch Dick Nobles Leiche angesehen, und ihrem Gesichtsausdruck war zu entnehmen, daß sie den Ernst der Lage begriffen hatten.

»Am liebsten würde ich unsere Gruppe nicht aufsplittern«, sagte er, »aber das Telefon funktioniert nicht und das weitreichende Funkgerät ist hoffnungslos beschädigt. Irgendwie müssen wir versuchen, den Schülern drüben im Internat zu helfen. Ein paar von uns wissen aus eigener Erfahrung, mit was für einem Gegner wir es zu tun haben. Diese Leute fackeln nicht lange, sie sind brutale Killer. Falls ihr nicht vor ihnen im College ankommt, sehe ich schwarz. Das Gebäude ist zu groß und verwinkelt, um erfolgreich verteidigt zu werden. Deshalb bin ich dafür, daß ihr die Schüler und ihre Aufseher hierher bringt. Wir igeln uns ein und halten bestimmt lange genug durch, bis Hilfe kommt. Eine Burg ist schließlich eine Burg, und ich habe den Plan mit Colonel Kilmara, dem Chef der Rangers, durchgesprochen. Was der Henker vorhat, weiß ich nicht. Schätzungsweise plant er eine Massenentführung, damit er ein astronomisch hohes Lösegeld erpressen kann. Geheimdienstliche Nachforschungen haben ergeben, daß er eine etwa siebzig Mann starke Truppe hat ausbilden lassen. Ich vermute, daß die Leute dort drüben an Bord des Frachters sind und auf der kleinen Halbinsel landen wollen. Wer weiß, vielleicht kommt ein Teil auch von der Landseite. Es ist sogar möglich, daß Flugzeuge auftauchen. Tatsache ist, daß wir gegen einen zahlenmäßig stärkeren und besser bewaffneten Gegner antreten müssen. Deshalb dürfen wir nicht zimperlich sein. Von heroischen Opfern will ich nichts wissen, und die Genfer Konvention könnt ihr auch vergessen. Dies ist kein Krieg, sondern ein schlichter Überlebenskampf. Wir töten, weil wir sonst selber getötet werden. Gefangene werden nur gemacht, wenn ich es anordne. Wir können niemanden als Aufpasser erübrigen. Wenn irgendwie möglich, möchte ich die Schüler aus dem Kampf heraushalten. Wahrscheinlich haben einige von ihnen schon eine Waffe in der Hand gehabt, aber leider wissen wir nach den tragischen Vorkommnissen der letzten Zeit nicht, wem wir vertrauen können. Manche sind schon alt genug, um wählen zu dürfen, aber das ist mir egal. Ich habe es satt, junge Leute sterben zu sehen, bevor sie eine Chance hatten, richtig zu leben. Eines müßt ihr besonders beherzigen: Vorsicht vor fremden Gesichtern! Schießt auf jeden, den ihr nicht kennt. Falls ihr Fragen habt, werde ich sie euch später beantworten. Bezieht jetzt eure Stellungen. Wer mit zum Draker-College fährt, soll jetzt einsteigen. Machen wir, daß wir wegkommen!«

Fitzduane und Guevain nahmen auf den Vordersitzen des Lieferwagens Platz, mit dem die beiden Saboteure vom Festland gekommen waren, die anderen vier Mitglieder der kleinen Gruppe zwängten sich in den Laderaum. Von einem Fenster aus warf Etan Fitzduane einen Handkuß zu. Sie glaubte die Andeutung eines Lächelns auf seinem Gesicht zu erkennen. Du Draufgänger! dachte sie. Du bist an alle möglichen Gefahren gewöhnt. Du suchst das Risiko.

Wie werde ich selber reagieren, wenn ich in Gefahr bin? überlegte sie. Das wird sich in den nächsten Stunden zeigen. Vor ihrem inneren Auge rollte wie ein Film der Tod der rothaarigen Anne-Marie Fitzduane ab. Sie war vor fast zwei Jahrzehnten im Kongo umgekommen, aber Etan sah die Szene so klar und deutlich vor sich, als wäre sie dabei gewesen. Tod durch Enthauptung! Etan malte sich aus, wie es sein mußte, wenn die Klinge den Hals durchtrennte und das Blut wie eine Fontäne herausschoß. Die Vorstellung war so schockierend und machte ihr so große Angst, daß ihr fast schlecht wurde. Drohte ihr das gleiche Schicksal? Mit der Hand strich sie über den hölzernen Kolben der Mauser, die man ihr zugeteilt hatte. Nein, sagte sie sich entschlossen, das wird mir nicht passieren. Sie spürte, wie der Adrenalinstoß verebbte und ihr Mut zurückkehrte.

Kapitel 24

Außerhalb von Fitzduanes Burg – 17 Uhr 55

Die Froschmänner von Phantoms Einheit hatten ihr Training in den lauen, wenngleich ziemlich verunreinigten Fluten des Mittelmeers absolviert. Obwohl sie gewarnt waren, hatte ihnen dieser außerordentlich warme, klare Tag in Irland das trügerische Gefühl gegeben, auch hier mit dem nassen Element ganz vertraut zu sein. So traf sie denn die unangenehme Tatsache, daß die Temperatur des Atlantiks nur wenige Grad über dem Gefrierpunkt lag, wie ein Schock – obwohl sie alle Taucheranzüge trugen. Während der langen Strecke, die sie schwimmend zurücklegen mußten, kostete die Kälte sie viel Kraft und machte sie schwerfälliger. Wir werden es schaffen, dachte Giorgio Massana, der Anführer der kleinen Einheit, aber es wird seinen Preis kosten.

Reservetanks voll Druckluft und sonstiges spezielles Zubehör wurden von einem batteriebetriebenen Unterwasserschlitten befördert. Zusätzlich zur Ladung konnte er zwei Männer schleppen, aber dadurch wurde die Betriebsdauer der Batterien vermindert. Geschleppt zu werden bedeutete für einen Taucher, daß er sich weniger bewegte, wodurch wiederum der Wärmeverlust rascher voranschritt. Massana erlaubte nur jeweils einem seiner Männer, sich von dem Unterwasserschlitten für kurze Zeit schleppen zu lassen. Er hatte einmal erlebt, wie die Batterien schlappmachten, und er brauchte die Ausrüstungsgegenstände, um in die Burg zu gelangen.

Die vier Männer hatten sich von der *Sabine*, die unweit der Landzunge vor Anker lag, ins Wasser gelassen und waren losgeschwommen. Als sie nicht mehr weit von der Küste entfernt waren, stießen sie auf Felder von Seetang, der von den Stürmen der letzten Zeit losgerissen worden war und hinter dem sich zahlreiche überflutete Felsen verbargen. Sie waren gezwungen, sich mit äußerster Vorsicht vorwärts zu bewegen. Es war mühsam und kraftraubend, den Unterwasserschlitten im Zickzack durch den tückischen Seetang hindurch zu manövrieren.

Das unerwartete Hindernis sollte einen von ihnen das Leben kosten. Alonzo, der wie Massana aus Sardinien stammte, wurde gegen einen Felsen geschmettert, als der Unterwasserschlitten von der starken Strömung gepackt wurde und zeitweilig außer Kontrolle geriet. Alles vollzog sich lautlos und fast unblutig, doch der Schädel des einzigen Menschen auf der Welt, der Massana wirklich wichtig war, wurde wie eine Eierschale zerquetscht, als der Atlantik mal ein bißchen die Muskeln spielen ließ. Sie mußten Alonzo zurücklassen. Vom Seetang fast verdeckt, trieb er reglos im Wasser. Im dem schwarzen Taucheranzug wirkte er fast wie ein Bestandteil der Unterwasserwelt.

Um an Land zu gelangen, mußten sie eine Barriere von mit Seetang bedeckten Felsbrocken überwinden. Über ihnen ragte grau und massig Fitzduanes Burg in den Himmel. Die schwarzen Taucheranzüge waren zwischen dem dunklen Gestein eine nahezu perfekte Tarnung. Die drei Männer ruhten sich ein paar Minuten aus. Während Massana spürte, wie seine Kräfte zurückkehrten, fragte er sich, ob es wirklich nötig gewesen war, seine Spezialeinheit von der Seeseite her gegen drei oder vier unbewaffnete Zivilisten einzusetzen, die obendrein kaum auf einen Angriff vorbereitet waren. Bei der Einsatzbesprechung hatte man ihm gesagt, daß er in der Burg wahrscheinlich einen gewissen Hugo Fitzduane und vielleicht auch ein Ehepaar antreffen würde, das für ihn arbeitete und sich manchmal in der Burg aufhielt. Durch einen kurzen Funkspruch vom Draker-College war er gewarnt worden, daß der Burgherr zur Zeit möglicherweise ein paar Gäste hatte. Zielgruppen wie diese hielt Massana für kaum die Mühe wert. Auf jeden Fall war der Verlust Alonzos ein allzu hoher Preis. Haß auf Kadar wallte plötzlich in ihm auf, doch seine Selbstdisziplin gewann rasch wieder die Oberhand. Er gab seinen beiden Untergebenen ein Zeichen. Sie machten sich daran, die Ausrüstungsgegenstände auszupacken, mit deren Hilfe sie in die Burg gelangen wollten.

Mit Werfern, die mit komprimiertem Kohlendioxyd betrieben wurden, schossen sie drei an gummibeschichteten Seilen befestigte Greifanker ab, die sich hoch oben zwischen den Zinnen der Burg verfingen. Massana und einer der beiden anderen Froschmänner kletterten hinauf. Der Dritte beobachtete, schallgedämpfte Ingram im Anschlag, den Turm und die zinnenbewehrten Mauern, bereit, den anderen beiden Schützenhilfe zu geben.

Massana kletterte durch eine Lücke zwischen zwei Zinnen und verschwand, dicht gefolgt von dem Froschmann. Eine Hand erschien und winkte dem unten Wartenden zu. Überzeugt, daß die anderen beiden ihm von oben Deckung gaben, packte er eins der Seile und begann zu klettern.

Mordlust stieg in ihm auf, als er sich an andere Einsätze erinnerte, und er freute sich auf das bevorstehende Gemetzel. Für ihn gab es nichts Aufregenderes, als andere Menschen umzubringen.

Oben angekommen, zwängte er sich zwischen zwei Zinnen hindurch, sprang und landete in der Hocke im tiefer gelegenen Wehrgang. Während er die Maschinenpistole in Anschlag brachte, sah er sich prüfend um.

Massana und der andere Froschmann lagen ein Stück weiter links in einer Blutlache. Ein distinguiert aussehender, mit einer Anglerjacke bekleideter Herr stand dicht neben ihnen, in der Faust ein blutiges Schwert. Spät, zu spät rief sich der dritte Froschmann in Erinnerung, daß das Stück Ärmel, das er gesehen hatte, als ihm die Hand von oben zuwinkte, dunkelbraun und nicht schwarz gewesen war. Er wollte die Ingram hochreißen, aber da durchbohrte eine Hellebarde seine Brust.

Der Bär blickte auf den toten Froschmann hinab. »Waren das alle?« fragte er Noble.

»Ja, einstweilen«, antwortete Noble. Fasziniert betrachtete er das blutige *Katana*, ein japanisches Samuraischwert aus Fitzduanes Sammlung. Er staunte über die Schlagkraft, welche die Waffe verlieh, und die Leichtigkeit, mit der man damit andere Menschen erschlagen konnte.

Der Bär stellte einen Fuß auf den toten Froschmann und zerrte an der Hellebarde. Es kostete ihn Mühe, sie herauszuziehen. Er hatte alle Kraft in den Stoß gelegt. Nachdem er tief Luft geholt hatte, sagte er: »Die haben da unten eine Art motorisierte Plattform zurückgelassen. Ich würde sie mir gern näher ansehen, aber es ist vielleicht klüger zu warten, bis die anderen zurück sind.«

Noble nickte zustimmend. Wie hypnotisiert starrte er seine mit Blut besudelten Hände an. »Ich habe nun schon seit Jahren mit der Terrorismusbekämpfung zu tun«, sagte er, »aber es war bisher alles nur graue Theorie. Berichte, Papiere, Besprechungen, Seminare – durch so etwas wird man nicht auf Situationen wie diese hier vorbereitet.« Er wies auf die drei Leichen.

»Wenn Sie gezögert hätten, wären Sie jetzt tot«, sagte der Bär. »Das können Sie mir glauben.«

»Ich weiß.«

Der Bär blickte in die Richtung, wo das Draker-College lag. »Wer weiß, wie Fitzduane und die anderen zurechtkommen.«

An Bord der Sabine – 18 Uhr 06

Kadar stand auf der »Affeninsel«, wie die kleine, offene Plattform über der geschlossenen Brücke der *Sabine* von den Seeleuten genannt wurde. Dies war der beste Aussichtspunkt an Bord, es sei denn, man kletterte auf den Mast der Funkantenne. Kadar blickte durch den starken, auf einem Stativ montierten Feldstecher. Er konnte das Flugzeug schon sehen, bevor er es hörte. Bald war es nahe genug, damit er es zweifelsfrei identifizieren konnte. Ja, es war die Maschine jenes Teils der Phantomeinheit, der er die Bezeichnung Phantomair gegeben hatte.

Ziegle, sein Funker, war mit einem auf dem Rücken zu tragenden Funkgerät der Roten Armee ausgerüstet. »Phantomair meldet sich zur Stelle, Sir«, sagte er. »Die Brücke ist gesprengt worden, und das Sprengkommando scheint wie vorgesehen unterwegs zum Draker-College zu sein. Phantomair fragt an, ob die Maschine sofort landen soll.«

»Haben sich die Taucher gemeldet?«

»Ja, gleich nachdem sie unterhalb der Burg an Land gegangen waren«, antwortete Ziegle. »Seitdem haben sie nichts von sich hören lassen. Die Übertragungsqualität war nicht sonderlich gut. Kann sein, daß die dicken Mauern der Burg den Funkverkehr behindern.«

Kadar machte sich deswegen keine Sorgen. Die Einnahme von Fitzduanes Burg war von zweitrangiger Bedeutung. In erster Linie kam es darauf an, das College und die Schüler in die Gewalt zu bekommen. Nach erfolgreicher Geiselnahme war der Rest nur noch eine Formalität.

»Was Neues aus dem College?« fragte Kadar.

Ziegle drückte die Kopfhörer fest an die Ohren und lauschte angestrengt. Diese Geste überzeugte Kadar vollends davon, daß es ein Fehler gewesen war, sich von den Libyern das russische Funkgerät aufschwatzen zu lassen. Gewiß, Ziegles Tornistergerät war stark genug, aber die kleineren Apparate, mit denen die Einsatzgruppen ausgerüstet waren, genügten gehobenen Ansprüchen nicht. Zum Glück wäre ihre kurze Reichweite und mangelhafte Sendequalität ohne Belang, sobald die Männer das College besetzt hätten. Für den anschließenden Funkverkehr, beispielsweise mit der Polizei oder Regierungsvertretern, hatten sie Ziegles Gerät und vor allem das starke, in Japan hergestellte Funkgerät der *Sabine*. Deswegen fand Kadar diesen Punkt zwar ein bißchen ärgerlich, nahm ihn jedoch nicht allzu ernst.

Ziegle blickte zu ihm auf. »Im College ist alles planmäßig gelaufen. Der Anführer der Opferer meldet, daß es auf unserer Seite keine Verluste gegeben hat. Alle Mitglieder der Wachmannschaft sind tot. Auch zwei Aufseher mußten ausgeschaltet werden. Die anderen stehen im großen Saal unter Bewachung. Unsere Leute nehmen jetzt die nächste Phase in Angriff.«

Eine Welle der Erleichterung stieg in Kadar auf, doch sein Gesicht blieb ausdruckslos. Die weitsichtige Maßnahme, eine Schülergruppe für seine Zwecke einzuspannen, hatte sich also ausgezahlt. Keinen Augenblick lang hatten die Polizisten in Zivil damit gerechnet, von innen angegriffen zu werden.

Eine so starke Truppe wie seine hätte das Draker-College wahrscheinlich auch ohne interne Hilfe besetzen können, davon war Kadar überzeugt, aber das Risiko wäre größer gewesen. Die Verteidiger hätten vielleicht noch Hilfe anfordern können, und die Schwächen einer Landung vom Meer her wären zutage getreten. Bereits wenige Gegner hätten von der Steilküste herab die Terroristen beim Verlassen der Boote in Bedrängnis bringen können – und erst recht in dem leicht ansteigenden Tunnel, der von der kleinen Mole zu den Collegegebäuden hinaufführte. Jeder bewaffnete Widerstand hätte in dieser Phase zumindest schwere Verluste bedeutet.

Trotz alledem brachte ein vom Meer aus vorgetragener Angriff enorme Vorteile. Vielleicht war ich ein bißchen übervorsichtig und hätte weder die Opferer noch das Flugzeug gebraucht, sagte sich Kadar, aber es war gut, kein unnötiges Risiko einzugehen.

Ziegle sah ihn fragend an.

»Sagen Sie dem Anführer der Opferer, daß ich ihm gratuliere«, sagte Kadar. »Er soll melden, ob der obere Tunneleingang gesichert ist. Erteilen Sie Phantomair Anweisung, eine Runde um die Insel zu drehen. Wenn nichts Verdächtiges zu sehen ist, soll die Maschine in zehn Minuten landen.«

Ziegle sagte etwas ins Mikrofon seines Funkgeräts. Kadar beobachtete, wie das kleine Flugzeug nach Steuerbord abdrehte und in etwa tausend Fuß Höhe zu einem Flug rund um die Insel ansetzte. »Man kann nie genug Aufklärung betreiben«, zitierte er im Geiste eine militärische Faustregel.

»Die beiden Tunneleingänge sind gesichert, aber jeweils nur von einem Mann«, meldete Ziegle. »Der Anführer der Opferer braucht die übrigen Leute, um die Geiseln zu bewachen. Er bittet möglichst rasch um Verstärkung.«

Kadar glaubte sich in diesem Augenblick euphorischer, als wohl selbst General McArthur nach der Rückeroberung der Philippinen gewesen sein mochte, und erteilte den Befehl zur Landung. Ein Wink reichte, schon kletterten die mit Waffen und Sprengstoff beladenen Terroristen die Fallreeps hinunter, sprangen in die wartenden Schlauchboote und nahmen Kurs auf die Küste.

Kadar bildete mit Ziegle und seinem persönlichen Leibwächter die Nachhut. Als sie an der Mole festmachten, wurde gemeldet, daß ein Mann in einem schwarzen Taucheranzug vom Turm der Burg zum College hinübergewinkt hatte. Vom Flugzeug aus habe man auch mehrere Leichen erkennen können.

Fitzduane war also endlich tot! Kadar reagierte auf die Nachricht mit Erleichterung. Der Ire war einer von diesen Menschen gewesen, die die schlimme Angewohnheit haben, immer im falschen Moment aufzutauchen. Daß er dies wohl eher instinktiv als bewußt getan hatte, schmälerte nicht die Freude über seinen Tod: Er war ein gutes Omen.

Zufahrtsstraße des Draker-Colleges – 18 Uhr 06

Fitzduane widerstand dem Drang, das Gaspedal voll durchzudrücken. Hohes Tempo könnte Verdacht erregen und außerdem war der Zustand der Straße viel zu schlecht.

Er glaubte jetzt einigermaßen zu erraten, was der Henker vorhatte. Vermutlich wollte er zuschlagen, sobald der Personalbus die Insel verlassen hätte. Falls das stimmte, gingen die Terroristen vielleicht gerade an Land. Ob sie wohl von den Opferern unterstützt wurden, wie Fitzduane befürchtete?

Henssen lag zwischen Murrough und dem hinteren Radkasten des Lieferwagens auf dem Rücken, Guevains gespannten Langbogen in einer Hand und eine AK-47, die sie im Auto gefunden hatten, zwischen den Knien.

Er warf einen Blick durch das hintere Fenster. »Wir haben Besuch. Ein kleines zweimotoriges Flugzeug kommt auf uns zu. Hoffentlich sitzen welche von uns drin.«

»Darauf würde ich mich nicht verlassen«, sagte Fitzduane. »Wir müssen aufpassen, daß wir nicht zwischen zwei Feuer geraten. Sieht es so aus, als wollte das Flugzeug landen?«

»Scheiße!« brüllte Henssen. Das Auto war durch ein Schlagloch gefahren. Die Kalaschnikow zwischen Henssens Knien hatte sich selbständig gemacht und ihm einen heftigen Schlag zwischen die Beine versetzt.

Fitzduane drehte sich um und erfaßte mit einem Blick, was passiert war. »Kein guter Platz für eine Waffe«, sagte er.

»Sehr witzig!« brummte Henssen und massierte mit der freien Hand seine intimsten Teile. »Das Flugzeug hat abgedreht. Sieht so aus, als würde es eine Warteschleife drehen, weil wir ihm im Weg sind. Vielleicht will der Pilot hier auf der Straße landen.«

Fitzduane blickte angestrengt nach vorn. Sie näherten sich rasch dem Draker-College. Schon konnte er am Tor eine Gestalt erkennen. »Wenn das einer von der Wachmannschaft ist, sind wir nicht zu spät dran«, sagte er. »Andernfalls mußt du zeigen, was du kannst.« Er zwinkerte Guevain zu. »Glaubst du, daß du aus achtzig Metern Entfernung triffst?«

»Das wird man sehen«, antwortete Guevain. Der Franzose hatte sich wie Fitzduane eines der karierten Kopftücher umgebunden, die im Auto gelegen hatten. Er wirkte gefaßt und konzentriert. Seine Hände umklammerten den schlanken Schaft eines schweren Pfeils, wie man sie bei der Jagd benutzt.

Die Gestalt mit der Tiermaske winkte ihnen von weitem mit der linken Hand zu. In der Rechten hielt sie eine Uzi-Maschinenpistole. Fitzduane zog die Handbremse und schlug das Steuer ein. Das Auto machte mit blockierten Rädern eine halbe Drehung. Sein Heck war fünfundsiebzig Meter von dem Opferer entfernt.

Im Draker-College – 18 Uhr 09

Sie hatten es geschafft, sie hatten es wirklich geschafft, dachte der Opferer, der den Haupteingang des Colleges bewachte. Er hieß Carlos, und sein Vater war ein spanischer Industrieller, der unter dem Franco-Regime ein Vermögen verdient hatte und es jetzt für geraten hielt, möglichst wenig von sich reden zu machen. Deshalb hatte er seine Geschäfte – und seine Weibergeschichten – Schritt für Schritt nach Südamerika verlagert. Von seinem Jüngsten war er ziemlich enttäuscht. Dem Burschen fehlten die realistische Ader und auch die Mannhaftigkeit, die man braucht, um sich in dieser

Welt zu behaupten. Nein, man konnte wirklich nicht stolz auf ihn sein. Am besten, er blieb so lange am Draker-College, bis sich eine Lösung für das Problem fand. Wie die Lösung aussehen könnte, darüber zerbrach sich Carlos' Vater allerdings wenig den Kopf. Er lebte nach dem Grundsatz: Aus den Augen, aus dem Sinn, und außerdem gab es im Leben weitaus Unterhaltsameres.

Carlos haßte seinen Vater, und die Leere, die dieser Haß in ihm schuf, wurde von den Opferern und ihrer kameradschaftlichen Art ausgefüllt. Sie vermittelten ihm Machtgefühl und Selbstachtung, was ihm bis dahin unzweifelhaft gefehlt hatte. Er staunte über seinen eigenen Mut: Erst vor wenigen Minuten hatte er zwei Männer mit Zyankali umgebracht. Jetzt stand er am Haupteingang und wartete auf die beiden Saboteure von der Phantom-Einheit, die Befehl hatten, die Brücke in die Luft zu sprengen. Carlos hatte die Männer noch nie gesehen, doch man hatte ihm bei der Einweisung Fabrikat, Nummernschild und geschätzte Ankunftszeit des Autos mitgeteilt.

Der Lieferwagen hatte fast in Rufweite gestoppt. Die Art, wie er dabei geschleudert hatte, ließ vermuten, daß er einen platten Reifen hatte. Carlos hob einen Arm und hielt den Daumen nach oben, zum Zeichen, daß das College in ihrer Gewalt war. Dann machte er unwillkürlich ein paar Schritte, als wollte er hingehen und den Männern im Lieferwagen behilflich sein.

Der Fahrer und der Mann auf dem Beifahrersitz stiegen aus. Der Fahrer versetzte einem der Hinterräder einen wütenden Fußtritt. Der andere machte die Hecktür auf und beugte sich vor, als suchte er nach Reservereifen und Wagenheber. Carlos erkannte von weitem etwas, das wie das Ende einer Kurbel aussah. Er war stehengeblieben, im Zweifel, ob er den Männern helfen oder den Befehl befolgen sollte, seinen Posten am Haupteingang nicht zu verlassen. Die Hände wie einen Trichter vor dem Mund, rief er den beiden Männern zu, daß er ihnen gern behilflich wäre, seine Befehle dies jedoch nicht zuließen.

Der Mann, der auf dem Beifahrersitz gesessen hatte, trat hinter dem Auto hervor. Er hielt etwas in den Händen, womit er auf einen Punkt dicht über Carlos' Kopf zu zielen schien. Darauf eingestellt, ein Reserverad oder Werkzeug zu erblicken, wußte Carlos' Gehirn mit der Botschaft, die es von den Augen empfing, nicht gleich etwas anzufangen. Es mühte sich noch, die visuellen Eindrücke auszuwerten, als Carlos' Brust fast genau in der Mitte von einem Pfeil durchbohrt wurde. Wie kalt es plötzlich wird, war sein letzter Gedanke.

Draker-College – 18 Uhr 10

Guevain stand sekundenlang wie versteinert da, als ihm die Folgen seiner Tat voll bewußt wurden. Alle Farbe wich aus seinem Gesicht, und die Hand, die den Bogen hielt, sank herab. Fitzduane entriß ihm die Waffe, warf sie hinten in den Lieferwagen, schob Guevain ziemlich unsanft auf den Beifahrersitz und knallte die Tür hinter ihm zu. Mit offener Heckklappe gab er Vollgas und donnerte durch das Tor in den Vorhof des College.

Keine Menschenseele war zu sehen. Mehrere Autos standen herum, die Kühlerhauben waren offen, die Motoren ruiniert.

»Verdammt! Los, beeilen wir uns!« sagte Fitzduane.

Murrough, der sich im College auskannte, gab Andreas das Zeichen, ihm zu folgen. Sie rannten um das Hauptgebäude herum zu der Stelle, wo sich der Tunneleingang befand. Murrough hatte sich das Scharfschützengewehr umgehängt und hielt eine SA-80 in der Hand. Der Hebel war auf Dauerfeuer gestellt. Andreas war mit Fitzduanes Remington und dem Hawk-Granatwerfer bewaffnet, dessen zwölf 40-mm-Granaten in sechs Sekunden abgefeuert werden konnten. Der Granatwerfer war schwer, und man brauchte Übung, wollte man ihn sachgerecht einsetzen. Auf kurze Entfernung war seine Wirkung verheerend.

Sie konnten nur hoffen, daß die Terroristen noch nicht den Tunnel passiert hatten, den einzigen Ort, wo sie einen überlegenen Gegner aufhalten konnten. Fitzduane hatte ihnen eingeschärft, möglichst erst das Feuer zu eröffnen, wenn er den Saal unter Kontrolle hatte, wo sich die Schüler jeden Abend versammelten. »Noch arbeitet der Überraschungseffekt für uns«, hatte er gesagt, »aber damit ist es nach dem ersten Schuß vorbei.«

Murroughs Herz machte einen Hüpfer, als er den dunklen, leeren Tunneleingang sah. Er war nur noch fünfzehn Meter entfernt, als zwei Männer in Tarnanzügen herausstürmten. Gerade noch rechtzeitig konnte er sich zu Boden werfen. Geschosse aus einer Kalaschnikow zischten über ihn hinweg, und dann knallte zweimal kurz hintereinander Andreas' Remington. Die Schüsse wurden vom Tunnel her, dessen Ausgang plötzlich von Männern verstopft war, mit einem Kugelhagel beantwortet.

Murrough blieb auf dem Boden liegen. Das gegnerische Feuer war zu heftig, als daß er etwas hätte unternehmen können. Eine Granate kam in weitem Bogen durch die Luft geflogen und zertrümmerte eine mit Wasser gefüllte Tonne nicht weit von ihm. Er wurde klatschnaß. Mutlos und verzweifelt sagte er sich, daß sie zu spät gekommen waren. Sie konnten den Tunnel nicht halten.

Plötzlich spürte er, wie jemand seine Fußgelenke packte und ihn rückwärts über den mit Kies bestreuten Gartenweg schleifte. Eine Stimme mit einem ausländischen Akzent schalt ihn einen Idioten, woraufhin er wütend mit den Beinen strampelte. Die scharfen Steine zerschnitten ihm das Gesicht, Geschosse ließen den Kies an Stellen auseinanderspritzen, an denen sich sein Kopf gerade eben noch befunden hatte. Hinter einem bis in halbe Höhe aus Ziegelsteinen gemauerten Gewächshaus ließ Andreas ihn los. Er keuchte vor Anstrengung. »Sie haben da gelegen wie festgenagelt«, sagte er.

»Genauso habe ich mich gefühlt«, antwortete Murrough.

Das Feuer vom Tunnel her ließ nach. Vier Terroristen kamen ins Freie gestürmt. Murrough, der sich schnell wieder gefangen hatte, erwischte zwei mit einer Garbe aus der SA-80, und Andreas traf einen mit der Remington, aber der vierte konnte im Garten in Deckung gehen. Das Feuer aus dem Tunnel wurde wieder stärker. Andreas und Murrough waren darauf gefaßt, daß gleich noch mehr Terroristen auf sie zustürmen würden.

»Von wegen Überraschungseffekt!« sagte Andreas. »Das wars dann wohl.«

»Ja, vielleicht«, sagte Murrough. Er zermarterte sich das Hirn und versuchte sich an alles zu erinnern, was er über den Garten und die Beschaffenheit des Tunnels wußte. Es mußte doch irgendwie möglich sein, ein bißchen Zeit zu gewinnen!

Draker-College – 18 Uhr 13

Gefolgt von Guevain, Henssen und Judith Newman betrat Fitzduane das Hauptgebäude und steuerte auf den Saal zu.

Judith hatte sich nach wenigen Schritten umgedreht und war zu dem toten Wächter am Tor gesprintet, um ihm die Uzi-Maschinenpistole und die Reservemagazine abzunehmen. Ihre Augen leuchteten auf, als sie die in Israel gefertigte Waffe erblickte. Im Kibbuz hatte sie damit schießen gelernt, lange bevor man ihr das Kochen und Nähen beibrachte, und als Teenager war sie bald ein besserer Schütze als die meisten anderen Sabras. Sie holte Fitzduane und Guevain ein. Rasch, aber vorsichtig gingen sie den langen Korridor entlang, der zum Saal führte.

Fitzduane hatte ihnen vorher alles erzählt, was er über die Beschaffenheit des Hauses wußte. Er kannte sich nicht sonderlich gut im College aus, erinnerte sich jedoch an die Lage der wichtigsten Räumlichkeiten. Der Saal, der auch als Theater benutzt wurde, hatte an einem Ende eine Bühne und am anderen eine L-förmige Empore mit einer Orgel darauf. Der Haupteingang befand sich rechts von der Bühne. In dem großen Raum, dessen Stuhlreihen durch einen Mittelgang getrennt waren, fanden etwa 250 Personen Platz. Im zweiten Stock gab es eine Reihe Fenster, und durch einige konnte man das rückwärtige Gelände überblicken. Fitzduane hoffte inständig, daß Murrough und Andreas nicht von einem der Fenster aus beschossen wurden. Er hatte vergessen, sie auf diese Möglichkeit aufmerksam zu machen. Auf der anderen Seite der Bühne, genau gegenüber dem Haupteingang, gab es eine weitere Tür. Der hintere Teil des Saals hatte keine Türen, wenn er sich recht erinnerte, aber eine Treppe führte zum Podium hinauf, von wo aus man in den zweiten Stock gelangen konnte.

Fitzduane schätzte, daß er es mit vier, höchstens sechs Opferern zu tun hatte. Die Beschaffenheit des Saals legte die Vermutung nahe, daß sie auf der Bühne, an den Türen und vielleicht auch auf der Empore Stellung bezogen hatten.

Er wies auf eine kleine Tür fast am Ende des getäfelten Korridors. »Henssen und Judith, geht da durch«, sagte er. »Dahinter ist eine Wendeltreppe, die zur Empore hinaufführt. Geht hoch und wartet ab, bis ich losschlage. Vergeßt nicht: Wenn wir den Gegner nicht schnell ausschalten, kann es zu einem Massaker kommen.« Die beiden nickten und verschwanden durch die Tür.

Fitzduane und Guevain, in dessen Gesicht ein bißchen Farbe zurückgekehrt war, stellten sich geduckt und mit angespannten Muskeln vor den Haupteingang des Saals. Plötzlich knallten hinter dem Gebäude Schüsse. Fitzduane, der seine automatische Browning-Schrotflinte mit XR-18-Munition geladen hatte, nickte Guevain zu. Gleichzeitig warfen sie sich so heftig gegen die beiden Türflügel, daß der Wächter auf der anderen Seite zu Boden geschleudert wurde. Ein Opferer, der in der Mitte der Bühne stand und die in der Saalmitte zusammengedrängten Schüler in Schach hielt, fuhr herum, doch bevor er seine Waffe hochreißen und abdrücken konnte, wurde er von der tödlichen Ladung aus Fitzduanes Flinte getroffen. Mit einem zweiten Schuß erledigte Fitzduane den Opferer, der die gegenüberliegende Tür bewachte. Guevain hatte aus einer schnellen Drehung heraus den jungen Mann erschossen, der zu Boden gestürzt war, als sie in den Saal stürmten.

Judith war vor Henssen die Wendeltreppe hinaufgestiegen. Sie hatte gerade die Tür zum Podium einen Spalt breit geöffnet, als hinter dem Haus die Schießerei begann. Ein Opferer, der in der Mitte des Podiums gestanden hatte, weil er von dort aus alle Geiseln sehen konnte, drehte sich um und lief zur Fensterreihe, um nachzusehen, was draußen los war. Erschrocken fuhr er herum, als Fitzduane und Guevain die Tür aufstießen. Sekundenlang stand er unschlüssig da. Judith schoß ihm dreimal in die Brust, aber er brach nicht gleich zusammen. Henssen zielte über ihre Schulter hinweg mit seiner AK-47 auf ihn und drückte ab. Die Geschosse durchschlugen seinen Kopf. Der Tote sackte am Geländer des Podiums in sich zusammen. Sein Blut tropfte auf die unten stehenden Schüler.

Die Schießerei draußen hatte sich verstärkt.

Drinnen im Saal starrten die Schüler verwirrt ihre Retter an. Viele hatten noch immer die Hände auf dem Kopf, wie ihre Bewacher es befohlen hatten. Sie konnten die neue Lage nicht gleich erfassen. Die meisten standen unter Schock. Vor der Bühne lagen die Leichen der ermordeten Aufseher. Eine der Leichen kam Fitzduane bekannt vor: eine hochgewachsene, schlanke Frau, die Brust von Kugeln durchsiebt. Aus ihrem Gesicht sprach noch immer das Grauen, das sie im Augenblick des Todes gepackt hatte. Mit einer Hand umklammerte sie ihre Nickelbrille. Sie lag in einer großen Blutlache.

Draker-College – 18 Uhr 17

Kadar stand auf der Mole, und der Frust wühlte in seinen Eingeweiden. Von einem kleinen Kommando abgesehen, das einen Ausbruchsversuch unternehmen sollte, hatte er den größten Teil seiner Truppe vom oberen Tunneleingang zurückgezogen. Über den Gegner war nichts zu erfahren, außer daß er anscheinend nicht sehr zahlenstark war. Dafür war er um so besser plaziert.

Kadar dachte nicht daran, seine Männer im Tunnel zu lassen, denn dort waren sie am verwundbarsten. Lieber wollte er eine kleine Verzögerung hinnehmen und versuchen, die Verteidiger des College in die Zange zu nehmen. Die Funkverbindung mit den Opferern war unterbrochen. Diese Trumpfkarte stach also nicht mehr. Auch der Versuch, mit den Tauchern der Phantom-Einheit auf Fitzduanes Burg Kontakt aufzunehmen, war erfolglos: Aus dem Funkgerät kam nur ein Rauschen. Zweifel und Argwohn nagten an Kadar, doch er unterdrückte sie und sah zu, wie sich seine speziell für diesen Einsatz ausgebildeten Kletterer an Seilen die Steilküste hinaufhangelten. Sie werden die lästige Störung schnell beheben, dachte er.

Daß er in weiser Voraussicht die Brücke hatte sprengen lassen, freute ihn. Seine Opfer konnten ihm nicht entkommen. Alles andere war nur eine Frage der Zeit. Er befahl Phantomair, die Landung zu verschieben, bis sie aus dem Tunnel ausgebrochen waren oder den oberen Rand der Steilküste in ihrer Gewalt hatten.

Wer konnten ihre Gegner sein? fragte er sich und ging irritiert auf und ab. Ein Schrei ließ ihn aufblicken. Einer der Kletterer war an der felsigen Steilküste ausgerutscht und hing nur noch an den Fingerspitzen. Kadar war fast enttäuscht, als seine zappelnden Beine wieder festen Halt fanden.

Der Angriff ging weiter.

Draker-College – 18 Uhr 17

Viele Schüler hatten Fitzduane schon einmal von weitem bei einem seiner Ritte über die Insel gesehen, und das gab den Ausschlag. Der Anblick eines vertrauten Gesichts erfüllte die jungen Leute mit Zuversicht. Dieser Mann schien genau zu wissen, was er wollte. Schon wenig später verließen die befreiten Geiseln das College im Gänsemarsch und sprinteten in Richtung der Burg davon. Henssen und Guevain eskortierten sie. Die Entfernung betrug zwei Meilen. Fitzduane hatte ein ungutes Gefühl, doch andererseits waren die Schüler bestens in Form und an längere Strecken gewöhnt. Außerdem hatten sie keine Wahl. Die Terroristen hatten mit hoher Wahrscheinlichkeit Pläne des College. Auf jeden Fall war es zu groß und verwinkelt, um verteidigt zu werden. Die Burg hingegen war Fitzduanes Zuhause, dort hatten sie eine Chance.

Aus etwa dreihundert Metern Höhe beobachteten der Pilot und der Kopilot in dem kleinen Flugzeug den Exodus und erstatteten Kadar sofort per Funk Meldung. Sekunden später beschrieb die Maschine einen Bogen und nahm Kurs auf den Teil der Straße, der die Schüler noch von Fitzduanes Burg trennte. Die Landebahn, die der Pilot eigentlich ins Auge gefaßt hatte, lag bereits hinter ihnen. Ihm blieb nichts anderes übrig, als zu versuchen, die Maschine auf einen anderen Teil der Straße herunterzubringen. Das ist zu schaffen, sagte er sich zuversichtlich, aber wer weiß, ob ich sie von dort wieder hochkriege. Da er nicht im Traum daran dachte, sich den Befehlen Kadars zu widersetzen, zog er die Sicherheitsgurte straffer und leitete die Landung ein.

Unterdessen waren Fitzduane und Judith im zweiten Stock des Colleges an einem Fenster in Stellung gegangen, von wo aus sie das rückwärtige Gelände und den Tunneleingang überblicken konnten. Die Schüsse aus dem Tunnel verrieten ihnen, wo Murrough und Andreas in Deckung gegangen sein mußten: Das Gewächshaus war bereits ein einziger Scherbenhaufen. Fitzduane hoffte, daß die beiden ausreichend gegen die herumfliegenden Splitter geschützt waren. Sie hatten sich nicht gerade ein gemütliches Plätzchen ausgesucht.

In etwa dreißig Metern Entfernung kroch eine Gestalt im Tarnanzug einen mit Kies bestreuten Gartenweg entlang, der seitlich im toten Winkel auf das Gewächshaus zuführte. Fitzduane sah, wie der Terrorist sich ein wenig zur Seite rollte und zwei zylindrische Gegenstände aus dem Gürtel zog. Fast vermeinte er zu hören, wie der Mann den Ring des Zünders von einer der Handgranaten abriß und fallen ließ. Fitzduane hatte mit Murrough Verbindung aufnehmen wollen. Jetzt steckte er rasch das kleine Funkgerät in die Tasche und riß die Browning-Schrotflinte an die Schulter. Als der Terrorist aufstand und mit dem rechten Arm zum Wurf ausholte, drückte er ab, doch es war nur ein Klicken zu hören: Beide Läufe der Flinte waren leer.

In diesem Augenblick zog Judith neben ihm durch. Drei Kugeln aus ihrer Uzi trafen den Mann mit der Granate. Er kippte nach vorn und ließ die Handgranate los. Sie rollte unter eine Schubkarre aus Zinkblech. Fitzduane duckte sich, hob aber gleich wieder den Kopf und sah, wie die von Splittern durchsiebte Schubkarre durch die Luft segelte und in einem Zierteich landete, daß das Wasser nur so spritzte und eine Anzahl Goldfische auf den Steinplatten landete.

Judith, die auf Einzelfeuer umgeschaltet hatte, nahm den Tunneleingang unter Beschuß. Fitzduane griff wieder nach dem Funkgerät, und diesmal klappte die Verbindung. »Alles in Ordnung?« fragte er Murrough.

»Ja, wir haben nichts abgekriegt«, antwortete Murrough. »Nur die Scherben haben uns ganz schön zugerichtet. Wir können hier nicht weg, das Feuer aus dem Tunneleingang ist zu stark.«

»Habt ihr den Granatwerfer schon eingesetzt?«

»Nein, noch nicht. In dem Kugelhagel ist das so gut wie unmöglich.«

»Rechts vom Tunneleingang befindet sich ein Heizöltank«, sagte Fitzduane. »Er ist aus Sicherheitsgründen von einer Hülle aus Sand und Beton umgeben. Durch den Tunnel führt eine Rohrleitung bis zur Mole.«

»Stimmt«, sagte Murrough. »Der kleine Hügel rechts vom Tunnel, das ist der Tank.«

»Sagen Sie Andreas, er soll nachsehen, ob in einem der Magazine M433-HEDP-Granaten sind.«

In der Stille, die auf seine Worte folgte, wandte sich Judith an ihn: »Ich kann sie in Schach halten«, sagte sie, »aber nicht mehr lange, dann geht mir die Munition aus.« Sie hielt zwei Magazine hoch. »Das sind die letzten.« Sie gab einige Schüsse ab und schob das vorletzte Magazin in die Uzi.

»Wir haben vier von den Granaten gefunden«, meldete Murrough. »Auf den anderen stehen Bezeichnungen wie M397 oder M576.«

»Laden Sie den Werfer zuerst mit zwei M397 und dann mit den vier HEDP-Granaten«, wies Fitzduane ihn an.

Nach einer kurzen Pause gab Murrough durch: »Fertig.«

Eine Gestalt sprintete aus dem Tunnel, eine Handgranate in der Faust. Judith und Fitzduane, der inzwischen nachgeladen hatte, feuerten. Der Terrorist stolperte und riß die Arme hoch. Mit letzter Kraft schleuderte er die Handgranate. Hilflos sahen sie zu, wie sie im Gewächshaus landete. Gleich darauf spritzte eine bräunliche Flüssigkeit in einer Kaskade himmelwärts und fiel wie Regen auf die Erde zurück.

»Scheiße!« fluchte Murrough. »Das war anscheinend ein Jauchetank. Wir sind von oben bis unten mit dem klebrigen Zeug bedeckt.«

»Das geschieht euch recht«, sagte Fitzduane. »Nur ein Dummkopf geht hinter einem Gewächshaus in Deckung.«

»Hört auf zu quatschen«, sagte Judith neben Fitzduane. Er grinste sie an. Sie hatte zwar den Humor einer Schweizerin, aber zum Glück schoß sie auch wie eine. »Murrough«, sagte er ins Funkgerät, »auf mein Kommando schießt ihr die beiden M397 in den Tunnel und zielt mit den nächsten vier Granaten auf den Tank. Wenn ihr trefft, rennt so schnell wie möglich um das Haus herum zur Vorderseite. Wir treffen uns dort.«

»Und wenn nicht?« murmelte Murrough.

Fitzduane ging nicht auf die Bemerkung ein. »Fertig?« fragte er Judith.

»Fertig.«

»Feuer!« Fitzduanes automatische Browning brüllte in kurzen Abständen los, Judith schoß in Dreierfolge das letzte Magazin leer. Fitzduane beobachtete, wie Murrough vom Gewächshaus aus den Tunnel unter Dauerfeuer nahm. Die Terroristen hörten für kurze

Zeit auf zu schießen und brachten sich vor dem Geschoßhagel in Sicherheit. Andreas nutzte die kurze Pause. Er verließ seine Deckung und brachte mit beiden Händen den Hawk-Granatwerfer in Anschlag. Lange konnten Judith und Fitzduane ihm nicht Feuerschutz geben. Judiths Magazin war schnell leergeschossen, und Fitzduane mußte nachladen. Die Terroristen im Tunnel hoben die Köpfe.

Andreas zog durch und schickte die ersten beiden Granaten in den Tunnel. Eine schwache Sprengladung sorgte dafür, daß sie vom Boden abprallten und erst dann in Brusthöhe explodierten. Schrapnellsplitter zischten durch den engen Stollen, der von Schreien widerhallte. Andreas richtete den Hawk-Werfer auf den Heizöltank. Der Abschuß der vier hochexplosiven M433-Granaten dauerte genau zwei Sekunden. Andreas und Murrough sprinteten so schnell sie konnten seitlich davon.

Die ersten beiden Granaten, die zwei Zoll dicken Panzerstahl durchschlagen konnten, rissen ein Loch in die Schutzhülle aus Sand und Beton, die dritte und vierte detonierten im Inneren des Tanks, der 10000 Liter faßte. Er platzte, doch der Inhalt ging nicht sofort in Flammen auf.

Heizöl ergoß sich ins Innere des Tunnels und entzündete sich an einem rotglühenden Granatsplitter. Ein Feuerball schoß aus dem Tunneleingang und hüllte das Gewächshaus ein, das Andreas und Murrough bis vor kurzem Deckung gewährt hatte.

Abgesehen vom Knistern und Knacken der Flammen war es im Tunnel still. Schwarzer Qualm quoll heraus und stieg zum Himmel auf. Am anderen Ende des Tunnels spürte Kadar, der rasch zur Seite getreten war, so etwas wie den feurigen Atemhauch eines Drachen. Er wußte, daß die Männer im Tunnel tot waren. Zum Glück hatte er die meisten zurückbeordert, bevor sich die Explosion ereignete.

Die ersten Kletterer hatten fast den Rand der Steilküste erreicht.

Landstraße – 18 Uhr 25

Der Pilot des kleinen Flugzeugs ließ den Blick über die Schüler gleiten, die unten in einer weit auseinandergezogenen Formation auf ihn zurannten. Er schätzte, daß er die Maschine ein paar hundert

Meter vor den ersten Läufern auf der Straße zum Halten bringen konnte, so daß die Männer der Phantomair-Einheit Zeit genug hatten, um in Stellung zu gehen und die Landstraße zu blockieren.

Das Fahrwerk berührte das Straßenpflaster – eine nahezu perfekte Landung. Der Pilot sah, wie die Läufer vor ihm nach rechts und links auswichen. Zwischen ihnen tauchte ein Lieferwagen auf und raste mit Höchstgeschwindigkeit auf das Flugzeug zu. Erschrocken trat der Pilot auf die Bremsen. Innerhalb von Sekunden schmolz der Abstand zwischen Auto und Flugzeug zusammen. Der Pilot versuchte sich vorzustellen, welche Wirkung eine Kollision bei zusammengerechnet reichlich 200 Stundenkilometern haben würde. Auf jeden Fall bräuchten sich die Insassen der beiden Fahrzeuge danach über dergleichen wohl nicht mehr den Kopf zu zerbrechen.

Aus den Augenwinkeln warf er einen Blick auf das hellgrüne, leicht gewellte Gelände links von der Straße. Der Lieferwagen war nur noch wenige Sekunden entfernt. Der Pilot spürte, wie ihn der Mut verließ. Lieber ein Feigling als tot, sagte er sich, riß den Steuerknüppel herum und rollte auf die hellgrüne Grasfläche zu. Sekunden später kam der Lieferwagen auf der anderen Seite der Landstraße mit qualmenden Reifen zum Stehen.

»Fast ein Unentschieden«, dachte der Pilot und freute sich darüber, daß der Mann am Steuer des Lieferwagens so kurz nach ihm die Nerven verloren hatte. Die Freude darüber sollte jedoch nicht lange anhalten: Das hellgrüne Gras war kein Gras, sondern ein Algenteppich. Rasch versank das kleine Flugzeug samt Pilot und Phantomair-Kommando im vier Meter tiefen bräunlich-trüben Wasser.

»Fahr zur Hölle!« sagte Fitzduane, der am Straßenrand stand und zusah, wie die Luftblasen blubbernd an der Oberfläche zerplatzten. »Mit Heimvorteil hat man wirklich leichteres Spiel.«

Die Schüler rannten an ihm vorbei, Richtung Burg. Er winkte ihnen zu. Henssen und Guevain blieben keuchend neben dem Lieferwagen stehen.

»Du bist total verrückt!« sagte Guevain kopfschüttelnd. Er war schweißüberströmt.

»Verrückt, aber verdammt tüchtig«, korrigierte Henssen ihn.

Grinsend öffnete Fitzduane die Heckklappe des Lieferwagens. »Na, ihr Rentner, soll ich euch ein Stück mitnehmen?« fragte er.

Fitzduanes Insel – 18 Uhr 45

Das Fallgitter schloß sich rasselnd, als die ersten Terroristen über den Rand der Steilküste kletterten. Unten, irgendwo am Rand der Landstraße, stiegen zwei Mitglieder des Phantomair-Kommandos, die sich aus dem Flugzeug hatten retten können, von Glucksen und Plätschern begleitet aus dem grünen Morast und machten sich auf den Weg zum College. Sie freuten sich nicht darauf, Kadar unter die Augen zu treten, aber wohin sonst sollten sie gehen?

Kapitel 27

Dublin, im Hauptquartier der Rangers – 19 Uhr 45

Der Leiter des irischen Fremdenverkehrsamtes war ein weltmännischer, grauhaariger Karrierebeamter Anfang Fünfzig. In allen Lebenslagen verließ er sich auf drei Dinge: Auf sein Lächeln, auf seine Beziehungen und seine Fähigkeit, mit endlos vielen Worten so lange nichts zu sagen, bis die Gegenseite zermürbt war.

In diesem Fall ging es um die bevorstehende Verhaftung einer Anzahl von Touristikexperten aus dem Nahen Osten durch die Rangers. Untergebene hatten den Leiter des Fremdenverkehrsamtes in der Ansicht bestärkt, daß die Festnahme dieser Leute der Sache des Tourismus in Irland nicht eben sehr förderlich sein konnte – und außerdem machte dergleichen im Fernsehen einen schlechten Eindruck.

Einen schlechten Eindruck im Fernsehen? Auf solche Reizworte reagierte der Herr Direktor wie Pawlows Hund auf das Glöckchen. Erschrocken beraumte er eine Krisensitzung mit dem Kommandeur der Rangers an.

Kilmara brauchte neunzig Minuten, um den lästigen Besucher und dessen Gefolge abzuwimmeln. Er kehrte zu seinem Schreibtisch zurück und stellte fest, daß die mit Fitzduane vereinbarte zweistündliche Kontrollmeldung per Funk nicht eingegangen war.

Auch die Telefonverbindung war offenbar unterbrochen. Auch eine Verbindung mit dem Sicherheitsbeamten im Draker-College ließ sich nicht herstellen, was ihn nicht weiter überraschte, weil alle Anschlüsse auf der Insel an derselben Leitung hingen. Sein nächster Anruf galt der Polizeiwache von Bellyvonane, dem der Insel am nächsten gelegenen Dorf auf dem Festland. Er wußte, daß die Wache um diese Uhrzeit nicht besetzt war, doch normalerweise wurden alle Gespräche automatisch zur Wohnung des jeweiligen wachhabenden Beamten durchgestellt.

Beim zehnten Klingeln wurde der Hörer am anderen Ende abgenommen. Außer Atem berichtete O'Sullivan, der Dorfpolizist, er sei gerade mit dem Fahrrad von der Brücke zurückgekommen, die das Festland mit Fitzduanes Insel verband. Vergeblich habe er versucht, Sergeant Tommy Keane zu erreichen, den ihr Vorgesetzter wegen eines tätlichen Angriffs auf einen Vollstrekkungsbeamten zu sprechen wünschte. O'Sullivan keuchte derartig, daß Kilmara um dessen Leben fürchtete. Er wartete ab, bis sich die Atmung des Polizisten normalisiert hatte, dann fragte er: »Sie haben den Sergeanten nicht erreicht?«

»Nein, Herr Oberst«, antwortete O'Sullivan.

»Aber es gibt doch eine Brücke! Warum sind Sie nicht rübergefahren?«

»Ach, habe ich Ihnen das nicht gesagt?« fragte der Polizist zurück. »Die Brücke ist zusammengekracht. Sie ist nur noch ein Trümmerhaufen. Die Insel ist völlig vom Festland abgeschnitten.«

Beunruhigt legte Kilmara auf. Es war inzwischen fast zwanzig Uhr. Was zum Teufel ging auf der Insel vor? Alles deutete darauf hin, daß dort etwas Unerfreuliches passierte, aber noch stand es nicht zweifelsfrei fest. Daß die Verbindung zur Insel ausgerechnet an dem Tag abgerissen war, an dem in Bern der Geranientag gefeiert wurde, rechtfertigte keinen Abstecher zu Fitzduanes Eiland. Oder etwa doch, wenn man Fitzduanes böse Vorahnungen und die kriminelle Energie des Henkers in dieselbe Waagschale legte?

Kilmara warf einen Blick auf die schriftlichen Unterlagen über die Touristikexperten aus dem Nahen Osten, die mit der letzten Maschine aus London eintreffen sollten. Ihre Reise hatte in Libyen begonnen, aber es gab keinen Direktflug nach Irland. War nicht damit zu rechnen, daß sich solche Leute nach der Ankunft erst einmal ins Londoner Nachtleben stürzten, um sich von der Dekadenz der westlichen Zivilisation zu überzeugen?

Plötzlich kam Kilmara die Einsicht, daß er den Gaul vom falschen Ende her aufzäumte. Die Frage war nicht, ob er es mit echten oder falschen Touristikexperten zu tun hattem, sondern wie er gleichzeitig mit zwei Problemen fertig werden konnte, und die Antwort lag auf der Hand. Ohne es zu ahnen, hatte ihm der Leiter des Fremdenverkehrsamtes, dieser Dummkopf, den Weg gewiesen. Kilmara brauchte fünfundzwanzig Minuten, um alles in die Wege zu leiten.

Günther blickte auf, als Kilmara in den Kommandoraum eintrat. Der Deutsche hatte versucht, Funkkontakt zu Fitzduane herzustellen. »Nichts«, sagte er kopfschüttelnd. »Absolut nichts.«

Er folgte Kilmara zu dessen Büro. Der Colonel schloß hinter ihnen die Tür und wies auf einen Stuhl. »Die Briten schulden uns ein paar Gefälligkeiten«, sagte er.

»Ach ja?« meinte Günther und runzelte die Brauen.

»Heute habe ich unsere britischen Freunde in die Pflicht genommen«, fuhr Kilmara fort. »Sie sind nicht gerade glücklich darüber, aber sie werden tun, worum ich sie gebeten habe.«

»Ich glaube, mich laust der Affe!« entfuhr es Günther. »Wollen Sie damit etwa sagen, daß die Briten unsere Freunde aus dem Nahen Osten bei der Zwischenlandung in London hochnehmen?«

Kilmara nickte. »Erraten. Erst dann können wir in der Botschaft Entwarnung geben. Die Japaner haben wir ja bereits aus dem Verkehr gezogen. Die Luft ist jetzt also ziemlich rein, und wir können uns ohne Gewissensbisse einen Abstecher zu Fitzduanes Insel leisten.«

»Wir fliegen also hin?«

»Genau«, antwortete Kilmara. »Auf geht's!«

Militärflughafen Baldonell nahe Dublin – 20 Uhr 45

Im Kopfhörer knisterte es. Eine Stimme sagte, daß ihnen gleich Starterlaubnis erteilt würde. Wäre die Welt vollkommen, überlegte Kilmara – dann ließ er den Gedanken fallen. Während seiner gesamten Laufbahn hatte er sich mit finanziellen Problemen herumschlagen müssen, wenn es um die Anschaffung von modernen Ausrüstungsgegenständen ging. Deshalb führte es heute abend zu nichts, wenn er sich darüber ärgerte, daß in einem armen Land wie Irland keine für den Nachtflug tauglichen Helikopter zur Verfügung standen.

Um gerecht zu sein, mußte er zugeben, daß die Rangers, von der Hubschrauberfrage einmal abgesehen, gut ausgestattet waren und einen so hohen Ausbildungsstand erreicht hatten, wie er ihn nie zu erhoffen gewagt hätte. Bald würden sie wissen, ob sie auf diesen Einsatz ausreichend vorbereitet waren. Er unterschied sich von allen anderen, die die Rangers bisher durchgeführt hatten – und außerdem sollte heute zum erstenmal ein ganzes Kommando in voller Montur aus einem Flugzeug springen und an Fallschirmen zur Erde schweben.

Natürlich konnte es sich um einen blinden Alarm handeln, doch eine innere Stimme sagte Kilmara, daß dem nicht so war. Er ahnte, daß es drüben, am äußersten Rand seines Landes, zu einem Blutvergießen gekommen war. Instinktiv tastete seine Rechte nach der SA-80, die neben seinem Sitz in der Halterung steckte.

Durch das Plexiglas-Cockpit des Optica-Hubschraubers warf er zuerst einen Blick nach vorn auf die Startbahn und dann nach hinten, wo zwei leichte, zweimotorige Transportflugzeuge, beladen mit Rangers und deren todbringender Ausrüstung, auf den Start warteten. Die Stimme des Piloten drang aus den Kopfhörern. Das Cockpit dieses Hubschraubers war zwar so schallgedämpft, daß man sich ohne Gegensprechanlage normal unterhalten konnte, doch sie verständigten sich trotzdem per Funk, weil auf diese Weise auch die Verbindung nach draußen gewährleistet war.

»Wir haben Starterlaubnis«, sagte der Pilot.

»Letzte Meldung vor Start!« kommandierte Kilmara. Günther meldete sich als erster, gefolgt vom Kommandeur der zweiten Maschine.

Kilmara sah den Piloten an. »Fliegen Sie los!«

Sie hoben ab und flogen nach Westen, der sinkenden Sonne entgegen.

Draker-College – 20 Uhr 45

Während er eine Pleite nach der anderen hinnehmen mußte, ließ Kadar sich äußerlich nicht anmerken, was in ihm vorging, doch tatsächlich durchlebte er das ganze Spektrum menschlicher Gefühle. Auf lähmende Angst folgte eine so unbändige Wut, daß er das Gefühl hatte, andere Menschen mit Blicken töten zu können. Die Nachricht, daß Fitzduane noch am Leben war, verbesserte seine Stimmung natürlich nicht gerade. Durch die Hinrichtung des Piloten hatte er sich ein wenig abreagiert.

Kadar gab sich einen Ruck und vergegenwärtigte sich den weiteren Verlauf der Dinge. Seine augenblickliche Lage hatte zweifellos auch positive Seiten. Er stand vor der größten und faszinierendsten Herausforderung seiner bisherigen Laufbahn und hatte es mit einem Gegner zu tun, der seiner würdig war. Kein Zweifel, die Operation Geranie würde ein Erfolg werden, jedoch nur nach großen Anstrengungen und hingebungsvollem Einsatz. Das Unternehmen stellte ein gebührendes Finale dieses Lebensabschnitts dar, und die Verluste, die er, Kadar, bisher hatte einstecken müssen, würden den Erfolg letzten Endes nur versüßen.

Kadar studierte die Landkarte und mehrere Luftaufnahmen der Insel. Er wußte jetzt, wer seine Gegner waren und wo sie sich befanden. Die Insel war vom Festland abgeschnitten, Fitzduanes Burg umzingelt. Es gab genügend Männer und Waffen, um sie zu erstürmen. Dem verdammten Iren würde man eine Lektion in militärischer Strategie erteilen, und Regel Nummer eins lautete: Eine mittelalterliche Burg kann Waffen aus dem späten 20. Jahrhundert nicht standhalten.

Auf Fitzduanes Burg – 21 Uhr 18

Nachdem sich alle in die Burg gerettet hatten, gönnte Fitzduane ihnen eine Erholungspause von zehn Minuten. Anschließend machten sich alle mit Feuereifer an die Arbeit. Wenige Minuten, nachdem das Fallgitter herabgelassen worden war, waren die ersten Terroristen gesichtet worden, aber sie hatten sich der Burg nur bis auf etwa einen Kilometer genähert. Jetzt, in der Abenddämmerung, kam Bewegung in sie: Der Ring verengte sich.

Als die feindliche Vorhut nur noch einen halben Kilometer

entfernt war, wies Fitzduane Murrough und Andreas an, das Feuer zu eröffnen, jedoch jeweils nur einen Schuß abzugeben. Die feindlichen Scharfschützen verhielten sich genauso. Dieses Geplänkel dauerte etwa eine Viertelstunde, dann war der Aufmarsch der Terroristen abgeschlossen. Sie hatten in einem Halbkreis um die Burg Stellung bezogen und auf der Seeseite ein paar Beobachter postiert. Murrough und Andreas schworen, ein paar Terroristen getroffen zu haben, aber auch in der Burg war ein erstes Opfer zu verzeichnen: Die Kugel eines Scharfschützen traf Sergeant Tommy Keane mitten in die Stirn, als er vorsichtig durch eine Schießscharte äugte. Er war sofort tot.

Kadars Trupp hatte sich gerade eben außerhalb der Reichweite von Armeekarabinern eingegraben. Bei Einbruch der Nacht waren auch die Verteidiger mit ihren Vorbereitungen fertig. Es entging Fitzduane nicht, daß seine Leute müde und folglich nicht mehr ganz so aufmerksam waren. Er ordnete eine Essenspause an und versammelte anschließend die gesamte Besatzung mit Ausnahme derer, die gerade Wache schoben, zu einem Kriegsrat. Die Stimmung war von finsterer Entschlossenheit geprägt. Der Tod von Tommy Keane hatte den letzten Rest von Hochstimmung nach der geglückten Flucht aus dem Draker-College verfliegen lassen. Jetzt konnte niemand mehr die Augen vor den brutalen Fakten verschließen, und die Devise lautete: Töten oder getötet werden, siegen oder untergehen.

»Im College hatten wir den Überraschungseffekt auf unserer Seite«, sagte Fitzduane, »aber jetzt weiß der Feind, wer wir sind und wo wir uns befinden. Wir haben also keinen Platzvorteil mehr und müssen uns etwas einfallen lassen, wenn wir diese Partie gewinnen wollen.«

»Wie lange, glauben Sie, müssen wir durchhalten?« fragte Henssen.

Fitzduane zuckte mit den Achseln. »Ich hatte mit den Rangers vereinbart, daß wir uns in regelmäßigen Abständen per Funk melden. Daraus ist nichts geworden, und deshalb glaube ich, daß wir schon in ein paar Stunden mit Hilfe rechnen können, aber ich weiß natürlich nicht, in welchem Umfang. Vergessen wir nicht, daß wir vom Festland abgeschnitten sind. Wahrscheinlich wird es eine

Weile dauern, bis man das Problem in seiner ganzen Tragweite erkennt und genügend Verstärkung mobilisieren kann. Wer weiß, vielleicht müssen wir bis morgen früh oder sogar noch länger durchhalten.«

»Für eine Belagerung eher ein kurzer Zeitraum«, bemerkte Henssen.

»Lange genug, wenn der Gegner über moderne Waffen verfügt«, entgegnete Fitzduane. »Aber zum Spekulieren ist jetzt keine Zeit. Wie wäre es mit einer letzten Lagebesprechung?« Er drehte sich zu dem Bär um und gab ihm einen Wink. Als gründlich ausgebildeter Schweizer Kriminalbeamter, der sich auch privat für Waffen interessierte, war der Bär bestens dafür geeignet, die Waffenkammer der Burg zu verwalten.

»Im Bereich der leichteren Waffen hat sich unsere Lage verbessert«, führte er aus. »Mit der im College gemachten Beute und den Waffen, die wir den Froschmännern abgenommen haben, könnten wir mehr Leute bewaffnen, als wir haben. Neben den modernen Waffen gibt es allerlei historisches Krieggerät, beispielsweise ein halbes Dutzend Musketen, zwei funktionierende Armbrüste und Christians Langbogen.«

»Mein Langbogen ist kein historisches Kriegsgerät«, protestierte der Franzose.

»Meinetwegen«, sagte der Bär. »Tatsache ist, daß wir eine ziemlich große Waffensammlung mit einem für moderne Verhältnisse begrenzten militärischen Wert haben. Einiges davon könnte sich trotzdem als nützlich erweisen. Ich habe solche Waffen überall in der Burg verteilt, damit sie im Notfall zur Hand sind. Die Musketen sind geladen, also bitte Vorsicht!«

»Ich nehme an, du wirst eine Armbrust benutzen, Heini«, spöttelte Guevain.

»Die Armbrust ist nie die traditionelle Waffe der Schweizer gewesen, sondern die Pike oder Hellebarde.«

»Machen wir mit den Feuerwaffen weiter«, schaltete sich Fitzduane ein.

»Gern«, sagte der Bär. »Da wäre zuerst einmal der Hawk-Granatwerfer Kaliber 40 mm, einschließlich rund dreißig Granaten verschiedenen Typs. Weiterhin gibt es eine Kiste voll Handgranaten. Auf dem floßähnlichem Gefährt der Froschmänner haben wir eine kleinere Menge C4-Sprengstoff gefunden. Es gibt einen selbstgebrauten Cocktail aus einem Insektenvertilgungsmittel, Zucker, Dieselkraftstoff und ein paar anderen Zutaten. Leider sind wir knapp an Benzin, weil die zur Burg gehörenden Autos Dieselmotoren haben. Trotzdem können wir Molotow-Cocktails basteln, weil wir dem erbeuteten Lieferwagen ein paar Liter Benzin abgezapft haben.« Der Bär warf Fitzduane einen Blick zu. »Um die Benzinknappheit auszugleichen, habe ich auf die Schnapsbestände zurückgegriffen. Tut mir leid, aber ich fürchte, das hat ein ziemliches Loch in die Vorräte gerissen.«

»Mein Whiskey!« rief Fitzduane entgeistert. »Du hast meinen Whiskey mit Benzin vermischt?«

»Manche Marken schmecken doch sowieso fast wie Benzin«, murmelte Henssen.

»Was ist mit den Kanonen?« wollte Christian de Guevain wissen. »Wollen wir die nicht ausprobieren?« Gemeint waren die beiden kleinen Feldschlangen aus dem 18. Jahrhundert, die im Burghof standen.

»Vielleicht«, sagte der Bär. »Wir haben nur einen kleinen Vorrat an Schwarzpulver, und den habe ich einstweilen für die Musketen reserviert. Wir könnten natürlich das aus dem Insektengift, Dieselkraftstoff und Zucker zusammengerührte Zeug benutzen, um die Kanonen damit zu laden. Die richtige Menge ließe sich allerdings nur durch Tests ermitteln, und dabei würde ich nur ungern den Kanonier spielen.«

»Mit den Kanonen könnten wir prima das Tor sichern«, schlug Guevain vor. »Wir laden sie mit Nägeln und Glasscherben. Das ergibt eine Art Schrapnell.«

»Ja, genau«, sagte Fitzduane begeistert. »Wir ballern ein paarmal auf die Außenmauer, um die richtige Ladung zu ermitteln. Und wir benutzen dabei eine lange Lunte.«

»Achtet auf den Rückstoß!« riet Henssen. »Sonst könnte euch so ein Geschütz die Zehen plattquetschen oder ein paar wichtigere Teile beschädigen.«

»Der Kerl scheint sich auszukennen«, sagte der Bär. »Und ich dachte, Sie verstehen nur was von Computern! Hiermit erteile ich

Ihnen das Kommando über die Kanonen.« Henssen verdrehte die Augen. »Warum kann ich mein großes Mundwerk nicht halten?«

»Eine gute Frage«, frotzelte Guevain.

Die Lagebesprechung ging weiter. Sie einigten sich darauf, wo sie die vorhandenen Schrapnellminen plazieren wollten, wer ein Walkie-Talkie bekam, wann und wo es etwas zu essen geben würde, wer sich um den Sanitätsdienst kümmern sollte, wann die Wachen abgelöst werden mußten und daß sie sich die Gesichter schwärzen wollten – lauter mehr oder weniger wichtige Details, die bedacht werden mußten, wollte man die Burg wirksam verteidigen.

»Haben wir nicht vielleicht doch eine Möglichkeit übersehen, um Hilfe zu holen?« fragte Harry Noble. Der Botschafter war blaß und wirkte erschöpft. Das Entsetzen über den Tod seines Sohns war ihm noch immer anzusehen. Einstweilen verhinderte die schwere Arbeit, daß er zuviel nachgrübelte, aber Fitzduane konnte sich vorstellen, welche Gewissensqualen ihm bevorstanden. Er hatte seinen eigenen Sohn getötet. Was für ein Alptraum! Der Henker würde sich für vieles verantworten müssen.

»Gute Frage«, sagte Fitzduane, »aber wie? Wir sind umzingelt, und jetzt blockiert ihr Schiff –«

»– die *Sabine*«, fiel der Bär ihm ins Wort.

»– und jetzt blockiert die *Sabine* auch die Seeseite.«

Tatsächlich hatte das Schiff seinen Ankerplatz an der Landseite verlassen und lag jetzt eine halbe Meile von der Küste entfernt auf der Höhe der Burg, ein weiterer Hinweis dafür, daß sich jetzt die ganze Aufmerksamkeit des Henkers auf sie konzentrierte.

Eine Weile herrschte Schweigen im Raum. Die Rangers würden früher oder später merken, daß etwas nicht stimmte, aber niemand machte sich Illusionen darüber, wie schwer es selbst einer solchen Elitetruppe fallen mußte, die Stellungen des Henkers zu durchbrechen, geschweige denn, sie alle von der Insel fortzuschaffen.

»Es gibt da noch einen anderen Punkt«, sagte Fitzduane. »Wir dürfen nicht zulassen, daß dem Henker Geiseln in die Hände fallen.«

Harry Noble nickte. »Richtig. Vielleicht sollten wir wirklich abwarten und versuchen, Zeit zu gewinnen.«

Fitzduane blickte in die Runde. Den anderen war anzusehen,

daß sie fürs Abwarten waren. Fitzduane wandte sich einem anderen Thema zu. Was sollte mit den Schülern geschehen? Einige standen noch unter Schock, aber viele hatten mitgeholfen, Sandsäcke zu füllen und andere körperliche Arbeiten zu verrichten, und nachdem sie etwas gegessen hatten, fühlten sie sich gestärkt und waren gespannt, wie es weitergehen würde. Ihr Wunsch war es, aktiv bei der Verteidigung der Burg mitzumachen. Einstweilen waren alle Schüler in einem unterirdischen Lagerraum eingeschlossen. Viele hatten das nur unter Protest mit sich geschehen lassen. Sie hatten sich erst beruhigt, als Fitzduane ihnen auseinandersetzte, worin das Problem bestand: Wem konnte man nach der Geschichte mit den Opferern trauen?

»Ich weiß nicht, ob es richtig ist, alle einzusperren«, meinte Andreas. »Natürlich verstehe ich das Problem, aber vielleicht sollten wir trotzdem ein paar von ihnen bewaffnen. Wir brauchen mehr Leute. Die Burg ist zu groß für so wenige Verteidiger.«

Das Argument war nicht von der Hand zu weisen. Die Stellungen waren wirklich unterbesetzt, und das konnte besonders nachts böse Folgen haben.

»Sie sind keine Kinder mehr«, sagte Judith. »Viele von ihnen sind so alt wie ich.«

Der Bär lächelte belustigt.

»Warum lassen wir sie nicht selbst entscheiden, welche Freiwilligen aus ihren Reihen mitmachen dürfen? Ich meine, sie kennen sich doch alle und wissen bestimmt, wem man trauen kann. Oder glauben Sie etwa, daß sie alle dem Henker hörig sind?«

Fitzduane schüttelte den Kopf. »Nein, die Schüler sind wahrscheinlich kein Risiko mehr, aber ich würde sie trotzdem ungern an vorderster Front einsetzen. Wie wäre es mit einer Kompromißlösung? Sie sollen selber ein paar Freiwillige aussuchen, aber wir setzen sie nur im äußersten Notfall ein.«

»Klingt vernünftig«, sagte des Bär. Fitzduane sah Andreas und Judith fragend an.

»Einverstanden«, sagte Andreas.

»Ein salomonisches Urteil«, lobte Judith.

»Gut, dann laßt uns jetzt einen Blick auf die Kräfteverhältnisse werfen und überlegen, welche Möglichkeiten der Henker hat.«

Fitzduane nickte Harry Noble zu. Der Botschafter war damit beauftragt worden, alle Abläufe, Fakten und Meldungen, einschließlich den regelmäßigen Berichten der Wachen, zu koordinieren. Zusammen mit Guevain und Henssen hatte er versucht, sich in die Lage des Henkers zu versetzen, um richtig einschätzen zu können, welchen Handlungsspielraum der Mann hatte. Noble und Guevain hatten Fronterfahrung – Guevain hatte in jüngeren Jahren seinen Militärdienst bei den Fallschirmjägern absolviert –, und Henssen kannte nach all den Stunden, die er am Wiesbadener BKA-Computer verbracht hatte, die Methoden des Henkers am besten.

»Wir haben es schätzungsweise mit siebzig bis achtzig Terroristen von der knallharten Sorte zu tun«, sagte Noble. »Zu dieser Zahl muß vielleicht noch die kleine Mannschaft der *Sabine* hinzugerechnet werden. Vermutlich handelt es sich um Söldner, denen es nur um eines geht: um Geld. Doch nach allem, was wir vom Henker wissen, hat er bestimmt auch Splittergruppen für seine Zwecke eingespannt, die dem sogenannten Establishment aus ideologischen Gründen den Kampf angesagt haben. Auf jeden Fall ist damit zu rechnen, daß alle Terroristen eine strenge, autoritäre Ausbildung erhalten haben. Wahrscheinlich sind sie darauf gedrillt, innerhalb eines kurzen Zeitraums möglichst große Zerstörungen anzurichten und glauben, einem schlecht vorbereiteten Gegner gegenüber zu stehen, den sie mit einem wuchtig vorgetragenen Sturmangriff überrennen können. Es ist kaum damit zu rechnen, daß sie, wie gewisse Infanterieeinheiten regulärer Streitkräfte, über eine spezielle Methodik verfügen, wie sie bei Sondereinsätzen, beispielsweise bei der Erstürmung einer Burg, benötigt wird. Doch abgesehen von solchen eventuellen Mängeln in der Ausbildung beherrschen sie die Handhabung der üblichen Waffen zweifellos perfekt und sind außerdem durchtrainiert, hochmotiviert und zu allem entschlossen. Ihre Bewaffnung scheint größtenteils aus dem Ostblock zu stammen, abgesehen von dem Sprengstoff und den Ingrams amerikanischer Herkunft, mit denen die Froschmänner ausgerüstet waren. Die Terroristen verfügen über AK-47-Sturmgewehre, Makarow-Automatiks, Plastiksprengstoff, Handgranaten und wahrscheinlich auch ein paar panzerbrechende

RPG-7-Granatwerfer. Schwereres Geschütz haben wir bisher nicht feststellen können, aber angesichts der Transportmöglichkeiten, die die *Sabine* bietet, muß mit bösen Überraschungen in Form von schweren Maschinengewehren, Mörsern, Raketen verschiedenen Typs und sogar Artillerie gerechnet werden. Ich persönlich gehe nicht davon aus, daß sie tatsächlich ein solches Arsenal mitgebracht haben. Für den ursprünglichen Plan des Henkers wäre es überflüssig gewesen. Aber bei so einem Kerl kann man nie ganz sicher sein. Er hat anscheinend eine Schwäche für allerlei technische Gags und sonstige Überraschungen. Gegen leichte Waffen können wir uns ziemlich gut behaupten, aber wenn sie wirklich RPG-7-Granatwerfer haben, wird es problematisch. Sie können mit so einer Waffe zwar keine Löcher in dicke Burgmauern schießen, aber wenn sie ein Fenster treffen, dann ist in dem Raum dahinter die Hölle los.«

Der Bär schaltete sich ein. »Wir haben aus allen Bettlaken, Decken und Kunstdüngersäcken Sandsäcke gemacht und sie in jedem Raum zu splittersicheren Barrieren übereinandergeschichtet. Auch in den Fenstern und Schießscharten hängen Sandsäcke an Seilen. Bei Bedarf können sie beiseite geschoben werden. Als Schutzmaßnahme gegen die Sprengwirkung von Granaten sind sogar die Fußböden mit Sandsäcken ausgelegt, und wir haben die Zimmerdecken so gut es ging abgestützt.«

»Wie groß ist die Reichweite von einem RPG-7?« fragte Etan.

»Theoretisch bis zu 500 Meter«, sagte Fitzduane, »aber normalerweise werden sie gegen Ziele eingesetzt, die knapp halb so weit entfernt sind. Um eine schmale, ziemlich hochgelegene Schießscharte zu treffen, müßte der Gegner noch näher herangehen, besonders nachts. Meiner Meinung nach werden die RPG-7 nicht unser Hauptproblem darstellen. Wir sollten uns mehr auf einzelne Terroristen konzentrieren, die sich anschleichen und Sprengladungen plazieren könnten. Ein paar Pfund C4, an den richtigen Stellen angebracht, könnten die Lage im Handumdrehen verändern. Achtet also darauf, daß niemand der Burg zu nahe kommt, vor allem nicht mit etwas, das wie Sprengstoff aussieht. Wenn ihr jemanden trefft, geht auf Nummer Sicher, daß er wirklich kampfunfähig ist. Es ist eine Menge über hydrostatischen Schock und

Ausschußwunden groß wie Untertassen gefaselt worden, aber Patronen vom Kaliber 5.56 mm stoppen einen Feind nicht immer so effektiv wie Geschosse vom Kaliber 7.62 mm.«

»Oder Kaliber 303«, mischte sich Murrough ein.

»Am besten, Ihr trefft einen Feind mehrmals«, fuhr Fitzduane fort. »Drei Schuß Schnellfeuer haben sich gut bewährt.« Er sah Harry Noble an. »Tut mir leid, wir sind wohl ein bißchen von Thema abgekommen.«

Der Botschafter nickte. »Schon gut«, sagte er.

»Ich habe dargelegt, mit wie vielen Feinden wir es zu tun haben und über welche Feuerkraft er verfügt. Der springende Punkt ist nun, was wir dagegen unternehmen.«

Er wies auf Henssen. »Dank diesem Freund und seinen Computern verfügen wir über eine wichtige Information: Der Henker hat sich noch nie einem ähnlichen Problem wie diesem gegenüber gesehen. Bislang hat immer er die Bedingungen diktiert, und seine Taktik bestand darin, mit viel kleineren Gruppen blitzschnell zuzuschlagen und anschließend unterzutauchen. Dabei stützte er sich in erster Linie auf Täuschungsmanöver, Überraschungseffekte, Tempo und Feuerkraft. Typisch für ihn sind ein hoher Grad von Menschenverachtung, ein makabrer Humor und eine Schwäche für bizarre Details. Bei diesem Einsatz muß der Henker mindestens einige Geiseln in seine Gewalt bringen, sonst hat er schlechte Karten. Eine Konstante bei all seinen Unternehmungen bestand bisher darin, daß er sich immer einen Fluchtweg offen gehalten hat; das ist bei dieser Aktion erstaunlicherweise nicht der Fall, es sei denn, das Flugzeug war dafür vorgesehen, aber dann haben wir ihm bereits einen Strich durch die Rechnung gemacht. Jedenfalls haben er und seine Männer nichts zu verlieren. Wir müssen damit rechnen, daß sie mit dem Mut der Verzweiflung kämpfen werden.«

»Was hindert ihn daran, an Bord der *Sabine* zu gehen und der sinkenden Sonne hinterher zu fahren?« fragte Andreas.

»Ob auf hoher See oder nicht, er weiß genau, daß es kein Entkommen gibt. Alle Antiterrorismuseinheiten in Europa wollen seinen Kopf, und es würde mich nicht einmal wundern, wenn auch noch die Israelis auftauchen. Die scheuen keine Reise, wenn die

Beute lohnt. Nein, der Henker muß das kriegen, weswegen er hergekommen ist, sonst hat er kaum eine Zukunft.«

»Was wird er Ihrer Meinung nach tun?«

Fitzduane ergriff das Wort. »Wir haben verschiedene Szenarien durchgespielt. Zuerst einmal sieht es so aus, als würde er abwarten, bis es ganz dunkel ist. Das ist eine plausible Erklärung dafür, daß er uns noch nicht angegriffen hat. Zweitens wird er wahrscheinlich seine geballte Feuerkraft einsetzen, damit wir die Köpfe einziehen müssen. Drittens wird er mindestens an zwei Stellen gleichzeitig angreifen, und mindestens ein Angriff wird ein Ablenkungsmanöver sein. Der Trumpf in diesem Kampf ist der Turm. Wenn er den in seine Gewalt bringt, ist ihm die ganze Burg ausgeliefert. Um den Turm jedoch direkt anzugreifen, müßte der Gegner auf der Seeseite die Außenmauer hochklettern, und das wäre Selbstmord. Auf der Landseite ist die Burg durch die Umfassungsmauer geschützt. Höchstwahrscheinlich wird der Henker zuerst versuchen, das Haupttor zu knacken. Vom Torhaus aus könnte er den Turm unter Beschuß nehmen, während seine Leute Sprengladungen anbringen oder uns ausräuchern. Wenn meine Hypothese stimmt, müssen wir also mit einer Kombination aus heftigem Sperrfeuer, einem ablenkenden Angriff auf die Umfassungsmauer und dem Versuch rechnen, das Haupttor zu sprengen. Wenn sie das Fallgitter knakken, kann sie nichts mehr aufhalten.«

Fitzduane legte eine Pause ein. Seine Worte verfehlten ihre Wirkung nicht. Die Art, wie er die Lage analysiert hatte, bewirkte, daß die anderen, die sich bisher hauptsächlich auf ihre eigene Aufgabe konzentriert hatten, das Problem in seiner ganzen Tragweite sahen. Niemand konnte mehr die Augen davor verschließen, daß sie viel zu wenige waren, um die kritischen Punkte ausreichend zu schützen.

»Eine andere Möglichkeit ist, daß sich der Angriff gegen das Haupthaus richtet und der Gegner mit Booten von der Seeseite her kommt. Die Außenmauer hat ein paar Schießscharten und Fenster, aber keinen Wehrgang. Das Haupthaus ist leichter zu erklettern, und der Feind könnte durch das Schieferdach eindringen. Schließlich gibt es noch die Möglichkeit, daß der Henker eine im Nahen Osten sehr populäre Waffe einsetzt: die Autobombe.

Bestimmt kann eines der Fahrzeuge, die vor dem College stehen, wieder zum Laufen gebracht werden. Wenn es mit ein paar hundert Pfund Sprengstoff an Bord gegen das Fallgitter rast, wird es für die Verteidiger im Torhaus sehr ungemütlich.«

Er lächelte. »Der Rest steht in den Sternen. Jetzt ein Wort zur Verteilung unserer Streitmacht: Harry und Andreas übernehmen das Torhaus und bekommen zusätzlich zu ihren persönlichen Waffen den Hawk-Granatwerfer. Heini und Murrough beziehen auf der Plattform des Turms Stellung und behalten die Umfassungsmauer zur See hin im Auge. Etan und Henssen beobachten die Mauer auf der Inselseite und das Haupthaus. Judith, Christian und ich bilden die mobile Reserve. Katia und Oona kümmern sich um die Verpflegung, Erste Hilfe, die Schüler und andere Dinge. Wir verständigen uns per Funk. Übrigens ist nicht bekannt, ob die Terroristen Nachtsichtgeräte haben. Wenn man bedenkt, was sie eigentlich vorhatten, ist es eher unwahrscheinlich, aber laßt uns auf Nummer Sicher gehen. Auf jeden Fall hatten sie tagsüber genug Zeit, um sich unsere Stellungen, die Fenster und die Schießscharten einzuprägen. Wir sollten uns also auf ziemlich zielgenaues gegnerisches Feuer gefaßt machen. Zum Glück haben wir selber Nachtsichtgeräte für die SA-80. Die Dinger funktionieren bis zu einer Entfernung von 600 Metern. Ich schlage vor, daß ihr sie sofort montiert und im Tunnel testet. Die Gegenseite ist bestimmt nicht darauf gefaßt, daß wir so etwas haben. Wir sollten es so einrichten, daß sie es möglichst spät merken. Setzt die Geräte erst ein, wenn ich es euch sage. Im Burghof, im Wehrgang und auf der äußeren Mauer haben wir Scheinwerfer angebracht. Sie sind mehrfach verkabelt, damit sie möglichst nicht beim ersten Treffer ausfallen, aber ich glaube nicht, daß sie lange brennen, wenn die Schießerei richtig losgeht. Es wäre schön, wenn sie uns in kritischen Augenblicken ein bißchen Übersicht verschaffen. Achtet darauf, daß ihr immer gut gedeckt seid, und verändert eure Position nach jedem Schuß. Das Mündungsfeuer ist verräterisch.« Fitzduane verstummte kurz, dann klatschte er in die Hände und sagte: »Packen wir es an!«

Draußen wurde es rasch dunkel. Ein kräftiger Wind war aufgekommen und trieb die Wolken über den Himmel, an dem der

Halbmond aufgegangen war. Nirgends rührte sich etwas, aber die Verteidiger wußten, daß dies die Ruhe vor dem Sturm war.

Wer eine SA-80 hatte, wechselte unter der Aufsicht des Bären die nur für Tageslicht geeigneten Zielfernrohre gegen die Kite-Nachtsichtgeräte aus und ging dann zum Justieren in den Tunnel. Im Vergleich zu den plumpen Restlichtverwertern, die Fitzduane in Vietnam kennengelernt hatte, stellten die Kites eine enorme Verbesserung dar. Sie hatten Röhren der neuesten Generation, die gegen den sogenannten »wipe out« resistent waren, und wogen nur ein Kilo.

Falls die Verteidiger insgeheim gehofft hatten, die Terroristen seien abgezogen, so wurde dieser Wunschtraum endgültig durch die vergrößerten Bilder zunichte gemacht, die ihnen die Nachtsichtgeräte lieferten. Die Schlinge hatte sich noch enger zugezogen.

Rasch bereiteten der Bär und Christian de Guevain Probeladungen für die beiden Kanonen vor. Die alten Geschütze sahen robust aus, aber die Experimente würden zeigen, wie stark der Zahn der Zeit an ihnen genagt hatte. Die beiden Männer benutzten einen Mop als Ladestock, schoben den von ihnen zusammengemixten explosiven Teig in den Lauf und verstopften ihn mit einem Pfropf. Guevain sah sich suchend um, nahm eine der so dekorativ wirkenden alten Kanonenkugeln und schob sie ebenfalls in den Lauf der betagten Feldschlange. Anschließend zog er sich schleunigst hinter einen Stapel Sandsäcke zurück, während der Bär einen am Ende einer Angelrute befestigten und mit Paraffin getränkten Lumpen an das zuvor mit Schwarzpulver bestreute Zündloch hielt. Es gab einen gedämpften Klang, und die Kanonenkugel plumpste etwa zehn Schritt entfernt zu Boden.

»Wenn wir damit auf unsere Feinde ballern, machen sie sich bestimmt die Hosen voll«, spottete Guevain.

Der Bär reichte ihm den Mop. »Putzen!« befahl er knapp.

Das Putzen war wichtig, wollte man nicht riskieren, daß die nächste Ladung im heißen Lauf von Pulverresten vorzeitig gezündet wurde. »Ich verdoppele die Menge«, verkündete der Bär.

Beim vierten Versuch durchschlug die Kanonenkugel glatt die Steinmauer des Lagerhauses. Nach dieser Nacht sind in Fitzduanes Burg bestimmt umfangreiche Bauarbeiten fällig, überlegte der Bär.

Beim fünften Schuß testeten sie die Schrapnelladung und vergrößerten die Menge nochmals geringfügig. Das Ergebnis war furchterregend. Der Bär und Guevain gaben sich mit der erprobten Formel zufrieden und machten sich daran, aus zusammengerollten Zeitungen und Strumpfhosen eine Anzahl von Schrapnellladungen vorzufabrizieren.

Als sie fertig waren, war es Nacht, stockfinstere Nacht.

An Bord der Rangers-Flugzeuge, über der Westküste Irlands – 22 Uhr 23

Kilmara stand in ständigem Funkkontakt mit dem Hauptquartier der Rangers in Dublin, aber mit Fitzduane hatte er noch keine Verbindung aufnehmen können, und deshalb machte er sich inzwischen große Sorgen um den Freund. Wären nur eine oder zwei der vereinbarten zweistündigen Meldungen ausgefallen, hätte er sich nichts weiter dabei gedacht, denn schließlich war Fitzduanes Burg keine Kaserne, doch eine so lang anhaltende Funkstille verhieß nichts Gutes. Dazu kam, daß man weder die Wachmannschaft im Draker-College noch irgendeinen anderen Inselbewohner hatte erreichen können – und daß die Brücke eingestürzt war. Nein, dies würde mehr sein als ein Übungsflug.

Der Nachtflug in der schallgedämpften Optica war eine seltsame Erfahrung. Im Dunkeln war das Plexiglasdach, das sich über ihnen wie eine Blase wölbte, durchsichtig, so daß man überhaupt nicht das Gefühl hatte, in einem Flugzeug zu sitzen, sondern schwerelos im leeren Raum zu schweben schien. Es war zugleich aufregend und erschreckend, vor allem jedoch hatte man eine ideale Aussicht, und im Gegensatz zu anderen Hubschraubern, die sich so benahmen, als wollten sie sich selber in ihre Bestandteile zerlegen, vibrierte die Optica kaum.

Kilmara schaltete das leichtgewichtige, mit Zoom und Weitwinkel ausgerüstete Nachtsichtgerät Modell Barr and Straut IR18 ein und inspizierte die Landschaft, die unter ihnen vorbeiglitt. Das Gerät funktionierte nach dem Prinzip, daß jeder Gegenstand je nach Temperatur eine mehr oder weniger starke Strahlung innerhalb des elektromagnetischen Spektrums aussendet, wobei ein

Teil der Strahlung im Infrarotbereich liegt. Unterschiedlich warme Gegenstände oder Flächen kontrastieren miteinander und erzeugen folglich ein Muster. Dieses wird in dem Nachtsichtgerät zu einem Bild zusammengesetzt, daß wie ein Mittelding zwischen einem Schwarzweiß-Videofilm und einem fotografischen Negativ aussieht. Dunst, Nebel und normale Tarnung sind für das System kein Hindernis. Der menschliche Körper ist eine vergleichsweise starke Wärmequelle und unterscheidet sich deshalb in den meisten Fällen deutlich von seiner Umgebung. Kilmara hatte das Gerät mitgenommen, weil er sich von ihm Aufschluß über die Vorgänge auf Fitzduanes Insel erhoffte.

Während die Optica ihrem Kurs folgte, übte er, indem er versuchte, Kühe ausfindig zu machen. In der Nähe von einem Dorf bekam er einen hell leuchtenden Fleck ins Visier, den er nicht gleich identifizieren konnte. Er war ziemlich schmal und kleiner als eine Kuh, strahlte aber ziemlich viel Wärme ab. Als Kilmara mit dem Zoom näher heran ging, entpuppte sich der Fleck als ein Pärchen, das es auf einer Decke gerade heftig miteinander trieb. Die von den Körpern der beiden erwärmte Luft bildete um sie eine rötliche Aura und verriet, mit wieviel Hingabe sie sich ins Zeug legten.

Kilmara wußte, daß die drei Maschinen theoretisch auf der Insel landen konnten, denn sie waren für einen nächtlichen Landeanflug ausgerüstet, aber der kleinste Irrtum konnte fatale Folgen haben, zumindest nachts, und deshalb schied diese Möglichkeit aus.

Die Rangers würden also abspringen müssen, sobald er sich vor Ort ein Bild von den taktischen Gegebenheiten gemacht hätte. Die entscheidende Frage lautete: Wo sollte der Absprung stattfinden? In einer Zeit, in der automatische Waffen eine Selbstverständlichkeit darstellten, war der Befehl, dem Gegner gewissermaßen auf den Kopf zu springen, nicht gerade geeignet, die Truppenmoral zu erhöhen. Kilmara hatte dieses zweifelhafte Vergnügen selbst einmal gehabt. Es gab zwar ein hübsches Bild ab, von Leuchtspurgeschossen umschwirrt zu werden, aber es war trotzdem keine Erfahrung, die man gern wiederholte.

So wie er Fitzduane nach vielen Gesprächen einschätzte, würde er sich in seiner Burg verschanzen, bis Hilfe kam. Nun bekommt man bei einer bewaffneten Auseinandersetzung leider meist nicht, was man sich am dringlichsten wünscht, denn da beide Seiten diametral entgegengesetzte Ziele verfolgen, entsteht nicht selten ein heilloses Durcheinander. In diesem Fall gab es zudem mehrere unbekannte Faktoren. Beispielsweise wußte man nicht, wie sich die Aufseher im Draker-College verhalten würden. Vielleicht war nicht die Burg, sondern das Internat der Hauptkriegsschauplatz.

Kilmara entschied, daß er seine kleine Truppe erst ins Gefecht werfen dürfte, nachdem er alles versucht hatte, um Funkkontakt aufzunehmen. Das weitreichende Gerät, daß er Fitzduane überlassen hatte, war allem Anschein nach ausgefallen, doch sobald die Flugzeuge die Insel erreicht hätten, müßte es eigentlich möglich sein, Fitzduane auf der Frequenz seiner eigenen Walkie-Talkies zu erreichen – sofern sie eingeschaltet waren.

Eine Stimme drang aus seinem Kopfhörer und kündigte ihm eine Durchsage aus dem Hauptquartier der Rangers an. Er erfuhr, daß der Sicherheitsausschuß des Kabinetts eine Sondersitzung anberaumt und entschieden hatte, daß die derzeit vorrangige Aufgabe der Rangers die Sicherung der US-Botschafter in Dublin sei. Es bestehe kein Anlaß, diesen Anweisungen zuwider zu handeln. Deshalb habe Colonel Kilmara mit seiner Luftlandeeinheit unverzüglich nach Baldonnell zurückzukehren. Die Bitte um Unterstützung durch reguläre Armeeeinheiten sei abgelehnt.

Die feindselige Einstellung des Premierministers wird allmählich zu einem handfesten Problem, sagte sich Kilmara. Ich pfeife auf seine Anweisungen! Der Pilot sah Kilmara fragend an. Obwohl ihm die routinemäßige Formel auf den Lippen lag, hatte er den Erhalt der Durchsage noch nicht bestätigt. Dafür diente er schon zu lange unter Kilmara. Der Colonel zeigte auf das Funkgerät und fuhr sich mit dem gespreizten Finger über die Kehle. Grinsend drückte der Pilot auf einen Knopf. »Sie wollen wohl Admiral Nelson nacheifern?«

Kilmara verzog das Gesicht. »Ich habe keine Lust, den Heldentod zu sterben«, sagte er ins Bordmikrofon.

»Aber Nelson hat die Schlacht gewonnen«, gab der Pilot zu bedenken.

Kilmara erwiderte nichts. Mit gerunzelten Brauen machte er

sich wieder daran, nach Kühen Ausschau zu halten. Bisher hatte er bei gefechtsmäßigen Einsätzen immer Rückendeckung durch Armeeeinheiten gehabt. Diesmal sah es so aus, als wären sie ganz auf sich selbst gestellt.

Am Horizont tauchten die dunklen Umrisse des Hügellands von Connemara auf. Unter ihnen glänzte im Mondschein ein See. »Restliche Flugzeit zweiundzwanzig Minuten, Colonel«, gab der Pilot durch.

Kilmara hatte die Augen geschlossen. »Zu viele Kühe«, murmelte er.

Der Pilot überprüfte die elektronisch gesteuerten Auslöser und Zielvorrichtungen der Maschinengewehre und Raketen. Der Hubschrauber war für lange Erkundungsflüge konzipiert, doch dank der Leichtbauweise moderner Waffen verfügte er über eine beträchtliche Feuerkraft.

Ein grünes Kontrollämpchen leuchtete auf. Die Bordwaffen waren einsatzbereit. Nicht mehr lange, dann wären die Rangers am Ziel.

Fitzduanes Insel – 22 Uhr 20

Die Vorbereitungen waren bereits vor 20 Minuten abgeschlossen worden, aber da die Abendröte länger gedauert hatte als erwartet, hatte Kadar den Zeitpunkt des Angriffs ein wenig verschoben, denn je dunkler es war, desto besser. Auch jetzt herrschte keine stockfinstere Nacht, denn die Luft war klar und der Halbmond stand am Himmel.

Im Mittelalter mußte Fitzduanes Burg ausreichenden Schutz gegen kriegerische Horden geboten haben, selbst wenn sie mit Musketen bewaffnet waren, doch beim Einsatz moderner, weitreichender Waffen würden sich ihre Schwächen zeigen. Im Abstand von etwa tausend Metern hatte Kadar hinter drei großen Findlingen die beiden schweren Maschinengewehre und den SAM-7-Raketenwerfer plaziert. So befand er sich selber außerhalb der Reichweite normaler Karabiner, jedoch in einer Entfernung, die für großkalibrige, auf Dauerfeuer ausgelegte Waffen günstig war.

Kadar bereute, keine Nachtsichtgeräte mitgebracht zu haben, war sich jedoch nicht sicher, ob sie ihm tatsächlich viel genutzt hätten. Alle Zielkoordinaten waren bei Tageslicht ermittelt worden, und in der relativ hellen Nacht zeichneten sich die Konturen der Burg deutlich vom Himmel ab. Mag sein, daß das Sperrfeuer nicht so zielgenau sein würde, wie er es gern gehabt hätte, doch dieser Nachteil würde durch die geballte Feuerkraft aufgewogen.

Im inneren Bereich der Burg – Kadar hatte im Draker-College Pläne des Gebäudes gefunden und wußte, daß es einen Hof hatte – knallte es wieder dumpf. Kadar wußte mit dem Geräusch nichts anzufangen. Für einen Karabiner oder ein Schrotgewehr war es zu laut, für eine schwerere Waffe jedoch dröhnte es nicht genug. Vielleicht handelte es sich nicht um eine Detonation, sondern um einen Schlag mit einem schweren Hammer oder einer Ramme. Wahrscheinlich war es nur als Signal gedacht. Er belächelte den verzweifelten Versuch, Aufmerksamkeit zu erregen.

Zu der Ladung der *Sabine* hatten auch zwei Powerchutes gehört. Sie sollten Kadar im äußersten Notfall als Fluchtfahrzeug dienen. Solch ein Vehikel konnte ihn ohne weiteres von der Insel zu einem Ort transportieren, wo in einem Versteck ein Auto stand sowie Geld und andere nützliche Dinge bereitlagen. Der zweite Powerchute war als Reserve gedacht.

Ihm war klar, daß er sich selber die letzte Rückzugsmöglichkeit abschnitt, wenn er die Powerchutes in den bevorstehenden Kampf einsetzte, aber das war ihm egal. Er würde aus dieser Angelegenheit auf jeden Fall als Gewinner hervorgehen. Nein, er wollte sich keinen Ausweg offenhalten, sondern im Gegenteil das größtmögliche Risiko eingehen und alles auf eine Karte setzen, weil ihm das jenen köstlichen Nervenkitzel verschaffte, dessentwegen Menschen in aller Welt immer wieder das scheinbar Unmögliche versuchen und entweder triumphieren oder zugrunde gehen.

Kadar gab das Signal: Motoren sprangen an, und die beiden Powerchutes bewegten sich vorwärts. Sie bestanden aus einem mit drei Rädern versehenen Metallrahmen, in dem der Motor montiert war. Der an der Rückseite des Rahmens angebrachte Propeller sorgte mit seiner Schubkraft für die nötige Vorwärtsbewegung, die ihrerseits dafür sorgte, daß sich der Fallschirm blähte. Schon nach wenigen Metern konnte ein derartiges Fluggerät abheben und dann rasch Höhe gewinnen. Die Steuerung war so ähnlich wie bei einem Paragleiter, die maximale Flughöhe lag bei etwa dreitausend Metern und die Höchstgeschwindigkeit bei rund fünfzig Stundenkilometern. Bei abgeschaltetem Motor war ein lautloser Sinkflug gewährleistet. Die Nutzlast belief sich auf etwa 150 Kilo. Kadar nutzte sie voll aus: Jeder Powerchute mußte außer dem Piloten allerlei Waffen, Granaten, Sprengladungen und improvisierte Brandbomben transportieren.

Kadar hatte sich noch eine besondere Überraschung ausgedacht. Die Schweißer der Malabar-Einheit hatten ausgezeichnete Arbeit geleistet. Ein im Draker-College vorgefundener, bulliger Traktor aus deutscher Fabrikation war samt Anhänger rundherum mit Panzerplatten versehen worden, dick genug, um aus Karabinern abgefeuerten Hochgeschwindigkeitsgeschossen standzuhalten. Mit Schweißbrennern hatte man in regelmäßigen Abständen Schießscharten für die automatischen Sturmgewehre der Besatzung geschnitten. Vorne am Traktor ragte eine lange Stange in Fahrtrichtung. An der Spitze war eine Sprengladung befestigt.

Kadar hatte sich eine Art Panzer bauen lassen. Er sagte ein paar Worte in das Mikrofon des russischen Funkgeräts. Ratternd sprang der große Diesel des Traktors an.

»Der Befehlshaber der Operation Geranie an alle: Wir greifen an! Feuer frei!«

Die Dunkelheit wurde von den hellen Bahnen der Leuchtspurgeschosse zerteilt.

Kapitel 28

Fitzduanes Burg – 22 Uhr 28

Die Sandsäcke vor den Schießscharten erbebten unter dem schweren Maschinengewehrfeuer, mit dem der Feind das Torhaus bestrich. Fitzduane hatte darauf bestanden, daß die Erde vor dem Einfüllen gründlich angefeuchtet wurde. Die schwitzenden Schüler hatten noch mehr schuften müssen, denn nasser Sand ist bekanntlich schwerer als trockener, doch die Vorteile dieser Maßnahme wurden jetzt offenkundig: Sogar Geschosse aus schweren

Maschinengewehren wurden wirksam gestoppt, und obwohl die Säcke durchsiebt wurden, fiel der größte Teil des Inhalts nicht heraus. Der Schutz gegen direkten Beschuß und gefährliche Querschläger im inneren Bereich der Burg bewährte sich also. Harry Nobles uneingestandene Befürchtung, der Sand könnte aus den Säcken rieseln wie aus einer Eieruhr, schien sich nicht zu bewahrheiten, jedenfalls einstweilen nicht.

Noble dachte gerade mit einem Gefühl der Dankbarkeit darüber nach, daß die dicken Steinmauern den Höllenlärm, den das gegnerische Feuer verursachte, fast erträglich machte, als zwei kurz aufeinanderfolgende Detonationen das Gebäude in den Grundfesten erschütterten. Er schob einen Sandsack zur Seite und spähte durch eines der Löcher im Fußboden, durch die man die Zufahrt überblicken konnte. In den schweren hölzernen Torflügeln klafften zwei große Löcher. Während er sie betrachtete, kamen zwei weitere Granaten geflogen. Er hatte gerade noch Zeit, sich zu Boden zu werfen, bevor sie nur wenige Meter von der Stelle entfernt explodierten, wo er lag. Ein Schwall heißer Luft, durchsetzt von glühenden Granatsplittern, wurde durch das Guckloch im Fußboden gepreßt. Als die Druckwelle verebbt und das Schrapnell auf den Boden geprasselt war, warf er wiederum einen raschen Blick auf das Tor. Die letzten Einschläge hatten es vollständig zerstört: In den Angeln hingen nur noch Teile des zersplitterten Rahmens. Brennende Holzreste tauchten die unmittelbare Umgebung in flackerndes, orangerotes Licht, und der Rauch vermischte sich mit dem beißenden Qualm verbrannten Sprengstoffs. Zuerst empfand Harry Noble nur Entsetzen darüber, daß die Angreifer das schützende Tor so mühelos hatten zerstören können, doch dann bemerkte er erleichtert, daß das Fallgitter noch weitgehend intakt war. Offenbar war die Druckwelle der mit Hohlladungen versehenen Geschosse zwischen seinen Gitterstäben weitgehend verpufft. Eine Gestalt im Tarnanzug tauchte aus der Dunkelheit auf, sprintete ein Stück auf das Tor zu und warf sich dann zu Boden. Andreas, der ein paar Schritt von Harry Noble entfernt an einer Schießscharte stand, beobachtete durch das Nachtsichtgerät seines SA-80 das vor ihnen liegende Gelände. Auch er hatte die Gestalt im Tarnanzug bemerkt, die jetzt in einer

Entfernung von reichlich hundert Metern heftig atmend in einer flachen Mulde lag, mit einer Hand eine Sprengladung umklammerte und sich wahrscheinlich gut gedeckt wähnte.

»Übernehmen Sie den Kerl«, sagte Andreas zu Noble. Der Botschafter sah ihn verständnislos an. Andreas begriff, daß er wahrscheinlich noch taub von den Detonationen der Granaten war. Deshalb wiederholte er seine Worte und brüllte sie Noble ins Ohr. Dieser nickte und brachte seine Uzi in Anschlag.

Der getarnte Terrorist robbte etwa zwanzig Meter auf dem Bauch, sprang dann auf und rannte auf das Fallgitter zu. Gleichzeitig wurde das Torhaus mit konzentriertem Feuer der schweren Maschinengewehre eingedeckt.

Der Terrorist mit der Sprengladung war noch rund fünfzig Meter entfernt, als Noble, der von den Explosionen immer noch leicht benommen war, abdrückte und daneben schoß. Der Terrorist warf sich zu Boden. Er war jetzt bereits gefährlich nahe. Befehl hin, Befehl her, sagte sich Andreas. Wenn ich jetzt das SA-80 nicht einsetze, ist vielleicht alles zu spät. Sein Finger krümmte sich um den Abzug, doch da traf eine Garbe aus einem schweren Maschinengewehr das Mauerwerk dicht über der Schießscharte, so daß Granitsplitter durch die Luft flogen und er sich ducken mußte. Er hörte, wie der Botschafter neben ihm in einem langanhaltenden Feuerstoß ein halbes Magazin seiner Maschinenpistole leerschoß. Dicht vor dem Burgtor erhellte eine zuckende Stichflamme die Nacht, und dann ereignete sich eine so wuchtige Explosion, daß der Botschafter, die Uzi noch immer im Anschlag, rückwärts taumelte.

»Den habe ich erwischt«, sagte er.

Fitzduane hatte recht behalten: Der Feind wurde übermütig. Bei Tageslicht und auch später, nach Beginn der Schießerei, war von den Terroristen so gut wie nichts zu sehen gewesen, doch jetzt glaubten sie anscheinend, daß die dunkle Nacht sie unsichtbar machte. Jedenfalls hatten sie ihre Stellungen verlassen, näherten sich der Burg und machten sich zum Sturmangriff bereit.

Da stimmt etwas nicht, dachte Andreas und ließ den Blick erneut über die lockere Formation der Terroristen schweifen. Keiner von ihnen schleppte eine Leiter oder sonstige Gegenstände, die ihnen das Erstürmen einer Burg erleichtern könnten. Andreas versuchte, tiefer in die Dunkelheit hinein zu blicken. Er folgte der Zufahrtsstraße zur Burg, bis er in einer Entfernung von etwa sechshundert Metern an die Leistungsgrenze seines Nachtsichtgeräts stieß. Auf den ersten Blick entdeckte er nichts, doch dann glaubte er, eine langsame, kaum wahrnehmbare Bewegung zu erkennen. Ein großer, dunkler Schatten kam auf ihn zu. Er wartete ab, bis das Gebilde etwa hundert Meter näher gekommen war. Durch das Nachtsichtgerät erkannte er eine lange, waagerechte Stange, die vorne an dem dunklen Ungetüm befestigt war.

Andreas reichte Harry Noble das SA-80. Der Botschafter blickte in die angegebene Richtung, duckte sich jedoch schleunigst, als an dem gepanzerten Koloß, der auf sie zukroch, Mündungsfeuer aufzuckte. »Ich glaube, da kommt eine böse Überraschung«, sagte er zu Andreas.

»Ich hasse Überraschungen.«

Noble nahm das Funkgerät zur Hand, um Fitzduane Meldung zu erstatten. Danach schaltete er seine Uzi auf Einzelfeuer und gab mehrere Schüsse auf die Terroristen ab, die sich in einer weit auseinander gezogenen Linie auf sie zu bewegten. Andreas beobachtete, wie sie sich zu Boden warfen. Als sie sich überzeugt hatten, daß niemand von ihnen getroffen und das gegnerische Feuer nur leicht war, standen sie auf und gingen vorsichtig weiter.

Hinter Andreas und Harry Noble kam aus der Gegend des großen Turms eine gewaltige Explosion. Betroffen sahen sie sich an. Noble streckte die Hand nach dem Funkgerät aus und wollte gerade die Sprechtaste drücken, als es im Lautsprecher knackte und Fitzduanes Stimme zu hören war. »Keine Sorge«, sagte er, »alles in Ordnung. Das war der Bär. Macht jetzt das Fallgitter auf!«

Andreas sah Noble entgeistert an. »Habe ich richtig gehört?«

»Ja, genau so ist es doch geplant«, antwortete der Botschafter. »Auf sein Kommando sollen wir das Fallgitter öffnen.« Er drückte auf einen Knopf und dachte dabei, hoffentlich gibt es noch Strom, sonst müssen wir das Ding per Hand hochkurbeln. Der alte Elektromotor surrte. Ein kleiner Ruck ging durch das Fallgitter, und schon bewegte es sich aufwärts.

»Aber das ist doch Wahnsinn!« entfuhr es Andreas. »Jetzt können sie in den Hof.«

»Genau das sollen sie«, sagte Harry Noble.

Die Plattform auf dem Turm war tatsächlich der beste Aussichtspunkt der Burg, allerdings konnte man von dort nicht nur weit sehen, sondern leider auch von weitem gesehen werden.

Neben dem zu erwartenden massiven Feuer des Gegners war dies ein Problem, über das Fitzduane sich besonders den Kopf zerbrochen hatte. Die Plattform war ein Rechteck mit einer hohen, von Zinnen gekrönten Brustwehr. Ein einziger Treffer mit einem Mörser oder Granatwerfer könnte verheerende Folgen haben, denn durch die Brustwehr würde die Druckwelle noch verstärkt.

Fitzduane schuf in einer Weise Abhilfe, die einen der Schüler zu der Bemerkung veranlaßte, der Wahlspruch der Familie müßte eigentlich »Grabe und lebe!« lauten. Als Wappen schlug er eine gekreuzte Spitzhacke und Schaufel vor schweißgetränkten Sandsäcken vor. Zuerst ließ Fitzduane oben auf dem Turm einen Flaschenzug anbringen, mit dem zahllose Balken, rostige Eisenteile und Sandsäcke hochgehievt wurden. Das Endergebnis glich weitgehend einem hoch in die Wolken verlegten Unterstand aus dem Ersten Weltkrieg, dessen Dach so beschaffen war, daß er angeblich auch Mörserbeschuß standhalten oder zumindest zwei Treffer verkraften konnte, so daß die Verteidiger Zeit hatten, sich schleunigst in den darunter liegenden Raum zu flüchten. Wie sich zeigen sollte, kam dieser Dachkonstruktion ausschlaggebende Bedeutung zu.

In der Bibliothek des Draker-College hatten Kadars Leute Fotos und Pläne von Fitzduanes Burg gefunden und verfügten also über alle notwendigen Informationen. Der Plan bestand darin, daß der erste Powerchute über der Plattform des Burgturms eine Sprengladung abwerfen sollte, während der Pilot des zweiten Powerchute einen mit Gewichten beschwerten Sprengsatz auf das Schieferdach des Haupthauses fallen ließ. Anschließend sollten beide Piloten die ebenfalls mitgebrachten Brandbomben durch das im Dach gähnende Loch in den darunterliegenden großen Saal werfen und auf diese Weise im Obergeschoß des Gebäudes – in einem Touristenführer wurde ausdrücklich die große Schönheit der aus dem Mittelalter stammenden geschnitzten Eichenbalken hervorgehoben – eine Feuersbrunst auslösen. Mit abgeschalteten Motoren sollten die lenkbaren Gleitschirme dann auf der von Feinden gesäuberten Plattform des Turms landen und diese Stellung halten, bis sie von Mitstreitern, die das Gemäuer an Seilen zu erklimmen hatten, Verstärkung erhielten.

Die gesamte Aktion mit den motorisierten Fallschirmen konnte nach Kadars Berechnungen in weniger als neunzig Sekunden abgewickelt werden. Sicherheitshalber hatte er die beiden Piloten bei Tageslicht über dem Draker-College und dessen neugotischem Turm üben lassen. Dabei hatten sie natürlich keine echten Bomben, sondern Attrappen benutzt.

Der tatsächliche Angriff lief dann allerdings nicht nach Plan ab: Das Motorengeräusch der beiden Powerchutes wurde vom Lärm der Schießerei übertönt, und so stellte ihr Auftauchen eine Überraschung dar, auf die niemand vorbereitet war. Der erste überflog den Turm in einem Bogen und warf genau im richtigen Moment den Sprengsatz ab, doch leider war die Sicht schlecht, weil der Halbmond immer wieder von den ziehenden Wolken verdeckt wurde, und so sah er den Unterstand nicht, den die Verteidiger auf der Plattform des Turms gebaut hatten.

Die Bombe prallte vom Dach des improvisierten Bunkers ab und trudelte auf das tiefer gelegene Dach des Haupthauses. Erst dort explodierte sie, und die Wirkung war fast die einer Splittermine: Der im Anflug befindliche zweite Powerchute, der tiefer einschwebte als vorgesehen, woran die Launen des irischen Windes schuld waren, bekam praktisch die geballte Schrapnelladung ab.

Der detonierende Sprengsatz hatte dem Bär und Murrough in ihrem Unterstand auf dem Turm nichts anhaben können, denn sie waren von einer dreifachen Lage Sandsäcken geschützt. Überzeugt, der Gegner habe die Waffe eingesetzt, die sie am meisten fürchteten – nämlich einen Mörser –, und weitere Einschläge seien in Kürze zu erwarten, rannten sie die Wendeltreppe hinab und flüchteten sich in Fitzduanes Schlafzimmer, das direkt unter der Plattform lag.

Etan, die an der landeinwärts gerichteten Seite der Burg im Wehrgang hinter einer Barriere aus Sandsäcken kauerte, reagierte als erste. Mit einer schnellen Folge von Schüssen aus ihrer halbautomatischen Mauser veranlaßte sie den verbliebenen Piloten, die Brandbombe noch nicht abzuwerfen. Er drehte vielmehr abrupt ab und ging in den Steigflug über, um einen zweiten Versuch vorzubereiten. Da der Mond sich gerade hinter einer Wolke versteckte, sah Etan lediglich eine große schwarze Fläche, die sich kaum vom Nachthimmel abhob.

»Verdammt, was ist das?« fragte Henssen.

»Keine Ahnung«, antwortete Etan. »Irgendein Flugkörper, wie ein Ballon, aber dafür war es eigentlich zu schnell.«

Fitzduane kam geduckt angelaufen. Er wirkte dabei so routiniert und erfahren wie jemand, der sich schon oft in einer solchen Lage befunden hatte, und so war es ja auch. Sich klein zu machen war eines der ersten Dinge, die man an vorderster Front lernte. Fitzduane verstand sich darauf besonders gut. Man hätte meinen können, daß er geschrumpft war.

Etan zeigte auf eine Stelle am Himmel. Fitzduane kauerte sich zwischen die Brustwehr und die Sandsäcke, hob die SA-80 und richtete das Nachtsichtgerät auf die Stelle. Zuerst sah er nichts. Der Sucherrahmen gab einen zu begrenzten Ausschnitt des Himmels wieder, was im Vergleich zu einem Feldstecher mit Weitwinkelobjektiven einen Nachteil darstellte, doch als er mit dem Gerät einen leichten Schwenk machte, erblickte er plötzlich eine Art Metallrahmen in Leichtbauweise, in dem eine Gestalt mit ausgestreckten Beinen wie in Go-cart-Manier saß. Ein kariertes Kopftuch bedeckte Stirn und Kinnpartie. Die im Wind flatternden Zipfel des Tuchs verfingen sich fast in einem großen Propeller, der sich wie bei einem Sumpfboot hinter einem runden Schutzgitter drehte. Der Gedanke durchzuckte Fitzduane, daß das Tuch sich nur noch ein paar Zentimeter mehr in die Länge zu ziehen brauchte, damit sich das ganze Problem von selbst erledigte, doch dann sah er genauer hin und erkannte die vertrauten Umrisse eines lenkbaren, mit Luftkammern versehenen militärischen Lastenfallschirms. Die Gestalt in dem Metallrahmen flog jetzt in gerader Linie auf sie zu, und Mündungsfeuer zuckte auf. Widerstrebend legte Fitzduane den Hebel an seiner SA-80 auf Schnellfeuer, hob die Waffe und zielte.

Der motorisierte Fallschirm flog erstaunlich schnell. Mit mindestens vierzig Stundenkilometern glitt er tief über der Burg dahin. Bevor Fitzduane einen zweiten Feuerstoß abgeben konnte, löste sich von dem Metallrahmen ein kleiner dunkler Gegenstand, fiel zwischen der im Zickzack angeordneten doppelten Lage von Sandsäcken in den gegenüber liegenden Wehrgang und explodierte. Stichflammen und eine Qualmwolke schossen gen Himmel, dann ergoß sich eine brennende Flüssigkeit in den Burghof.

Als der Fallschirm eine Kehre machte und zu einem weiteren Angriff ansetzte, konnte Fitzduane den Piloten im Nachtsichtgerät deutlich erkennen. Die Entfernung betrug weniger als zweihundert Meter. Wieder zog Fitzduane den Abzug durch, und diesmal sah er, wie sich die sitzende Figur erst aufbäumte und dann zusammensackte. Der Fallschirm machte einen abrupten Kurswechsel, stürzte jedoch nicht ab, sondern flog, von dem großen Propeller getrieben, in die dunkle Nacht hinein und verschwand.

»Heiliger Bimbam!« rief Henssen erleichtert. »Die sind wirklich mit allen Schikanen ausgerüstet.« Er drehte sich zu Etan um, die verdeckt hinter den Sandsäcken lag. »Wenn Sie mit Ihrer Mauser nicht gewesen wären«, sagte Henssen, »dann hätten die uns hier oben gegrillt.«

Von der Stelle, wo Etan lag, kam ein leises Stöhnen. Henssen warf einen Blick über die Barriere aus Sandsäcken. Sie hatte sich auf den Rücken gedreht und umklammerte mit beiden Händen ihren rechten Schenkel. Blut, das in der Dunkelheit schwarz wirkte, quoll zwischen ihren Fingern hervor.

Vor Fitzduanes Burg – 22 Uhr 42

Abu Rafa, Befehlshaber der Malabar-Einheit und als solcher für den Angriff auf das Haupttor zuständig, konnte seinen Ärger kaum unterdrücken. Für ihn, den erfahrenen Profi, stand fest, daß Kadar sich vielleicht glänzend darauf verstand, terroristische Anschläge und Entführungen zu planen, in diesem Fall jedoch drauf und dran war, einen ebenso klassischen wie unkomplizierten Infanterieangriff zu verpfuschen, bei dem es darum ging, mit überlegenen

Kräften einen schwach verteidigten gegnerischen Stützpunkt einzunehmen.

Die richtige Lösung hätte darin bestanden, gleich nach der Landung anzugreifen, weil ihre geballte Feuerkraft dann ihre größte Wirkung gehabt hätte. Zum Teufel mit eventuellen Verlusten! Bei einem mit Schwung vorgetragenen Überraschungsangriff wären sie wahrscheinlich ohnehin nicht hoch gewesen.

Nachdem die schweren Maschinengewehre in Stellung gebracht worden waren, hatten sie bis zum Einbruch der Nacht warten müssen, und dann waren solche Kinkerlitzchen wie diese motorisierten Fallschirme und der als Panzer verkleidete Traktor eingesetzt worden. Abu Rafa hielt das alles für ausgemachten Quatsch.

Der Frust des Befehlshabers der Malabar-Einheit wurde durch die neuesten Entwicklungen noch vergrößert: Der gepanzerte Traktor, der eigentlich gleichzeitig mit den Fallschirmen zum Sturmangriff hätte ansetzen sollen, war keine 500 Meter vom Haupttor entfernt mit einer Panne stehengeblieben. Das technische Problem war leicht zu beheben und bedeutete nur einen Zeitverlust von 15 Minuten, aber leider waren die Fallschirme schon unterwegs und konnten nicht zurückgerufen werden, so daß sie auf den Vorteil eines kombinierten Angriffs verzichten mußten.

Zum Glück war das gegnerische Feuer nur leicht und höchstens auf kurze Entfernung treffsicher, wie der Mann, der das Tor hatte sprengen sollen, am eigenen Leib erfahren mußte. Von ihm abgesehen hatte es in der Malabar-Einheit bisher keine Verluste gegeben. Angesichts der schwachen Gegenwehr und in der kühlen Nachtluft fröstelnd, obwohl es für irische Verhältnisse geradezu warm war, brannten die Kämpfer der Malabar-Einheit richtig darauf, endlich angreifen zu dürfen.

Zuerst hielt Abu Rafa es für eine optische Täuschung, doch dann begriff er, daß seine Augen ihm nichts vorgaukelten: Das Fallgitter, dieses viel schwerer als das mittlerweile zerstörte Eichenholztor zu überwindende Hindernis, hob sich langsam. Wollten die Verteidiger etwa einen Ausfall machen? Höchst unwahrscheinlich. Eine Falle? Nein, mit so wenig Feuerkraft würden sie sich nicht trauen. Entweder gaben sie auf oder der Mechanismus des Fallgitters hatte sich nach einem Treffer selbständig gemacht. Vielleicht war drinnen in der Burg auch noch ein Opferer am Leben und kam ihnen auf diese Weise zu Hilfe.

Egal, hier war jedenfalls der sichtbare Beweis dafür, daß sie Allah auf ihrer Seite hatten. Abu Rafa warf einen Blick auf das russische Funkgerät und überlegte kurz, ob er Kadars Erlaubnis zum Angriff einholen sollte, doch sein Frust behielt die Oberhand.

»Malabar, erste Abteilung!« kommandierte er. »Mir nach!« Mit einer grimmigen Entschlossenheit stürmte er vorwärts und feuerte beim Laufen aus der Hüfte. Johlend rannten die Männer aus seiner ersten Abteilung hinter ihm her. Mündungsfeuer zuckte aus den Läufen ihrer automatischen Sturmgewehre. Sie passierten das offene Tor und wollten gerade nach beiden Seiten ausscheren, um aus der Schußlinie des im Wehrgang und im Torhaus verschanzten Gegners zu gelangen, als etwas geschah, das Abu Rafa erstmals an Allahs gütigem Beistand zweifeln ließ.

Der Hof wurde plötzlich in grelles Scheinwerferlicht getaucht. Genau vor sich, aber auch auf den zinnenbewehrten Mauern erkannte Abu Rafa mit Sandsäcken gesicherte Stellungen. In diesem Augenblick traf ihn ein Feuerstoß mitten in die Brust.

Das letzte Geräusch, das Abu Rafa wahrnahm, war das metallische Rasseln, mit dem sich das Fallgitter schloß.

In Fitzduanes Burg – 22 Uhr 50

Elf Terroristen – mehr als erwartet – waren in den Burghof gestürmt, bevor das Gitter herunterrasselte. Der Hof eignete sich ideal als tödliche Falle. Sekundenlang waren die Eindringlinge fassungslos. Der Bär und Guevain standen hinter den beiden Geschützen, Judith Newman und Henssen nahmen sie vom Wehrgang herab unter Beschuß. Noble und Andreas schnitten ihnen jede Rückzugsmöglichkeit ab.

Sieben Terroristen starben gleich zu Anfang im Kugelhagel der Verteidiger, dann wurden die Scheinwerfer ausgeschossen. Zwei weitere wurden Opfer der Schrapnellgranaten, die Andreas durch das Loch im Fußboden auf sie abfeuerte, während sie am Fallgitter rüttelten und nach ihren draußen gebliebenen Kameraden riefen.

Die beiden überlebenden Terroristen hatten dieselbe Richtung eingeschlagen. Der eine erreichte den Wehrgang und ging dort oben in Deckung, etwa zwanzig Meter von der Stelle entfernt, wo die verwundete, mittlerweile bewußtlose Etan lag. Henssen hatte die Blutung gestoppt, indem er das Bein notdürftig abgebunden hatte. Der andere der beiden Terroristen hatte sich in dem Lagerhaus verschanzt, auf das der Bär bei den Schießübungen mit der Kanone gezielt hatte. Der Mann befand sich also fast genau unter der Stelle im Wehrgang, wo sich sein Kamerad versteckt hielt. Die kurzen, beunruhigend zielgenauen Feuerstöße, die er abgab, verrieten den erfahrenen Kämpfer. Der Bär und Guevain wagten kaum, den Kopf zu heben, geschweige denn um die Kanone herumzulaufen, um von vorn eine neue Ladung in den Lauf zu schieben. Die beiden Terroristen hätten sie sofort ins Kreuzfeuer genommen.

Fitzduane befand sich im Wehrgang auf der anderen Seite des Burghofes, also den Terroristen genau gegenüber, die unter den übereinandergeschichteten Sandsäcken Deckung genommen hatten. Der Mann oben im Wehrgang konnte praktisch den gesamten Hof überblicken und unter Beschuß nehmen. Falls es ihm gelang, diese Stellung so lange zu halten, bis er Verstärkung von anderen Terroristen bekam, die die Außenmauer hochkletterten, war guter Rat teuer. Es dämmerte Fitzduane allmählich, daß seine Idee, den Gegner in eine tödliche Falle zu locken und zu dezimieren, sich als Bumerang erweisen könnte.

Fitzduane sagte ins Funkgerät: »Harry, was ist mit dem gepanzerten Traktor?«

»Er hat ungefähr 500 Meter von der Burg entfernt gestoppt.« Noble warf einen Blick durch das Nachtsichtgerät. »Ich sehe zwei Männer, die an dem Ding arbeiten. Wahrscheinlich eine Panne. Vielleicht waren die Panzerplatten zu schwer. Wir sollten vorsichtshalber davon ausgehen, daß der Traktor bald wieder fährt. Übrigens haben wir nur noch vier panzerbrechende Granaten.«

»Kriegen Sie einen von unseren Besuchern ins Visier?«

»Nicht von diesem Standort aus. Sollen wir uns an sie ranpirschen?«

»Nein«, antwortete Fitzduane. »Sie und Andreas bleiben lieber, wo Sie sind, und sichern das Tor. Stellt eure SA80 auf Einzelfeuer und seht zu, ob ihr die beiden Kerle erwischt, die den Traktor reparieren. Wir müssen irgendwie Zeit gewinnen.« Fitzduane schaltete auf einen anderen Kanal um. »Henssen, bitte melden!«

»Hier Henssen«, kam eine Stimme aus dem Lautsprecher. »Etan braucht Hilfe. Bei mir ist alles in Ordnung.«

»Ungefähr zwanzig Meter von euch entfernt, Richtung Tor, hat sich ein Feind verschanzt«, warnte Fitzduane.

»Ich weiß«, antwortete Henssen. »Den Kerl knöpfe ich mir vor.«

»Nein«, sagte Fitzduane. »Kriechen Sie jetzt bloß nicht zwischen den Sandsäcken herum! Setzen Sie lieber die Molotow-Cocktails ein. Ich schicke Ihnen Judith rüber.«

Im gegenüberliegenden Wehrgang detonierte eine Handgranate, und gleich darauf folgte ein Feuerstoß aus einem AK47. Nach einer Pause von dreißig Sekunden wiederholte sich der Vorgang.

»Ich glaube, unser Besucher kommt auf uns zu«, meldete Henssen per Funk. »Nach jeder Zickzackkurve schmeißt er eine Handgranate hinter die nächste Sandsackbarriere.«

»Ziehen Sie sich zurück!« befahl Fitzduane.

»Das machen wir die ganze Zeit. Glauben Sie, wir wären sonst noch am Leben? Ich kann mich nicht schnell absetzen, weil ich Etan hinter mir herschleifen muß. Wenn der Kerl uns zu schnell auf die Pelle rückt, sind wir geliefert.«

»Sehen Sie zu, daß Sie ihm vorher den Kopf von den Schultern pusten. Ende.«

»Hugo«, meldete sich Murrough, »mit ein bißchen Glück kriege ich ihn gleich vor die Flinte. Wenn er das nächste Mal den Kopf hebt, drücke ich ab.«

»Menschenskind, wo sind Sie denn gerade?«

»Oben auf dem Turm«, antwortete Murrough. »Genau gesagt liege ich auf dem Dach des Unterstands.«

Judith schob sich neben Henssen. Sie roch nach einer Mischung aus Whiskey und Benzin, weil sie einen Beutel voll Molotow-Cocktails mitgebracht hatte. »Schaffen Sie sie hier weg«, sagte sie zu Henssen, und als sie sah, daß er zögerte, fügte sie flüsternd, aber energisch hinzu: »Sofort!« Henssen kam der Aufforderung nach. Er kroch weg und schleifte die bewußtlose Etan über das holprige Steinpflaster hinter sich her.

Judith zündete zwei Molotow-Cocktails und warf sie so weit sie konnte hinter eine Sandsackbarriere, wo sie explodierten. Sie zündete noch zwei Molotow-Cocktails und schleuderte sie nicht ganz so weit. Das wiederholte sie so lange, bis eine langgezogene Flammenwand die Nacht erhellte. Der Feuerschein fiel auf zwei Terroristen, die an der Stelle, wo ihr Kamerad versteckt sein mußte, durch die Lücken zwischen den Zinnen kletterten.

Fitzduane und Murrough eröffneten sofort das Feuer und trafen denselben Angreifer. Er war bereits tot, als er vornüber in die Flammen stürzte. Der zweite Kletterer starb Sekunden später, als Judith ihn mit einem Feuerstoß aus ihrer Uzi traf. Gleich darauf rannte der Terrorist, der sich im Wehrgang verschanzt hatte, schreiend auf Judith zu. Sein Kopftuch und sein Tarnanzug brannten lichterloh. In seiner Faust blitzte ein Dolch. Der wahnsinnige Schmerz ließ ihn alle Vorsicht vergessen. Mündungsfeuer brach gleichzeitig aus beiden Läufen einer Schrotflinte. Der brennende Terrorist wurde rückwärts gegen die Sandsäcke geschleudert. Katia Maurer lud ihre Schrotflinte nach und wandte sich wieder Etan zu, um sie zu verarzten.

Plötzlich, als hätten sich die gegnerischen Parteien stillschweigend darauf geeinigt, verstummte die Schießerei, und es kehrte fast vollständige Stille ein. Fitzduane konnte das Meer und das Rauschen des Windes hören, der über die Zinnen der Burg strich. Der Bär und Christian de Guevain hatten den Schutz der Sandsackbarrieren verlassen und luden die beiden Kanonen nach.

Plötzlich wurde sich Fitzduane bewußt, daß da noch etwas anderes war, eine Stimme, die immer wieder dieselben Worte sagte. Aber das konnte nicht sein! Dort drinnen befand sich niemand. Fitzduane setzte sich hin und schüttelte den Kopf. Die Stimme verstummte nicht. Er hatte das Gefühl, in der dunklen Luft zu schweben und sich dort wie sein eigener Doppelgänger sitzen zu sehen. Sein Blick glitt über die Burg: An mehreren Stellen brannte es, auch im Inneren.

Langsam stand er auf und setzte sich in Bewegung, als würde er an einem unsichtbaren Band in die Burg hineingezogen. Dann war plötzlich der Bär da, schüttelte ihn sacht und sagte etwas ins Funkgerät. In der Ferne war das gedämpfte Dröhnen von Flugzeugmotoren zu hören.

Über Fitzduanes Insel – 23 Uhr 05

»Kaum zu glauben«, sagte der Pilot. »Das 20. Jahrhundert geht dem Ende zu, und da unten findet eine Belagerung statt wie im Mittelalter.«

»Nein, nicht wie im Mittelalter«, widersprach Kilmara. Im selben Augenblick zerteilten zwei großkalibrige Leuchtspurgeschosse die Nacht und flogen in einer gestreckten Kurve auf die Burg zu.

»Grüne Leuchtspur, 12,7 mm«, stellte der Pilot fest. Er hatte in Vietnam Fronteinsätze geflogen. »Da kriegt man ja fast nostalgische Gefühle. In dieser Höhe sind wir außer Reichweite, aber ein paar tausend Fuß tiefer könnten sie uns ganz schön einheizen. Wer weiß, was für böse Überraschungen sie sonst noch auf Lager haben.«

»Das finden wir hoffentlich bald heraus«, erwiderte Kilmara. »Nehmen Sie Verbindung zum Ranger-Hauptquartier auf.«

Die beiden Transporter mit den Rangers an Bord drehten außer Sicht- und Hörweite über dem Festland Runden, während Kilmaras Optica-Hubschrauber das tat, wozu er am besten taugte: den Feind auskundschaften. In einer Höhe von 5000 Fuß machten sie einen ersten Erkundungsflug, in dessen Verlauf Kilmara nicht nur versuchte, mit Fitzduane Funkkontakt aufzunehmen, sondern auch die Stärke und den Standort des Gegners zu ermitteln.

Ihm war jetzt schon klar, daß er den Feind unterschätzt hatte. Die vor der Küste geankerte *Sabine* ließ keinen Zweifel darüber, auf welche Weise der Henker seine Hauptstreitmacht hierher geschafft hatte. Das Attentat auf die amerikanische Botschaft in Dublin war also höchstwahrscheinlich ein Bluff gewesen. Der Henker hatte die Rangers auf eine falsche Fährte gelockt. Der größte Teil der Eliteeinheit befand sich in der Hauptstadt, und selbst wenn er sofort freigestellt würde, was Kilmara bezweifelte, konnte er erst in zwei Stunden hier sein.

Fitzduanes Burg – 23 Uhr 07

Die Schüler in dem schützenden Lagerraum am Haupttunnel spürten den Kampflärm über ihren Köpfen mehr, als daß sie ihn hörten. Als nach einer Weile fast genau über ihnen die Kanonen losdonnerten, wurde ihnen die Bedrohlichkeit der Lage einigermaßen bewußt. Sie waren noch längst nicht außer Gefahr, und es war durchaus möglich, daß die Verteidiger unterlagen. Die Angst, den skrupellosen Terroristen wiederum als Geiseln in die Hände zu fallen, beschleunigte das Auswahlverfahren der Freiwilligen, die bei der Verteidigung der Burg mithelfen sollten.

Anfänglich hatten die Schüler es Fitzduane übelgenommen, daß er ihnen keine Waffen geben und sie aus der Schußlinie heraushalten wollte, aber schon bald leuchtete ihnen die Stichhaltigkeit dieser Entscheidung ein. Unbestreitbar hatten ein paar Mitschüler in der Anfangsphase die größte Bedrohung dargestellt, und niemand konnte dafür garantieren, daß sich unter ihnen nicht doch noch ein, zwei Opferer befanden. Die Debatte darüber, wie dieses Problem zu lösen sei, war sehr hitzig gewesen, hatte jedoch lange zu keinem Ergebnis geführt. Dies änderte sich erst, als der Schwede Sig Bengtquist, ein mit der Familie Noble entfernt verwandter Mathematiker, das Wort ergriff. Bisher hatte er schweigend zugehört, aber die aufgeschlagene Seite seines Notizbuchs, das er immer mit sich herumtrug, selbst wenn er sich widerstrebend zu irgendeiner sportlichen Betätigung verleiten ließ, war in seiner säuberlichen, mikroskopisch kleinen Handschrift randvoll gekritzelt.

»Es gibt keine narrensichere Methode, mit der sich vermeiden läßt, daß wir zufällig einen Opferer an die Front schicken«, erklärte er, »aber meiner Meinung nach gibt es ein paar handfeste Kriterien, die gewährleisten, daß wir die richtigen Leute aussuchen.«

»Sag bloß, du hast dir dafür eine mathematische Formel ausgedacht«, ließ sich eine Stimme vernehmen.

»Warum ziehen wir nicht einfach Lose aus einem Hut?« schlug ein anderer Schüler vor. »Wir können auch darum würfeln, wer die Chance kriegt, sich draußen erschießen zu lassen.«

Die Bemerkung wurde mit beklommenem Gelächter beantwortet. Die Aussicht, selber in den vielleicht tödlichen Kampf verwikkelt zu werden, erfüllte die meisten Schüler nach allem, was bereits passiert war, mit gemischten Gefühlen. Einige hatten bei der Vorstellung sogar panische Angst, doch es gab auch Mitschüler, die geradezu darauf brannten, zurückzuschlagen und in diesem Spiel um Leben und Tod nicht nur Bauern auf einem Schachbrett zu sein, sondern selber kräftig mitzumischen. Was sie im Verlauf des Tages gesehen und erlebt hatten, vor allem das Gemetzel im College, hatte in ihnen jede Illusion über kriegerischen Glanz und Ruhm zerstört.

»Red weiter«, ließ sich Osman Ba mit seiner tiefen Baritonstimme vernehmen. Er stammte aus dem Nordsudan und war der beste Freund des Schweden. Wegen ihrer unterschiedlichen Hautfarbe hatte man ihnen den Spitznamen »Tag und Nacht« verpaßt. Die anderen Schüler nickten zustimmend. Insgesamt befanden sich im Raum etwa fünfzig Jugendliche aus halb so vielen verschiedenen Ländern. Da es nicht genügend Stühle gab, saßen die meisten von ihnen auf Kisten oder hockten auf dem Fußboden. Mehrere waren nach den aufregenden Geschehnissen des Tages erschöpft eingeschlafen. Auch die anderen sahen zwar müde aus und hatten rotgeränderte Augen, aber sie strengten sich an, durchzuhalten und alles mitzubekommen.

»Ich habe eine Art Raster konzipiert und alle, die sich freiwillig gemeldet haben, nach bestimmten Kriterien durchgesiebt. Es sind sechzehn Namen übriggeblieben, also müssen noch sechs ausscheiden, weil nur zehn von uns gebraucht werden. Deshalb schlage ich vor, daß wir jetzt gemeinsam die sechzehn Namen durchgehen und die aussondern, die nicht in Frage kommen. Wenn dann trotzdem noch mehr als zehn übrigbleiben, schreiben wir die Namen auf Zettel, falten sie zusammen, werfen sie wie bei einer Verlosung in einen Hut und ziehen zehn.«

»Das klingt einleuchtend«, meinte Osman Ba.

»Nach welchen Gesichtspunkten sind die sechzehn ausgewählt worden?« wollte ein Mexikaner wissen. »Ich glaube, das sollten wir gerechterweise erfahren.«

»Natürlich«, pflichtete Sig ihm bei. »Die Kriterien sind schlüssig, finde ich, aber jeder zusätzliche Vorschlag ist natürlich willkommen.« Er hielt kurz inne. Im Raum herrschte tiefe Stille. Von draußen drang der gedämpfte Lärm von Schüssen und Detonationen herein. Die Aussicht, schon bald den unterirdischen Schutzraum verlassen zu müssen, erfüllte die Schüler mit Unbehagen.

Sig ergriff wieder das Wort. »Alle Opferer waren Mitglieder eines Skiklubs.«

»Dann scheide ich auch aus«, meldete sich ein junger Pole. »Aber glaubt deswegen bloß nicht, daß ich einer bin!«

»Sie waren mindestens achtzehn Jahre alt«, fuhr Sig fort. »Sie verstanden sich auf den Umgang mit Waffen, waren körperlich überdurchschnittlich gut in Form, sprachen fließend Englisch und waren keine Einzelkinder.«

Es folgten noch etwa ein Dutzend Merkmale, dann las Sig die Aufstellung der sechzehn Namen vor. Drei wurden durch Abstimmung eliminiert, auf Sigs Anregung ohne Nennung der Gründe, die restlichen dreizehn auf Zettel geschrieben und in den leeren Brotkorb geworfen. Wenig später sahen sich zehn der Schüler schweigend an. Jedem war klar, daß vor Morgengrauen einer oder mehrere von ihnen, vielleicht sogar alle schwer verwundet oder gar tot sein würden.

Sig wurde als Anführer des kleinen Trupps auserkoren.

»Wieso sollen eigentlich nur zehn von uns mitkämpfen?« fragte Osman Ba. »Draußen werden doch bestimmt mehr gebraucht. Warum nicht zwölf, wie die Apostel?«

»Weil einer von den Zwölfen ein Verräter war«, antwortete Sig. »Fitzduane will anscheinend das Risiko kleinhalten.« Wirklich ein multinationaler Haufen, dachte er bei sich. Ob es sich günstig auswirken würde, daß Angehörige traditionell miteinander verfeindeter Länder – Rußland und Polen, Kuwait und Israel, Frankreich und Deutschland – in dieser Nacht Seite an Seite kämpfen sollten? Spielte die Nationalität überhaupt eine Rolle, wenn es um Leben und Tod ging?

Sigs Mund war trocken. Er schluckte. Osman tat dasselbe. Das tröstete ihn.

Über Fitzduanes Burg – 23 Uhr 07

»Heiße Party da unten«, sagte Kilmara in das in seinem Helm eingebaute Mikrofon.

»War verdammt Zeit, daß ihr endlich auftaucht«, antwortete Fitzduane. Die Übertragungsqualität war gut, aber trotz des sachlichen Tonfalls war seiner Stimme anzuhören, wie erleichtert er war. »Hoffentlich hast du ein paar von deinen Jungs mitgebracht. Der Henker ist hier mit einer ganzen Armee aufgekreuzt.«

»Gib mir mal einen Lagebericht«, sagte Kilmara.

Knapp und mit fast akademischer Sachlichkeit lieferte Fitzduane eine Zusammenfassung der Geschehnisse. Über die Angst, Not und schier unerträgliche Spannung verlor er kein Wort.

»Könnt ihr noch eine Weile durchhalten?« fragte Kilmara. »Ich muß meine Männer ein Stück weiter nördlich abspringen lassen, wegen den 12,7-mm-Leuchtspurgeschossen. Es kann eine gute Stunde dauern, bis sie die Burg erreichen.«

»Wir wehren uns, so gut wir können«, sagte Fitzduane, »aber es wird allmählich ganz schön haarig. Wir haben nicht genug Leute, um die Burg zu verteidigen. Vielleicht müssen wir uns im Turm verschanzen.«

»In Ordnung«, sagte Kilmara. Auf dem IR18-Schirm erschien eine leuchtende Linie. Der Pilot reagierte blitzschnell: Er legte einen Schalter um, und sofort schossen lange, feurige Zungen aus den bordeigenen Flammenwerfern des Hubschraubers. Gleichzeitig flog der Pilot eine scharfe Kehre, ging dann in eine Serie schwindelerregender Manöver über und ließ die Maschine am Schluß steil wegtauchen.

»Verdammt, das war eine SAM«, sagte er Sekunden später und pfiff durch die Zähne. Die wärmeempfindlichen Sensoren der anfliegenden Rakete hatten sich zum Glück von den enorm heißen Feuerstößen aus den Flammenwerfern in die Irre führen lassen.

»Machen Sie sich auf noch ein bißchen mehr Luftakrobatik gefaßt«, sagte Kilmara zum Piloten. Dann gab er in knappem Befehlston an die beiden Transportflugzeuge durch, die bereit zum Anflug auf die Absprungzone waren. Wie befohlen drehte die voranfliegende Maschine nach Steuerbord ab, während das nachfolgende Flugzeug seinen Kurs beibehielt. Es befand sich zwar außerhalb der Reichweite der schweren Maschinengewehre, aber eine SAM-7 – die Russen nannten sie »Strela«, was Pfeil bedeutet – hatte eine Reichweite von bis zu 4500 Metern, und ein langsames, auf stetigem Kurs fliegendes Flugzeug stellte für solch eine Rakete geradezu ein ideales Ziel dar. Eine mögliche Abwehrmaßnahme hätte darin bestanden, ganz tief das Absprunggebiet anzufliegen, weil die SAM-7 unterhalb von 150 Metern nicht viel taugte, doch das schied aus, weil die Fallschirme sich beim Absprung aus einer so geringen Höhe nicht rechtzeitig geöffnet hätten. Dazu kam, daß die Transportflugzeuge aus Kostengründen nicht mit Flammenwerfern ausgerüstet waren. Immerhin verfügten sie über konventionelle Very-Pistolen, die sich als einigermaßen nützlich erweisen konnten.

Kilmara nahm noch einmal Funkkontakt mit Fitzduane auf, um mit ihm taktische Fragen zu besprechen und sich nähere Angaben über die gegnerischen Stellungen durchgeben zu lassen. Die vorrangigen Angriffsziele waren zweifellos der Raketenwerfer und die Maschinengewehrnester. Der Rest würde warten müssen.

Leider kam dann alles anders. Während der Optica-Hubschrauber zum Angriff bereit machte und eines der Transportflugzeuge auf das Absprunggebiet zusteuerte, blies der Henker zu einem neuerlichen Angriff auf die Burg – und diesmal bildete der zum Panzer umfunktionierte Traktor die Speerspitze.

Vor Fitzduanes Burg – 23 Uhr 18

Der Panzer rückte langsam vor. Das Gewicht der Stahlplatten allein war keine ausreichende Erklärung für seine geringe Geschwindigkeit, und auch taktische Erwägungen rechtfertigten kaum sein Kriechtempo. Entweder funktionierte die Maschine nicht richtig, oder es kam eine böse Überraschung auf die Verteidiger zu.

Als die Entfernung nur noch hundertfünfzig Meter betrug, eröffnete Andreas mit dem Hawk-Granatwerfer das Feuer. Ihm wurde schmerzlich bewußt, daß ihm lediglich vier panzerbrechende Granaten zur Verfügung standen. Gerade als er den ersten Schuß abfeuerte, fand eine verirrte Kugel aus einer Kalaschnikow den Weg durch die Schießscharte, hinter der er stand. Prompt verfehlte er den gepanzerten Traktor. Mit zitternden Händen zielte er erneut. Als er abdrückte, war das Panzerfahrzeug nur noch hundertzwanzig Meter entfernt. Die Granate durchschlug die vordere Stahlplatte und explodierte, doch der Panzer fuhr weiter.

Die nächsten beiden Granaten schoß Andreas aus einer Entfernung von achtzig Metern ab. Eine traf die Schweißnaht zwischen der vorderen und einer seitlichen Stahlplatte. Sie riß auf wie der Deckel einer Sardinendose. Trotzdem kam das Fahrzeug nicht zum Stehen, und jetzt wurde klar, warum es so langsam fuhr und gegen die Sprengkraft der Granaten gefeit schien: Hinter der Stahlpanzerung waren in mehreren Reihen Sandsäcke und Betonblöcke übereinander gestapelt, gegen die die vergleichsweise leichten Waffen der Verteidiger nichts auszurichten vermochten.

Die aufgerissenen Stahlplatten ergaben für Andreas aus nächster Nähe neue Möglichkeiten. Er zielte tiefer. Vielleicht gelang es ihm, eines der Räder wegzuschießen oder die Steuerung zu demolieren. Die letzte panzerbrechende Granate richtete allem Anschein nach keinen nennenswerten Schaden an, doch drei in rascher Folge aus weniger als vierzig Metern Entfernung abgefeuerte hochexplosive Geschosse trafen zwar nicht das rechte Vorderrad, wie beabsichtigt, verbogen jedoch das Lenkgestänge, so daß der gepanzerte Traktor leicht von seinem Kurs abwich und nicht mehr geradewegs auf das Tor der Burg zusteuerte.

Beide Seiten feuerten jetzt unablässig. Die Terroristen schienen zu ahnen, daß die Eroberung der Burg in greifbare Nähe gerückt war, und die Verteidiger sahen sich gezwungen, ihre gesamte Feuerkraft einzusetzen, vor allem die mit Nachtsichtgeräten ausgerüsteten SA-80 mit ihrer verheerenden Treffsicherheit.

Doch das reichte nicht. Sechs Terroristen fielen im Kugelhagel der automatischen Sturmgewehre, aber dann begriffen die Angreifer, mit was für Waffen auf sie geschossen wurde. Sie achteten mehr darauf, daß sie immer gut gedeckt waren, und nutzten ihre zahlenmäßige Überlegenheit aus. Die Wolkendecke riß auf, und ein paar kritische Minuten lang beleuchtete der Mond das Schlachtfeld. Die Fenster und Schießscharten der Burg zeichneten sich in dem grauen Gemäuer als dunkle Rechtecke ab. Die Terroristen konnten viel genauer zielen und zwangen die Verteidiger, in Deckung zu bleiben, während der Panzer sich anschickte, so nahe an das Tor heranzurollen, daß es mit der an dem ausgekragten Gestänge befestigten Sprengladung in die Luft gejagt werden konnte.

Indessen kam Kilmaras Optica-Hubschrauber, von Fitzduanes Burg gegen die SAM-7-Stellung geschützt, vom Meer her dicht über dem Wasser angeflogen. Murrough, der oben auf dem Turm die Stellung hielt, mußte sich flach auf das Dach des Unterstands werfen, als das futuristisch anmutende Flugzeug dicht über ihn hinwegzischte, steil in den Himmel stieg, seitlich wegschmierte und in den Sturzflug überging. Die Mannschaft des Raketenwerfers konnte gerade noch eine SAM-7 abschießen, bevor eine Garbe Leuchtspurgeschosse sie zerfetzte und nachfolgende Luft-Boden-Raketen die gesamte Stellung zerstörten.

Die SAM-7 galt dem Transportflugzeug der Rangers, das in niedriger Höhe das Absprunggelände im nördlichen Teil der Insel anflog. Sechs Rangers konnten noch abspringen, bevor die mit anderthalbfacher Schallgeschwindigkeit fliegende Rakete ihr Ziel fand. Der Aufschlagzünder brachte den hochexplosiven Sprengkopf zur Detonation. Der Motor und ein Flügel wurden vom Flugzeugrumpf abgerissen, und die Treibstofftanks explodierten. Umgeben von brennenden Trümmern stürzte das zerstörte Flugzeug als gleißender Feuerball aus dem Nachthimmel zur Erde. Gnädigerweise mußten der Pilot, der Kopilot und die beiden Rangers, die sich noch an Bord befanden, nicht lange leiden. Ein anderer Ranger stürzte ab und kam ums Leben, weil sein Fallschirm mit einem rotglühenden Metallteil kollidierte.

Fünf Mitglieder der Elitetruppe landeten wohlbehalten, darunter die beiden Milan-Raketenschützen. Sobald sie sich gesammelt hatten, meldete sich der Befehlshaber der kleinen Einheit, Leutnant Delaney, per Funk bei Kilmara. Nachdem er dem Colonel kurz Bericht erstattet hatte, sagte er in sein Helmmikrofon: »Los geht's, Jungs! Jetzt werden wir den Kerlen die Rechnung präsentieren.«

Mit geschwärzten Gesichtern und schwer mit Waffen, Munition und sonstigen Ausrüstungsgegenständen beladen, rückten die Männer in leicht auseinandergezogener Formation vor. Das Knattern der Gewehre, das Dröhnen von Granaten, die hellen Linien der Leuchtspurgeschosse und der rote Widerschein eines Feuers ließen nicht den geringsten Zweifel darüber, wo der Kampf ausgetragen wurde.

In Fitzduanes Burg – 23 Uhr 38

Andreas schob die letzten beiden hochexplosiven Granaten ins Magazin des Werfers. Im Torhaus herrschte ein Höllenlärm. Harry Noble, der Bär und Guevain feuerten pausenlos auf die bereits drohend nahen, schattenhaften Gestalten der Terroristen, die aus ihren anfänglich hohen Verlusten gelernt hatten und jetzt jede erdenkliche Deckung ausnutzten, so auch das massige Panzerfahrzeug. Ihr Feuer war zielgenauer geworden und wurde von den schweren Maschinengewehren unterstützt. Dies bedeutete, daß die Verteidiger selbst dann kaum daran denken konnten, sorgfältig zu zielen, wenn einmal ein Ziel deutlich erkennbar war.

Der gepanzerte Traktor war keine zwanzig Meter mehr entfernt, und jetzt war zu erkennen, daß der Ausleger, an dessen Ende die Sprengladung befestigt war, in einer Art schützender Metallummantelung steckte. Andreas feuerte die allerletzte Granate ab. Das unförmige Fahrzeug bockte wie ein großes Tier. Das explodierende Geschoß hatte das rechte Vorderrad und das Lenkgestänge weggerissen. Der Panzer, der schon vor dem Treffer leicht von der Spur abgewichen war, machte eine scharfe Rechtsdrehung, kam von der Straße ab und kippte auf die Seite. Andreas und Harry Noble stießen einen Freudenschrei aus.

»Runter!« brüllte der Bär in diesem Augenblick und riß Andreas zu Boden. Das Gebäude erbebte bis in die Grundfesten: Die an der Stange befestigte Sprengladung war explodiert. Die Druckwelle war so groß, daß die Flammen durch die Schießscharten schlugen. Noble, der einen Sekundenbruchteil zu langsam reagiert hatte, wurde mit großer Wucht gegen die Winde des Fallgitters geschleudert. Das große Zahnrad bohrte sich an einem Dutzend Stellen in seinen Körper. Er war sofort tot. Der Bär riskierte einen Blick durch das Loch im Fußboden. Die Detonation war zum größten Teil von der dicken Außenmauer aufgefangen worden. Das Fallgitter, vom früheren Granatbeschuß ziemlich ramponiert, hatte standgehalten. Der zerstörte Traktor am Straßenrand war nur noch ein Haufen glühendes, verbogenes Eisen.

Der dunkle Schatten eines Land Rovers zerteilte mit lautem Brummen den Rauch und krachte gegen das Fallgitter. Der Bär konnte gerade noch sehen, wie eine Gestalt kurz vor dem Aufprall absprang. Wieder warf er sich zu Boden und riß Andreas mit.

Diesmal war die Explosion wegen der großen Nähe wirklich furchtbar. Der Fußboden wurde hochgedrückt und spaltete sich, so daß unten die verbogenen Überreste des eisernen Gitters zu sehen waren. Jetzt war es kein wirksames Hindernis mehr. Benommen und atemlos von der Druckwelle sah der Bär ohnmächtig zu, wie ein Terrorist nach dem anderen durch das offene Tor in den Burghof rannte. Gleich darauf waren draußen auf der Treppe Schritte zu hören, und dann wurde eine Handgranate in den Raum geschleudert. Der Bär sah den kleinen dunklen Gegenstand über den Fußboden kullern. Keine zwei Meter von ihm entfernt schien die Granate unschlüssig innezuhalten, doch dann rollte sie über den Rand der Bresche, die die Explosion gerissen hatte, und explodierte einen Sekundenbruchteil danach.

Guevain rannte zu der getarnten Tür, die in den Tunnel führte, und riß sie auf. Andreas und der Bär schnappten sich schnell noch alles an Waffen und Munition, was herumlag, bevor sie fluchtartig den Raum verließen. Guevain zog die massive Tür hinter sich zu und sicherte sie, indem er die diversen Riegel und Eisenstangen vorschob. Sie hatten ein wenig Zeit gewonnen, aber einer hatte dafür mit dem Leben bezahlen müssen – und der Sturmtrupp des Henkers befand sich jetzt in der Burg.

Über Fitzduanes Insel – 23 Uhr 51

Die *Sabine* hatte sich der Küste bis auf 500 Meter genähert und mit zwei schweren Maschinengewehren das Feuer auf die Burg eröffnet. Der auf einen Angriff aus dieser Richtung nicht vorbereitete Murrough wurde buchstäblich vom Dach des Unterstands auf dem Turm gefegt. Seine Leiche lag am Fuß der Außenmauer.

Kilmaras Hubschrauber kreiste in großer Höhe über dem Kriegsschauplatz. Der Colonel beschloß, mit der restlichen Munition die neue Bedrohung auszuschalten. Nach dem zweiten Tiefflugangriff waren nicht nur beide Maschinengewehre zum Schweigen gebracht, sondern der Schiffsrumpf des Viehtransporters war unterhalb der Wasserlinie von Einschußlöchern durchsiebt. Die *Sabine* sank.

In einem Schlauchboot versuchten drei überlebende Besatzungsmitglieder, das Ufer zu erreichen. Da alle Munition der Bordwaffen verschossen war, befahl Kilmara dem Piloten, dem Schlauchboot dicht über dem Wasser hinterher zu fliegen. Dann schob er sein mit einem Kite-Nachtsichtgerät ausgestattetes automatisches Sturmgewehr durch das eigens dafür vorgesehene Loch in der Tür des Helikopters und erledigte die flüchtenden Terroristen mit ein paar gut gezielten Schüssen.

Da der SAM-7-Raketenwerfer ausgeschaltet war und es keinerlei Anzeichen dafür gab, daß der Feind über weitere Raketenwerfer verfügte, konnte der Optica-Hubschrauber jetzt die Funktion einer fliegenden Beobachtungs- und Befehlszentrale erfüllen, was seine eigentliche Aufgabe darstellte. Kilmaras Augen waren nun meist auf den IR-Monitor gerichtet, und nur hin und wieder warf er einen Blick auf die Flammen in der Tiefe, die Bahnen der Leuchtspurgeschosse und andere sichtbare Zeichen, die verrieten, daß unten ein heftiger Kampf tobte. Außerhalb der Reichweite der verbliebenen bodengestützten Geschütze kreisend, verfolgte Kilmara den Gang der Dinge, gab an die vorrückenden Rangers die genauen Positionen des Gegners durch und hielt Funkkontakt mit Fitzduane, Dublin und dem zweiten Transportflugzeug, das noch immer Warteschleifen drehte. Die Männer an Bord hielten sich bereit, mit dem Fallschirm abzuspringen, sobald die restlichen Maschinengewehre ausgeschaltet waren.

Am liebsten hätte Kilmara direkt in das Kampfgeschehen eingegriffen, statt den Einsatz aus sicherer Entfernung zu leiten, während seine Männer ihr Leben riskierten. Nur mit Mühe unterdrückte er den Wunsch, sich einen Fallschirm umzuschnallen und aus der durchsichtigen Blase zu springen, in der er sich auf die drei Dinge konzentrieren mußte, die bei einer militärischen Aktion wie dieser wichtig waren: Befehlsübermittlung, Kontrolle der Lage, Kommunikation. Nein, er klimperte nicht gern auf der Leier, während Rom brannte, wie er es einmal genannt hatte.

Wenn die Rangers dort unten nur rasch die schweren Maschinengewehre ausschalteten, damit sich das Kräfteverhältnis zu ihren Gunsten veränderte! Kilmara drückte auf die Sendetaste des Funkgeräts, um Verbindung zu seinen Männern aufzunehmen, doch nach kurzem Zögern zog er die Hand zurück. Die Rangers dort unten wußten verdammt gut, was sie zu tun hatten.

Die Lage entbehrte nicht der Ironie: Zwar waren endlich die Rangers auf der Insel aufgetaucht und reguläre Armeeeinheiten in Marsch gesetzt worden, doch einstweilen befanden sich die Verteidiger der Burg in größerer Bedrängnis denn je. Die Terroristen hatten die Burg eingenommen und sich im Torhaus, den Lagerräumen und im Wehrgang verschanzt. Fitzduane hatte keine andere Wahl gehabt, als das Hauptgebäude zu räumen und sich mit den anderen im Turm und im darunterliegenden Tunnelsystem einzuigeln.

Die Zahl der Verteidiger war auf sieben zusammengeschrumpft, die beiden nicht mehr ganz jungen und alles andere als kampferprobten Frauen eingeschlossen. Mehrere von ihnen waren verwundet, zum Glück nur leicht, aber die Kampfkraft war trotzdem geschmälert. Henssen beispielsweise konnte nur noch einen Arm einsetzen. Nach dem hitzigen Gefecht waren die Munitionsvorräte fast erschöpft. Granaten gab es keine mehr.

Widerstrebend griff Fitzduane auf die zehn freiwilligen Schüler zurück. Wenn es so weiterging, würde er bald nur noch eine Handvoll mit mittelalterlichen Waffen ausgerüstete Jugendliche kommandieren.

Kapitel 29

Vor Fitzduanes Burg – 00 Uhr 04

Kadars Stimmung hatte während der vergangenen Stunden extrem geschwankt. Nach all den anfänglichen Rückschlägen befand er sich jetzt in einem euphorischen Gemütszustand. Der Sieg war zum Greifen nahe, und er war um so süßer, je härter er erkämpft werden mußte.

Er sah sich in dem großen Saal um. Der Raum war eindrucksvoll, die Qualität der Schreinerarbeiten und Möbel überragend. Wieviele Generationen Fitzduanes mochten hier bei Mahlzeiten Tischgespräche geführt und Pläne geschmiedet haben? Wieviel

Wendigkeit und Tücke hatte entfaltet werden müssen, damit die Sippe Irlands turbulente Geschichte überlebte?

Kadar saß in dem Polsterstuhl aus Eichenholz am Kopfende des Tisches und fuhr mit den Fingern über die dicke, Jahrhunderte alte Platte. Er spürte die leichten Unebenheiten, die bezeugten, daß sie einst mit dem Breitbeil geglättet worden war. Mein Gott, dachte er, diese Tafel gab es bestimmt schon längst bevor Kolumbus nach Amerika segelte, Leonardo da Vinci die Mona Lisa malte oder Ludwig XIV. Versailles bauen ließ.

»Sir?« Sabri Sartawi, Befehlshaber der Ikarus-Einheit und einziger überlebender Anführer eines Truppenteils von Kadars Streitmacht, war eingetreten. Kadar blieb am Kopf der Tafel sitzen, seine Augen waren geschlossen, seine Finger streichelten das mit Bienenwachs polierte Holz. Am Turm knallten gelegentlich Schüsse und detonierten dumpf Molotow-Cocktails. Ein verdammt unpassender Moment, um in den Tag hinein zu träumen, sagte sich Sartawi, aber bei Kadar war er mittlerweile auf alles gefaßt. Der Mann war ganz offensichtlich verrückt, aber er hatte auch etwas von einem Genie. Jedenfalls sah es so aus, als würde auch dieses Unternehmen am Ende klappen.

»Sir?« wiederholte Sartawi ein wenig lauter. Abrupt öffnete Kadar die Augen, und einen Augenblick lang fürchtete Sartawi, sich ein wenig zuviel herausgenommen zu haben. Kadars Augen funkelten wütend.

Die kritischen Augenblicke verstrichen, ohne daß etwas passierte. »Ja? Was gibt's?« fragte Kadar fast milde. Seine Finger strichen noch immer über das jahrhundertealte Holz.

»Lagebericht, Sir«, sagte Sartawi.

»Ich höre.«

»Wir haben die getarnte Tür oben im Torhaus aufgebrochen. Dahinter gibt es eine Wendeltreppe, die in einen Tunnel hinabführt. Wir nehmen an, daß er zu den Verliesen unterhalb des Turms führt, aber ganz sicher sind wir uns nicht, weil der Tunnel von einer schweren Stahltür blockiert ist.«

»Sprengt sie auf.«

»Das können wir nicht. Der letzte Rest Sprengstoff ist für die Autobombe draufgegangen. Auch Granaten und RPG-7-Geschosse gibt es keine mehr. Auf einen Kampf wie diesen waren wir nicht vorbereitet. Unsere Munitionsvorräte sind ziemlich erschöpft. Wir haben höchstens noch ein, zwei Magazine pro Mann.«

»Sind der Powerchute und die LPO-50-Flammenwerfer einsatzbereit?« fragte Kadar. Mit dem Powerchute meinte er den einen der motorisierten Fallschirme, der durch die stabilisierende Wirkung des leblosen Körpers eine respektable Landung zu Wege gebracht hatte, und zwar nicht weit von der Stelle entfernt, wo er gestartet war. Kadar hatte ihn sicherstellen und außerhalb der Sichtweite der Verteidiger für einen erneuten Einsatz herrichten lassen.

»Beides einsatzbereit«, meldete Sartawi. »Die Maschinengewehrschützen haben genaue Instruktionen.«

Kadar schwieg einen Augenblick gedankenverloren. Dann schob er den Stuhl zurück, stand auf und ging im Saal hin und her. Schließlich blieb er vor Sartawi stehen. »Wir haben doch Schweißbrenner und die Werkzeuge, mit denen die Stahlplatten am Traktor angebracht worden sind. Brecht damit die Stahltür im Tunnel auf. Ich gehe jede Wette ein, daß wir auf der anderen Seite unsere Geiseln finden. Die Tür muß spätestens dann offen sein, wenn der Powerchute angreift.« Er sah sich im Saal um. »Legt hier Feuer! Wir werden die Scheißkerle ausräuchern.«

»Was ist mit den Rangers?« wollte Sartawi wissen. »Ich glaube, ein paar konnten aussteigen, bevor das Flugzeug getroffen wurde.«

»Eine Handvoll Männer, die noch zwei Kilometer entfernt sind, fällt nicht ins Gewicht«, meinte Kadar. »Bis die hier sind und mitmischen können, haben wir die ganze Burg und die Geiseln in unserer Hand.«

Ich hoffe, du hast recht, dachte Sartawi, sagte jedoch nichts. Er hatte gehört, daß man sich vor den Rangers furchtbar in acht nehmen mußte, aber es waren tatsächlich nur ein paar Mann – und sie würden dort draußen gegen die schweren Maschinengewehre nicht viel ausrichten können.

Kadar sah sich ein letztes Mal in der großen Halle um. »Hübsch, nicht wahr?«

Sartawi gab seinen Männern, denen die Erschöpfung nach den schweren Kämpfen anzusehen war, ein paar Befehle. Daraufhin schleppten sie mehrere Benzinkanister die Treppe hoch, kippten den größten Teil des Inhalts auf die Dielen und Balken des großen Saals und verteilten den Rest auf die Treppe und die einen Stock tiefer gelegenen Räume.

In Fitzduanes Burg – 00 Uhr 13

Die Schießerei hatte für kurze Zeit nachgelassen. Nur ab und zu knallte noch ein Schuß. Fitzduane nutzte die Verschnaufpause, um die Schüler zu bewaffnen, sie zu verteilen und gleichzeitig die stark verkleinerte Stellung zu inspizieren. Seine Leute waren hungrig, und man sah ihnen die Erschöpfung an. Essen konnten sie nur rasch in Feuerpausen wie dieser.

Als Fitzduane fertig war, ließ er sich in der Ecke seines im obersten Geschoß des Turms gelegenen Schlafzimmers auf einen Sandsack sinken. Da die Plattform darüber ständig von den schweren Maschinengewehren unter Feuer genommen wurde, war das Schlafzimmer jetzt der für die Verteidigung des Turms wichtigste Raum. Fitzduane nahm dankbar die Kaffeetasse und das Sandwich entgegen, das Oona ihm reichte. Er wußte nicht, was er zu ihr sagen sollte. Bis vor wenigen Stunden hatte sie einen Mann gehabt, an dem sie hing, und war mit dem Leben rundum zufrieden gewesen, doch dann war Murrough gefallen. So viele Tote, dachte Fitzduane, und alles meinetwegen! Hätte er den Dingen vielleicht ihren Lauf lassen und sich dem Henker nicht in den Weg stellen sollen? Etwas in ihm verneinte diese Frage, aber es war schwer, richtig und falsch zu unterscheiden, wenn die eigene kleine Welt auf dem Spiel stand.

Tod und Gewalt machten zwischen den Menschen im Grunde keinen Unterschied. Ein Kriegsopfer war ein Kriegsopfer – egal, was einem die Propaganda weismachen wollte. Nord- oder Südvietnamese, Israeli oder Araber, Polizist oder Terrorist: Wenn man genau hinsah, stellte sich heraus, daß es sich meist um Menschen wie du und ich handelte, um Männer mit Müttern und Frauen wie Oona, die in etwas hineingeraten waren, das sich ihrer Kontrolle entzog.

Nachdem Oona auch den anderen Kaffee eingeschenkt und Sandwiches in die Hand gedrückt hatte, wandte sie sich wieder

Fitzduane zu und sah ihm tief in die Augen. Das Stück Brot, das Fitzduane gerade abgebissen hatte, schien sich in seinem Mund in Holz zu verwandeln. Er schluckte mühsam und rang um ein paar passende Worte, aber was er dann sagte, klang ihm schal und belanglos in den Ohren.

Oona drückte ihm einen Kuß auf die Stirn. »Hör mal, Hugo«, sagte sie, »wir müssen alle eines Tages sterben, und Murrough hat sein Leben für eine gute Sache gelassen, er hat geholfen, andere Menschen und eine Menge junger Leute zu retten. Er ist im Kampf gestorben, und du weißt ja selbst, wie gern er kämpfte. Der Herr sei seiner Seele gnädig!«

Als Fitzduane sie an sich zog, spürte er, daß sie von Schluchzern geschüttelt wurde. Er vermeinte Murrough zu sehen, er glaubte, seine Stimme zu hören, und die Gewißheit überkam ihn, daß er den Henker bezwingen würde, egal, was er sich noch ausdachte.

Oona entzog sich ihm behutsam und wischte sich die Tränen aus den Augen. »Iß jetzt weiter und mach dir keine Sorgen wegen Etan«, sagte sie. »Und dann mach diesen Verbrecher für alle Zeiten unschädlich!«

Fitzduane lächelte müde. »Klar, kein Problem.«

Oona legte ihm kurz die Hand auf die Schulter, dann ließ sie ihn allein, um den anderen zu helfen. Kaum war sie fort, trat der Bär ins Zimmer. Heftig atmend setzte er sich Fitzduane gegenüber auf einen Sandsack. »Burgen wie diese sind nicht für Leute meiner Größe und Statur gebaut worden«, sagte er.

»Wenn du den ganzen Tag in einer Rüstung rumlaufen müßtest«, entgegnete Fitzduane, »würdest du rasch genug abspecken und keine Probleme mehr mit den Wendeltreppen haben. Vergiß nicht, daß die Leute früher kleiner waren.«

»Hm«, machte der Bär nur und ließ sich den Rest von Fitzduanes Sandwich schmecken.

»Hast du überprüft, wieviel Munition wir noch haben?« fragte Fitzduane ihn.

Der Bär nickte. »Ja, zum x-ten Mal. Du erwartest doch hoffentlich nicht, daß sich der Vorrat vergrößert hat? Kaum zu glauben, daß wir überhaupt so lange durchgehalten haben, wenn man bedenkt, daß man ein Magazin mit dreißig Schuß in drei Sekunden leerballern kann.«

»Nun sag schon: Wieviel Sekunden pro Mann haben wir noch?« fragte Fitzduane und lächelte matt.

»Bei den automatischen Waffen sind es weniger als fünf, bei den Schrotflinten und Pistolen sieht es ein bißchen besser aus, aber nicht viel. Die Granaten und Molotow-Cocktails sind längst ausgegangen. Wir haben noch zwei Schrapnellminen, ein ganzes Arsenal von altertümlichen Waffen und jede Menge zu essen.«

»Tatsächlich?«

»Ja. Wenn es darauf ankommt, daß man im Krieg immer einen vollen Bauch hat, brauchen wir keine Angst zu haben, daß es uns so ergeht wie Napoleons Armee.«

»Das freut mich zu hören«, sagte Fitzduane.

Fitzduanes Insel – 00 Uhr 13

Fünf Rangers waren rechtzeitig aus dem ersten der beiden Transportflugzeuge ausgestiegen, bevor es von der SAM-7 getroffen wurde: Harty, Grady und Roch, der als Lader agierte, waren vollauf damit beschäftigt, die Milan-Stellung einsatzbereit zu machen. Der Rest der kleinen Streitmacht, die Sergeanten Quinlan und Hannigan, überwanden unbemerkt die äußere Verteidigungslinie des Feindes und suchten sich seitlich der voraussichtlichen Flugbahn der Milan-Rakete, keine hundert Meter von den schweren Maschinengewehren entfernt, ein Versteck.

Die beiden Männer wußten aus eigener Anschauung, was die Milan anrichten konnte, und hatten keine Lust, mit einer verirrten Rakete Bekanntschaft zu machen. Sie trösteten sich damit, daß diese Lenkwaffe, von Grady gehandhabt, eine geradezu furchterregende Treffsicherheit entwickelte. Außerdem war sie für den Fall, daß Grady verwundet wurde und die Kontrolle über sie verlor, so programmiert, daß sie abstürzte und sich selbst zerstörte. Zumindest sollte sie das.

Die Aufgabe der beiden Rangers Quinlan und Hannigan bestand darin, alles wegzuputzen, was die Milan übrig ließ, also eventuelle Überlebende zu erschießen und die MG's zu besetzen oder zu zerstören, falls dies nicht schon die Rakete besorgt hatte.

Bei Fitzduanes Burg – 00 Uhr 13

Kadar wußte, daß ihn nichts zwang, den Powerchute persönlich zu fliegen, und ihm war auch klar, daß ihm freistand, den motorisierten Fallschirm dazu zu benutzen, wofür er ihn ursprünglich vorgesehen hatte, nämlich für die Flucht Richtung Festland, falls auf der Insel alles schiefging.

Während er in die Gondel kletterte und sich anschnallte, dachte er: Ich werde Freund und Feind zeigen, daß ich nicht nur ein Theoretiker und Organisator, sondern ein echter Renaissancemensch bin – Gelehrter, Künstler und Tatmensch in einem.

Sartawi überprüfte Kadars Flammenwerfer und die anderen Waffen. »Chef«, sagte er, entschlossen, Kadar abzuknallen, falls er Anstalten machte, von der Front zu desertieren, »wollen Sie es sich nicht doch noch einmal überlegen? Sie sind zu wichtig, um ein solches Risiko einzugehen.« Sartawi wußte, daß nur Kadar die Verhandlungen führen konnte, sobald sie die Geiseln in ihre Gewalt gebracht hätten.

Kadar grinste. Ihm war klar, in welche Gefahr er sich begab, aber er hatte keine Angst. Das eigene Leben aufs Spiel zu setzen – einen köstlicheren Nervenkitzel gab es nicht. Er fühlte sich allmächtig, unüberwindlich.

Sartawi ließ nicht locker. »Sir«, sagte er, »haben Sie bedacht, wie gefährlich Ihnen das Flugzeug der Rangers werden kann, das dort oben kreist?«

»Sartawi«, erwiderte Kadar, »ich fliege diesen Einsatz persönlich, also Schluß mit der Debatte! Von dem Flugzeug haben wir nichts zu befürchten. Es hat anscheinend seine Munition verschossen, sonst würde es aktiv in den Kampf eingreifen. Wiederholen Sie jetzt noch einmal die Anweisungen, die ich Ihnen gegeben habe.«

Sartawi nickte. »Jawohl, Sir«, sagte er. »Die schweren Maschinengewehre nehmen den oberen Teil des Turms und besonders die Schießscharten unter Dauerfeuer, bis Sie in Angriffsposition sind. Sobald Sie über Funk den Befehl geben – oder beim ersten Feuerstoß aus Ihrem Flammenwerfer –, stellen die Maschinengewehre das Feuer ein, damit Sie näher an den Turm herangehen und ihn mit dem Flammenwerfer bestreichen können. Anschließend landen Sie auf dem Dach des Unterstands, wo der Sturmtrupp, der sich jetzt am Fuß des Turms in Wartestellung bereithält, möglichst schnell zu Ihnen stößt. Mit Hilfe des Flammenwerfers räuchern Sie dann ein Stockwerk des Turms nach dem anderen aus, während wir in den Tunnel eindringen.« Sartawi hielt inne.

»Die Maschinengewehre«, half Kadar ihm auf die Sprünge.

»Sobald der Turm eingenommen ist«, fuhr Sartawi fort, »ziehen sich unsere Männer mit den schweren Maschinengewehren in die Burg zurück, wo wir inzwischen die Geiseln in unsere Gewalt gebracht haben. Danach wird verhandelt, wie ursprünglich geplant, und die Rangers werden ein bißchen zu spät gekommen sein.«

»So ist es«, sagte Kadar. »Ein hübscher, einfacher Plan mit einer günstigen Risiko/Nutzen-Relation. Wir werden die Verteidiger zusätzlich ein bißchen von uns ablenken, indem wir ihnen von der Seite einheizen und das Hauptgebäude in Flammen aufgehen lassen.«

»Ja, der Plan ist gut, Sir«, sagte Sartawi mit ausdruckslosem Gesicht, »aber was meinten Sie mit Risiko/Nutzen-Relation?«

»Darüber brauchen Sie sich nicht den Kopf zu zerbrechen«, wies Kadar ihn barsch zurecht. »Für Sie zählt nur das Ergebnis.« Er gab Vollgas, und der starke Luftstrom des Propellers blähte den Fallschirm hinter ihm. Die Gondel auf ihren drei Rädern rollte an und hob Sekunden später ab.

Sartawi widerstand der Versuchung, die Kalaschnikow hochzureißen und das ganze Magazin in den arroganten Scheißkerl zu pumpen. Er ahnte nicht, daß Sergeant Martin Hannigan von den Rangers im selben Augenblick den gleichen Drang verspürte, nur daß er es nicht auf Kadar, sondern auf ihn, Sartawi, abgesehen hatte.

Im Turm von Fitzduanes Burg

Fitzduane hatte Andreas den Rest der SA-80-Munition ausgehändigt, weil der junge Schweizer für diese Waffe ein Händchen zu haben schien. Er selbst war jetzt mit seiner selbstladenden Browning-2000-Schrotflinte, einer 9mm-Browning Highpower-Automatik und dem japanischen Katana-Schwert bewaffnet.

Zwei zu eins für John Browning, dachte er. Wieviele Menschen mochten wohl mit von ihm erfundenen Waffen getötet worden sein? War ein Waffenschmied ein Verbrecher oder lediglich ein Handwerker, dessen Erzeugnisse von anderen mißbraucht wurden? Im Endeffekt war das verdammt egal.

Seine Browning-Schrotflinte hatte jetzt keinen langen, elegant geriffelten Lauf mehr. Wegen der räumlichen Beengtheit innerhalb der Burg hatte er die Nahkampfqualität der Waffe verbessert, indem er den Lauf mittels einer Eisensäge um die Hälfte verkürzte. Dabei kam er sich wie ein Vandale vor, der einen bis ins kleinste Detail durchgestalteten Gegenstand verhunzte. Die Mündung der Schrotflinte befand sich nun zwei Fingerbreit vor dem mit Holz ummantelten, zylinderförmigen Magazin. Dies verlieh der Waffe ein brutales, gefährliches Aussehen. Mit XR-18-Munition geladen, entfaltete sie bis zu einer Entfernung von fünfzig Metern ihre volle Wirkung.

Fitzduane vergegenwärtigte sich die Stärken und Schwächen ihrer Position und versuchte, die Möglichkeiten des Henkers durchzuspielen. Die zu verteidigende Stellung war nun auf den Burgturm und das darunter liegende Tunnelsystem zusammengeschrumpft. Der Rest der Burg befand sich in Feindeshand. Wahrscheinlich würde der Gegner versuchen, das Stahltor im Tunnel zu knacken, die Tür zwischen Turm und Haupthaus aufzusprengen und die Plattform auf dem Turm einzunehmen. Weiterhin gab es ein gewisses Risiko, daß einer der Terroristen durch eines der schmalen, schießschartenartigen Fenster des Turms eindrang. Dies würde allerdings sogar einem sehr schmächtigen Mann schwerfallen. Da die Angreifer jedoch durch die Fenster schießen konnten, mußten sie entweder verrammelt oder zumindest ständig bewacht werden.

Falls es den Terroristen gelang, in den Tunnel einzudringen, hatten die Verteidiger nur noch eine letzte Zuflucht: den Turm. Wenn der Henker den auch noch eroberte, nachdem er bereits das Haupttor und das andere Ende des Tunnels kontrollierte, würden ihm die Schüler als Geiseln in die Hände fallen und er hätte sein Ziel eigentlich erreicht, sogar ohne den Tunnel von der anderen Seite her zu erstürmen.

Über die Frage, wie der Tunnel am besten zu verteidigen sei, war heftig diskutiert worden. Für Fitzduane stand fest, daß die Angreifer höchstwahrscheinlich das Eisentor sprengen würden. Niemand konnte sie daran hindern. Man konnte höchstens versuchen, auf der anderen Seite irgendwie die Druckwelle aufzufangen. Deshalb war es wohl am besten, sowohl im Tunnel als auch in den unterirdischen Räumen zu beiden Seiten des Tunnels tiefgestaffelte Barrieren zu errichten. Mit Sandsäcken, Möbelstücken, Proviantkisten und vielen anderen sperrigen Gegenständen unterteilten die Verteidiger den Tunnel in verschiedene, gut überschaubare Abschnitte, die einer nach dem anderen aufgegeben werden konnten, falls die Angreifer Granaten einsetzten oder die Stellung aus anderen Gründen unhaltbar wurde. Die restlichen Schrapnellminen waren so plaziert, daß sie ihre verheerende Wirkung voll entfalten konnten.

Ob es den Verteidigern gelingen würde, den Tunnel zu halten, hing auch davon ab, welche Waffen den Terroristen noch zur Verfügung standen. Leichteren Waffen würden die Barrieren standhalten, doch schwerer Beschuß aus Granatwerfern oder RPG-7 würde das Blatt zuungunsten der Verteidiger wenden, mochten sie sich noch so tapfer wehren. Zum Glück sah es so aus, als könnten die Terroristen kein schweres Geschütz mehr auffahren, denn nachdem sie in der Anfangsphase des Kampfes aus allen Rohren geschossen hatten, war das Feuer aus großkalibrigen Waffen zum Schluß praktisch verstummt.

Große Sorge bereitete Fitzduane der Mangel an Munition. Abgesehen von der Möglichkeit, die Waffen gefallener Feinde zu erbeuten, gab es nur eine Lösung: Sie mußten die historischen Waffen seiner Sammlung einsetzen. Musketen, eine Donnerbüchse, mehrere Armbrüste und Guevains Langbogen waren schußbereit, anderes Kriegsgerät zum Hauen und Stechen, von Piken über Schwerter bis hin zu einem Satz französischer Küchenmesser, lagen in bequemer Reichweite.

Die freiwilligen Kämpfer aus den Reihen der Schüler erwiesen sich als angenehme Überraschung. Sie waren aufgeweckte, zu allem entschlossene Jugendliche, und wenn sie Angst hatten, so ließen sie sich nichts anmerken, sondern reckten trotzig das Kinn vor und setzten eine unerschrockene Miene auf. Manch einer hungerte geradezu nach Rache, nachdem er aus nächster Nähe hatte mitansehen müssen, wie die Terroristen Mitschüler und andere Personen niedermetzelten. Jetzt, wo sie selber eine Waffe in der Hand hatten, sah es so aus, als könnte der Wunsch nach Vergeltung bald in die Tat umgesetzt werden. Man würde es den Terroristen heimzahlen.

Doch dann passierte gleich nach der ersten Unterweisung etwas Schlimmes, das den Schülern schlagartig klarmachte, worauf sie sich eingelassen hatten: Ein junger Sudanese, ein Osman Soundso, wurde tödlich getroffen, während er neben einem der Gucklöcher im Fußboden Wache schob. Gerade wollte er das Loch, durch das er einen raschen Blick riskiert hatte, wieder mit einem an einem Seil hängenden Sandsack sichern, als ihn ein 12,7mm-Geschoß aus einem der schweren Maschinengewehre traf und ihn buchstäblich enthauptete. Kaum zwei Minuten später kam ein blonder Junge aus Polen auf die gleiche Weise ums Leben. Die restlichen acht Freiwilligen lernten schnell: Sie bewegten sich und reagierten jetzt so, als würde von jeder Nebensächlichkeit ihr Leben abhängen, und damit lagen sie nicht falsch.

In das Funkgerät neben Fitzduane kam Leben. »Ich höre«, sagte Fitzduane.

»Wir knöpfen uns jetzt die schweren MGs vor«, informierte Kilmara ihn. »Gleich danach springt die zweite Gruppe unter Günthers Führung dicht bei der Burg ab. Es dauert nicht mehr lange. Wie sieht es bei euch aus?«

»Wir sind fast bei Pfeil und Bogen angelangt«, antwortete Fitzduane, »und die Pfeile gehen uns auch bald aus.«

»Dann laß dir ein paar Kunststücke einfallen. Übrigens brennt das Dach über euren Köpfen. Ich kann nichts Genaues erkennen, aber der Infrarotmonitor meldet eine enorme Hitzeentfaltung.«

»Verdammte Scheiße!« fluchte Fitzduane. »Jetzt sitze ich wirklich in der Tinte. Die demolieren mir mein ganzes Eigenheim.«

»Kann die Hitze zu einem Problem werden?« wollte Kilmara wissen. »Wie wollt ihr den Turm verteidigen, wenn über euch die Hölle los ist?«

»Ich glaube, wir schaffen es«, sagte Fitzduane. »Es wird hier zwar ein bißchen warm werden, aber die Wände sind verdammt dick.«

»Ich nehme dich beim Wort«, sagte Kilmara. »Das wär's fürs erste. Die Show geht los.«

Im Tunnel unter der Burg

Andreas beobachtete, wie das schwere Eisentor, die letzte Barriere zwischen Angreifern und Verteidigern, an der Stelle, wo sich der Schneidbrenner durch das Metall fraß, hellrot aufglühte. Das alte Tor stammte aus einer fernen Zeit, in der man noch keinen gehärteten Stahl kannte, und so hatte es der scharfen Stichflamme nichts entgegenzusetzen. Funken sprühten in den Tunnel, und es dauerte nicht lange, bis die Flamme des Schneidbrenners selbst zu sehen war.

Da das Funkgerät so tief unter der Erde nicht funktionierte, schickte Andreas einen der Schüler los und ließ Fitzduane Bescheid sagen, daß es im Tunnel bald hoch hergehen würde. Erfreulicherweise sah es so aus, daß die Terroristen nur noch wenig oder gar keinen Sprengstoff mehr hatten, denn sonst hätten sie keinen Schneidbrenner eingesetzt.

Andreas' Hauptsorge galt den Granaten. Er überlegte angestrengt, ob seine Sicherheitsvorkehrungen ausreichten. Natürlich hatten sie die üblichen Barrieren aus Sandsäcken errichtet, aber zusätzlich hatten sie überall im Tunnel Maschendraht und Fischernetze gespannt, durch die man hindurchschießen konnte, während sie gleichzeitig gegnerische Wurfgeschosse wie Handgranaten abfingen – solange sie hielten.

Andreas überlegte, ob sie eine Chance hatten, den Tunnel zu halten. Die zehn Schüler schienen anfänglich eine beträchtliche Verstärkung darzustellen, doch dann waren zwei von ihnen gefallen, und da man auch noch den Boten abziehen mußte, blieben sieben aktive Kämpfer übrig. Vier von ihnen hatten an bestimmten Punkten des Turms Stellung bezogen. Blieben also sechs Verteidiger für den Tunnel – Andreas, Judith, Guevain und drei Schüler. Katia kümmerte sich um Henssen, der inzwischen das Bewußtsein verloren hatte, und Oona bemutterte den Rest der Schüler.

Sechs Amateure gegen einen Trupp gutausgebildeter Terroristen – das klang nicht sehr ermutigend, sagte sich Andreas von Graffenlaub und korrigierte sich sofort, denn er selber war alles andere als ein Amateur, sondern Leutnant der Schweizer Armee. Er würde es diesen Hundesöhnen zeigen, die dort direkt vor seiner Nase das Eisentor knackten. Schließlich waren sie für den Tod von drei Mitgliedern seiner Familie verantwortlich.

Er knipste das Licht im Tunnel aus und brachte seine SA-80 in Anschlag. Die glühende Spur des Schneidbrenners erschien im Sucher der Waffe als dünne, helle Linie. Lange konnte das Tor nicht mehr standhalten, und danach würden die Verteidiger schnell genug wissen, ob der Feind noch über Granatwerfer verfügte.

Das schwere Tor kippte nach vorn und knallte auf den mit Steinplatten belegten Tunnelboden. Tiefe Stille trat ein.

Neben Andreas fuhr sich Sig Bengtquist mit der Zunge über die Lippen und schluckte schwer. Er hatte kein Nachtsichtgerät und empfand die totale Finsternis als bedrohlich. Tag und Nacht! Trauer und das Gefühl, einen schrecklichen Verlust erlitten zu haben, durchfluteten ihn, machten aber bald der wilden, wütenden Entschlossenheit Platz, zurückzuschlagen und diesem teuflischen Treiben ein Ende zu bereiten.

In der Milan-Stellung vor Fitzduanes Burg

Die Zielvorrichtung der Milan-Batterie war auf den Lauf des schweren Maschinengewehrs ausgerichtet. Die Waffe selber und die sie bedienenden Terroristen wurden von aufeinandergetürmten Felsbrocken und Sandsäcken verdeckt, doch Grady konnte sich vorstellen, wie es in dem Nest aussah und was für eine Hitze das MG verströmte, während die wie Schlangen zappelnden Munitionsgürtel durch die Kammer schnurrten und die Patronen in ihre drei Bestandteile – Messinghülse, Schießpulver und Geschoß – zerbarsten. Die Mannschaft konzentrierte sich mit Sicherheit nur auf die Handhabung der Waffe und aufs Zielen, weil sie sich darauf verließ, daß ihre Kameraden sie gegen einen Überraschungsangriff abschirmten. Grady stellte sich die Männer müde, aber berauscht von dem Machtgefühl vor, das ihnen das schwere MG verlieh. Vielleicht waren es junge Männer mit Müttern und Familien und Kindern und heimlichen Träumen. Was sie hierher auf diese ferne Insel geführt hatte, würde Grady nie erfahren, und es interessierte ihn auch nicht, denn es hätte nichts an den Tatsachen geändert.

Er drückte auf den Startknopf: In einer Art Verteilerkästchen wurde ein starker Stromstoß ausgelöst, der einen im Heck der kleinen Rakete untergebrachten Gastreibsatz zündete. Dadurch wurde die Lenkwaffe aus dem Rohr herauskatapultiert, in dem sie sich bisher befunden hatte, und gleichzeitig wurde das für einmaligen Gebrauch bestimmte Rohr vom Gestell der Startvorrichtung heruntergeschleudert. Sobald die Rakete in der Luft war, zündete ihr eigentliches Triebwerk, und dann beschleunigte sie schnell bis auf reichlich 900 Meter pro Sekunde, wobei sie den Lenkdraht hinter sich abspulte. Grady brauchte jetzt nicht mehr die Zielvorrichtung zu beachten, sondern mußte sich voll und ganz darauf konzentrieren, die Rakete im sogenannten 80-mil-Kreis zu halten, der sich genau in der Mitte des auf das Ziel gerichteten Visiers abzeichnete. Tatsächlich kam es darauf an, das ganze Augenmerk auf das Ziel, nicht jedoch auf die Rakete zu richten, denn der Steuercomputer der Milan ermittelte die Position der Rakete, indem er die von dem Raketentriebwerk erzeugten Infrarotsignale auswertete und über den Lenkdraht blitzschnell Steuerimpulse für eventuelle Kurskorrekturen übermittelte.

Während der ersten 400 Meter verlief der Flug einer Milan normalerweise ziemlich unberechenbar, doch dann gehorchte sie den per Draht übermittelten Instruktionen so problemlos, daß sie mit störungsfreier Genauigkeit in das vorgesehene Ziel gelenkt werden konnte. Einfach gesagt: die Rakete steuerte auf das zu, worauf Grady das achtfach vergrößernde Zielfernrohr richtete. Grady ähnelte in gewisser Weise einem Kind, das ein Modellflugzeug steuert, nur hatten die Präzision, die Geschwindigkeit und der Verwendungszweck seines »Spielzeugs« absolut nichts Kindliches.

Die Milan landete einen Volltreffer. Für das Durchschlagen der hochresistenten Metallhülle von Kampfpanzern konzipiert, beruhte die verheerende Wirkung des Sprengkopfs eher auf der beim Aufschlag entwickelten kinetischen Energie als auf der zerstörerischen Kraft konventionellen Sprengstoffs. Gewaltige Druckwellen bliesen das von Felsbrocken und Sandsäcken umgebene MG-Nest buchstäblich in Stücke und vernichteten innerhalb von tausendstel Sekunden Menschen und Gerät.

»Lösen!« kommandierte Grady. Sein Untergebener Roch, fürs Laden zuständig, löste mit einem Griff die Halterung des jetzt überflüssigen Verteilerkästchens und des Lenkdrahts der soeben abgefeuerten Rakete. Dann legte er ein neues Rohr mit einer Milan auf den Starter, befestigte es mit Schnappverschlüssen und schloß den frischen Verteilerkasten mitsamt Lenkdraht an den Steuercomputer an. Roch hatte das alles tausendmal geübt.

Grady richtete die Rakete auf das zweite MG-Nest. Der Schwenkmechanismus des dreifüßigen Stativs, den er vor jedem Einsatz fast mechanisch durch eine Drehung um 360 Grad testete, funktionierte präzise und reibungslos. Grady folgte den Bahnen der Leuchtspurgeschosse, die das zweite schwere MG in Richtung Burg abfeuerte. Als er durch das Zielfernrohr blickte und die Milan auf die feindliche Stellung richtete, sah er eine Gestalt, die mit den Armen fuchtelte. Gleich darauf stellte das 12,7mm-MG das Feuer ein.

Grady drückte auf den Auslöser. Wieder vernebelten ihm die Abgase des ersten Treibsatzes etwa eine halbe Sekunde lang die Sicht. An windstillen Tagen konnte es anderthalb Sekunden und mehr dauern, bis sich der Rauch verzog. Dann mußte sich der Schütze auf seine Erfahrung und Geschicklichkeit verlassen und die Rakete blind steuern.

Eine gedämpfte Explosion war zu hören, und wo Grady gerade eben noch das Mündungsfeuer des Maschinengewehrs gesehen hatte, war es plötzlich dunkel. Da ist eine 40mm-Granate eingeschlagen, sagte er sich. Wahrscheinlich geben Hannigan und Quinlan mir Schützenhilfe. Fast ärgerte er sich darüber, daß er sein Ziel nicht mehr sehen konnte, doch dann wurde ihm plötzlich klar, daß es ihn um Haaresbreite erwischt hätte. Durch die Qualm- und Staubwolke, die die explodierende Granate aufgewirbelt hatte, steuerte er die Rakete sicher ins Ziel. Wieder ein Volltreffer!

Kilmaras Optica-Hubschrauber kreiste nun, nachdem die MGs ausgeschaltet waren, in viel geringerer Höhe und konnte feindliche

Positionen mit noch größerer Genauigkeit durchgeben. Die Infrarotkamera wurde durch die Dunkelheit und auch durch normale Tarnung keineswegs behindert. Die erhöhte Abgabe von Körperwärme, vor allem jedoch die von den Waffen erzeugte Hitze erleichterten Kilmara die Arbeit, und da die Rangers mit speziellen Sendern ausgestattet waren, konnte er zwischen Freund und Feind unterscheiden. Ein an den Infrarotmonitor angeschlossener Computer speicherte alle eingehenden Daten und setzte sie in ein Schaubild um, das nicht nur den jeweils neuesten Stand der Dinge dort unten auf der Erde verdeutlichte, sondern dank des Koordinatensystems auch genaue Positionsangaben zuließ.

Sobald Kilmara die Bestätigung hatte, daß die 12,7mm-MGs des Henkers ausgeschaltet waren, gab er dem zweiten Transportflugzeug grünes Licht, und so sprangen wenig später sechs schwerbeladene, ungeduldige Rangers in nur 500 Metern Entfernung vom Kampfgebiet mit dem Fallschirm ab. Kaum waren sie gelandet, stießen sie so schnell wie möglich zu ihren Kameraden und griffen unter Günthers Kommando in die Kampfhandlungen ein.

Es entging Günther nicht, daß das gegnerische Feuer, das ohnehin schwächer als erwartet war, immer mehr versiegte. Dies konnte er sich nicht gleich erklären, doch nachdem er mit kurzen Feuerstößen aus seiner SA-80 einen kleinen Trupp Terroristen niedergemäht hatte, der mit aufgepflanzten Bajonetten auf ihn losging, beschloß er, der Sache auf den Grund zu gehen. Ein Blick auf die Munitionsgürtel der Gefallenen genügte: Sie waren leer. Eine Überprüfung der AK-47-Magazine ergab das gleiche Resultat.

Günther gab seine Entdeckung per Funk an Kilmara weiter. Sekunden später befahl der Chef der Rangers seinen Männern, nur bei drohender Gefahr zu schießen. Dann forderte er die Terroristen per Lautsprecher auf, sich zu ergeben. Er wiederholte die Durchsage auf Französisch, Deutsch und sogar in gebrochenem Arabisch.

Der Aufruf kam zu spät. Alle Terroristen außerhalb der Burg waren tot. Mit kurzen Feuerstößen aus ihren Waffen hatten die Rangers sichergestellt, daß Terroristen, die zu Boden gingen, nie wieder aufstanden. Gefangene zu machen war unter den herrschenden Umständen zu riskant, und die Rangers wußten aus Erfahrung, daß sie ständig Gefahr liefen, von einem verwundeten Fanatiker erschossen zu werden.

Der Kampf außerhalb der Burg war entschieden.

Kapitel 30

Im Tunnel unter Fitzduanes Burg – 01 Uhr 00

Sig Bengtquist lehnte halb liegend an ein paar Sandsäcken, die in der Hitze des Gefechts verrutscht waren, und versuchte, sich auf alles einen Reim zu machen.

Das war nicht leicht, denn er hatte starke Schmerzen, obwohl ihm der Sanitäter der Rangers, eine furchteinflößende Gestalt mit geschwärztem Gesicht, die in einem blauschwarzen Kampfanzug steckte, auf dem Kopf einen Helm mit eingebautem Funkgerät trug und mit allerlei Hightech-Waffen behängt war, ein Mittel verabreicht hatte, das endlich zu wirken begann. Sig fühlte sich schläfrig, die Erinnerung an die Ereignisse der jüngsten Vergangenheit vermengte sich mit den Bildern, die er jetzt in sich aufnahm.

Er wehrte sich gegen die betäubende Wirkung des Medikaments, denn er wußte, daß er nie wieder etwas erleben würde, das an die Geschehnisse der hinter ihm liegenden Minuten heranreichte. Die Schießerei war wilder, verbissener und brutaler gewesen, als er es jemals für möglich gehalten hätte. Gnädigerweise war sie nur von kurzer Dauer gewesen. Bereits nach ein paar schrecklichen Minuten war das Gemetzel im Tunnel zu Ende gewesen, und jetzt waren der Fußboden, die Wände und sogar die Decke mit Blut besudelt. Überall lagen übel zugerichtete Leichen herum. In der Luft hing ein Geruch wie in einem Schlachthaus.

Sig erinnerte sich, wie das Tor auf die Steinplatten gekracht war, nachdem die Terroristen es mit einem Schneidbrenner aufgetrennt hatten. In der pechschwarzen Dunkelheit hatte der Knall ewig lange in seinen Ohren widergehallt, und er war felsenfest überzeugt gewesen, daß die Terroristen in seinem Schutz leise vorwärts schlichen. Es konnte nur noch Sekunden dauern, bis sie bei ihm waren und mit ihren Soldatenmessern und Bajonetten ausholten, um ihn in Stücke zu hauen.

Hilflos, blind und in Angstschweiß gebadet hatte er sich zusammengekauert. Er hatte panische Angst vor Messern.

»Ein Soldat hat drei Gegner: die Langeweile, die eigene Phantasie und den Feind«, sagte Fitzduane. »Um euch zu langweilen, habt ihr nicht genug Zeit. Bleiben also die eigene Phantasie und die Terroristen. Ihr werdet schnell genug merken, daß einem das eigene Vorstellungsvermögen viel schlimmer zusetzen kann als der Feind, also seht euch vor. Ein bißchen Angst hebt Adrenalinspiegel und Kampfkraft. Zuviel Angst kann auf euch so lähmend wirken wie Autoscheinwerfer auf ein Kaninchen. Sie kann euch und die von euch abhängigen Menschen das Leben kosten, meine Freunde.«

Fitzduane hatte ihnen beruhigend zugelächelt, bevor er fortfuhr: »Das beste Gegenmittel gegen allzu große Angst besteht darin, sich ganz auf das zu konzentrieren, was getan werden muß, statt sich vorzustellen, was passieren könnte. Ihr müßt die Sache so angehen wie ein Profi, der ein Problem lösen muß, statt euch wie ein kleines Kind unter der Bettdecke zu verkriechen. Mit ziemlicher Sicherheit ist niemand unter eurem Bett, aber wenn doch jemand da ist, macht gefälligst Kleinholz aus dem Scheißkerl.« Fitzduane hatte kurz innegehalten. »Was ich euch hier erzähle, habe ich mir nicht irgendwo angelesen. Ich rede aus Erfahrung, das könnt ihr mir glauben.«

Denk wie ein Profi! Denk wie ein Profi! Im Geiste widerholte Sig die Wörter wie ein Mantra, er verscheuchte die panische Angst, die ihn fast überwältigt hätte, und klammerte sich an Fitzduanes Ratschläge wie an einen rettenden Strohhalm.

Schritte kamen auf ihn zu, und dann erkannte er den schwachen Lichtschein einer abgeschirmten Taschenlampe. Dies waren keine Hirngespinste, nein, jetzt kamen sie wirklich, und anscheinend dachten sie, sie könnten ohne Gegenwehr in den Turm eindringen, denn sonst hätten sie längst mit Gewehren und Granatwerfern das Feuer eröffnet, statt sich durch Taschenlampen zu verraten.

Sig hörte, wie sie sich etwas zuflüsterten, und aus der Art, wie sie das taten, sprach Erleichterung. Herrgott, die glauben wirklich, sie hätten es geschafft!

Andreas beobachtete durch das Nachtsichtgerät, wie sie das Tor passierten. Zwei Kundschafter, die offenbar auf einen heißen Empfang vorbereitet waren, machten den Anfang. Sie hatten die Bajonette auf ihre Sturmgewehre aufgepflanzt. Keine Granaten! War auch den Terroristen die Munition knapp geworden oder gehörte dieses Verhalten zu ihrer Nahkampfroutine? Andreas konnte sich nicht erinnern, bei ihnen schon Bajonette gesehen zu haben, als sie das Haupttor erstürmten.

Der erste Kundschafter überprüfte vorsichtig die vordersten Stellungen der Verteidiger. Er konnte nicht ahnen, daß es nur Attrappen waren, die so aussehen sollten, als wären sie vor ihrer Fertigstellung aufgegeben worden, weil die Verteidiger es sich anders überlegt hatten und gar nicht erst versuchten, sich im Tunnel zu behaupten. Die List schien zu wirken, denn der erste Kundschafter gab seinem Kameraden ein Zeichen, woraufhin dieser sich in Richtung Tunnelausgang drehte, den Arm hob und jemandem zuwinkte. Gleich darauf kamen geduckt die anderen Terroristen angelaufen und kauerten zu beiden Seiten des Tunnels nieder, bereit für die nächste Phase des Sturmangriffs. Noch immer konnte Andreas keine Handgranaten entdecken. Natürlich konnte die eine oder andere in der Tasche eines Tarnanzugs stecken, aber warum setzte der Feind sie nicht ein? Achtzehn Terroristen befanden sich jetzt im Tunnel, also wahrscheinlich der gesamte Sturmtrupp, und die Kundschafter machten sich bereit, weiter ins Innere vorzudringen.

Andreas berührte Judiths Arm. Sie zählte stumm bis fünf, damit er Zeit hatte, mit seiner SA-80 genau zu zielen. Der erste der Kundschafter war nur noch ein paar Schritte entfernt. Er befand sich jetzt zwischen den Verteidigern und dem Wirkungsbereich der Schrapnellmine. Judith legte den Schalter der Fernzündung um.

Nur fünf Terroristen hatten die Detonation der Mine überlebt. Aus allen Rohren feuernd stürmten sie vorwärts, denn sie wußten genau, daß Schnelligkeit und Feuerkraft ihre letzten Trümpfe waren. Es gab nichts, das ihnen Deckung geboten hätte, und an Flucht war nicht zu denken.

Andreas war von einem Terroristen zu Boden gerissen worden. Judith riß den Kopf des Angreifers am Haar nach hinten und schnitt dem Mann die Kehle durch.

Ein Messer verfehlte Sigs Oberschenkel um Haaresbreite. Er sah, wie einer der Schüler – es war Kergochew, ein junger Russe – die Hand mit dem Messer packte. Kergochew und der Terrorist fielen über die gestapelten Sandsäcke. Der Terrorist war stärker, er schleuderte den Russen gegen die Tunnelwand und wollte ihm gerade den Todesstoß versetzen, als Guevains Pfeil von hinten seine Brust durchbohrte. Langsam sank er zurück. Bevor er zu Boden schlug, traf ihn ein zweiter Pfeil.

Andreas hatte seine SA-80 aufgehoben und feuerte gezielte Schüsse ab. Sig sah, wie die Patronenhülsen aus Messing von der Waffe wie im Zeitlupentempo ausgestoßen wurden, von der Wand abprallten und über den Boden kullerten. Andreas bewegte sich wie im Blutrausch und schoß auf jeden Terroristen, den er vor die Mündung bekam, egal, ob tot oder lebendig.

Als das Magazin leer war, ersetzte er es blitzschnell durch ein volles und schoß weiter, bis ein metallisches Klicken verriet, daß es ebenfalls leer war. In der Stille, die jetzt im Tunnel herrschte, hallte das Geräusch nach wie eine schallende Ohrfeige. Andreas ließ das Gewehr sinken, schüttelte den Kopf und sah sich um.

Sig fing seinen Blick auf. Beiden war klar, daß der Kampf vorbei war. Im Tunnel war nur ihr stoßweises Atmen zu hören.

Wenig später rief ihnen jemand zu, sie sollten nicht schießen, und nach einem kurzen Wortwechsel erschien der erste Ranger in der gähnenden Öffnung, wo vorher das Tor gewesen war.

»Sieht so aus, als würdet ihr uns nicht brauchen«, sagte er.

Andreas lächelte matt. »Kann sein, aber es ist trotzdem schön, daß ihr da seid. Ich glaube, viel länger hätten wir nicht durchgehalten.«

Der Ranger sah sich um. »Wäre auch nicht nötig gewesen«, sagte er beeindruckt.

Über dem Turm von Fitzduanes Burg – 01 Uhr 30

Der Hitzeausstoß von Kadars Powerchute wäre Kilmara auf dem Infrarot-Monitor des IR18-Scanners bestimmt aufgefallen, hätte er sich nicht so ausschließlich auf die gegnerischen MG-Stellungen und die Positionen seiner eigenen Leute konzentriert. Noch ein weiterer glücklicher Umstand kam Kadar zu Hilfe: Die Rangers, die ihn starten sahen, bewahrten vereinbarungsgemäß Funkstille, bis die Milan-Batterie das Feuer eröffnete – und danach wurden sie von anderen Dingen in Anspruch genommen.

Kadar konnte nicht wissen, mit was für Geräten zur Feinderkennung der Hubschrauber ausgestattet war. Deshalb flog er in nur wenigen Metern Höhe um die Umfassungsmauer der Burg herum, so daß ihn die Verteidiger vom Turm aus nicht sehen konnten, und ging erst über dem Meer in den Steigflug über. Es dauerte nicht lange, bis die Burg schräg unter ihm lag.

Auf der anderen Seite sah er in einiger Entfernung orangefarbenen Feuerschein und das grelle Blitzen explodierender Granaten. Die Rangers mußten früher als berechnet eingetroffen sein. Zum Glück waren es nicht viele. Kadar baute darauf, daß seine Leute zumindest so lange standhalten würden, bis er den Rest der Burg samt Geiseln in seine Gewalt gebracht und damit die Partie endgültig für sich entschieden hätte.

Erleichtert vermerkte er, daß die schweren Maschinengewehre das Feuer eingestellt hatten. Er warf einen Blick auf die Uhr: Alles lief planmäßig. Seine Männer hatten genau im richtigen Augenblick zu schießen aufgehört. Er versuchte, mit Sartawi Funkkontakt aufzunehmen, erhielt jedoch keine Antwort. Wahrscheinlich hatte Sartawi jetzt andere Dinge zu tun. Als Kadar über Funk den kleinen Sturmtrupp anrief, der am Fuß des Burgturms in einem Versteck auf das Signal zum Angriff wartete, kam aus seinem Kopfhörer als Antwort lediglich ein zweimaliges Klikken, als hätte jemand ein Mikrofon ein- und ausgeschaltet. Das war nicht gerade eine vorschriftsmäßige Rückmeldung, aber angesichts der besonderen Umstände hatte er Verständnis für die Vorsichtsmaßnahme. Die Sache sieht gut aus, dachte er zufrieden.

Die Gefährlichkeit seiner eigenen Mission war ihm durchaus

bewußt. Mit dem motorisierten Fallschirm hätte er sich ohne weiteres absetzten können, doch das kam jetzt für ihn nicht mehr in Frage. Irgendwo hatte er einmal gelesen, daß der Krieg eine Eigengesetzlichkeit entwickelt, und jetzt machte er die Erfahrung, daß dies zutraf. Sein ursprüngliches Ziel, die Schüler als Geiseln zu nehmen, hatte sich nicht geändert, doch seine Hauptmotivation bestand jetzt darin, diesen Kampf zu gewinnen, egal um welchen Preis, und daß er ihn gewinnen würde, davon war er felsenfest überzeugt. Ob seine Männer kampfstärker und besser ausgerüstet waren als der Gegner, zählte dabei weniger als seine eigene Weitsichtigkeit, seine Führungsqualitäten und seine unbeugsame Willenskraft. Bisher war er am Ende allen Widrigkeiten zum Trotz immer als Sieger hervorgegangen. Seit er sich vor langer Zeit zum Herrn seines eigenen Schicksals gemacht hatte, war er nie der Unterlegene gewesen, und so sollte es bleiben.

Der Nachthimmel über der Burg färbte sich rot, als das Dachgestühl des Haupthauses einstürzte und zahllose Funken in die Höhe stoben. Mein Gott, das ist wirklich ein eindrucksvoller Anblick, sagte sich Kadar. Es ist der sichtbare Beweis für meine Macht und Überlegenheit über diesen Fitzduane. Die Burg war sein Zuhause gewesen und hatte auf ihrem Felsen den Jahrhunderten getrotzt, aber jetzt zerstörte er, Kadar, sie mit leichter Hand. War Fitzduane vielleicht schon tot? Hoffentlich nicht. Gern würde er ihm noch einmal in die Augen schauen, bevor ihn eine lodernde Wolke aus brennendem Napalm verschlang.

Kadar beschloß, noch eine Runde zu drehen und abzuwarten, bis sich die im großen Saal der Burg wütende Feuersbrunst ein wenig gelegt hatte. So war es immer, wenn ein Dach einstürzte: Die Flammen schossen himmelwärts, erstarben aber schnell. Eine letzte Zurschaustellung von Kraft vor dem Ende.

Er würde etwa zwei Minuten zu spät auf der Plattform des Turms landen, aber das fiel wahrscheinlich nicht ins Gewicht. Das Feuer im Hauptgebäude im Verein mit dem intensiven Beschuß durch die beiden schweren Maschinengewehre hatte die beiden oberen Stockwerke des Turms mit Sicherheit unbetretbar gemacht. Auf dem Dach des Unterstands war jedenfalls niemand zu sehen, und auch in den letzten per Funk durchgegebenen Meldungen war von einer Bemannung des Unterstands nicht die Rede gewesen.

Während er eine weitere Runde drehte, nutzte Kadar die Zeit, um sich seinen bevorstehenden Sturmangriff auf den Turm noch einmal in allen Einzelheiten zu vergegenwärtigen.

Anfänglich hatte er daran gedacht, um den Turm herum zu fliegen und dabei durch alle Öffnungen im Gemäuer brennendes Napalm zu pumpen, doch er hatte es sich anders überlegt, weil er dabei allzusehr dem feindlichen Feuer ausgesetzt gewesen wäre. Dazu kam, daß der LPO-50 ziemlich klobig war. Um ihn von einem fliegenden Powerchute aus einzusetzen, hätte das Rohrgestell der Gondel verändert werden müssen. Die Vorstellung, das feuerspuckende Gerät handhaben zu müssen, während er an einem dünnen Nylonschirm baumelte, behagte Kadar nicht. Im Geiste sah er das Synthetikgewebe dahinschmelzen, mit der Folge, daß ihn das gleiche Schicksal ereilte wie den bedauernswerten Ikarus.

Eine Landung auf der von den Belagerten aufgegebenen Plattform des Turms wäre sicher problemloser. Die Barrieren aus Sandsäcken würden ihn nicht daran hindern, den darunterliegenden Raum auszuräuchern. Nachdem seine Männer, die unten am Turm warteten, an Seilen hochgeklettert und zu ihm gestoßen wären, würde er sich von Zimmer zu Zimmer, von Stockwerk zu Stockwerk den Weg bis zu den Geiseln freibrennen. Ein simpler Plan, der funktionieren mußte, weil kein Gegner etwas gegen einen Flammenwerfer ausrichten konnte. Bald, sehr bald hätte er den Turm unter Kontrolle.

Bilder aus fernen Tagen voll zerbrechlichen Glücks stiegen in ihm auf. Damals in Kuba – wie verliebt waren Whitney und er ineinander gewesen! Und wie naiv war er selber gewesen, naiv und ahnungslos, was die wahren Tatsachen des Lebens betraf. Noch wußte er nicht, daß es nur um drei Dinge geht: Herrschen oder beherrscht werden – und irgendwann sterben. Bis auf den heutigen Tag hatte er Whitneys Tod nicht verwunden, aber es war kein vergeblicher Tod gewesen. Die schreckliche Erfahrung hatte Kadar stark und unverwundbar gemacht. Er erinnerte sich, wie akribisch er den Mord an seiner Mutter und an Major Altamir Ventura geplant hatte. Viele andere Menschen waren ihnen seitdem gefolgt. Zu töten war ihm, Kadar, immer leichter gefallen, und allmählich wurde die Gewalt zu einem Selbstzweck, einem Bedürfnis, einem Quell der Wollust.

Der Henker machte sich zum Angriff bereit. Eine Minute fehlte noch bis zur Landung auf dem Turm, als der Motor des Powerchute erst stotterte und dann stehenblieb. Der Tank war leer. Beim ersten Angriff der seltsamen Flugmaschine hatte eine hastig aus Etans Mauser abgefeuerte Kugel ein kleines Leck geschlagen, durch das das Benzin allmählich auslief.

Wut und Entsetzen packten Kadar. Eine Hochstimmung kippte urplötzlich in panische Angst um. Sekundenlang saß er reglos in der Gondel des Fallschirms und wußte nicht, was er tun sollte. Doch dann wurde ihm bewußt, daß er sich noch immer vorwärts bewegte, und schöpfte neuen Mut. Im Gegensatz zu einem Hubschrauber, der rasch in den Sturzflug übergeht, wenn der Motor stehenbleibt, ist ein Gleitschirm ein vergleichsweise gutmütiges Gefährt. Das Modell, das Kadar flog, war auf jeden Fall groß genug, um ihn mitsamt Ausrüstung ohne eine Bruchlandung auf die Erde zurück zu befördern. Unglücklicherweise trieb der böige Wind Kadar jedoch genau auf das Haupthaus der Burg zu, das nach dem Einsturz des Dachstuhls wie ein lodernder Krater aussah. Schon bald konnte er auf dem Gesicht die Hitze spüren, und der Metallrahmen, in dem er saß, wurde so heiß, daß er ihn nicht mehr anfassen konnte. Todesangst überkam ihn, und er zitterte am ganzen Körper. Der Flammenwerfer! Er konnte jederzeit explodieren und ihn in brennendes Napalm hüllen.

Verzweifelt mühte er sich, den Flammenwerfer loszuwerden und den Schirm gleichzeitig so zu steuern, daß er nicht mehr geradewegs auf die Flammenhölle zuflog.

Der Flammenwerfer war vor dem Start mit Karabinerhaken von der Art, wie Bergsteiger sie benutzen, an das Rohrgestell des Powerchute angeklinkt worden. Normalerweise sind solche Haken verläßlich und leicht zu lösen, doch Kadar saß so, daß er sich nach hinten drehen und groteske Verrenkungen machen mußte, um an die vier Karabiner heranzukommen. Er fühlte sich, als durchlebte er einen nicht enden wollenden Alptraum. Seine Hände waren zerschunden und mit Blut verklebt, mehrere Fingernägel abgebrochen, bis er drei Haken gelöst hatte.

Vor Angst drehte sich ihm fast der Magen um, als der vierte Karabiner sich ihm hartnäckig widersetzte. Der Flammenwerfer schien sich an der Fallschirmgondel festzukrallen wie ein lebendiges Wesen, das beschlossen hatte, mit ihm abzustürzen und zu verbrennen.

Kadar begriff, daß er verloren war, wenn er nicht schleunigst ausstieg. Er öffnete den Schnellverschluß des Sicherheitsgurts, zog die Füße hoch, so daß er sich abstützen konnte, wartete den günstigsten Moment ab und machte einen gewaltigen Hechtsprung auf die Plattform des Turms zu.

Der Vortrieb des Gleitschirms bewirkte, daß er mit ziemlichem Tempo durch die Luft flog und seitlich mit dem Oberkörper gegen die scharfe Kante des Unterstands prallte, dessen improvisiertes Dach aus rostigen Eisenplatten bestand. Etwas Spitzes bohrte sich in seine Brust. Gleichzeitig knackte es in seinem Bein, und ein höllischer Schmerz durchzuckte ihn, als hätte er sich den Oberschenkelknochen gebrochen. Er spürte, wie er vom Dachrand abrutschte. Verzweifelt tastete er nach einem Halt. Seine Finger krallten sich in einen von Maschinengewehrkugeln zerfetzten Sandsack.

Er schrie in seiner Qual, er konnte einfach nicht anders als brüllen – und er sah nichts, weil ihm aus einer Schnittwunde an der Stirn Blut in die Augen lief. Feuchte Erde rieselte aus dem Sandsack herab, und dann spürte er plötzlich einen gewaltigen Gluthauch, als der Napalmkanister des Flammenwerfers, der in das brennende Haupthaus gestürzt war, explodierte und 23 Kilo Napalm auf einen Schlag in Flammen aufgingen.

Jemand packte seinen linken Arm, zog ihn hoch und schleppte ihn zur Mitte der Plattform, wo er mit dem Gesicht nach unten auf den mit Sandsäcken bedeckten Fußboden sank. Er schob eine Hand unter seinen Körper, umklammerte den Griff seiner Pistole und entsicherte die Waffe.

»Umdrehen!« befahl Fitzduane. Nach der Zerstörung der schweren MG hatte er beschlossen, oben auf dem Turm nach dem Rechten zu sehen. Ein Ranger hatte ihm gemeldet, er hätte einen

Terroristen mit einem ziemlich ausgefallenen Fluggerät starten sehen.

Die bäuchlings auf den Sandsäcken liegende Gestalt kam Fitzduane irgendwie bekannt vor, aber er wäre niemals auf den Gedanken gekommen, daß es sich um den Henker alias Balac, Kadar, Whitney oder Lodge handeln könnte.

Kadar wischte sich das Blut aus den Augen und blinzelte. Er konnte sehen! Also war er noch nicht geschlagen. Nein, er konnte es schaffen.

Mit einer Hand stemmte er sich hoch, so daß er auf die Seite rollte, zog gleichzeitig mit der anderen Hand die Pistole und riß die Augen weit auf, um seinen Gegner möglichst gut erkennen zu können. Verblüfft zuckte er zusammen, und glühender Haß wallte in ihm auf. Mein Gott, dort stand dieser verfluchte Ire, der ihm so viel Unglück gebracht hatte! Eine unwiderstehliche Lust, Fitzduane zu vernichten, überkam ihn.

Simon Balac! Der Henker! Die Erkenntnis, wen er dort vor sich hatte, traf Fitzduane wie ein Schlag und lähmte ihn sekundenlang. Insgeheim war er immer davon ausgegangen, daß sich der Henker im Hintergrund halten und das Unternehmen aus sicherem Abstand leiten würde. Nie hätte er ihm zugetraut, das eigene Leben aufs Spiel zu setzen. Er verspürte zuerst den Drang, den Kerl kaltblütig umzulegen, doch dann durchflutete ihn ein heftiger Adrenalinstoß. Ein solches Wechselbad seiner Empfindungen hatte er nie wieder erlebt, seit Anne-Marie vor fast zwei Jahrzehnten vor seinen Augen im Kongo abgeschlachtet wurde. Blanke Mordlust packte ihn. Er machte einen Schritt auf Kadar zu.

Der Bär war, nachdem er die letzte Patrone verschossen hatte, nach unten gegangen, um sich nach einer anderen Waffe umzusehen. Jetzt kam er die Treppe hinauf, die zur Plattform führte, und rief Fitzduane von weitem etwas zu. Er konnte nicht ahnen, daß er damit Fitzduane das Leben rettete. Der Ire drehte sich halb zu ihm um, gerade als der Henker seine Pistole hochriß und abdrückte.

Fitzduane spürte ein Brennen, als das Geschoß seine Wange streifte. Er taumelte rückwärts, stolperte über ein zusammengerolltes Seil und landete auf ein paar Sandsäcken. Die Schüsse, die der Henker in kurzer Folge auf ihn abfeuerte, trafen den auf einem Dreifuß montierten Flaschenzug.

Von rasenden Schmerzen gepeinigt, richtete sich Kadar mühsam auf und feuerte auf den Bär in rascher Folge vier Schüsse ab, verfehlte ihn jedoch.

Fitzduane, dessen Streifschuß an der Wange heftig blutete, hatte nach seinem Sturz sekundenlang die Orientierung verloren. Halb benommen und ohne an die Schrotflinte zu denken, die er am Riemen auf dem Rücken trug, kam er taumelnd auf die Beine und packte mit beiden Händen das aufgerollte Seil, über das er gestolpert war.

Kadar schob gerade ein neues Magazin in seine Automatik. Er zog den Schlitten der Waffe zurück, so daß eine Patrone in die Kammer gedrückt wurde. Dann fuhr er herum und riß die Waffe hoch, um Fitzduane zu erschießen.

Fitzduane holte aus und legte seine ganze Kraft in den Schlag. Das schräg von oben herabsausende Seil traf Kadar im Gesicht und schlug seine Hand mit der Pistole beiseite. Fitzduane ließ das Seil fallen und packte Kadars Handgelenke gerade rechtzeitig, bevor der Henker wieder auf ihn zielen konnte. Von den schweren Wunden und dem schier unerträglichen Schmerz geschwächt, versuchte Kadar vergeblich, sich aus Fitzduanes Griff zu befreien.

Fitzduane zog seinen Dolch und stieß ihn dem Henker in den Leib. Dann wickelte er rasch ein Stück Seil von dem Knäuel ab, knotete das Ende um Hals Kadars und stieß den zuckenden Körper mit einem Fußtritt über den Dachrand in die Tiefe. Das Seil spulte mit leisem Zischen durch die Laufräder des Flaschenzugs ab und straffte sich mit einem Ruck.

Fitzduane stemmte sich hoch und ging die Wendeltreppe hinab in den Burghof. Der Bär folgte ihm.

Unten angelangt legte Fitzduane den Kopf in den Nacken und betrachtete die am Seil hängende Gestalt. Er dachte an Ruedi und Vreni und Beat von Graffenlaub, an Paulus von Beck und all die anderen Menschen, für deren grauenvollen Tod dieser Mann, den er eine Zeitlang fast gemocht hatte, verantwortlich war. Er dachte an den Tag zurück, als er zum Draker-College gegangen war, um zu melden, daß er einen erhängten Schüler gefunden hatte, und er erinnerte sich, wie er dort in seinen Wollsocken gestanden und sich mit einer schon etwas welken, aber noch immer attraktiven Brünetten Ende Dreißig unterhalten hatte, die eine Großmutterbrille trug. Seine Gedanken wanderten zu dem Gemetzel auf dem Gelände des College, als sie die Schüler in Sicherheit gebracht hatten. Dort hatte er sie wiedergesehen, diese Frau, von den Kugeln einer Maschinenpistole durchsiebt lag sie blutbesudelt auf dem Boden, und eine Hand umklammerte die Nickelbrille. Er dachte auch an Ivo und Murrough und Tommy Keane und Harry Noble und an die Frau, die er liebte. Er hatte gesehen, wie das Blut in kleinen Stößen aus ihrem Oberschenkel quoll. Jetzt war er müde.

Der Bär sah den Freund halb mitleidig, halb entsetzt an. Töten war ein zweifelhaftes Geschäft, egal aus welchem Motiv heraus man es tat. Wie für alle anderen Dinge im Leben brauchte man auch dafür ein gewisses Talent. Fitzduane, so einfühlsam und sensibel er von Natur aus sein mochte, hatte ein furchteinflößendes Talent, mit der Gewalt umzugehen. Das ließ ihn hart und grausam erscheinen. Dabei war er in Wirklichkeit ein durch und durch anständiger Kerl, der versucht hatte, dem Recht Geltung zu verschaffen, und dabei war er mitten in dieses Blutbad hineingestolpert. Was für Wunden mußte dieses Erlebnis seinem Gemüt geschlagen haben! Der Bär seufzte leise. Er fühlte sich erschöpft und wußte, daß auch er sein Teil abbekommen hatte.

Fitzduane blickte über das schwelende Gemäuer des ausgebrannten Haupthauses hinweg in die Ferne. Keine Leuchtspurgeschosse mehr, keine Explosionen, keine Schmerzensschreie, kein Knattern von Gewehren. Die Rangers waren im Wehrgang hinter den Sandsackbarrikaden in Stellung gegangen. Kilmara kreiste noch immer in seinem Hubschrauber über der Burg.

Fitzduane griff nach seinem Funkgerät und rief Kilmara: »Ihr seid noch immer dort oben.«

»Sieht so aus«, antwortete Kilmara. »Von hier oben sieht alles wunderschön aus, aber ich müßte dringend mal pinkeln.«

»Der Henker ist tot«, sagte Fitzduane.

»So tot wie letztes Mal? Oder habt ihr diesmal gründlichere Arbeit geleistet?«

»Warum landest du nicht einfach und siehst ihn dir selber an?«

»Der Spitzbube hat also wirklich ausgespielt«, sagte Kilmara.

»Darauf kannst du Gift nehmen«, antwortete Fitzduane.

In Fitzduanes Burg – 03 Uhr 00

Fitzduane und Kilmara waren gerade von einem Rundgang zurück, als Kilmara ans Funkgerät gerufen wurde, um eine Nachricht aus dem Rangers-Hauptquartier in Dublin entgegenzunehmen.

Kilmara humpelte, war ansonsten jedoch in guter Form. Er hatte den Hubschrauber vor etwa einer Stunde zum Nachtanken weggeschickt und war am Fallschirm im Burghof niedergegangen. Es hätte ein perfekter Sprung sein können, wäre er nicht ausgerechnet auf einer der Kanonen gelandet. Das Resultat war ein verstauchter Knöchel.

Die drohende Gefahr schien vorüber, doch solange die Insel nicht bei Tageslicht gründlich durchsucht war, gab es keine Sicherheit, und es war ratsam, kein Risiko einzugehen. Deshalb rafften sich die erschöpften Verteidiger der Burg und die um nur weniges frischeren Rangers nochmals auf und bemannten alle Bastionen. Das Gelände außerhalb der Burgmauer überließen sie den Gefallenen und den Lebewesen, die sich vor dem Morgengrauen in Wald und Feld herumzutreiben pflegen.

Die auf dem Landweg herbeigeschaffte Verstärkung in Form von regulären Armeeeinheiten kam nur bis zur zerstörten Brücke. Eine Kompanie hangelte sich an einem straff gespannten Seil zur Insel hinüber, während Pioniere eine Pontonbrücke bauten. Mörser und leichte Artillerie wurden in Stellung gebracht, um notfalls Feuerschutz zu gewähren. Gegen fünf Uhr morgens – es wurde langsam hell – erreichte der erste Trupp Soldaten die Burg.

Kilmara blieb länger fort, als er beabsichtigt hatte. Nach seiner Rückkehr war ihm deutlich anzusehen, daß er verärgert war. Er setzte sich auf einen Sandsack und goß einen Schluck Whiskey in den Kaffee, den ihm einer der Rangers reichte.

»Ich bringe gute und idiotische Neuigkeiten«, sagte er. »Was wollt ihr zuerst hören?«

»Das kannst du selber entscheiden«, sagte Fitzduane. Er saß auf dem Fußboden und lehnte mit dem Rücken an einer Wand. Seine verwundete Wange war vom Sanitäter der Rangers versorgt worden. Es sah ganz so aus, als würde eine Narbe zurückbleiben. Etan hatte sich in seine Arme gekuschelt und döste vor sich hin. Geistesabwesend streichelte er sie, als wollte etwas in ihm ganz sichergehen, daß sie tatsächlich noch lebte. »Ich bin verdammt müde«, sagte er. »So müde wie noch nie im Leben. Wenn das, was wir erlebt haben, eine Belagerung war, dann freue ich mich, daß ich die Kreuzzüge verpaßt habe. Stellt euch vor, wie man sich fühlen muß, wenn man so einen Quatsch monatelang bei Backofentemperatur erdulden muß. Der Körper steckt in einer Rüstung, die halb so schwer ist wie eine Autokarosserie, und da drüber trägt man einen Kaftan mit einem Kreuz auf Brust und Rücken, damit einen der Feind besser trifft. Die Jungen müssen damals wirklich was in der Hose gehabt haben.«

»Deshalb sind sie auch so jung gestorben«, sagte der Bär ironisch.

»Ich möchte erst die guten Nachrichten hören«, meldete sich Etan. Ihr Bein war bandagiert und tat ein bißchen weh, aber sie war guter Dinge und freute sich, daß sie – fast – mit heiler Haut davongekommen war. Der Sanitäter der Rangers hatte ihr versichert, daß die Verwundung nicht schlimm war und rasch verheilen würde.

»Wir haben einen Gefangenen, einen Kerl mit Namen Sartawi. Er hat einen der Sturmtrupps befehligt und wie durch ein Wunder nichts abgekriegt. Der Mann ist bereit auszupacken und uns alle Hintergrundinformationen zu liefern, die wir brauchen, um gewissen Leuten zu erklären, wieso hier so viele Leichen rumliegen. Eines steht jetzt schon fest: Wenn ihr hier nicht so den Arsch zusammengekniffen hättet, Hugo, wäre es euch ganz schön an den Kragen gegangen. Der Henker hatte anscheinend nicht die Absicht, jemanden am Leben zu lassen. Sartawi war der einzige, den er in seine geheimsten Pläne eingeweiht hatte. Alle Schüler sollten umgebracht werden, nachdem der Henker bekommen haben würde, was er verlangte.«

»Aha«, sagte der Bär. »Und was sind die idiotischen Nachrichten?«

»Wir bekommen Besuch«, sagte Kilmara. »Der Besucher kommt per Hubschrauber. Er steuert die Mühle selber, wird in etwa einer Stunde hier landen und hat einen Helikopter voll Presseleuten im Schlepptau. Das hier ist ein gefundenes Fressen für Medien.«

»Der Scheißkerl läßt wirklich nichts anbrennen«, meinte Fitzduane. »Du hast doch versucht, ihn abzuwimmeln, oder?«

»Und ob«, antwortete Kilmara. »Ich habe ihm und seinem Pressereferenten klarzumachen versucht, daß dies nicht der richtige Moment ist und wir hier auf der Insel nicht für seine Sicherheit garantieren können.«

»Und er hat dir nicht geglaubt?«

»Nein, hat er nicht.«

»Warum schießen wir ihn nicht ab?« sagte Fitzduane. »An Übung fehlt es uns doch nicht.«

»Ja, und das Fernsehen überträgt es live!« rief Etan. »Halb Irland wird zusehen, und ich muß ungeschminkt vor die Kamera!«

»Ich springe gern ein«, sagte der Bär. »Aber über wen redet ihr überhaupt?«

»Über den Premierminister dieses schönen Landes, Mr. Joseph Patrick Delaney. Er hat uns damals im Kongo die Tour vermasselt und seitdem jede Menge Mist verzapft, für den das irische Volk geradestehen muß. Sobald er hier gelandet ist, wird er ein Kind auf den Arm nehmen, den Verwundeten Medaillen an die Brust heften und dann ein kurze Rede halten, die darauf hinausläuft, daß er der eigentliche Held der Geschichte ist. Der Kerl ist ein korrupter Schwätzer und gehört nicht gerade zu unseren Lieblingen.«

»Oh«, staunte der Bär. »Und ich dachte, die Rangers seien stolz darauf, für seine Sicherheit sorgen zu müssen.«

»Müßten sie eigentlich«, sagte Kilmara, »aber dies ist ein verdammt kompliziertes Land. Ich glaube, ich werde mich jetzt ein bißchen betrinken.«

Fitzduanes Burg – 06 Uhr 23

Bei Tagesanbruch begann es zu regnen. Der Verwundete, der versteckt unter den Resten des improvisierten Panzers lag, freute sich über den Wetterumschwung, denn der kühle Regen linderte die Schmerzen, die ihm die gräßlichen Brandwunden bereiteten, und er fühlte sich ein wenig sicherer vor den Soldaten, die die nähere Umgebung der Burg absuchten.

Der Terrorist war nicht etwa in dem Panzer verwundet worden, sondern an der Mauer der Burg. Er wollte gerade eine Handgranate werfen, als er von der Stichflamme eines Molotow-Cocktails erfaßt wurde und so lange wie eine lebende Fackel brannte, bis seine Kameraden endlich die Flammen ausgeschlagen hatten. Als er das Bewußtsein wiedererlangte, waren die Kameraden, die ihm das Leben gerettet hatten, inzwischen gefallen. Er kam an ihren Leichen vorbei, während er zu dem demolierten Panzer kroch, der ihm zumindest eine Zeitlang Deckung und Sicherheit bieten würde.

Er war nur noch wenige Meter von dem ausgeglühten Wrack entfernt, als ihn eine Geschoßgarbe, die einer der Verteidiger der Burg aus einer automatischen Waffe abschoß, seine Beine zerschmetterte und zugleich jede Hoffnung zerstörte, daß er noch so etwas wie eine Zukunft haben würde. Sicher, er konnte sich ergeben und danach bestenfalls als gräßlich verstümmelter Krüppel weitervegetieren, aber er hatte kein Zuhause und keine Heimat. Die Vorstellung, in einem Flüchtlingslager sein Dasein zu fristen – sofern er nicht erschossen wurde oder für alle Zeiten hinter Gitter verschwand –, war nicht gerade verlockend. Dazu kam, daß er völlig mittellos sein würde. Es entbehrte nicht der Ironie, daß er wie viele andere Terroristen an diesem Unternehmen teilgenommen hatte, weil ihnen so viel Geld winkte, daß sie damit von vorne hätten anfangen können. Eine Zeitlang hatte es wirklich so ausgesehen, als würde es klappen.

Allah hatte anders entschieden, daran war nicht zu rütteln. Jetzt kam es nur noch darauf an, so zu sterben, wie es sich gehörte: Es galt, die toten Kameraden zu rächen, damit er ihnen in den Gärten des Paradieses gegenübertreten konnte.

Als er von dem Molotow-Cocktail getroffen wurde, hatte er seine AK-47 fallengelassen, und das bedauerte er jetzt, denn ein echter Soldat trennt sich nie von seiner Waffe. Als er mühsam zu dem ausgebrannten Panzer kroch, hatte er jedoch eine viel tödlichere Waffe gefunden: einen RPG-7-Raketenwerfer. Er war geladen, und obwohl es nur dieses eine Geschoß gab, vertraute der Mann zuversichtlich darauf, daß es seinen Zweck erfüllen würde. Im übrigen zweifelte er stark daran, daß man ihm Gelegenheit zu einem zweiten Schuß geben würde. Allahs Wille würde geschehen. Er hielt das Schicksal aller Menschen in Händen und sorgte dafür, daß aus scheinbaren Katastrophen nicht selten Gutes erwuchs.

Der Mann mit dem verbrannten Körper und den zerschmetterten Beinen machte seine Waffe schußbereit, als er plötzlich das Motorengeräusch eines Hubschraubers hörte. Das Knattern kam rasch näher. Der Mann konzentrierte sich mit seiner ganzen Willenskraft darauf, und so half es ihm, trotz der schier unerträglichen Schmerzen während dieser letzten, kostbaren Sekunden bei Bewußtsein zu bleiben.

Der Helikopter befand sich jetzt innerhalb der Reichweite des RPG-7. Die Waffe verfügte über keine ausgetüftelte Zielvorrichtung, sondern war von herkömmlicher Bauart. Es kam also darauf an, keinen Fehler zu machen. Der Schuß mußte sitzen.

Der Hubschrauber setzte zur Landung vor der Burg an. Durch das zweieinhalbmal vergrößernde Zielfernrohr war in der Kanzel der Maschine nur eine einzelne Person zu erkennen. Es handelte sich anscheinend um ein hohes Tier, denn die Soldaten standen stramm, und ein Offizier brüllte Befehle.

Alle Augen waren auf den Helikopter gerichtet. Niemand bemerkte die Spitze des RPG-7, die aus einer Bresche in dem Panzerwrack herausragte. Aus einer Entfernung von knapp siebzig Metern feuerte der Sterbende das Geschoß auf den Hubschrauber ab.

Der Premierminister von Irland dachte gerade mit einer gewissen Schadenfreude darüber nach, daß es ironischerweise ausgerechnet Kilmara, dem von ihm vor langer Zeit so schmählich verratenen Kilmara bestimmt war, seinen Ruf als Politiker ein bißchen aufzupolieren, indem er ihm unfreiwillig Gelegenheit bot, sich im Abglanz fremden Ruhms zu sonnen. Abrupt wurde der Premierminister aus diesen Gedanken gerissen: Er sah ein Geschoß, das einen Schweif hinter sich herzog, genau auf ihn zufliegen, und für den Bruchteil einer Sekunde durchzuckte ihn die Hoffnung, daß es sich nur um einen von seinen siegreichen Soldaten abgefeuerten Salut handelte.

Der HEAT-Sprengkopf durchschlug die Kanzel des Hubschraubers und hinterließ in dem Plexiglas zwei saubere, runde Löcher, die so aussahen, als dienten sie der Belüftung. Eine Explosion erfolgte nicht. Fitzduane, Kilmara, der Bär, Etan und die anderen Überlebenden der Belagerung hatten mit ungläubigem Staunen verfolgt, wie die kleine Rakete ihr Ziel traf, es durchlöcherte und ohne zu detonieren ihren Blicken entschwand.

Feuerstöße aus mehreren Waffen trafen den Terroristen, der die Rakete abgeschossen hatte.

Kilmara ließ seinen starken Feldstecher sinken. Während sich der Hubschrauber im Anflug befand, hatte er den Premierminister genau im Blickfeld gehabt und so den Einschlag der Rakete wie aus nächster Nähe beobachten können.

»Auf manche Leute ist einfach kein Verlaß«, bemerkte er trokken und sah zu, wie der Premierminister den Hubschrauber überstürzt und ausgesprochen hart herunterbrachte. »Die Arbeiter haben bei der Herstellung dieser Rakete anscheinend ein bißchen zu tief in die Wodkaflasche geschaut.« Seine Miene hellte sich auf. »Immerhin wird er sich von jetzt an bestimmt hüten, meine gutgemeinten Ratschläge in den Wind zu schlagen. Der Tag fängt ja wirklich gut an.«

»Wie hast du das eingefädelt?« fragte der Bär Fitzduane.

»Ja, wie hast du das geschafft, ohne selber einen Finger krummzumachen?« wollte auch Guevain wissen.

»Nichts habe ich eingefädelt«, verwahrte sich Fitzduane, »Aber ich gebe zu, daß die Versuchung groß war.«

»Na, dann handelt es sich anscheinend um Gedankenübertragung«, sagte der Franzose.

»Die Leute vom Fernsehen werden sich darauf stürzen«, meinte Etan. »Der Mistkerl wird mal wieder das Tagesgespräch sein.«

»Er spielt zwar gern den Politiker zum Anfassen«, sagte Kilmara zufrieden, »aber jetzt braucht er bestimmt erst einmal eine frische Unterhose. Irgendwann schlägt auch seine Stunde.«

Der Hubschrauber mit den Journalisten war inzwischen ebenfalls eingetroffen. Er landete jedoch nicht, sondern schwebte in einiger Entfernung dicht über dem Boden auf der Stelle, und wahrscheinlich waren die Fernsehleute genauso versessen darauf, von der durchlöcherten Maschine des Premierministers Nahaufnahmen zu machen, wie sie sich davor fürchteten, daß man ihnen einen ähnlichen Empfang bereiten könnte. Der Pilot ihres Hubschraubers konnte kein alter Hase sein, denn noch während die Reporter die Szene durch offene Fenster und Türen filmten, so gut es ging, machte er ein paar ziemlich ungeschickte Flugmanöver und verließ dann überstürzt den Schauplatz des Geschehens. Fitzduane hätte sich nicht gewundert, wenn der eine oder andere Kameramann aus der Maschine gefallen wäre.

»Wie spät ist es?« fragte der Bär.

»Halb sieben«, antwortete Fitzduane. »Jeder rechtschaffene Ire liegt um diese Zeit im Bett.«

»Zeit für ein gutes Frühstück«, meinte der Bär.

»Du bist wirklich ein typischer Schweizer.«

»Wenn sich jeder um seine eigenen Angelegenheiten kümmern würde«, sagte die Herzogin mit einem heiseren Grollen, »würde sich die Welt viel schneller drehen.« *Lewis Carroll, Alice im Wunderland*

»Ein Schweizer Lewis Carroll ist ein Ding der Unmöglichkeit.«
Vreni Rutschmann, Zürich, März 1981

Danksagung

Henkerspiel ist ein erfundenes Werk – mit allem, was dies impliziert –, aber es ist inspiriert durch eine wahre Begebenheit, die sich sehr ähnlich zugetragen hat wie zu Beginn des Romans beschrieben.

Ich fing den Leichnam auf, als er abgeschnitten wurde und fühlte mich dabei so wie Fitzduane. Samuel Johnson sagte: »Darauf können Sie sich verlassen, Sir: Wenn ein Mann weiß, daß er innerhalb der nächsten vierzehn Tage gehenkt wird, vermag er seinen Geist zu wunderbarsten Höhenflügen aufzuraffen.« Wozu ich hinzuzufügen hätte: ebenso geht es jemandem, der einen Leichnam findet.

Dieses Buch wäre ohne die Hilfe einer großen Zahl von Menschen, die ihm ihre Zeit und Begeisterung widmeten, nicht zustande gekommen. Es entspricht nicht der Regel, bei einem Roman ausführliche Danksagungen aufzuführen, aber Regeln verändern sich, und in diesem Fall würde ich es als undankbar – und ganz einfach unfreundlich – empfinden, für die Mitarbeit und Hilfe nicht zu danken. Buchstäblich Hunderte von Menschen und Dutzende von Institutionen waren beteiligt – zu viele, um sie alle einzeln zu erwähnen –, aber einige davon, die für sie alle stehen sollen, möchte ich doch nicht unerwähnt lassen. Einige Leute, besonders diejenigen, die mit Terrorismusbekämpfung und anderen militärischen Spezialeinheiten zu tun haben, würden es aus naheliegenden Gründen sicher vorziehen, nicht genannt zu werden.

Die hier genannten Dienstgrade, Titel und beruflichen Stellungen beziehen sich auf den Zeitpunkt meiner Recherche.

Es folgt die Liste all jener Institutionen und Einzelpersonen, denen ich meine Dankbarkeit und Anerkennung zum Ausdruck bringen möchte:

Irland:

Die Irische Armee: Captain Peter Byrnes; Commandant Des Ashe; Commandant Martin Egan; Commandant Des Travers; Captain Howard Berney; Sergeant John Rochford der Infantry Weapons School.

Die Irische Polizei, die Gardai Siochana: Sergeant Vincent Bergin; Polizeichef Matt English. Deren gerichtsmedizinisches Labor: Dr. Jim Donovan; Dr. Tim Creedon; Mary O'Connor.

Die US-Botschaft: Colonel Haase, Militärattaché; John Dennis, Kulturattaché; Margo Collins.

RTE, Irlands staatliches Fernsehen: Joe Mulholland, Chefredakteur von *Today Tonight*; Olivia O'Leary; Pauline O'Brian; Deirdre Younge; Tom McCaughren.

The Irish Times: Niall Fallon.

Besonderer Dank gilt Liz O'Reilly; dem Clissmann-Clan und Budge und Helmut und Conn und Sandra und Frank und Dieter und Mary.

Tony Gunning und dem Team von AIB Clonmel.

Kate Gillespie; Sibylle Knobel; Joe und Christiane Hackbarth; Alan Dooley.

Schweiz:

Die Schweizer Armee: Oberst Stucki; Hauptmann Urs Gerber; Major Stahli; Etienne Reichel; Korporale Thomas Aebersold und J. Hanni.

Die Berner Kriminalpolizei; Adjunkt Amherd, Chef der Kriminalpolizei; Kriminalinspektor Heinz Boss.

Die Schweizer Bundespolizei: Dr. Peter Huber; Kommissar Jordan.

Der Bund: Christine Kobler, Ulrike Sieber.

Vielen Dank an: Anne Marie Buess; Eva und Walo von Buren; Jacqueline Vuichard, Luli Fornera; Vreni und Götz; Ursula Meier, Hans Rudi Gunther; Hanna Trauer; Alfred Waspi; Xavier Koller; Beat und Chloe Hodler; Carmen Schupbach; Mario und Brigitte Volpe; Suzanne Bondallaz-Reiser; Niklaus und Anke von Steiger; Oskar Ludi, Daniel Eckman; J. J. Gauer des Schweizerhof; Peter Arengo-Jones, John Wicks der *Financial Times*; W. Mamie; N. Vogel; Vincent Carter; Mario-Michel Affentranger; Rolf Spring; Professor Leupi; Dr. Guida Smezer; Dieter Jordi, Notar; Untersuchungsrichter Yester; Dr. Janos Molnar; Professor Ulrich Imhof; Dr. Strasser Yenni; Herr Studen der Bürgergemeinde; Dr. George Thorman; Dr. Christophe de Steiger; Marcel Grandjean; Dr. Frei; Isidor J. Mathis des Bellevue Hotels; Gami Florian des Aarbergerhof.

Deutschland:
Das Bundeskriminalamt in Wiesbaden: Gitta Wenssen.

Großbritannien:
Leonard Holihan des »Arc Institute« und Optica; Chris Chadwick von Optica.
Hugh Townsend von Pilatus Britten-Norman Islander.
Pete Flynn von Powerchute.
Geoff Sangster des Feldzeugkorps.
Ken Salisbury der Pilkington Defence.
Peter Barnes; Colin White; John Drewry; Chester Wedgewood; Annie Lapper; Pilar Pelaez.

Die Vereinigten Staaten:
Die US Army, vertreten durch Dr. William F. Atwater und Armando Framarini vom Artilleriemuseum des Versuchsgeländes Aberdeen.
Bonnie Carlson, Michael Kaplan und die Mitarbeiter von Sterling Lord Literistic; Vicki Kriete.
Alan Williams, Verleger; Peter Schneider und die Mitarbeiter von Grove Weidenfeld.
Al Russo und Joe Bradley von »Stardate Computer Systems of Brooklyn«.
Chris und Jane Carrdus – besonderen Dank; Elliott Erwitt; Denis Martin; John Pritchard; James T. Miley; Jimmy Ziede; Caleb und Barbara Davis; Pat Martin; Donetta De Voe; Ellen und Gerard Coyle; Jim und Jean Edgell; Nomenida Lazaro; Ron Levandusky; Jack Clary; Art Damschen.

Schriftstellerkollegen: Sam Llewellyn; Mike de Larrabeiti und Stuart Woods.

Es ist eine lange Liste geworden – aber es ist ja auch ein dickes Buch –, und die Hugo-Fitzduane-Geschichten sind noch längst nicht alle erzählt. Ich danke euch allen.